家庭暴力现状及干预

主　编　张亚林　曹玉萍

编　者（以章节为序）

张亚林　曹玉萍　赵幸福　张迎黎　邹韶红

张　勇　杨世昌　黄国平　柳　娜　李龙飞

李鹤展　艾小青　胡　力　郭果毅

人民卫生出版社

图书在版编目(CIP)数据

家庭暴力现状及干预/张亚林等主编.—北京:
人民卫生出版社,2011.6
ISBN 978-7-117-14272-4

Ⅰ.①家… Ⅱ.①张… Ⅲ.①家庭问题-暴力行为-研究-中国 Ⅳ.①D669.1

中国版本图书馆 CIP 数据核字(2011)第 068498 号

门户网:www.pmph.com	出版物查询、网上书店
卫人网:www.ipmph.com	护士、医师、药师、中医师、卫生资格考试培训

家庭暴力现状及干预

主　　编:张亚林　曹玉萍
出版发行:人民卫生出版社(中继线 010-59780011)
地　　址:北京市朝阳区潘家园南里 19 号
邮　　编:100021
E - mail:pmph @ pmph.com
购书热线:010-67605754　010-65264830
　　　　　010-59787586　010-59787592
印　　刷:北京中新伟业印刷有限公司
经　　销:新华书店
开　　本:787×1092　1/16　印张:23　插页:4
字　　数:580 千字
版　　次:2011 年 6 月第 1 版　2011 年 6 月第 1 版第 1 次印刷
标准书号:ISBN 978-7-117-14272-4/R·14273
定　　价:46.00 元

打击盗版举报电话:010-59787491　E-mail:WQ @ pmph.com
(凡属印装质量问题请与本社销售中心联系退换)

主编简介　张亚林

医学博士,湖南省张家界人,
留学美国洛杉矶加州大学(UCLA)。
现任中南大学湘雅二医院教授、
一级主任医师、博士生导师。
国家级教学名师,享受国务院政府特殊津贴。

医疗:

一级主任医师,中国心理学会首批注册督导师与治疗师。临床兴趣广泛,临床心得独到,尤其在精神应激、情感障碍、行为障碍、神经症及心理治疗等领域。1982年在国内率先开展行为疗法,是中国道家认知疗法的主创成员。

教学:

国家教学名师,国家精品课程《精神病学》的负责人和主讲人、国家级特色专业建设项目负责人、国家级教学团队带头人;是国家"十五"规划全国七年制医学教材《精神病学》主编、教育部研究生教材《高级精神病学》主编;是宝钢教育基金全国优秀教师特等奖得主。指导研究生53名(其中硕士23名、博士30名)。

科研:

国家重点学科精神应激研究的学术带头人。主持国家"十一五"科技支撑计划、国家自然科学基金、国家社会科学基金、美国CMB等课题20余项,在国内外发表学术论文260余篇,主编、参编学术著作46本。主编代表作有《神经症理论与实践》、《精神病学》、《高级精神病学》、《行为疗法》、《心理冲突与解脱》、《换个角度看非典》、《家庭暴力》等。

社会学术职务:

世界卫生组织(WHO)社会心理因素与健康合作研究中心成员;

国务院学位委员会博士点评审专家，

国家科技奖评审专家，

国家自然科学基金、863高科技项目评审专家，

国家执业医师资格考试命审题专家委员会专家，

中华医学科学技术奖评审专家，

教育部博士点基金、霍英东教育基金项目评审专家；

卫生部专业技术资格考试精神科专业委员会副主任委员，

中国心理卫生协会心理咨询与心理治疗专业委员会副主任委员，

中华医学会精神病学专业委员会社会精神病学组副组长，

中华预防医学会精神病学分会常委，

中华医学会湖南省精神病学专业委员会主任委员；

《中国神经精神疾病杂志》副总编，

《中国临床心理学杂志》副主编，

《临床心身疾病杂志》副主编，

《中华精神科杂志》、《中华行为医学与脑科学杂志》、《国际精神病学杂志》等杂志编委；

美国加州大学、首都医科大学、华中师范大学、湖南大学、湖南师范大学、湘潭大学、吉首大学、新乡医学院等高校客座教授、学术顾问或心理卫生顾问。

主编简介　曹玉萍

医学博士,湖南省郴州人,

先后在香港中文大学和美国耶鲁大学进修。

现任中南大学湘雅二医院副教授、

副主任医师、硕士生导师。

主持、主参国家"十一五"科技支撑计划、国家自然科学基金、国家社会科学基金、卫生部、美国中华医学会基金、美国耶鲁大学贾氏基金等项目12项;在国内外发表学术论文60篇,参编国家"十五"规划全国七年制教材《精神病学》、教育部研究生教材《高级精神病学》、国家级继续医学教育项目教材《精神病学新进展》等著作15部。主要研究方向为精神应激与行为障碍、神经症与心理治疗。

兼任中国心理卫生协会心理咨询与心理治疗专业委员会委员、中华医学会《中华行为医学与脑科学杂志》、《中华临床医师杂志》(电子版)等杂志特邀审稿专家。

前　言

　　这是一部有关中国家庭暴力的科学著作，从社会文化、心理病理到行为医学，全方位、多角度地深度剖析了这一司空见惯的社会现象。这又是一组拥有完全知识产权的原创性系列研究，先后获得美国中华医学基金会(CMB)、国家自然科学基金、国家社会科学基金和美国耶鲁大学贾氏基金的资助，共计300余万元。历时十年，共有20多位研究生长年参与此研究，已有8位研究家庭暴力的研究生获得了博士学位。

　　2000年，我在浏览国外文献时，注意到大约10%的美国家庭曾发生过家庭暴力(Far-tuzz. J,et al,1997)，任何知道Simpson案件的人对这一点都不会吃惊。所幸的是，美国医学会在1991年发表声明向家庭暴力宣战。此后，美国社会安全局、司法局及工会等社团组织给予充分配合，甚至当时的克林顿总统也在1996年2月为家庭暴力的受虐者设置了一个免费的热线电话，这就是著名的1-800-797-SAFE。

　　在中国，当时还没有关于家庭暴力的科学的流行病学资料，但有人认为这个问题也相当严重。根据湖南省某个部门的报告，1995～1999年在45 026件(或次)来信或来访者中，涉及家庭暴力的高达23.38%，包括殴打、凶杀、污辱人格、限制人身自由和性虐待等。另外一个资料显示，在随机抽查的254名家庭暴力受虐者中有213人被司法鉴定验为轻伤、轻微伤，27人为重伤，8人被杀害，6人因不堪忍受而自杀。其中还有8位妇女被打导致流产，16位妇女的阴部受到器具伤害，例如，用铁丝把阴道两侧穿起来，并用锁锁上。

　　来自湖南省一个司法门诊的报告发现，在112个家庭暴力的受虐者中有91%的人长期处于紧张、焦虑、失眠状态，88%的人处于抑郁状态，29%的人有过自杀的打算甚至行为，有的还有强迫症状、癔症症状、惊恐症状、偏执症状甚至精神病性症状。由此可见家庭暴力不仅给受虐者造成了肉体上的痛苦，也造成了严重的精神上的伤害。

　　从媒体的报告和周边发生的实例来看，家庭暴力产生的根源大致有三：其一是来自中国传统文化中男人至上的观念。这种观念提倡儿童服从家长，妇女服从男人。因此，如果一个男人的自尊心不能通过他的社会活动得到充分满足，他便有可能用暴力在家庭里维护他的这种优势地位。而且中国的文化在一定程度上容忍和宽恕家庭暴力，认为这是一个家庭的内部问题。所以人们常说"家丑不可外扬"、"这是我家的私事，别人管不着"。其二是，近些年来，中国正经历着社会和经济的重大变革，有些人一时尚不能适应这种新的形势，例如自由竞争、下岗、收入差别大，以及许多关于婚姻、家庭、信仰等新的观念，于是精神压力增加了。如果说文化背景是家庭暴力的导火索，那么这精神压力便是点燃这导火索的火柴。其三，心理因素在家庭暴力的发生中也起了一个很重要的作用。在我们自己的司法鉴定中，发现大约有 60％的施暴者是精神病患者，还有 30％以上的人属于人格障碍患者、酗酒者、吸毒者、赌徒或性变态者（湖南医科大学精神卫生研究所，1999）。从这个意义上来说，有些施暴者也需要治疗。

然而当时在我国还没有防治家庭暴力的医学设施、危机热线、专业人员，甚至还没有一部专门禁止家庭暴力的法律。幸运的是，曙光初现，一部禁止家庭暴力的地方性法规于 1999 年 3 月经湖南省人大通过并颁布。这是当时我能见到的第一部地方性法规！

于是，一个创意逐渐在我脑中成型：要获悉我国家庭暴力的准确的流行病学资料；要从社会-心理-生物学的三维角度全面研究我国的家庭暴力；要培训一批专业人员；要建立一套干预系统和干预方法；要救治一批家庭暴力的受虐者和施暴者；要将防止家庭暴力的有关知识编进教材讲授给医学生；最后要为促进我国制定禁止家庭暴力的专门法律提供科学的参考依据。

聊以自慰的是，时至今日，除了专门的国家立法尚需假以时日外，上述目标都已基本完成，故集家庭暴力研究之大成编撰此书。本书得以出版，首先要感谢国内外四个基金会的大力支持；感谢研究社区妇联、工会、公安、民政等组织和部门的大力协助；感谢我那些甘于吃苦、乐于助人、勤于钻研、善于思索、勇于创新的博士生们；感谢我的助手曹玉萍副教授，她参与了从申请课题到完成系列研究的全过程，十年间不仅做实际研究，也是博士指导小组的指导老师；还要感谢我们的研究对象——无论是受虐者还是施暴者、无论是当事人还是其家属、无论是接受过我们治疗的还是未接受过我们治疗的，感谢他们的信任、感谢他们在研究中的合作。尊重治疗对象和研究对象是医生和科学家的职业道德，而收集资料发表资料又是科学发展的必要方法。为了避免顾此失彼，本书中凡是涉及有关当事者的个人信息时均隐去姓名，而且是以严肃科学的态度加以描述，不带有任何伦理学上的评判。

家庭暴力是个广泛涉及社会文化、心理行为、生理病理的复杂问题。为了进行有效的深度研究，事先有通盘策划、整体设计，使研究逻辑严密、结构完整；然后逐步实施、层层递进，使本著作环环相扣、前后呼应。看似篇篇论著，实际上浑然一体，是一本有关我国家庭暴力科学信息量丰富的、有深度的、完整的研究型著作。

不敢自诩本书将出类拔萃，但至少可以说与众不同。为了不太多地损失科学信息，本书尽可能少修饰、不失真，甚至让某些重要、珍贵的信息保持原汁原味。我们甘冒因学究气太重而被诟病的风险，决意不落俗套，让形式服从内容！

张亚林

2011 年 1 月 1 日

目　　录

第一章

家庭暴力的流行学调查

第一节 概　述

何谓家庭暴力（domestic violence，DV），目前的研究尚缺乏统一的"金标准"。为给家庭暴力下一个比较准确、比较严谨、比较公认、便于操作的定义，本调查组参照国内外相关文献，并根据我国的国情，经反复讨论，将家庭暴力定义为：家庭暴力是指对家庭成员进行伤害、折磨、摧残和压迫等人身方面的强暴行为，其手段包括殴打、捆绑、残害、拘禁、折磨（限制衣食住行、超强度劳动）、凌辱人格、精神摧残、遗弃以及性虐待等。

家庭是社会的细胞，家庭暴力必然影响社会的安定，所以说家庭暴力不仅仅是一个家庭问题，同时也是一个社会问题。为实现"构建和谐社会"的目标，有关部门提出"创建平安家庭"的口号，便将家庭暴力问题提升为一个引起公众关注的话题。此外，家庭暴力不仅会给社会带来危害，而且还会给人们的身心健康造成伤害，所以说家庭暴力不仅仅是一个值得重视的社会问题，同时也是一个亟待解决的医学问题和精神卫生问题。

家庭暴力作为一个全球性现象，早在20世纪70年代便受到了国际社会的关注。联合国1979年通过的《消除对妇女一切形式的歧视》是最早涉及这一问题的国际文书。当时对妇女的暴力行为被视为是一种歧视，而在美国，则视其为卫生保健问题。此后，家庭暴力问题日益受到各国医学界的重视。1975年，美国首次进行了全国性的流行病学调查，发现28%的夫妇曾经经历过家庭暴力。美国五个主要城市的调查结果也显示，有10%以上的家庭曾发生过家庭暴力，施暴者大多是男性，而受害对象绝大多数是女性、儿童和老人。因家庭暴力所致凶杀案占美国当年所有凶杀案件的12%，造成妇女受伤的人数超过交通事故、抢劫和强奸而受害的妇女人数的总和。为此美国每年用于治疗家庭暴力所致伤害的费用高达八亿五千七百万美元。这些触目惊心的数据，使得家庭暴力在美国已成为一个重要的话题。1991年，美国医学会发表声明，向家庭暴力宣战，并在1992年专门出版了家庭暴力诊断与治疗指南。此后，美国社会安全局、司法局及工会等给予充分配合，甚至当时的美国总统克林顿也在1996年2月为家庭暴力的受虐者设置了一个免费的热线电话，这个著名的电话号码就是1-800-797-SAFE。

世界卫生组织（WHO）在2002年发布的《世界暴力和健康报告》（World report on violence and health）中指出，家庭暴力可发生于任何种族和任何社会阶层，不论是发达国家还是发展中国家均无一幸免。我国对家庭暴力的研究起步相对较晚，虽然在《宪法》第49条中早有"禁止虐待老人、妇女和儿童"的规定，但直至1995年第四届世界妇女大会在北京召开，我国政府才首次正式提出反对家庭暴力的声明。随后,相关的研究也在增加,但至今仍缺乏具有说服力的有关家庭暴力发生率的科学数据。据有关部门统计,我国家庭暴力呈逐年上升趋势。20世纪90年代与80年代相比,家庭暴力上升了25.4%。《中国妇女白皮书》指出,全国2.67亿个家庭,每年有40万个家庭破裂。而在这些破裂的家庭中,起因于家庭暴力的占25%。零星资料显示,北京市1994年婚姻质量调查反映,2118户被调查的家庭中,妻子被打的占21.3%。陕西省某法院1998年上半年对离婚案件进行抽样调查,发现50%涉及家庭暴力。据湖南省某个部门的报告,1995年至1999年间该部门接受来信、来访中涉及家庭暴力的达23.4%,包括殴打、凶杀、污辱人格、限制人身自由及性虐待等。从中随机抽取254起案例,受虐者中有213人被司法鉴定为轻伤或轻微伤,27人为重伤,8人被杀害,6人因不堪忍受而自杀。其中还有8位妇女被打至流产,16位妇女的阴部受到器具伤害。还有令人发指的报告,丈夫外出时,为防妻子不贞,竟然用铁丝把阴道两侧穿起来,并用锁锁上。虽然暴力大都直接伤害受虐者的身体,但严重到使其致伤、致残、甚至致死者只是其中的一部分,而暴力对受虐者心理健康的损害就要常见得多、普遍得多。有时候,作为连锁反应,家庭暴力导致更大的暴力犯罪,受虐者的过分反抗造成家破人亡的惨案已有多起。在我国农村,家庭暴力已成为年轻妇女自杀死亡的第三大原因。由此可见,我国的家庭暴力已是一个不容小视的问题。

虽然近年来国内对家庭暴力的研究有所增多,但全面、深入、科学、系统的研究报告为数甚少。更令人担忧的是:我国也几乎没有能有效防治家庭暴力的专门机构、医学设施及专业人员,更没有一部专门禁止家庭暴力的法律文书。幸运的是,2000年3月曙光初现,经湖南省人大通过并颁布了我国一部禁止家庭暴力的地方性法规,这是中国的第一部由省级人大出台的防止家庭暴力的具有法律效力的决议。时至当年年底,全国共有13个省市自治州先后建立了反对家庭暴力的地方性法令法规。2001年4月,全国人大常委会高票通过的新婚姻法中已将"禁止家庭暴力"写入总则,这是划时代的进步。但至今除了部分省市的地方性法规以外,国家尚无"禁止家庭暴力"的专门法律。

由上可见,家庭暴力问题已日益受到全社会的重视。为了对当前家庭暴力有一个准确的了解、清晰的认识,需要我国的有关家庭暴力的科学的相关资料,以便在此基础上研究家庭暴力防治策略、唤起公众关注、促进国家立法。

复习以往文献,国内有关家庭暴力的公开数据,大多来自某类特殊人群,或某一局部区域的社会调查,而在此研究之前,科学的、全面的家庭暴力流行学调查资料尚未见报道。显然,对家庭暴力深入研究的前提是对家庭暴力这一现象的客观记录和准确评估。为此,本课题组从2001年开始着手在湖南省境内收集相关资料和调查相关社情等前期工作,并遵循大规模流行病学调查的基本原则,采用分层多级抽样方法,获取第一手流行病学调查资料,使我们对当前有关家庭暴力的情况有一个较为准确的了解和清晰的认识,为进一步的系列研究打下了良好的基础。

第二节　调查方法

一、抽样方法

采用多级分层抽样方法进行家庭暴力现况调查。湖南省总人口6465万,是一个中等发达的内陆省份,文化、经济、风俗民情均城乡有别、工农有别。根据研究目的和主要的相关因素可将湖南省的居民大致分为较有代表性的三个层次,即混杂居住的城市普通市民、大型工矿企业职工以及乡下村民。因此根据分层抽样的方法在湖南省境内按有代表性的原则整群抽取三个地区,即郴州市、永顺县和湘潭某大型国有企业。每个地区再随机抽取若干街道、村和厂区,每个街道、村和厂区再整群抽样。每个地区的人口资料信息均来自当地的户口登记处。

二、样本含量估算

样本含量过少时抽样误差大,结果的可靠性差,过多则会不必要地浪费人力、财力和时间。国内尚没有家庭暴力流行病学的科学资料,无从参考。国外报告家庭暴力发生率在10%～28%之间,没有高于30%的报道。假定30%为上限,并规定容许误差为1%。按照计数资料的样本估算公式:

$$n=4p(1-p)/d^2$$

n:为样本含量

p:为总体发生率的估计值,应根据类似资料取其最接近50%者。这里取30%。

d:为容许误差,这里从严规定为1%。

故样本量 $n=4\times0.3\times(1-0.3)/0.01^2=8400$(户)

考虑到家庭暴力是一种较为复杂的、隐秘性较高、变异度较大的行为,为了稳妥起见,再增加600户。故本研究总样本量定为不少于9000户。本调查以家庭为单位计算家庭暴力的发生率。

三、调查对象

调查抽取样本共9800户家庭,因外出、拒答等原因,实际调查9451户家庭,涉及32 720人。调查的应答率为96.4%。其中来自城市有3087个家庭共8975人,农村3070个家庭共13 210人,工业区3294个家庭共10 535人。家庭调查对象为家庭户籍所在的全部成员。

四、调查的前期工作

首先收集调查社区的社会人口学资料。通过查阅资料、社会调查、开发领导,获得该地区较为客观、真实和准确的背景资料。在有关市、县、乡政府的支持下,在各调查点相关部门如工会、妇联、公安、学校、医疗部门的大力配合下,在街道、居(村)委会等基层组织的直接参与下,通过电视、广播、报纸、讲座以及发放资料等形式,全面深入地宣传家庭暴力的危害,使公众了解家庭暴力存在的现状,并使之认识到家庭暴力不仅会给受虐者带来肉体上的痛苦,也会给受虐者带来精神上的伤害,不仅会给家庭造成不幸和痛苦,也会给社会造成严重危害。并提出"世界要和平,家庭要和睦"的宣传口号,开展"创建零家庭暴力社区工程",充分发动群众,争创和睦家庭、争创文明社区。

五、调查方法

调查时两人为一组,采用多种形式的线索调查与深入细致的入户调查相结合的方式。为尽可能地减低"假阴性率",调查者通常需从多种途径寻找线索,比如先从居委会、妇联、单位领导、同事、邻居、亲朋好友以及在校儿童处获取相关信息,然后逐户上门调查。调查时首先与受试者讲明调查的目的和程序,强调本次调查结果仅为医学目的所用,报告家庭暴力行为存在与否,不与司法发生关系。征求每位受试者是否同意接受访谈,并一律不记实名,保证资料保密。调查地点与是否回避家庭其他成员均由受试者选择,调查地点包括受试者家里、办公室、厂房或劳作田间等。大量的前期工作为调查营造了一种和谐安全的氛围,使得调查工作进展较为顺利。

调查人员对家庭暴力的评定标准包括客观评定标准和主观评定标准,两者具其一即可。客观指标为客观显而易见的躯体伤害如创伤、残疾等,主观指标为受试者的主观感受和评定。家庭暴力强调暴力发生在家庭成员之间,而不论暴力发生的地点是在家里还是家外。本调查受虐儿童的年龄设为小于 18 岁;受虐老人的年龄设为大于 60 岁,且施暴者为其配偶以外的其他家庭成员。

六、家庭暴力筛查表及其信度、效度检验

家庭暴力筛查表为调查家庭暴力发生率所用。根据家庭暴力定义及可能的相关因素编制而成,经课题组反复修改与试用。按照有无家庭暴力分为阳性、阴性两个类别,在阳性样本中再作一个小的划分,即凡是曾发生过家庭暴力者列入"总发生率",只在最近一年内发生或现在仍然发生家庭暴力者列入"年内发生率"。调查表以自陈为主;调查方法包括定式访谈和非定式访谈,以定式访谈为主。条目中性化,尽可能不含褒贬之词。

工具信度检验采用 WHO 推荐的配对一致率的方法,由 25 名参与调查的研究人员同时对 10 户被调查者进行评定。计算公式如下:

$$A =[m(m-1)+n(n-1)]/k(k-1)$$

A:代表配对一致率　　　m:选阳性的评定者人数
n:选阴性的评定者人数　k:评定者总人数(m+n)
结果显示调查者进行评定的配对一致性平均值为 0.97。

调查 100 户进行工具效度检验,计算方法参照文献。调查以包括街坊邻里与亲朋好友的线索调查和全部家庭成员个别面晤的一致性作为金标准。结果显示灵敏度为 95%,特异度为 100%,假阴性率为 5%,假阳性率为 0%。

七、调查人员培训及质量控制

调查的质量与调查人员的专业水平和社会工作能力关系很大。在三地区共选用调查人员 30 名,主要由精神科医师、公共卫生医师、心理学工作者和妇联干部组成,均具有大专以上学历和多年的社会工作或临床工作经验,其中包括具有研究生以上学历者 9 人,中、高级职称者 15 人。尽管大多数调查人员都有较好的专业基础,很多人还有多次流行病学调查的经验,全部调查人员均接受为期 3 天的系统培训。要求每一位调查人员对调查的目的、要求、方法、内容都有全面的了解,熟练掌握定式的调查工具和调查技术。并经过反复操练,使调查人员之间的一致性达到规定的标准。同时,重点强化沟通技能的训练。

调查过程中设有课题负责单位、协作单位和调查组负责人的三级督导制度。发现问题及时研究解决。课题负责单位的研究人员多次深入到每一个调查点进行督导,督导工作包括入户示范调查、协助调查、复查和补遗。即每个被试者调查完毕,调查组负责人予以问卷复查,以免漏填、误填,并督促及时回访补充。调查结束时,课题负责单位需随机抽查 10% 的调查问卷。平均每个调查点的督导工作日在 60 天以上,防止走马观花,确保调查质量。

第三节　家庭暴力的总发生率

在 9451 户家庭,涉及的 32 720 人中,男性 18 421 人(56.3%),女性 14 299 人(43.7%);年龄为 5~88 岁;家庭人口数为 1~14 人,平均每户 3.5 人(SD＝1.2)。与湖南省第五次人口普查的数据(男女构成比分别为 51.6%和 48.4%,家庭平均人口数为 3.4 人)比较,性别构成差异不显著,且家庭平均人口数相当,说明样本具有代表性。

调查共发现 1533 户暴力家庭,家庭暴力的总发生率为 16.2%,一年内发生家庭暴力共 1098 户,其发生率为 11.6%。不同国家报告的家庭暴力发生率不尽相同,从 10%~28%不等。本调查结果显示我国湖南家庭暴力的总发生率为 16.2%,与其他国家的报告相比,其发生率大约居中。

中国的传统文化主张男尊女卑、夫为妻纲、父为子纲,包容体罚。即使自称是"很现代"的中国人,甚至是受虐者,也或多或少地主张、同意、默许、接受或容忍这些观念。我们的进一步研究还发现,在对是否可以使用暴力解决家庭矛盾的问题上,30.5%的施暴者和 19.9%的受虐者均持肯定态度,还有 49.4%的施暴者和 37.3%的受虐者认为在某些情况下家庭暴力是可以接受的。所以会有诸如"不打不成才"、"打是亲、骂是爱"之说,还有"该打不该打"之说等等。另一方面,我国禁止家庭暴力的法律尚不健全。尽管在"婚姻法"和某些法律法规中有些零星的相关条文,由于大家都承认"清官难断家务事"的说法,因而面对家庭暴力,这些条文便显得有些苍白无力。除非发生了人命关天不可收拾的严重后果,否则,法律不会干预。有了这些家庭暴力产生的气候和土壤,家庭暴力的发生率自然就不可能太低。

当然,中国的传统文化自有他的双重性。中国人对家庭的依恋、对亲情的珍惜、对亲人的关爱,中国人克己礼让的道德准则和比较委婉含蓄的表达方式,又在一定程度上减少了家庭暴力的发生,所以与某些西方国家相比,我国家庭暴力的发生率不算太高也应在情理之中。

我国家庭暴力发生率不是太高的原因可能还有另外三个:原因之一,家庭暴力具有相当的隐蔽性,又加上"家丑不可外扬",因此无论如何都很难杜绝遗漏而造成一些"假阴性",同时又绝少可能出现"假阳性"的情况,因此实际发生率可能比调查数据更高。原因之二,家庭中的许多小打小骂在很多中国人的眼中似乎已习以为常、合情合理,没往心里去,调查时便忽略不计,而并非当事人存心掩饰和隐瞒,这种情况在农村尤为明显。而在西方,家中稍有动静,就可能有好管"闲"事的旁人报警,弄得沸沸扬扬,想掩盖也很难。原因之三,由于家庭暴力的定义、研究方法、研究人群的差异使然。一则本调查中家庭暴力定义仅限于家庭成员之间,而其他国外文献大多还包括未婚同居者(亲密伴侣)、家庭外请的照看者(如育儿员、照看老人者)等;二则是本调查样本来自大范围的社会普通人群,而某些文献的研究对象可能系家庭暴力的高发人群,如妇女、敬老院的老人等;三则是本研究家庭暴力发生率的计数单位是"家庭",包括家庭中的所有成员和所有暴力的形式,即一个家庭中可能存在多人之间的暴力以及多种形式的暴力情况,在数据统计中则为"1"个暴力家庭,而有的研究是以个体为单位的。我们的调查显示阳性家庭中 17.9%者报告有两种形式的暴力,1.0%者报告同时存在三种形式的暴力。

虽然所报告的发生率不算太高,但在拥有 3.5 亿家庭、平均每个家庭人口为 3.4 人的当今中国,保守的估计至少也有 5 千多万个家庭、近 2 亿人口遭受家庭暴力之苦。

另一点需引起注意的是,调查还发现近一年内家庭暴力的发生率为 11.6%,与家庭暴力的总计发生率 16.2% 相差不多。说明家庭暴力一旦发生,则很容易持续下去,自行消除的不多。

第四节 不同类型家庭暴力的发生率

按照当事者的家庭角色来划分,将家庭暴力分为夫妻暴力(spousal abuse)、儿童虐待(child abuse)和老年虐待(elderly abuse)三种类型。夫妻暴力是指夫妻之间发生的暴力行为,儿童虐待和老年虐待分别指家庭成员虐待家庭中的儿童和老年人。夫妻暴力的总发生率为 10.2%,年内发生率为 5.0%;儿童虐待的总发生率为 7.8%,年内发生率为 4.6%;老年虐待的总发生率为 1.5%,年内发生率为 0.9%。

美国疾病控制中心(CDC)在 2002 年指出,夫妻暴力在美国已成为最为严重的公共卫生问题,是常见的致伤原因之一。1995 年全国资料显示 22.1% 的妇女和 7.4% 的男性曾遭受过配偶的暴力,导致每年要花 4.1 亿美元用于该方面的卫生保健上。这一大批的夫妻暴力受虐者中以女性为甚,让当地相关部门不得不引起高度重视。

家庭暴力中以夫妻暴力最为多见,发生率为 10.2%。分析其原因可能有三:首先,夫妻是家庭最核心的成员,夫妻关系是家庭中最主要的一种关系,因而夫妻双方便可能成为各种家庭矛盾汇集的焦点;其次,大多数夫妻都是家庭主要的支撑者,家庭经济的负担、教子方法的分歧、工作的压力以及婚姻观的巨大变化等等,都可能激发夫妻矛盾而诱发家庭暴力;最后,在传统的中国文化概念中,较之虐待儿童和虐待老人,夫妻间的暴力可能是最易被社会所包容的。不容忽视的是,在这些夫妻暴力中,只有少部分是丈夫挨打或夫妻对打的情况,而绝大部分受虐者也都是妇女。所以,虽然夫妻暴力发生率为 10.2%,但由于我国人口众多,基数庞大,受虐妇女的人数则要远远多于美国的 200 万。

儿童虐待的发生率为 7.8%,仅次于夫妻暴力。比其他文献报道的发生率为低。那么国内外除调查方法学所导致的差异外,很可能还与社会文化有关。中国的传统文化向来有"子不教,父之过"之说,所以其中大部分是出于"严加管教"、"棍棒之下出孝子"和"恨铁不成钢"的初衷。中国的父母对孩子的发展都赋予了较高的期望,不论孩子的天资如何,为促使其目标实现,有些父母不惜"拔苗助长",孩子则可能成为家庭暴力的受虐者。诸如不听话、成绩不好、品行问题等等如此"充分"的缘由,让不少孩子即使挨骂挨打也觉得是合乎情理的,是父母教育自己的权利和责任,所以在调查中,受试者则可能不予报告。这种理念不仅在中国大陆,包括中国台湾、中国香港特别行政区,东南亚地区也不少存在。另一方面,中国的"一对夫妻一个孩子"的政策,让不少子女处于父母的过度保护之中,或多或少也减低了儿童虐待的发生率。

发生率最低的家庭暴力类型是老年虐待,发生率为 1.5%。虽然比率最小,却最不应该被忽视。不论古今中外,不论任何借口,虐待老人于情于理于法都是不可容忍的。

当今全球"老龄化"现象正日益受到各国重视。美国的统计资料显示,时至 2020 年,美国 65 岁以上的老龄人将达到全国人口的 22%,预计 2050 年老年人将占到人口总数的四分之一。至 2025 年,全球 60 岁以上的人口数将达 12 亿,其中又以发展中国家居多。随年龄的老化和患病几率的增加,老人遭受家庭暴力的危险度也在增加。但目前对老年虐待的流行学资料和相关研究较少。美国实际虐待老人的发生率仍不清楚,但估计在 65 岁以上的人中有10%遭受家庭暴力,每年约波及两百万的老人。韩国老年虐待的发生率为6.3%。香港报道老人的一年内躯体虐待发生率约为2.0%~2.5%。本调查报告老年虐待的发生率为1.5%,较其他研究为低。除了研究方法所致的差异外,更重要的可能是中国人从小就受数千年"尊老敬老"优良传统的耳濡目染,在某种程度上减少了虐待老人的发生。

调查还显示,在总发生率中,有290(18.9%)户家庭报告有一种以上形式的家庭暴力。其中275(17.9%)户报告有两种形式的暴力:251(16.4%)户报告同时有夫妻暴力和儿童虐待,13(0.8%)户同时存在夫妻暴力和老年虐待,11(0.7%)户同时存在儿童虐待和老年虐待;15(1.0%)户报告同时存在三种形式的暴力。

调查结果从另一角度显示,夫妻暴力以城市为突出,儿童虐待以工业区最多见,而老年虐待以农村较为多见。原因何在,则是一个值得进一步思考与研究的问题。

第五节 不同地区家庭暴力的发生率

城市、农村和工业区的家庭暴力总发生率分别为17.3%、5.8%和24.9%;年内发生率分别为12.1%、4.2%和18.1%。三地区之间的家庭暴力总发生率和年内发生率差异均具有非常显著性,结果如表1-1。

表 1-1　DV 的发生率和不同地区不同形式 DV 总发生率的比较

地区	DV 发生率 户数(%)	DV 年内发生率 户数(%)	DV 总发生率		
			夫妻暴力 户数(%)	虐待儿童 户数(%)	虐待老人 户数(%)
总　计	1533(16.2)	1098(11.6)	962(10.2)	734(7.8)	139(1.5)
城　市	534(17.3)	372(12.1)	384(12.4)	183(5.9)	26(0.8)
农　村	177(5.8)	129(4.2)	100(3.3)	14(0.5)	80(2.6)
工业区	822(24.9)	597(18.1)	478(14.5)	537(16.3)	33(1.0)
χ^2值	434.48**	300.78**	245.7**	514.3**	40.4**

DV:家庭暴力英文缩写(下同);** $P < 0.01$

城市、农村和工业区的夫妻暴力总发生率分别为12.4%、3.3%和14.5%,年内发生率分别为4.4%、2.5%和7.7%;三地区儿童虐待的总发生率分别为5.9%、0.5%和16.3%,年内发生率分别为1.7%、0.4%和11.3%;老年虐待的总发生率分别为0.8%、2.6%和1.0%,年内发生率分别为0.2%、1.8%和0.7%。三地区之间不同形式的家庭暴力总发生率其差异均非常显著。

不同地区不同形式家庭暴力总发生率的比较如表1-1,同时显示城市和工业区夫妻暴力和儿童虐待的总发生率均明显高于农村。不同地区不同形式家庭暴力总发生率的相对危险度的比较如表1-2显示,城市和工业区的夫妻暴力发生的相对危险度大约分别是农村的4倍和5倍;儿童虐待相对危险度大约分别是农村的14倍和42倍;而老年虐待的危险度却分别不到农村的1/3和1/2。

随着社会经济的巨大变革、人们生活水平的日益提高、个体独立性的逐渐增加、人们观念的不断更新,中国传统的家庭生活受到了冲击。有资料显示我国东南沿海经济发达地区

表 1-2　不同地区不同形式 DV 总发生率的相对危险度的比较

地区	相对危险度(95% CI)			
	DV 总发生率	夫妻暴力	儿童虐待	虐待老人
农村	1.0	1.0	1.0	1.0
城市	3.4(2.86~4.08)**	4.2(3.36~5.29)**	13.8(7.97~23.74)**	0.3(0.20~0.50)**
工业区	5.4(4.58~6.45)**	5.0(4.04~6.29)**	42.5(24.95~72.46)**	0.4(0.25~0.60)**
χ^2 值	434.5**	245.7**	514.3**	40.4**

** $P<0.001$

的夫妻暴力发生率远高于其他地区,提示家庭暴力可能因社会经济发展不同而存在地域差别。

城市和工业区家庭暴力的危险度分别是农村的 3 倍和 5 倍。农村家庭暴力发生率低的可能主要归因于简单自然的田园生活、较低的期望值、较少的竞争意识、较少的紧迫感、较少的心理落差,乃至较少有居住拥挤、噪声污染等减少了内心的躁动。同时由于抗衡自然的能力较低而更重视家庭关系、血缘关系,从而增加了家庭成员的相互依赖性,在某种程度上减少了家庭暴力的发生;另一个重要的原因是农村的现代文明程度相对较低、传统观念相对较强,对家庭暴力的认可程度相对高,农村 93.0% 的被调查者认为可以或在某些情况下可以使用家庭暴力,86.3% 的受虐者也有同样的看法。我们发现这种对家庭暴力的包容态度,减少了对家庭暴力的识别和记忆。所以,当事者报告的家庭暴力可能少于实际发生的家庭暴力,而并非他们在接受调查时有意隐瞒。有研究对平均有 5 年受虐史的农村妇女进行调查,发现其中 80% 仍称其婚姻和家庭生活"满意"或"非常满意",且认为以暴力解决家庭矛盾是很正常的事情。Liu 和 Chan(1999)曾这样描述家庭暴力受虐者:"对于他们来说,用暴力解决夫妻间的矛盾是太正常不过了,正如他们平静地说道:就像冬天下雪和夏天下雨一样正常"。这种对家庭暴力的接受程度,势必降低了农村地区家庭暴力的报告率。

令人印象深刻的是,虽然农村家庭暴力的总体发生率最低,但农村虐待老人的发生率却是最高的。一方面,由于农村的家庭结构以夫妻多子和多代大家庭为主,老人和多个孩子或儿孙辈同住一屋,自然增加了矛盾的发生几率,同时也就增加了老人受虐的几率;另一方面,城市与工业区老年虐待的比率明显少于农村,反映了城市老人大多都能享受养老保险或离退休福利,无需子女经济全额负担,而且很多与子女分居,从而减少了虐待老人的情况。而农村的老人没有养老保险,而又多无经济来源,全靠子女赡养和照顾,是家中处于最弱势的群体,当家庭矛盾显现时,则容易成为施暴的对象。

城市与工业区的家庭暴力发生率较高,与社会体制变革可能存在某种关系。随着国家的改革开放、国有企业的逐渐改制,一部分人不得不面临下岗分流、再就业的困惑,经济收入差别的增加、拥挤的交通居住环境等,这些客观上的经济、工作压力与主观上的精神压力交织在一起,容易成为家庭暴力的导火线。

第六节　不同家庭结构家庭暴力的发生率

按照我国现状,主要的家庭构成形式除独身者以外,大致有以下六种情况:夫妻无子女或子女不在身边的二人家庭、夫妻含独生子女的三人家庭、夫妻含多子女家庭、几世同堂的多代大家庭、重组家庭以及单亲家庭等。受试家庭结构的总体分布如表1-3。调查结果显示，受试家庭以夫妻独子家庭最多，其次为夫妻多子家庭、多代大家庭，重组家庭为最少。

表1-3　受试家庭结构的总体分布及其不同地区的分布

家庭结构	总样本($N=9451$) $n（\%）$*	农村($N=3070$) $n（\%）$	城市($N=3087$) $n（\%）$	工业区($N=3294$) $n（\%）$
夫妻二人	1261(13.3)	169(5.5)	628(20.3)	464(14.1)
夫妻独子	4025(42.6)	477(14.6)	1648(53.4)	1930(58.6)
夫妻多子	1878(19.9)	1381(45.0)	212(6.9)	285(8.7)
多代大家庭	1410(14.9)	795(25.9)	134(4.3)	481(14.6)
重组家庭	190(2.0)	48(1.6)	114(3.7)	28(0.9)
单亲家庭	442(4.7)	195(6.4)	172(5.6)	75(2.3)
其他	245(2.6)	35(1.1)	179(5.8)	31(0.9)

* $P=0.000$

城市、农村和工业区的家庭结构构成比差异非常显著，结果见表1-3。

城市和工业区的夫妻独子家庭明显多于农村；农村的夫妻多子家庭明显多于城市和工业区；农村的多代大家庭也明显多于城市和工业区；城市的重组家庭多于农村和工业区；农村夫妻二人家庭少于城市和工业区；工业区的单亲家庭少于城市和农村。

不同家庭结构之间的家庭暴力总发生率和年内发生率的差异均非常显著。

在总发生率中，以重组家庭暴力的发生率最高（21.0%），夫妻独子与多代大家庭次之（分别为20.1%和20.0%）；

夫妻暴力以重组家庭的发生率最高（14.7%），其次是单亲家庭（12.7%）；

虐待儿童以多代大家庭的发生率最高（12.4%），其次是夫妻独子家庭（10.4%）；

虐待老人以多代大家庭的发生率最高（4.1%），其次为重组家庭（2.6%）。

家庭结构与不同类型的家庭暴力总发生率如表1-4。

表1-4　家庭结构与不同类型的 DV 总发生率

家庭结构	调查户数 （户）	DV 总发生率 户数（%）	夫妻暴力 户数（%）	儿童虐待 户数（%）	老人虐待 户数（%）
夫妻二人	1261	134(10.6)	114(9.0)	29(2.3)△	3(0.2)△
夫妻独子	4025	811(20.1)	502(12.5)	417(10.4)	23(0.6)
夫妻多子	1878	206(11.0)	133(7.1)	64(3.4)	40(2.1)
多代大家庭	1410	282(20.0)	161(11.4)	175(12.4)	58(4.1)
重组家庭	190	40(21.0)	28(14.7)	15(7.9)	5(2.6)
单亲家庭	442	36(8.1)	12(2.7)△	21(4.8)	3(0.7)
其他	245	24(9.8)	12(4.9)	13(5.3)	7(2.9)
合计	9451	1533(16.2)	962(10.2)	743(7.8)	139(1.5)

△本研究记录的是受试者调查当时的家庭结构形式

表 1-4 中必须说明的是,本调查记录的是调查当时受试者的家庭结构形式。但若此前曾发生过家庭暴力,仍然记录在案。如夫妻二人家庭报告曾有虐待儿童或虐待老人的行为,指曾经发生过,但在本调查时孩子或老人已另立门户或去世;单亲家庭报告有夫妻暴力,指曾经发生过,而现已离婚等。

如果家庭暴力总发生率和夫妻暴力发生率均以夫妻二人家庭为参照,儿童虐待和老年虐待以夫妻独子家庭作为参照,那么其他家庭结构的家庭暴力发生率的相对危险度则如表 1-5 所示。

表 1-5 家庭结构与不同类型 DV 发生率的相对危险度的比较

家庭结构	相对危险度(95% CI)			
	DV 总发生率	夫妻暴力	儿童虐待	虐待老人
夫妻二人	1.0	1.0	— △	— △
夫妻独子	2.1(1.75～2.58)**	1.4(1.56～1.78)**	1.0	1.0
夫妻多子	1.0(0.82～1.31)	0.8(0.59～1.00)*	0.3(0.23～0.10)**	3.8**(2.26～6.34)
多代大家庭	2.1(1.68～2.62)**	1.3(1.01～1.67)*	1.2(1.01～1.48)*	7.5**(4.59～12.15)
重组家庭	2.2(1.52～3.32)**	1.7(1.11～2.71)*	0.7(0.43～1.27)	4.7**(1.77～12.51)
单亲家庭	0.7(0.51～1.10)	0.3(0.15～0.51)**	0.4(0.28～0.68)**	1.2(0.36～3.98)
其他	0.9(0.58～1.44)	0.5(0.28～1.00)*	0.5(0.28～0.86)*	5.1**(2.2～12.05)
χ^2 值	159.60**	85.73**	190.37**	106.71**

* $P<0.05$;** $P<0.0001$;△夫妻二人家庭中通常无儿童和老人,故未参与比较

以上调查样本的家庭结构基本上反映我国家庭结构的分布现况。

随着社会进步和时代变迁,传统的中国家庭规模和家庭结构都在发生变化。传统的结构复杂而规模庞大的大家庭已逐渐减少,家庭规模小型化、家庭结构简单化成为中国现代家庭的主要特征,加之"一对夫妇一个孩子"的基本国策,夫妻独子家庭已成为中国现代社会、尤其是城市家庭结构的主流。本调查结果显示在夫妻独子这种颇具中国特色的"三人核心家庭"中,夫妻暴力和儿童虐待的发生率均较高,分别为 12.5％和 10.4％,令人深思。香港的一项儿童虐待调查资料也显示,夫妻独子家庭的发生率比多子女家庭为高。而美国的情形却相反。准确原因尚需跨文化研究进一步探讨。可能是许多中国家长的责任心更强,父母望子成龙的心情更迫切,因而对孩子的要求更严格,于是便"打是亲,骂是爱"、"不打不成才"。

重组家庭不仅家庭暴力发生率最高,且夫妻暴力的发生率也最高。国外也有报道显示,再婚女性容易成为家庭暴力受虐者,而再婚男性则易成为施暴者。再婚夫妻中有一部分丈夫或者妻子由于是上次婚姻的失败者,内心留下阴影,可能对婚姻产生了恐惧、怀疑和警觉。或许本来他(她)们心理上就具有某种弱势,他(她)们不太善于夫妻间的有效沟通,不太善于准确地理解对方和表达自己,不太善于控制自己的冲动情绪和冲动行为,不太善于预见事件的后果。再加上重组家庭的组成人员相对复杂,如与前婚或现婚子女的关系重建问题以及前婚所遗留下来的关系处理不当等问题,均可能造成夫妻间的感情障碍,成为家庭暴力的导火索。

虐待老人和儿童的情况以多代大家庭为高。最直接的原因是多代大家庭中才有较多的老人和儿童,所以虐待老人和儿童的几率自然会高一些。另一方面,几代同堂,虽享天伦之乐,社会支持也相对较多,但家庭关系相对复杂,代际矛盾、家庭冲突较易显现。居住场所相对拥挤、个人空间相对狭小,况且一个人需同时扮演多种家庭角色,如果矛盾处理不当,或角色转换不及时,就有可能激发家庭暴力。而老人和儿童是家庭中的弱势群体,比较容易成为暴力的受虐者。

综上所述,通过在湖南省普通人群中进行大型的家庭暴力流行学调查,对家庭暴力的发生状况有了一个较为准确的了解、清晰的认识和宏观的把握。为进一步的深入研究打下了良好的基础。

(曹玉萍)

参 考 文 献

1. American Medical Association. Diagnostic and treatment guideline on domestic violence. Arch Fam Med,1992,1:39-47.

2. Centers for Disease Control and Prevention(CDC). Intimate partner violence injuries—Oklahoma,2002. MMWR Morb Mortal Wkly Rep,2005,21,54(41):1041-1045.

3. Council on Scientific Affairs. Elder abuse and neglect. JAMA,1987,257:966-971.

4. Fagan J,Browne A. Violence between spouses and intimates:Physical aggression between men and women in intimate relationships. // Reiss AJ,and Roth JA. (eds). Understanding and Preventing Violence. Washington DC:National Academy Press,1994:115-292.

5. Fartuzzo J. Boruch R,Beriama A,et al. Domestic violence and children:prevalence and risk in five major U. S. Cities. J Am Acad. Child Adolesc Psychiatry,1997,36(1):116-112.

6. Flisher AJ,Kramer RA,Hoven CW,et al. Psychosocial characteristics of physically abused children and adolescents. J Am Acad Adolesc Psychiatry,1997,36(1):123-131.

7. Flitcraf A. Learning from the paradoxes of domestic violence. JAMA,1997,277(17):1400-1401.

8. Gilliland BE,James RK:Women battering. In:Crisis intervention strategies. Books/Cole Publishing Company. 1997,263.

9. Kim DH,Kim KI,Park YC,et al. Children's experience of violence in China and Korea:a transcultural study. Child Abuse & Neglect,2000,24(9):1163-1173.

10. Krug EG,Dahlberg LL,Mercy JA,et al(Eds.)World report on violence and health. Geneva,World Health Organization,2002.

11. Liu M,Chan C. Enduring violence and staying in marriage:Stories of battered women in rural China. Violence Against Women,1999,5(12):1469-1492.

12. Maker AH,Shah PV,Agha Z. Child physical abuse:prevalence,characteristics,predictors,and beliefs about parent-child violence in South Asian,Middle Eastern,East Asian,and Latina women in the United States. J Interpers Violence,2005,20(11):1406-1428.

13. Marwick C. Domestic violence recognized as world problem. JAMA,1998,279(19):1510.

14. McKinney EA,Young AT. Changing patient populations:Considerations for service delivery. Health Social Work,1985,10:292-299.

15. Oetzel J,Duran B. Intimate partner violence in American Indian and/or Alaska native communities:A social ecological framework of determinants and interventions. Am Indian and Alaska Native Mental Health Research,2004,11(3):49-68.

16. Oh J,Kim HS,Martins D,et al. A study of elder abuse in Korea. Int J Nurs Stud,2006,43(2):203-214.

17. Parish WL, Wang T, Laumann EO, et al. Intimate partner violence in China: national prevalence, risk factors and associated health problems. Int Fam Plan Perspect, 2004, 12(3): 174-181.

18. Pearson V, Phillips MR, He F, et al. Attempted suicide among young rural women in the People's Republic of China: possibilities for prevention. Suicide Life-Threatening Behav, 2002, 32: 359-369.

19. Phelan MB, Hamberger LK, Guse CE, et al. Domestic violence among male and female patients seeking emergency medical services. Violence Vict, 2005, 20(2): 187-206.

20. Potter J. The importance of recognizing abuse of older people. Br J Community Nurs, 2005, 10(4): 185-186.

21. Rodriguez E, Lasch KE, Chardra P, et al. Family violence, employment status, welfare benefits, and alcohol drinking in the United States: what is the relation? J of Epidemiology and Community Health, 2001, 55(3): 172-178.

22. Rosenblatt D. Elder mistreatment. Crit Care Nurs Clin North Am, 1997, 16(2): 183-192.

23. Sattzman LE, Green YT, Marks JS, et al. Violence against women as a public health issue. Comments from the CDC. American Journal of preventive Medicine, 2000, 19: 325-329.

24. Straus MA. Behind Closed Doors: Violence in the American Family. New York. NY: Anchor, 1980.

25. Sun XM. Research report prepared for Ford Foundation. Women's College, Beijing, China. 2000.

26. Tang CSK. The rate of physical child abuse in Chinese families: a community survey in Hongkong. Child Abuse & Neglect, 1998, 22(5): 381-391.

27. Wolfner GD, Gelles RJ. A profile of violence toward children: A national Study. Child Abuse & Neglect, 1993, 17: 197-212.

28. Wu D. Chinese childhood socialization. In M. H. Bond (Ed.). The handbook of Chinese psychology. Hong Kong: Oxford University Press, 1996: 143-154.

29. Yan EC, Tang CS. Elder abuse by caregivers: A study of prevalence and risk factors in Hong Kong Chinese families. Journal of Family Violence, 2004, 19(5): 269-277.

30. Yan EC, Tang CS. Prevalence and psychological impact of Chinese elder abuse. Journal of Interpersonal Violence, 2001, 16(11): 1158-1174.

31. 李淑然, 张维熙. 精神疾病流行病学. // 沈渔邨. 精神病学. 第 4 版. 北京: 人民卫生出版社, 2001.

32. 马勇主编. 湖南省 2000 年人口普查资料. 北京: 中国统计出版社, 2002.

33. 倪宗瓒. 卫生统计学. 第 4 版. 北京: 人民卫生出版社, 2000.

34. 巫昌祯. 关注家庭暴力, 保障妇女心身健康. 心理与健康, 2001, 50: 4-6.

35. 杨世昌, 张亚林, 郭果毅, 等. 受虐儿童的父母养育方式探讨. 实用儿科临床杂志, 2003, 18(1): 14-16.

36. 张亚林, 曹玉萍. 家庭暴力与精神卫生. 中国临床心理学杂志, 2002, 10(3): 233-234.

37. 张亚林. 论家庭暴力. 中国行为医学科学, 2005, 14(5): 385-387.

第二章

家庭暴力的表现形式与前因后果

中国人从小就受到传统家庭观念的熏陶,上要孝敬长辈,下要爱护子女,并视夫妻为连理、视同胞为手足,家庭成员之间应该相互理解、相互支持、相互礼让。然而,却仍有不同形式的暴力频频发生于部分家庭之中。横观纵览,结合本课题组的研究,颇有其前因后果。

第一节　家庭暴力的表现形式

将常见的家庭暴力表现形式归纳为以下几种:羞辱和谩骂,毁坏家什,折磨(如限制衣食住行、超负荷劳动等),徒手殴打(拳打脚踢),持械殴打(如捆绑、鞭打),性虐待,遗弃,杀害。

一、家庭暴力的表现形式

家庭暴力表现形式依次为言语羞辱和谩骂、徒手殴打、损毁家什、持械殴打等。并报告不同地区的家庭暴力表现形式有所差异,其中言语羞辱谩骂以农村地区发生率最高,徒手殴打、毁坏家什、持械殴打、折磨和性虐待均以城市发生率最高,而工业区发生率最低。

家庭暴力表现形式中,报告一种形式者 307 人(49.5%),两种形式者 196 人(31.4%),三种形式者 85 人(13.7%),四至六种形式者 26 人(4.2%)。

家庭暴力的表现形式中大多为言语辱骂,其次为徒手殴打,可表现为掌击、拳击、抓、推、踢、咬、掐脖子、扯头发等形式。有的施暴者则以当面损毁家什作为疏泄情绪的方式。持械殴打者占 10%,包括持棍棒殴打、绳索捆绑等。国外报道更甚者还动用枪支武器,极少数表现为折磨、性虐待、遗弃或杀害。在同一个家庭中,可能同时存在多种暴力形式,一半以上的家庭暴力同时存在两种或两种以上的暴力形式。由此可见,严重的躯体暴力虽然不多,但轻微的暴力行为却十分普遍,提示我们,对家庭暴力的受虐者,不仅要关注他们的躯体伤害,更要留意他们的心理损害。

在家庭暴力表现形式中,性虐待日益受到重视。国外有报道为 10.6%,且农村地区的性虐待发生率高于城市。本次研究发现性虐待发生率为 1.3%,城市略高于农村,工业地区的报告为 0。发生率较低的原因可能是由于东西方文化的差异使然。受传统文化影响,中国人谈性色变,即使遭受性虐待后,也因羞于启齿、担心受歧视而不予报告,特别是在青少年人群中;另外,即使夫妻之间有强迫性行为,部分人也未必会认为是一种家庭暴力。由于性虐待对日后躯体和心理的影响极大,因而不能因其报告率低而忽视。

二、家庭暴力表现形式与家庭结构

按照我国现状,主要的家庭构成形式除独身者以外,大致有以下五种情况:夫妻无子女或子女不在身边的二人家庭、夫妻含独生子女的三人家庭、夫妻含多子女家庭、几世同堂的多代大家庭、重组家庭等。前期流行学研究已经显示,受试家庭以夫妻独子家庭最多,其次为夫妻多子家庭、多代大家庭等,与调查抽样总体人群的家庭结构分布相一致。

在所有家庭结构的家庭中,均以言语辱骂的发生率最高,其次为徒手殴打、损毁家什、持械殴打等。

在不同家庭结构中,言语辱骂以夫妻二人家庭、夫妻多子家庭的发生率最高(100%),其次为多代大家庭(96.2%),重组家庭的发生率较低(77.8%)。

毁坏家什、徒手殴打、持械殴打均以重组家庭的发生率最高。

不论在何种家庭结构中,均以言语辱骂的发生率最高,几乎所有的夫妻二人家庭、夫妻多子家庭和多代大家庭中均出现过辱骂的暴力形式。进一步提示,家庭暴力以心理伤害最为多见,心理干预对所有的暴力家庭均有必要。另一个值得注意的现象是,徒手殴打、当面损毁家什、持械殴打的发生率均以重组家庭的发生率最高。在所有家庭结构中,不仅家庭暴力的总发生率以重组家庭为最高,同时,躯体暴力的发生率也以重组家庭为最高。可见,重组家庭不仅是家庭暴力预防的重点对象,也是心理和医学干预的主要对象。

三、家庭暴力表现形式与性别

在施暴者中,不同种类的施暴形式在男女性别之间的差异均无显著性。

在受虐者中,遭受持械殴打的男性明显多于女性(15.8% vs 7.3%),差异具有显著性;其他受虐形式在男女性别之间的差异均无显著性。

有文献报告,家庭暴力施暴和受虐表现形式存在性别差异,如躯体暴力以男性施暴者为多,女性受躯体虐待和性虐待的报告远高于男性,可能反映了不同性别的社会地位。本研究结果显示,男女施暴者所采取的施暴形式并没有明显差异,但遭受持械殴打的男性明显多于女性。其原因有待进一步研究。

四、家庭暴力表现形式与文化程度

在施暴者中,初中以下文化程度的施暴者言语辱骂的发生率明显高于高中以上文化程度者(95.4% vs 83.3%,$OR=4.2$)(OR 为比值比 odds ratio 的简称);而徒手殴打、毁坏家什、持械殴打的发生率两者之间无明显差异。

在受虐者中,初中以下文化程度受虐者遭受羞辱谩骂和持械殴打的发生率明显高于高中以上文化程度者(97.5% vs 88.6% 和 13.2% vs. 1.1%,$OR=5.5$ 和 13.4);而遭受徒手殴打和毁坏家什的发生率两者之间差异不明显。

可见,虽然言语辱骂以文化较低者为多,但其中仍有 80% 的施暴者文化程度较高,而且,其躯体暴力的发生率与文化程度较低者相当。可见,不仅施暴者的施暴行为并非与其文化程度呈负相关,而且,使用躯体暴力的发生率也并非与其文化程度呈负相关,君子动口还要动手。可见,文化程度高者,未必就心理素质、道德修养更胜一等。这也促使我们对现代教育体制的反思。

综上所述,家庭暴力的表现形式多样,同一家庭可能并存多种暴力形式。家庭暴力中精

神暴力明显多于躯体暴力。不同家庭结构、不同性别、不同文化程度,其家庭暴力的表现形式有所不同。提示在对家庭暴力进行预防和心理干预时,可针对不同人群而有所侧重。

第二节 家庭暴力的发生因素

如前所述,家庭暴力不仅是一个社会问题,同时也是一个医学问题和精神卫生问题。究其原因,自然离不开生物、心理、社会、文化等诸多因素的共同作用。复习以往文献,结合课题组自己的研究,将家庭暴力的发生因素归纳为三类,即倾向因素、促发因素与强化因素。

一、家庭暴力的倾向因素

所谓倾向因素,是指个体本身持续存在的容易产生暴力行为的潜在倾向,它似乎时隐时现、扑朔迷离,但我们在研究中却始终能感受到它的存在与力度。一方面,儿童早期的心理创伤和成长经历与暴力行为有关联;另一方面,除了社会学习理论以外,人类的暴力攻击行为可能还有其生物学倾向因素。从分子生物学角度对动物和人类的暴力攻击行为进行量研究已有所发现。美国 2002 年的《科学》杂志有研究发现暴力倾向与基因有关。本组其中的一部分工作就是积极地探索家庭暴力施暴者的分子遗传学基础,试图寻找暴力感基因",以探求遗传因素和环境因素是以何种特殊的配伍形式共同形成了家庭暴力行为潜在定势。

二、家庭暴力的促发因素

将家庭暴力常见的促发因素归纳为:家庭经济问题、子女教育问题、夫妻感情问题、工作问题、人际纠纷问题、施暴者个人的问题(如嗜烟酒赌、脾气不好或有病)、受虐者个人的问题(如嗜烟酒赌、脾气不好或有病)、承袭或模仿以及其他问题。本课题组研究根据 624 名施暴者与受虐者的报告结果显示,施暴组与受虐组报告家庭暴力促发因素的排序有所差异。施暴组回答的前三位因素依次是:子女教育问题、家庭经济问题和施暴者的问题;而受虐组则是:施暴者的问题、子女教育问题和家庭经济问题。在评价对方的问题上,两组的差异具有非常显著性,如表 2-1。

表 2-1 家庭暴力的促发因素(n,%)

促发因素	施暴组的回答	受虐组的回答	χ^2	P
子女教育问题	137(43.1)	122(39.9)	0.619	0.432
家庭经济问题	108(34.0)	99(32.4)	0.137	0.712
夫妻感情问题	55(17.3)	69(22.5)	3.114	0.078
受虐者的问题	99(31.1)	61(19.9)	10.255	0.001
嗜赌、烟酒	5(1.6)	9(3.6)		
脾气不好	90(28.3)	48(15.7)		
疾病	4(1.3)	4(1.3)		
施暴者的问题	103(32.3)	133(43.5)	8.132	0.004
嗜赌、烟酒	9(2.9)	13(4.3)		

续表

促发因素	施暴组的回答	受虐组的回答	χ^2	P
脾气不好	85(26.7)	112(36.6)		
疾病	9(2.9)	8(2.6)		
工作问题	45(14.2)	41(13.4)	0.074	0.785
人际纠纷问题	31(9.7)	31(10.1)	0.025	0.873
承袭或模仿	3(1.0)	4(1.3)	0.186	0.666
其他	19(6.0)	20(6.5)	0.084	0.772

进一步比较不同地区的家庭暴力促发因素,发现农村家庭暴力产生的前三位促发因素依次为:施暴者的问题、家庭经济问题和受虐者的问题;

城区依次为:子女教育问题、施暴者的问题和家庭经济问题;

工业区依次为:子女教育问题、家庭经济问题和施暴者的问题。

表 2-2 显示,除工作问题外,三地区其他促发因素所占百分率的差异均具有显著性。其中家庭经济问题、施暴者和受虐者的问题以及人际纠纷问题以农村报告最多,夫妻感情问题和工作问题以城市居多,子女教育问题则以工业区居多。

表 2-2 不同地区家庭暴力促发因素$(n,\%)$

促发因素	农村($N=214$)	城区($N=207$)	工业区($N=203$)	χ^2	P
子女教育问题	51(23.8)	80(38.6)	128(63.4)	67.958	0.000
家庭经济问题	96(44.9)	72(34.8)	38(18.8)	32.359	0.000
夫妻感情问题	26(12.1)	69(33.3)	29(14.4)	35.388	0.000
施暴者问题	128(59.8)	73(35.3)	35(17.3)	80.613	0.000
嗜赌、烟酒	16(7.5)	2(0.9)	4(2.0)		
性格不好	96(44.9)	71(33.2)	30(14.8)		
疾病	16(7.5)	—	1(0.5)		
受虐者问题	78(36.4)	58(28.0)	26(12.9)	30.676	0.000
嗜赌、烟酒	11(5.1)	3(1.4)	2(0.1)		
性格不好	60(28.0)	55(26.6)	23(11.3)		
疾病	7(3.3)	—	1(0.5)		
工作问题	24(11.2)	37(17.9)	25(12.4)	4.434	0.109
人际纠纷问题	30(14.0)	13(6.3)	19(9.4)	7.131	0.028

表 2-3 显示，不同地区施暴组与受虐组家庭暴力促发因素的报告率也有所差异。

表 2-3　不同地区施暴组与受虐组报告的家庭暴力诱发因素(n,%)

促发因素	农村		城区		工业区	
	施暴组 (N=105)	受虐组 (N=109)	施暴组 (N=106)	受虐组 (N=101)	施暴组 (N=107)	受虐组 (N=96)
子女教育问题	23(21.9)	28(25.7)	41(38.7)	39(38.6)	73(68.2)	55(57.3)
家庭经济问题	51(48.6)	45(41.3)	39(36.8)	34(33.7)	18(16.8)	20(20.8)
夫妻感情问题	12(11.4)	14(12.8)	31(29.2)	38(37.6)	12(11.2)	17(17.7)
施暴者问题	50(47.6)[1]	78(71.6)	33(31.1)	40(39.6)	20(18.7)	15(15.5)
受虐者问题	54(51.4)[2]	27(24.8)	35(33.0)	23(22.8)	13(12.1)	13(12.5)
工作问题	12(11.4)	12(11.0)	19(17.9)	18(17.8)	14(13.1)	11(11.5)
人际纠纷问题	16(15.2)	14(12.8)	5(4.7)	8(7.8)	10(9.3)	9(9.4)

[1] 农村施暴组与受虐组比较，χ^2=12.754,P=0.000

[2] 农村施暴组与受虐组比较，χ^2=16.156,P=0.000

农村施暴组报告的前三位诱因依次是：受虐者问题、家庭经济问题和施暴者问题，受虐组则依次是：施暴者问题、家庭经济问题和子女教育问题，两组在评价对方的问题上差异具有非常显著性。

城区施暴组报告的前三位诱因依次是：子女教育问题、家庭经济问题和受虐者问题，受虐组依次是：施暴者问题、子女教育问题和夫妻感情问题，两组所有因素报告率的差异均无显著性。

工业区施暴组的报告依次是：子女教育问题、施暴者问题和家庭经济问题，受虐组依次是：子女教育问题、家庭经济问题和夫妻感情问题，两组所有因素报告率的差异亦均无显著性。

不同地区家庭暴力促发因素的共存情况也有差异。

报告一种诱因者农村 38 人(17.8%)，城区 55 人(26.5%)，工业区 107 人(52.7%)；报告两种诱因者农村 15 人(7.0%)，城区 36 人(17.4%)，工业区 35 人(17.2%)；报告有三种及以上诱因者农村 161 人(75.2%)，城区 116 人(56.0%)，工业区 61 人(30.1%)。仅有一种诱因者以工业区报告率最高，同时有两种诱因者以城区的报告率最高，而同时有三种以上诱因者以农村报告率最高。

由此可见，家庭暴力的促发因素有很多，这些因素可能单一出现，也可能同时出现，成为家庭暴力的导火索。

不良生活事件往往直接促发家庭暴力。居首位的促发因素为子女教育问题。国内以往有类似报道。研究中有超过 2/5 的家庭暴力缘于子女教育问题，包括对子女施暴、在孩子教养问题上产生分歧时对配偶或家庭其他成员施暴。特别是在以"核心家庭"为主流的城区和工业区家庭，孩子往往是家庭的中心，是家人关注的焦点，是维系家庭的主要纽带，父母"望子成龙"、"望女成凤"，对孩子都寄予了自己的厚望，于是夫妻之间、父子之间容易在教育方式、教育目标上产生分歧和矛盾，而家庭暴力则可能成为施暴者"解决"矛盾的一种手段，表现为对子女施暴、在孩子教养问题上产生分歧时对配偶或家庭其他成员施暴。

家庭经济问题则是家庭暴力产生的另一主要促发因素，且以农村为甚。家庭经济收入低，可能带来如孩子上学问题、家人就医问题，甚至基本生活需要都成了问题，此类等等均可

以给人带来精神压力,均可能给人造成心理失衡而产生暴力行为。另外,家庭经济分配的分歧,如农村家庭少有固定经济收入、农村老人无退休福利、夫妻双方老人的赡养费、家庭成员的经济支配权等等,也可能导致家人之间的关系紧张以致暴力发生。本研究显示,由家庭经济问题诱发的家庭暴力,是最终导致家庭破裂的一个危险因子。

虽然家庭暴力以夫妻暴力形式为最多,但起源于夫妻感情问题的不到20%,低于发达国家的报道。但是,作为家庭暴力的诱因,夫妻感情问题城市明显多于农村。是不是反映农村夫妻还没有把夫妻感情问题放到有必要重视的地位?但不容忽视的是,由夫妻感情问题所诱发的家庭暴力,最终导致家庭破裂的危险度是其他原因的7倍之多。说明,夫妻感情问题引发家庭暴力的频率虽不高,但一旦诱发,则后果很严重。

家庭中如果有下岗、酗酒、赌博、精神病或病残人员,容易出现家庭暴力。一方面,这些成员本身可以直接成为施暴者;另一方面,这些成员给家庭带来的经济负担和精神伤害,可以间接增加施暴者的不良情绪,促发暴力产生。另外,如果家庭系一人独裁专制,或人人各行其是、不互相尊重与谦让,也可能为家庭暴力的滋生提供场所。

此外,工作压力和人际纠纷给人所带来的压力,同样可以成为家庭暴力的导火线。其中工作问题以城市居多,而人际纠纷问题则以农村地区为多。

在家庭暴力中,施暴者应该负主要责任。施暴者的个性与行为问题是家庭暴力的另一主要诱因,有近2/5的受虐者和1/3的施暴者本人都认为暴力的产生主要归因于施暴者的个性与行为问题,包括"脾气性格不好、嗜烟酒等",尤以前者为甚。特别是农村地区报告有60%的家庭暴力主要归因于施暴者的问题,位居所有诱因的榜首。施暴者大多具有占有欲、不安全感、冲动等特点,严重施暴者可能具有人格障碍,可能具有情绪不稳的个性特征,遇到较多的负性生活事件则多以消极的应对方式去处理。国外亦有相关报道。

有人认为家庭暴力与受虐者本人也有些关系(victim-blaming),那些好嘲讽男性、好争吵又懒惰的女性容易成为受虐者,当然那些有酗酒、赌博等不良行为的人也同样容易成为受虐者。美国纽约1200名受试者接受的家庭暴力诱发因素调查中,有25%的人认为暴力是由于受虐女性所引起的。受虐者问题是农村家庭暴力的主要诱因之一。有趣的是,在农村,施暴者报告家庭暴力的首位诱因缘于受虐者,而受虐者则认为首要诱因缘于施暴者,两者在评价对方问题上差异具有非常显著性。可见,不仅家庭暴力施暴者的个人素质可能存在缺陷,而且受虐者的个人素质也亟待提高,以农村地区尤甚。此外,在对农村家庭暴力进行干预时,需侧重于帮助家庭暴力当事者提高自我认识、学会换位思考。

处于不良心境中的人不仅容易成为家庭暴力的施暴者,往往也容易成为家庭暴力的受虐者。不良心境可以由外在负性生活事件诱发,也可以是内在素质使然。可表现为情绪焦虑抑郁、人际敏感敌意。在不良心境下,可能"看人人不顺眼,做事事不顺心",当家庭事务、工作事务处理不顺时,则容易出现施暴行为;在不良心境下,也可能出言不逊、做事不当,又容易招致暴力行为。

处于精神疾病中的人不仅更容易成为家庭暴力的施暴者,往往也更容易成为家庭暴力的受虐者。精神疾病患者,可能在病理症状影响下冲动施暴,也可能由于患病给家庭带来了经济负担和精神负担,从而增加了受虐的几率。

三、家庭暴力发生的强化因素

最初,家庭暴力可能会如同"暴风骤雨"一触而发、一发而过。不一定反复,不一定持续。

但如果遇上强化因素,家庭暴力则有了得以长期生存的土壤。文献显示,家庭暴力的强化因素也不少,总结起来,大体可分为:文化的包容、社会的纵容以及受虐者的宽容。

(一)文化的包容

家庭暴力的长期存在自有其深厚的历史文化根源,"男尊女卑"的思想源远流长。很长一段时期,丈夫殴打妻子的行为是为社会所许可的。例如宗教经典《古兰经》中就有教育"好女人"要怎样顺从丈夫,教导男人如何用鞭子驯服女人。19世纪之前,英国法律规定"丈夫有掌管家庭财产和妻子的权利"。1782年,英国法律明文规定,丈夫殴打妻子的棒子最大不能超过拇指大小,这就是著名的"拇指政策"(rule of thumb)。中国封建传统文化也常常在包容家庭暴力。元、明、清代法律都规定对于父母殴打子女、丈夫殴打妻子的行为不予惩罚,造成死亡者才予以轻微处罚。奉行"三纲学说"即"君为臣纲、父为子纲、夫为妻纲",在国则君臣等级森严,在家则父子、夫妇尊卑有序,从而形成了中国的父权和夫权观念,这种传统观念代代传承、深深积淀于人们的头脑之中。随着社会经济的不断发展,文明程度的不断提高,这些封建的观念虽然在人们的脑海中逐渐淡化,但至今还是"挥之未去"。这些传统文化影响的深远,为家庭暴力提供了长期滋生的沃土。

(二)社会的纵容

家庭暴力的长期存在,左邻右舍却视而不见、乡规民约也常"疏而且漏",这种默许,实际上纵容了家庭暴力的生生不息。家庭暴力一旦发生,并非千夫所指,而是常常有人问"该不该打?",即使不该打,又常常举着"清官难断家务事"的挡箭牌,领导不管、邻居不劝、不出人命法律不予干涉的局面。这些现象无不折射出社会对家庭暴力的纵容。虽然我国《宪法》、《婚姻法》、《妇女权益保护法》等法律也有一些原则性的规定,但至今尚没有一部关于"禁止家庭暴力"的专门法律。许多人意识不到家庭暴力的违法性,社会对施暴行为缺乏足够的制约机制。施暴者很少受到舆论谴责,更少受到法律制裁。本课题组的研究中施暴者受到处分处罚的报告率竟不到1%。

(三)受虐者的宽容

家庭暴力的频繁发生,与部分受虐者的宽容与接纳有关。研究显示有60%的受虐者认为家庭暴力是可以接受或在某些情况下可以接受,并以农村地区更甚,将近90%的受虐者持此看法。有三分之一的施暴者施暴后不受丝毫影响,甚至在家威望还更高。这种"奖赏"无疑强化了暴力行为的再次发生。另外,那些备受家庭暴力侵害的人,可能在传统文化观念的影响之下,对施暴行为习以为常、逆来顺受。致使施暴者有恃无恐,使家庭暴力频繁发生。

第三节 家庭暴力产生的后果

家庭暴力产生的后果是多维的,不仅影响受虐者和施暴者,而且可能波及到整个家庭和家庭每个成员;家庭暴力不仅可产生直接的近期影响,也可能带来潜隐的远期后果。

一、家庭暴力产生的直接后果

将对家庭产生的直接后果归纳为:对家庭无影响、家庭更团结兴旺、家庭不和睦、家庭破裂和经济损失;对受虐者产生的直接后果有:无影响、出走或流浪、仇视或报复、精神损伤、身体损伤、身体致残、致死、自杀或自杀未遂;对施暴者的直接后果有:无影响、在家中威望更高、在家中受孤立、自责自罪、受处分、受治安处罚或判刑。

（一）对家庭影响

不论施暴组还是受虐组，一致认为家庭暴力直接导致家庭的前三位后果依次是：家庭不和睦、对家庭无影响和家庭经济损失。不一致的是：施暴组认为暴力使家庭更团结的比例明显高于受虐组。

（二）对施暴者影响

家庭暴力对施暴者产生的后果，施暴组自认为前三位的依次是：自责、无影响和在家中受孤立；而受虐组则依次是：无影响、在家中受孤立和自责。其中受虐组认为施暴者自责的比例明显低于施暴组。

（三）对受虐者影响

家庭暴力对受虐者产生的后果，受虐者自身认为居前三位的依次是：精神损伤、无影响、身体损伤。而施暴组则依次是：无影响、精神损伤和仇视或报复。其中施暴组中认为无影响比例高于受虐组，认为有精神损伤的比例明显低于受虐组。

（四）家庭暴力产生的因果关系

以家庭暴力发生的诱因，即家庭经济问题、子女教育问题、夫妻感情问题、工作问题、人际纠纷问题、施暴者问题以及受虐者问题等因素作为自变量，分别以家庭暴力是否对家庭产生家庭不和睦（y_1）、家庭经济损失（y_2）、家庭破裂（y_3）、家庭更团结兴旺（y_4）等的后果作为因变量进行 Logistic 回归分析。

结果如表 2-4。所有自变量均进入 y_1 的回归方程，对应变量的影响前三位从大到小的依次为：施暴者问题、人际纠纷和夫妻感情问题；进入 y_2 回归方程的自变量为施暴者的问题；进入 y_3 回归方程的自变量为家庭经济问题和夫妻感情问题；进入 y_4 回归方程的自变量为子女教育问题。拟合方程的 Nagelkerke 决定系数 R^2 分别为 0.282、0.091、0.174 和 0.106，判断总正确率分别为 72.0%、89.5%、96.3% 和 93.2%，可见每个回归模型对应变量变异的贡献率较小，说明家庭暴力的每一种后果均可能来自多方因素的影响。

表 2-4　家庭暴力产生因果关系的 Logistic 回归分析

	B	S.E.	Wald	P	OR	95%CI
家庭不和（y_1）						
因家庭经济	1.014	0.207	24.003	0.000	2.757	1.838～4.137
因子女教育	−0.472	0.193	5.981	0.014	0.624	0.427～0.910
因夫妻感情	1.048	0.246	18.227	0.000	2.853	1.763～4.616
因工作问题	−0.724	0.274	6.995	0.008	0.485	0.283～0.829
因人际问题	1.316	0.334	15.547	0.000	3.730	1.939～7.175
施暴者问题	1.322	0.200	43.567	0.000	3.749	2.532～5.551
受虐者问题	0.816	0.221	13.639	0.000	2.263	1.467～3.490
Constant	−0.804	0.197	16.653	0.000	0.448	
经济损失（y_2）						
施暴者问题	1.143	0.273	17.575	0.000	3.137	1.838～5.355
Constant	−2.629	0.213	152.442	0.000	0.072	

续表

	B	S.E.	Wald	P	OR	95%CI
家庭破裂（y₃）						
因家庭经济	1.149	0.458	6.293	0.012	3.156	1.286～7.748
因夫妻感情	1.986	0.456	18.956	0.000	7.287	2.980～17.819
Constant	−4.612	0.442	108.764	0.000	0.010	
家庭兴旺（y₄）						
因子女教育	0.900	0.346	6.756	0.009	2.460	1.248～4.848
Constant	−2.701	0.301	80.762	0.000	0.067	

　　不难理解，任何理由的暴力行为，均可能有损家庭的和睦气氛，给整个家庭留下难以驱散的阴影。家庭暴力还不免会造成家庭的经济损失，如损坏家庭设施、负担受虐者医疗费用、受虐者因受伤而不能坚持工作和劳动等等，这种情况在农村家庭较为多见。如果家庭暴力频繁发生，势必渐渐伤害到家庭成员之间的感情，使家庭的稳定性受到挑战。对于家庭而言，婚姻破裂和家庭解体是最严重的后果。我国每年大约有将近十万户的暴力家庭以家庭破裂而告终。

　　令人费解的是，有 1/4 的人认为家庭暴力并未给家庭带来任何不良影响，甚至家庭还显得更团结兴旺，特别是在工业区最多，持此观点的多达将近 60%。这不仅会使家庭暴力合理化，还会强化施暴行为，值得注意。

　　家庭暴力的最直接受害者便是受虐者。家庭暴力对受虐者最直接的伤害是躯体损伤，如身体组织肿胀淤血、功能受限、慢性疼痛等，有些因身体受损伤而被迫放弃工作、无法承担家庭事务，但严重到身体致残甚至致死者仍属少数。而家庭暴力给受虐者带来的心理损害却是不胜枚举的。本研究报告 40% 的受虐者报告受虐后出现一系列的心理健康问题。

　　有些受虐者不忍暴力而离家出走或出现自杀行为，有些受虐者可能"借酒浇愁"，因此染上嗜烟酒等不良习惯。香港有研究对 95 788 名中学生调查显示，过去六个月受过躯体虐待的青少年其现症吸烟、饮酒、吸毒以及涉及性活动者明显增多。有研究还显示，儿童期受虐者日后成为施暴者的相对危险度为 3.6。还有些受虐者视施暴者如仇人，甚至以暴制暴，通常以女性为多。过分的反抗造成家破人亡的惨案已不罕见。

　　施暴者其实是最应该受到惩罚的，但现实情况显然不尽如人意。研究显示约 1/3 的施暴者并未受到任何影响，甚至在家庭中威望还更高。施暴者如果对施暴自得其理，施暴后又得到一味的宽容，那么自然可能反复发生家庭暴力。

　　当然，有一部分施暴者施暴后会感到自责后悔，后悔一时冲动而伤了家人；还有一部分施暴者施暴后会在家中处于孤立状态，招致家人在心理上的反感，甚至变得众叛亲离；极少数施暴者由于情节严重才会受到处分或处罚。有时由于受虐者的过分反抗，施暴者成为受虐者的亦有之。

二、家庭暴力产生的间接后果

　　家庭暴力还可能给家庭其他成员留下经久难弥的心理伤害。特别是对于未成年的孩子。不论是精神分析学派，或是临床经验都告诉我们，童年成长的经历对人的一生是非常重要的。"学习理论"(learning theory)认为,暴力行为是在经历或目睹暴力的过程中习得的行为。从小生活在暴力家庭中的成员,通过耳濡目染、潜移默化,在他们成长后实施家庭暴力的概率增加。儿童期遭受过虐待的父母亲很可能会虐待自己的孩子,因为他们从小就感受到"人就是在被打中成长的",从而有可能将自己孩提时"被教育"的方式原封不动地拿来"教育"自己的孩子。儿童期经历或目睹过家庭暴力的青少年,不论男女都更容易出现暴力行为。更甚者可能由此仇视社会、报复社会,进而走向犯罪道路。我们的另一项研究发现在女性犯罪者中就有相当部分人有儿童期目睹家庭暴力或性虐待史。儿童期目睹家庭暴力对个体自尊水平有负性影响。

家庭暴力就像一片浓重的阴影,无时不影响着生活在暴力家庭环境中的成员,特别是未成年孩子。他们可能会出现焦虑、抑郁、恐惧等情绪障碍,可能会出现孤僻、自卑、敌对等心理问题。待他们成年之后,如果得不到所需的心理抚慰或心理治疗,一部分则可能发展成为问题少年或精神障碍患者。躯体虐待还可能导致儿童智能发育受损、认知发展受阻,称之为"暴力诱发的智力伤残"。一项前瞻性研究显示,儿童期生活在家庭暴力之中的孩子,数年后出现品行障碍的孩子明显增多,且以女孩多见。有些人可能罹患创伤后应激障碍(post traumatic stress disorder,PTSD),多年后仍反复重现暴力场景。儿童期虐待还可能使成年后自杀倾向的危险性增高 2~5 倍,这些自杀倾向者中有 28% 可诊断为抑郁症。

此外,孕期女性如遭受家庭暴力,还可能对其子代产生心理和生物学方面的不良影响。

(曹玉萍)

参 考 文 献

1. Becker KB,McCloskey LA. Attention and conduct problems in children exposed to family violence. Am J Orthopsychiatry,2002,72(1):83-91.

2. Caspi A,McClay J,Moffitt TE,et al. Role of genotype in the cycle of violence in maltreated children. Science. 2002,297(5582):851.

3. Catherine So-kum Tang. Childhood experience of sexual abuse among Hong Kong Chinese college students. Child Abuse & Neglect,2002,26(1):23-37.

4. Clarke J,Stein MD,Sobota M,et al. Victims as victimizers:physical aggression by persons with a history of childhood abuse. Arch Intern Med,1999,13,159(16):1920-1924.

5. Coker AL,Derrick C,Lorpkin JL,et al. Help-seeking for intimate partner violence and forced sex in South Carolina. Am J Prev Med,2000,19(4):631-620.

6. Dube SR,Anda RF,Felitti VJ,et al. Childhood abuse,household dysfunction,and the risk of attempted suicide throughout the life span:findings from the adverse childhood experiences study. JAMA,2001,286:30892-30961.

7. Ertem IO,Leventhal JM,Dobbs S. Intergenerational continuity of child physical abuse:How good is the evidence? Lancet,2000,356:814-819.

8. Frost M. Health visitors' perceptions of domestic violence:the private nature of the problem. J Adv Nurs,1999,30(3):589-596.

9. Hamberger LK,Lohr JM,Bonge D,et al. An empirical classification of motivations for domestic violence. Violence Against Women,1997,3(4):401-423.

10. Hegarty KL,Bush R. Prevalence and associations of partner abuse in women offending general practice:a cross-sectional survey. Aust N Z J Public Health,2002,26(5):437-442.

11. Herrera VM,McCloskey LA. Sexual abuse,family violence,and female delinquency:findings from a lon-

gitudinal study. Violence Vict,2003,18(3):319-334.

12. Huang Guoping, Zhang Yalin, Momartin S, Cao Yuping. Prevalence and characteristics of trauma and posttraumatic stress disorder in female prisoners in China. Compr Psychiatry,2006,47(1):20-29.

13. Klevens J, Bayon MC, Sierra M. Risk factors and the context of men who physical abuse in Bogota, Colombia. Child Abuse & Neglect,2000,24:323-332.

14. Krishnan SP, Hilbert JC, VanLeeuwen D. Domestic Violence and Help-Seeking Behaviors among Rural Women: Results from a Shelter-Based Study. Fam Community Health,2001,24(1):28-38.

15. Krug EG, Dahlberg LL, Mercy JA, et al(Eds.)World report on violence and health. Geneva: World Health Organization,2002.

16. Kyriacou DN, Anglin D, Taliaferro E, et al. Risk factors for injury to women from domestic violence against women. N Engl J Med,1999,341(25):1892-1898.

17. Lau JT, Kim JH, Tsui HY, et al. The relationship between physical maltreatment and substance use among adolescents: a survey of 95,788 adolescents in Hong Kong. J Adolesc Health,2005,37(2): 110-119.

18. Maxwell CD, Maxwell SR. Experiencing and witnessing familial aggression and their relationship to physically aggressive behaviors among Filipino adolescents. J Interpers Violence, 2003, 18(12): 1432-1451.

19. Moss K. Witnessing violence—aggression and anxiety in young children. Health Rep, 2003, 14 Suppl:53-66.

20. O'Campo P, Gielen AC, Faden RR, et al. Verbal sbuse and physical violence among a cohort of low-income pregnant women. Women's Health Issues,1994,4(1):29-37.

21. O'leary KD, Smith DA. Marital interactions. Annu Rev Psychol,1999,42:191-212.

22. Okemgbo CN, Omioleyi AK, Olimegwu CD. Prevalence, patterns and corretes of domestic violence in selected Igbo communities in Imo State, Nigeria. Afr J Reprod Health,2002,6(2):101-114.

23. Pearson V, Phillips MR, He F, et al. Attempted suicide among young rural women in the People's Republic of China: possibilities for prevention. Suicide Life-Threatening Behav,2002,32:359-369.

24. Rodriguez E, Lasch KE, Chandra P, et al. Family violence, employment status, welfare benefits, and alcohol drinking in the United States: what is the relation? J Epidemiol Community Health,2001,55(3): 172-178.

25. Stewart DE, Robinson GE. A review of domestic violence and women's mental health. Arch Women Mental Health,1998,1:83-89.

26. Stuart GL, Moore TM, Gordon KC, et al. Psychopathology in women arrested for domestic violence. J Interpers Violence,2006,21(3):376-389.

27. Walton-Moss BJ, Manganello J, Frye V, et al. Risk factors for intimate partner violence and associated injury among urban women. J Community Health,2005,30(5):377-389.

28. Wendt MB, Martha C. Psychosocial aspects of partner abuse. Am J of Nursing,2002,102(6):24AA-24CC,24EE-24GG.

29. Worden AP, Carlson BE. Attitudes and beliefs about domestic violence: results of a public opinion survey: II. Beliefs about causes. J Interpers Violence,2005,20(10):1219-1243.

30. 曹玉萍,张亚林,孙圣琦,等. 湖南省家庭暴力的流行病学调查总体报告. 中华流行病学杂志,2006,27 (3):9-12.

31. 何影,张亚林,李丽,黄任之,周雪婷,张迎黎. 儿童期虐待、目睹家庭暴力对大学生自尊的影响. 中华行为医学与脑科学杂志,2010,19(4):355-357.

32. 胡佩诚. 200 对夫妇家庭暴力调查. 中国心理卫生杂志,1996,10(4):171-172.

33. 李德敏,杨佩娣.34 名赌博者心理健康状况与人格特征的对照研究.中国行为医学科学,2001,10(4): 373.
34. 李龙飞.家庭暴力对儿童行为的影响及儿童攻击行为的分子生物学研究.中南大学硕士论文.2005.
35. 李增庆,李武,李斌,等.武汉市家庭暴力现状及影响因素研究.医学与社会,2002,15(6):25-27.
36. 李兆晖,程怡民,王献蜜.农村地区家庭暴力调查分析.中国行为医学科学,2003,12(2):228-230.
37. 杨世昌,张亚林,郭果毅,等.受虐儿童的父母养育方式探讨.实用儿科临床杂志,2003,18(1):14-16.
38. 张亚林.精神病学.北京:人民教育出版社.2005.
39. 张勇,张亚林,邹韶红,张向晖,曹玉萍,杨世昌.孕期家庭暴力与新生儿血浆氨基酸及皮质醇的关系,中华内科学杂志,2008,47(3):209-212.
40. 赵幸福,张亚林.暴力攻击行为相关基因的研究进展.国外医学精神病学分册,2004,31(3):147-149.
41. 赵幸福.儿童期虐待问卷中文版的信效度及家庭暴力男性施暴者社会心理和分子生物学研究.中南大学博士论文,2005.

第三章

家庭暴力的家庭特征

既然家庭暴力是指发生在家庭成员之间的暴力行为,那么,暴力家庭是否有其高危特点呢? 国内外的相关研究较少。本章拟结合笔者自己的研究,探讨家庭暴力的家庭特征,以期为家庭暴力高危家庭的早期识别和有效防治提供参考。

第一节 对照研究

一、研究方法

从前期完成的大型流行学调查所发现的家庭暴力阳性家庭中随机抽取 310 户家庭作为研究家庭(以下简称 DV 家庭),按照家庭结构配对选取 310 户无暴力家庭作为对照家庭,DV 家庭与对照家庭的家庭结构、家庭人口数均无差异。

采用自编家庭暴力家庭问卷,由家庭的户主或实际上的户主填写。内容包括:①户主的年龄、性别、婚姻状况及家庭人口数、家庭结构、家庭经济状况(年人均收入)和居住状况(人均居住面积)、家庭成员对经济和居住状况的主观评价;②家庭体制:家长制(一人说了算,全家都必须服从),民主制(民主协商、求同存异、达成共识),自由制(每个主要成员互不受限制,各行其是),其他(需注明);③家庭成员状况:家庭中是否有待业下岗者、服刑或有前科者、吸毒者、酗酒者、赌博者、婚外恋者、宗教信仰者、精神病者、病残者、其他(需注明);④对家庭暴力的态度(以下简称 DV 态度):家庭中是否有成员认为当家中成员之间发生冲突时,可以采用羞辱谩骂、伤人毁物、殴打、残害、限制人身自由及性虐待等方式来解决。

采取正常对照的研究方法。对 DV 家庭和对照家庭进行深入细致的入户半定式面谈。面谈在受试者可以接受的地方进行,包括家里、办公室、厂房或劳作田间等。研究者均经过专门培训。每户均由两位研究人员上门访谈,并统一进行质量控制。

二、暴力家庭社会学因素的单因素分析

如表 3-1 显示,DV 家庭的年人均收入略低于对照家庭,人均居住面积小于对照家庭;DV 家庭中家庭成员对经济与居住状况的主观评价均低于对照家庭,家长制与自由制家庭明显多于对照家庭,而民主制明显少于对照家庭。DV 家庭中待业下岗、酗酒、赌博、精神病

和病残成员均明显多于对照家庭,家庭成员持可以使用家庭暴力解决家庭问题的态度者明显多于对照家庭。

表 3-1 DV 家庭与对照家庭社会学因素的比较

社会学因素	DV 家庭	非 DV 家庭	t/χ^2	P	OR	$95\%CI$
经济/居住($M\pm SD$)						
人均收入(元)	4754 ± 5510	5413 ± 4893	-1.711	0.088		
居住面积(m^2)	20 ± 11	22 ± 13	-2.088	0.037		
主观评价差(%)						
自评经济	85(27.5)	48(15.5)	16.003	0.000	2.066	1.442~2.962
自评居住	103(33.3)	71(23.1)	9.725	0.002	1.657	1.205~2.281
家庭体制(%)						
家长制	78(25.0)	21(6.8)	44.792	0.000	4.587	2.843~7.403
民主制	137(44.2)	250(80.6)	111.633	0.000	0.190	0.138~0.263
自由制	61(19.6)	38(12.3)	7.760	0.005	1.740	1.174~2.577
家庭成员(%)						
待业下岗	66(21.3)	36(11.6)	12.818	0.000	2.063	1.38~3.09
服刑	6(2.0)	1(0.3)	2.376	0.123△	3.092	0.68~14.06
吸毒	1(0.4)	0	1.114	0.540△	1.558	1.482~1.637
酗酒	10(3.1)	0	9.633	0.001△	1.573	1.495~1.655
赌博	17(5.6)	1(0.3)	15.369	0.000△	18.176	2.47~133.81
宗教信仰	5(1.6)	1(0.3)	2.914	0.088△	5.066	0.64~40.17
婚外恋	3(1.1)	0	3.357	0.067△	1.562	1.485~1.642
精神病	14(4.5)	3	14.275	0.000△	1.581	1.501~1.664
病残	20(6.5)	7(2.3)	6.975	0.008	2.897	1.271~6.602
DV 态度(%)						
可使用暴力	224(72.4)	37(11.9)	291.522	0.000	19.356	13.10~28.60

注:计数资料均为二分类变量;△为 Fisher 精确概率 P 值

三、暴力家庭社会学多因素分层回归分析

已有研究表明,家庭暴力与家庭结构和婚姻状况有关。那么,现在将家庭结构、婚姻状况和家庭人口数等因素控制后,还有哪些因素对家庭暴力有预测意义呢? 诸如家庭一般状况(包括客观与主观经济、居住状况)、家庭体制、家庭特殊成员以及家庭成员对家庭暴力的

总体态度等因素是否与家庭暴力相关？采用分层 Logistic 回归分析，将是否为暴力家庭作为应变量，将上述单因素分析中有意义的变量作为自变量依次进入方程分析。

表 3-2 可见，Step(ⅰ)的家庭一般状况中，家庭成员对经济的主观评价首先进入方程，显示有显著预测意义；Step(ⅱ)当家庭体制进入方程时，经济自评的回归系数有所下降但仍有显著性，此时家长制与自由制均有显著预测意义，而民主制没有意义，方程模型的意义具有非常显著性；Step(ⅲ)当家庭特殊成员进入方程时，经济自评因子的贡献量已降至有显著意义趋势，家长制与自由制的贡献量下降不大，且仍具有显著预测意义，此时家庭特殊成员中只有下岗与赌博因子具有显著预测意义，说明经济自评因子的预测作用已被新进入的下岗与赌博因子所取代；Step(ⅳ)，当对家庭暴力的态度进入方程时，显示该因子对方程的贡献量最大，且方程模型的意义具有非常显著性，同时家长制与自由制的贡献量继续下降，但仍具有显著预测意义，而下岗与赌博的贡献量反而增加，说明下岗、赌博与家庭暴力态度之间具有相互作用。第四步暴力家庭的 5 个预测变量回归方程的 Nagelkerke 决定系数 R^2 为 0.619，说明上述变量可以解释暴力家庭预测变量 61.9% 的方差。

表 3-2　暴力家庭社会学因素的分层 Logistic 回归分析

	变量	Wald	P	OR	95% CI
Step(ⅰ)	经济自评	18.180	0.001	2.389	1.601~3.565
	Model $\chi^2(df)$	18.988(1)	0.000		
Step(ⅱ)	经济自评	9.282	0.000	1.919	1.262~2.920
	＋家长制	43.531	0.000	5.911	3.487~10.020
	＋自由制	25.916	0.000	3.177	0.989~3.312
	Model $\chi^2(df)$	83.843(3)	0.000		
Step(ⅲ)	经济自评	3.631	0.057	1.540	0.988~2.402
	家长制	40.295	0.000	5.755	3.352~9.879
	自由制	24.144	0.000	3.162	1.998~5.005
	＋下岗	12.909	0.000	2.411	1.492~3.896
	＋赌博	6.708	0.010	15.387	1.944~121.756
	Model $\chi^2(df)$	119.327(6)	0.000		
Step(ⅳ)	家长制	13.083	0.000	3.547	1.786~7.045
	自由制	16.234	0.000	3.559	1.919~6.599
	下岗	17.636	0.000	3.757	2.026~6.968
	赌博	10.610	0.001	38.339	4.273~343.990
	＋DV 态度	191.152	0.000	32.349	19.761~52.954
	Model $\chi^2(df)$	382.088(5)	0.000		

注：1. 所有变量均为二分类变量

经济自评赋值：1＝好，2＝差；DV 态度：1＝不可以，2＝可以

2. 每一步只显示有统计学意义的变量

第二节　暴力家庭的社会学特征

一、家庭暴力与家庭经济、居住状况

以往研究认为，经济收入较低及居住条件较差的家庭容易发生家庭暴力，如贫困家庭的儿童虐待发生率较普通家庭为高。本研究显示，与正常家庭比较，暴力家庭的经济状况并不差。但其家庭成员总体的家庭经济主观评价却是较差的。有人对家庭暴力危险因素研究中也发现，不论其家庭经济状况实际如何，对家庭经济主观感觉满意度较高者其家庭暴力的报告率较低。尽管主观经济状况差与家庭暴力相关之间的发生路径有待进一步研究，但从研究结果推测，主观上对经济状况的不满意，也可能会给人造成心理压力，这可能成为家庭暴力发生的中介之一，如果同时有其他因素促发时，则更容易发生暴力行为。本研究显示，暴力家庭的人均居住面积较小。可能由于居住面积较小，给个人的空间也就相对狭小，家庭人口密度相对较大，容易使人的安全感降低、负性情绪升级，从而容易出现家庭暴力。由此可见，同时评估客观与主观经济和居住状况对家庭暴力发生危险性的评估是非常必要的。

二、家庭暴力与家庭体制

如将家庭成员之间的相互关系分为三种，即三种家庭体制：家长制、自由制和民主制。家长制是指家庭中由某一人说了算，全家人都必须服从；自由制是指每个主要成员相互不受限制，各行其是；民主制是指家庭成员之间民主协商、求同存异、达成共识。研究结果显示家长制和自由制均是家庭暴力发生的危险因素。家长制家庭中，由某一人独裁专制，具有绝对权威，一方面，当其他成员不服从或意见产生分歧时，则可能以暴力形式来赢得在家庭的主导地位，满足其占有欲和控制欲或以此体现个人的价值与权威；另一方面，这种家庭地位的长期不平等，也可能使弱者出现过度反抗，从而引发家庭暴力。自由制家庭中，家庭凝聚力较低，处理家庭事务时家庭成员们可能各持己见者较多而相互照顾者较少，从而容易发生冲撞。分层回归分析显示，家长制与自由制均为发生家庭暴力的预测因子。唯民主制家庭中，家庭成员之间遇事相互协商，能充分表达个人意愿，又能尊重他人意见，当看法不统一时，则能求同存异，最后达到最大限度的共识，如此以来，则不容易发生暴力行为。

三、家庭暴力与家庭其他成员状况

有下岗、酗酒、赌博成员、身患精神疾病或病残成员的家庭容易发生暴力行为。这些情况可能大大增加了家庭的经济、人际与心理压力，影响到家庭的应付资源，从而可能增加家庭暴力的发生。下岗不仅给个人带来精神上的挫折，也给整个家庭带来经济上的压力；下岗者不仅容易成为施暴者，以施暴行为发泄情绪，也容易成为受虐者，成为家人发泄不满的对象。53.9%～59.3%的下岗父母就有对孩子施暴的行为。分层回归分析显示，家有下岗待业成员是发生家庭暴力的预测因子之一。但文献显示，在控制了家庭收入、酒滥用等其他因素后，下岗与家庭暴力并无相关。由此可见下岗除了直接带来的经济压力外，还可能引发连带问题，最常见的是酗酒、赌博或吸毒，而这些因素均与家庭暴力密切相关。有赌博成员的家庭发生家庭暴力的相对危险度高达23倍，而且是家庭暴力的一个预测因子。近年来，随着社会经济的发展变化，赌博已成为严重危害社会的一种行为，与暴力、抢劫、吸毒等犯罪活

动密切相关。赌博者大多缺乏对社会、家庭、集体的责任感,无视他人的感受,容易出现冲动行为。

精神疾病与家庭暴力的密切关系是显而易见的。以往研究显示有精神病患者的家庭暴力发生率为 10%～40%,家有精神病患者是家庭暴力发生的高危因素之一。一方面,精神病患者本身可能在精神症状的影响或支配下产生暴力行为;另一方面,一部分精神病患者失去了劳动能力,少有经济来源,加之长期的药物维持治疗费,均会给家庭带来经济负担,成为家庭的累赘,从而可能成为家庭暴力的受虐者。同样,病残者也可能主要是由于劳动力低下或丧失,加之可能的治疗费用,成为家庭中的经济问题之一。比如残疾儿童的受虐危险度就是正常儿童的 3.4 倍。

四、家庭暴力与家庭暴力态度

DV 态度在家庭暴力发生中的重要作用,这也印证了认知决定行为的观点。对家庭暴力的认同态度是施暴行为的一个关键因素,而且下岗、赌博与 DV 态度之间的相互作用显示下岗和赌博成员更易对家庭暴力持有认可态度,也是成为家庭暴力施暴者的高危人群,提示对暴力家庭中的下岗、赌博成员进行认知干预的重要性。正因为认识到态度对行为的重要性,现在已有一些试图改变健康工作人员对家庭暴力的负面态度的干预项目,以期提高对家庭暴力的识别率。

研究发现,家庭中的下岗成员、赌博成员和家长制对家庭暴力行为的发生始终具有显著性预测意义。强烈提示预测施暴行为不仅要评估个人,同时还要评估家庭。

（曹玉萍）

参 考 文 献

1. Babcock JC, Waltz J, Jacobson NS, et al. Power and violence: the relation between communication patterns, power discrepancies, and domestic violence. J Consult&Clin Psychol, 1993, 61(1): 40-50.

2. Centers for Disease Control and Prevention(CDC). Intimate partner violence injuries—Oklahoma, 2002. MMWR Morb Mortal Wkly Rep, 2005, 21, 54(41): 1041-5.

3. Elbogen EB, Swanson JW, Swartz MS, et al. Family representative payeeship and violence risk in severe mental illness. Law Hum Behav, 2005, 29(5): 563-74.

4. Fox GL, Benson ML, DeMaris AA, Van Wyk J. Economic distress and intimate violence: Testing family stress and resources theories. Journal of Marriage and Family, 2002, 64(3), 793-807.

5. Gillham B, Tanner G, Cheyne B, Freeman I, Rooney M, & Lambie A. Unemployment rates, single parent density, and indices of child poverty: Their relationship to different categories of child abuse and neglect. Child Abuse & Neglect, 1998, 22, 79-90.

6. Hamberger LK, Lohr JM, Bonge D, et al. An empirical classification of motivations for domestic violence. Violence Against Women. 1997, 3(4): 401-23.

7. Lin RL, Shah CP, Svoboda TJ. The impact of unemployment on health: a review of the evidence. J Public Health Policy, 1997, 18: 275-300.

8. Phelan MB, Hamberger LK, Guse CE, et al. Domestic violence among male and female patients seeking emergency medical services. Violence Vict, 2005, 20(2): 187-206.

9. Phillips M, Liu H, Zhang Y. Suicide and social change in China. Culture, Medicine, and Psychiatry, 1999, 23, 25-50.

10. Rodriguez E, Lasch KE, Chandra P, et al. Family violence, employment status, welfare benefits, and alco-

hol drinking in the United States：what is the relation？J Epidemiol Community Health，2001，55（3）：172-8.

11. Roizen J. Issues in the epidemiology of alcohol and violence. Alcohol and Interpersonal Violence，1993，1：3-35.

12. Sariola H，Uutela A. The prevalence and context of family violence against children in Finland. Child Abuse Negl，1992，16（6）：823-32.

13. Schoening AM，Greenwood JL，McNichols JA，et al. Effect of an intimate partner violence educational program on the attitudes of nurses. J Obstet Gynecol Neonatal Nurs，2004，33（5）：572-9.

14. Solomon PL，Cavanaugh MM，Gelles RJ. Family violence among adults with severe mental illness：a neglected area of research. Trauma Violence Abuse，2005，6（1）：40-54.

15. Straus M. A. Behind Closed Doors：Violence in the American Family. New York. NY：Anchor，1980.

16. Sullivan PM，Knutson JF. Maltreatment and disabilities：a population-based epidemiological study. Child Abuse Negl，2000，24（10）：1257-73.

17. Vinokur AD，Price RH，Caplan RD. Hard times and hurtful partners：how financial strain affects depression and relationship satisfaction of unemployed persons and their spouses. J Pers Soc Psychol，1996，71：166-179.

18. Wolfner GD，Gelles RJ. A profile of violence toward children：a national study. Child Abuse Negl，1993，17（2）：197-212.

19. 曹玉萍，张亚林，孙圣琦，等. 湖南省家庭暴力的流行病学调查总体报告. 中华流行病学杂志，2006，27（3）：9-12.

20. 曹玉萍，张亚林，王国强，等. 家庭暴力的家庭危险因素分析. 中国行为医学杂志，2008，17（1）：34-36.

21. 黄国平，张亚林，曹玉萍，柳娜，杨世昌. 家庭暴力施暴行为与生活事件、社会支持和施暴态度的关系. 中国心理卫生杂志，2007，21（12）：845-848.

22. 李德敏，杨佩娣. 34 名赌博者心理健康状况与人格特征的对照研究. 中国行为医学科学，2001，10（4）：373.

第四章

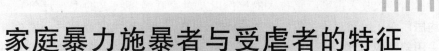

家庭暴力施暴者与受虐者的特征

如前所述,家庭暴力不仅是社会问题,同时也是医学和心理学探讨的热点,已日益引起人们的普遍关注。家庭暴力可直接导致受暴者躯体伤害,还给受暴者以及其他家庭成员造成许多心理损害。但较少有研究关注施暴者的心理问题。本章研究除了关注家庭暴力受虐者,同时关注施暴者的社会心理问题,为社区家庭暴力的心理干预提供参考。

第一节 研 究 方 法

一、研 究 对 象

在 9451 户家庭中发现家庭暴力阳性家庭 1553 户,进而从其中随机抽取 310 户家庭作为研究家庭,其中有施暴者 318 人(施暴组)、受虐者 306 人(受虐组)。以地区和家庭结构,以及家庭中有与施暴者性别、年龄和家庭身份相匹配者等作 1:1 配对条件,从 310 户无暴力家庭选取 310 人作为施暴者的对照组。施暴组中男性 216 人(67.9%)、女性 102 人(32.1%),年龄 42±11 岁,受教育年限为 8.9±4.7 年,婚姻状况为已婚 301 人(94.6%)、未婚 7 人(2.2%)、离婚/丧偶 10 人(3.2%),职业分布为有职业者 263 人(82.7%)、离退休 31 人(9.7%)、无业者 24 人(7.5%);对照组男性 209 人(67.4%)、女性 101 人(32.6%),年龄 43±12 岁,受教育年限为 8.9±4.7 年,婚姻状况为已婚 289 人(93.3%)、未婚 10 人(3.2%)、离婚/丧偶 11(3.6%),职业分布为有职业者 265 人(85.5%)、离退休 40 人(12.9%)、无业者 5 人(1.6%)。两组的年龄、性别与婚姻状况之间无明显差异;施暴组的教育年限低于对照组;两组的职业分布差异较大;年龄、性别与婚姻状况之间的差异不显著。

受虐组 306 人,其中男性 101 人(33.0%),女性 205 人(67.0%);年龄 36.8±17.7 岁;教育年限 7.2±5.0 年;婚姻状况:未婚 69 人(22.5%)、已婚 218 人(71.3%)、离婚丧偶 19 人(6.2%)。

二、研 究 方 法

采取深入细致的入户半定式面谈方法。研究者均经过专门培训。面谈与心理评估在受试者可以接受的地方进行,包括家里、办公室、厂房或劳作田间等。每户均有两位研究人员上门访谈。要求由研究家庭的户主或实际上的户主填写家庭调查问卷,施暴组、对照组和受

31

虐组均需填写家庭暴力问卷、并接受心理评估。对研究的质量控制同流行学调查部分。如果填写内容有遗漏,研究人员需反复多次入户加以完善,并进行统一的质量控制。

三、研 究 工 具

1. 一般资料　包括年龄、性别、婚姻、文化(包括受教育年限以及文化程度)、经济状况(包括月均收入、收入占家庭总收入的比例以及对家庭经济状况的主观评价)、居住条件(包括人均居住面积以及对居住条件的主观评价);DV 态度:当家庭成员之间发生冲突时,是否可以采用羞辱谩骂、伤人毁物、殴打、残害、限制人身自由及性虐待等粗暴的方式来解决? 选项有 3 个:不可以、可以、可以但需视情况而定。

2. 艾森克个性问卷(EPQ)　由龚耀先教授修订。共 88 个条目,由内外向(E)、神经质或情绪稳定性(N)、精神质(P)和掩饰(L)四个维度组成。

3. 症状自评量表(SCL-90)　用于自评最近 1 周的心理情况,包含 90 个项目,采用 0～4 级评分,归纳为躯体化、强迫、人际敏感、抑郁、焦虑、敌对、恐怖、疑病、精神病、附加等 10 个因子。

4. 生活事件量表(life event scale,LES)　由张亚林、杨德森教授等编制,共 48 条。用于自我评估近 1 年来的常见生活事件,包括家庭生活、工作学习和社交等三方面。分正性和负性事件记录每个事件的影响程度,从无影响到影响极重记为 0、1、2、3、4 分。刺激量计算方法:某事件刺激量＝该事件影响程度分×该事件影响持续时间分×该事件发生次数。负性事件的分值越高对身心健康的影响就越大。正性和负性事件之和的总分越高,反映个体承受的精神压力就越大。

5. 特质应对方式问卷(trait coping style questionnaire,TCSQ)　由姜乾金教授修订。由 20 个条目组成,采用 5 级评分来评估个人的应对策略,分积极应对(positive coping,PC)和消极应对(negative coping,NC)因子。

6. 社会支持评定量表(social supporting rating scale,SSRS)　由肖水源教授编制,共 10 条。该量表将社会支持分为三个维度:客观社会支持、主观社会支持和对社会支持的利用度。10 个条目记分之和为社会支持总分。

7. 精神病筛选表　共 10 大题,若总分等于或大于 2 分为阳性。如阳性须确诊,若是现症重性精神病患者,作出诊断后结束调查;若是阴性,则继续完成以下资料。

8. 神经症筛选表　共 12 题,若总分等于或大于 2 分为阳性。若为阳性,需确诊。

第二节　社会人口学特征

一、年　　龄

如将施暴者与受虐者的年龄按 10 岁为一个年龄组划分,共分为 6 组,结果显示施暴组与受虐组的年龄构成差异显著。受虐组年龄两极的构成比明显大于施暴组,即受虐组 29 岁以下和 60 岁以上的人数多于施暴组。见图 4-1。

文献显示美国家庭暴力发生率以 20～24 岁人群为高,女性在 16～24 岁年龄段最容易遭受家庭暴力。本研究结果显示,不论施暴者还是受虐者,均以 30～39 岁年龄段构成比最高,特别在施暴者中,该年龄段比例超过 2/5。可能由于西方人比中国人较早独立于父母、

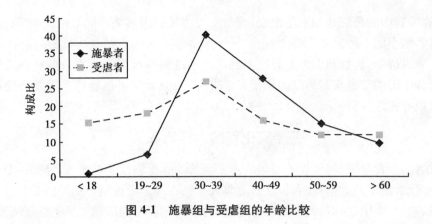

图 4-1　施暴组与受虐组的年龄比较

较早地面临生活与工作的压力。大多 30～39 岁者须同时担负社会与家庭的双重负荷,则容易触发家庭暴力。此外,受虐者处于两极年龄段的人数明显多于施暴者,说明未成年人和老人更容易成为受虐者而不太容易成为施暴者。

二、性　　别

家庭暴力与性别密切相关,甚至被称之为"基于性别的暴力(gender-based violence)"。施暴组中男性占 70.1%,女性占 29.9%,受虐组男性占 33.0%,女性占 67.0%,两组性别构成比差异具有非常显著性。以 18 岁年龄分层分析,成年施暴者男性多于女性(67.8% vs. 32.2%),受虐者女性多于男性(70.2% vs. 29.8%),两组性别构成比差异具有非常显著性($OR=5.0$);未成年人中,施暴组只有 3 人,故未予统计,受虐组中男女性别差异不明显(51% vs. 49%)。

由上可见,成年施暴者以男性居多,受虐者大多是女性,男性施暴的危险度是女性的 5.0 倍。国外研究亦显示施暴者大多为男性,女性遭受配偶暴力的危险性是男性的 5～8 倍。据报道,美国每年有大约 200 万妇女遭受家庭暴力,育龄妇女中受到严重伤害的第一位原因以及其死亡的第二位原因均系家庭暴力。可见,即使在当今经济发达国家或地区,男强女弱、男尊女卑的性别关系仍充斥于不少家庭之中。究其原因,其一,或许是文化的沉淀作用造成男性在家庭中的特权地位使然。中国传统的父权制、夫权制等封建意识至今仍根植于一部分现代人的思想,这种传统观念使家庭暴力有了长期存在的思想基础。其二,当今多数国家均是"以男性为中心"的社会文化,男性如果将这种社会角色带至家庭,在家庭中也力争支配地位,那么当与家人意见分歧时,则可能以施暴的方式来解决家庭矛盾、维持其在家庭中的统治地位。有人认为,宏观的社会角色期待和微观的个人角色实现不一致时可能引发婚姻暴力。当作为丈夫的自尊心在社会上得不到充分满足时,则可能会通过家庭暴力行为证明自己的力量。其三,可能系身体的优势地位使然,在家庭暴力的角逐之中,男性的强悍与威猛均可能使女性处于弱势地位,成为受虐者。另外,女性的一些特殊时期,也可能容易成为家庭暴力的受虐者,比如怀孕期、生产后等等。所以 2005 年美国的《科学》杂志提出,女性受虐是一个亟待解决的复杂的社会问题和医学问题。

此外,近年女性施暴有增多趋势,国外报道在施暴者中有 13%～16.4% 为女性。除了受虐女性在过度反抗中可能成为施暴者的情况以外,反映了妇女社会、经济地位的日益提高,使其在家庭中的传统地位发生改变,或与女权主义思想有关。同时也反映了社会性别角色差异日益缩小的一种趋势。

在儿童虐待中,男性与女性差异却不明显。不过男孩遭受严重虐待的比例要明显多于女孩。也许中国的父母亲对男孩的期望和要求大于女孩,对男孩施行严重暴力便可能成为从严教育的方式之一。

三、文化程度与经济收入

施暴者的教育年限、经济收入与经济占家庭总收入比例低于对照者。同时,施暴组教育年限、经济收入高于受虐组,收入占家庭总收入比例亦高于受虐组。如果将受教育程度按小学及以下、初中、高中/中专、大学及以上划分,两组文化程度构成比差异不具有统计学意义,且均以小学文化居多。

受虐组的文化程度低于施暴组,更低于对照组,以小学及其以下文化者最多。文献显示,文化程度低者容易成为家庭暴力的受虐者,而高学历是受虐的保护因子之一。显然,文化程度与经济收入、社会地位密切相关。文化程度低者自然在家庭中处于弱势与从属地位,从而容易成为家人施暴的对象。另一方面,由于文化程度低,民主、自尊,乃至法律的观念淡薄,特别是已婚女性,"嫁鸡随鸡,嫁狗随狗"的观念使其在暴力下逆来顺受,不予求助,也不知向谁求助。再则,文化程度低还可能使其与他人的沟通方式不良,与家人缺乏语言交流、缺乏情感沟通,容易产生误解,在某些情况下或许暴力便成为了彼此解决问题的一种方式。另一个有趣的现象是,如果女性的文化程度高于配偶,也容易成为夫妻暴力的受虐者,因为丈夫在家庭中的统治地位似乎因此受到威胁,为了维护自尊,便要用拳头说话。

成年施暴者与受虐者的文化程度均较低。文化程度低,一方面可能导致其社会竞争力相对低,经济收入相对少,则可能以家庭暴力的方式来疏泄其精神压力和不满情绪,以此来维持在家庭中的主导地位;另一方面,由于接受现代文化相对少,传统观念则相对强,再则,文化素质低还可能预示与他人的沟通方式不良,与家人缺乏语言交流、缺乏情感沟通,则容易产生误解,也不容易谅解对方,这都是促成家庭暴力的危险因素之一。有研究认为高学历是受虐的保护因子,但女性文化程度较配偶高者,也是丈夫施暴的高危因素之一,可能系丈夫认为在家庭中的统治地位由此而受到威胁所致。

施暴者的文化程度虽然略高于受虐者,但仍以小学文化及其以下者最多。文化程度低,一方面可导致其社会竞争力相对低下,面临失业的危险性相对大,经济收入相对少,在外受他人尊重相对少,压力就相对大。另一方面,受教育程度低者对道德、法律意识相对淡薄,致使其对自己言行约束相对少,当处理家庭意见分歧时,则容易恶语相向、或用暴力伤及家人。当然需要正视的是,本研究结果中有将近四分之一的施暴者为大学文化以上者。由此看来,施暴行为并非与文化程度呈负相关。文化程度高者,未必就心理素质、道德修养上更胜一筹。这也促使我们对现代教育体制进行反思。

受虐者经济收入与占家庭总收入比例均低于施暴者,经济收入占家庭总收入比例低是受虐的危险因素。不少家庭以经济收入的多寡决定其在家庭中的相对地位,经济收入较低、收入占家庭总收入比例小的配偶容易成为受虐者。可能由于经济收入高的一方对家庭贡献相对大,自然在家庭中的地位相对高,如果经济收入低的一方还对其依赖从属,则有可能助长施暴的产生。

第三节　施暴者的社会心理学特征

一、施暴者的心理症状、社会支持、应对方式及人格特征

施暴者可能存在一系列的心理健康问题。如研究显示,施暴者的 SCL-90 总分以及强迫、人际敏感、抑郁、焦虑、敌对、恐惧、偏执、精神病和附加因子分以及痛苦因子分均高于正常对照组。说明施暴组的心理健康状况明显差。见图 4-2。

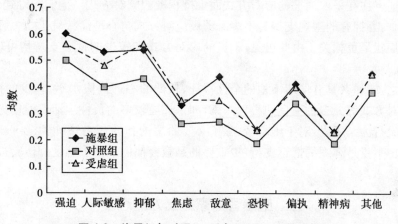

图 4-2　施暴组与对照组、受虐组 SCL-90 的比较

此外,施暴者的社会支持总分、客观支持分、主观支持分以及对社会支持的利用度均明显低于对照组;消极应对分高于对照组,积极应对分低于对照组,但差异尚不具统计学意义;生活事件总分及负性生活事件分值均高于对照组,正性生活事件分值低于对照组;施暴者 EPQ-N 分明显高于对照组;E 分低于对照组,但差异尚不具统计学意义。

施暴者的 SCL-90 各因子之间呈显著正相关。SCL-90 总分和各因子分与 EPQ-N、生活事件总分和负性事件分、消极应付分均呈正相关,SCL-90 各因子除精神病因子外,其他均与 EPQ-P 正相关;SCL-90 总分与主观社会支持、客观社会支持以及社会支持总分呈正相关。

施暴者的生活事件、应对方式与社会支持均与人格有关。负性生活事件与 EPQ-P、EPQ-N 和 EPQ-L 均呈正相关;积极应对方式与 EPQ-E 呈正相关,与 EPQ-N 呈负相关,消极应对方式与 EPQ-P、EPQ-N 呈正相关;社会支持总分、主观支持、客观支持以及社会支持利用度均与 EPQ-E 呈正相关;主观支持与积极应对方式呈正相关,与消极应对方式呈负相关。

图 4-2 可见施暴组的 SCL-90 总分和各因子分均增高。施暴者普遍行事较强迫,情绪易抑郁、焦虑,待人敏感、偏执、富有敌意,有恐惧感,而且还可能有饮食或睡眠问题。心理健康问题可与家庭暴力因果交织,形成恶性循环,即正遭受心理症状困扰的人容易出现施暴行为,反过来,施暴行为又可以加剧原本的问题或平添新的问题。所以说,施暴者也是家庭暴力后心理健康的受虐者。施暴者也需要进行心理干预。

施暴者 EPQ-N 分明显增高,说明施暴者大多具有神经质,即内向和情绪不稳定的个性特征,他们容易焦虑抑郁、紧张易怒,对外界刺激反应强烈,情绪易于发动而又难于平静,施暴者的心理症状与这种人格特征呈正相关。此外,他们的行为具有激进性。那些 EPQ-P 分高的施暴者,心理症状也会更多些,遇事容易采取消极的应对方式。我们发现,EPQ-E 分与

积极应对方式及社会支持呈正相关。性格比较外向的人,乐观、爱社交、朋友多,客观上所得到的物质、精神上的支持自然多些,主观上所拥有的满足感自然也多些。况且,主观支持又与积极应对方式呈正相关。

施暴者遭遇更多的负性生活事件,正性生活事件却较少。而且 SCL-90 总分及各因子分均与负性生活事件呈正相关。缘何施暴者会遭遇更多的生活事件呢?其一可能由于他们本身的文化与经济状况,其二可能与他们的个性缺陷有关。负性生活事件,使他们容易出现诸多的心理症状,反过来,众多的心理症状又可能使施暴者容易陷入麻烦和困境之中,形成恶性循环。心理症状和负性生活事件孰因孰果,有待前瞻性研究来证实。

施暴者遇事往往采取消极的应对方式而少持积极的应对方式。他们能得到外界的客观支持较少,而内心拥有的主观支持又不多。消极应对方式与心理症状呈正相关,而主观社会支持与心理症状呈负相关。由此可见,不良的应对方式和较少的社会支持均可增加施暴者的心理症状。

总而言之,施暴者具有情绪不稳的个性特征、较低的心理健康水平、较少的社会支持以及消极的应对方式等。多种不良的心理因素,如果加之较多的负性生活事件作为导火索,则容易促成施暴行为。所以,对于施暴者,除了必要的惩治和教育之外,也需要心理治疗和社会支持,而且,不仅是客观的情感支持,更重要的是教会他们如何去感受和体验被支持、被理解的感觉。

二、施暴者对家庭暴力的态度

假设在认为是否可以使用暴力处理家庭矛盾的问题上,有三种选项:可以、可以但需视情况而定和不可以。施暴者对家庭暴力持可以态度(包括回答"可以"和"可以但需视具体情况而定")者占 79.9%,对照组 11.9% 持可以态度。两组差异具有非常显著性,比值比 $OR=$ 31.167。

农村分别与城市和工业地区的施暴者对家庭暴力态度的差异均非常明显,农村地区施暴者认为可以使用家庭暴力者多于城市和工业地区,而认为不可以使用暴力者为 0。

三、施暴行为的预测分析

与家庭暴力施暴行为相关的因素很多,涉及家庭和个体等多层面和文化、社会心理、生物学等多因素。单因素研究已显示,施暴者的人口学因素、心理健康状况、社会支持、应对方式、生活事件、人格特征以及家庭暴力态度等因子均与施暴行为有关。那么,哪些因素对施暴行为具有预测意义呢?这些因素中间又是通过怎样的渠道来发挥作用的呢?由此,我们采用多因素分层回归分析以及路径分析的方法作进一步的辨析。

(一)施暴行为的多因素分层 Logistic 回归分析

施暴者的生活事件、神经质个性、心理健康水平、社会支持、应对方式以及施暴者对家庭暴力的态度均与施暴行为有关。为分析这些因素在家庭暴力发生之间的中介作用,在控制施暴者家庭因素的基础上采用分层 Logistic 回归分析方法。

表 4-1 将是否有施暴行为作为应变量,始终以单因素分析中有意义的家庭因素及个人受教育和经济状况作为协变量。Step(ⅰ)首先进入人格因素 EPQ-N,并显示有预测意义,回归方程的意义具有非常显著性;Step(ⅱ)LES 进入方程时,回归方程的意义仍具有非常显著性,同时显示正性 LES 有保护性预测意义,负性 LES 则为强烈危险因子,但 EPQ-N 已经

变得没有预测意义,说明他的作用已被 LES 所取代;Step(ⅲ)当 SCL-90 各因子进入方程时,只显示敌对因子具有预测意义,而其他因子均未进入方程,正性 LES 已变得没有意义,负性 LES 虽作用有所减弱,但仍具有预测意义;Step(ⅳ)当社会支持进入方程时,显示主观支持具有保护性意义,同时负性 LES 和敌对因子的 $Wald$ 有所下降,但仍具有非常显著性意义;Step(ⅴ)当应对方式进入方程时,显示积极应对方式具有保护性意义,负性 LES 和敌对因子照样有意义,而主观支持 $Wald$ 有所增加,说明积极应对方式与主观支持之间有相互作用,同时还发现方程 $Wald$ 值变化细微,说明应对方式与社会支持在预测施暴行为的作用相当;Step(ⅵ)DV 态度进入方程时,方程 $Wald$ 值变化非常大,由 132.662 增大至 398.935,说明 DV 态度是施暴行为的一个强烈预测因子,同时积极应对方式的作用减至没有意义,而负性 LES、敌对因子和主观支持仍具有显著性的意义。最后一步方程的 Nagelkerke 决定系数 R^2 为 0.639,说明上述变量可以解释施暴行为预测变量 63.9% 的方差。

表 4-1　施暴行为的分层 Logistic 回归分析

	变量	$Wald$	P	OR	$95.0\% CI$
Step(ⅰ)	家庭、人口学因素	—	—		
	＋EPQ-N	7.557	0.006	1.622	1.149～2.289
	$Model \chi^2(df)$	86.464(7)	0.000		
Step(ⅱ)	＋正性 LES	6.058	0.000	0.605	0.406～0.903
	＋负性 LES	32.093	0.000	2.981	2.043～4.350
	$Model \chi^2(df)$	112.726	0.000		
Step(ⅲ)	负性 LES	25.381	0.000	2.490	1.746～3.550
	＋SCL-90 其他因子	—	—		
	＋敌对因子	15.409	0.000	2.029	1.425～2.888
	$Model \chi^2(df)$	122.409(5)	0.000		
Step(ⅳ)	负性 LES	23.011	0.000	2.413	1.683～3.458
	敌对因子	12.639	0.000	1.913	1.338～2.736
	＋客观支持	2.707	NS		
	＋主观支持	3.966	0.046	0.681	0.467～0.944
	$Model \chi^2(df)$	130.394(7)	0.000		
Step(ⅴ)	负性 LES	20.564	0.000	2.301	1.605～3.300
	敌对因子	12.297	0.000	1.899	1.327～2.717
	主观支持	4.648	0.031	0.664	0.457～0.963
	＋积极应付	4.957	0.026	0.666	0.465～0.952
	$Model \chi^2(df)$	132.662(7)	0.000		
Step(ⅵ)	下岗成员	11.120	0.001	2.851	1.540～5.279
	赌博成员	11.374	0.001	51.354	5.206～506.6.3

续表

	变量	*Wald*	*P*	*OR*	95.0% *CI*
Step(vi)	家长制	5.792	0.016	2.361	1.173～4.754
	负性 LES	9.587	0.002	2.158	1.326～3.512
	敌对因子	6.897	0.009	1.908	1.178～3.089
	主观支持	10.755	0.001	0.415	0.246～0.702
	+DV 态度	182.056	0.000	35.496	21.135～59.615
	Model χ²(df)	398.935(7)	0.000		

注:1. 单因素分析中有意义的家庭因素为:家庭成员经济与居住主观评价,家有待业下岗、酗酒、赌博、精神病和病残成员,家长制、自由制;个人因素为:文化程度,经济收入、收入占家庭总收入的比例

2. 变量转换与赋值:数值型变量以总体均分为界转换为二分类变量,赋值为 1＝小于均分,2＝大于均分;DV 态度赋值为 1＝不可以,2＝可以

3. 表中每一步结果只显示有意义的变量;家庭、人口学因素中有意义的变量只显示最后一步的结果

此外还可发现,在经过上述的六步逐层回归分析过程中,家庭因素中的下岗成员、赌博成员和家长制因子始终具有预测意义。

（二）施暴行为的路径分析

施暴者的负性生活事件对施暴行为的产生始终具有强烈的预测意义。结合既往文献,通过路径分析,得出施暴者的负性生活事件诱发施暴行为的关系图。

图 4-3 显示,负性生活事件诱发施暴行为的路径具有显著性的有 8 条:①负性生活事件→施暴行为;②负性生活事件→主观支持→DV 态度→施暴行为;③负性生活事件→敌对因子→主观支持→DV 态度→施暴行为;④负性生活事件→敏感因子→主观支持→DV 态度→施暴行为;⑤负性生活事件→敌对因子→DV 态度→施暴行为;⑥负性生活事件→敏感因子→DV 态度→施暴行为;⑦负性生活事件→敏感因子→施暴行为;⑧负性生活事件→敌对因子→施暴行为。

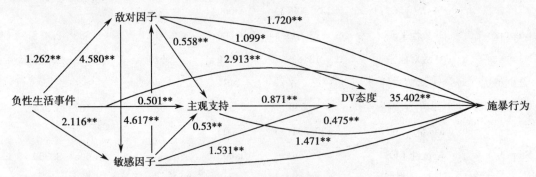

图 4-3 负性生活事件与施暴行为关系的路径分析
注:图中数值为 *OR* 值　　＊*P*＜0.05;＊＊*P*＜0.01

可见,SCL-90 中的敌对因子和敏感因子、主观支持、DV 态度是负性生活事件诱发施暴行为的主要中间变量。从比值比(odds ratio,*OR*)值可见,负性生活事件越多,施暴者的敌对因子和敏感因子的得分会越高,而主观支持就越差,对家庭暴力持越肯定的态度,从而发生施暴行为的危险性就越高。

如图中箭头所指向,任何一个中间变量均可以直接或间接影响施暴行为的产生。从OR值是否大于1可见该因子是否起危险作用还是保护作用。

施暴者多具有神经质的个性特征,但在分层预测施暴行为时,个性特征的预测作用已被生活事件所取代。特别是负性生活事件,始终是施暴行为的一个强烈的预测因子,即使在控制了家庭因素、个人的经济和文化因子之后仍是如此。消极应对方式与负性生活事件呈显著正相关,但却对施暴行为没有预测意义。在SCL-90各因子中,只有敌对因子具有显著的预测意义,而敌对因子与冲动和攻击行为密切相关。主观社会支持在施暴行为中具有保护性预测意义,而客观支持的保护意义不大,由此再一次说明,在对家庭暴力进行干预时,对施暴者仅仅给予物质上甚或情感上的支持是不够的,更重要的是要让施暴者学会怎样从内心去体会支持的来源和程度。主观支持还与施暴者的心理症状呈负相关,显著降低敌对因子分,从而有减少施暴行为的功效。在第五步回归中,积极应对方式也显示是一个保护性预测因子,同时还显示,应对方式与社会支持对施暴行为有同等重要的保护意义。但当DV态度参与时,积极应对方式的预测意义随之被取代。研究显示,家庭暴力态度是施暴行为首位的预测因子,在本研究中,80％的施暴者认为可以或在某些情况下可以使用暴力解决家庭问题。可见观念对行为产生的巨大作用,再一次印证了Beck的"认知决定行为"的理论,同时也为对施暴者需要进行认知治疗的提法提供了有力的理论依据。提示要防治家庭暴力,首先可能需通过认知治疗,改变施暴者对家庭暴力的态度,提高施暴者对外界和他人给予支持的识别和理解程度,提高主观满足感。

除了上述施暴者的负性生活事件、对人易抱敌意、主观支持差以及对家庭暴力持肯定态度等因素对施暴行为具有显著预测意义外,在最后一步回归方程中,我们还发现,家庭中的下岗成员、赌博成员和家长制三个因素始终留在方程中,并且始终具有显著性预测意义。这也与本研究中对暴力家庭危险因子进行分析的结果相吻合。强烈提示预测施暴行为不仅要评估个人,同时还要评估家庭。

负性生活事件对施暴行为的产生具有强烈预测意义。由于"外因通过内因起作用",那么,我们想知道,负性生活事件又是通过怎样的心理渠道来发挥他对施暴行为的促发作用呢?

从路径分析图可见,主观支持差与对家庭暴力持肯定态度是遭遇负性生活事件后预测施暴行为的重要中间变量。其实施暴者所拥有的客观和主观支持以及对社会支持的利用度均较差,而其中的主观支持又是与敏感、抑郁因子呈负相关的。那么,主观支持差是源于这些不良的心理状况,还是另有他因,有待于进一步研究。主观支持差的人对家庭暴力易持肯定态度,可能由于自我满足感差、所体验到的情感支持少的缘故。SCL-90各因子均与负性生活事件呈显著正相关,不难理解,负性生活事件可以对人们的心理健康带来损害。第五步分层回归分析显示,在控制了负性生活事件后,SCL-90各因子中只有敌对因子对施暴行为具有预测意义。负性生活事件可以通过敌对因子直接作用于施暴行为。Purdie与Luterek等研究还显示,人际敏感者也容易出现攻击和敌对行为,且人际敏感是施暴与抑郁症状和愤怒压抑的中介因子。但笔者的研究显示虽然人际敏感因子与敌对因子呈显著正相关,却仍未能进入分层回归方程,尚不具有预测意义。然而路径分析发现,人际敏感因子可以是负性生活事件与施暴行为的一个中介因子。具有人际敏感者,在负性生活事件的作用下,也可能有施暴的危险性。

总之,从总体上了解施暴行为的个人和家庭的高危因素,了解负性生活事件作用于施暴行为的心理学中介环节,为对施暴者提出有的放矢的预防和干预方法不失其理论参考意义。

然而,由于施暴行为极具个性化,表现为不同家庭结构、不同暴力类型、不同性别的施暴者可能有不同的中介机制和作用方式。这些个性化的差异,有待于我们在将来的前瞻性研究中进一步探索。

第四节　受虐者的社会心理学特征

一、受虐者的心理症状、社会支持、应对方式及人格特征

与施暴者比较,控制年龄、性别和文化程度以后,SCL-90 中,受虐组的敌对因子分低于施暴组,而两组 SCL-90 总分及其他各因子分的差异均无显著性,两组 SCL-90 各因子分的比较见图 4-3;受虐组的社会支持总分和主观支持分均低于施暴组,而客观支持分和对支持的利用度,以及两组 EPQ、TCSQ、LES 比较,差异均无显著性。

采用偏相关分析,控制受虐组的年龄、性别和文化程度等因子后,受虐组 SCL-90 各因子均与 EPQ-N 呈明显正相关;与负性 LES 亦呈明显正相关;除恐惧因子外,SCL-90 各因子还与消极应对方式呈明显正相关;SCL-90 总分与社会支持总分和客观支持分呈明显负相关。

受虐者的心理症状不仅可能是受虐的促发因素,也可能是受虐的直接后果。本研究报告 40% 的受虐者受虐后出现一系列的心理健康问题。家庭暴力可以给受虐者带来很大的心理健康问题,症状多涉及抑郁、焦虑、恐惧、强迫以及头痛失眠等等,有些受虐者甚至还出现 PTSD 症状,反复重现受虐场景。来自湖南省一个司法门诊的报告发现,112 个家庭暴力受虐者中有 91% 者长期处于紧张、焦虑、失眠状态、88% 处于抑郁状态、29% 有过自杀意念甚至行动。受虐者出现抑郁情绪和自杀未遂的分别是正常人的 4 倍和 5 倍之多。产后妇女遭受配偶或家庭暴力后其抑郁症状发生的相对危险度达 19.17。

受虐者的心理症状除了是家庭暴力本身产生的直接后果之外,还可能与受虐者本身的个性和应对方式有关。受虐者多具有神经质的个性特征,遇事容易焦虑紧张,情绪欠稳定,而且往往采取消极的应对方式。所以,帮助受虐者采取积极的应对家庭暴力策略、发动家庭其他成员或相关部门给予受虐者充分的社会支持,对减轻受虐者家庭暴力后的心理创伤具有积极的意义。

二、受虐者对家庭暴力的态度

受虐者中 19.9% 对家庭暴力持认可态度,认为可以使用家庭暴力但需视具体情况而定者为 37.3%,认为不可以者 42.8%;施暴者中有 30.5% 者认为可以使用家庭暴力,认为可以但需视具体情况而定者 49.4%,认为不可以者 20.1%。两组的差异具有非常显著性。农村地区受虐者认为可以和可以但需视具体情况使用家庭暴力者均多于城市和工业地区,认为不可以使用家庭暴力者少于其他两地区。

受虐者对家庭暴力持可以或视情况而定者超过半数,且以农村地区为多。如前所述,家庭暴力的频繁发生与这部分受虐者的宽容与接纳有关,特别在农村,可能受传统文化观念的影响更大,对施暴行为习以为常、逆来顺受。这无疑强化了施暴者暴力行为的再次发生。所以,改善受虐者的家庭暴力认知态度、提高受虐者对家庭暴力的识别将是家庭暴力心理干预的一个不可忽视的环节。

（曹玉萍）

参 考 文 献

1. Babcock JC, Waltz J, Jacobson NS, et al. Power and violence: the relation between communication patterns, power discrepancies, and domestic violence. J Consult&Clin Psychol, 1993, 61(1):40-50, 110.

2. Bates LM, Schuler SR. Socioeconomic factors and processes associated with domestic violence in rural Bangladesh. Int Fam Plan Perspect, 2004, 12(4):190-199.

3. Carroll JC, Reid AJ, Biringer A, et al. Effectiveness of the Antenatal Psychosocial Health Assessment (ALPHA)form in detecting psychosocial concerns: a randomized controlled trial. CMAJ, 2005, 173(3): 253-259.

4. Cascardi M, Mueser KT, DeGiralomo J, et al. Physical aggression against psychiatric inpatients by family members and partners. Psychiatry Serv, 1996, 47(5):531-533.

5. Drabek M, Merecz D, Moscicka A, et al. Trait anxiety and type behavior pattern(A and B)as modifiers of immediate reaction towards violent behaviors. Med Pr, 2005, 56(3):223-234.

6. Dye M, Eckhardt C. Anger, irrational beliefs and dysfunctional attitudes in violent dating relationships. Violence Vict, 2000, 15:337-350.

7. Fartuzzo J. Boruch R, Beriama A, et al: Domestic violence and children. Prevalence and risk in five major U. S. Cities. J Am Acad. Child Adolesc Psychiatry, 1997, 36(1):116-112.

8. Flake DF. Individual, family, and community risk markers for domestic violence in Peru. Violence Against Women, 2005, 11(3):353-373, 97.

9. Garcia-Moreno C, Heise L, Jansen HAFM. Public health: violence against women. Science, 2005, 25:310 (5752):1282-1283.

10. Grisso JA, Wishner AR, Schwartz DF, et al. A population-based study of injuries in inner-city women. Am J Epidemiol, 1991, 134:59-86.

11. Hamberger LK, Lohr JM, Bonge D, et al. An empirical classification of motivations for domestic violence. Violence Against Women, 1997, 3(4):401-423.

12. Hicks MH-R, Li Z. Partner violence and major depression in women: a community study of Chinese Americans. J Nerous & Ment Disease, 2003, 19(11):722-729.

13. Krug EG, Dahlberg LL, Mercy JA, et al(Eds.)World report on violence and health. Geneva, World Health Organization, 2002.

14. Kyriacou DN, Anglin D, Taliaferro E, et al. Risk factors for injury to women from domestic violence against women. N Engl J Med, 1999, 341(25):18922-18981.

15. Laporte L, Guttman H. Abusive relationships in families of women with borderline personality disorder, anorexia nervosa and a control group. J Nerv Ment Dis, 2001, 189(8):522-531.

16. Luterek JA, Harb GC, Heimberg RG, et al. Interpersonal rejection sensitivity in childhood sexual abuse survivors: mediator of depressive symptoms and anger suppression. J Interpers Violence, 2004, 19(1): 90-107.

17. Maiuro R, Cahn T, Vitaliano P, et al. Anger, hostility, and depression in domestically violent versus generally assaultive men and nonviolent control subjects. J Consult Clin Psychol, 1998, 56:17-23.

18. Mayer BW, Coulter M. Psychosocial aspects of partner abuse. Am J of Nursing, 2001, 102:24AA-24CC, 24EE-24GG.

19. Mechem CC, Shifer FS, Reinhand SS, et al. History of domestic violence among male patients presenting to an urban emergency department. Acad Emerg Med, 1999, 6(8):786-791.

20. O'Leary KD, Barling J, Arias I, et al. Prevalence and stability of physical aggression between spouse: A longitudinal analysis. J Consul&Clin Psychol, 1989, 57(2):263-268.

21. Oetzel J,Duran B. Intimate partner violence in American Indian and/or Alaska native communities:A social ecological framework of determinants and interventions. Am Indian and Alaska Native Mental Health Research,2004,11(3):49-68.

22. Ouimette PC,Riggs D. Testing a mediational model of sexually aggressive behavior in nonincarcerated perpetrators. Violence Vict. 1998,13(2):117-130.

23. Parrott DJ,Zeichner A. Effects of trait anger and negative attitudes towards women on physical assault in dating relationships. J Fam Viol,2003,18:301-307.

24. Peckover S. "I could have just done with a little more help":an analysis of women's help-seeking from health visitors in the context of domestic violence. Health Soc Care Community,2003,11(3):275-282.

25. Peek-Asa C,Zwerling C,Young T,et al. A population based study of reporting patterns and characteristics of men who abuse their female partners. Inj Prev,2005,11(3):180-185.

26. Purdie V,Downey G. Rejection sensitivity and adolescent girls' vulnerability to relationship-centered difficulties. Child Maltreat,2000,5(4):338-349

27. Quinlivan JA,Evans SF. Impact of domestic violence and drug abuse in pregnancy on maternal attachment and infant temperament in teenage mothers in the setting of best clinical practice. Arch Women Ment Health,2005,8(3):191-199.

28. Romito P,Pomicino L,Lucchetta C,et al. The relationships between physical violence,verbal abuse and women's psychological distress during the postpartum period. J Psychosom Obstet Gynaecol,2009,30 (2):115-121.

29. Sattzman LE,Green YT,Marks JS,et al. Violence against women as a public health issue. Comments from the CDC. American Journal of preventive Medicine,2000,19:325-329.

30. Schumacher JA,Feldbau-Kohn S,Slep AMS,et al. Risk factors for male-to-female partner physical abuse. Aggression and Violent Behavior,2001,6:281-352.

31. Stewart DE,Robinson E. A review of domestic violence and women's mental health. Arch Womens Ment Health,1998,1:83-89.

32. Strickler HL. Interaction between family violence and mental retardation. Ment Retard,2001,39(6):461-471.

33. Stuart GL,Moore TM,Gordon KC. Psychopathology in women arrested for domestic violence. J Interpers Violenc,2006,21(3):376-389.

34. Tang CSK. The rate of physical child abuse in Chinese families:a community survey in Hongkong. Child Abuse & Neglect,1998,22(5):381-391.

35. Valliant PM,De Wit M,Bowes R. Cognitive and personality factors associated with assaultive and domestic offenders. Psychol Rep,2004,94(3 Pt 2):1180-1184.

36. Vest JR,Catlin TK,Chen JJ. Multistate analysis of factors associated with intimate partner violence. Am J Prev Med,2002,22(3):156-164.

37. Walton-Moss BJ,Manganello J,Frye V,et al. Risk factors for intimate partner violence and associated injury among urban women. J Community Health,2005,30(5):377-389.

38. Weingourt R,Maruyama T,Sawada I,et al. Domestic violence and women's mental health in Japan. International Council of Nurses,2001,48:102-108.

39. Wendt MB,Martha C. Psychosocial aspects of partner abuse. Am J of Nursing,2002,102(6):24AA-24CC,24EE-24GG.

40. Wu D. Chinese childhood socialization. In M. H. Bond(Ed.). The handbook of Chinese psychology. Hong Kong:Oxford University Press,1996:143-154.

41. 柏国平,陈满秀,王程燕.112 例家庭暴力虐待案分析.中国临床心理学杂志.1998,6(3):180-181.

42. 曹玉萍,张亚林,孙圣琦,等.湖南省家庭暴力流行病学调查总体报告.中华流行病学杂志,2006,27(3):200-203.

43. 曹玉萍,张亚林,王国强,等.家庭暴力施暴者的心理学特征以及罹患精神障碍的研究.中华精神科杂志,2008,41(1):37-40.

44. 曹玉萍,张亚林,王国强,等.家庭暴力施暴者的心理学特征以及罹患精神障碍的研究.中华精神科杂志,2008,41(1):37-40.

45. 龚耀先.艾森克人格问卷.长沙:地图出版社,1992.

46. 沈渔邨.精神病学.第 3 版.北京:人民卫生出版社,1995.

47. 田祖恩,于庆波,汪苹,等.160 例精神疾病患者家庭暴力分析.临床精神病学杂志,1998,8(1):8-9.

48. 汪向东,王希林,马弘.心理卫生评定量表手册(增订版).中国心理卫生杂志社,1999.

49. 张亚林,曹玉萍,杨世昌.湖南省家庭暴力的流行病学调查-研究方法与初步结果.中国心理卫生杂志,2004,18(5):326-328.

50. 张亚林,曹玉萍.家庭暴力与精神卫生.中国临床心理学杂志,2002,10(3):233-234.

第五章

家庭暴力施暴者常见的精神障碍

根据我们的研究资料,在施暴者中,精神疾病的患病率为 6.9%,其中 4.1% 为重性精神疾病患者,包括精神分裂症、情感性精神障碍、器质性精神障碍、精神发育迟滞等;2.8% 为神经症患者,包括癔症、抑郁性神经症、焦虑症以及神经衰弱。而作为对照组的普通人群,其精神疾病的患病率仅为 1.3%。可见施暴者的精神疾病患病率明显高于对照组,且施暴的危险度是正常对照者的 6 倍之多。施暴者患精神疾病以精神分裂症位居第一,其他还有心境障碍、器质性精神障碍、精神发育迟滞以及神经症患者等等。此外,施暴者还可以是人格障碍者、酗酒、吸毒、嗜赌或性变态者。所以说,精神疾病患者是家庭施暴的高危人群。

以下简介家庭暴力施暴者常见的几类精神障碍。

第一节　精神分裂症

研究显示,在各种精神障碍中,精神分裂症患者出现家庭暴力行为的发生率最高。精神分裂症患者,可在精神症状的影响或支配下丧失或削弱辨认和控制能力,出现施暴行为,尤其是幻觉和妄想。如患者在命令性幻听、被害妄想症状的支配下常激发施暴行为。在这种病理状态下施暴,其一通常冲动为多、动机不明,例如在精神病人的家庭暴力案件中,冲动作案者占第一位,为 68.8%;其次是无明显作案动机或动机不明者,占 12.5%;而蓄谋作案者仅占 10%。其二是手段更残忍、后果更严重。例如 160 例精神病患者实施家庭暴力后,竟造成 153 位家人死亡,73 位家人受伤。

一、发病因素

(一) 遗传因素

精神分裂症与遗传有着密切关系。家系调查发现,本病患者的家族中患同病者为一般人群的数倍,且血缘越近,患病率越高;遗传因素的影响较环境及其他因素大。患者病情越重,其亲属中患病的人数越多,则后代患病的风险度越大,如父母均患精神分裂症,其子女患本病的概率远高于父母之一患精神分裂症者。

(二) 神经病理学及胚胎发生学因素

精神分裂症的神经发育假说,认为在胚胎期大脑发育过程中出现了某种神经病理改变,主要是新皮质形成期神经细胞从大脑深部向皮层迁移过程中出现了紊乱,导致心理整合功能异常,进入青春期或成年早期后,在外界不良环境因素刺激下,出现精神分裂症的症状。此外,怀孕早期对脑发育的不利因素导致了出生时并发症和分裂症发生的风险增加。怀孕期和出生时的并发症可能引起缺氧性损害,也可能引起日后出现精神症状。

(三) 神经生化病理因素

如多巴胺(DA)假说认为精神分裂症患者中枢的 DA 功能亢进。其他多种原因,如病毒感染、身体免疫、神经调节及生长发育异常等,也可导致继发性 DA 功能异常而引起分裂症症状。5-羟色胺(serotonin,5-HT)假说认为精神分裂症可能与 5-HT 代谢障碍有关。

(四) 心理社会因素

精神分裂症的发病不是由遗传因素单一决定的,还与环境因素,主要是心理和社会因素有关。易患性-应激模式认为,普通人群中,有精神分裂症易患性生物学基础者,在心理应激的作用下,可出现精神分裂症症状,心理应激是"扳机因素";不少患者病前 6 个月可追溯到诸如遭受家庭暴力等应激性生活事件。遗传因素可能是精神分裂症发病的素质基础,而社会心理应激因素可能是精神分裂症发病的促发因素。

二、常见症状

(一) 前驱症状

精神分裂症患者发病前常有一些前驱症状,包括:类似神经症的症状,如神经衰弱综合征、癔症样表现或疑病症状等;注意力减退;动力和动机缺乏;生活习惯或行为模式的改变;性格改变,孤独敏感,喜怒无常;沉溺于一些玄奥或荒谬的想法,甚至自语自笑;与周围人或环境疏远,难于接近;睡眠障碍;多疑。

(二) 幻觉

精神分裂症以言语性幻听最为常见。幻觉是在没有感官刺激情况下体验到的感知觉,性质逼真。主要表现为在意识清晰的情况下听见说话的声音(言语性幻听)。"声音"或含糊或清晰,可来自窗外、邻室或很远的地方,但患者常不大关心"声音"的来源,而是无条件的信以为真。患者的妄想或突然冲动的行为也可由幻听引起。幻听内容可以是争论性的或评论性的,也可以是命令性的。命令性幻听常常是患者出现家庭暴力的始作俑者。患者可在命令性幻听的影响下出现攻击家人或他人的行为,也可出现自伤、损毁物品的行为。

(三) 妄想

妄想是与患者的教育、文化背景不相符合的一种病态的、与现实不符的信念,患者对之坚信不疑。多数精神分裂症患者的妄想内容荒谬、结构松散、易于泛化。妄想可以是突然形成,其内容无法以患者既往经历、当时处境和情感活动来解释。也可以继发于其他精神症状,最常见是继发于幻听。最常见的妄想是被害妄想。患者感到有人在捉弄、诽谤、暗算或谋害自己,感到自己被跟踪、被监视、食物中被放了毒药。被害妄想是患者实施家庭暴力的常见原因之一。如有位患者认为母亲在其饭菜和饮水中下毒,谋害自己,随时可能会被毒死。为此伺机报复,趁其母亲熟睡时持刀将母亲手砍断。患者经过治疗妄想消失后,对自己当初的行为悔恨不已。其他常见的妄想有关系妄想、夸大妄想、疑病妄想、钟情妄想、嫉妒妄想等。关系妄想是患者把周围环境中一些实际与他无关的现象,均认为与他本人有关,如周围人的言行举止、报纸或电视的内容常认为与自己有关。关系妄想常与被害妄想交织在一起,可以使患者的攻击对象扩大。

（四）情感症状

主要表现为情感淡漠或情感不协调。情感淡漠的早期表现是迟钝及平淡，受损的是细腻情感及高级情感，如亲情及友谊减少，随后对生活要求减退，兴趣减少，最终患者的情感体验日益贫乏，面部缺乏表情，不与他人目光交流，对一切显得无动于衷，丧失了与周围环境的情感联系。有这类情感症状的患者容易成为家庭暴力的受虐者。

（五）意志与行为症状

常见的是意志行为减退，初期表现为意志减退，不能开展和完成有目标性的行为，缺乏意愿或动力，对未来生活缺乏计划，缺乏主动性，生活、社交及学习的要求和能力减退。随着病情的发展，工作、学习及生活方面均严重受损，对自己前途毫不关心、没有任何打算，活动减少。

有些患者在妄想或幻觉影响下，出现病理性意志增强，如有被害妄想的精神分裂症患者，可能会反复伺机报复或上告。

不协调性精神运动性兴奋或精神运动性抑制症状也很常见，不协调性兴奋患者的行为动作显得单调杂乱、无明确的动机和目的，有时显得愚蠢幼稚，使人难以理解，与外界环境不协调。精神运动性抑制的患者可表现为，在意识清醒的情况下，言语动作完全抑制或减少，并经常保持一种固定的姿势，不言、不动、不进食、不解大小便、面部表情固定，对刺激缺乏反应。在抑制状态中，部分患者可突然出现无目的的冲动行为，随后又转入抑制状态，如连续数天卧床不起的患者，突然从床上跳起，掐其他人的脖子或打碎窗上的玻璃，随后又卧床不动。

（六）自知力缺乏

是精神分裂症常见症状。患者对自己的反常行为毫无察觉，认为幻觉、妄想从内容到形式都是真实的。自知力缺乏属于最难治疗的症状之一，甚至许多患者其他精神症状治疗有效以后，自知力仍久久不能恢复。自知力未恢复的患者，常因不愿坚持服药巩固病情，而导致病情反复发作或加重。

三、治　疗

（一）药物治疗

精神分裂症的治疗以抗精神病药物治疗为主，特别是在急性期。发现越早、治疗越早，患者对治疗的反应往往越快越充分。因此一旦确定精神分裂症的诊断，即应开始药物治疗。精神分裂症的治疗阶段分为急性期治疗、巩固期（恢复期）治疗和维持期（稳定期）治疗三个相互联系的过程。在急性期，抗精神病药物从小剂量开始，2周内逐渐加大至治疗量，直至症状控制，一般需要至少6～8周；巩固期为巩固治疗效果，应继续使用有效剂量4～6月；在未出现病情明显反复的情况下，治疗可进入维持阶段，维持剂量通常比有效剂量低，从有效剂量的1/4到2/3不等，有人对104例首发精神分裂症的复发风险进行了研究，证实首发精神分裂症的5年累计复发率为81.9%，中断抗精神病药物治疗使复发风险增加近5倍。复发使精神分裂症患者的工作、学习、人际交往和生活能力进一步丧失，不良结局的可能性加大，给社会和家庭带来沉重的经济负担，而患者长期的功能恢复是治疗精神分裂症的主要目标，因此药物维持治疗的目的是预防复发，改善生活质量，包括阴性症状的治疗，促使患者回归社会。维持期疗程视患者个体情况而定，一般不少于2～5年。最后，停药时需缓慢逐渐减量，直至完全停用。自知力缺乏导致的对疾病的否认，以及药物的不良反应，均可导致巩固维持治疗的依从性不好。应在专科医师的指导下,尽量减少药物不良反应(如降低药量,合并治疗,或换用耐受性较好的药如非典型抗精神病药物),加强对患者及家属的教育,可提高依从性。有些患者,可能需要肌内注射长效抗精神病药物。

(二)心理治疗

心理治疗主要应用于巩固期和维持期,患者精神症状逐渐消失,自知力逐步恢复,接触改善,能进行交流学习,有了解疾病性质、提高识别能力的需要,也有学习应对社会歧视、改善人际交往及其伴发情绪和行为问题的需要。例如可以通过支持性心理治疗,减轻社会心理因素给患者带来的打击;通过情感上的关爱和精神上的支持,使患者获得尊重、理解和重新生活的勇气;通过认知治疗,促进患者自知力的恢复,使其能坚持药物的巩固和维持治疗;通过集体心理治疗,把具有共同性的患者合在一组,制订治疗计划,定期指导和动员小组成员讨论。对精神分裂症伴发的阴性症状和某些行为问题,可以借助行为治疗技术来塑造患者的行为,增强患者对生活的主动性和参与性,延缓精神衰退。本书有专门章节介绍。

心理治疗是精神分裂症治疗的重要辅助措施。

(三)心理社会干预和家庭心理教育

文献显示,心理教育能帮助患者更好的了解自身疾病和治疗的重要性,减少复发率和再住院率。家庭教育已经成为分裂症治疗的一种选择,能降低复发率、促进病人恢复、改善家庭关系、改善患者的生活质量。

精神分裂症的心理社会干预和家庭心理教育应与药物治疗密切结合,构成完整的心理社会康复,使患者重新回到社会。心理社会干预也应与药物治疗一样,根据患者的情况、病情阶段和生活状况量体裁衣。如对于与家庭接触密切的病人,家庭心理干预可能为宜,内容涉及对疾病知识的教育,家庭支持,危机干预及解决问题技能训练等。家人也应督促患者多参加社区的一些集体活动,对加强患者人际沟通、促进患者回归社会大有裨益。

第二节　躁　狂　症

躁狂症是指由各种原因引起的以显著而持久的情绪高涨为主要特征的一组疾病。有些患者躁狂和抑郁交替发作,称之为双相障碍。有些躁狂症患者以愤怒、易激惹、敌意为主要表现,可因某些家务事或意见分歧动辄暴跳如雷,怒不可遏,从而出现家庭暴力施暴行为。当然,由于有些躁狂症患者的冲动行为,家人对其过度限制,诸如被捆绑、被殴打而成为家庭暴力的受虐者。

一、发　病　因　素

(一)遗传学因素

研究显示,遗传因素在双相障碍发病中起重要作用。血缘关系越近,患病几率越高,一级亲属的患病率高于其他亲属,并且出现发病年龄逐代提前,疾病严重性逐代增加的现象。

(二)神经生化、内分泌因素

近年研究认为 5-HT 直接或间接参与调节人的心境。5-HT 功能增高与躁狂症有关。而 5-HT 功能活动降低与抑郁症密切相关。躁狂发作时 DA 功能增高;肾上腺素能神经元过度活动可导致躁狂。甲状腺功能亢进可出现躁狂症状。

（三）神经电生理研究

研究发现,30%的心境障碍患者存在脑电图(EEG)的异常,躁狂发作时多倾向于高频率或出现高幅慢波。

二、常见症状

（一）情感高涨

患者自我感觉良好,整天兴高采烈,感到生活绚丽多彩、幸福、快乐;多表现轻松、愉快,整日兴高采烈,得意洋洋。其高涨的情绪具有一定的感染力,言语诙谐有趣,常博得周围人的共鸣,引起阵阵的欢笑。有的患者尽管心境高涨,但情绪不稳,变幻莫测,时而欢乐愉悦,时而激动暴怒,常为一些小事而激动不已,火冒三丈,甚至冲动伤人。有的患者可伴有敌意和暴怒,但持续时间较短,常常很快转怒为喜或赔礼道歉。

（二）思维奔逸

患者的思维联想过程明显加快,自觉脑子变聪明了,思维内容丰富多变,反应敏捷,联想速度加快。有时感到言语跟不上思维的速度。患者的联想丰富,概念一个接一个地产生,或引经据典,高谈阔论,但讲话的内容较肤浅,且凌乱不切实际,常给人以信口开河之感。患者讲话时多表现眉飞色舞或手舞足蹈,常因说话过多口干舌燥,甚至声音嘶哑,其所谈内容多肤浅,凌乱不切实际,常伴随境转移现象。患者的思维内容多与心境高涨相一致,自我评价过高,自命不凡,可出现夸大观念,常涉及健康、容貌、能力、地位和财富等。甚至达到妄想程度,但内容并不荒谬。严重时可出现关系妄想、被害妄想等,且一般持续时间不长。

（三）意志活动增强

表现精力旺盛,兴趣范围广,想多做事情,或自觉能力大,想干大事业,因而表现活动明显增多,整日忙碌不停,但做事多虎头蛇尾,有始无终。爱管闲事,对自己行为缺乏正确判断,常常是随心所欲,不考虑后果。注重打扮,行为轻率,不顾后果,自控能力差。有的还表现出好接近异性。患者精力旺盛,声称"全身有使不完的劲",不知疲倦,睡眠亦明显减少,醒后无困倦感是躁狂症的特征之一。部分患者可高效率的完成一些事情,但多数患者言过其实。有时表现为易激惹,自负自傲,行为较莽撞。病情严重时,自我控制能力下降,举止粗鲁,可出现攻击伤人或破坏行为。极度躁狂时,可出现意识清晰度下降,冲动、伤人行为则成为主要的临床相。

儿童、老年患者常不典型。儿童患者思维活动较简单,行为多表现为活动和要求增多,也可有破坏性行为。老年患者活动增多则不明显,表现为夸大、狂傲、倚老卖老、易激惹者较多,可有攻击暴力行为。

三、治　疗

（一）药物治疗

躁狂症均以心境稳定剂治疗为主。心境稳定剂是指对躁狂或抑郁发作具有治疗和预防复发的作用,且不会引起躁狂与抑郁转相,或导致发作变频的药物。包括碳酸锂、抗癫痫药和抗精神病药等。

药物的选择应在专科医师的指导下进行。对于各型躁狂症,特别是首次躁狂发作,一般首选碳酸锂治疗,双相障碍的维持治疗也提倡使用碳酸锂。急性躁狂发作时碳酸锂的剂量为600～2000mg/d,分2～3次服用。一般从小剂量开始,逐渐增加至治疗剂量。老年及体弱者剂量适当减少,与抗抑郁药或抗精神病药合用时剂量也应减少。一般起效时间为7～10天。由于锂盐的治疗剂量与中毒剂量比较接近,在治疗中除密切观察病情变化和治疗反应外,应对血锂浓度进行监测,并根据病情、治疗反应和血锂浓度调整剂量,以防锂盐中毒。常见的不良反应有口干、烦渴、多饮、多尿、便秘、腹泻、恶心、呕吐、上腹痛。神经系统不良反应有双手细震颤、萎靡、无力、嗜睡、视物模糊、腱反射亢进。可引起白细胞升高。上述不良反应加重可能是中毒的先兆,应密切观察。服药时患者需注意如持续呕吐、腹泻、大量出汗等情况下易引起锂中毒。

治疗急性躁狂发作时,在锂盐起效以前,为了控制患者的高度兴奋症状以防患者衰竭,可合并抗精神病药物治疗。

一般在碳酸锂效果不好或有其他禁忌时可选用抗癫痫药。常用的抗癫痫药有丙戊酸盐、卡马西平等,也可用于维持治疗。丙戊酸盐及卡马西平的治疗剂量均为400～1200mg/d。也可与碳酸锂联用,但剂量应适当减小。丙戊酸盐药物过量的早期表现为恶心、呕吐、腹泻、厌食等消化道症状,继而出现肌无力,四肢震颤、共济失调、嗜睡、意识模糊或昏迷。一旦发现中毒征象,应立即停药,并依病情给予对症治疗及支持疗法。卡马西平常见不良反应有镇静、恶心、视物模糊、皮疹、再生障碍性贫血、肝功能异常等。丙戊酸盐较为安全,常见不良反应为胃肠道症状、震颤、体重增加等。

拉莫三嗪是一种新型的心境稳定剂,可用于各种形式的双相障碍的治疗及预防,但首选用于双相抑郁患者。对躁狂或轻躁狂患者的疗效不及锂盐等其他心境稳定剂。拉莫三嗪的治疗剂量为50～250mg/d,常见不良反应有皮疹(缓慢加量可减少发生)、头痛、失眠等。

(二)电抽搐治疗

对部分严重或难治躁狂症有时需要电抽搐治疗。在有严密监护措施的情况下,可单独应用或合并药物治疗。若合并药物治疗,应减少给药剂量。

第三节 酒精所致精神障碍

酒精是世界上应用最为广泛的成瘾物质,酒中毒已成为严重的社会问题和医学问题。过量饮酒可导致躯体、心理、社会等多方面损害,特别是对消化系统和神经系统损害更明显。而一次大量饮酒即可导致精神异常,如果长期反复大量饮酒,则会引起脑功能减退和各种精神障碍,甚至导致不可逆的病理改变,同时,还给家庭和社会带来了沉重负担,如与饮酒有关的犯罪、交通肇事等问题。

研究显示,家庭暴力施暴与酗酒密切相关,暴力家庭中有酗酒的家庭成员明显多于对照组。多表现为以下几种情况:①酗酒成员在醉酒后失去控制能力的情况下出现施暴行为;②酒精所致精神障碍患者,通常在幻觉和妄想的影响下出现家庭暴力施暴行为,如有嫉妒妄想的酒中毒患者,坚信妻子有外遇,为此每日对妻子拳脚相加,严刑审问逼供。此外,有些家庭暴力受虐者因找不到求助方法,受虐后"借酒浇愁"。

一、发 病 因 素

(一)遗传因素

研究显示,酒中毒具有家族聚集性。酒中毒发生率在一级亲属中比一般人群高3～4倍。此外,研究发现酒精对大脑损害的敏感性也受遗传因素的影响。

（二）酒精神经毒性作用

有很多证据表明酒精本身对人类大脑有直接神经毒性作用。当酒精进入神经细胞膜类脂层时，就开始起破坏性作用，可以使神经细胞脱水、变性、坏死、缺失，使神经细胞胞体萎缩、树突减少，从而导致大脑萎缩。长期慢性酒中毒可导致痴呆的发生。

（三）中枢神经递质

酒依赖的形成与5-HT、多巴胺以及阿片肽系统等中枢神经递质改变关系比较密切。5-HT功能低下可能是酒依赖形成的原因之一。

多巴胺是伏隔核（NAc）区域的主要神经递质，而伏隔核被认为是酒精刺激大脑的主要区域。"阿片肽缺乏假说"认为酒依赖形成的机制可能与阿片肽缺乏有关。有学者认为阿片肽的缺乏可能是酒中毒的原因。酒精能刺激下丘脑、垂体以及伏隔核释放 β-内啡肽，β-内啡肽能刺激伏隔核区奖赏系统，产生饮酒欲望，使饮酒量增加，从而产生对酒精的依赖。

（四）神经内分泌

酒精对下丘脑-垂体-肾上腺素（HPA）轴有直接的强化作用，一次性饮酒或长期饮酒都会导致HPA轴功能亢进，促进下丘脑释放促肾上腺皮质激素释放激素，导致血循环中皮质醇浓度维持在高水平，这在女性身上作用更明显。但是，一次饮酒会使HPA轴产生对再次饮酒的缓慢、持久的耐受现象；长期大量饮酒就会使酒对HPA轴的刺激因耐受作用而减弱。有研究发现长期饮酒能使脑内皮质醇受体的蛋白合成减少，此时对其他应激反应也被抑制。这种致敏和耐受现象可能强化饮酒行为，加速酒依赖的形成。

（五）代谢与营养

酒中毒可引起躯体很多系统代谢与生化方面的变化。如有些人乙醛脱氢酶缺乏，饮酒后更容易出现酒精过敏现象。长期大量饮酒可产生不同程度的营养不良。常出现的营养缺乏主要包括维生素、蛋白质、微量元素和矿物质。维生素缺乏最多见的是维生素 B_1；其次为叶酸、烟酸和维生素 B_{12}。

（六）社会环境因素

社会、家庭、经济、社会文化以及民族文化习俗等因素均与酒精所致精神障碍的发生有关。北美和大部分欧洲国家以及我国的某些少数民族或某些地区，由于有其特有的饮酒文化和习俗，慢性酒中毒患病率较高。地处寒冷、潮湿的人群以及从事重体力劳动者慢性酒中毒患病率也较高。酒依赖的发生与其家族史、家庭成员饮酒的相互影响均有关。某些人经常通过饮酒来缓解社会与家庭压力带来的焦虑紧张，容易使饮酒行为不断强化、形成酒依赖。

二、常见症状

（一）普通醉酒

又称生理醉酒，是由一次大量饮酒引起的急性酒中毒。先是自制能力差，兴奋话多、言行轻佻、不加考虑等兴奋期症状；随后可出现言语零乱、步态不稳、困倦思睡等麻痹期症状。可伴有轻度意识障碍，但记忆力和定向力多保持完整。多数经数小时或睡眠后恢复正常。

（二）酒依赖

俗称"酒瘾"，是由于长期反复饮酒所致的对酒渴求的一种特殊心理状态。其特征有：①对饮酒的渴求、强迫饮酒、无法控制；②固定的饮酒模式，定时饮酒；③饮酒为第一需求；④耐受性逐渐增加，饮酒量增多；⑤反复出现戒断症状，如手、足和四肢震颤，出汗、恶心、呕吐等症状。若及时饮酒,此戒断症状迅速消失;⑥戒断后重饮,如戒酒后重新饮酒,就会在较短的时间内再现原来的依赖状态。

(三)震颤谵妄

在慢性酒中毒、长期酒依赖的基础上,突然停饮或减少饮酒量时,可出现一种历时短暂、并有躯体症状的急性意识模糊状态。包括伴有生动视幻觉或错觉的谵妄、全身肌肉震颤和行为紊乱。常伴有自主神经功能亢进,晨轻夜重的规律。严重时可危及生命。震颤谵妄持续时间不等,一般 3～5 天。病情恢复后,对病中情形可有不同程度遗忘。

(四)酒中毒性幻觉症

一般在突然停饮或减少酒量之后 48 小时内发生。通常以视幻觉为主,其幻视以恐怖性内容为多见,如看见地板、墙壁上爬满小虫子,周边有许多丑陋的面孔等。幻听多为言语性,内容多对患者不利,如侮辱、诽谤等。病程少则几小时,但多不超过 6 个月。

(五)酒中毒性妄想症

慢性酒中毒患者,在意识清晰情况下多出现嫉妒妄想与被害妄想,受其支配可出现攻击暴力,甚至凶杀行为。起病缓慢,病程迁延,长期戒酒后可逐渐恢复。

长期(一般多于 5 年)大量饮酒可引起严重的脑器质性损害,以记忆障碍、人格改变、痴呆为主要特征。

三、治 疗

(一)戒酒

一般根据酒中毒的程度控制戒酒进度。轻者可一次性戒酒,重者可用递减法逐渐戒酒。在戒酒过程中,特别是在戒酒的第一周,应密切观察与监护,以避免出现严重的戒断症状危及生命。

(二)药物治疗

可使用拮抗剂戒酒硫治疗。在最后一次饮酒后 24 小时服用,每日 1 次,每次 0.25～0.5g,连用 1～3 周。服戒酒硫后 5 天不能饮酒,如饮酒量多,产生乙醛综合征,可危及生命。有心血管疾病、躯体功能较差者禁用。

长效阿片类受体拮抗剂纳曲酮是被美国食品与药品监督管理局批准用于治疗酒依赖的药物,它可以降低嗜酒者对饮酒的渴求。

对症支持治疗中,对慢性酒中毒患者均应首先补充大量维生素,尤其 B 族维生素。如立即肌注维生素 B_1 和维生素 B_{12}。一是补充可能存在的维生素 B_1 缺乏;二是防止韦尼克脑病的发生。一般每日 1 次,持续 2 周或到患者能进食为止。对出现戒断症状、抽搐发作者,可使用苯二氮䓬类药物,如地西泮等。

对兴奋躁动或伴有幻觉妄想者,可用小剂量抗精神病药治疗。对紧张、焦虑、失眠者,可用抗焦虑药物。对情绪抑郁者,可用抗抑郁药剂。如选择性 5-HT 再摄取抑制剂不仅能治疗抑郁及焦虑症状,也能降低对饮酒的渴求。

同时,始终应注意纠正代谢紊乱,维持水电解质平衡,改善患者的营养状态,促进大脑代谢。对合并胃炎和肝功能异常者,也应对症治疗。

(三)行为治疗

使用行为疗法来戒除酒瘾。本书有专门章节介绍。

（四）康复治疗

当戒酒治疗结束，患者回归社会后，心理治疗与康复治疗可能减少其复发。如改善环境、参加各种文体活动、激发保持长期戒酒的愿望，促进职业康复。

第四节 脑器质性精神障碍

脑器质性精神障碍是指由脑部器质性疾病或损伤引起的精神障碍，特点是大脑存在病理生理和形态结构变化，精神异常与这些变化有明确的因果联系，例如：脑变性疾病、脑血管病、脑部炎症、脑肿瘤、脑外伤等引起的精神异常。其精神症状的变化可随原发性脑部疾病的变化而变化。脑器质性精神障碍患者常出现的谵妄、精神病性症状常与施暴密切相关。痴呆患者可出现人格改变，也可能会表现出家庭暴力施暴行为。

一、谵　　妄

（一）临床表现

谵妄表现为暂时性脑功能全面紊乱，是临床上常见的一种器质性精神障碍综合征。特征是短时间内出现意识障碍和认知功能改变。由于患者起病急、病程较短，以及症状发展迅速，故又称之为急性脑病综合征。

患者在意识清晰水平降低或觉醒水平降低状态下，神态恍惚，注意涣散，心不在焉，常出现感觉过敏、错觉和幻觉。错觉、幻觉具有恐怖色彩，例如将输液管看成是蛇、看见地上满是小虫。患者可因错、幻觉而产生继发性的片段性妄想，妄想多半是继发性的、片段性的和被害性质的。多伴有不协调性精神运动性兴奋，患者坐立不安或活动增多，可出现冲动、攻击行为。

谵妄患者可出现焦虑、恐惧、抑郁、激惹、愤怒、欣快和淡漠等症状。其情绪变化快，常难以预料。恐惧多继发于恐怖性的错觉、幻觉或妄想。

谵妄症状通常持续数小时或数天，也可持续数周。好转后病人对病中的表现全部或大部分遗忘。

（二）治疗

主要是病因治疗和对症支持治疗。针对原发脑部的器质性疾病进行病因治疗，精神症状可随其原发病的改善而改善。维持水电解质平衡、按需补充营养等支持治疗也是非常重要的。安静的环境和适宜的灯光均有助于减少患者的错觉。如果患者出现精神病性症状，可予以小剂量的抗精神病药物短期治疗。

二、痴　　呆

（一）临床表现

痴呆是指较严重的、持续的多种认知功能损害，其主要特征为缓慢出现的智能减退，伴有不同程度的人格改变，但没有意识障碍。因起病较慢、病程较长，又称之为慢性脑病综合征。

痴呆主要发生于老年期，而且年龄越高，痴呆的患病率也愈高。患者早期常表现为隐袭缓慢的记忆减退，主要为近记忆障碍，学习新事物的能力明显下降，这一表现早期不易觉察。随着病情的发展，远记忆也受到影响，患者常以虚构，即编造一些想象中的事件来填补记忆的空白。此外，患者还出现思维贫乏，注意力和计算能力明显受损，语言功能退化。患者的基本生活料理能力也越来越差。

患者可有人格改变,出现脱抑制行为,从而表现为冲动施暴行为。也可以出现情感淡漠、主动性差、社会退缩,而遭家庭的嫌弃,甚至遭受家庭暴力。

（二）治疗

主要也是病因治疗和对症支持治疗。治疗原则是加强护理,提高患者的生活质量。有精神病性症状或有攻击行为的患者,可适当给予小剂量抗精神病药物。

第五节　品行障碍

品行障碍指儿童或少年期反复而持续地出现违反与其年龄相应的社会道德准则和规范,侵犯他人或公共利益的行为,包括反社会、攻击性或对抗性行为。普通儿童青少年中,品行障碍以男性多见,但现今女性比例有增高趋势。城市患病率高于农村。

家庭暴力与儿童品行障碍密切相关。一项前瞻性研究显示,儿童期生活在家庭暴力之中的孩子,数年后出现品行障碍的孩子明显增多,且以女孩多见。本研究组在普通人群儿童的对照研究中也发现,受虐儿童以及目睹家庭暴力儿童其违纪行为、攻击行为均明显高于普通儿童,但以男孩为甚。有品行障碍的患者常因不能满足其要求而对父母或其他家人施暴。

一、发 病 因 素

（一）遗传因素

双生子研究发现反社会行为在单卵双生子中的同病率高于双卵双生子,提示反社会行为倾向可能与遗传有关。

（二）个性因素

在违法少年中,大多有外向型个性特点,好交际、渴望刺激、冒险和易冲动;有些个性倾内向但情绪多不稳,易焦虑不安、担忧、易激惹,孤僻、不关心他人。患者一般自我中心,好指责或支配别人,故意招人注意,为自己的错误辩护,自私自利,缺乏同情心。

（三）家庭因素

家庭和睦,亲密度高会给孩子一种安全感,有利于其心理行为的正常发育。父母经常争吵、婚姻状况不良、母子关系差、有矛盾冲突等现象的家庭其子女品行问题的发生率会明显增高。父母有物质依赖、违法犯罪、家庭暴力行为等问题,孩子容易习得这些行为。家庭教育方式不当,过分溺爱和迁就,或过分严格或粗暴,甚至虐待孩子均可能增加孩子品行障碍的患病风险。

（四）社会环境因素

社会变迁,价值观念的改变,不良因素对青少年品行障碍的发生起着重要作用。沉重的学习负担,长期紧张、单调的生活,容易产生厌学。学业失败、情绪沮丧、意志消沉,也影响心身发育和形成健全人格。经常接触暴力或黄色媒体宣传,同伴有吸烟、酗酒、打架斗殴、敲诈、欺骗、偷窃等行为,都与品行障碍发生有关。

二、临 床 表 现

（一）反社会性行为

指一些不符合道德规范及社会准则的行为。经常说谎以骗取好处（物质上或精神上）,

或者是为了逃避责任(惩罚、责备);逃学由于厌恶学习或学习成绩差,患儿对家长讲是去上学,对老师讲则是因为家中有事而在校外游荡、打电子游戏、玩耍;在家中或在外面偷窃贵重物品或大量钱财;勒索或抢劫他人钱财,或入室抢劫;强迫他人与自己发生性关系,或有猥亵行为;对他人进行躯体虐待(如捆绑、刀割、针刺、烧烫等);持凶器(如刀、棍棒、砖、碎瓶子等)故意伤害他人;故意纵火;加入社会上的犯罪团伙,一起从事犯罪行为等。

(二)攻击性行为

表现为对他人或财产的攻击,如经常挑起或参与斗殴,采用打骂、折磨、骚扰及长期威胁等手段欺负他人;虐待小动物或比他(她)小的儿童或残疾儿童;使用刀、枪、棍棒、石块等硬物或器械造成他人躯体的伤害,男孩多表现为躯体性攻击,女孩多表现为言语性攻击,如咒骂、侮辱等。

(三)对立违抗性行为

指对成人,特别是家长所采取的明显的不服从、违抗或挑衅行为,多见于10岁以下儿童。表现为:经常说谎(不是为了逃避惩罚),易暴怒、好发脾气,怨恨他人、怀恨在心或心存报复,拒绝成人的要求或规定,因自己的过失或不当行为而责怪他人,与成人争吵,与父母或老师对抗,故意干扰他人,违反校规或集体纪律,不接受批评等。

三、治 疗

(一)心理治疗

心理治疗尤其是行为疗法是品行障碍的基本治疗。

行为治疗多选用阳性强化法、消退法和游戏疗法等。治疗目的是逐渐消除不良行为,建立正常的行为模式,促进社会适应行为的发展。

认知治疗重点在于帮助患者发现自己的问题、分析原因、考虑后果,并找到解决问题的办法。

家庭治疗主要在于协调亲子间的关系。纠正父母对子女不良行为所采用的熟视无睹或严厉惩罚的方式。训练父母学习用适当的方法与子女进行交流,用讨论和协商的方法、正面行为强化辅以轻度惩罚的方法对子女进行教育。减少家庭争执与家庭暴力行为。

(二)药物治疗

尚无特殊药物治疗,大多为对症治疗。冲动、攻击性行为严重者选用小剂量抗精神病药或情绪稳定剂等药物。伴有活动过多者可选用哌甲酯等中枢兴奋剂。对情绪焦虑者可服用地西泮等抗焦虑药。

第六节 习惯与冲动控制障碍

习惯与冲动控制障碍是指在过分强烈的欲望的驱使下,采取某些不当行为的精神障碍。患者采取的这些行为或给自身造成危害,或为社会规范所不容,其目的仅仅是为了获得自我心理的满足或解除精神上的紧张感。

这类障碍包括赌博癖、纵火癖、偷窃癖、拔毛癖等,虽表现形式不一样,但共同的特征是在实施这些行为之前患者会感到有逐渐增强的渴求欲望和紧张感,实施时体验到一种愉悦、满足或紧张释放,平静之后又感到后悔、自责甚至自罪。这类障碍的病因尚不明了,因而也没有特异性的治疗方法。它不仅是一个精神医学问题,也与社会、文化等多种因素有关,所以除了医疗干预之外,有时候也需要家庭、社会、法律等综合治理。

一、病理性赌博(赌博癖)

(一)临床表现

男性多见,往往在社交性赌博的基础上发病,表现为嗜赌如命。除了赌博之外什么都不想,因而放弃正常的生活方式、兴趣爱好、家庭责任和行为准则。为了达到所希望的兴奋程度,花在赌博上的钱越来越多,虽然不止一次地希望戒掉赌癖,但都不成功。一旦停止赌博会出现焦虑不安、心慌、出汗、易怒或乏力困倦、食欲不振、失眠等症状。因为赌博,可欺骗家人、亲友,甚至出现伪造、诈骗、盗窃、贪污等犯罪行为。

其特点为:

1. 具有难以控制的强烈的赌博欲望,虽经努力自控,但不能停止赌博;

2. 专注于思考或想象赌博行为或有关情境;

3. 赌博发作没有给个人带来收益,或尽管对自己的社会、职业、家庭的价值观和义务有负面影响,仍然赌博;

4. 一年之中,至少有 3 次赌博发作。

(二)治疗方案及原则

1. 由于病理性赌博者中罹患情感性疾病、酒精与药物成瘾者比例较高,可根据症状选用抗焦虑、抗抑郁等相应药物;

2. 可试用抗癫痫药;

3. 可选用认知疗法、行为疗法、家庭治疗或生活技能训练等心理治疗。

二、病理性纵火(纵火癖)

(一)临床表现

男性较多见,主要特征为反复故意纵火,纵火后目击燃烧场景,可体验到销魂快感,有时参与灭火或善后工作,也能体会到愉快、满足和轻松的感觉。纵火除了满足自己的快感之外没有其他社会目的,不是为了钱财,不是发泄私愤,不是表达某种政治观点,不是掩盖犯罪活动,也不是妄想和幻觉所致。患者常伴有适应障碍、精神发育迟滞;或有学习困难、多动症、品行障碍史。

其特点为:

1. 有强烈的纵火欲望,纵火前有紧张感,纵火后有轻松感;

2. 专注于想象纵火行动或有关的情境;

3. 至少有过一次无明显动机的纵火行为或企图。

(二)治疗方案及原则

1. 可根据症状选用抗焦虑、抗抑郁等相应药物;

2. 可试用抗癫痫药;

3. 可选用认知疗法、行为疗法、家庭治疗或生活技能训练等心理治疗。

三、病理性偷窃(偷窃癖)

(一)临床表现

女性多见,所窃物品通常没有特殊价值,也不是自己所急需或必需的物品。偷窃前无预谋和策划,也无协同作案者。得手后,常把所窃财物随便扔掉或送人,甚至悄悄送还原主。反复行窃,也多次后悔或自责,却无法自制。可伴有人格障碍。

其特点为:

1. 有难以控制的强烈的偷窃欲望,虽经努力自控,但不能停止偷窃;

2. 专注于思考或想象偷窃行为或有关情境;

3. 偷窃发作没有给个人带来收益,或尽管对自己的社会、职业、家庭的价值观和义务有负面影响,仍然偷窃;

4. 一年内至少有过3次偷窃发作。

(二)治疗方案及原则

1. 可根据症状选用抗焦虑、抗抑郁等相应药物;

2. 可试用抗癫痫药;

3. 可选用认知疗法、行为疗法、家庭治疗或生活技能训练等心理治疗。

四、病理性拔毛(拔毛癖)

(一)临床表现

女性多见,青少年起病。其特征是经常拔除自身的毛发,以致毛发明显稀少。以拔头发、睫毛和眉毛最常见,可以是一天当中反复多次短时拔毛,也可以表现为一次集中拔毛数小时。拔除毛发后患者感到轻松愉快。患者常常否认有这种行为。

其特点为:

1. 有难以控制的强烈的拔毛欲望,虽经努力自控,但不能停止拔毛;

2. 明显的毛发缺失,并非皮肤疾病所致;

3. 拔毛后有轻松感、满足感。

(二)治疗方案及原则

1. 可根据症状选用抗焦虑、抗抑郁等相应药物;

2. 可试用抗癫痫药;

3. 可选用认知疗法、行为疗法、家庭治疗或生活技能训练等心理治疗;

4. 注意皮肤并发症的处理。

第七节 性心理障碍

性心理障碍既往称为"性变态",指有异常性行为的性心理障碍,临床上主要包括三种类型:性身份障碍、性偏好障碍和性指向障碍。这类障碍的病因尚不十分清楚,因而也无特异性的治疗方法。

性心理障碍患者往往可能违反社会规范,有的甚至触犯法纪。特别是性施虐狂者可能出现对配偶的严重的施暴行为。

一、性身份障碍

(一)临床表现

对自身的生理性别持续不满,深感厌恶,对异性身份有强烈的认同,并有改变本身性别的解剖生理特征以达到转换性别的强烈愿望。如果坚持使用异性激素或手术改变自己性别的生物学特征,称为易性症。

其特点为:

1. 持久和强烈的为自己的本来性别苦恼,渴望自己是异性;

2. 偏爱异性着装,专注异性常规活动;

3. 否定自己的性解剖结构,如女性患者不取蹲位排尿,不愿乳房发育;男性患者厌恶阴茎和睾丸。

(二)治疗方案及原则

1. 心理治疗,尤其是行为疗法有一定收效;

2. 根据患者的具体情况,在明确病因后,激素治疗、抗强迫治疗,或手术治疗亦可采用。

二、性偏好障碍

(一)临床表现

1. 恋物症 多见男性。在强烈的性欲望与性兴奋的驱使下,反复收集异性使用的贴身物品,如乳罩、内裤等。所恋物品成为患者性刺激的重要来源或获得性满足的基本条件。

2. 异装症 有穿戴异性服装的强烈愿望并付诸行动,病人不要求改变自己的性身份,穿戴异性服装的目的是为了获得性兴奋和性快感。

3. 露阴症 多为男性。反复在陌生异性面前暴露自己的生殖器,以满足引起性兴奋的强烈欲望,但没有与"暴露对象"性交的意愿和要求。

4. 窥阴症 多见男性。反复窥视异性下身、裸体或他人性活动,以满足引起性兴奋的强烈欲望。但没有暴露自己或同受窥视者发生性关系的愿望。

5. 摩擦症 多见男性。在拥挤场合或在对方不备时,以身体的某一部分(常为阴茎)摩擦和触摸女性身体的某一部分,以达到性兴奋的目的。

6. 性施虐与性受虐症 以向性爱对象施加虐待或接受对方虐待,作为性兴奋的主要手段。其手段为捆绑、致伤、致残甚至致死。实施者为性施虐症,接受者为性受虐症。

(二)特点

1. 有非常规的性偏好的强烈冲动;

2. 患者在这种冲动驱使下付诸行动或为此感到痛苦;

3. 这一偏好至少持续 6 个月以上。

(三)治疗方案及原则

1. 心理治疗,尤其是行为疗法有一定收效;

2. 可根据具体症状选用抗焦虑剂、抗抑郁剂、抗强迫剂等治疗。

3. 有时候,需要家庭、社会、法律等综合治理。

三、性指向障碍

(一)临床表现

最常见的为同性恋。指在正常生活条件下,患者从少年时开始对同一性别的人持续表现出性爱倾向,包括思想、情感和性行为。

其特点为:

1. 在正常生活条件下,从少年时开始对同性成员待续表现性爱倾向,包括思想、感情及性行为;

2. 对异性虽可有正常行为,但性爱倾向明显减弱或缺乏,因此难以建立和维持与异性成员的家庭关系。

(二)治疗方案及原则

1. 心理治疗,尤其是行为疗法有一定收效。

2. 可根据具体症状选用抗焦虑剂、抗抑郁剂、抗强迫剂等治疗。

(曹玉萍)

参 考 文 献

1. Babcock JC,Waltz J,Jacobson NS,et al. Power and violence:the relation between communication patterns,power discrepancies,and domestic violence. J Consult&Clin Psychol,1993,61(1):40-50,110.

2. Peek-Asa C,Zwerling C,Young T,et al. A population based study of reporting patterns and characteristics of men who abuse their female partners. Inj Prev,2005,11(3):180-185.

3. Stuart GL,Moore TM,Gordon KC. Psychopathology in women arrested for domestic violence. J Interpers Violence,2006,21(3):376-389.

4. 曹玉萍,张亚林,王国强,等. 家庭暴力施暴者的心理学特征以及罹患精神障碍的研究. 中华精神科杂志,2008,41(1):37-40.

5. 田祖恩,于庆波,汪萍,等. 160 例精神疾病患者家庭暴力分析. 临床精神病学杂志,1998,8(1):8-9,111.

6. 张亚林. 精神病学. 北京:人民教育出版社,2005:650.

7. 张亚林,曹玉萍. 家庭暴力与精神卫生. 中国临床心理学杂志,2002,10(3):233-234.

8. 张亚林. 高级精神病学. 长沙:中南大学出版社,2007.

第六章

家庭暴力受虐者常见的精神障碍

我们的研究资料显示,受虐者精神疾病患病率为 1.3%,其中包括精神分裂症、情感性精神障碍、精神发育迟滞和抑郁症,总患病率明显低于施暴组。文献报告患有边缘性人格障碍者、精神发育迟滞者容易成为家庭暴力的受虐者。在住院精神疾病患者中,有 62.8% 者报告曾受其配偶或有 45.8% 者曾受其家庭成员的躯体虐待。有精神疾病的成员给家庭带来的经济负担和精神负担均有可能增加其受虐的可能性。

虽然家庭暴力大都是直接伤害受虐者的身体的,但严重到使其致伤、致残、甚至致死者只是其中的一部分,而家庭暴力对受虐者心理健康的损害就要常见得多。主要表现在:普遍会产生恐惧、焦虑、抑郁、或者情感淡漠、情绪不稳定等情绪症状;有的可能出现行为退缩、吸毒、酗酒等行为问题;甚至导致或诱发精神疾病。如急性应激性障碍、PTSD、睡眠障碍以及神经症等。

受虐者若是儿童则心理受损可能更广泛、更持久、更严重。目前研究结果表明:受虐儿童可出现精神紊乱,如延迟性应激障碍、儿童情绪障碍,或促使精神疾患提早发生,受到性虐待的青春期受虐者多有抑郁症状和自杀倾向;粗暴打骂可诱发儿童出现多动,而且影响其发展和预后;若暴力反复发生,尤其是暴力突然发生难以预料,会导致儿童神经质,从而对个性的形成有重要的影响。有儿童受虐史的成人易患焦虑障碍、酒精依赖、反社会人格及其他精神障碍。这种情况在女性受虐者更为明显。

以下简介家庭暴力受虐者常见的几类精神障碍。

第一节 抑 郁 症

研究显示,家庭暴力受虐者抑郁情绪的发生率为正常对照者的 4 倍之多。在抑郁情绪影响下,患者可出现消极自杀的观念和行为。家庭暴力与抑郁症自杀密切相关,本书有专门章节介绍。但也可以因伴有紧张激越,而对亲人大打出手,有些甚至出现"扩大自杀",成为家庭暴力施暴者。

一、常见危险因素

(一)性别

女性抑郁症的患病率几乎是男性的 2 倍。性别差异的原因可能与性激素的影响、男女心理社会应激的不同以及应付应激的行为模式不同有关。女性往往较男性的生活更为艰难，遭遇应激事件更多，女性应付应激能力低于男性，常处于负性情绪体验中，又缺乏有效的应付措施。另外，妇女在月经、妊娠和分娩等时期由于内分泌的影响也容易引起抑郁发作。双相障碍的男女患病率几乎相等。

（二）不良婚姻状况和夫妻间暴力

一般认为没有亲密的人际关系，或离异或单身的人患抑郁症较多。但不良的婚姻状况也是发生抑郁症的重要危险因素，夫妻间暴力、夫妻离异、分居或丧偶的人较婚姻状况良好者易患抑郁症。有研究发现婚姻不和谐者抑郁症的患病率较对照组高 25 倍。

（三）儿童期目睹家庭暴力和儿童期虐待

儿童期的不良经历往往构成成年发生心境障碍的重要危险因素。调查发现：儿童期父母关系不融洽，目睹父母间发生暴力行为、儿童期受到虐待，特别是性虐待等经历都与成年后患抑郁症关系密切。研究显示，儿童期遭受虐待还可能使成年后自杀倾向的危险性增高 2～5 倍，这些自杀倾向者中有 28% 可诊断为抑郁症患者。

（四）生活事件和应激

应激性生活事件与抑郁症关系密切。各种严重的负性生活事件如亲人亡故、自然灾害等往往构成抑郁症的发病因素。长期的不良处境，如婚姻不和谐、家庭关系破裂、家庭暴力、失业、贫困、持续存在慢性躯体疾病等，均可与抑郁发生有关。一般认为生活事件在抑郁症发病中起"扳机"作用。研究发现，抑郁症妇女在发病前 1 年所经历的生活事件频度是正常人的 3 倍。

二、常 见 症 状

（一）情绪低落

主要表现为持久的情感低落，苦恼忧伤。患者终日忧心忡忡，郁郁寡欢、愁眉苦脸、长吁短叹。有度日如年、生不如死感。自称"高兴不起来"、"活着没意思"等。抑郁症患者常常可以将自己在抑郁状态下所体验的悲观、悲伤情绪与丧亲所致的悲哀相区别。在抑郁发作时患者会感到前途渺茫，严重者感到绝望；感到他处于孤立无援的境地，无力自拔，也无人能救；认为自己生活毫无价值，能力差，不会对任何人有用，觉得自己连累了家庭和社会，甚至是别人的累赘。自责自罪，严重时可出现罪恶妄想；还可能出现有关系妄想、被害妄想等。有些患者亦可出现幻觉，以听幻觉较常见。部分患者可伴有焦虑、激越症状，特别是更年期和老年抑郁症患者更明显。典型的抑郁心境具有晨重夜轻节律改变的特点，即情绪低落在早晨较为严重，而傍晚时可有所减轻。

（二）思维迟缓

患者思维联想速度缓慢，反应迟钝，思路闭塞，自觉"脑子好像是生了锈的机器"，"脑子像涂了一层浆糊"。在行动上表现为运动迟缓，在别人看来，患者的活动显著减少而缓慢，甚至终日呆坐不语。对答困难，严重者交流无法顺利进行。

有些患者则可表现为思考增多，脑中反复思考一些没有目的的事情，思维内容无条理，因此无法集中注意来思考一个中心议题。在行动上则表现为烦躁不安，紧张激越，有时不能控制自己的动作，变得异常暴躁，甚至对亲人大打出手，成为家庭暴力施暴者。

（三）兴趣减退、快感缺失

患者对以前喜爱的各种活动兴趣显著减退甚至丧失，毫无快乐而言，不愿参加平常喜欢的活动和业余爱好。山珍海味,如同嚼蜡;声色犬马,索然无味。

严重抑郁发作的患者常伴有消极自杀的观念或行为。患者感到生活中的一切都没有意义,消极悲观的思想及自责自罪可萌发绝望的念头,认为"结束自己的生命是一种解脱","活着是受罪",并会促进计划自杀,发展成自杀行为。自杀行为在临床上被认为是严重抑郁的一个标志,是抑郁症最危险的症状,应提高警惕。抑郁症中有25%以上的人有自杀企图或自杀行为,约15%的患者最终死于自杀。有的患者会出现"扩大自杀",患者会认为活着的人也非常痛苦,为了避免其家人遭受痛苦,可在杀他人后再自杀。

(四) 躯体症状

躯体症状是抑郁症患者常见的主诉。主要有睡眠障碍、乏力、食欲减退、体重下降、便秘、身体任何部位的疼痛、性欲减退、阳痿、闭经等。躯体不适主诉可涉及各脏器,如恶心、呕吐、心慌、胸闷、出汗等。自主神经功能失调的症状也较常见。一般认为躯体不适主诉可能与文化背景、受教育程度和经济状况等较低有关。睡眠障碍主要表现为早醒,一般比平时早醒2~3小时,醒后不能再入睡,这对抑郁发作具有特征性意义。食欲下降和体重减轻,体重减轻与食欲减退不一定成比例,少数患者可出现食欲增强、体重增加。性欲减退乃至完全消失。妇女可出现闭经。

儿童和老年患者的抑郁症状常不典型。儿童患者多表现兴趣减少,不愿参加游戏,社会性退缩,学习成绩下降等。发病除遗传易感因素外,与如丧失亲人、与父母分离、母爱丧失及遭受家庭暴力等有关。老年抑郁症患者除有抑郁心境外,多数患者有突出的焦虑烦躁情绪,有时也可表现为易激惹和敌意。此外,老年抑郁患者的躯体症状较多。女性更年期和产后也常产生抑郁情绪。

三、治　疗

(一) 药物治疗

抑郁症的药物治疗分为:急性期治疗、巩固期治疗和维持期治疗三期。①急性期治疗:控制症状,尽量达到临床痊愈。治疗严重抑郁症时,一般药物治疗2~4周开始起效,治疗的有效率与时间呈线性关系。②巩固期治疗:目的是预防复燃。至少4~6个月,在此期间患者病情不稳,复燃风险较大。③维持期治疗:目的是防止复发。维持治疗结束后,病情稳定,可缓慢减药直至终止治疗,但应密切监测复燃的早期征象,一旦发现有复燃的早期征象,迅速恢复原治疗。如需终止维持治疗,应缓慢(数周)减量,以便观察有无复发迹象,亦可减少撤药综合征。

抗抑郁药物种类繁多。常用的三环类抗抑郁药包括丙咪嗪、氯米帕明、阿米替林及多塞平,其不良反应较多,多表现为抗胆碱能和心血管系统等不良反应,常见的有口干、便秘、视力模糊、排尿困难、体位性低血压和心率改变等。老年和体弱的患者用药剂量要减小,必要时应注意监护。原有心血管疾病的患者不宜使用。三环类抗抑郁药都有镇静思睡等不良反应。

选择性5-HT再摄取抑制剂(SSRIs)是近年临床上广泛应用的抗抑郁药,目前已在临床应用的有氟西汀、帕罗西汀、舍曲林、氟伏沙明和西酞普兰。适用于各种类型和不同严重程度的抑郁障碍。大多每日只需服药一次。镇静作用较轻,可白天服药,如出现困倦乏力可改在晚上服,为减轻胃肠刺激,通常在早餐后服药。SSRIs常见的不良反应有恶心、呕吐、厌食、便秘、腹泻、口干、震颤、失眠、焦虑及性功能障碍等。偶尔出现皮疹。少数患者能诱发躁狂。

文拉法辛是 5-HT 及 NE 再摄取抑制剂(SNRIs)的代表。适用于抑郁症及难治性抑郁症。安全性好,不良反应少,常见不良反应有恶心、口干、出汗、乏力、焦虑、震颤、阳痿和射精障碍。不良反应的发生与剂量有关,大剂量时血压可能轻度升高。

米氮平是 NE 能和特异性 5-HT 能抗抑郁药(NaSSAs)的代表。适用于各种抑郁障碍,尤其适用于重度抑郁和明显焦虑,激越及失眠的患者。常见不良反应为镇静、困倦、头晕、疲乏、食欲和体重增加。对性功能几乎没影响。

曲唑酮和奈法唑酮是 5-HT 激动及拮抗剂(SARIs)的代表。适用于各种伴有焦虑、失眠的轻、中度抑郁障碍。常见不良反应有头痛、镇静、体位性低血压、口干、恶心、呕吐、无力,少数可能引起阴茎异常勃起。

选择的药物,应根据症状特点、抗抑郁药的作用特点以及既往的躯体情况和治疗情况,在专科医师指导下选用。

(二)电抽搐及改良电抽搐治疗

电抽搐治疗主要适用于病情严重,有强烈自杀观念和企图,明显自责自罪;拒食,违拗和木僵;对药物治疗不能耐受或药物治疗效果不好的病例等。特点是见效快,疗效好。如果同期合并抗抑郁药治疗,应适当减少给药剂量。电抽搐治疗结束后应继续药物治疗。

(三)心理治疗

心理治疗对预防抑郁症的复发有非常重要的作用,特别是对有明显心理社会因素作用的抑郁症患者。心理治疗能提高患者治疗的依从性,解除或减轻患者过重的心理负担和压力,帮助患者解决生活和工作中的实际困难及问题,提高患者应对能力,并积极为其创造良好的环境,改善患者人际交往能力和心理适应功能,从而提高患者生活的满意度,减轻或缓解患者的抑郁症状,增强治疗效果,预防复发。

心理治疗以支持性心理治疗、认知治疗、行为治疗为多,有时可选用心理动力学治疗、工娱治疗等心理治疗方法。支持性心理治疗,通过倾听、解释、指导、鼓励和安慰等帮助患者正确认识和对待自身疾病,主动配合治疗。婚姻及家庭治疗可能有效减少抑郁症患者家庭暴力的发生。抑郁症的行为治疗、有家庭暴力的抑郁症自杀患者的心理干预,以及对于有儿童期虐待史的抑郁症患者针对性的"3R"心理治疗,本书有专门章节介绍。

第二节　应激相关障碍

一、急性应激障碍

急性应激障碍指患者在遭遇急剧、严重的精神刺激后立即发生的一过性精神障碍,症状可出现在事件发生后数分钟或数小时内,最长不超过一个月。且这种一过性精神障碍在发生的时序、症状内容、病程与预后等均与精神刺激密切相关。在没有更多的生活事件影响下,一般患者可在数小时或数天内缓解。刺激通常突如其来,如严重的交通事故、配偶或子女突然亡故、突发的自然灾害、战争等。严重的家庭暴力亦可以导致受虐者出现急性应激障碍的表现。

本病多见于青年人,男女之间的患病率差别不明显。如同时存在躯体状况衰弱或器质性因素(如老年人),发生本病的危险性随之增加。

(一) 临床表现

1. 精神运动性抑制　患者在遭受强烈的精神打击之后可出现不言不语、表情呆滞,处于茫然状态,呆若木鸡,对外界刺激无相应反应。

2. 精神运动性兴奋　患者在遭受强烈的精神打击之后可显得十分兴奋,情绪激动、话语激越、动作张扬,甚至出现伤人毁物的行为。

3. 负性情绪　如在精神打击之后患者表现为恐惧、焦虑、抑郁、沮丧、绝望,或深感委屈、悔恨、抱怨、甚至愤怒。因而有可能出现自伤自杀或伤人毁物的行为。

4. 精神病性症状　患者在遭受强烈的精神打击后可出现如幻觉、妄想等精神症状。这些症状虽然比较严重,但其内容与精神刺激紧密相关,因而比较容易被人理解。社会功能和自知力严重受损。

5. 有些患者可出现一定程度的意识障碍　如意识蒙眬状态。表现为时间定向、空间定向,甚至人物定向的障碍。患者对周围事物不能清晰感知,自言自语,内容零乱,表情紧张、恐惧,动作杂乱、无目的,或躁动不安、冲动毁物,事后不能全部回忆。精神活动不协调,行为缺乏目的和意义,令人难以理解。

在很多情况下,患者可能相继出现上述几种症状,或表现出几种症状的混杂状态。常伴有自主神经系统症状,如心动过速、出汗、面红、呼吸急促等。

本病病程短暂。随着刺激源的消除,症状常随时间冲淡,可在几小时、几天、最多几周内得以缓解。预后良好。

(二) 治疗

治疗原则是以保护个体,尽快摆脱急性应激状态,恢复心理和生理健康,避免更大的损害为主。应及时、就近、简洁、紧扣重点。治疗方法以心理治疗-环境调整为主,必要时辅以小剂量抗焦虑、抗抑郁药物治疗。

1. 环境治疗　首先帮助患者尽快离开创伤情境,如在灾后为灾民安排安全的住所、遭受家庭暴力后让受虐者暂时离开受虐的环境。调整环境对于消除创伤性体验有积极意义,同时应加强社会支持,帮助建立更有效的社会支持系统等。创伤性事件发生后,社会支持至关重要。

2. 心理治疗　多以支持性、情绪指向性治疗策略为主,通过与亲友或专业人员倾诉达到缓解情绪反应的目的;通过鼓励帮助患者表达和宣泄情绪,避免回避和否认而进一步加重损害;在适当的时候将对创伤性事件的常见反应和如何应对的相关知识讲解给患者,鼓励患者面对创伤,帮助患者提高应对技巧和能力。其他方面包括:重新调整和掌握更有积极意义的应对方式和心理防御机制;反省自身的性格特征;完善自我等。

采用一些简单的放松训练可有效应对应激反应伴随的焦虑和紧张。

3. 药物治疗　仅为对症治疗,可短期、小剂量给予抗焦虑和抗抑郁剂治疗,在患者处于激情状态或出现精神病性障碍时,可酌情使用抗精神病药。

此外,应提醒患者不可用"借酒消愁"的方法来应对自己对创伤性事件的反应。

二、创伤后应激障碍

创伤后应激障碍(post-traumatic stress disorder,PTSD),是由异乎寻常的威胁性或灾难性的心理创伤所致的延迟性和持续性精神障碍。例如战争、地震、重大交通事故、"9.11"之类的恐怖事件,凡是亲身经历或亲眼目睹了这些惨绝人寰的灾难场面的人,几乎都可能出现强烈的震撼、极度的恐惧和巨大的痛苦。

有研究表明,反复经历家庭暴力或目睹家庭暴力者中,部分人多年后仍反复重现暴力场景,有些人可能罹患 PTSD。

（一）发病因素

在那些经历了创伤性事件的人群中,最终只有一部分人患上 PTSD。说明遭遇灾难性创伤事件只是罹患 PTSD 的必要条件,而非充分条件。是否患病还与以下因素有关:健康状态、人格特征、个人经历、生活处境,乃至于有无精神障碍的家族病史等等。有研究显示,父母患创伤后应激障碍的子女比其他人发生创伤后应激障碍比例高 5 倍。家族史为 PTSD 的发生提供了一般性的生物易感性。这种生物易感性,可能也与暴露于创伤性事件的可能性有关。即个性和其他一些特征(至少有一部分是遗传性的)会使个体更常处于创伤性事件可能发生的危险情景中,从而使个体更容易体验到创伤。

（二）临床表现

1. 反复出现创伤性体验　患者以各种形式反复地重新体验所经历过的灾难性事件,有挥之不去的闯入性回忆;有夜半惊醒的灾难性噩梦;有触景生痛的反射性联想;还有可能出现错觉、幻觉或幻想形式的事件重演的生动体验,此症状又称"闪回"(flash back)。出现上述症状时,患者不仅会感到异常的精神痛苦,还可能产生明显的生理反应,如面色苍白、心悸、出汗、战栗等。

2. 持续的警觉性增高　患者感到紧张不安、担惊受怕,似乎危机四伏;注意难以集中,周围任何的风吹草动,都可能分散患者的注意力;因为情绪持续的紧张,患者往往易激惹,稍受刺激就产生反应,且反应过度,如易怒、易委屈、易伤感;另外就是入睡困难和睡眠不深,对睡眠环境要求苛刻,风声鹤唳、草木皆兵,稍有打扰,患者就会从睡眠中惊醒,甚至过分安静的环境有时也会让某些患者感到紧张而无法入睡。

3. 回避相关情景　为了避免痛苦再现,患者总是回避与不幸遭遇有关的那些人和事。如不去与灾难性事件有关的那些地方,不见与灾难性事件有关的那些人,不谈与灾难性事件有关的那些事,不参加与灾难性事件有关的那些活动。患者常常阻止自己的创伤性回忆,或否认或淡忘,即"选择性遗忘"。

4. "心理麻木"　由于极力回避某些人和事,由于对某些重大的创伤事件和情绪体验失去了记忆,某些患者会表现出反应迟钝、兴趣减少、情绪平淡、行为退缩。如不爱与人交往、对亲人视同陌路,对世界变化漠不关心、无动于衷,对未来失去信心、得过且过。

（三）干预与治疗

1. 危机干预　对于 PTSD,危机干预都是最重要的、最适合的,而且应该及时、就近、简单,紧扣重点。危机干预常用的"六步法"为:①明确核心问题;②保证患者安全;③提供情感支持;④开发应对资源;⑤制订康复计划;⑥得到患者承诺。

2. 心理治疗　心理治疗是 PTSD 主要的治疗手段。各种形式的心理治疗都曾用来治疗过 PTSD,患者都能不同程度的从中获益。但无论是哪种心理治疗,都必须注重三个方面:①改善患者对应激事件的认识和态度;②提高患者的应对能力;③消除患者的症状。

尚没有令人信服的资料证明哪种心理治疗在治疗应激障碍时特别地优于其他的心理治疗,也没有资料证明哪种心理治疗是完全无效的。但已有不少的资料证实:如果与适当的药物治疗相结合,其总体疗效是优于单独的心理治疗或单独的药物治疗的。

3. 药物治疗　尚无对 PTSD 各组症状都能产生满意疗效的药物。大多都是对症支持治疗。综合有关文献，抗抑郁药物可减轻某些症状，剂量和疗程要充分，几乎类似于对抑郁症的治疗；抗焦虑药物也可酌情使用。这些药物如果合并心理治疗效果会更好。

除非患者有过度的兴奋和暴力行为，或者出现较持久的精神症状，一般不主张使用抗精神病药物，尤其是不要大剂量的长期的使用。

第三节　神　经　症

神经症，旧称神经官能症。本症为一组精神障碍，主要表现为精神活动能力下降、烦恼、紧张、焦虑、抑郁、恐怖、强迫症状、疑病症状、分离症状、转换症状或各种躯体不适感。神经症起病常与心理、社会因素有关；患者病前大多具有一定的素质基础或个性特征；其临床症状没有可以证实的器质性病变作基础；其社会功能相对完好，行为通常保持在社会规范允许的范围之内；患者对疾病有相当的自知力，有痛苦感受、有求治要求，其现实检验能力不受损害。目前神经症的亚型有：焦虑症、恐惧症、强迫症、躯体形式障碍、神经衰弱以及暂归类于神经症的癔症。

研究显示，家庭暴力与神经症相关可表现为：①神经症的某些症状可能是家庭暴力给受虐者带来的直接后果，或遭受家庭暴力可能加重原有的症状；②长期生活在有暴力的家庭，即使未遭虐待，目睹家庭暴力也可能增加其罹患神经症的风险；③此外，神经症患者的焦虑抑郁、紧张易怒情绪，有可能加剧其对外界刺激的负性反应，从而可能增加其施暴的可能性。正遭受症状困扰的人容易出现施暴行为，反过来，施暴行为又可以加剧原本的问题或平添新的问题。

一、发病因素

（一）心理社会因素

神经症的发病与心理社会因素有关。近几十年来，因为社会工业化、人口城市化、居住稠密、竞争激烈、交通拥挤、社会动荡而导致的精神紧张日益普遍，这种精神紧张在神经症起病中的作用也日益突出了。

突发事件引起的精神紧张容易导致神经症，如洪水、地震、海啸。这种灾难性的精神刺激导致神经症的发生，似乎是显而易见、无需争议的。但就某一个具体的人来说这种灾难性的遭遇毕竟是罕见的，那些发生在我们周围、而且又使我们牵肠挂肚的日常生活事件或许更应当受到重视。研究发现，一组神经症患者在发病前一年内所经历的生活事件要多于正常对照组，其评分值是正常组的 1.7 倍。

家庭是一个小社会，家庭是精神刺激的重要来源，也是社会支持的重要来源。家庭气氛与神经症的关系已经引起人们特殊的关注。在中国传统文化观念下形成的稳固的家庭结构和庞大的社会支持网是否是神经症过去少于现在、东方少于西方的原因之一，当然尚待严格的研究去证实。但不良的家庭气氛确实能增加神经症的发生。在经常发生口角、暴力或分居的家庭中神经症患病率大约为普通家庭的 3～4 倍。

社会阶层、经济状况、教育程度以及职业等与神经症有可能存在关联。一般认为从事高度紧张工作的人较易患神经症，如飞行领航员、火车调度员、闹市区公共汽车司机、话务员、急诊室和手术室的医务人员等。

（二）个性因素

不同的个性特征决定着他们罹患神经症的难易程度以及罹患某种特定的神经症亚型的倾向。巴甫洛夫认为，神经类型属弱型的或强而不均衡的人，较易患神经症。Eysenck 认为神经症常见于神经质个性，即情绪不稳定和性格内向的人。这种人的个性具有多愁善感、焦虑不安、古板、严肃、悲观、保守及孤僻等特征。有研究显示，家庭暴力施暴者也多具有神经质的个性特征。

巴甫洛夫认为，在神经类型弱型者中间，属于艺术型（第一信号系统较第二信号系统占优势）者易患癔症；属于思维型（第二信号系统较第一信号系统占优势）者易患强迫症；而中间型（两信号系统比较均衡）者易患神经衰弱。某些特殊的人格类型甚至与某些神经症亚型的命名都一样，强迫人格——强迫性神经症。

综上所述，可以看出病前的个性特征在神经症发病中的重要作用。具有某种特殊个性可能为神经症的发生提供了有利条件，但神经症不是特殊个性发展的必然结果，因为特殊个性并非神经症发生的全部条件。

（三）生物学因素

研究表明，中枢神经系统的一些结构或功能的改变可能与神经症的发生有关。如中枢肾上腺素能、5-HT 能活动增强，抑制性氨基酸如 γ-氨基丁酸功能不足可能与焦虑障碍有关，而中枢去甲肾上腺素、5-HT 能活动减少则可能与抑郁的发生有关。某些强迫症患者的脑影像学发现有所改变。但目前为止，不同学者的研究结果有所不同，这些生物学变化尚无定论。

二、焦 虑 症

焦虑症是一种以焦虑情绪为主要表现的神经症，包括急性焦虑和慢性焦虑两种临床相，常伴有头晕、胸闷、心悸、呼吸困难、口干、尿频、尿急、出汗、震颤和运动性不安等。焦虑并非实际威胁所引起，其紧张程度与现实情况很不相称。

（一）临床表现

主要症状为焦虑的情绪体验、自主神经功能失调及运动性不安。临床上常见有急性焦虑和慢性焦虑两种表现形式。

1. 慢性焦虑　又称广泛性焦虑或浮游性焦虑，是焦虑症最常见的表现形式。患者长期感到紧张和不安。做事时心烦意乱、没有耐心；与人交往时紧张急切、极不沉稳；遇到突发事件时惊慌失措、六神无主，极易朝坏处着想；即便是休息时，也可能坐卧不宁，担心出现飞来之祸。患者如此惶惶不可终日，并非由于客观存在的实际威胁，纯粹是一种连他自己也难以理喻的主观过虑。

自主神经功能失调的症状经常存在，表现为心悸、心慌、出汗、胸闷、呼吸紧迫急促、口干、便秘、腹泻、尿频、尿急、皮肤潮红或苍白。有的病人还可能出现阳痿、早泄、月经紊乱等症状。

运动性不安主要包括坐立不安、搓拳顿足、肢体发抖、全身肉跳、肌肉紧张性疼痛及舌、唇、指肌震颤等。

2. 急性焦虑　又称惊恐发作。这是一种突如其来的惊恐体验，表现为严重的窒息感、濒死感和精神失控感。患者宛如濒临末日，或奔走、或惊叫，惊恐万状、四处呼救。惊恐发作时伴有严重的自主神经功能失调，主要有三个方面：①心脏症状：胸痛、心动过速、心律不齐；

②呼吸系统症状：呼吸困难；③神经系统症状：头痛、头昏、眩晕、晕厥和感觉异常。也可以有出汗、腹痛、全身发抖或全身瘫软等症状。

急性焦虑发作通常起病急骤，终止也迅速。一般持续数十分钟便自行缓解。发作过后患者仍心有余悸，不过焦虑的情绪体验不再突出，而代之以虚弱无力，需经若干天才能逐渐恢复。部分患者急性焦虑发作后，可以出现长期的慢性焦虑症状，担心发作再次出现。

（二）治疗

1. 心理治疗　放松疗法不论是对广泛性焦虑或急性焦虑发作均是有益的。当个体全身放松时，生理警醒水平全面降低，心率、脉搏、血压、肌电、皮电等生理指标出现与焦虑状态逆向的变化。许多研究证实，松弛不仅有如此的生理效果，亦有相应的心理效果。生物反馈疗法、音乐疗法、瑜伽、静气功的原理都与之接近，疗效也相仿。

很多焦虑症患者病前曾经历过较多的生活事件，病后又常出现所谓"期待性焦虑"，即总是担心结局不妙。在这种过分警觉的状态下，可产生对周围环境、人物的错误感知或错误评价，因而有草木皆兵或大祸临头之感。帮助患者解决这些问题可以试用认知疗法。例如建立在老庄哲学理论基础之上的中国道家认知疗法，倡导清静无为、顺其自然的养生之道，非常有助缓解焦虑情绪。

弗洛伊德认为焦虑是神经症的核心，许多神经症的症状不是焦虑的"转换"，便是焦虑的"投射"。这些症状的出现换来焦虑的消除。通过精神分析，解除压抑，使潜意识的冲突进入意识，症状便可消失。

2. 药物治疗　目前苯二氮䓬类是临床上广泛使用的抗焦虑药物，其中安定片剂的使用最为普遍，常用剂量为每日 7.5～15 毫克，分 2～3 次服用，起效迅速；奥沙西泮抗焦虑作用最强；氟安定有良好的镇静催眠作用；氯硝西泮不仅能抗焦虑、催眠、还有抗抽搐作用；阿普唑仑（alprazolam）、艾司唑仑与硝基安定药性相似。服用苯二氮䓬类药物期间，不宜驾驶机动车辆或操纵大型机械，以免发生意外事故。

近些年来，苯二氮䓬类药物的滥用影响了其药理效果和社会形象，以至于美国人发起了声势浩大的禁用安定类药物的宣传活动。

β-肾上腺素阻滞剂如普萘洛尔，不论对慢性焦虑症或惊恐发作均有疗效，每日剂量从 10 毫克到 100 毫克不等。因个体之间的有效剂量和耐受量均差异很大，所以治疗时须严密观察，根据个体的不同情况及时调整药量。

丁螺环酮是不属于苯二氮䓬类的抗焦虑药。它没有抗痉挛、松弛肌肉和镇静的作用，对某些广泛性焦虑症有效。相似的 5-羟色胺能抗焦虑药物也已有若干产品进入临床。

某些三环抗抑郁药和单胺氧化酶抑制剂也有抗焦虑作用。多塞平和阿米替林较为常用，治疗时从小剂量开始，渐加到每日 75～150 毫克。但这类药物的副作用较多，而且起效也较慢。

SSRI 治疗惊恐发作也有较好的效果，副作用相对较少，但满意的疗效大多要在 12 周以后才出现（Oehrberg 等）。

三、恐　惧　症

恐惧症，原称恐怖性神经症，指患者对外界某些处境、物体，或与人交往时，产生异乎寻常的恐惧与紧张不安，可致脸红、气促、出汗、心悸，血压变化、恶心、无力、甚至昏厥等症状，因而出现回避反应。患者明知客体对自己并无真正威胁，明知自己的这种恐惧反应极不合理,但在相同场合下仍反复出现恐惧情绪和回避行为,难以自制,以致影响其正常活动。对恐惧对象的回避行为是本病的特点。

(一)临床表现

恐惧症的临床表现很多,通常归纳为以下三类。

1. 场所恐惧症 场所恐惧症以前常译为广场恐惧症、旷野恐惧症或幽室恐惧症。患者主要表现为不敢进入商店、公共汽车、剧院、教室等公共场所和人群集聚的地方,担心忍受不了那种场合下将要产生的极度焦虑,因而回避。甚至根本不敢出门,对配偶和亲属的依赖突出。这种表现形式在西方最常见,妇女患者尤多,多在 20～30 岁起病,恐惧发作时还可伴有抑郁、强迫、及人格解体等症状。

2. 社交恐惧症 社交恐惧症主要表现在社交时害羞,感到局促不安、尴尬、笨促,怕成为人们耻笑的对象。他们不敢在人们的注视下操作、书写或进食;他们害怕与人近距离地相处,更害怕组织以自己为中心的活动;他们不敢当众演讲,不敢与重要人物谈话,担心届时会脸红,此称赤面恐惧。有的患者不敢看别人的眼睛,害怕并回避与别人的视线相遇,此称对视恐惧。这种表现并非牵连观念,对周围现实的判断并无错误。只是不能控制自己不合理的情感反应和回避行为,并因而苦恼。患者恐惧的对象可以是生人,也可以是熟人,甚至是自己的亲属、配偶。较常见的恐惧对象是异性、严厉的上司和未婚(夫)妻的父亲等。多在 17～30 岁期间发病,男女发病率相近。当患者被迫进入社交场合时,便产生严重的焦虑反应,惶然不知所措。

3. 单一恐惧症 单一恐惧症指患者对某一具体的物体、动物有一种不合理的恐惧。单一恐惧症常起始于童年。例如恐惧某一小动物,在儿童中很普遍,只是这种恐惧通常随着年龄的增长而消失。不祥物恐惧(如棺材、坟堆、血污)在正常人中也不少见,不同的只是没有患者那种典型的回避行为及强烈的情绪和自主神经反应。单一恐惧症的症状比较恒定,多只限于某一特定对象,如恐惧昆虫、老鼠或刀剪等物品,既不改变,也不泛化。但在部分病人,却可能在消除了对某一物体的恐惧之后,又出现新的恐惧对象。

(二)治疗

对恐惧症的治疗,主要有以下几种方法:

1. 行为疗法 先弄清患者的恐惧是如何形成的,尤其是首次发病时的情景。详细了解患者的个性特点和精神刺激因素,采用适当的行为疗法,如系统脱敏疗法、暴露冲击疗法。具体实施步骤本书有专门章节介绍。当前,行为疗法是治疗恐惧症的首选方法,但行为疗法只强调可以观察到的行为动作,归根结底仅是治表,疗效是否持久,尚须更多的验证。

2. 药物治疗 严格地说并无一种消除恐惧情绪的药物。但地西泮等抗焦虑药和普萘洛尔为代表的 β 受体阻滞剂对恐惧症的躯体症状效果很好,能减轻或消除自主神经反应、降低警醒水平。三环抗抑郁剂如多塞平、阿米替林、丙咪嗪以及选择性 5-HT 再摄取抑制剂(SSRIs)对恐惧伴有焦虑的患者常有帮助。

3. 气功、松弛疗法等也有一定作用。

4. 预防 恐惧是一种痛苦的体验,但并不完全是消极有害的,它跟机体的痛觉一样具有自我防卫的作用。在危险场合下产生恐惧可促使我们迅速离开险境,显然有利。在黑暗的空旷中容易产生恐惧,这绝非仅仅是迷信的鬼怪观念造成的。在黑暗中,从环境中获取情报信息的主要途径——视觉失去了作用,这使我们对可能遭到的危害降低了分辨和防卫的能力。精神的恐惧和紧张便是一种很自然的代偿反应,因为它能调动体内各种因素,使机体处于一个高度警醒水平的戒备状态——应激状态，即战斗或逃跑反应，以应付可能来自周围环境的突然袭击。

恐惧症很多是与童年的心理发育有关的，因此从小就要注意培养儿童健康的行为模式，一方面教育其正视困难并设法解决困难，不回避、不拖延。另一方面要理解孩子们的恐惧，不要冷酷地加以斥责，因为恐惧也是人类一种正常的情绪，过于鲁莽、胆大包天，什么也不怕，未必是健全人格的特征。在同情与了解的基础上，支持鼓励孩子们去接受各种考验，克服不必要的恐惧心理，培养坚韧、顽强、沉着、豁达、泰然、勇于面对现实的性格，这对预防恐惧症是颇有裨益的。

四、强　迫　症

强迫症是以强迫观念、强迫冲动或强迫行为等症状为主要表现的一种神经症。病人深知这些强迫症状不合理、不必要，但却无法控制或摆脱，因而焦虑和痛苦。强迫症与强迫人格有一定关系。所谓强迫人格，其突出表现为不安全感、不完善感、不确定感，因而表现为小心多疑，事无巨细均必求全求精、尽善尽美，且犹豫不决、优柔寡断。他们往往是理智控制着情感，逻辑束缚着直觉。既严于律己，又苛求别人。平日一本正经，做事一丝不苟，循规蹈矩，难得通融。强迫性思维、表象、恐惧或冲动也可发生于一些正常人，但与强迫症不同的是症状并不持续，只是偶尔出现。

（一）临床表现

描述强迫症状的英文词通常有两个，obsession 指强迫性观念、表象、情绪和冲动；compulsion 则主要指强迫性动作和行为。有人认为，obsession 是原发症状，compulsion 是继发症状。

1. 强迫观念

（1）强迫怀疑：对已完成的某件事的可靠性有不确定感，如门窗是否关紧？钱物是否失落？吐痰是否溅在别人身上？别人的话是否听清？尽管经过再次核实，甚至自己也清楚这种怀疑没有必要，但心中仍不踏实。

（2）强迫回忆：不由自主地反复回忆以往经历，挥之不去，无法摆脱。

（3）强迫性穷思竭虑：对一些毫无意义或与己无关的事反复思索、刨根究底，如一个会计师苦苦思索了十年：眉毛为什么长在眼睛的上面而不是眼睛的下面？自知毫无意义也与己无关，却欲罢不能。

2. 强迫情绪　主要指一种不必要的担心，如某病人坐公共汽车时总是要把双手放在头顶上，为的是万一车上有人丢失钱包以免涉嫌自己；某个男孩与女生说话时要用一只手紧紧握住另一只手，说是怕自己作出不文明的举动来；寝室里丢了一块香皂，但某同学担心失主会怀疑自己，一直耿耿于怀，十多年后还写信给那位失主询问香皂是否找到，声明此事与己无关，并列举若干证人证言，自知如此十分荒唐，却非如此不能释怀。

3. 强迫意向　病人感到有一种冲动要去做某种违背自己心愿的事。如某工人见到电插座就想去触电，站在阳台上就想往下跳，抱着自己的婴孩就想往地上摔。患者不会真的去做，也知道这种想法是非理性，但这种冲动不止，欲罢不能。

4. 强迫行为

（1）强迫检查：反复检查门是否锁紧、煤气是否关好、账目或稿件是否有错，因而重复验证，严重时检查数十遍也不放心。

（2）强迫洗涤：如反复洗手、反复洗涤衣物，明知过分，但无法自控。

（3）强迫计数：反复数高楼大厦的门窗、数楼梯、数电杆、数路面砖。某患者嗜好清点门牌号码，逛街时常因某个门牌未点到而不安，于是串街走巷，直到如愿方才罢休，为此常常误了正事，因而痛苦不堪。

（4）强迫性仪式动作：患者经常重复某些动作，久而久之程序化。如某同学进寝室时习惯在门口先做一个立正动作，然后再走进去。某次因与大家相拥而入，来不及完成立正动作，结果焦虑不安。后借故走出，在门口补站一下，方才平静下来。另一患者睡觉前宽衣解带有一定程序，必须按部就班，多年如此。婚后程序乱套，患者便会失眠。补救的方法是：首先佯装入睡，然后偷偷起床，重新穿戴整齐，再按程序脱下，方可安然入睡。

（二）治疗

1. 药物治疗　　三环抗抑郁剂已应用于强迫症的治疗。国内报道氯米帕明、丙咪嗪及多塞平均有一定的疗效，其中氯米帕明疗效最好，有效剂量为 $150mg\sim250mg/d$，服药后第3～4周症状明显改善，显效和有效率百分之七十左右。近年上市的一些选择性 5-羟色胺再摄取阻滞剂（SSRIs），如氟西汀、帕罗西汀等也可用于强迫症的治疗。

2. 心理治疗　　心理治疗具有重要的意义，使患者对自己的个性特点和所患疾病有正确客观的认识。去掉精神包袱以减轻其不安全感；增强自信以减轻其不确定感；强调务实态度以减轻其不完美感。同时动员其亲属同事，对患者既不姑息迁就，也不矫枉过急，帮助患者积极从事体育、文娱、社交活动，使其能逐渐从沉湎于穷思竭虑的境地中解脱出来。

行为疗法适用于各种强迫动作和强迫性仪式行为，也可用于强迫观念。用系统脱敏疗法可逐渐减少患者重复行为的次数和时间，如在治疗一名强迫性洗手患者时，规定第一周每次洗手不超过 20 分钟，每天不超过五次；第二周每次不超过 15 分钟，每天不超过三次。以后依次递减。第六周时，患者已能正常洗涤了。每次递减洗手时间，起初患者均有焦虑不安表现，除了教会患者全身放松技术外，还可配用地西泮和普萘洛尔以减轻焦虑。具体操作本书有专门章节介绍。

五、躯体形式障碍

躯体形式障碍是一类以持久地担心或相信各种躯体症状的优势观念为特征的神经症。病人因这些症状反复就医，尽管各种医学检查都是正常的结果，或经医生反复解释，均不能打消患者的疑虑。即使患者确实存在某种躯体疾病，其严重程度也远远不足以解释患者感受到的痛苦和焦虑；尽管患者症状的发生、持续与不愉快的生活事件、艰难处境或心理冲突密切相关，但患者常常否认心理因素的存在。病程多为慢性波动性。

（一）临床表现

躯体形式障碍包括躯体化障碍、疑病症、躯体形式自主神经紊乱和躯体形式疼痛障碍。

1. 躯体化障碍　　躯体化障碍是一种以多种多样、经常变化的躯体症状为主的神经症。症状可涉及身体的任何系统和器官，常为慢性波动性病程。多伴有社会、人际或家庭行为方面的严重障碍。起病往往在成年早期，女性多于男性。临床表现除了符合躯体形式障碍的诊断概念之外，还必须以多种多样、反复出现、经常变化的躯体症状为主，在下列 4 组症状中至少有 2 组共 6 个症状：①胃肠道症状；②呼吸循环系统症状；③泌尿生殖系统症状；④皮肤症状或疼痛症状。而且体格检查和实验室检查不能发现与这些症状相关的躯体疾病的证据。虽然如此,患者仍深感痛苦,不断求医。各种医学检查的正常结果和医生的合理解释,均不能打消患者的疑虑,且病程必须持续 2 年以上。

躯体化障碍的鉴别诊断特别重要。患者有主诉多、症状变化多、累及的器官多等特点,常常难用某种内科疾病进行一元化的解释。但是,与内科疾病的鉴别主要取决于内科疾病的特殊体征、症状及实验室检查的阳性发现。当然,躯体化障碍患者对内科疾病并无天然免疫的能力,完全可能集躯体化障碍与内科疾病于一身。这种情况下,往往易将内科疾病漏诊,尤其是在内科疾病的症状尚未充分表现时。

2. **躯体形式自主神经紊乱** 躯体形式自主神经紊乱,是指一种由自主神经支配的器官系统发生躯体形式障碍所致的神经症样综合征。病人在自主神经兴奋症状的基础上,又发生了非特异的,但更具有个体特征和主观性的症状,如部位不定的疼痛、烧灼感、紧束感。经检查均不能证明这些症状确系相关的器官或系统发生障碍所致。因此,本障碍的特征在于明显的自主神经受累,非特异性的症状附加了主观的主诉,以及坚持将症状归咎于某一特定的器官或系统。临床表现至少有 2 个器官或系统的自主神经兴奋体征(如心悸、出汗、脸红、震颤)和至少 1 项症状主诉(如胸痛、呼吸困难、呃逆、尿频),而且没有证据表明患者所忧虑的器官或系统确实存在结构或功能紊乱。

常见的有心脏神经症、胃神经症、心因性腹泻、过度换气症、心因性尿频等等。

3. **躯体形式疼痛障碍** 躯体形式疼痛障碍是一种不能用生理过程或躯体障碍予以合理解释的持续、严重的疼痛。情绪冲突或心理社会因素直接导致了疼痛的发生,经检查不能发现相应主诉的躯体病变。患者声称疼痛剧烈,但可能缺少器质性疼痛时所伴有的那些生理反应。躯体形式疼痛障碍的患者主诉最多的是头痛、腰背痛及不典型的面部疼痛,疼痛的时间、性质、部位常常变化,镇痛剂、镇静剂往往无效,而抗抑郁剂可能获意外之功效。不过这一症状的澄清并非易事,必须小心地排除许多有关疾病。病程迁延,通常会持续 6 个月以上,并使社会功能受损。

4. **疑病症** 疑病症的主要临床表现是担心或相信自己患有某种严重的身体疾病。病人对自身的健康状况或身体的某一部分过分关注,其关注程度与实际健康状况很不相称,经常诉述不适,并四处求医,但各种客观检查的阴性结果和医师的解释均不能打消患者的疑虑。对身体畸形(虽然根据不足甚至毫无根据)的疑虑或先占观念也属于本症。本病较少见。

国外资料显示,内科患者中 3‰～13‰为疑病症。最近一个调查结果显示在门诊患者中有 4‰～6‰的系疑病症,两性患病率接近,虽然任何年龄均可患本病,但以 20～30 岁的年龄区间首发病例最多。

本病突出的表现是患者对自身的身体状况过分关注,认为自己可能患了某种严重的躯体疾病。主诉与症状可只限于某一部位、器官或系统,也可涉及全身。症状表现的形式多种多样,有的患者对症状的感知极为具体,描述的病象鲜明、逼真,表现为定位清楚的病感。如肝脏肿胀的感觉、胃肠扭转的体验、脑部充血的感受、咽喉异物堵塞感等。有的患者则体验到定位不清楚的病感,性质模糊,难以言表,只知道自己体虚有病,状态不佳。

疼痛是本病最常见的症状,有一半以上的患者主诉疼痛,常见部位为头部、腰部和胸部,有时感觉全身疼痛。其次是躯体症状,可涉及许多不同器官,表现多样,如感到恶心、吞咽困难、反酸、胀气、心悸;有的患者则觉得有体臭或五官不正、身体畸形。虽查无实据,仍要四处求医、反复检查。

（二）治疗

1. 药物治疗　药物治疗主要在于解除患者伴发的焦虑与抑郁情绪,可用苯二氮䓬类、三环抗抑郁剂、SSRIs 以及对症处理的镇痛药、镇静药等。另外,对确实难以治疗的病例可以使用小剂量非典型抗精神病药物,如奎硫平、利培酮等,以提高疗效。

2. 心理治疗　心理治疗是主要治疗形式,其目的在于让患者逐步了解所患疾病之性质,改变其错误的观念,解除或减轻精神因素的影响,使患者对自己的身体情况与健康状态有一个相对正确的评估。目前常用的治疗方式有精神分析、行为治疗和认知治疗等。森田疗法对消除疑病观念可能有效,值得试用。

在治疗实践中,尚需注意医患关系,对患者的疾病和症状不要急于否认,需认真检查是否确实存在躯体疾病,以免漏诊误诊,延误治疗。在查明病情的基础上,巧妙机敏地婉拒不必要的检查。

六、神 经 衰 弱

神经衰弱是一种以精神易兴奋又易疲劳为特征的神经症,并表现为情绪易激惹、易烦恼、易紧张,还伴有肌肉紧张性疼痛和睡眠障碍等生理功能紊乱症状。

（一）临床表现

神经衰弱的临床表现主要有三个方面。

1. 精神易兴奋、脑力和体力易疲劳　患者的精神活动极易发动。由于兴奋阈值低,周围一些轻微的、甚至是无关的刺激也能引起患者较强烈的或较持久的反应,因而患者的注意力涣散,不由自主的联想和回忆增多,注意力很难集中。引起兴奋反应的刺激并不都很强烈,也不一定都是不愉快的事情,但无法平息的无谓联想却令人痛苦。

由于患者的非指向性思维长期处于活跃兴奋状态,大脑无法得到必要的、充分的松弛和休息,于是脑力容易疲劳。感到脑子反应迟钝、记忆力减退、思维不清晰、思考效率下降。同时患者也感到疲乏、困倦、全身无力等躯体疲劳症状,即使适当休息或消遣娱乐之后仍难以恢复。

2. 情绪症状　患者可能会出现一些焦虑或抑郁症状,但不突出,也不持久。神经衰弱突出的情绪症状是易激惹、易烦恼和易紧张。由于情绪启动阈值降低,再加上情绪自制力减弱,患者显得易激惹,包括稍微受到刺激便易发怒,发怒之后又易后悔;看书看戏易伤感,动不动就热泪盈眶;易感委屈;遇到不平之事、不正之风易愤慨,是可忍孰不可忍。易烦恼,即思绪剪不断、理还乱,觉得人人都不顺眼,事事都不顺心。易紧张是指不必要的担心和不安,总觉得处境不妙,形势紧迫、咄咄逼人。

3. 心理生理症状　指心理因素引起的某些生理障碍,如紧张性疼痛:患者觉得头重、头胀、头痛、头部紧箍感;或颈部、腰背部的不适和酸痛。睡眠障碍:入睡困难、入睡不深、自觉多梦、睡后不解乏。或者本来睡眠尚可,但总担心失眠或总觉得没有入睡。常常是睡眠节律倒错,该醒时昏昏欲睡,该睡时则头脑清醒。其他的心理生理症状还包括耳鸣、心慌、胸闷、消化不良、尿频、多汗、阳痿或月经不调等。

（二）治疗

1. 药物治疗　根据患者的症状,可酌情使用抗焦虑剂、抗抑郁剂、振奋剂、镇静剂、止痛剂和促脑代谢剂。如果兴奋症状明显,以用抗焦虑剂或镇静剂为主;如果衰弱症状明显,以用振奋剂和促脑代谢剂为主。如果白天萎靡不振,夜里却浮想联翩,则可白天用振奋剂,晚上用镇静剂,促其恢复正常的生物节律。中成药可适当选用。

2. 心理治疗

(1)认知疗法:神经衰弱患者病前多有一些心理因素,精神刺激虽不算严重,但可能由于患者的过度引申、极端思考或任意推断等形成错误认知,从而导致较明显的内心冲突。矫正患者的认知,往往有釜底抽薪的效果。

(2)森田疗法:神经衰弱的患者,部分具有疑病素质,其求生欲望强烈。森田疗法建设性地利用这一精神活力,把注意点从自身引向外界,以消除症状、适应环境。

(3)放松疗法:神经衰弱的患者大多伴有失眠、紧张性疼痛,各种放松疗法,包括生物反馈、静气功、瑜伽术,均有一定效用。

(4)其他如开展体育锻炼、工娱疗法及各种方法的综合实施,也有一定疗效。

七、癔 症

癔症是由精神因素,如生活事件、内心冲突、暗示或自我暗示,作用于易病个体引起的精神障碍。癔症的主要表现有分离症状和转换症状两种。分离,是指对过去经历与当今环境和自我身份的认知完全或部分不相符合。转换,是指精神刺激引起情绪反应,接着出现躯体症状,一旦躯体症状出现,情绪反应便褪色或消失,这时的躯体症状便叫做转换症状,转换症状的确诊必须排除器质性病变。有时候,癔症可以表现为精神病状态,此时称为癔症性精神病。

(一)临床表现

癔症的临床表现极其多样化,有学者认为几乎可以类似任何一种疾病。一般可归纳为以下几种形式:

1. 癔症性精神障碍 又称分离性癔症。

(1)癔症性蒙眬状态:表现为患者的意识范围缩小,时空感知局限,其言行多只反映其精神创伤内容,而对外界其他事物却反应迟钝。此种状态常突然发生,历时数十分钟,然后自行中止。恢复后患者对发病经过通常不能完全回忆。

(2)情绪暴发:常在遭遇精神刺激时突然发作,哭喊吵闹、捶胸顿足,甚至撕衣毁物、碰壁撞墙,尽情发泄内心愤懑。有人劝阻或围观时症状更为剧烈。历时数十分钟后可自行缓解,事后部分遗忘。

(3)癔症性遗忘:并非由器质性因素引起的记忆缺失。患者单单遗忘了某一阶段的经历或某一性质的事件,而那一段经历或那一类事件对病人来说往往是创伤性的,是令病人痛苦的。

(4)癔症性漫游:又称神游症。此症发生在白天觉醒时,患者离开住所或工作单位,外出漫游。在漫游过程中患者能保持基本的自我料理,如饮食、个人卫生等,并能进行简单的社会交往,如购票、乘车等。短暂肤浅的接触看不出患者有明显的失常。此种漫游事先无任何目的和构想,开始和结束都是突然的,一般历时数小时至数天,清醒后对发病经过不能完全回忆。

(5)癔症性身份障碍:又称双重或多重人格,主要表现为患者突然失去了自己原来的身份体验,而以另一种身份进行日常活动。两种身份各自独立、互无联系、交替出现。常见形式为神怪或亡灵附体,此时患者对环境缺乏充分的觉察,注意和知觉仅限于周围的某些人和物。两种人格交替出现者称双重人格,多种人格交替出现者称多重人格。

(6)癔症性假性痴呆:一种在精神刺激后突然出现的、非器质因素引起的智力障碍。对于简单的问题,给予近似却是错误的回答,如 1+1=3,一双手有 9 个指头,给人以做作的印象,这类表现为 Ganser 首先描述,所以又称 Ganser(刚塞)综合征。另一类患者则突然变得天真幼稚,虽系成人却牙牙学语、活蹦乱跳、撒娇淘气、逢人便称叔叔阿姨,有人称之为童样痴呆。

2. 癔症性躯体障碍　又称转换性癔症。

主要指运动障碍和感觉障碍等转换性症状,也包括躯体、内脏障碍等躯体化症状。各种检查均不能发现神经系统和内脏器官有相应的器质性损害。其表现形式有以下几方面:

(1)运动障碍:①痉挛发作:受到精神刺激或暗示时发生,缓慢倒地,呼之不理、全身僵直或肢体抖动,或呈角弓反张姿势。患者表情痛苦,眼角含泪,一般持续数十分钟。②局部肌肉的抽动或阵挛:可表现为肢体的粗大颤动或某一群肌肉的抽动,或是声响很大的呃逆,症状可持续数分钟至数十分钟,或中间停顿片刻,不久又可持续。③肢体瘫痪:可表现为单瘫、偏瘫或截瘫。伴有肌张力增强者常固定于某种姿势,被动运动时出现明显抵抗。病程持久者可能出现废用性肌萎缩。④行走不能:坐时、躺时双下肢活动正常,但不能站立行走,站立时无人支撑,则缓缓倒地。⑤缄默症、失音症:不用语言而用书写或手势与人交流称缄默症。想说话,但发不出声音,或仅发出嘶哑的、含糊的、细微的声音,称为失音症。检查声带正常,可正常咳嗽。

(2)感觉障碍:①感觉过敏:对一般的声、光刺激均难以忍受,轻微的抚摸可引起剧烈疼痛。②感觉缺失:表现为局部或全身的感觉缺失,缺失的感觉可为痛觉、触觉、温觉、冷觉或振动觉。缺失的范围与神经分布不一致。③感觉异常:如果感觉咽部有梗阻感或异物感,称癔症球;头部紧箍感、沉重感,称癔症盔;精神因素引起的头痛或其他躯体部位的疼痛,称心因性疼痛。④视觉障碍:可表现为失明、管状视野、单眼复视。⑤听觉障碍:表现为突然失聪,或选择性耳聋,即对某一类声音辨听能力缺失。

(3)特殊表现形式:①流行性癔症:即癔症的集体发作,多发生于共同生活且经历、观念基本相似的集体中。起初有一人发病,可能是癔症或是其他精神障碍,周围目睹者受到感应,出现类似症状。通过自我暗示和相互暗示,可短期内呈现暴发性流行。发作一般历时数天,症状相似,女性居多。②赔偿性神经症:有人认为这属于癔症的一种特殊形式。在工伤、交通事故或医疗纠纷中,受伤害者往往显示、保留或夸大症状。如处理不当,这些症状往往可持续很久。一般认为,症状的夸大或持续,并非出于患者的主观意志,而可能是无意识机制在起作用。③职业性神经症:是一类与职业活动密切相关的运动协调障碍,如从事抄写工作者的书写痉挛,舞蹈演员临演时的下肢运动不能,教师走上讲台时的失音、声音嘶哑或口吃。当进行非职业活动时,上述功能皆恢复正常。④癔症性精神病:在精神刺激后突然起病,主要表现为意识蒙眬、漫游症、幼稚与紊乱行为及反复出现的幻想性生活情节,可有片段的幻觉、妄想。自知力不充分,对疾病泰然漠视。此病一般急起急止,病程可持续数周,其间可有短暂间歇期。缓解后无后遗症状,但可再发。

(二)治疗

癔症的症状是功能性的,因此心理治疗占有重要的地位。通常应注意以下几点:①建立良好的医患关系,给予适当的保证,忌讳过多讨论发病原因。②检查及实验室检查尽快完成,只需进行必要的检查,以使医生确信无器质性损害为度。③以消除实际症状为主。下面介绍几种常见的治疗方法:

1. 心理治疗

(1)个别心理治疗：一般分若干段进行，首先详细了解患者的个人发展史、个性特点、社会环境状况、家庭关系、重大生活事件，以热情、认真、负责的态度赢得患者的信任。然后安排机会，让病人表达、疏泄内心的痛苦、积怨和愤懑。医生要耐心、严肃地听取，稍加诱导，既不随声附和，也不批评指责。医生要注意患者当前所遭遇的社会心理因素和困境，不能只着眼于挖掘童年的精神创伤。医生的认识、观点不宜强加于患者，最好是与病人共同找问题、分析问题，共同选择解决问题的方法。个别心理治疗时的接触方式、语言表达、实例引用、理论解释、保证程度等都必须考虑病人的性别、年龄、职业、文化、个性特点等，不可千篇一律。这种治疗方法几乎适用于全部癔症患者。

(2)暗示疗法：是治疗癔症的经典方法，一个世纪前由 Charcot 首创，至今仍通用于世界。诱导疗法是经国人改良后的一种暗示治疗。以乙醚 0.5ml 静注，并配合言语暗示，告之嗅到某种特殊气味后老病便会发作。让患者无须顾虑，任其发作，称发作得越彻底越好。待其发作高峰期过，以适量蒸馏水胸前皮内注射，并配合言语暗示，称病已发作完毕，此针注射后便可病愈了。这种先诱发出其症状再终止其症状的暗示疗法，比通常只打一支蒸馏水的暗示疗法效果要好。诱导疗法充分利用了患者易在暗示下发病的临床特点，采取欲擒先纵的方法，使患者相信医生既能"呼之即来"，必能"挥之即去"。曾有过手术全麻史的人不宜使用此疗法，因为患者已有了使用乙醚的体验，不利暗示。另外，孕妇忌用，经期慎用，因乙醚可引起子宫收缩。

暗示疗法用于那些急性发作而暗示性又较高的患者，机智的暗示治疗常可收到戏剧性的效果。

(3)系统脱敏疗法：系统脱敏疗法是行为疗法之一。通过系统脱敏的方法，使那些原能诱使癔症发作的精神因素逐渐失去诱发癔症的作用，从而达到减少甚至预防癔症复发的目的。先让患者倾诉与发病最有关的精神因素、内心冲突，并录音、录像以备用。然后训练患者学会全身松弛，有条件的可借助肌电反馈训练，患者学会全身松弛后开始脱敏。最初一级脱敏是短时间播放精神刺激的录音或录像，或让患者闭目想象那种精神刺激的场面，当患者稍感紧张不安时，停止播放，或让患者抹去想象，全身放松。如此多次重复，由于交互抑制的原理，这种刺激便不再引起患者紧张不安。然后逐渐增加刺激量，如法炮制。直到完全沉浸在精神刺激的录音、录像或想象之中，均无明显的情绪反应为止。最后再迁移到现实生活之中，使患者能逐步适应充满精神刺激的现实生活，正常地工作学习。系统脱敏疗法的近期效果与暗示疗法相似，但远期疗效优于暗示疗法。

2. 药物治疗 有人认为药物治疗的作用有限，似乎都不比暗示治疗更有效。但临床实践中发现，癔症患者除了典型的发作之外，常常伴有焦虑、抑郁、脑衰弱、疼痛、失眠等症状。这些症状和身体不适感往往成为诱使患者癔症发作的自我暗示的基础。使用相应的药物有效控制这些症状，对治疗和预防癔症的发作无疑是有益的。

第四节 儿童注意缺陷与多动障碍

注意缺陷与多动障碍（attention-deficit hyperactivity disorder，ADHD）又称儿童多动症。发生于儿童时期（多在 3 岁左右），以注意力集中困难、注意持续时间短暂、活动过度及冲动为主要临床表现。男童明显多于女童。

研究显示，不良的家庭环境、持续存在的家庭暴力均可成为 ADHD 发病的诱因。笔者研究显示，遭受虐待的儿童以及目睹家庭暴力的儿童其儿童行为量表（child behavior checklist，CBCL）分中，注意问题因子分显著高于普通儿童。

一、ADHD 的发病因素

ADHD 的病因至今未明，目前认为是生物、社会及心理学因素相互作用所致。

（一）遗传因素

大量研究显示，ADHD 存在家族聚集性，患儿双亲患病率 20%，一级亲属患病率 10.9%，家系调查发现 ADHD 患儿的兄弟姐妹中患多动症者明显高于普通人群。另外，患儿其他亲属中患酒精中毒、人格障碍和癔症者也明显增多。

（二）神经生化因素

近年来的神经生化研究主要集中在单胺类神经递质和氨基酸代谢方面。如多巴胺假说（DA）和去甲肾上腺素（NE）认为患者脑内多巴胺和去甲肾上腺素功能低下；5-羟色胺（5-HT）假说认为患者脑内 5-HT 功能亢进。有研究者认为：在一般情况下，NE、DA 和 5-HT 三种递质系统处于一种平衡状态，ADHD 系任何一类递质的功能高或低导致这一平衡状态失调或失衡所致。

氨基酸代谢研究发现 ADHD 存在多种氨基酸如色氨酸、兴奋性氨基酸（谷氨酸、天冬氨酸）、抑制性氨基酸（γ-氨基丁酸、甘氨酸、牛磺酸）等代谢异常，尚有待进一步探讨。

（三）神经解剖和神经生理

ADHD 患儿存在脑电图异常者约为 45%～90%，且大多数仅为轻到中度异常。磁共振成像（MRI）扫描显示 ADHD 组有额叶结构异常，并认为前额叶和新皮质功能障碍在 ADHD 中起重要作用。

（四）神经发育异常

患者有如警觉性、持续注意、执行功能、言语和记忆的损害等症状，类似前额叶皮质损伤的表现，因而神经发育问题受到关注。患者母孕期感染、药物、中毒、饮酒、X 线照射以及情绪焦虑紧张等，均可能影响儿童以后的发育，导致 ADHD 和学习问题。母孕期家庭暴力是否会导致儿童以后的学习问题，将有待于前瞻性研究的证实。

（五）家庭和心理社会因素

环境、社会和家庭不良因素持续存在，均可成为发病的诱因，这些因素包括父母关系不和，家庭暴力，家庭破裂，教养方式不当，父母性格不良，酗酒、吸毒、有精神障碍，家庭经济困难，住房拥挤，童年与父母分离，儿童受虐待，学校的教育方法不当以及社会风气不良等。当然这些因素也可导致儿童出现品行障碍、情绪问题和学习困难等。家庭社会心理因素并非 ADHD 的直接原因，但会影响其发展和预后。

二、ADHD 的临床表现

ADHD 的主要临床表现包括注意障碍、活动过度和行为冲动三大症状。

（一）注意障碍

注意障碍是本病的必备症状。不同年龄阶段儿童的注意力集中时间不同，年龄越小，集中注意力的时间愈短。患儿不能集中注意力，主动注意保持时间达不到患儿年龄和智商相应的水平。常易受外界的细微干扰而分心，表现在听课、做作业或其他活动时注意难见持久，容易因外界刺激而分心，在与别人交谈时心不在焉，似听非听。患儿平时容易丢三落四，常遗失玩具、学习用具或其他随身物品。轻度注意缺陷时可以对自己感兴趣的活动集中注意，如看电视、听故事等，严重注意缺陷时几乎对任何活动都不能集中注意。

（二）活动过度

ADHD患儿的活动过度与年龄不相称，可表现为明显的活动增多及小动作增多。在婴儿期就可表现不安宁、过分哭闹、活动增多；长大入学后，患者经常显得很不安宁，手脚的小动作多，上课时小动作不停。在需要相对安静的环境中，活动量和活动内容比预期的明显增多；在需要自我约束和秩序井然的场合显得尤为突出。ADHD儿童的行为常唐突、冲动、冒失、不顾危险、过分恶作剧、富于破坏性、不顾后果等，事后不会吸取教训。易激惹、情绪不稳。

（三）行为冲动

有研究显示，ADHD的认知模式是高级执行功能缺陷，其核心症状为行为反应抑制缺陷或抑制延迟，致使其不能有效地控制冲动。患儿缺乏耐心，不能等待，在采取行动前不假思考，不顾及后果，凭一时兴趣行事，常与同伴发生纠纷和冲突，造成不良后果。同时患儿情绪不稳定，易激惹，易受挫，当要求不能立即满足时，易出现激烈的情绪波动和冲动行为。

虽然患儿智力水平大多正常或接近正常，但常表现为学习困难，学习成绩有不同程度的下降。学习成绩差常有波动性，若教师和父母加强辅导，成绩会得到一些提高。此外，ADHD伴发品行障碍者高达30%～58%。

三、ADHD 的治疗

ADHD的治疗方法有药物治疗、心理治疗、教育训练三大类。通常应采用综合治疗。

（一）药物治疗

药物治疗的目的是改善ADHD儿童的注意障碍、减少多动、增强对冲动的控制、改善认知功能、提高社交技能等，常用药物有中枢兴奋剂、抗抑郁药、α_2-去甲肾上腺素受体激动剂等。在使用药物以前，应详细了解病史，包括患儿的年龄、体格发育、营养状况，以及有无重大躯体疾患，然后根据患儿病情、躯体状况和药物性能综合考虑，在专科医师指导下选择一种疗效最好、副作用最少的药物。儿童的药物治疗宜从小剂量开始，逐渐增加至有效量。

中枢兴奋剂目前是治疗ADHD的一线药物，首选药物是哌甲酯（又名利他林），其次为匹莫林。常用于6岁以上患者使用。根据病情，ADHD患儿常常需要用药数月至数年，为了提高疗效并减少药物副作用，可采用节假日停药的方法，星期六、星期日及寒暑假不服药。药物副作用常见有食欲下降、失眠、头痛、烦躁和易怒、口干、腹痛、头昏头痛、心跳加快、失眠等；过量时可引起震颤、思睡、动作不协调、谵妄等，一般服用一段时间后或减少药物剂量后，这些症状可逐渐消失。

抗抑郁药包括丙咪嗪、氯米帕明或阿米替林。一般不作为首选药物，只有当中枢兴奋剂无效，或合并有情绪障碍时选用。新型的抗抑郁剂选择性5-羟色胺再摄取抑制剂（SSRIs）中以氟西汀（fluoxetine）应用最广。SSRIs类药物相对安全，儿童服用后仅有轻微的烦躁不安、失眠、口干、胃部不适等，并可自行消失。

α_2-去甲肾上腺素能受体激动剂可乐定（clonidine）能改善注意力不集中、多动和情绪不稳，也具有减少抽动症状的作用，适用于合并抽动症状、攻击行为、对立违抗行为以及失眠的多动症患者。

（二）心理治疗

ADHD 要求早期发现、早期治疗，并从生物（药物改善症状）、社会（改善家庭、学校和社会的环境，不当的教育方式与态度）、心理（教育训练和行为矫正治疗）三个方面进行综合性治疗。除医生外，家长和教师是治疗取得成功的关键人物。

支持性心理治疗可帮助患儿了解自己的病情，自觉地配合医生治疗，增强战胜疾病的勇气，并建立自信心。

认知治疗主要是找出患者不良的思想基础并进行矫正，从而治疗情绪和行为问题。首先让患儿识别自己的不恰当行为，预先估计自己的行为所带来的后果，并克制自己的冲动行为，然后让患者学习如何去解决问题，选择恰当的行为方式。行为治疗主要是解决其冲动性问题，使用阳性强化方式鼓励孩子的良好行为，使用惩罚方式消除孩子的不良行为等。

（三）教育训练

家庭和学校应联合起来共同承担这一任务。告诉家长患儿疾病的性质，耐心、有的放矢地教育患儿，避免对患儿粗暴的言行，如果儿童表现好，要及时表扬，以利于强化，增强其自尊心。从小培养良好的生活习惯，培养纪律性、组织性，增强适应集体生活的能力。但规矩要切实可行，不能过分苛求，对于其攻击、破坏性行为，应像对待正常儿童一样，严加制止。多安排这些儿童参加打球、跑步、骑自行车等体育活动和户外活动，让其过多的精力有疏泄之处。

教师需要针对患者的特点进行教育，避免歧视、体罚或其他粗暴的教育方法，恰当运用表扬和鼓励方式提高患者的自信心和自觉性，课程安排时充分考虑患者的活动时间等。

一般来说，对学龄前期的 ADHD 患儿主要采取教育和行为治疗，只有当病情特别严重，管理困难，才考虑配合使用小剂量药物。而对于学龄期儿童，由于需要帮助他们尽快地集中注意力，以免不耽误学习，因此，采用药物治疗、行为治疗与教育训练相结合的综合治疗尤为必要，只有这样，才能取得显效。

（曹玉萍）

参 考 文 献

1. Gray M. Neuroses. New York：VNR company，1978.

2. Laporte L，Guttman H. Abusive relationships in families of women with borderline personality disorder, anorexia nervosa and a control group. J Nerv Ment Dis，2001，189(8)：522-531.

3. Peckover S. "I could have just done with a little more help"：an analysis of women's help-seeking from health visitors in the context of domestic violence. Health Soc Care Community，2003，11(3)：275-282.

4. Strickler HL. Interaction between family violence and mental retardation. Ment Retard，2001，39(6)：461-471.

5. 卡伦·霍妮. 我们时代的神经症人格. 冯川，译. 贵阳：贵州人民出版社，1988.

6. 森田正马. 神经质的实质与治疗. 臧修智译. 北京：人民卫生出版社，1992.

7. 许又新. 神经症. 北京：人民卫生出版社，1994.

8. 张亚林. 精神病学. 北京：人民教育出版社，2005.

9. 张亚林，曹玉萍. 家庭暴力与精神卫生. 中国临床心理学杂志，2002，10(3)：233-234.

10. 张亚林. 高级精神病学. 长沙：中南大学出版社，2007.

11. 张亚林. 神经症理论与实践. 北京：人民卫生出版社，2000.

第七章

家庭暴力男性施暴者的社会心理学研究

第一节 概 述

自从人类有文字记载开始,家庭就一直是其成员发生暴力活动的舞台。既往人们认为,家庭暴力只是一个社会问题,现在认为它不仅是一个社会问题,也是一个医学、公共卫生和精神卫生问题。

家庭暴力作为全球性现象,早在20世纪70年代就受到了国际社会的广泛关注。联合国1979年通过的《消除对妇女一切形式的歧视》是最早涉及这一问题的国际文书。当时对妇女的暴力行为视为是一种歧视,而在美国,则视其为卫生保健问题,此后,家庭暴力问题日益受到各国医学界的重视。

在美国,1975年首次进行全国性的家庭暴力流行病学调查,发现28%的夫妇曾经历过家庭暴力;10年后再次调查显示1年内有大约2800万妇女和100万儿童遭受躯体暴力;1992年司法部门的资料显示,全国每年发生家庭暴力为800万~1500万人次;1998调查每年有200万~400万妇女遭受伴侣的暴力;估计21%的妇女儿童期遭受过性虐待;30%~50%的已婚妇女遭受配偶的躯体暴力;预测50%的妇女在一生的某些时候遭受家庭暴力。美国家庭暴力造成妇女受伤的人数,已超过交通事故、抢劫和强奸而受害的妇女人数的总和。

其他国家的资料显示家庭暴力问题同样不容忽视。如:在菲律宾,每10个妇女中,就有6人是家庭暴力的受虐者;在加拿大,30%的已婚妇女曾遭受过至少一次来自婚姻伴侣躯体或性暴力;在西班牙,82%人认为家庭暴力在西班牙非常普遍;在英国,25%的女性在她一生中的不同阶段经受着家庭暴力。据世界银行调查显示,20世纪全世界有25%~50%的妇女都曾受到关系亲密者的躯体虐待。

家庭暴力在我国引起社会广泛关注和重视始于1985年第三次世界妇女大会。大会以后,我国的妇女工作者和专家学者针对家庭暴力问题进行广泛的调查和研究。

1990年全国11个省市进行的中国妇女地位调查结果显示,女性在与丈夫发生冲突时,0.9%经常挨打,8.2%有时挨打,20.1%偶尔挨打。1994年出版的《中国妇女状况白皮书》指出:每年有40万个家庭破裂,其中25%与家庭暴力直接有关。2003年一项大的流行病学调查资料显示,我国现阶段家庭暴力行为的发生率为16.2%,近一年的家庭暴力发生率为11.6%。按此推算,保守估计我国至少有4000万个家庭发生过家庭暴力,涉及人口将近2

亿！上述数字令人触目惊心。由此可见，家庭暴力现象在我国比较普遍。

从统计数据看，家庭暴力是一个普遍存在的公共卫生问题，不论是发展中国家还是发达国家，已成为人类所共同面对的问题。

研究显示家庭暴力施暴者不仅是精神病患者或教育水平较低者，也涉及社会的各个阶层。家庭暴力施暴者多数是男性。一项调查中显示20%～30%的男性在调查的前一年中有躯体暴力行为，男性实施躯体暴力是女性的3倍。男性施暴者更可能是年轻人、失业者或儿童期曾目击家庭暴力者。他们可能有精神问题，如抑郁和物质滥用；许多施暴行为是在酒精的作用影响下发生；受害对象绝大多数是女性、儿童和老人；美国家庭发生暴力的原因集中在经济问题、性关系不协调以及情感交流障碍方面。

Jeyaseelan等（2004）研究埃及等6个国家共3995例女性样本，探讨对其实施躯体暴力的危险因素。发现主要是丈夫经常饮酒、曾目击父亲打母亲和女性工作差或有精神问题。

西方学者在实证调查研究的基础上，分析了家庭暴力产生的个体因和社会因素，从社会学、法学、犯罪学、心理学等不同的视角架构了家庭暴力原因的多种理论模式。这些模式主要包括：个体模式理论、家庭模式理论、社会病态模式理论、社会教育水平模式理论和女权主义模式理论等。其中，有一个比较公认的结论是，在成长的过程中，曾经遭受暴力的人比没遭受过暴力的或很少遭受暴力的人，在将来更多对配偶或子女实施家庭暴力，从而提出"暴力推动暴力"的结论。这种理论认为生长在暴力家庭中的人，通过习得的行为，可将暴力直接传递给下一代，由此形成了一个暴力不断再生的循环。

有许多研究支持家庭暴力循环的学说。Dodge（1990）对309例躯体虐待的儿童进行前瞻性研究，指出即使控制了生物学和社会生态学因素后，以后也会出现更多的攻击行为。Pears（2001）、Erika等（2004）多项纵向研究得出类似结论。

然而Widom在一篇综述中指出，虽然暴力循环是一种普遍的说法，但缺乏令人信服的证据，其在一项纵向研究中发现，儿童期虐待和忽视虽然增加行为不良和成年犯罪和暴力，但大多数受虐待和忽视的儿童，成年后无行为不良、犯罪和暴力行为。Romans（2000）也提醒我们应该记得多数经历负性压力的男性并未发生暴力行为。暴力代际传递和暴力社会传递非常有影响，但是可以避免的，暴力行为可由施暴者的过去总的经验态度所调节。

我国学者从社会学、伦理学、法学、历史的角度将家庭暴力产生原因的概括归纳为：①思想方面的原因。夫权思想；重男轻女思想；封建迷信思想；有些妇女对家庭暴力采取忍受和认命的消极态度。②家庭婚姻方面的原因。丈夫喜新厌旧；丈夫酗酒、赌博等恶习；干涉妇女婚姻自由。③男权文化导致的性别不平等。④社会方面的原因。家庭暴力被视为家庭私事被社会所默认；社会上的暴力的影响；心理压力增大把施暴作为缓解压力的手段；社会保障不健全和社会控制体系的弱化。⑤经济方面的原因。女性经济地位低下。⑥法律方面的原因。立法不完善特别是专门规范家庭暴力的法律严重缺乏或不够具体，使处理案件时无法可依，执法的力度不够，妇女受害时缺乏应有的救济程序，法律宣传不够深入。⑦历史的原因。几千年封建制度和教育水平的积淀对当前的暴力行为的影响。

家庭暴力是一个涉及个人、家庭和社会等诸多因素的综合性问题。同时，由于它是一种与社会教育水平与社会结构密切相关的社会现象，人类的某些共有属性和社会结构的某些共性在一定程度上决定了在任何社会都存在一定量的家庭暴力，并且这些家庭暴力在发生机制上具有一定的共同性。

国内很少有人从施暴者的角度系统探讨家庭暴力心理学的原因。投诉的、求助的、求治的和合作的往往是那些受虐者,而真正的施暴者,很少求助于有关机构和心理治疗,这给我们进行研究和干预带来很大问题。

要对家庭暴力进行有效的干预,就要承认家庭暴力,识别施暴者,研究施暴者。只有对家庭暴力施暴者进行系统研究,才能为施暴者和受虐者提供有效的干预指标。不同的国家、民族、教育水平家庭暴力发生的原因不尽相同。此前,本课题组对家庭暴力施暴者的社会心理因素从总体上进行了一些探讨。以下将探讨国内家庭暴力男性躯体施暴者社会心理学多因素分析及预测模型,为进一步干预家庭暴力提供理论指导和帮助。

第二节　研究方法

一、研究对象

156 例对象为河南省某市市区及乡村长期居民,均为已婚男性。由该市市妇联、县妇联、派出所、居委会及乡镇村妇联、村委会、邻居提供有对妻子、孩子躯体施暴者,并根据躯体虐待问卷确认。父母二系三代均为汉族、当地居民且经过面谈愿意参加本研究者。

对照组为 44 例河南省某市市区及乡村长期居民,均为已婚男性。居委会及村妇联、村委会、邻居提供家庭和睦,无躯体虐待妻子、孩子史的家庭,并根据躯体虐待问卷确认。父母二系三代均为汉族、当地居民且经过面谈愿意参加本研究者。

两组均排除:父母二系三代有精神分裂症、情感性精神障碍等重性精神病者、人格障碍、癫痫、酒依赖,及其他精神活性物质滥用史和研究对象有严重的躯体疾病。排除妻子有精神分裂症、情感性精神障碍等重性精神病史、人格障碍、酒依赖及其他精神活性物质滥用史和严重的躯体疾病。

二、调查方法

1. 研究工具　①一般资料问卷:自行编制的一般情况调查表,包括研究对象的性别、年龄、民族、职业、受教育年限、经济收入、生长发育情况、精神病和性格异常家族史、婚姻状况家庭结构及父母和配偶的婚姻、职业、受教育年限等一般情况;②社会支持量表(social support questionnaire,SSQ);③父母养育方式评价量表(egma minnen av bardnosnaupp-forstran,EMBU);④儿童期虐待问卷(CTQ-SF);⑤艾森克个性问卷(eysenck personality questionnaire,EPQ)(成人版);⑥反社会人格障碍症状问卷(antisocial personality disorder symptoms,APDS);⑦应付方式问卷(coping style questionnaire,CSQ);⑧自尊量表(the self-esteen scale,SES);⑨症状自评量表(symptom checklist 90,SCL-90);⑩家庭功能评定(family assessment device,FAD);⑪躯体虐待问卷(physical abuse scale,PAS)。

2. 调查方法　调查人员主要由 2 名研究生组成。对以上问卷进行个别施测,如果夫妻同时填写,则要求不在一个房间。由研究者发放问卷,当场收回。在评定前向被调查者说明所有资料均保密,解释研究意义,消除顾虑,请如实回答。并将评分方法和要求向受试者交代清楚,待受试者表示完全理解后开始自我评定,在此过程中研究者不施加任何影响。对于教育水平较低者,由研究者逐项念题,并以中性的态度,不带任何偏向把问题本身的意思告诉受试者。

男性受试者完成一般资料问卷、社会支持量表、应付方式问卷、父母养育方式评价量表、艾森克个性问卷、症状自评量表、自尊量表、儿童期虐待问卷。如可能有人格障碍，用人格障碍筛查问卷，如有问题，再进一步用 DSM-Ⅲ-R 人格障碍临床定式检测诊断，以排除人格障碍。

受试者妻子完成一般资料问卷、躯体虐待问卷和评价丈夫反社会人格障碍问卷。

调查前进行集中培训，使调查者了解此次研究的目的和设计思路，掌握调查工具的使用方法和调查技巧。同时对调查过程中可能涉及的名词、术语、概念作了统一的规定，对调查步骤作了详细的说明，对调查过程中可能出现的问题，使用统一的解决办法。统一指导语，同时讲解答题时的注意事项，以提高调查的一致性。所有研究工具均可以不填写姓名，避免使用特别敏感的字眼，如儿童期虐待问卷，易名为"儿童期情况调查表"；反社会人格障碍症状问卷，易名为"性格问卷"等。

为了解被试者能否对问卷条目理解且正确作答，在正式施测前首先进行预测试。根据被试者的反馈将对条目作出适当处理及注释，以避免误填答案影响正式施测所得结果的信度。预测试的对象是 3 例医护人员和 5 例门诊患者家属填写问卷。初测显示结果良好，有关的问卷可在正式施测时使用。

在初测方面取得良好结果后正式展开问卷测验，共收集到符合入组标准的研究组 156 例，对照组 44 例。排除 2 例阳性精神疾病家族史者和 2 例人格障碍者。

第三节　男性施暴者的社会心理学特征

一、一 般 情 况

家庭暴力男性躯体施暴者与对照组比较有更多的低教育水平者；更多的嗜烟者，且每天抽烟量大；婚后有较多差的夫妻关系。说明本研究家庭暴力男性躯体施暴者与对照组是不同的人群。国内外很多研究同样提示婚姻中男性躯体施暴者社会阶层不同。Pan 等调查 11 870 名男性，不仅发现年龄小、收入低、酒精滥用显著增加轻、重度躯体暴力机会，而且不和谐婚姻关系进一步加重躯体暴力的可能性。

研究还显示施暴者和对照者职业、收入、生长发育、父母家庭暴力行为史、结婚年限、家庭结构，及两组中妻子和父母的一般情况比较无显著性差异。

二、男性施暴者与社会支持

一般认为，社会支持从性质上可以分两类，一类为客观支持；另一类是主观支持，多数学者认为感受到的支持比客观支持更有意义。国内肖水源提出社会支持应包括支持利用度，认为个体对社会支持的利用存在差异，有些人虽可获得支持，却拒绝别人的帮助，并且人与人的支持是一个相互作用的过程，一个人在支持别人的同时，也获得了别人支持的基础，因此有必要把对支持的利用情况作为社会支持的第三个维度。

采用肖水源编制的社会支持量表进行评定。显示家庭暴力男性躯体施暴者较对照组有显著少的主观支持、客观支持、支持利用度和支持总分。说明家庭暴力男性躯体施暴者得到的各种社会支持均较少。

许多作者强调社会支持的效果与被感知到支持的程度相一致。认为感受到的支持比客观支持更有意义，因为虽然感受到的支持并不是客观现实，但是被感知到的现实却是心理的现实,而正是心理的现实作为实际的中介变量影响着人的行为和发展。

社会支持能够起到缓冲作用,影响对应激事件的主观评价,社会支持正是通过人的内部认知系统发挥作用的。如果个体在面对应激时,得到一定的主观、客观社会支持,充分利用自己的社会支持网络,将有利于减少家庭暴力的发生。

三、男性施暴者与父母养育方式

父母养育方式是指父母对子女进行抚养和教育过程中所表现出来的一种相对稳定的行为倾向,是其教育观念和教育行为的综合体现。在儿童成长的过程中,父母的养育方式是影响儿童社会化发展的重要因素。通过父母的教养行为,把社会的价值观念、行为方式、态度体系及社会道德规范传授给儿童,并由此构建儿童社会化的具体内容和目标。此外,父母作为儿童成长环境的第一重要他人,其行为不仅直接影响着儿童社会化的各个方面,而且对儿童的心理健康也有重要的影响。在理解温暖、支持与合理的家庭氛围中成长的儿童其心理健康水平一般都较好,而那些来自专制、过度保护、过分干涉等家庭的儿童一般都存在较大的心理压力,容易出现心理和行为问题。

很多人认为对孩子惩罚是对孩子好,是父母“爱孩子”的一种表现。然而,自身经历或目睹暴力是形成日后家庭暴力循环的潜在因素。体罚孩子的人与孩子的亲密性使孩子以为“爱你的人就可以随意打你”,使家庭中采用暴力来解决问题极有可能变成一种合理合法的行为模式。

Prinzie(2004)报告采用父母温暖养育方式者,孩子有更高的情感稳定性、责任心和较低的易激惹性。Weiss等(1992)在一项前瞻性的研究中证实,当控制了婚姻暴力、孩子的性格等因素后,生长在严厉养育方式中的儿童成人后有更多的攻击性,这种攻击行为可部分被不适的社会过程所调节。

家庭暴力男性躯体施暴者与对照组比较有更高的父亲惩罚、严厉/过分干涉、拒绝、否认和过度保护;而母亲的养育方式无差异。说明家庭暴力男性躯体施暴者幼时经历更多的父亲不当的养育方式。生长在这种不适当的父母养育方式的男性儿童,成年后更易出现家庭暴力。

四、男性施暴者与儿童期虐待

研究结果显示施暴组比对照组经历更严重的儿童期性虐待。这说明本研究儿童期躯体虐待对长大后家庭暴力男性躯体施暴者无显著影响。同时,调查家庭暴力男性躯体施暴者父母解决冲突时,是否对妻子和孩子施暴与对照组比较,结果显示差异亦无统计学意义。从这一方面来说不支持躯体暴力循环。

即使暴力循环是家庭暴力的原因之一,大部分家庭暴力男性躯体施暴者并不是生长在家庭暴力的环境中,但他们长大后也有家庭暴力的行为。说明家庭暴力男性躯体施暴行为一定有其他原因,甚至可能是更为主要的原因。

我们不否认儿童期虐待对以后家庭暴力的影响。但儿童期虐待在家庭暴力男性施暴者躯体施暴行为中可能仅起一定的中介作用,成年后是否出现家庭暴力,还受许多其他中间环节的影响。

五、男性施暴者与人格特征

个性特征是人类行为方式的基础,个性心理学认为不同个性特征发生攻击行为的可能性不同。

艾森克人格问卷调查显示家庭暴力施暴者比对照组有更高的内外向分。进一步按划界分分类，分为内向型、中间型和外向型比较，显示施暴者与对照组比较有显著少的内向性格者和有显著多的外向性格者，说明施暴者有更高的外倾性格。提示他们更容易情绪失控，受一时冲动影响，倾向进攻，实施暴力。暴力犯罪也有类似的研究，邱昌建的研究提示暴力罪犯也有更高的外倾性和攻击性。

反社会人格障碍症状研究显示家庭暴力男性躯体施暴者较对照组有更高的反社会人格症状。这与 Hanson 等(1997)、Ehrensaft 等(2004)的研究类似。他们在社区样本中也发现男性施虐者有广泛的人格偏离。

六、男性施暴者与应付方式和自尊

应付方式作为应激过程的中介因素之一，是人们为对付内外环境要求及其有关的情绪困扰所采用的方法、手段或策略，影响着应激反应的性质和强度。不同的应付方式可降低应激反应水平或增加应激反应水平，从而调节着应激与应激结果之间的关系。良好的应付方式有助于缓解精神紧张，帮助个体最终成功地解决问题，从而起到心理平衡，保护精神健康的作用。

但本研究显示未发现家庭暴力男性躯体施暴者与对照组的退避、幻想、自责、求助、合理化和解决问题的应付方法差异有统计学意义。应付方式是一个动态的过程，是可以改变的。随着时间的推移，施暴者与受虐者的磨合、调整，应付方式可能随之改变。

自尊是个体对自己的情感评价，它表达了一种肯定或否定的态度，表明个体在多大程度上是有能力的、重要的、成功的和有价值的。自尊的评价有极端的主观性，对自我价值的判断，必然会影响着个体的行为倾向。作为个体自我系统的核心成分之一，一方面，它的发展状况不仅与个体的心理健康直接相联系，而且对整个人格的发展有重要影响；另一方面，自尊作为一个起中介作用的人格变量，它对个体的认知、动机、情感和社会行为均有影响。

自 20 世纪 80 年代以来，对自尊的研究越来越受到重视，越来越多的人开始认识到他对人类的重要性。Kelly 的研究发现低自尊与不良行为的相关。Davis 研究发现许多人实施暴力行为，是为了补偿他们的不安全感和低自尊。Romans 等(2000)报告家庭暴力男性躯体施暴者是低自尊人群。Steffenhagen 从他们的研究中得出结论认为低自尊是所有不良行为的根本心理动力机制的基础。这与本研究结果不一致。我们选择性别、年龄、种族、家庭结构、经济、风俗习惯等基本匹配的两组，研究显示家庭暴力男性躯体施暴者与对照组应付方式和自尊差异无统计学意义。说明在我们的研究样本中，应付方式和自尊降低不是家庭暴力男性施暴发生的原因。从另一个角度说明应付方式和自尊可能也只是家庭暴力发生的中介之一，它同样受许多其他因素的影响。

七、男性施暴者与心理健康状况

家庭暴力男性躯体施暴者较对照组有较高的躯体化、人际关系敏感、抑郁、敌意、偏执，说明施暴者存在着较高的心理异常。同 Feldbau-Kohn 等研究结果类似，他们报告躯体施暴者有较高的抑郁症状，且抑郁症状程度与施暴频率呈正相关。Hanson 等(1997)、Gerlock 等(1999)曾报告，与对照组比较，家庭暴力施暴者有更高的精神压力。但是由于该研究是回顾性研究，所以要注意到这些症状可能是继发的，不一定是家庭暴力的原因。

八、男性施暴者与家庭功能

有研究表明家庭功能与家庭成员的内心活动关系不大,主要与家庭系统中的相互作用和系统性质有关,所以我们试图从一个家庭系统的层面去探索家庭暴力男性施暴的原因。

家庭暴力男性躯体施暴者较对照组有更高的情感介入、行为控制和总的功能分,提示家庭暴力家庭功能紊乱,有多种家庭功能问题。因此,预防家庭暴力的发生,也要从改善家庭系统层面去干预,改善家庭功能,与改善家庭暴力施暴者个体方面的问题等结合起来,产生互动,进入一个良性循环,才有望阻止家庭暴力的发生。

九、男性施暴者社会心理因素的 Binary Logistic 回归分析

在 200 例样本的 Logistic 回归分析中,协变量为:教育水平,嗜烟,夫妻关系,社会支持、EPQ、APDS、EMBU、CTQ-SF、CSQ、自尊、SCL-90 和 FAD 各维度或因子。采用向前删除法筛选协变量,经 8 步筛选过程,最终依次进入模型中的协变量为:①夫妻关系;②惩罚、严厉;③嗜烟;④反社会人格障碍症状;⑤内外向性格;⑥主观支持;⑦情感介入;⑧退避。

最终的 Logistic 回归预测方程为:

$$-2\text{LogitP} = -14.028 + 2.142X_1 + 0.348X_2 + 2.044X_3 + 0.336X_4 + 0.123X_5 - 0.434X_6 + 1.520X_7 - 2.973X_8$$

分别为夫妻关系(X_1)、父亲惩罚(X_2)、严厉的养育方式(X_3)、内外向性格(X_4)、嗜烟(X_5)、主观社会支持(X_6)、情感介入(X_7)和退避(X_8)是家庭暴力男性躯体施暴行为最显著的预测指征。模型中协变量婚后夫妻关系,惩罚、严厉,嗜烟,APDS,内外向性格和情感介入的 OR 值均大于 1,是危险因素。其中嗜烟和情感介入是强的危险因素,增加家庭暴力男性施暴者躯体施暴行为的危险。提示不吸烟者与吸烟者比较是保护因素。

模型中协变量主观支持、退避的 OR 值均小于 1,是保护因素,减少家庭暴力男性施暴者躯体施暴行为的危险,但退避无统计学意义。

仅夫妻关系、父亲惩罚、严厉的养育方式、嗜烟、内外向性格、主观社会支持和情感介入对预测家庭暴力男性施暴者躯体施暴行为有统计学意义,而反社会人格障碍症状和退避的应付方式不再有统计学意义。

以上结果显示模型中协变量主观支持和退避的应付方式均有减少家庭暴力男性施暴者躯体施暴行为的危险。父亲惩罚、严厉的养育方式,丈夫反社会人格障碍,内外向性格,情感介入和嗜烟均是危险因素,他们有增大家庭暴力男性施暴者躯体施暴行为的危险。

进一步分析则显示丈夫反社会人格障碍、退避的应付方式及夫妻关系中关系好的、一般的与差的比较差异不再有统计学意义。仅夫妻关系,父亲惩罚、严厉的养育方式,内外向性格,情感介入,嗜烟和社会支持 6 个协变量是家庭暴力男性躯体施暴行为显著的预测指标。

总之,家庭暴力男性施暴者的社会心理学多因素研究显示,教育水平低、嗜烟、夫妻关系不和的已婚男性更易发生家庭躯体暴力。家庭暴力男性躯体施暴者有其一定的人格基础,有更多的外向性格和反社会人格障碍症状。父亲采用惩罚、严厉、过分干涉、拒绝、否认的养育方式,及儿童期受到性虐待者的男性,成年婚后有更多的家庭功能问题,有更多的心理症状,获得较少的社会支持者,更易发生家庭躯体暴力。

(赵幸福)

附1 躯体虐待问卷

自从结婚以来丈夫对你	从不	1次	2次	5次	6~10次	10~20次	20次以上
1. 扭你胳膊							
2. 推、抓或撞你							
3. 打你耳光							
4. 强迫做爱							
5. 猛推你							
6. 摔或企图摔倒你							
7. 扔东西砸你							
8. 掐你脖子							
9. 踢、咬或用拳揍你							
10. 用东西打或企图打你							
11. 毒打你							
12. 用刀或枪等利器威胁你							
13. 用刀或枪等利器伤害你							

附2 躯体虐待严重程度问卷

导致的后果	从来没有	1~2次	5次	6~10次	10次以上
1. 红肿					
2. 青紫瘀斑					
3. 组织损伤流血					
4. 骨折					
5. 窒息、昏迷					
6. 残疾					
7. 其他(请注明)					

参考文献

1. Baumeister RF. Self-Esteem-the puzzle of low Self-Regard. New York：Plenium Press，1993.

2. Bernstein DP，The Childhood Trauma Questionnaire(CTQ). Available from David Bernstein，PhD，Associate Professor，Department of Psychology，Fordham University，Dealy Hall，3rd Floor，Bronx NY 10458 (dbernstein@ fordham. edu).

3. Corsilles A. Note：no drop policies in the prosecution of domestic violence cases：guarantee to action or dangerous solution. Fordham Law Review，1994，63：853-881.

4. Davis E. Youth Violence：An Action Research project，. Journal of Multicultural Social work，1991，1(3)：33-34.

5. Dodge KA, Bates JE, Pettit GS. Mechanisms in the cycle of violence. Science, 1990, 250 (4988): 1678-1683.

6. Ehrensaft MK, Moffitt TE, Caspi A. Clinically abusive relationships in an unselected birth cohort: men's and women's participation and developmental antecedents. J Abnorm Psychol, 2004, 113(2): 258-270.

7. Epstein NB, et al. The McMaster family assessment device. J of Marital among Family Therapy, 1983, 9 (2): 171.

8. Erika LL, Laura AM. The effects of childhood exposure to marital violence on adolescent gender-role beliefs and dating violence. Psychology of Women Quarterly, 2004, 28(4): 344-357.

9. Fartuzzo J, Boruch R, Beriama A, et al. Domestic violence and children. Prevalence and risk in five major U. S. Cities. J. Am Acad. Child Adolesc Psychiatry, 1997, 36(1): 116-122.

10. Feldbau-Kohn S, Heyman RE, O'Leary KD. Major depressive disorder and depressive symptomatology as predictors of husband to wife physical aggression. Violence Vict, 1998, 13(4): 347-360.

11. Flisher AJ, Kramer RA, Hoven CW et al. Psychosocial characteristics of physically abused children and adolescents. J am Acad Adolesc psychiatry, 1997, 36(1): 123-131.

12. Flitcraft A. Learning from the paradoxes of domestic violence. JAMA, 1997, 277(17): 1400-1401.

13. Gerlock AA. Health impact of domestic violence. Issues Ment Health Nurs, 1999, 20(4): 373-385.

14. Gianini RJ, Litvoc J, Eluf Neto J. Physical aggression and social class. Rev Saude Publica, 1999, 33(2): 180-186.

15. Gilliland BE, James RK. Women battering. In: Crisis intervention strategies. Books/Cole Publishing Company, 1997, 263.

16. Gortner ET, Gollan JK, Jacobson NS. Psychological aspects of perpetrators of domestic violence and their relationships with the victims. Psychiatr Clin North Am, 1997, 20(2): 337-352.

17. Hanson RK, Cadsky O, Harris A, et al. Correlates of battering among 997 men: family history, adjustment, and attitudinal differences. Violence Vict, 1997, 12(3): 191-208.

18. Jeyaseelan L, Sadowski LS, Kumar S, et al. World studies of abuse in the family environment-risk factors for physical intimate partner violence. Inj Control Saf Promot, 2004, 11(2): 117-124.

19. Kessler RC, Price RH, Wootman CB. Social factors in psychopathology: stress, social support and coping process. Ann Rev Psychology, 1985, 36: 531-572.

20. Kim J, Cicchetti D. A longitudinal study of child maltreatment, mother-child relationship quality and maladjustment: the role of self-esteem and social competence. J Abnorm Child Psychol, 2004, 32(4): 341-354.

21. Krugman RD, Cohn F. Time to end health professional neglect of cycle of violence. Lancet, 2001, 358 (9280): 450-454.

22. Martin J, Nada-Raja S, Langley J, et al. Physical assault in New Zealand: the experience of 21 year old men and women in a community sample. N Z Med J, 1998, 111(1065): 158-162.

23. Marwick C. Domestic violence recognized as world problem. JAMA, 1998, 279(19): 1510.

24. Moffitt TE, Caspi A, Harrington H, et al. Males on the life-course-persistent and adolescence-limited antisocial pathways: follow-up at age 26 years. Dev Psychopathol, 2002, 14(1): 179-207.

25. Moffitt TE, Caspi A, Krueger RF, et al. Do partner agree about abuse in their relationship? A psychometric evalution of interpartner agreement. Psychological Assessment, 1997, 9(1): 47-56.

26. Newcomb MD, Locke TF. Intergenerational cycle of maltreatment: a popular concept obscured by methodological limitations. Child Abuse Negl, 2001, 25(9): 1219-1240.

27. O'Leary KD, Malone J, Tyree A. Physical aggression in early marriage: prerelation-ship and relationship effects. J Consult Clin Psychol, 1994, 62(3): 594-602.

28. O'Leary KD,Smith DA. Marital Interactions. Annu Rev Psychol,1991,42:191-212.

29. Pan HS,Neidig PH,O'Leary KD. Predicting mild and severe husband-to-wife physical aggression. J Consult Clin Psychol,1994,62(5):975-981.

30. Pears KC,Capaldi DM. Intergenerational transmission of abuse:a two-generational prospective study of an at-risk sample. Child Abuse Negl,2001,25(11):1439-1461.

31. Phillip L. Rice. 压力与健康,石林,古丽娜,梁竹苑,等译. 北京:中国轻工业出版社,2000.

32. Plichta S. Violence and abuse:Implications for women's health. In M. Falik & K. ScottCollins(Eds.), Women's health:The Commonwealth Fund survey. Baltimore:The Johns Hopkins University Press, 1996,237-270.

33. Prinzie P,Swillen A,Maes B,et al. Parenting,family contexts,and personality characteristics in youngsters with VCFS. Genet Couns,2004,15(2):141-157.

34. Ray C,Lindop J,Gibson. The conceot of coping. Psychological Medicine,1982,12(2):385-395.

35. Richard J Gelles. Domestic Criminal Violence. 2nd ed. London Sage Publications:Criminal Violence, 1982:201.

36. Romans SE,Poore MR,Martin JL. The perpetrators of domestic violence. Med J Aust,2000,173(9): 484-488.

37. Steffwenhagen RA,Burns J. The Social Dynamics of Self-esteem. Praeger,Steffwenhagen RA,Burns J. The Social Dynamics of Self-esteem. New York:Praeger Publishers. 1987.

38. Straus MA. Behind Closed Doors:Violence in the American Family. Straus MA,Gelles R,Steinmetz S. Behind Closed Doors:Violence in the American Family. New York:Anchor Press. 1980.

39. Tjaden P,Thoennes N. Prevalence,incidence,and consequences of violence against women:findings from the National Violence against women survey. National Institute of Justice. Centers for Disease Control and Prevention. Research in Brief,November,1998.

40. Vahip I. Domestic violence and its developmental dimension:a different perspective. Turk Psikiyatri Derg,2002,13(4):312-319.

41. Weiss B,Dodge KA,Bates JE,et al. Some consequences of early harsh discipline:child aggression and a maladaptive social information processing style. Child Dev,1992,63(6):1321-1325.

42. Widom CS. Does violence beget violence? A critical examination of the literature. Psychol Bull,1989,106 (1):3-28.

43. 龚耀先. 艾森克个性问卷手册. 长沙:湖南地图出版社,1986:4-5.

44. 胡佩诚. 200对夫妇家庭暴力调查. 中国心理卫生杂志,1996,10(4):171-172.

45. 李明舜. 婚姻法中的救助措施与法律责任. 北京:法律出版社,2001:234-235.

46. 刘培毅,何慕陶. 心理卫生评定量表手册. 北京:中国心理卫生杂志社,1999:149-152.

47. 肖计划. 心理卫生评定量表手册. 北京:中国心理卫生杂志社,1999:109-115.

48. 肖水源,杨德森. 社会支持对身心健康的影响. 中国心理卫生杂志,1987,1:282-285.

49. 许又新. 调节与适应. 北京:北京出版社,2000:97-99.

50. 岳冬梅. 心理卫生评定量表手册. 北京:中国心理卫生杂志社,1999:161-167.

51. 张丽华. 父母教养方式与儿童社会化发展研究综述. 辽宁师大学报(社会科学版),1997,3:19-22.

52. 张明园. 精神科评定量表手册. 长沙:湖南出版社,1991:16-25.

53. 张亚林,曹玉萍,杨世昌等. 湖南省家庭暴力的流行病学调查. 中国心理卫生杂志,2004,18(5): 326-328.

54. 赵霞. 家庭暴力问题的社会学探因. 淮海工学院学报,1999,8:55-57.

55. 中国心理卫生杂志社主编. 心理卫生评定量表手册. 北京:中国心理卫生杂志社,1999:127-130, 318-420.

第八章

家庭暴力男性施暴者的分子生物学研究

第一节 概　述

家庭暴力不仅有社会心理学的原因,也可能有生物学的原因。持进化论观点的学者认为,在漫长的原始社会,暴力行为是生存的需要。人类之所以有攻击行为的倾向,是因为这种行为使人们能够保护自己和后代。研究表明,个体的基因、生理和人格等方面的差异,决定着人们表现不同攻击方式的倾向。为什么一些人比另一些人更具有攻击性? Lorenz 提出一种假设:在攻击行为中个体差异存在基因因素,某些人比其他人更富有攻击性。

在一项元分析中,研究者分析了与攻击行为、遗传和养育有关的 24 项研究显出来的主要趋势表明遗传有强大的影响,同卵双生子比异卵双生子在攻击性上表现出更高的关联性。这项分析表明:某些个体的攻击性比其他人更可能具有遗传基础。

但针对家庭暴力的生物学研究几乎一片空白。近十年来,国内外的学者从生物学角度对动物和人类的(非家庭内的)暴力攻击行为进行了大量研究可以供我们借鉴。研究发现涉及 5-羟色胺、儿茶酚胺类代谢有关的神经递质及儿茶酚氧位甲基转移酶(COMT)、单胺氧化酶(MAO)、5-羟色胺(5-HT)基因等可能与暴力行为相关。

COMT 经甲基化催化儿茶酚胺降解,在儿茶酚胺类递质代谢中起关键作用。该基因定位于第 22 号染色体长臂的 11 区 2 带(22q11.2),包括 6 个外显子,2 个启动子,2 个开放性阅读框架。COMT 酶活性在个体间的差异很大,包括高活性、中等活性和低活性 3 种表型,由高活性和低活性等位基因所决定,以共显性方式遗传。该基因多态性在东方人和西方人种间存在明显差异,中国汉族人群中的 COMT 基因高活性等位基因和高活性基因型明显高于西方人种。COMT 基因外显子 4 处第 158 个密码子处的 G→A 的转换,使缬氨酸(Val)由甲硫氨酸(Met)替代,后者可使 COMT 的酶活性降低 3～4 倍。

MAO 是 NE、5-HT 和 DA 的降解酶,有 MAOA 和 MAOB 两个亚型。编码 MAOA 的基因定位于 Xp11.23-11.4 区域,有四种多态性,其中启动子区域 30bp-uVNTR 多态性,位于 MAOA 基因的转录起始点上游 1～1.2bp 区内,对基因的表达起调控作用,被认为是 MAOA 基因功能的标志物。因可变数串联重复次数不同形成不同的核酸序列,影响 RNA 聚合酶与启动子的亲和力,从而影响转录的起始效率。它可出现 3～5 个重复序列,其中 3 个重复序列的 MAOA 基因会使所编码的酶活性降低,为 4 个重复序列的 1/2～1/10,导致 MAOA 酶的合成减少,继而影响单胺类神经递质的代谢分解,造成体内 5-HT、DA 和 NE

等浓度升高,导致个体对紧张的反应增强,表现为冲动、攻击行为。

早在 1993 年,荷兰发现一个大家族男性成员具有异常的攻击性,研究发现他们编码 *MAOA* 基因的单点碱基缺失继而导致 MAOA 的缺陷而导致该家族的冲动攻击行为。Samochowiec(1999)研究 488 名德国男性后裔 *MAOA-uVNTR* 多态性,结果提示,*MAOA-uVNTR* 3 个重复序列多态性使酒依赖者反社会行为的易患性增高。Manuck 等(2002)研究 118 例社区成人,结果也提示,*MAOA-uVNTR* 多态性与攻击行为表型间存在一定的联系,这一联系是以调控中枢 5-HT 敏感性的基因型为中介的。

Caspi 等(2002)对一组大样本的男性儿童进行前瞻性研究,从出生一直观察到成年,研究为什么其中一部分受虐待儿童长大后发生反社会行为,结果发现具有 *MAOA-uVNTR* 活性较低基因型者,更易发生反社会行为,而高活性 *MAOA-uVNTR* 基因型的受虐待儿童则很少出现为反社会问题。因此认为 *MAOA* 基因的功能多态性对受虐者有中度影响,*MAOA* 基因型能调节个体对环境刺激的敏感性。

5-HTT 多分布于 5-HT 能神经元突触前膜上,能将突触间隙的 5-HT 重吸收到突触前神经元内,在脑的 5-HT 神经递质和 5-HT 的周围活动调节中起重要的作用,能较好反映 5-HT 系统功能状态。5-HTT 的基因位于 17 号染色体长臂 17q11.1-q12 区,有四种多态性。其中启动子上的基因连锁多态区(*5-HTTLPR*),有一个长的和短的等位基因,长的等位基因对 5-HT 的转运活性高于短的等位基因,对 5-HT 系统的功能有重要调节作用,可作为行为障碍潜在的易感性基因。

5-HT 系统对大脑有镇静作用,其功能增强会导致行为的抑制,功能降低则有助于激发各种行为动作。实验证实 5-HT 对动物的攻击行为具有抑制作用。非选择性提高 5-HT 传递的药物,可减少动物的攻击动作,脑脊液(CSF)中 5-HT 代谢产物 5-羟吲哚乙酸(5-HIAA)水平低的未成年恒河猴的攻击和冒险行为次数多。Higley(1997)等发现人的攻击行为与低水平的 CSF 中 5-HIAA 有关,CSF 中低的 5-HIAA 水平能预测冲动和攻击行为,甚至可以预测罪犯从监狱释放后的再次犯罪行为。George 等(2001)测量家庭暴力施暴者 CSF 中 5-HIAA 的浓度,发现不伴酒依赖施暴者的 5-HIAA 浓度比伴酒依赖施暴者和对照组显著降低。这些研究显示,当患者脑脊液中的 5-HT 水平降低时可能出现冲动、攻击等暴力行为。

还有研究显示 DRD4 受体基因与寻新人格特质相关联。Young 等(2002)发现一种名为 *Nr2el* 的基因显示变异,导致老鼠产生极强的变态性攻击行为,目前英国一个研究小组正在进行 *Nr2e1* 与精神病人异常行为的研究。

这些研究提示基因与攻击、暴力行为有关;基因与人格有关;基因可能调节个体对环境刺激的敏感性。

虽然不同作者的研究结果不尽相同,但聚焦点都集中在几种最有前景的相关基因上。尚没有证据能证明某个基因和某种行为性状呈直接对应的简单关系,暴力行为的单基因遗传可能性微乎其微。即使通过多基因的关联分析,也不能忽视环境因素对暴力行为的巨大影响。

家庭暴力也是暴力,家庭暴力的施暴行为也可能与基因有关。人类最深层次的基因改变可能通过影响脑及神经递质的代谢,进而增强个体对环境刺激的敏感性,如果遭遇社会心理因素的负面影响,便易诱发施暴者的暴力行为。

基于以上研究结果,我们推测:遗传因素虽然是家庭暴力行为发生的重要因素,但其遗传风险并不是简单的服从孟德尔遗传方式,家庭暴力行为是在多种"易感基因"、环境因素、偶然因素三者的共同作用下使然。其中偶然因素难以研究,只好忽略,但如果能较好地控制环境因素,就有可能深入了解基因多态性与暴力行为这种特定性状的相关性。

我们假设一个人在成长过程中是否发生家庭暴力,社会心理因素起一定的中介作用;同时涉及 5-HT、单胺类递质的部分基因也可能是发生家庭暴力的易感因素,携带这类基因某种基因型的人群更易在社会心理因素的作用下诱发家庭暴力。

第二节　研究方法

一、研究对象

来自河南省某市市区及乡村长期居民。共分析了家庭暴力男性躯体施暴组 135 例,均为已婚男性、汉族,平均年龄 41.5±7.5 岁;正常对照组 44 例,均为已婚男性、汉族,平均年龄 38.8±8.5 岁;两组年龄差异无统计学意义。显示两组教育水平程度、嗜烟、每天抽烟量、夫妻关系差异有统计学意义,说明两组是不同的人群。两组均完成血液采样,以及儿童期虐待问卷(CTQ-SF)和艾森克人格问卷(EPQ)评估。生物学指标检测 COMT-Val158M、MAOA-uVNTR 和 5-HTTLPR 三种基因多态性。

二、标本采集

（一）血标本采集

所有入组对象,抽取 5ml 肘静脉血,EDTA 抗凝(全血∶EDTA=5∶1),置于 15ml 离心管内,4℃冰箱保存,1 周内提取基因组 DNA(gDNA)。

（二）酚氯仿法提取外周血基因组 DNA(gDNA)

EDTA 抗凝静脉血 5ml,离心(3000r/min)20 分钟,去上清,加 2 倍体积细胞裂解液,混匀,置-20℃冰箱中 30 分钟,离心 12000(r/min)3 分钟,小心倒去上清液,留下层白细胞,加 20%SDS150μl,摇匀,加 STE700μl,混匀,加 20%蛋白酶 K18μl,混匀,37℃恒温水箱中消化过夜,加饱和酚 700μl,混匀,离心 12000r/min 3 分钟,吸去上清液,分别加饱和酚和氯仿各 350μl,混匀,离心 12000r/min 3 分钟,吸上清液,加氯仿 700μl,混匀,离心 12000r/min 3 分钟,吸上清液,加 2 倍体积的无水乙醇,可见絮状物,分装 2 管,保存在-70℃冰箱。溶解 DNA 时,倒去储存用无水乙醇,加 70%乙醇洗涤 1 次,倒去乙醇,自然风干,加适量 TE 溶解,测 OD 值,了解 gDNA 的纯度和浓度。

三、分子遗传学分析

我们选择 COMT-Val158M、MAOA-uVNTR 和 5-HTTLPR 基因多态性位点作为研究靶点,进行限制性片段长度多态性(restriction fragment length polymorphism,RFLP)分析,对研究组 135 例和对照组 43 例进行 PCR 扩增,并分析相应的带型。

（一）COMT-Val158M 基因多态性分析

人类 COMT 基因第 158 位密码子处可发生 G→A 碱基变化,从而导致该基因第 158 个氨基酸残基由一个 Val(GTG,缬氨酸)变成一个 Met(ATG,甲硫氨酸),形成错义突变,产生一个新的 NIaⅢ酶切位点,从而形成该基因 Val158M 多态性,使 COMT 酶活性减低。所选择的 PCR 扩增引物引导合成包括 *COMT-Val158M* 多态性位点在内的 210bp 的 DNA 片段。

1. PCR 扩增引物

上游引物:5′-CTCATCACCATCGAGATCAA-3′;

下游引物:5′-GATGACCCTGGTGATAGTGG-3′。

2. PCR 反应体系 200ng 模板 DNA,dNTPs 各 200μM,1×Taqbuffer(含 MgCl₂ 1.5mM),上下游引物各 1μM,Taq 聚合酶 1U,加无菌双蒸水至 25μl 反应体积。

3. PCR 反应条件 4℃预变性 3min,按如下顺序扩增循环 30 次,94℃变性 1min,57℃复性 30s,72℃延伸 30s,共 30 个循环。最后再 72℃延伸 3min。

4. 酶切反应条件 9μlPCR 产物,NIaⅢ限制性内切酶(NEB 公司)5U,1×NEBuffer,无菌双蒸水至 20μl 反应体积,37℃酶切反应 3 小时。

5. 结果观察 取 3μl 酶切产物在 6‰非变性聚丙烯酰胺凝胶中电泳(300V,3.5hr),0.5‰AgNO₃染色,显色后观察分型结果,照相。见图 8-1。

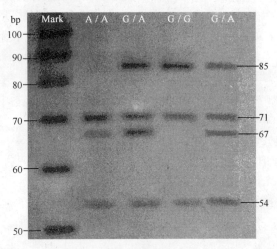

图 8-1 COMTT-Val158

6. 基因型分型标准 PCR 产物为 210bp,在该片段内有二个恒定的 NIaⅢ酶切位点,若 *COMT* 基因第 158 位为碱基 G(称该等位基因为 G,是高酶活性等位基因),则 PCR 产物被酶切成 85bp,54bp 和 71bp 三个片段;若 *COMT* 基因第 158 位为碱基 A(称该等位基因为 A,是低酶活性等位基因),则 PCR 产物被酶切成 67bp,18bp,54bp 和 71bp 四个片段。其中,18bp 片段在电泳时泳出凝胶,故未见显色条带。当两条等位基因第 158 位均为碱基 G 时,判断该个体的基因型为 GG;当两条等位基因第 158 位均为碱基 A 时,判断该个体的基因型为 AA;当两条等位基因第 158 位分别为碱基 G 和 A 时,则判断该个体的基因型为 GA。

(二)*MAOA-uVNTR* 基因多态性分析

MAOA-uVNTR 为 *MAOA* 基因为启动子区域 30bp-uVNTR 多态性,可出现 3~5 重复序列,其中 3 重复序列的 *MAOA* 基因会使所编码的酶活性降低。

1. PCR 扩增引物

上游:5′-CAGCGCCCAGGCTGCTGCTCCAGAAAC-3′;

下游:5′-GGTTCGGGACCTGGGCAGTTGTGC-3′。

2. PCR 反应体系　100ng 模板 DNA, dNTPs400μM, 10×PCRBuffer(含 MgCl$_2$ 1.5mM),上、下游引物各 0.2μM,TaqDNA 聚合酶 0.8U,加无菌双蒸水至 20μl 反应体积。

3. PCR 反应条件　95℃预变性 5min,95℃变性 30s,61℃退火 30s,72℃延伸 1min,共 30 个循环。最后再 72℃延伸 10min。

4. 结果观察　取 2μlPCR 产物,在 6‰非变性聚丙酰胺凝胶中电泳(300V,1hr),1‰ AgNO$_3$染色,显色后观察分型结果,并照相。见图 8-2。

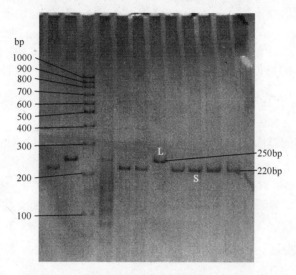

图 8-2　MAOA-uVNTR

5. 等位基因分型标准　PCR 产物有 220bp 或 250bp 两种等位基因片段。若为 220bp 则判断该个体的等位基因为 S,若为 250bp 则判断该个体的等位基因为 L。

(三) 5-HTTLPR 基因多态性分析

人类 5-HTTLPR 为一 44bp 片段的缺失/插入所造成的多态性,分别为 16 和 14 重复单位,可形成长片段(L)和短片段(S)两种等位基因,并构成不同的基因型,S 等位基因的活性较 L 等位基因的低。

1. PCR 扩增引物

上游:5′-GGCGTTGCCGCTCTGAATGC-3′;

下游:5′-GAGGGACTGAGCTGGACAACCAC-3′。

2. PCR 反应体系　100ng 模板 DNA,dNTPs(dATp、dTTP、dGTP、dCTP)各 200μM, 10×PCRBuffer(含 MgCl$_2$ 1.2mM),上、下游引物各 0.3μM,TaqDNA 聚合酶 1U,加无菌双蒸水至 25μl 反应体积。

3. PCR 反应条件　95℃预变性 5min,95℃变性 30s,61℃退火 30s,72℃延伸 1min,共 30 个循环。最后再 72℃延伸 10min。

4. 结果观察　取 3μl PCR 产物,在 6‰非变性聚丙酰胺凝胶中电泳(300V,1hr),1‰ AgNO$_3$染色,显色后观察分型结果,并照相。见图 8-3。

5. 基因型分型标准　PCR 产物有 484bp(S)和 528bp(L)两种等位基因片段,可形成三种基因型。当两条等位基因均为 L 时,判断该个体的基因型为 LL;当两条等位基因均为碱

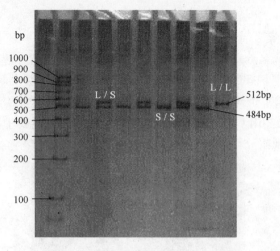

图 8-3 5-HTTLPR

基 S 时,判断该个体的基因型为 SS;当两条等位基因分别为 L 和 S 时,则判断该个体的基因型为 LS。

根据 Hardy-Weinberg 平衡定律,分别计算 COMT-Val158M、MAOA-uVNTR 和 5-HTTLPR 的基因型与等位基因频率,并对其进行 H-W 吻合度检验;采用 χ^2 或 Fisher Exact Test 检验比较其多态性在两组间各基因型和等位基因频率的差异。统计时,对数据不全者按缺失值处理。

第三节 男性施暴者与儿茶酚氧位甲基转移酶基因多态性

一、COMT-Val158M 多态性的 RFLP 分析

包含 COMT-Val158M 多态性 PCR 扩增产物及 NIaⅢ酶切产物,共产生 3 种基因型:GG、AA 和 GA。电泳结果见图 8-1。

二、COMT-Val158M 多态性与 EPQ、CTQ-SF

(一) COMT-Val158M 多态性的基因型及等位基因频率分布的比较

施暴组 135 例中,51.9%是高活性的纯合子,39.8%是高活性的杂合子,8.3%是低活性的纯合子。而对照组 43 例中,62.8%是高活性的纯合子,30.2%是高活性的杂合子,7.0%是低活性的纯合子。两组 COMT-Val158M 多态性的各基因型和等位基因频率差异无统计学意义。

(二) COMT-Val158M 多态性与 EPQ

施暴组与对照组 COMT-Val158M 多态性 AA 基因型比较艾森克人格问卷内外性因子分差异有统计学意义;GA 基因型内外性因子分差异有非常显著性意义;余基因型各 EPQ 因子之间差异无统计学意义。

(三) COMT-Val158M 多态性与 CTQ-SF

施暴组与对照组 COMT-Val158M 各组组内基因型 CTQ-SF 因子比较,差异均无统计学意义。

三、男性躯体施暴者与 *COMT-Val158M* 基因多态性分析

采用对照研究方法,选择 *COMT-Val158M* 这一重要基因位点,进行基因扩增,试图了解家庭暴力男性躯体施暴者施暴行为与 *COMT-Val158M* 多态性的关系。结果未发现 *COMT-Val158M* 多态性各基因型频率和等位基因频率分布在家庭暴力男性躯体施暴者和对照组之间存在差异;即使把家庭暴力男性躯体施暴者按施暴频率或严重程度分为高分组和低分组仍未发现与对照组之间存在差异;提示 *COMT-Val158M* 多态性不论高活性、低活性、杂合子基因型还是高活性、低活性等位基因均与家庭暴力男性施暴者躯体施暴行为可能无显著性关联。这与 Jones 等(2001)推测不一样,其推测 *COMT* 基因型不仅与精神分裂症的攻击行为有关,也可能与普通人群的攻击人群有关。我们的研究不支持 *COMT-Val158M* 基因型及等位基因与普通人群家庭暴力男性躯体施暴者暴力行为有显著性关联。

Zalsman 等(2005)研究 98 例精神病患者 *COMT-Val158M* 多态性基因型与脑脊液单胺代谢产物的关系,未发现两者之间有关。这从另一侧面支持我们的研究结果。因为 *COMT-Val158M* 多态性是通过其基因型活性的高低影响单胺代谢,进而才进一步影响攻击行为的。

我们的研究结果与国外这些阳性结果不一致,可能与这些研究的对象均为精神障碍患者,有其一定的病理基础。本研究对象均为正常普通社区人群。可能正常普通人群与精神障碍患者的暴力行为的分子遗传学机制不同;也可能是 *COMT-Val158M* 与暴力攻击行为的本身关系不大,而由于取样的差异、种族的差异等因素、样本大小的差异所造成,因为这些研究有部分结果是相互不一致,甚至相互矛盾的。

研究结果还显示 *COMT-Val158M* 多态性基因型可能不是家庭暴力男性施暴者躯体施暴行为的易感基因。但提示 *COMT-Val158M* 多态性某些基因型与儿童期虐待问卷(CTQ-SF)和/或 EPQ 某类因子有关。

家庭暴力男性躯体施暴者 *COMT-Val158M* 多态性低活性纯合子和杂合子基因型内外向分较对照组显著增高,这提示家庭暴力男性躯体施暴者 *COMT-Val158M* 多态性低活性纯合子和杂合子基因型有更多的外倾性格,容易发生冲动、攻击行为。

家庭暴力男性躯体施暴者 *COMT-Val158M* 多态性杂合子基因型 CTQ-SF SA 分较对照组显著增高。这提示家庭暴力男性躯体施暴者 *COMT-Val158M* 多态性杂合子基因型者更容易遭受到儿童期性虐待,*COMT-Val158M* 多态性杂合子基因型是家庭暴力男性躯体施暴行为的危险因素。

第四节 男性施暴者与单胺氧化酶基因多态性

一、*MAOA-uVNTR* 基因多态性的 RFLP 分析

MAOA 基因定位于 X 染色体,故每一样本 DNA 经扩增后,男性 *MAOA-uVNTR* 基因均是一条带,为半合子。基因座有 2 种等位基因,片段大小为 220bp 或 250bp。电泳结果见图 8-2。

二、*MAOA-uVNTR* 多态性与 EPQ、CTQ-SF

(一)*MAOA-uVNTR* 等位基因频率分布的比较

施暴组与对照组 *MAOA-uVNTR* 等位基因频率差异无统计学意义。

（二）*MAOA-uVNTR* 等位基因与 EPQ

施暴组 *MAOA-uVNTR* 等位基因中 S 型较对照组有更高的 EPQ 内外性因子分，差异有非常显著性意义。施暴组 L 型较 S 型有更高的精神质因子分，差异有非常显著性意义。

（三）*MAOA-uVNTR* 等位基因与 CTQ-SF

施暴组与对照组 *MAOA-uVNTR* 等位基因 CTQ-SF 因子比较，差异均无统计学意义。

三、男性躯体施暴者与 *MAOA-uVNTR* 基因多态性分析

采用对照研究方法，选择 *MAOA-uVNTR* 这一与单胺类神经递质的代谢分解有关的重要基因位点，进行基因扩增，了解家庭暴力男性躯体施暴者施暴行为与 *MAOA-uVNTR* 多态性的关系。结果未发现家庭暴力男性施暴者躯体施暴行为与 *MAOA-uVNTR* 多态性等位基因有关联，把施暴者按施暴频率或严重程度分为高分组和低分组与对照组比较亦均无显著性关联。说明我们的研究不支持 *MAOA-uVNTR* 等位基因与社区人群家庭暴力男性躯体施暴者暴力行为相关联。提示 *MAOA-uVNTR* 等位基因活性高低与社区人群家庭暴力男性施暴者躯体施暴行为无显著性关联。

但李凤芝等（2004）发现驾驶员攻击性行为可能与 *MAOA-uVNTR* 低活性等位基因有关。Manuck 等（2002）研究也认为攻击行为与 *MAOA-uVNTR* 低活性等位基因有关。Zalsman 等（2005）研究一组精神障碍患者 *MAOA-uVNTR* 多态性与脑脊液单胺代谢产物的关系，发现低活性者脑脊液单胺代谢产物浓度高。Caspi 等（2002）认为在受过虐待的男孩中，*MAOA-uVNTR* 表达活性低者更容易具有反社会行为。

也有报道攻击行为与 *MAOA-uVNTR* 多态性无关的。Garpenstrand 等（2002）未发现 *MAOA-uVNTR* 多态性和健康的白人人格特质有关。Koller 等（2003）研究一组酒精依赖者，未发现攻击人格特质与低活性的 *MAOA-uVNTR* 多态性有关。Zammit 等（2004）研究一组大样本精神分裂症患者的攻击行为与 *MAOA-uVNTR* 及 *COMT-Val158M* 的关系，采用攻击行为量表评定，未能发现两者关联。这与本研究总体结果类似。

以上研究结果提示 *MAOA-uVNTR* 多态性等位基因可能不是家庭暴力男性施暴者躯体施暴行为的易感基因。这可能与选择的人群分层及种族有关。

进一步分析 *MAOA-uVNTR* 多态性与 EPQ 关系，发现家庭暴力男性躯体施暴者 *MAOA-uVNTR* 低活性等位基因比对照组有更高的内外向分及性虐待分，说明他们有更多的外倾性格，容易发生冲动、攻击行为和经历更严重的儿童期性虐待。同时我们还发现家庭暴力男性躯体施暴者 *MAOA-uVNTR* 高活性等位基因比低活性有更高的精神质，说明高活性者有更高的精神质性格。而未发现研究组高活性与低活性之间儿童期虐待有差异，这与 Huang 等（2004）研究的结果不全一致，他们发现具有冲动攻击者低活性比高活性男性经历更多的儿童期虐待，认为 *MAOA-uVNTR* 多态性低活性者可能是冲动容易受虐的标志。

第五节　男性施暴者与 5-羟色胺转运体启动子基因多态性

一、*5-HTTLPR* 基因多态性的 RFLP 分析

5-HTTLPR，经 PCR 扩增形成长片段 528bp(L) 和短片段 484bp(S) 两种等位基因，极

少数出现 528^+ bp 片段。由此所产生基因型有以下几种：SS、SL、SL^+、LL、LL^+ 以及罕见的 LL^{++}。电泳结果见图 8-3。

二、5-HTTLPR 多态性的基因型与 EPQ、CTQ-SF

(一) 5-HTTLPR 多态性的基因型及等位基因频率的分布

施暴组 5-HTTLPR 多态性的基因型和等基因频率与正常对照组之间差异无统计学意义。

(二) 5-HTTLPR 基因型与 EPQ

施暴组与对照组 5-HTTLPR 的 SS 或 SL 基因型之间 EPQ 内外性因子分比较差异有非常显著性意义。

施暴组 LS 与 LL 比较精神质因子分差异有非常显著性意义；LS 和 SS 与 LL 比较掩饰因子分差异有非常显著性意义。

(三) 5-HTTLPR 基因型与 CTQ-SF

施暴组 SS 基因型较对照组 SS 型有更高的 CTQ-SF EA 分；SL 基因型较对照组 SL 型有更高的 CTQ-SF SA 分。

两组 5-HTTLPR 各组内三种基因型之间 CTQ-SF 因子比较，差异均无统计学意义。

三、男性躯体施暴者与 5-HTTLPR 基因多态性分析

研究从 5-HT 对家庭暴力施暴者的重要调节作用出发，选择 5-HTT 基因的一个重要的功能调节位点——5-HTTLPR，进行基因扩增，并与家庭暴力男性躯体施暴者及其相关性格等因素进行关联分析，以了解它们之间的关系，寻求家庭暴力男性躯体施暴者的遗传易感性基因。结果未发现 5-HTTLPR 多态性各基因型频率和等位基因频率分布在家庭暴力男性躯体施暴者和对照组之间存在差异；把家庭暴力男性躯体施暴者按施暴频率或严重程度分为高分组和低分组仍未发现与对照组之间存在显著性差异；提示 5-HTTLPR 多态性不论高活性、低活性、杂合子基因型还是高活性、低活性等位基因均与家庭暴力男性施暴者躯体施暴行为可能无显著性关联。

这与 Liao 等(2004)等研究相反。他们报道一组严重的中国男性暴力犯罪者，5-HTTLPR 多态性低活性基因型与暴力行为关联，但与人格特质无关。而我们的研究显示 5-HTTLPR 多态性低活性基因型与家庭暴力行为无关联，但与人格特质有关。这可能与我们的样本不一样有关，他们的样本有更严重的暴力行为，达到犯罪程度，而我们的样本暴力行为相对较轻，主要局限于家庭内，暴力行为很少达到犯罪程度。

研究还显示家庭暴力男性躯体施暴者 5-HTTLPR 多态性低活性纯合子和杂合子基因型 EPQ 内外向分较对照组显著增高，提示家庭暴力男性躯体施暴者 5-HTTLPR 多态性低活性纯合子和杂合子基因型有更多的外向性格，容易发生冲动、攻击行为。同时家庭暴力男性躯体施暴者 5-HTTLPR 多态性杂合子比高活性者有显著高的精神质，但高活性者比低活性者有更高的掩饰性。是否可以这样认为，极其严重的暴力行为与 5-HTTLPR 多态性低活性基因型有更多的关联，而较轻的暴力行为如家庭暴力，有更多的社会心理因素参与。

研究显示家庭暴力男性躯体施暴者 5-HTTLPR 多态性低活性基因型经历更严重的儿童期情感虐待，杂合子基因型者经历更严重的儿童期性虐待。这提示家庭暴力男性躯体施暴者 5-HTTLPR 多态性低活性更易受到儿童期情感虐待，杂合子基因型者更容易受到儿

童期性虐待，高活性基因型具有一定的保护作用。

研究显示家庭暴力男性施暴者躯体施暴行为与 *5-HTTLPR* 多态性无关联，但提示家庭暴力男性躯体施暴者 *5-HTTLPR* 多态性低活性基因型者有更高的外倾性格，更多的受到儿童期性虐待，高活性纯合子具有一定的保护作用；*5-HTTLPR* 多态性杂合子有更高的精神质，高活性纯合子具有一定的保护作用，但高活性纯合子者有较高的掩饰性。

为了解施暴组与对照组研究人群是否为遗传平衡群体，用 χ^2 检验法分别对研究组和对照组 *COMT-Val158M* 多态性的各基因型分布进行了 Hardy-weinberg 遗传平衡吻合度检验。结果显示，两组基因型分布均符合 Hardy-weinberg 遗传平衡法则，说明这两个研究人群来自大的群体，个体间是随机婚配，不存在明显的自然选择、迁移等因素对遗传平衡的影响，本研究资料可靠。

总之，本研究首次在中国汉族家庭暴力男性躯体施暴者中进行了施暴行为与相关基因关联的探索性研究，获得部分预期结果。这些研究结果显示家庭暴力男性躯体施暴者与 *COMT-Val158M*、*MAOA-uVNTR* 和 *5-HTTLPR* 基因多态性无关联性，当时当涉及人格因素时，就有一定的关系。但是应该注意到，本研究样本较小，可能存在偏差。为此，要想证实我们的假设，需要扩大样本量，尽量获取"纯"样本，躯体暴力达到一定严重程度，减少临床异质性，进一步验证我们的结论。

（赵幸福）

参 考 文 献

1. Brunner HG, Nelen M, Breakefield XO, et al. Abnormal behavior associated with a point mutation in the structural gene for monoamine oxidase A. Science, 1993, 262(5133): 578-580.

2. Caspi A, McClay J, Moffitt TE, et al. Role of genotype in the cycle of violence in maltreated children. Science, 2002, 297(5582): 851-854.

3. Chang FM, Kidd JR, Livak KJ, et al. The world-wide distribution of allele frequencies at the human dopamine D4 receptor locus. Hum Genet, 1996, 98(1): 91-101.

4. Coccaro EF, Lawrence T, Trestman R, et al. Growth hormone responses to intravenous clonidine challenge correlate with behavioral irritability in psychiatric patients and healthy volunteers. Psychiatry Res, 1991, 39(2): 129.

5. Denney RM, Koch H, Craig IW. Association between monoamine oxidase A activity in human male skin fibroblasts and genotype of the MAOA promoter associated variable number tandem repeat. Hum Genet, 1999, 105(6): 542-551.

6. Garpenstrand H, Norton N, Damberg M, et al. A regulatory monoamine oxidase a promoter polymorphism and personality traits. Neuropsychobiology, 2002, 46(4): 190-193.

7. George DT, Umhau JC, Phillips MJ, et al. Serotonin, testosterone and alcohol in the etiology of domestic violence. Psychiatry Res, 2001, 104(1): 27-37.

8. Higley JD, Linnoila M. Low central nervous system serotonergic activity is traitlike and correlaces with impulsive behavior: a nonhuman Primate model investigating genetic and environmental influences on neurotrans-mission. Ann N Y Acad sci, 1997, 836: 39-56.

9. Holmes A, Murphy DL, Crawley J N. Redyced aggression in mice lacking the serotonin transporter. Psychopharmacology, 2002, 16(2): 160-167.

10. Huang YY, Cate SP, Battistuzzi C, et al. An association between a functional polymorphism in the monoamine oxidase a gene promoter, impulsive traits and early abuse experiences. Neuropsychopharmacology,

2004,29(8):1498-1505.

11. Jones G,Zammit S,Norton N,et al. Aggressive behaviour in patients with schizophrenia is associated with catechol-O-methyltransferase genotype. Br J Psychiatry,2001,179:351-355,45.

12. Koller G,Bondy B,Preuss UW,et al. No association between a polymorphism in the promoter region of the MAOA gene with antisocial personality traits in alcoholics. Alcohol,2003,38(1):31-34.

13. Lachman HM,Morrow B,Shprintzen R,et al. Association of codon108/158 catechol-O-methyltrans-ferase gene polymorphism with the psychiatric manifestations of vel-cardio-facial syndrome. Am J Med Genet,1996,67(5):468-472,116.

14. Lesh KP,Bengel D,Heils A,et al. Association of anxiety-related traits with a polymorphism in the sero-tonin transporter gene regulatory region. Science,1996,274(5292):1527-1531.

15. Levy ER,Powell JF,Buckle VJ,et al. Localization of human monoamine oxidase-A gene to Xp11. 23-11. 4 by in situ hybridization:implications for Norrie disease. Genomics,1989,5(2):368-370.

16. Li FZ,Li CJ,Long YF,et al. Association between the functional monoamine oxidase A gene polymor-phism and aggressively driving behavior. Zhonghua Yu Fang Yi Xue Za Zhi,2004,38(5):321-323.

17. Liao DL,Hong CJ,Shih HL,et al. Possible association between serotonin transporter promoter region polymorphism and extremely violent crime in Chinese males. Neuropsychobiology,2004,50（4）:284-287.

18. Lorenz K. On aggression. New York:Harcourt,brace,&World,1996.

19. Manuck SB,Flory JD,Muldoon MF,et al. Central nervous system serotonergic responsivity and aggres-sive disposition in men. Physiol Behav,2002,77(4-5):705-709.

20. Miles DR,Carey G. Genetic and environmental architecture of human aggression. Journal of Personality and Social Psychology,1997,72(1):207-217.

21. Ratey JJ,Gordon A. The psychopharmacology of aggression toward a new day. Psychopharmacol Bull,1993,29(1):65-73,119.

22. Sabol SZ,Hu S,Hamer D. A functional polymorphism in the monoamine oxides Agene promoter. Hum Genet,1998,103(3):273-279.

23. Samochowiec J,Lesch KP,Rottman M,et al. Association of a regulatory polymorphism in the promoter region of the monoamine oxidase A gene with antisocial alcoholism. Psychiatry Res,1999,86(1):67-72.

24. Young KA,Berry ML,Mahaffey CL,et al. Fierce:a new mouse deletion of Nr2e1,violent behaviour and ocular abnormalities are background-dependent. Behav Brain Res,2002,132(2):145-158.

25. Zalsman G,Huang YY,Harkavy-Friedman JM,et al. Relationship of MAO-A promoter(u-VNTR)and COMT(V158M)gene polymorphisms to CSF monoamine metabolites levels in a psychiatric sample of caucasians:A preliminary report. Am J Med Genet B Neuro-psychiatr Genet,2005,132(1):100-103.

26. Zammit S,Jones G,Jones SJ,et al. Polymorphisms in the MAOA,MAOB,and COMT genes and aggres-sive behavior in schizophrenia. Am J Med Genet,2004,128B(1):19-20.

27. 理查德格里格,菲利普津巴多. 心理学与生活. 王垒,等译. 北京:人民邮电出版社,2003.

28. 邵明,刘悼霖,陶恩祥,等. 中国汉族人儿茶酚氧位甲基转移酶基因多态性. 中华医学遗传学杂志,2000. 17:215-216.

29. 赵汉清,端义扬,刘桂永. 5-羟色胺异常在自杀行为中的作用. 山东精神医学,2004,17(1):54-56.

第九章

家庭暴力受虐者的求助方式

第一节 概 述

家庭暴力受虐者的求助方式大致可以分成两种形式,一种是非正式的求助方式,即受虐者向其他家庭成员、朋友或同事等暴露和谈论家庭暴力受虐情况,这是大多数受虐者采取的主要求助方式。另外的一种就是正式的求助方式,如医疗服务机构、法律部门、咨询机构、庇护所、社会工作者、警察、妇女援助计划等对家庭暴力受虐者提供的援助。

尽管家庭暴力对受虐者造成非常严重的心身影响,目前在很多发达国家也都建立了不同规模的专门处理家庭暴力的正式救援机构,让家庭暴力受虐者有法定的求助之处,但是家庭暴力的求助情况并不令人乐观,许多家庭暴力受虐者很少进行求助。来自美国和加拿大的两项研究都显示,受虐的非白人妇女(如拉丁美洲妇女、墨西哥妇女、非裔美国人)经历伴侣暴力后很少求助。Naved 等(2006)对孟加拉国受虐妇女的研究显示,虽然有高达 2/3 的妇女遭受过丈夫的躯体暴力,但 66% 的受虐妇女从来没有向任何人暴露过受虐经历,包括自己的家人。2005 年 WHO 关于妇女健康和家庭暴力的多国研究也显示,有 1/5 至 2/3 的受虐妇女从来没有对任何人暴露过遭受家庭暴力的经历。

第二节 求 助 理 论

关于家庭暴力的求助方式,研究者提出了两个主要的求助理论:Gondolf(1988)提出的生存者理论和 Campbell(1998)提出的过程模式。

生存者理论认为妇女积极地向各种正式与非正式的渠道求助,不断地利用各种求助方式应对逐步升级的和严重的暴力。生存者理论将受虐妇女描述成积极的生存者而不是无助的受虐者,当虐待增多或升级时,受虐妇女的求助行为可能相对增加,以保护自己和子女的生存。但是因为生存者缺乏选择权、谋生技能与经济独立能力,害怕离开施暴者后受报复,所以受虐者无法离开施暴者,只有努力改变施暴者。当他们的求助受阻时,他们会转向其他求助方式,就此而言受虐者是一个生存者。

求助的过程模式认为妇女降低暴力、中止暴力或离开施暴者的行为涉及一系列内部或外部行动,而不是单个偶发事件。由三个非直线过程组成,包括将家庭暴力当成一个私人的问题去处理,公开求助于正式的、非正式的支持系统,反复多次离开、返回受虐者。最初妇女可能因为害怕失去孩子、害羞、害怕被人鄙视，而不敢暴露受虐经历。随着暴力的升级，受虐妇女开始进行求助，求助的最初目的是用非暴力的方法解决问题，以降低暴力的发生，而不是离开施暴者，只有暴力变得越来越严重时，才采取行动进行反抗、还击或离开施暴者。

求助理论认为暴露受虐经历是受虐者认识和了解家庭暴力的第一步，两个理论都非常强调非正式求助方式，将来自家庭、朋友、同事、宗教方面的支持当成家庭暴力援助的主要资源。

对暴力行为保持沉默通常有4个理由：①对传统社会价值观和宗教观的认同。接受男女不平等现象，认为男性在家庭和社会上是主导，在一定情况下，丈夫打妻子是理所应当的事。②害怕受到社会的指责、害怕不被信任、害怕家族丢面子。认为家庭暴力是私人的事情，妇女要努力维持家庭和谐，不应该向外人暴露家庭的隐私。③害怕施暴者报复，担心自己和孩子未来的安全。④暴力不太严重或不把它当成暴力行为看待。

第三节　求助方式的差异

一、求助方式的国家和地区差异

多项跨国研究显示，不同国家和地区的受虐者求助方式有很大的差异。就求助方式而言，埃塞俄比亚受害妇女应用非正式的求助方式最低，占所有求助者的16%，日本受虐妇女用非正式的求助方式最高为63%，在拉丁美洲、非洲等不发达地区，还有15%～31%的遭受躯体暴力的妇女求助当地的部落首领或族长。来自巴西、塞尔维亚、黑山、坦桑尼亚和日本等多个国家的研究显示，求助于正式援助机构的受虐者各国比例基本相当，大约为总求助者的10%到20%。WHO(2005)的一项多国调查数据显示，应用正式求助方式最多的是纳米比亚和秘鲁的受虐妇女，占所有求助妇女的20%，其他国家有半数以上的受虐妇女(55%到95%)从来没有求助过正式的(健康机构、法律咨询机关、庇护所)或权威的家庭暴力救援机构(警察、非政府性的妇女机构)。在Naved(2006)的研究中，只有2%的人寻求来自正式机构的帮助。总之，家庭暴力求助者以非正式的求助方式最多，因此，各国的反家庭暴力计划中也非常重视非正式的求助方式。

二、求助方式的城乡差异

研究显示，无论是城市还是农村地区的受虐妇女，最常用的求助方式是向父母(城市的占18%，农村占19%)和兄弟姐妹(城市的为16%，农村的为14%)谈论受虐经历。在农村，妇女通常和外村人结婚，居住地远离自己的娘家，因此受虐待后更多的是向婆家的人诉说自己的受虐情况(占16%)，另有10%的妇女是向邻居暴露受虐情况。而城市妇女更多的是对娘家的父母和兄弟姐妹讲述受虐经历。常识认为社区在城市家庭暴力求助中发挥着重要的作用，大量的受虐妇女可以寻求社区的帮助，但是Naved(2006)等的研究却显示，即使在城市，受虐妇女也不常向社区、警察等正式的机构求助。Shannon(2006)对城市和农村妇女求助行为差异的研究也显示，农村和城市妇女对家庭暴力救援资源的利用率和利用方式均存在着差异，农村妇女与城市妇女相比利用家庭暴力救援资源的要多。造成本结果的原因可能是许多家庭暴力服务机构工作重心放在农村，农村妇女可以容易地获得多方面的救助资源。再者，在城市居民中，社区概念比较模糊，受虐者和相应机构联系不密切，造成城市受虐者很少利用这些资源进行求助。

三、求助行为的种族与文化差异

不同种族和文化对待家庭暴力的态度及求助方式也有很大的差异。例如,与白人比较,非裔妇女更倾向于用祈祷的方式作为应对家庭暴力的策略,很少向心理健康咨询机构求助。在西班牙文化里,对家庭暴力的敏感性非常高,各种求助方式利用的都很多。Lee 等(2005, 2007)对韩国移民家庭暴力的研究发现,将近三分之一的妇女受到朋友、兄弟姐妹鼓励和支持,这些人还积极帮助受虐妇女寻求正式的服务机构。而对越南移民的受虐妇女求助行为的调查后发现,越南移民中受虐妇女很少报告求助于朋友,这可能和不同文化对家庭暴力的理解有关,在越南移民中,虽然朋友和亲戚同情受虐妇女,但他们通常认为情侣暴力(intimate partner violence,IPV)是隐私,外人不应干预这些事情,有时还劝说这些妇女接受受虐现实,不要惹怒自己的丈夫以免受到更严重的虐待。

Dutton(2000)和 Brabeck(2009)对来自拉丁美裔和墨西哥裔的美国受虐妇女的研究显示,她们的求助行为远远少于欧洲裔妇女,并且维持受虐关系的时间更长,反复离开和回到施暴伴侣身边的次数也较多。研究者认为她们可能受传统性别角色影响较重,多生活在大家庭中,担负着更多的家庭责任,大家庭提供了和其他家庭成员讨论这些问题的机会,但来自其他家庭成员和家族的压力也会阻止这些妇女进一步的求助行为。

四、求助方式的性别差异

因为女性遭受的暴力更严重、持续时间更长,所以大部分的研究集中于女性受虐者,对于男性受虐者的研究资料较少,目前仅有加拿大 Mihorean(2005)、美国 Hines(2007)和英国 Walby(2004)共 3 项研究调查了男性受虐者的求助方式。与妇女相比,男性更少向正式的机构报告受虐情况,他们也很少向警察、健康机构、社区谈论这些问题。尽管男性求助率很低,这 3 项研究从不同方面报道了男性暴露受虐情况的具体数据。在加拿大的调查中,有44%的男性告诉家人受虐情况,41%的男性向朋友和邻居告知,12%的人向医生或护士求助,3%的男性向男性中心和家庭暴力援助机构求救。在美国的一个研究中,两年中有 190 名男性拨打健康热线求助家庭暴力受虐,大多数人详细描述了受虐的严重程度、被女性伴侣控制、迫害的情况。求助的性别差异可能是男性遭受的暴力本来都不太严重,或针对男性的家庭暴力服务机构比妇女的少,第三个原因可能是性别差异造成的,男性遇到任何问题求助的可能性都远低于女性。

五、求助行为与暴力的严重度

在 Naved(2004)的一项前瞻性的研究显示,受虐妇女对轻度的暴力行为多保持沉默,受虐程度越重越容易暴露受虐行为。中度以下的暴力行为倾向于非正式求助方式,而严重的、持续的躯体暴力和言语暴力更倾向于向正式的服务机构求助。在城市求助者中,重度家庭暴力受虐者是轻中度受虐者的 3 倍,农村的比例是 8 倍,说明暴力的严重程度是求助的一个重要因素之一。

六、求助行为与教育

受虐者的教育水平和正式求助行为相关,Wahed T 和 Bhuiya(2007)的研究显示,在农村受10 年以上教育的妇女主动报告受虐的人是没有受过教育的妇女的 3 倍。Brabeck 2009 年对墨西哥籍和拉丁美籍美国人的研究显示,初中文化程度的女性进行正式求助的显著少于高中以上文化程度的人,因为高中以上教育的女性自理能力比较强,有独立生活能力,能独自抚养孩子。另一个对移民美国的女性研究发现,与能说英语的移民相比,不会说英语的妇女求助行为较少,能够简单地说一些英语的美国移民在受到家庭暴力威胁时可以进行更多形式的正式求助,如求助律师和庇护所,因此提高教育水平对女性反家庭暴力有重要的作用。

第四节　受虐者的求助方式及其效果

国内家庭暴力专设的求助中心或庇护场所为之甚少,目前只有本课题组曹玉萍和张亚林等(2011)的一项研究报道了国内家庭暴力受虐者的求助行为。采取多级分层抽样方法,对湖南境内9451户家庭进行的306名受虐者进行访谈,其中男性101人(占33.0%),女性205人(占67.0%)。研究发现受虐者的求助方式与其所处地域、性别、年龄和文化程度相关。

如表9-1所显示,33.7%的受虐者感到无处求助,以农村地区最高,城市最低。受虐者的求助对象居前三位的依次为:家庭其他成员、邻居亲友和村/居委会。

农村受虐者以向邻居亲友求助的有效率为最高(81.8%)。城市受虐者以向家庭其他成员求助的有效率最高(51.1%)。城市受虐者向家庭其他成员和妇联的求助率高于农村和工业区。

男性受虐者的求助对象多为:家庭其他成员、村/居委会和邻居亲友,妇女受虐者则为:家庭其他成员、邻居亲友和村/居委会。

儿童受虐者的求助对象前三位的依次为:家庭其他成员、邻居亲友和施暴者;成年者为:家庭其他成员、邻居亲友和村/居委会;老年者则为:家庭其他成员、村/居委会和邻居亲友。

小学文化程度的受虐者求助对象依次为:家庭其他成员、村/居委会和邻居亲友,中学文化者为:家庭其他成员、邻居亲友、村/居委会和单位领导,大学及以上文化者为:家庭其他成员、派出所和邻居亲友。

表 9-1　受虐者的求助方式及其求助效果

求助对象	受虐者($N=306$)		求助有效者	
	n	%	n	%
无处求助	103	33.7		
家庭其他成员	106	34.6	60	56.6
邻居或亲友	52	17.0	28	53.8
村/居委会	38	12.5	27	71.1
单位领导	19	6.2	7	36.8
派出所	16	5.3	6	37.5
施暴者	13	4.3	3	23.1
妇联	11	3.6	6	54.5
司法部门	9	2.9	4	44.4
其他	2	0.1	—	—

研究显示,国内居于首位的求助对象为家庭其他成员,其次是向邻居好友和当地村/居委会求助,少数向单位领导、派出所和施暴者求助,极少数才向司法部门或妇联求助。可见

国内家庭暴力受虐者的社会支持同国外的一样,主要是非正式求助方式,极少进行正式的求助。同样国内受虐者求助方式也存在地域的差异,此研究中,近三分之一的农村受虐者会向村委会求助,明显高于城市和工业区。而在城市和工业区,除向家庭其他成员和邻居亲友求助外,城市受虐者向妇联的求助率最高。提示不同地区的相关部门防治家庭暴力应该有相应的侧重点。同样在反家庭暴力知识的援助和培训时,我们也应注意到性别和年龄的差异,妇女受虐者多向家庭其他成员、邻居亲友以及妇联求助。而男性则多向村/居委会、派出所和司法等相关部门求助。大部分受虐儿童的求助行为取决于求助对象的主动性,而非其本身的需要。

比较国内外家庭暴力的求助方式,我们可以发现许多相似之处。首先,从家庭暴力的求助率来看,我国的求助率显著高于不发达国家10%~20%的比率,同发达国家日本的比率相当,但是仍有1/3的受虐者感到求助无门。其次,同大多数的国外研究相似,国内家庭暴力受虐者的求助方式也是以非正式的方式为主,可能在国内外多数的文化背景中,特别是拉丁美洲、非洲、亚洲地区,家庭暴力仍被认为是家庭或个人隐私问题,"家丑不外扬",难以启齿于外人;另一方面,相当一部分人认为家庭暴力纯属家庭内部事务,"清官难断家务事",他人不便介入。第三个相似之处为,求助者的教育水平与求助率呈正比。

我们也看到了国内外研究结果的差异,如国外显示农村妇女利用求助机构的几率高于城市妇女,而我国的结果正好相反,可能是由于传统的社会价值观对我国农村妇女影响更为深远,或农村的家庭暴力求助机构相对匮乏;同时,随着社会的进步,城市妇女反家庭暴力意识增强,可以获得的救助资源较多等多种因素相关。第二个不同是研究着眼点的差异,国外研究侧重于求助资源利用率的调查,很少报道求助的效果。国内曹玉萍和张亚林除了报道了求助的方式外,还发现了家庭暴力不同求助方式效果的差异,在农村最有效的求助方式是向邻居亲友求助,城市则是向家庭其他成员求助。同时他们报道了求助方式的性别和年龄差异,为不同地区、针对不同性别和年龄的反家庭暴力工作指明了方向。

总之,国内外的研究均提示,家庭暴力受虐者的求助方式存在种族、文化、地域、年龄、性别、教育等多方面的差异,有必要针对不同的地域和人群有侧重地进行家庭暴力防治知识的培训。

(张迎黎 曹玉萍)

参 考 文 献

1. Ansara DL,Hindin MJ. Formal and informal help-seeking associated with women's and men's experiences of intimate partner violence in Canada. Soc Sci Med,2010:1-8.
2. Brabeck KM,Guzman MR. Exploring Mexican-origin intimate partner abuse survivors' help-seeking within their sociocultural contexts. Violence Vict,2009,24(6):817-832.
3. Bui HN. Help-Seeking Behavior Among Abused Immigrant Women. Violence Against Women,2003,9(2):207-239.
4. Campbell J,Rose L,Kub J,et al. Voices of strength and resistance:a contextual and longitudinal analysis of women's responses to battering. Journal of Interpersonal Violence,1998,13(6):743-762.
5. Dutton MA,Orloff LE,Hass AG. Characteristics of Help-Seeking Behaviors, Resources and Service Needs of Battered Immigrant Latinas:Legal and Policy Implications. Georgetown Journal on Poverty Law and Policy,2000,7(2):245-305.
6. Gondolf EW,Fisher ER. Battered women as survivors:An alternative to treating learned helplessness. Toronto:Lexington Books,1988.
7. Hien D,Ruglass L. Interpersonal partner violence and women in the United States:an overview of preva-

lence rates, psychiatric correlates and consequences and barriers to help seeking. Int J Law Psychiatry, 2009, 32(1):48-55.

8. Hines DA, Brown J, Dunning E. Characteristics of Callers to the Domestic Abuse Helpline for Men. Journal of Family Violence, 2007, 22(2):63-72.

9. Hyman I, Forte T, Mont JD, et al. Help-seeking rates for intimate partner violence(IPV)among Canadian immigrant women. Health Care Women Int, 2006, 27(8):682-694.

10. Kaukinen C. The Help-seeking strategies of female violent crime victims: The direct and conditional effects of race and the victim-offender relationship. Journal of Interpersonal Violence, 2004, 19(8):967-990.

11. Krishnan S P, Hilbert J C, VanLeeuwen D. and help-seeking behaviors among rural women: results from a shelter-based study. Family & Community Health, 2001, 24(1):28-38.

12. Lee E. Domestic violence and risk factors among Korean immigrant women in the United States. Journal of Family Violence, 2007, 22(3):141-149.

13. Lee E. Marital conflicts and social support of Korean immigrants in the United States. International Social Work, 2005, 48(3):313-324.

14. Liang B, Goodman L, Tummala-Narra P, et al. A theoretical framework for understanding help-seeking processes among survivors of intimate partner violence. American Journal of Community Psychology, 2005, 36(1):71-84.

15. Mihorean K. Trends in self-reported spousal violence. In: K. AuCoin, ed. Family violence in Canada: a statistical profile. Ottawa: Canadian Centre for Justice Statistics, Statistics Canada, 2005. 13-32.

16. Naved RT, Azim S, Bhuiya A, et al. Physical violence by husbands: magnitude, disclosure and help-seeking behavior of women in Bangladesh. Soc Sci Med, 2006, 62(12):2917-2929.

17. Peckover S. "I could have just done with a little more help": an analysis of women's help-seeking from health visitors in the context of domestic violence. Health Soc Care Community, 2003, 11(3):275-282.

18. Report of the subregional expert group meeting on eliminating violence against women: violence against women in South Asia. New York: United Nations: Report No: ST/ESCAP/2099, 2000.

19. Shannon L, Logan TK, Cole J, et al. Help-seeking and coping strategies for intimate partner violence in rural and urban women. Violence Vict, 2006, 21(2):167-181.

20. Sumter M. Domestic violence and diversity: a call for multicultural services. J Health Hum Serv Adm, 2006, 29(2):173-190.

21. Sylvia Walby, Jonathan Allen. Domestic violence, sexual assault and stalking: Findings from the British Crime Survey: Home Office Research, Development and Statistics Directorate, 2004.

22. Wahed T, Bhuiya A. Battered bodies & shattered minds: violence against women in Bangladesh. Indian J Med Res, 2007, 126(4):341-354.

23. West CM, Kantor GK, Jasinski JL. Sociodemographic predictors and cultural barriers to help-seeking behavior by Latina and Anglo American battered women. Violence & Victims, 1998, 13:361-375.

24. Westcott HL, Davies GM. Children's help-seeking behaviour. Child Care Health Dev, 1995, 21(4):255-270.

25. WHO. Multi-country Study on women's health and domestic violence against women: Initial results on prevalence, health outcomes and women's responses. Geneva, Switzerland: World Health Organization, 2005.

26. 曹玉萍, 张亚林, 杨世昌, 王国强, 黄国平. 家庭暴力受虐者的求助方式研究. 中国行为医学与脑科学杂志, 2010, 20(3):246-266.

27. 杨世昌, 张亚林, 郭果毅, 等. 受虐儿童的父母养育方式探讨. 实用儿科临床杂志, 2003, 18(1):16-17.

28. 张亚林, 曹玉萍, 杨世昌, 等. 湖南省家庭暴力的流行病学调查——研究方法与初步结果. 中国心理卫生杂志, 2004, 18(5):326-328.

第十章

家庭暴力与抑郁症自杀

第一节 概 述

WHO全球疾病负担调查估计,到 2020 年抑郁症导致的功能残疾将仅次于缺血性心脏病,位居第二。而且自杀常见于抑郁症,抑郁症病人中估计一半有自杀意念、自杀未遂及自杀成功,其中 25% 的人在一生中有自杀未遂,15% 最终死于自杀。所以,抑郁症自杀成了当今精神医学领域的研究热点。许多研究证实抑郁症自杀与脑内 5-HT 低功能有关。也有学者关注了家庭暴力等社会心理因素对抑郁症自杀的影响。本文就家庭暴力与抑郁症自杀的联系进行阐述。

大量的研究发现,家庭暴力与抑郁症自杀有紧密的联系。如 Carmen 等(1984)研究躯体、性虐待和精神病的关系,发现 188 名精神病人中几乎一半有躯体和(或)性虐待史,其中 90% 的病人遭受家庭内暴力,情感障碍占所有病人的 50%。又如 Heikkinen 等(1992)通过自杀者的配偶调查自杀前经历的社会事件,在自杀前 3 个月,85% 的病人平均经历 216 个事件,其中家庭不和占到 32%。

在美国自杀位居其死因第 8 位,而大多数自杀者都患有抑郁症。Maria 等(2001)在美国五个种族中,对抑郁症的一年内患病率进行流行病学调查,发现恶劣婚姻状态、社会经济地位低及失业三个社会人口统计因素与抑郁症自杀紧密相关,其中恶劣婚姻状态占第一位,主要包括婚姻矛盾、离异、夫妻虐待等。家庭暴力常见于精神虐待、躯体虐待和性虐待。而这三种形式可能单一存在,也可能两者或三者混合存在。有人认为患者经历两种以上的虐待,由于应激源的增加,往往所遭受的精神创伤更大,更易发展为抑郁。如 Diaz 等(2002)对 3015 名未成年女性作了一个横断面调查二元分析,发现其中 5% 同时经历躯体和性虐待,仅有躯体、性虐待者分别是 8% 和 5%,有两种类型虐待者发生抑郁症是仅有性虐待者的 2.07 倍。

有许多文献显示,因为性别的歧视,妇女的社会地位低,妇女所受家庭暴力较多,而女性受虐者抑郁症自杀居多。如有学者(1995)研究发现,在大多数病例中,93% 的家庭暴力受虐者是女性。由美国政府资助的一项全国妇女研究显示,约 60% 强暴受虐者是在她们未成年时期遭遇攻击,其中 30% 为家庭内暴力,很多受虐者在相当长的一段时间内受到危机事件的残余后果的影响,易致抑郁症,有自杀的倾向。

据保守估计,在美国,每年有二百万妇女受到性伴侣的攻击。有人调查了 2000 名妇女,16% 经历躯体虐待;14% 已婚妇女经历性虐待;至少 40% 在怀孕时被虐待。大多数受虐妇女可能有精神障碍,易倾向于自杀。据统计,美国受虐妇女已从每年 85/1000 上升到 113/1000,受虐者的健康状况较差,而社会团体所提供的健康服务却有下降趋势,这些妇女易产生抑郁、自杀倾向或物质依赖等。如 Paul(1988)等调查了 2000 名美国新泽西妇女,应用 GHQ(general health questionnaire)与 PSE(present state examination)评定其精神症状,发现 20% 儿童期受性虐待的妇女 GHQ 与 PSE 分值是对照组的 5 倍,且这些受虐妇女以抑郁症居多。Sarah 等(1995)对儿童期有无性虐待史的妇女进行对照研究发现,儿童期有性虐待史抑郁症妇女成年后易产生自残、自杀。之后,Dienemann 等(2000)进一步研究证实家庭暴力与女性抑郁症明显关联。

至于儿童虐待,作为家庭暴力的重要形式之一,与抑郁症自杀的关系,也有不少的研究探讨。如 Brodsky 等(2001)研究发现儿童期躯体、性虐待与其成人后患抑郁症自杀明显关联,研究共调查了 136 名抑郁症病人,53%(73/136)有自杀倾向,其中约 50%(37/73)经历过儿童期虐待,46%(17/37)18 岁前有过第一次自杀倾向,38%(52/136)在 15 岁之前经历过躯体或性的虐待。又如 Shanta 等进行了 3 年(1995～1997)的回顾性研究调查了 17 337 名首诊成人病人,至少有过一次自杀倾向的终生流行率是 3.8%,有自杀倾向者 ACE(不幸童年经历,adverse childhood experience)分值(ACE 分值与自杀倾向有强的联系)很高,其中在儿童期一般要经历 7 次以上的虐待,儿童期虐待往往会使其成人后自杀倾向的危险性增高 2～5 倍。这些自杀倾向者中 28.3% 为抑郁症。国外学者研究发现儿童期性虐待初始年龄平均在 10.8 岁,可使抑郁症的发生平均提前 10.3 年,自杀倾向平均提前 8.9 年。之后,又有研究也进一步证实了该结论。如 Lansford 等(2002)对 585 名儿童进行 12 年(1987～1999)的前瞻性研究,其中 11.8% 在入组前有躯体虐待史,79% 例无脱落,这些受虐儿童中 75% 以上在青少年时期易发生抑郁、焦虑、攻击、反社会、创伤后应激障碍等。

第二节　家庭暴力与抑郁症自杀的相关因素

一、生物化学因素

从生物化学角度分析,抑郁症自杀者脑脊液 5-HT 代谢物 5-HIAA 降低已得到许多研究证实。是否家庭暴力受虐者与 5-HT 功能降低有关,而致自杀? Kaufman 等(1998)作对照研究发现儿童期受虐者 5-HT 功能不全与家庭因素明显相关。之后,Steiger 等(2001)也研究证实,儿童期受虐者会影响到大脑中 5-HT 功能的降低。说明家庭暴力是抑郁症自杀的因素之一。

从其他生物学因素分析发现,家庭暴力与抑郁症自杀密切相关,如 Bremne(2001)等研究发现早期儿童虐待会致神经生物压力反应系统的改变,包括下丘脑-垂体-肾上腺轴、去甲肾上腺素激活系统和海马系统的功能不全,易出现抑郁、创伤后应激障碍。之后,国外有学者临床研究证实,早年的创伤可致中枢神经系统促肾上腺皮质激素释放因子(CRF)的持续改变,引发抑郁障碍。以上研究显示,儿童期家庭暴力作为应激源的反复出现,可能影响早期中枢神经系统的发育,而致日后抑郁症自杀的发生。

二、社会心理因素

许多研究从社会心理因素方面也证实家庭暴力是抑郁症自杀的危险因素之一。

（一）儿童期虐待

如 Bradsky 等研究儿童期躯体、性虐待和抑郁症自杀的关系，发现两者之间有显著的统计学意义，并有强或中等的联系。之后，Gabriele 等也有相似的研究发现。Campbell（2002）进行对照研究也证实了家庭暴力是抑郁症的高危因素的假说。

（二）生活事件

大量研究证实，家庭暴力对抑郁症自杀有重要的影响。Camberwell 使用生活事件量表（LEDS）描述严重生活事件对抑郁起着病原作用。也有研究认为生活事件对首发抑郁症有影响，而对慢性抑郁症的作用不明显。国内有人进行对照研究发现伴自杀行为抑郁症患者生活事件发生的例数、频度及遭遇负性生活事件的刺激强度明显高于对照组。这些负性生活事件主要集中在婚姻、家庭、工作方面，而家庭暴力是婚姻、家庭问题的主要内容之一。往往消极事件比积极事件对精神健康的影响更强有力，家庭暴力对受虐者的身心都会产生深远影响，是自杀的重要因素之一。但有研究指出生活事件（包括家庭暴力）对抑郁症自杀不起重要作用。上述结论不一致的原因可能与这些研究采用的抑郁症的入组条件不同、生活事件的含义（如急性和慢性）不同等有关。

（三）社会支持

抑郁症自杀患者所面临的应激源是家庭暴力（可能还有其他的生活事件），其社会支持、个性特点、应付方式、物质滥用等其他方面也可能是其致病的共同因素。它们相互之间的关系比较复杂。家庭暴力实际上是导致抑郁症自杀的危险因素之一。不良的社会支持或缺乏社会支持都会加重应激对健康的不利影响。社会支持指人际关系对应激的有害影响所起的保护作用，一般包括家庭成员、亲戚、朋友、有着良好传统关系的团体成员，以及各种社会关系网。许多受虐妇女与支持系统隔绝，对自身价值的唯一确认来自禁锢她的人，在不协调、互相矛盾和威胁性对待中掺杂着仁慈，使她终日与焦虑、抑郁、恐惧、内疚和耻辱、罪恶为伴，最终发展成精神障碍，导致自杀行为。有学者认为，生活事件可以通过影响社会支持的频度和支持量的大小来改变社会支持系统的结构和功能，从而影响着自杀行为的发生。自杀者往往不能建立和维持社会支持网络。缺乏社会支持往往预示情感障碍的结局不良。George 等（1989）研究发现主观社会支持是对抑郁症结局影响较强的一个因素。又如 Beck（1985）认为自杀增加的根本原因是绝望的抑郁和应激的增加。许多受虐者，由于躯体被伤害、经济被控制、人身被限制，他们的主观社会支持较差，使他们处于一种无助、无望、无价值、自罪和悲观的抑郁境地而采取自杀。国内也有学者研究显示，伴自杀行为抑郁症患者的社会支持水平明显低。

（四）个性特点

另一方面，受虐者的个性特点在其中也起着重要的作用。如神经质、忍耐力差、内向等，遇困难之事喜欢压在心底，易陷入对事件的回忆而不能摆脱，对困难和痛苦的适应能力差，遇到难题往往责怪自己无能而怨恨自己，易产生负性思想，行为往往具有冲动性，易选择自杀。Brodsky 等认为冲动和攻击人格特质是儿童期虐待和成人后抑郁症自杀的中介因素，两者作为患者素质因素的一部分，与应激源相互作用会使病人产生自杀行为。

（五）绝望感、抑郁情绪、自卑感

胡泽卿、刘协和等对 212 例抑郁症病人的研究发现自杀与绝望感、抑郁情绪、自卑感呈正相关，绝望感对自杀的影响最大。再次，受虐者可能应对方式差或有物质滥用史等多方面因素混杂都可能导致抑郁症自杀的发生。

生物因素和社会心理因素在抑郁症自杀的发生发展上是否有交互作用？家庭暴力与社会支持、个性特征、应对方式等多方面因素是如何相互影响致抑郁症自杀的发生？各自占有多大比重？这些是研究的难点。所以家庭暴力与抑郁症自杀的确切联系尚不能完全准确阐述。

第三节 临床研究

一、研究对象

中南大学湘雅二医院精神卫生研究所和湖南省脑科医院住院和门诊符合《中国精神障碍分类与诊断标准》第 3 版中抑郁发作的诊断标准同时诊断为抑郁发作，并同时评定汉密尔顿抑郁量表(Hamilton rating scale for depression, HAMD)评分大于 20 分患者，其性别、文化程度不限，年龄 18～65 岁。排除标准：有严重躯体疾病、神经系统疾病、精神发育迟滞、人格障碍等。符合标准者共 72 例。

该研究中对家庭暴力的定义，是指近一年亲身经历夫妻、父母与子女、兄弟姊妹等家庭成员间的精神虐待(如被辱骂、遭遇精神冷战、经济被剥夺、人身被限制、被遗弃等)、躯体虐待(如被扇耳光、抓、拳打、踢等)、性虐待。将入组对象按有、无遭遇家庭暴力分为两组。有家庭暴力组双相抑郁症 6 例，单相抑郁症 29 例；无家庭暴力组双相抑郁症 4 例，单相抑郁症 27 例。

二、研究方法

1. 调查工具 ①自行设计的家庭暴力调查表，包括一般情况(姓名、年龄、性别、民族、文化程度、职业、精神病家族史、物质滥用史、经济收入、诊断、病程等)、近一年内家庭暴力(有或无、目睹还是经历、经历者主要是受虐者还是主要是施虐者)、家庭暴力方式(精神虐待、躯体虐待、性虐待)；自杀程度分为轻度：偶尔有自杀想法(1～2 次)；中度：频繁有自杀想法(3 次以上)；重度：自杀未遂。若同时存在两种或以上情况者则取其重评定。②汉密尔顿抑郁量表(HAMD)。③社会支持评定量表(SSRS)。④艾森克人格问卷(EPQ)，包括神经质(N)、精神质(P)、内外向(E)和掩饰(L)四个维度。⑤特质应对方式问卷(TCSQ)。

2. 调查方法 为本研究为横断面调查研究。由 1 名精神科住院医师(工作 5 年以上)执行。在调查前进行了系统的方法学学习和训练。取得患者或家属知情同意后，在安静独立的房间进行访谈。SSRS、TCSQ 和 EPQ 等量表和家庭暴力调查表由患者在研究者的指导下填写，其中有关家庭暴力和自杀部分的敏感问题则由研究者与患者进行深入访谈后由研究者记录，对可疑信息则询问其家属或印证。对病情严重无法完成调查者，待其病情缓解后评定。研究者在调查前曾进行了系统的流行病学方法学学习和细致而严格的培训，对调查的目的、要求、方法和内容都有了全面和深入的了解，并熟悉掌握检查技术，因而所获得的家庭暴力及自杀方面资料的真实程度具有一定的可靠性。

三、家庭暴力与自杀程度

家庭暴力与频繁有自杀想法($OR = 11.3$)和自杀未遂($OR = 16.8$)存在关联，且 OR 值随自杀程度的升高而增大。说明近一年的家庭暴力与偶尔有自杀想法没有关联，但与频繁有自杀想法、自杀未遂均明显关联,并且自杀程度越高,其危险度 *OR* 值也越大。表明近期的家庭暴力不仅与抑郁症患者自杀明显关联,并且还影响着自杀的严重程度。同时,这种关联存在性别差异,在不同性别比较中,经 Fisher 精确概率分析,家庭暴力与女性频繁自杀想法(10 例)、自杀未遂(8 例)存在关联;与男性自杀未遂(1 例)也存在关联,而与男性频繁自杀想法(6 例)的关联无显著性意义。家庭暴力与女性频繁有自杀想法、自杀未遂均有关联,但仅与男性的自杀未遂存在关联。提示家庭暴力与女性抑郁症患者自杀的关联更为明显。但两者之间孰因孰果,尚需进一步的前瞻性研究。

四、家庭暴力与抑郁症患者的社会支持、应对方式及个性

研究显示,有家庭暴力组总社会支持、支持利用度分均低于对照组,差异有显著性。说明遭遇家庭暴力者不仅总的社会支持缺乏,并且他们能动地利用已有的社会支持的水平较低。家庭暴力组 EPQ 的 P 分明显高于无家庭暴力组。其中 P 分高显示受虐待者容易对人抱有敌意。有家庭暴力组 EPQ 的 N 分均高于无家庭暴力组。有家庭暴力组的消极应对分高于无家庭暴力组,差异有显著性。受虐者因对虐待不能积极应付,易出现抑郁、焦虑,甚至产生自杀。

该研究还显示由于抑郁症患者缺乏社会支持、不能有效地利用社会支持来源、精神质和不稳定的个性,以及消极的应对方式等,均不同程度的影响着这种关联的发生和程度。所以对抑郁症患者自杀进行预防和干预时,要注意挖掘隐藏的家庭暴力,提高他们与家庭成员的沟通和问题处理的技能,以避免暴力的发生或升级。

五、家庭暴力与不同性别抑郁症患者的社会支持、应对方式及个性

研究发现家庭暴力与受虐者的抑郁程度相互影响较明显,且受虐者的认识障碍也有相应的偏差。对女性而言,家庭暴力却与其 HAMD 抑郁总分及各项因子均无关联,这可能是女性由于受其他社会心理因素的影响所致。在社会支持方面,对男性而言,经历了家庭暴力的男性抑郁症患者,不仅社会总支持更差,而且对社会支持的主观感受也很差。对女性而言,家庭暴力与女性支持利用度相互影响较明显。在该研究中,男性抑郁症患者中有家庭暴力组的主观支持分、总社会支持分低于无家庭暴力组,差异有统计学显著性;消极应对分高于无家庭暴力组,差异有统计学显著性。女性抑郁症患者中有家庭暴力组的支持利用度得分低于无家庭暴力组,EPQ 的 N 评分高于无家庭暴力组;对男性而言,由于其主观感受支持差,又遭受家庭暴力,更易出现消极应对。对女性而言,虽遭受家庭暴力却不影响其应对方式。一种可能是女性患者的主观社会支持尚好,家庭暴力对女性的应付方式不会构成影响;另外说明对女性受虐者而言,可能尚存着其他影响抑郁程度的更为重要的中介因素,遭受家庭暴力者与大脑中 5-HT 功能降低有关。研究发现女性受虐后较易出现情绪不稳定,冲动。家庭暴力与男性抑郁症患者的个性不相关,可能是样本量偏少的缘故,需要今后扩大样本进一步分析。

第四节　一举两得式干预

无论怎样,许多研究已表明家庭暴力与抑郁症自杀存在相当的关联。如果两者之间的关联假设成立,那么针对家庭暴力的干预对抑郁症自杀的控制就更有实际意义了。

一、家庭治疗

暴力家庭主要存在暴力行为、家庭成员之间缺乏真正的交流、家庭等级结构不清、家长制作风严重等方面的问题。最好进行家庭整体的心理治疗及针对性的系统治疗。家庭治疗是兴起于20世纪中期美国心理治疗界的一种整体论治疗方式，它从家庭成员的相互关系和互动方式中寻找个体心理问题的根源，并把家庭作为一个整体进行心理治疗，其治疗措施着眼于调整家庭成员的相互关系、改变问题产生的家庭动力机制从而解决个体或家庭所共同面临的问题。家庭治疗者认为，家庭不是由个体简单相加而成，个体之间的关系网络，以及家庭之外的大系统，制约着个人的行为及内在的心理过程。家庭成员的问题不全是他自己的问题，而是家庭系统的功能出现了障碍。因此，通过一些技术"扰动"以引起家庭系统的变化，个体也就发生相应的改变。

定期接触式座谈，相互之间进行真正的交流，认识到目前家庭内存在的问题，能使施暴者真正认识到家庭暴力的严重性及其给受虐者带来的精神、躯体痛苦，致使其身心健康严重受损，而发生自杀，最终给家庭、自己带来巨大悲痛。从而制定相应的干预措施，使家庭作出适应性改变，减轻受虐者的病症。家庭治疗的宗旨就是减少家庭暴力现象，力争创造良好的家庭氛围，给受虐者带来光明。

二、早期干预及应对技巧

对首次就诊的有家庭暴力的抑郁症自杀病人，应及早评估、识别和治疗，给受虐者尽量提供第一次机会予以支持、帮助和保护。贝尔金提出的平衡模式最适合于早期干预，此时病人往往失去自我控制，分不清解决问题的方向，不能作出正确的选择，应稳定病人的心理和情绪，尽量达到先前的稳定状态。Phyllis(1999)研究发现早期干预能够防止严重和持续的家庭暴力。应对技巧往往应用认知模式，主要使病人认识其认知中的非理性和自我否定部分，通过获得理性和强化思维中的理性和自强的成分，使其获得对自己生活中的危机的控制；使病人能利用获得的认知模式来应付以后的不良生活事件，从而预防抑郁复发，减少自杀发生。如Miller等研究证实病人利用认知模式能起到预防抑郁复发的作用，最终减少自杀发生。

三、增强社会支持

包括其他家庭成员、亲戚、朋友及社会支持网络，如当地的庇护所、社会支持团体、心理咨询、法律保护服务设施等。它们作为缓冲系统很重要。及时对家庭暴力给予干预有利于受虐者对生活危机的适应，避免对其身心健康造成重大伤害。一般认为，社会支持从性质上可以分两类，一类为客观支持，另一类是主观支持，多数学者认为感受到的支持比客观支持更有意义，因为虽然感受到的支持并不是客观现实，但是被感知到的现实却是心理的现实，而正是心理的现实作为实际的中介变量影响着人的行为和发展。国内肖水源提出社会支持还应包括支持利用度，认为个体对社会支持的利用存在差异，有些人虽可获得支持，却拒绝别人的帮助，并且人与人的支持是一个相互作用的过程，一个人在支持别人的同时，也获得了别人支持的基础，因此有必要把对支持的利用情况作为社会支持的第三个维度。首先，要解除对受虐者的社会隔离，让他们能建立、重建及恢复与其他家人、亲戚、朋友、社会的关系与和谐，以减少抑郁症自杀的发生。其次，社会支持系统应多给这些无助的受虐者理解、安慰、关心和支持。一般通过切实可行的方法要求助者合作,测定其家庭暴力中的内部和外部的困难,帮助求助者表达出内心感受,支持其恢复自控和能动性,并能利用环境资源、应对方式对付暴力现象,对生活建立起信心,使其获得对自己生活的自我控制。如 Nadine 等研究证实社会支持、环境资源及应对方式是受虐者的保护因素。另外,社会团体应能对家庭中暴力现象给予适当的干预。建立社会机构,对施暴者进行教育和心理辅导,尽量减少家庭暴力的发生,从而降低抑郁症自杀的发生。国外有文献显示,对儿童期受虐现象提供稳定的社会支持、家庭探视及早期教育尤为重要。家庭探视往往会产生一些积极的影响,如儿童的安全,鼓励儿童的健康行为的发展,可能会减少儿童被虐待的次数。社会支持的目标就是建立、重建或恢复社会支持网络,降低家庭暴力的发生,使病人恢复到危机前的水平。

总之,家庭暴力不同的虐待方式、严重程度、发生频度对不同的受虐者都会产生不同的心理影响。许多研究都已肯定家庭暴力与抑郁症自杀存在关联,家庭暴力与社会支持、应对方式及抑郁症自杀者的人格特点等危险因素都有复杂的联系,而目前许多研究仅从家庭暴力的某个侧面来探讨其与抑郁症自杀的关系,而更多的情况是家庭暴力包括儿童虐待、夫妻虐待等多种类型。家庭暴力与社会支持、应对方式及病人的人格特点之间是如何相互影响的? 社会心理因素与生物因素在抑郁症自杀的发生发展上,是相互拮抗、还是相互协同? 抑郁症是否潜隐着影响家庭暴力的发生,两者的因果关系如何界定? 这些都对研究工作提出了很大的挑战。国内外关于家庭暴力与抑郁症自杀的专门研究不多。并且既往研究多采用回顾性设计,若能采用前瞻性的严格设计,或许更能说明问题。

(邹韶红)

参 考 文 献

1. Brodsky BS, Oquendo Maria, Ellis SP, et al. The relationship of childhood abuse to impulsivity and suisidal behavior in adults with major depression. Am J Psychiatry, 2001, 158(11): 1871-1877.

2. Carmen EH, Rieker PP, Mills T. Victims of violence and psychiatric illness. Am J Psychiatry, 1984, 141: 378-383.

3. Campbell JC. Health consequences of intimate partner violence. Lancet, 2002, 359(9314): 1331-1336.

4. Diaz A, Simantov E, Rickert VI. Effect of abuse on health: results of a national survey. Arch Pediatr Adolesc Med, 2002, 156(8): 811-817.

5. Dienemann J, Boyle E, Baker D, et al. Intimate partner abuse among women diagnosed with depression. Issues Ment Health Nurs, 2000, 21(5): 499-513.

6. Dube SR, Anda RF, Felitti VJ, et al. Childhood abuse, household dysfunction, and the risk of attempted suicide throughout the life span: findings from the adverse childhood experiences study. JAMA, 2001, 286 (24): 3089-3096.

7. Heikkinen M, Aro H, Lonnqvist J, et al. Recent life events and their role in suicide as seen by the spouses. Acta Psychiatr Scand, 1992, 86: 489-494.

8. Landford JE, Dodge KA, Pettit GS, et al. A 12-year prospective study of the long-term effects of early child physical maltreatment on psychological, behavioral, and academic problems in adolescence. Arch Pediatr Adolesc Med, 2002, 156(8): 824-830.

9. Lagerberg D. Secondary prevention in child health: effects of psychological intervention, particularly home visitation, on children's development and other outcome variables. Acta Paediatr, Suppl, 2000, 89(434): 43-52.

10. Nelson EC, Health AC, Madden PAF, et al. Association between self-reported childhood sexual abuse

and adverse psychosocial outcomes:results from a twin study. Arch Gen Psychiatry,2002,59:139-145.

11. Kaufman J,Birmaher B,Perel J,et al. Serotonergic functioning in depressed abused children:clinical and familial correlates. Biol Psychiatry,1998,44(10):973-981.

12. Sterger H,Gauvin L,Israël M,et al. Association of serotonin and cortisol indices with childhood abuse in Bulimia Nervosa. Arch Gen Psychiatry,2001,58(9):837-843.

13. 曹玉萍,张亚林,孙圣琦,等.湖南省家庭暴力的流行病学调查总体报告.中华流行病学杂志,2006,27(3):9-12.

14. 曹玉萍.湖南家庭暴力研究.中国优秀博硕士学位论文全文数据库,2006(01).

15. 曹玉萍,张亚林,王国强,等.家庭暴力的家庭危险因素分析.中国行为医学杂志,2008,17(1):34-36.

16. 邹韶红,张亚林,党海红,等.家庭暴力与抑郁症患者自杀的相关研究.中华精神科杂志,2003,36(4):238-241.

17. 邹韶红,张亚林,黄国平,等.抑郁症患者的家庭暴力及因素分析.中国心理卫生杂志,2005,19(10):702-705.

18. James RK,危机干预策略.肖水源,等译.北京:中国轻工业出版社,2000:25-228.

第十一章

夫 妻 暴 力

第一节 夫妻暴力现状

如前所述,家庭暴力是指对家庭成员进行伤害、折磨、摧残和压迫等人身方面的强暴行为,其手段有殴打、捆绑、凌辱人格、残害身体、限制人身自由、精神摧残、遗弃以及性虐待等。夫妻暴力是家庭暴力最常见的类型之一。它是指夫妻之间一切形式的躯体暴力、精神暴力和性暴力行为。

家庭暴力作为一个全球性现象,早在 20 世纪 70 年代就受到了国际社会的关注。夫妻暴力在家庭暴力中所占比例不小,1975 年,美国进行了首次全国性的流行病学调查,发现 28% 的夫妇曾经经历过家庭暴力。英国的调查资料显示,有近三分之一的妇女遭受过男性同伴至少一次的暴力攻击,而且当前正在遭受家庭暴力行为的妇女将近 10%。加拿大多伦多大学妇女健康研究中心调查了 8771 名妇女,在过去的五年曾经遭受过当前的或以前的亲密伴侣人身自由限制的有 1483 人,这 1483 名妇女中遭受精神暴力的占 27.1%;遭受重度躯体暴力的占 7.3%;性暴力的占 3.5%。在国外夫妻暴力中,施暴者以男性居多,受虐者以女性居多。

《中国妇女白皮书》指出:全国共有 2.67 亿个家庭,离婚率为 1.54%。在离婚的家庭中,起因于家庭暴力的占 25%。北京市 1994 年婚姻质量调查反映,在 2118 户被调查的家庭中,妻子被打的占 21.3%。国内胡佩诚等(1996)调查了 200 对夫妇,发现在过去一年中,有 33% 的家庭出现丈夫与妻子之间轻重不同的暴力问题。陕西省某法院 1998 年上半年对离婚案件进行抽样调查,发现 50% 涉及家庭暴力。2003 年在我国湖南省境内的一项大规模的家庭暴力流行学调查发现,在被调查的 9451 户家庭中,曾发生过家庭暴力的有 1583 户,总发生率为 16.2%;当年内仍然发生过家庭暴力的有 1098 户,现发生率为 11.6%。其中,夫妻暴力占 10.2%。我国有学者针对孕期及产后妇女的家庭暴力进行了调查,被调查的 1397 人中孕期家庭暴力的发生率为 16.8%,被调查的 952 名妇女中,产后 42 天家庭暴力发生率为 33.7%。在我国,一些城市家庭中,男性受虐者也不少见。受虐者以精神暴力多见。

夫妻暴力的后果具有严重性,可影响受虐者及其他家庭成员的心理健康,如焦虑、抑郁、人际关系障碍等发生率明显增高;可造成有形的躯体伤害,严重到使其致伤、致残,甚至出现配偶自杀或他杀。许多研究显示夫妻暴力与躯体伤害、残疾、杀人、性攻击、孕期并发症、抑郁症、自杀和物质滥用密切相关。

第二节 社会人口学高危因素

一、年 龄

许多研究发现年龄与夫妻暴力的发生相关。在城市,妻子年龄比丈夫小的易遭受虐待,Burazeri 等(2005)调查了阿尔巴尼亚 1039 名已婚妇女过去一年里遭受暴力情况,发现 25～39 岁的妇女是遭受夫妻躯体暴力的高危人群。Robert 等(2006)用 BRFSS(behavioral risk factor surveillance survey)及 WEB(women's experience with battering scale)研究调查了 3429 名 18～64 岁妇女遭受暴力的情况,发现 18～24 岁女性最容易遭受各种类型的亲密伴侣暴力,55～64 岁是低发人群,Rennison 等(2000)也有类似的发现。Peedicayil 等(2004)调查了 9938 名妇女,研究发现有 12.9% 的妇女在怀孕期间遭受了中度和重度的家庭暴力,丈夫物质滥用和低教育水平也是其在妻子怀孕期间施暴的主要因素。Piispa 等(2004)研究发现在墨西哥社会安全研究院求助的妇女中,多为 25～44 岁年龄段的妇女,她们所遭受的精神暴力排在了第一位,其次是躯体暴力。这说明,不同年龄阶段,所遭受的家庭暴力有差异。

二、性 别

有关性别与夫妻暴力的关系,女性和男性遭受的比例是否有差异,一直以来是争论的焦点。Campanelli 等(2000)研究发现施暴者是男性的占 94%,受虐者是女性的占 88%。也有研究发现夫妻暴力中在言语侮辱方面的暴力,男性和女性几乎类似。美国印第安男性遭受伴侣的躯体暴力比女性高,而女性遭受精神暴力比男性高。但是大量研究证实夫妻暴力中女性遭受家庭暴力的危险性明显高于男性。笔者(2007)研究发现:夫妻暴力中施暴组中丈夫 65 人(81%),妻子 15 人(19%);受虐组中妻子 65 人(19%),丈夫 15 人(85%);对照组中丈夫 83 人(86%),妻子 13 人(14%)。中国的男尊女卑的封建意识是妇女受到暴力侵害的历史原因,不少男性夫权思想严重,认为妇女地位低下,是男人的附庸,甚至把妇女视为自己的私有财产,认为丈夫打妻子是天经地义。仅 1994～1995 年间,震惊全国的夫虐妻案就有 12 件之多,如广东朱某被丈夫廖某火烧致死,河南泌阳县农民曹某婚内强奸不成对妻下毒手致使其妻次日身亡等等。

三、种 族

不同种族在文化,社会习俗、教育等方面有一定的差异,是否夫妻暴力的发生率有所不同,也是一个争论的话题。例如美国有 35% 的黑人女性遭受家庭暴力,这一比例明显高于白人。但也有研究显示在美国任何种族的本地美国妇女遭受亲密伴侣暴力的发生率都很高。Robert 等(2006)研究调查了高加索人、非洲美国人、亚洲人、印第安人等,发现种族和家庭暴力没有关系。

四、受教育程度

许多研究发现夫妻暴力中,女子受教育程度偏低易遭受家庭暴力。如 Piispa 等(2004)研究发现女性低教育水平,在经济上依赖丈夫容易遭受家庭暴力。大量研究发现,女性受教育水平高与遭受夫妻暴力呈显著负相关,是一种保护性因素。不过,在被称为父系社会的阿尔巴尼亚,女性受教育程度比丈夫高,易遭受家庭暴力。可能和阿尔巴尼亚是一个对性别角色特别保守的国家有关。另外,有研究显示男性受教育程度与夫妻暴力的发生相关,如丈夫的受教育年限超过十年及有较好的夫妻交流能够减少夫妻暴力的发生,男性受教育程度低易对伴侣实施暴力。

五、就业及经济收入

大量研究证实就业及经济收入与夫妻暴力的发生相关。低收入人群报道亲密伴侣暴力的发生率较高。有研究显示,不论男女,收入每年低于 $15 000,发生夫妻暴力的危险性很高。收入低的妇女是遭受夫妻暴力的高危险人群。Tuesca 等(2003)研究发现女性低收入所遭受家庭暴力是中等收入女性的 4 倍。许多女性由于经济上依赖于丈夫,所以被虐待的事实不易改变。女性就业是受虐的保护因素;女性经济独立较少遭受虐待。但也有研究发现一些经济独立,收入不低的女性也在遭受夫妻暴力。男性失业容易对伴侣实施暴力,是由于他们的社会地位及能力的降低,使他们感到不成功所致。有学者对 293 名 18~60 岁因夫妻暴力受到躯体伤害来医院就诊的已婚妇女研究发现,其丈夫失业、低教育水平、有婚外恋、酒精滥用和有精神疾病与夫妻暴力强相关。

有研究显示,女性受教育水平高、有中等或较高的经济收入、居住于城市、经济地位独立是夫妻暴力受虐的保护性因素。

六、居 住 地

有关地理位置与夫妻暴力的发生率是否有一定的关系,也一直是一个争论的话题。有研究显示,城市女性遭受家庭暴力的比例明显高于郊区女性,且略高于农村女性。在美国,1993~1998 年间有 10‰的城市女性遭受暴力,郊区及农村则只有 8‰。然而,城市及郊区的男性家庭暴力受虐者的比例则是近似的。也有研究显示妻子居住于农村易遭受家庭暴力。Maziak 等(2003)研究发现农村的女性比城镇和城市的女性更易遭受躯体暴力。曹玉萍、张亚林等(2006)研究发现夫妻暴力的发生率在城市、农村和工业区的发生率分别为12.4%、3.3%和 14.5%。

第三节　社会心理学高危因素

与夫妻暴力发生相关的因素很多,除人口社会学因素外,心理、社会因素如对待家庭暴力的态度、儿童期虐待、人格特征、社会支持、应对方式、心理健康状况、生活事件及物质滥用等也与其相关。这些因素可能相互影响,协同作用于夫妻暴力的发生,它们相互之间的关系比较复杂。本文拟单独进行探讨。

一、对待家庭暴力的态度

夫妻暴力中对家庭暴力的态度,也直接影响着暴力的发生。从社会因素看,既有历史上"男尊女卑"的传统观念,又有当今法制的不够健全。公众对家庭暴力认识程度不高。许多施暴者对受虐者的虐待被认为是家内的事,这种观点往往被家长制社会所支持。另外,受虐者遭受暴力往往导致其对暴力的接受和容忍,曹玉萍、张亚林研究显示受虐者中有

52%认为家庭暴力是可以接受的和可以视情况而接受,以农村为多,所以暴力的发生也受她们自身的态度和行为的影响。女性受暴后,自我保护意识不易唤醒。有学者研究发现女性遭受精神暴力、躯体暴力、性暴力后,持积极的态度就会增加她们对暴力的接受和容忍性。

二、儿童期虐待

大量研究证实,儿童期遭受或目睹家庭暴力能够增加其成年后成为施暴者的可能性。但儿童期虐待对成年生活的影响是不一致的,在症状表现上还存在性别的差异。女性多用内化痛苦的方式应付虐待,男性则常用外化痛苦的方法应付虐待,如愤怒、攻击他人等。女性在童年期遭受躯体虐待或性虐待,可能导致她们成年后再次遭受暴力时显示软弱的一面。Walker 提出的"习得性无助"理论认为在童年时期遭受暴力对其成长有一定的影响,他们比没有遭受过暴力的或很少遭受暴力的人在成年后更易成为受虐者。也有研究发现儿童期遭受躯体虐待的女性与无能力有明显的相关性。儿童时期由性虐待造成的严重心理创伤可能会对其成年后的认知产生不良的影响。如有研究发现女性在儿童期有性受虐史,其成年后记忆、执行功能和注意力均受到损害。这些都可能对妇女的受虐造成负性影响。有童年性受虐史的妇女在以后的生活中可能容易再次受到伤害。如 Rusell(1986)发现,在童年性虐待受虐者中,33%~68%的人在后来又遭强奸,除遭强奸外,她们也容易遭到丈夫或其他成年人的虐待。妇女在儿童期目睹父母亲暴力及遭受过性虐待和躯体虐待,成人后易成为受虐者。

另外,夫妻暴力的发生可能受其个性特点、社会支持、应对方式及生活事件等多方面的影响。

三、个 性 特 征

许多研究证实施暴者和受虐者的个性与夫妻暴力的相关性。夫妻不同的个性维度及个性类型对夫妻暴力都是有影响的。有人研究发现,施暴者的情绪不稳定个性可能是夫妻暴力发生的高危因素。如 Valliant 等(2004)、Ehrensaft 等(2004)研究发现夫妻暴力施暴者大多具有情绪不稳定的个性特征。对外界刺激反应强烈,容易情绪失控,倾向进攻。反社会人格障碍症状研究显示家庭暴力男性躯体施暴者较对照组有更高的反社会人格症状。也有学者用艾森克个性问卷测试发现,施暴组 EPQ-N 分明显增高,说明施暴者大多具有神经质即内向和情绪不稳定的个性特征,他们容易焦虑抑郁、紧张易怒,对外界刺激反应强烈,情绪易于发动而又难于平静,施暴者的心理症状与这种人格特征呈正相关。此外,他们的行为具有激进性。邹韶红、张亚林等(2007)研究发现,夫妻暴力中施暴组精神质分低于受虐组,情绪稳定性分高于正常组。情绪不稳的个性特征,则容易促成施暴行为;夫妻独子家庭施暴组精神质分低于受虐组;夫妻多子施暴组情绪稳定性分显著高于对照组。其中以夫妻独子家庭施暴者及受虐者的心理问题较多。提示在夫妻暴力干预中,应重点关注夫妻独子和夫妻多子家庭,使施暴者和受虐者认识到其个性特点中的不足,努力去改善它,除了必要的心理健康教育外,也需要心理治疗和社会支持。通过针对性的干预,以减少夫妻暴力的发生。受虐者的个性特点在其中也起着重要的作用。如神经质、忍耐力差、内向等,遇困难之事喜欢压在心底里,易陷入对事件的回忆而不能摆脱,对困难和痛苦的适应能力差,遇到难题往往责怪自己无能而怨恨自己,易产生负性思想。

四、社 会 支 持

不良的社会支持或缺乏社会支持都可能会增加夫妻暴力的发生。社会支持指人际关系对应激的有害影响所起的保护作用,一般包括家庭成员、亲戚、朋友、有着良好传统关系的团体成员,以及各种社会关系网。许多受虐妇女与支持系统隔绝,对自身价值的唯一确认来自禁锢她的人,在不协调、互相矛盾和威胁性的对待中掺杂着仁慈,没有学会充分利用社会支持,以减少暴力的发生。如果个体在面对应激时,得到一定的主观、客观社会支持,也许会有利于减少家庭暴力的发生。如 Nadine 等(1992)研究证实社会支持、环境资源及应对方式是受虐者的保护因素。社会隔离是妇女遭受家庭暴力的危险因素之一,它是施暴者增加控制受虐者的一种策略,通过减少受虐者的社会支持,以使其离不开自己。另一方面,夫妻暴力中施暴者的低社会支持也会加重夫妻暴力的发生。有学者研究发现施暴组的社会支持总分、客观支持分、主观支持分均明显低于对照组,说明夫妻暴力施暴者得到的社会支持均较少,不但客观支持较少,而内心拥有的主观支持又不多。许多学者认为主观支持比客观支持更有意义,因为虽然感受到的支持并不是客观现实,但是被感知到的现实却是心理的现实,而正是心理的现实作为实际的中介变量影响着人的行为和发展。

五、应 对 方 式

施暴者或受虐者的应付方式与夫妻暴力的发生相关。应付方式作为应激过程的中介因素之一,是人们对付内外环境要求及其有关的情绪困扰所采用的方法、手段或策略,影响着应激反应的性质和强度。不同的应付方式可降低或增加应激反应水平,从而调节着应激与应激结果之间的关系。积极的应对方式可对婚姻满意度的体验较高,有利于夫妻之间的沟通与交流,从而减少夫妻暴力的发生;而消极的应对方式不利于婚姻矛盾的解决,可能增加夫妻暴力的发生。在夫妻暴力的发生中,不论施暴者还是受虐者遇事往往采取消极的应对方式而少持积极的应对方式。邹韶红、张亚林等(2007)研究发现:夫妻暴力中施暴组的消极应对分明显高于受虐组。所以说,消极的应对方式可能是夫妻暴力的高危因素。

六、生 活 事 件

有学者认为,生活事件可以通过影响社会支持的频度和支持量的大小来改变社会支持系统的结构和功能,从而影响着夫妻暴力的发生。许多不良的生活事件如亲人死亡、夫妻情感交流不足、人际关系紧张、居住环境恶劣等都可能增加夫妻暴力的发生。施暴者遭遇较多的负性生活事件,正性生活事件却较少。负性生活事件使他们容易出现诸多的心理症状,反过来,众多的心理症状又可能使施暴者容易陷入麻烦和困境之中,形成恶性循环。

七、自　　尊

施暴者低自尊可能是夫妻暴力发生的高危因素。自尊是个体对自己的情感评价,它表达了一种肯定或否定的态度,表明个体在多大程度上是有能力的、重要的、成功的和有价值的。自尊作为一个起中介作用的人格变量,它对个体的认知、动机、情感和社会行为均有影响。Kelly 等(2004)的研究发现低自尊与不良行为的相关。Davis(1991)研究发现许多人实施暴力行为,是为了补偿他们的不安全感和低自尊。Romans 等报告家庭暴力男性躯体施暴者是低自尊人群。Steffenhagen从他们的研究中得出结论认为低自尊是所有不良行为的心理动力机制的基础。

八、心理健康水平

许多研究证实夫妻暴力与施暴者或/和受虐者的心理健康相关。国内有研究发现夫妻暴力中施暴组的SCL-90总分以及强迫、抑郁、焦虑、敌对、精神病和躯体化因子分均高于正常对照组,说明施暴者存在着较多的心理问题。Feldbau-Kohn等(1998)也有类似的研究结果。心理健康问题可与家庭暴力因果交织,形成恶性循环,即正遭受心理症状困扰的人容易出现施暴行为,反过来,施暴行为又可以加剧原本的问题或增加新的问题。另一方面,受虐者的焦虑、抑郁、恐惧情绪也在一定程度上影响着夫妻暴力的发生。有学者进行病例对照研究发现许多对施暴者恐惧、害怕的女性比不害怕的更容易遭受暴力。本课题组研究发现:城市夫妻暴力中施暴组的SCL-90总分以及强迫、抑郁、焦虑、敌对、精神病和躯体化因子分均显著高于对照组,夫妻暴力中施暴者具有较低的心理健康水平。夫妻独子家庭施暴组的敌对和躯体化因子分均高于对照组;夫妻多子家庭的施暴组焦虑因子分显著低于受虐组;精神疾病患者可因症状影响而丧失或削弱辨认和控制能力,造成家庭暴力。调查发现:在精神病人的家庭暴力案件中,冲动作案者占第一位,为68.8%;其次是无明显作案动机或动机不明者,占12.5%。病理性动机是精神病人实施家庭暴力的主要原因。

九、物 质 滥 用

物质滥用与家庭暴力的相关性已在许多研究中得到证实。无论施暴者还是受虐者,如果当前正使用各种药物或酒精,就会明显增加家庭暴力的危险。如国外有学者对434例物质滥用者和300例正常对照做病例对照研究发现,物质滥用是家庭暴力的独立危险因素。男性酒精滥用和家庭暴力密切相关。另有研究也发现,在控制了终身饮酒问题的影响后,当前饮酒仍是高水平家庭暴力的预测因子。有人调查了1401名在家庭门诊就诊的妇女,其中55.1%的受过其亲密伴侣的躯体、性和情感虐待,发现伴侣物质滥用是妇女受虐的强烈危险因子。1998年南非人口统计与健康组织调查发现67%的男性在近期的家庭暴力之前总是或常常使用酒精。Thompson等(2000)对224名孕妇采用病例对照研究发现控制了混杂因素后,药物滥用和酒精滥用是孕妇受虐的独立危险因素。

总之,上述各种社会心理因素在夫妻暴力的发生中,不是单独起作用的,它们在夫妻暴力发生中起多大的作用,以及它们之间又如何相互作用的,确实是研究的难点,有待于探究。如果我们能预防或降低夫妻暴力的高危因素,或者筛选出夫妻暴力的高危人群,对夫妻暴力进行早期的预防性干预,就有可能降低夫妻暴力的发生和升级。所以,深入了解夫妻暴力的高危因素就显得尤为重要。干预进行得越早,长远效益产生得可能性就越大。

(邹韶红)

参 考 文 献

1. Abbott J,Johnson R,Koziol-Mclain J,et al. Domestic violence against women:incidence and prevalence in an emergency department population. JAMA,1995,273:1763-1767.

2. Archer J. Sex differences in aggression between heterosexual partners:a meta-analytic review. Psychol Bull,2000,126(5):651-680.

3. Bachman R, Saltzman LE. Violence against women: estimates from the redesigned survey. Washington: Bureau of Justice Statistics, National Institute of Justice, 1995.

4. Baumeister RF. Self-Esteem—the puzzle of low Self-Regard. New York: Plenium Press, 1993.

5. Bradley F, Smith M, Long J, et al. Reported frequency of domestic violence: cross sectional survey of women attending general practice. BMJ, 2002, , 324(7332): 271.

6. Buehler J, Dixon B, Toomey K. Lifetime and annual incidence of intimate partner violence and resulting injuries, 1995. MMWR Morb Mortal Wkly Rep 1998, 47: 849-853.

7. Burazeri G, Roshi E, Jewkes R, et al. Factors associated with spousal physical violence in Albánia: cross sectional study. BMJ, 2005, 23, 331(7510): 197-201.

8. Campanelli C, Gilson T. Murder-suicide in New Hampshire, 1995-2000. Am J Forensic Med Pathol, 2002, 23(3): 248-251.

9. Campbell JC, Kub JE, Rose L. Depression in battered women. J Am Med Women Assoc, 1996, 51: 106-110.

10. Campbell JC. Health consequences of intimate partner violence. Lancet, 2002, 359: 1331-1336.

11. Cohen MM, Forte T, Du Mont J, et al. Adding insult to injury: intimate partner violence among women and men reporting activity limitations. Ann Epidemiol, 2006, 16(8): 644-651.

12. Cohen MM, Forte T, Du Mont J, et al. Intimate partner violence among Canadian women with activity limitations. J Epidemiol Community Health, 2005, 59(10): 834-839.

13. Coker AL, Smith PH, McKeown RE, et al. Frequency and correlates of intimate partner violence by type: physical, sexual, and psychological battering. Am J Public Health, 2000, 90(4): 553-559.

14. Berrios DC, Grady D. Domestic Violence Risk Factors and Outcomes. The Western Journal of Medicine, 1991, 155(2): 133-135.

15. Davis E. Youth Violence: an action research project, Journal of multicultural social work, 1991, 1(3): 33-34.

16. Dobash R, Dobash RP. Violence against wives. New York: Free Press, 1979.

17. Drabek M, Merecz D, Moscicka A, et al. Trait anxiety and type behavior pattern (A and B) as modifiers of immediate reaction towards violent behaviors. Med Pr, 2005, 56(3): 223-234.

18. Dube SR. Childhood abuse, household dysfunction, and the risk of attempted suicide throughout the lifespan. JAMA, 2001, 286: 3089-3096.

19. Ehrensaft MK, Moffitt TE, Caspi A. Clinically abusive relationships in an unselected birth cohort: men's and women's participation and developmental antecedents. J Abnorm Psychol, 2004, 113(2): 258-270.

20. Faramarzi M, Esmailzadeh S, Mosavi S. A comparison of abused and non-abused women's definitions of domestic violence and attitudes to acceptance of male dominance. Eur J Obstet Gynecol Reprod Biol, 2005, 122(2): 225-231.

21. Feldbau-Kohn S, Heyman RE, O'Leary KD. Major depressive disorder and depressive symptomatology as predictors of husband to wife physical aggression. Violence Vict, 1998, 13(4): 347-360.

22. Flisher AJ, Kramer RA, Hoven CW, et al. Psychosocial characteristics of physically abused children and adolescents. J am Acad Adolesc psychiatry, 1997, 36(1): 123-131.

23. Gelles RJ, Straus MA. Intimate violence: the causes and consequences of abuse in the American family. New York: Simon and Schuster, 1998.

24. Goolkasian G. Confronting domestic violence: the role of criminal court judges. Washington, D. C. : U. S. Department of Justice, National Institute of Justice, 1986.

25. Hale-Carlsson G, Hutton B, Fuhrman J, et al. Physical violence and injuries in intimate relationships. New York Behavioral Risk Factor Surveillance System, 1994. MMWR Morb Mort Wkly Rep, 1996, 45:

765-767.

26. Hanson MK, Moffitt TE, Caspi A. Clinically abusive relationships in an unselected birth cohort: men's and women's participation and developmental antecedents. J Abnorm Psychol, 2004, 113(2): 258-270.

27. Harwell TS, Moore KR, Spence MR. Physical violence, intimate partner violence, and emotional abuse among adult American Indian men and women in Montana. Prev Med, 2003, 37(4): 297-303. ·

28. Hilberman E, Munson K. Sixty battered women. Victimology, 1977-1978, 2: 460-470.

29. Hoffman KL, Demo DH, Edwards JN. Physical wife abuse in a non-Western society: an integrated theoretical approach. Journal of Marriage and the Family, 1994, 56, 131-146.

30. Hotaling GT, Sugarman DB. An analysis of risk markers in husband to wife violence: the current state of knowledge. Violence Vict, 1986, 1: 101-124.

31. Jewkes R, Levin J, Penn-Kekana L. Risk factors for domestic violence: findings from a South African cross-sectional study. Soc Sci Med, 2002, 55(9): 1603-1617.

32. Jewkes R. Intimate partner violence: causes and prevention. Lancet 2002, 359: 1423-1429.

33. Kantor GK, Jasinski, JL, Aldarondo E. Socio-cultural status and incidence of marital violence in Hispanic families. Violence Vict, 1994, 9: 207-222. (Special issue: Violence against women of colour.)

34. Kim J, Cicchetti D. A Longitudinal study of child maltreatment, mother-child relationship quality and maladjustment: the role of self-esteem and social competence. J Abnorm Child Psychol, 2004, 32(4): 341-354.

35. Lavoie F, Jacob M, Hardy J, et al. Police attitudes in assigning responsibility for wife abuse. J Fam Violence 1989, 4: 369-388.

36. Lerner MJ. The belief in a just world: a fundamental delusion. NewYork: Plenum Press, 1980.

37. Magdol L, Moffitt TE, Newman DL, et al. Gender differences in partner violence in a birth cohort of 21 year olds: bridging the gap between clinical and epidemiologic approaches. J Clin Consult Psychol, 1997, 65: 68-78.

38. Martin SL, Tsui AO, Maitra K, et al. Domestic violence in northern India. Am J Epidemiol, 1999, 150: 417-426.

39. Maziak W, Asfar T. Physical abuse in low-income women in Aleppo, Syria. Health Care Women Int, 2003, 24: 313-326.

40. McGauley J, Kern DE, Kolodner K, et al. Clinical characteristics of women with a history of childhood abuse: unhealed wounds. JAMA, 1997, 277: 1362-1368.

41. Naved RT, Persson LA. Factors associated with spousal physical violence against women in Bangladesh. Stud Fam Plann, 2005, 36(4): 289-300.

42. Neilsen J, Russell E, Ellington B. Social isolation and wife abuse: a research report. In E. C. Viano(Ed.), Intimate violence: interdisciplinary perspectives. Washington DC: Hemisphere Publishing Corp. , 1992.

43. Patricia Tjaden, Nancy Thoennes. Extent, Nature, and Consequences of Intimate Partner Violence. Series: Research Report. NCJ-181867, Washington DC: U. S. Department of Justice, Office of Justice Programs, 2000: 9-12, 33-37.

44. Peedicayil A, Sadowski LS, Jeyaseelan L, et al. Spousal physical violence against women during pregnancy. BJOG, 2004, 111(7): 682-687.

45. Peterson R. Social class, social learning and wife abuse. Soc Serv Prev 1980, 43: 390-406.

46. Piispa M. Age and meanings of violence: women's experiences of partner violence in Finland. J Interpers Violence, 2004, 19(1): 30-48.

47. Pritchett Post SE. Women in modern Albania: first hand accounts of culture and conditions from over 200 interviews. London: McFarland, 1998.

48. Rand MR. Violence-related injuries treated in hospital emergency departments. Washington,DC:Bureau of Justice Statistics,U. S. Department of Justice,1997.

49. Rao V. Wife-beatingin rural south India:a qualitative and econometric analysis. Social Science and Medicine,1997,44(8),1169-1180.

50. Ratner PA. The incidence of wife abuse and mental health status in abused wives in Edmonton,Alberta. Can J Public Health,1993,83:246-249.

51. Rennison CM,Welchans S. Intimate Partner Violence. NCJ-178247,Washington DC:U. S. Department of Justice,Office of Justice Programs,Bureau of Justice Statistics,2000:3-5.

52. Robert S,Thompson MD,Amy E,et al. Intimate partner violence prevalence, types,and chronicity in adult women. American Journal of Preventive Medicine,2006,30,(6):446-457.

53. Schuler SR, Hashemi SM, Riley AP,et al. Credit programmes, patriarchy and men's violence against women in rural Bangladesh. Soc Sci Med 1996,43:1729-42.

54. Stark E,Flitcraft A,Zuckerman D,et al. Wife Abuse in the Medical Setting [monograph]. Rockville, Md,National Clearinghouse on Domestic Violence,1981.

55. Steinmetz SK. Family violence:past,present and future. In:Sussman MB,Steinmetz SK. ,editors. Handbook of marriage and the family. New York:Plenum Press,1987,725-765.

56. Straus MA,Gelles RJ. Physical violence in American families. New Brunswock,NJ:Transaction Publishers,1990.

57. Straus MA. Behind Closed Doors:Violence in the American Family. NewYork:NY:Anchor,1980,

58. Thompson J,Canterino JC,Feld SM,et al. Risk factors for domestic violence in pregnant women. Prim. Care Update Ob Gyns,2000,7(4):138-141.

59. Tjaden P,Thoennes N. Prevalence,incidence,and consequences of violence against women:findings from the National Violence against Women Survey. U. S. Department of Justice,NIJ/CDC Research in Brief, November 1998.

60. Tjaden PG,Thoennes N. Extent,Nature,and Consequences of Intimate Partner Violence Washington, DC:U. S. Dept. of Justice,Office of Justice Programs,National Institute of Justice,2000.

61. Tjaden PG,Thoennes N. Prevalence,incidence,and consequences of violence against women:findings from the National Violence against Women Survey. National Institute of Justice,Research in Brief, 1998:1-16.

62. Tsui KL,Chan AY,So FL,et al. Risk factors for injury to married women from domestic violence in Hong Kong. Hong Kong Med J,2006,12(4):289-293.

63. Tuesca R,Borda M. Marital violence in Barranquilla(Colombia):prevalence and risk factors. Gac Sanit, 2003,17:302-308.

64. Valliant PM,De Wit M,Bowes R. Cognitive and personality factors associated with assaultived and domestic offenders. Psychol Rep,2004,94(3 Pt 2):1180-1184.

65. Wadman MC,Muelleman RL. Domestic violence homicides. ED use before victimization. Am J Emerg Med,1999,17:689-691.

66. Wahab S,Olson L. Intimate partner violence and sexual assault in Native American communities. Trauma Violence Abuse,2004,5(4):353-366.

67. Waller AE,Hohenhaus SM,Shah PJ,et al. Development and validation of an emergency department screening and referral protocol for victims of domestic violence. Ann Emerg Med,1996,27:754-760.

68. Watts C,Zimmerman C. Violence against women:global scope and magnitude. Lancet,2002,359: 1232-1237.

69. World Health Organization. World report on violence and health. Geneva:WHO,2002. www. who. int/

violence_injury_prevention/violence/world_report/en/full_en. pdf(accessed 27 Jun 2005).

70. Young A. Women who become men：Albanian sworn virgins. New York：Berg,2001.

71. 曹玉萍,张亚林,孙圣琦,等.湖南省家庭暴力的流行病学调查总体报告.中华流行病学杂志,2006,27 (3)：200-203.

72. 曹玉萍.湖南家庭暴力研究.中国优秀博硕士学位论文全文数据库,2006(01).

73. 巫昌祯.关注家庭暴力,保障妇女心身健康.心理与健康,2001,3：6-8.

74. 胡佩诚.200 对夫妇家庭暴力调查.中国心理卫生杂志,1996,10(4)：171-172.

75. 黄国平,张亚林,申景进,等.儿童期有性受虐史成人女犯的认知损害.中国心理卫生杂志,2005,19 (10)：702-705.

76. 张亚林,曹玉萍.家庭暴力与精神卫生.中国临床心理学杂志,2002,10(3)：233-234.

77. 邹韶红,张亚林,曹玉萍.湖南省郴州市夫妻间暴力的社会心理学特征.中国心理卫生杂志,2007,21 (5)：338-342.

第十二章

情 侣 暴 力

第一节　情侣暴力现状

　　情侣暴力(intimate partner violence,IPV)是指现在或曾经处于亲密关系(如婚姻关系、约会关系、同居关系等)的异性伴侣之间各种形式的身体、心理、性方面的暴力行为,新婚登记夫妻婚前暴力是情侣暴力的一种。美国的一项调查发现:8000 名美国成年女性中有 86% 曾经遭受过当前的或以前的丈夫或同居伴侣或约会伴侣的性攻击和(或)躯体攻击。在美国每年有 150 万的妇女和 83.5 万的男性遭受过情侣暴力。美国本土妇女在过去一年情侣暴力的发生率为 3%～48%。2000 年～2003 年,WHO 关于"妇女健康和反对家庭暴力"的项目对十个国家的 15～49 岁的 24 097 名妇女进行情侣暴力的调查发现,15%～71% 的妇女曾经遭受过情侣暴力,4%～54% 的妇女在过去一年曾经遭受过情侣暴力。情侣暴力几乎存在于所有的社会中,有着相当高的发生率。奥地利学者发现,在对大约 400 对计划结婚的情侣的研究中,31% 的男性和 44% 的女性承认,在婚前一年双方有身体上的攻击行为。同样,对 1000 对首次申请结婚的情侣研究发现,30% 的男性有过暴力行为。在我国多是对已婚家庭的暴力调查,对于婚前约会关系和同居关系的暴力调查还未见相关报道。希望本研究能填补这方面的空白。

　　在对新婚夫妻暴力干预之前,对其进行适当的评估是必要的。家庭暴力包括精神暴力、躯体暴力、性暴力三种形式。对于精神暴力已经得到了普遍的承认。如 1993 年联合国大会通过的《消除对妇女暴力的宣言》有一个比较全面的定义:以性别为基础的,导致或可能导致妇女在身体上、性或心理上受到伤害或痛苦的暴力。在加拿大,家庭暴力被定义为由施暴者使用暴力、胁迫或疏忽等方式对另外的人的行为,该行为对于被侵犯人在心理和生理上的完整性或她的权利、自由以及情感都有损害。在我国,精神暴力归入到家庭暴力之内也已经得到一定认可。但是,近几年,有一种"精神暴力"即:对配偶表现为冷淡、轻视、放任和疏远、冷漠对方,将语言交流降到最低限度,是否定性为家庭暴力,颇有争议。一种观点,认为应该把其排除在家庭暴力之外,认为其违背了"暴力"本身的含义,暴力的实施手段主要是积极的强制性、武力性的行为,如殴打、捆绑、残害、拘禁、折磨等暴力行为,而消极的情绪没有形成积极的武力或强制力量支配的行为,乃是个人性格修养等道德层面的问题,是一种"制气"、"斗气"。而另一种观点,则认为其就是家庭暴力的一种,其违背了现代婚姻的基础,对受虐者的人格尊严造成了伤害,是施暴者对家庭成员进行精神上的折磨和伤害。不论怎样,研究者从精神卫生学的角度,认为其是一种精神暴力,这种精神暴力具有一定的隐蔽性、不作为性、社会宽容性,其对于受害人的伤害,有时甚至会远远超过躯体暴力,严重时会造成家庭的破裂。中国法学会"反对针对妇女的家庭暴力对策研究与干预"的项目研究将其划入了精神暴力,结果显示,65.9%的家庭会出现丈夫不理睬妻子的现象,29.6%的家庭会出现丈夫使劲关门或摔东西的行为,28.9%的家庭会出现丈夫辱骂妻子的现象。

第二节 实地调查

一、研究对象

采用横断面调查。长沙市总人口 602 万,市区人口 202.5 万,是一个中等发达的城市。主要分为五个市辖区,即岳麓区、芙蓉区、天心区、开福区和雨花区,每个区的人口数差异不大。其中芙蓉区 39.0 万人,天心区 39.6 万人。于 2005 年 11 月~2006 年 2 月在长沙市抽取 2 个市辖区,即芙蓉区和天心区。再在每个市辖区民政局婚姻登记机构处对领取结婚证愿意接受婚前暴力调查研究的新婚夫妻进行问卷调查,调查对象仅限于初婚的夫妻。本调查实际抽取样本共 330 对,因拒答、不合作等原因,实际调查 317 对,涉及 634 人。调查的应答率为 96.1%。其中来自芙蓉区 157 对,共 314 人,天心区 160 对,共 320 人。调查对象为新婚登记夫妻,仅调查初婚者。

二、研究方法

(一) 调查方法

在有关市辖区政府的支持下,在各调查点相关部门如民政局、妇联和计划生育局的大力配合下进行。调查时两人为一组,采用问卷形式进行调查,并一律不记实名,保证资料保密。经调查对象同意后,由受过细致而严格的专业培训的精神科主治医师和专职调查员进行问卷调查。调查表避免使用特别敏感的字眼,如"新婚夫妻婚前暴力调查问卷",易名为"新婚夫妻生活事件调查问卷"。调查表主要由新婚夫妻自己填写,要求新婚夫妻分开填写。在评定前向被调查者说明所有资料均保密,解释研究的意义,消除顾虑,请如实回答。对可疑信息则再次分别询问新婚夫妻后由调查者记录。

调查地点在芙蓉区及天心区民政局设点为"幸福家庭工作室"。为调查营造了一种和谐安全的氛围。调查人员对家庭暴力的评定标准分为客观评定标准和主观评定标准。客观指标为客观显而易见的躯体伤害如用拳头或其他物件重击等,主观指标为受试者的主观感受和评定。调查表中有关婚前暴力及冲突处理方式主要依据国外夫妻暴力冲突策略问卷(conflict tactics scales 2,CTS2)进行编制。CTS2 自 1972 年至今已被成功用于 20 多个国家,是针对亲密关系(包括恋爱、同居或结婚)暴力行为的评估工具。1995 年,Straus 等将CTS 修订为 CTS2,目前国外普遍采用 CTS2 来评估过去一年中亲密伴侣暴力,包括较多的躯体、性和心理虐待条目。本调查问卷具体借鉴了 CTS2 中精神暴力(如侮辱或辱骂;喊叫或呼喝等)、躯体暴力(如捏扭对方的手臂或扯对方的头发;打对方耳光;用拳头或其他物件重击对方等)和性暴力(就算不同意,仍坚持要发生性行为或性接触,但没有使用暴力;以武力或威胁来迫使发生性行为或性接触等)。

调查的质量与调查人员的专业水平和社会工作能力关系很大。调查人员 4 名,主要由精神科医师、计划生育部工作者、民政局工作者组成。均具有本科以上学历和多年的社会工作或临床工作经验,其中包括具有研究生以上学历者(均具有中级职称)2人。调查人员具有较好的专业基础,还有多次流行病学调查的经验,全部调查人员均接受为期两天的系统培训。要求每一位调查人员对调查的目的、要求、方法、内容都有全面的了解,熟练掌握定式的调查工具和调查技术。并经过反复操练,使调查人员之间的一致性达到规定的标准。同时,重点强化沟通技能的训练。

（二）调查工具

1. 新婚夫妻婚前暴力调查问卷　①新婚夫妻的一般资料:包括年龄、性别、民族、职业、婚姻状况、受教育程度、经济状况及对居住条件的主观评价;有无饮酒史及吸烟史;有无婚前其他恋爱史及婚前同居史。儿童期是否有目睹父母亲吵架或打架史。②对家庭暴力的态度:当家庭成员之间发生冲突时,是否可以采用羞辱谩骂、伤人毁物、殴打、残害、限制人身自由及性虐待等粗暴的方式来解决? 有3个选项:不可以、可以、可以但需视情况而定。③婚前一年暴力表现形式(包括精神、躯体和性暴力三种形式):精神暴力包括冷战或不理睬对方,使对方感到痛苦;说一些伤害对方的话或辱骂对方;喊叫或呼喝或摔门、摔东西等;躯体暴力包括扇耳光或推撞、搡对方;掐或打对方,使对方感到痛苦;用物件掷向对方;捏扭对方的手臂、扯对方头发;用脚踢对方、其他物件打对方等;性暴力包括就算不同意,仍坚持要发生性行为或性接触,但没有使用暴力;以武力或威胁来迫使发生性行为或性接触(发生上述任何1种暴力形式即认为存在婚前暴力)。

2. 简易应对方式问卷(simplified coping style questionnaire,SCSQ)　由解亚宁教授修订。由20个条目组成,采用4级评分来评估个人的应对策略,分积极应对(positive coping,PC)和消极应对(negative coping,NC)因子。

3. 儿童期虐待问卷(childhood trauma questionnaire-28 item short form,CTQ-SF)是由美国纽约心理学家 Bernstein PD 和 Flink L 编制,于1998年由最初的70个条目精简为28个条目,是世界上公认的用于测量儿童期是否受虐的工具之一,具有良好的信效度。分为五个临床分量表:情感虐待、躯体虐待、性虐待、情感忽视和躯体忽视。每个条目采用5级评分,1分:从不;2分:偶尔;3分:有时;4分:常常;5分:总是;每个分量表在5~25分之间,总分在25~125分之间。另有3个条目作为效度评价。国内有博士对 CTQ-SF 中文版进行了信效度检验,除躯体忽视分量表需要进一步修订外,其余四个分量表均具有较好的信效度。所以,本研究剔除躯体忽视,仅选择情感虐待、躯体虐待、性虐待和情感忽视四个分量表及其量表总分作为分析指标。

在 SPSS13.0 软件上建立调查数据库,并进行统计分析。社会人口学特征(除平均年龄外)、婚前暴力调查、婚前两人意见不合时处理方式、婚前暴力发生的诱发因素等均采用 χ^2 检验。计数资料用 χ^2 检验,计量资料用 t 检验。

三、新婚夫妻婚前暴力发生率

情侣暴力已经越来越受到国际社会的关注,疾病控制和预防中心及世界卫生组织已经开始运用监督系统来描述妇女遭受情侣暴力的特征和对情侣暴力的监控。婚前暴力是情侣暴力的一种,婚前暴力可能是夫妻暴力发生或升级的隐患。故本研究在对新婚夫妻进行心理干预前,先对其进行了婚前暴力的初步调查和评估。研究发现:妻子报告在婚前一年曾遭受未婚夫施暴的有81人,占25.6%;丈夫报告在婚前一年对未婚妻施暴的有106人,占

33.4%。妻子报告对未婚夫施暴的有115人,占36.3%,丈夫报告曾遭受未婚妻施暴的有101人,占31.9%。显示有约1/3新婚夫妻在婚前一年有过暴力,未婚妻对未婚夫暴力的发生与未婚夫对未婚妻暴力的发生大致相当。国外有学者报告9%~65%的恋爱关系有精神暴力和/或躯体暴力的发生;大学生的恋爱期暴力平均发生率为32%。说明为预防夫妻暴力的发生和升级,对新婚夫妻进行早期的心理干预势在必行。

四、新婚夫妻婚前暴力的表现形式

研究显示,新婚夫妻婚前一年精神暴力的发生远远超过了躯体暴力和性暴力,其中以精神暴力中的冷战或不理睬对方,使对方感到痛苦的发生最高。精神暴力在以后的婚姻生活中可能会引发躯体暴力、性暴力,演变为精神合并躯体暴力,精神合并性暴力等。这种冷战性精神暴力如果长期持续的存在,可能成为婚姻的隐性杀手,影响夫妻感情的维持以及未来婚姻的质量,甚至会导致婚姻的破裂。本研究提示夫妻在矛盾初期就应加强沟通、理解,努力把矛盾化解,而不应采取冷战,冷战时间越长,对双方的伤害就越深,越难于化解,易影响双方的感情。这种婚前精神暴力的隐蔽性,应当引起高度重视,如能及时发现,进行早期针对性干预有利于婚姻的稳定和美满。

有0.3%的新婚夫妻在婚前一年有未婚夫对未婚妻施单纯躯体暴力的发生,说明婚前一年躯体暴力的发生率很低,可能未婚夫在婚前期包容能力比较强,多能控制自己的情绪。在婚前一年未婚夫对未婚妻施单纯性暴力的有3人,占0.9%。本调查中未婚妻遭受单纯性暴力的3例都有婚前同居史,提示婚前同居行为可能易诱发性暴力的发生。有学者调查婚龄为15.8±9.3年的夫妻,在过去一年33%的家庭出现夫妻暴力(主要是指躯体暴力和性暴力)。提示夫妻在婚前一年躯体暴力和性暴力的发生都很低,但是在结婚后几年,十几年以后这种暴力的发生却明显的增多和升级,这应当引起高度重视。暴力行为一旦开始,就会持续不断地出现,那些曾有一到两次对妻子施暴的丈夫,在后来的调查中有42%的丈夫仍有暴力行为。在婚前一年未婚夫对未婚妻施精神合并躯体暴力的要低于未婚妻对未婚夫的施暴,可能在婚前恋爱期,女方多受男方的宠爱和包容,就显得较为"专横跋扈"。针对家庭婚姻不和谐问题,早期的咨询、教育、辅导尤为重要。

第三节 情侣暴力的社会心理学因素

一、婚前同居

新婚夫妻婚前暴力与婚前同居有一定的关系,结果提示新婚夫妻如有婚前同居则易出现暴力。

二、受教育程度和职业

新婚夫妻婚前暴力与暴力家庭的受教育程度和职业均有关。调查对象中暴力家庭受教育程度以大专和大学居多,职业以干部或职员居多,而本研究中以冷战或不理睬对方,使对方感到痛苦的精神暴力显著居多,躯体暴力和性暴力远远低于精神暴力。提示在城市居民中,高学历和中等阶层中精神暴力偏多。

三、赌 博 行 为

暴力家庭中的赌博行为比非暴力家庭显著增多,这些都提示赌博行为与夫妻暴力的发生有一定的相关性。

四、家庭暴力态度

对家庭暴力持"认可"或"看情况"的态度也与施暴显著相关。对家庭暴力持肯定的态度与夫妻暴力的发生有一定的相关性。

五、饮 酒 史

饮酒与家庭暴力有一定的相关性,与国外学者 Rao(1997)和 Hoffman 等(1994)研究发现男性酒精滥用和家庭暴力密切相关类似。

进一步提示在对新婚夫妻做预防性心理干预时,除根据以往文献外,是否有赌博行为、是否对家庭暴力持肯定的态度、是否有饮酒史可以做为对夫妻暴力重点人群的筛选,从而做好有针对性的预防干预。

六、个性和(或)应对方式问题

研究发现,导致夫妻在婚前暴力发生的主要诱发因素是夫妻的个性和(或)应对方式问题、沟通与交流问题、经济问题或工作问题等。国外也有类似发现,例如 Stuart 等(2006)研究发现施暴者的个性暴躁、施暴者和伴侣的关系不和谐是发生家庭暴力的危险因素。

七、儿童期目睹或遭受家庭暴力

许多研究证实,儿童期目睹或遭受家庭暴力能够增加其成年后成为施暴者的可能性。西方学者在实证调查研究的基础上,分析了夫妻暴力产生的个体因素和社会心理因素,从不同的视角构架了夫妻暴力危险因素的多种理论模式。这些模式包括文化强化论、受虐狂论、高压控制论、学习理论、系统理论、依恋理论、女权主义者理论等。Stith 等在 2000 年通过 meta 分析报道,儿童期目睹家庭暴力或遭受家庭暴力和亲密伴侣暴力之间有明显的相关性。本研究显示,夫妻暴力组成员目睹父母亲吵架或打架,明显高于非夫妻暴力组,*OR* 值为 3.323。有儿童虐待史的成人其血浆皮质醇、促肾上腺皮质激素、内啡肽浓度较高,早期的不良应激会刺激下丘脑-垂体-肾上腺皮质轴的过分发育而导致其功能持续亢进并延续至成年。如 Bremne 等(2001)研究发现儿童期受虐会致神经生物压力反应系统的改变,包括下丘脑-垂体-肾上腺轴、去甲肾上腺素激活系统和海马系统的功能不全而致焦虑和抑郁。Perez-Arjona 等(2003)研究发现儿童期躯体虐待和中枢神经系统的损害有明显的相关性。本研究显示,夫妻暴力组情感虐待因子分、躯体虐待因子分及量表总分高于非夫妻暴力组。说明在童年时期遭受暴力的人比没有遭受过暴力的或很少遭受暴力的人,对其成长有一定的影响,在成年后更易成为受虐者。这些也进一步提示我们儿童期目睹或遭受家庭暴力可以作为高危人群的筛选条件之一。

本研究与学习理论中 Walker 提出的"习得性无助"理论相符,其理论为:实施和接受躯体和心理虐待都是学习获得的,一部分归于儿童时期的因素,包括目睹或经历过殴打、性虐待等,如果处于以上情况,受虐者将很难逃避经常发生的惩罚。本研究发现妻子儿童期目睹家庭暴力与成人后暴力明显相关,*OR* 值为 3. 191。暴力家庭组妻子情感虐待因子分、躯体虐待因子分、性虐待因子分及量表总分高于非暴力家庭组。说明女性在童年期遭受躯体虐待,可能导致她们成年后再次遭受暴力时显示软弱的一面。Tonmyr 等(2005)也有研究发现儿童期遭受躯体虐待的女性与无能力有明显的相关性。儿童时期由性虐待造成的严重心理创伤可能会对其成年后的认知产生不良的影响。如有研究发现女性在儿童期有性受虐史,其成年后记忆、执行功能和注意力均受到损害。这些都可能对妇女的受虐造成负性影响。有童年性受虐史的妇女在以后的生活中可能容易再次受到伤害。如 Rusell(1986)发现,在童年性虐待受虐者中,33%~68%的人在后来又遭强奸,除遭强奸外,她们也容易遭到丈夫或其他成年人的虐待。女性有被虐待的经历,这种经历使她们接受受虐者这一角色,认为这都是运气不好,对婚姻关系应该是什么样子的想法过于理想化,而且认为在某种程度上她们能改变亲密伴侣或使他变好。

但儿童期虐待对成年生活的影响是不一致的,在症状表现上还存在性别的差异。女性多用内化痛苦的方式应付虐待,男性则常用外化痛苦的方法应付虐待,如愤怒、攻击他人等。有许多研究支持家庭暴力循环的学说,许多暴力性男性伴侣多来源于暴力型家庭,童年期的受虐,在成人多表现对伴侣的攻击行为。研究显示:男性在儿童期遭受家庭内部成员的虐待与成年后对伴侣实施暴力之间有很强的关联性。但本研究却发现,丈夫儿童期受虐和成人后夫妻暴力无相关性,可能是研究方法不一致结果也不尽相同。

本研究调查时,由于时间的关系,许多和婚前暴力相关的因素如个性、社会支持、生活事件等没有做调查,今后还需要克服这方面的因素,以做到全面调查和评估。另外,本研究为横断面研究,还不能阐明儿童期目睹或遭受家庭暴力与当前暴力的因果关系,故仅作了间接分析。

综上所述,研究发现约 1/3 新婚夫妻在婚前一年有情侣暴力发生,未婚妻对未婚夫暴力的发生与未婚夫对未婚妻暴力的发生大致相当,婚前一年精神暴力的发生远远超过了躯体暴力和性暴力,其中以精神暴力中的冷战、不理睬对方,使对方感到痛苦的发生最高。这种冷战性精神暴力有可能引发其他精神暴力的合并,也可能引发躯体暴力、性暴力的发生。为预防夫妻暴力的升级和发生,对新婚夫妻进行早期的心理干预势在必行。

新婚夫妻婚前暴力发生的主要诱发因素是个性和/或应对方式问题、沟通与交流问题、经济问题或工作问题。婚前暴力与职业、同居史、赌博、饮酒史、对家庭暴力持认可的态度、儿童期目睹或遭受家庭暴力均有一定的相关性。

(邹韶红)

参 考 文 献

1. About:Parenting of Family. Parenting of Adolescents. Parenting Troubled Teens. Youth Violence. Date Rape. Dating Violence. http:// parentingteens. about. com/ cs/ daterape/ a/dating-violence-4. htm.

2. Bachman R. Violence in American Indian families. In death and violence on the reservation:homicide,family violence,and suicide in American Indian Populations Westport,CT:Auburn House,1992,89-108.

3. Bohn DK. Lifetime and current abuse,Pregnancy risks,and outcomes among Native American women. J Health Care Poor Underserved,2002,13:184-198.

4. Bremne JD,Vermetten E. Stress and development:behavioral and biological consequences. Dev Psychopathol,2001,13(3):473-489.

5. Campbell JC. Health consequences of intimate partner violence. Lancet,2002,359:1331-1336.

6. Erika LL, Laura AM. The effects of childhood exposure to marital violence on adolescent gender-role beliefs and dating violence. Psychology of woman quarterly, 2004, 28(4): 344-357.

7. Fairchild DG, Fairchild MW, Stoner S. Prevalence of adult domestic violence among women seeking routine care in a Native American health care facility. Am J Public Health, 1998, 88: 1515-1517.

8. Fink LA, Bernstein D, Handelsman L, et al. Initial reliability and validity of the Childhood Trauma Interview: A new multidimensional measure of childhood interpersonal trauma. American Journal of Psychiatry, 1995, 152(9): 1329-1335.

9. Garcia-Moreno C, Jansen HA, Ellsberg M. Prevalence of intimate partner violence: findings from the WHO multi-country study on women's health and domestic violence. Lancet, 2006 Oct 7, 368(9543): 1260-1269.

10. Garcia-Moreno C. Violence against women: international perspective. Am J Prev Med, 2000, 19: 330-333.

11. Genc Burazeri, Enver Roshi, Rachel Jewkes, et al. Factors associated with spousal physical violence in Albania: cross sectional study. BMJ, 2005, 331: 197-201.

12. Gilliland BE, James RK. 危机干预策略. 肖水源, 等译. 北京: 中国轻工业出版社, 2000.

13. Hamby SL, Skupien MB. Domestic violence on the San Carlos Apache reservation. HIS Prim Care Provid, 1998, 23: 103-106.

14. Harwell TS, Moore KR, Spence MR. Physical violence, intimate partner violence, and emotional abuse among adult American Indian men and women in Montana. Prev Med, 2003, 37: 297-303.

15. Hoffman KL, Demo DH, Edwards JN. Physical wife abuse in a non-Western society: an integrated theoretical approach. Journal of Marriage and the Family, 1994, 56: 131-146.

16. Holmes WC, Sammel MD. Brief communication: Physical abuse of boys and possible associations with poor adult outcomes. Ann Intern Med, 2005, 143(8): 581-586.

17. Jacoboson NS, Gurman AS. 夫妻心理治疗与辅导指南. 贾树华, 等译. 北京: 中国轻工业出版社, 2001.

18. Malcoe LH, Duran BM, Montgomery JM. Socioeconomic disparities in intimate partner violence against native American women: a cross-sectional study. BMC Med, 2004, 24, 2: 20.

19. Maxfield MG, Widom CS. The cycle of violence. Revisited 6 years later. Arch Pediatr Adolesc Med, 1996, 150(4): 390-395.

20. Murray A, Straus Sherry L, Hamb Y, et al. The revised conflict tactics scales (CTS2) development and preliminary psychometric data. Journal of Family Issues, 1996, 17(3): 283-316.

21. Newcomb MD, Locke TF. Intergenerational cycle of maltreatment: a popular concept obscured by methodological limitations. Child Abuse Negl, 2001, 25(9): 1219-1240.

22. Norton IM, Manson SM. A silent minority: battered American Indian women. J Fam Violence, 1995, 10: 307-318.

23. Perez-Arjona E, Dujovny M, Delproposto Z, et al. Late outcome following central nervous system injury in child abuse. Childs Nerv Syst, 2003, 19(2): 69-81.

24. Rao V. Wife-beating in rural south India: a qualitative and econometric analysis. Social Science and Medicine, 1997, 44(8): 1169-1180.

25. Robin RW, Chester B, Rasmussen JK. Intimate violence in a Southwestern American Indian tribal community. Cultur Divers Ethnic Minor Psychol, 1998, 4: 335-344.

26. Saltzman LE, Green YT, Marks JS, et al. Violence against women as a public health issue: comments from the CDC. Am J Prev Med, 2000, 19: 325-329.

27. Staggs SL, Long SM, Mason GE, Intimate partner violence, social support, and employment in the post-welfare reform era. J Interpers Violence, 2007, 22(3): 345-367.

28. Stith SM, Rosen KH, Middleton KA, et al. The intergenerational transmission of spouse abuse: A meta-

analysis. Journal of Marriage and the Family,2000,62:640-654.

29. Stuart GL,Meehan JC,Moore TM. Examining a conceptual framework of intimate partner violence in men and women arrested for domestic violence. J Stud Alcohol,2006,67(1):102-112.

30. Tjaden PG,Thoennes N. Extent,Nature,and Consequences of Intimate Partner Violence Washington, DC:U. S. Dept. of Justice,Office of Justice Programs,National Institute of Justice,2000.

31. Tjaden PG,Thoennes N. Prevalence,incidence,and consequences of violence against women:findings from the National Violence Against Women Survey. National Institute of Justice,Research in Brief, 1998:1-16.

32. Tonmyr L,Jamieson E,Mery LS. The relationship between childhood adverse experiences and disability due to physical health problems in a community sample of women. Women Health,2005,41(4):23-35.

33. Watts C,Zimmerman C. Violence against women:global scope and magnitude. Lancet,2002,359: 1232-1237.

34. 郭丽红. 冲突与平衡,婚姻法实践性问题研究. 北京:人民法院出版社,2005:8,280.

35. 胡佩诚. 200 对夫妻家庭暴力调查. 中国心理卫生杂志,1996,10(4):171-172.

36. 黄国平,张亚林,申景进,等. 儿童期有性受虐史成人女犯的认知损害. 中国心理卫生杂志,2005,19 (10):702-705.

37. 李明舜. 妇女权益法律保障研究. 北京:国家行政学院出版社,2003.

38. 谭红专. 现代流行病学. 北京:人民卫生出版社,2001.

39. 汪向东,王希林,马弘. 心理卫生评定量表手册(增订版). 北京:中国心理卫生杂志社,1999.

40. 张李玺,刘梦. 中国家庭暴力研究. 北京:中国社会科学出版社,2004:52-53.

41. 赵幸福. 儿童期虐待问卷的信效度及家庭暴力男性躯体施暴者社会心理和分子生物学研究. 博士学位论文. 长沙:中南大学,2003.

42. 邹韶红,张亚林,张勇,黄国平,刘婷. 291 对新婚登记夫妇婚前暴力调查. 中国心理卫生杂志,2007,21 (5):328.

第十三章

超前心理干预预防夫妻暴力

第一节　干预模式及其理论

夫妻暴力是家庭暴力最常见的类型之一。夫妻暴力的后果具有严重性，可影响受虐者及其他家庭成员的心理健康，如焦虑、抑郁、人际关系障碍等发生率明显增高；可造成有形的躯体伤害，严重到使其致伤、致残，甚至出现配偶自杀或他杀。在美国每分钟就有 4 名妇女遭到关系密切的人的殴打，在被他杀的女性中，超过半数是被现在或以前的伴侣所害。夫妻暴力造成的伤害、配偶自杀或被他杀而言，后果是令人震惊的。如在急诊室，大约 20％～35％的女病人因家庭暴力而寻求治疗。Sekii 等（2005）研究发现有酒精使用史的家庭，63.5％的妻子遭受丈夫躯体暴力并出现身体的伤害。所有被殴打的妇女中，19％的人试图自杀、38％的被诊断为抑郁状态或另一种境遇障碍，10％的患上精神疾病。近期的家庭暴力与抑郁症患者自杀存在关联，并且自杀程度越重，关联越明显。夫妻暴力给家庭和社会带来很大的不良影响。它不仅是一个社会问题，也是一个医学、公共卫生和精神卫生问题。对防治夫妻暴力，尤其是对重点人群实施有针对性的早期强化心理干预，有利于降低夫妻暴力的发生和升级，提高婚姻质量，有利于和谐社会的发展。近年来国内外针对家庭暴力开展了心理干预的研究，并取得了一些效果。本章就目前夫妻暴力的心理干预现状进行综述，并对本课题组的超前心理干预预防夫妻暴力的研究进行报告。

对已经存在夫妻暴力的家庭主要的心理干预目的就是消除或减少暴力的发生。

一、夫妻暴力心理治疗的主要模式

（一）团体治疗或小组治疗

国外对夫妻暴力的团体治疗或小组治疗研究比较多，一般针对有严重的暴力行为，推荐施暴者小组干预，主要以心理教育为主。能够让施暴者有机会和其他人交流，减少其通常有的孤立和耻辱感。这要求男性能表达冲突的发生，为暴力行为负责并有义务终止暴力行为。如国外有学者发现这种治疗方式有效。也有针对受虐者进行小组干预的，主要是给她们提供援助、支持和建立自尊的机会，治疗的目的是赋予女性力量，为她们的婚姻关系作出自己的决定。例如，有学者对受虐韩国妇女进行支持性小组治疗，内容包括评估创伤、识别主要问题、处理情感、理解自我、改善应急处理策略和提高女性赋权等，干预后，16 例受虐女性的特质焦虑分明显下降，但同时发现其状态焦虑、自尊、抑郁分的变化水平与 17 例对照组比较并无明显不同。Tiwari 等（2005）对香港 110 位孕期受虐妇女作随机对照研究，一组给予女子授权训练干预，一组给予标准的关心治疗，发现这种授权训练治疗在减少家庭暴力方面很有效，并改善了她们的健康状况。

国内虽然在1995年世界妇女大会在北京召开以来，针对妇女的家庭暴力，取得了一定的进展，特别是在提高公众意识、促进地方立法及司法干预等方面取得一些成就。但是在夫妻暴力方面，对受虐者及施暴者的心理干预的研究显然还不够。在治疗模式上，主要也是应用小组治疗，针对施暴者或受虐者进行小组治疗。例如陕西省妇女理论婚姻家庭研究会就采取社会性别视角的社会工作方法为受虐妇女开办支持小组，针对她们的问题，设定具体的内容，内容涉及社会性别理念介入、家庭暴力原因分析及其危害性、共同探讨对策、心理调适、法律、相关信息资源介绍等。干预疗效显示：部分受虐妇女使自己的婚姻不断向良性模式发展，部分从死亡婚姻中出来，摆脱了暴力环境，精神肉体不再受折磨，生活质量提高。另外，他们也对受虐妇女进行了小组情感支持研究，通过对受虐妇女提供心理支持，发现小组辅导后受虐妇女产生了积极的情绪体验，心理健康水平得到了提高。再如，有学者也对受虐妇女进行了小组情感支持的治疗，研究发现，受虐妇女在辅导后SCL-90的评分在躯体化、人际敏感、抑郁、焦虑、恐惧、偏执、睡眠饮食等方面均有很大改善，心理健康水平也得到了很大的提高。北京右安门街道办事处对施暴者进行了小组干预和个案辅导的形式，治疗模式是针对社区现状，从宣传教育入手，并贯穿于项目实施的始终，坚持街道与社区相结合的原则、不同人群分层次推进原则和多种手段并举的原则，促进了部分家庭的和睦。

（二）夫妻共同治疗或个体治疗

对于夫妻共同治疗，国外学者认为，如果暴力行为相对不严重，暴力发生的频率也少，或者夫妻双方都愿意通过消除暴力改善婚姻不协，施暴者愿意承认和避免其暴力行为，也愿意讨论暴力这一问题，夫妻共同治疗就是可行的选择。有学者专门对70例丈夫对妻子施暴的家庭进行治疗联盟的心理干预，随机分为三组，一组为多对夫妻组，分配的治疗师为一男一女两名治疗师；一组为受虐女性组，分配的治疗师为女性治疗师；一组为施暴男性组，分配的治疗师为男性治疗师。进行了14周的治疗，每周1次，每次2个小时，主要是认知行为治疗和心理教育，经过心理干预后发现，丈夫对妻子中度到重度的心理忽视和躯体忽视明显减轻。又如，Stith等（2004）将轻度至中度的42对夫妻暴力家庭随机分为多对夫妻共同治疗组和单对夫妻治疗组进行研究，半年后发现多对夫妻共同治疗组男性暴力的再犯率比对照组明显降低，而且，夫妻满意程度也明显增加，但单对夫妻治疗组却没有明显改变。夫妻共同就诊有潜在的优势，可了解正在发生的暴力行为；向夫妻双方介绍相同的信息和技术；改变暴力发生前的就诊方式；可探讨带有感情色彩的问题。可能还存在一些潜在的不利因素，例如妻子的安全也许会受到威胁（如果她准确地报告了丈夫的行为，丈夫也许会在就诊后变本加厉）；很难评估他们对于维持婚姻的愿意程度。我国在夫妻共同治疗方面还未见相关报道。在夫妻个体治疗中，对于受暴严重的，还应评估女性受虐者潜在的杀人倾向，受殴打的女性也许会杀死施暴者而不愿继续在恐惧和暴力下生存。治疗师应详细询问受虐者曾经是否寻求过帮助，这些帮助是否起作用，可以了解受虐者对受虐程度的认识，并要识别这些受虐者可能患有创伤后应激障碍，应及时给予治疗。

二、夫妻暴力心理治疗的主要理论

（一）认知行为疗法

认知行为疗法在夫妻暴力中得到广泛应用。是以丈夫对妻子暴力行为的行为认知理论为基础的,这些模式视殴打为获得性行为。接受行为认知训练的治疗者主要是教导施暴者控制情绪的技能,及沟通和解决冲突的技巧。例如,有学者把 218 例社区家庭暴力的男性施暴者随机分成两组,分别进行基于女权的认知行为治疗和过程——精神动力治疗,共有 136 例完成了治疗,其中 79%完成了治疗后两年的暴力行为报告,结果发现两组治疗后疗效没有差异,指出只有依赖人格的男性对精神动力治疗反应较好,而反社会人格的男性对认知行为治疗的反应较好。也有研究认为认知行为治疗无效,如把 861 对海军暴力夫妻随机分成 4 组:男性施暴组、夫妻共同治疗组、严格监控组、对照组。在完成 12 个月的认知行为治疗后,发现男性施暴组和夫妻共同治疗组暴力情况的各项评估指标没有明显改变。

O'Farrell 和 Murphy(1999)对酒精滥用导致的家庭暴力应用了行为婚姻治疗(behavioral marital therapy,BMT),发现可以减少家庭暴力。如有学者应用 BMT 理论对 75 对因丈夫酒精滥用向妻子施暴的夫妻进行了为期 2 年的治疗,治疗 1 年后发现丈夫对妻子暴力的发生降低了 22.7%,治疗 2 年后发现暴力的发生降低了 61.3%。

(二)女权主义理论

女权主义理论是基于女权主义者对婚姻暴力的理论疗法。如彭斯(Pence,1989)根据女权主义理论设计了针对暴力型男性的治疗方案,治疗主要是让施暴者认识到社会是如何禁止他们控制妻子的这些手段,强调社会对治疗夫妻暴力的支持。治疗中关键因素是权力和控制,通常使用教导的方法帮助男性探讨虐待行为的社会政治含义。暴力性丈夫应为其行为负责。

(三)愤怒控制策略

主要使施暴者能自我检测到逐渐升级的愤怒情绪和痛苦体验;采用时间中断法,向配偶示意言语交战必须告一段落;向配偶征询意见请求撤离;双方分开以便回避激战;冷静并恢复对愤怒的控制,然后返回到可控制的言语交战中,引导施暴者讨论暂停法的使用方法。对降低暴力的发生有一定的效果。

(四)心理教育

针对受虐妇女主要讲解一些如"沃克暴力循环理论"和"后天无助理论"等。"沃克暴力循环理论"反映了丈夫对妻子的暴力往往呈现出阶段循环式特征。依次为暴力事件、蜜月阶段、冲突累积阶段、逐渐升级的愤怒、逐步升级的行为(辱骂、破坏财物等)、直至暴力事件的重蹈覆辙,向受虐妇女强调,暴力时间随着时间的发展,周期会越来越短的,程度也会越来越重。以使她们认识和识别暴力循环的五个环节相对应的特定行为,学习阻断暴力循环的行为技能。还有"后天无助理论"用来解释受虐妇女的心理瘫痪状态。告知受虐妇女自己的消极互动如何成为虐待链中引发暴力的行为的环节的,帮助受虐妇女意识到积极的行动和抗衡可以取代消极的互动。提高受虐妇女的自尊感,增强自主性。针对施暴者主要是要求为其虐待性行为负责,并且有义务停止暴力行为。

(五)夫妻情感集中疗法

主要针对一些轻度到中度暴力的夫妻,帮助他们做好彼此的情感联系,如何更好地沟通和交流,维持亲密的关系等。

第二节　预防性心理干预的对照研究

在实际工作中,对已经发生的夫妻暴力进行心理干预,工作难度大,效果也甚微。如果在夫妻暴力未发生前,或夫妻暴力未升级前,进行预防性的心理干预,可以起到事半功倍的作用。

在国外,针对夫妻暴力发生或升级的预防中,家庭发展理论认为,在各个过渡阶段建立的适应形成影响,在以后发展的某一点上遇到应激源,因此,在发展中干预进行得越早,长远效益产生的可能性越大。预防与关系促进教程的长期效果得到了最广泛研究。它于20多年前由丹佛大学的两名学者 Marklnan 和 Stanley 得以最初设计。它要求夫妻共同参加,4~10对或更多夫妻一起学习,然后各自实践并反馈信息。所以合理的课程设置和内容安排很重要。其主要手段是教导夫妻交流、冲突解决和负性情感反应的调节技巧,以及如何维持和促进爱、承担义务等。丹佛一项长期研究肯定了预防与关系促进教程的效果,与对照组比较,干预后4到5年,研究组仍然保持了高水平的关系和性满意度、较低出现问题的频率。

另外,英国汉普郡政府在预防家庭暴力方面,制定了委托牧师等神职人员进行类似心理干预方面的方案。主要是制定了一些有关家庭暴力界定的宣传资料和手册;邀请一些准备结婚的或订婚的伴侣和牧师或教堂的其他神职人员见面,提前接受关于家庭暴力这方面的咨询和培训;培训过程较严肃而机密;并提供求助电话和求助部门的名单;主要由牧师、法学工作人员等对防止家庭暴力方面的知识进行传授。还设有"DOMESTIC VIOLENCE 101",其内容主要有家庭暴力危险因素的前兆和家庭暴力的性质、婚内和婚外暴力的明确定罪、家庭暴力对孩子的影响、压力处理技巧、社会支持系统的重要性等。

在国内,针对预防夫妻暴力的发生,我国著名学者张亚林提出了家庭暴力的社区防治方法,其心理干预方法主要为"群体的心理教育-家庭的心理咨询-个体的心理治疗"三合一模式。其目标是:降低社区家庭暴力的发生率、改善家庭的生活质量、提高个体的心理健康水平。其效果已在防治家庭暴力的大样本研究中得到进一步验证。

目前,国内尚未发现针对新婚夫妻的夫妻暴力预防性心理干预的研究报道。因此,如果总结国外防治家庭暴力的经验和教训,并结合我国当今社会体系的特点,建立一个符合国情的社区防治模式、完善一套符合国人的心理干预方法、探索有针对性的切实有效的心理干预措施,在精神卫生领域全面推动有中国特色的对夫妻暴力进行预防性心理干预的应用和发展,无论对于国计、还是对于民生都将有着重要的、深远的和现实的意义。

一、研究对象

(一)样本来源

长沙市总人口602万,市区人口202.5万,是一个中等发达的城市。主要分为五个市辖区,即岳麓区、芙蓉区、天心区、开福区和雨花区,每个区的人口数差异不大。其中芙蓉区39.0万人,天心区39.6万人。于2005年11月~2006年2月在长沙市随机抽取2个市辖区,即芙蓉区和天心区。再在每个市辖区民政局婚姻登记机构处对领取结婚证愿意接受婚前暴力调查研究的新婚夫妻进行问卷调查。本调查实际抽取样本共330对,因拒答、不合作等原因,实际调查317对,涉及634人。调查的应答率为96.1%。其中来自芙蓉区157对,共314人,天心区160对,共320人。调查对象为登记的新婚夫妻,双方均为初婚。调查前已经获得中南大学医学伦理委员会的批准。

(二)筛选高危人群

对家庭暴力持认可态度,主要依据 Sugarman and Frankel 等(1996)通过 meta 分析所证实其是家庭暴力施暴的高危险因素、赌博、待业或无业、饮酒史、儿童期目睹家庭暴力或遭受家庭暴力。以上危险因素也是本课题前已研究证实的夫妻暴力危险因素。本研究中一对新婚夫妻只要有一人具备下列至少 3 项的危险因素，即属于夫妻暴力高危人群。家庭成员有对家庭暴力持"可以"或"看情况"态度者、有待业或无业者、有赌博者、有儿童期目睹家庭暴力者、有儿童期遭受家庭暴力者、有饮酒史者。

根据以上条件，筛选出 93 对新婚夫妻高危人群，发现其中有 74 对（79.6％）婚前有暴力发生，19 对（20.4％）婚前无暴力发生。把研究对象随机分为干预组和对照组，随机方法主要依据入组日期的单、双号。（干预组为单号，共 42 对，对照组为双号，共 51 对。）在随机入组后，两组中因工作繁忙、长期出差、夫妻两人一方或两方在外地工作，不愿参与本项目等原因共有 17 对。这 17 对平均年龄为 27±4 岁，发现其中有 14 对（82.4％）婚前有暴力发生，3 对（17.6％）婚前无暴力发生。实际只有 76 对愿意接受研究，干预组有 32 对；对照组有 44 对。两组发现其中有 63 对（82.9％）婚前有暴力发生，13 对（17.3％）婚前无暴力发生。

干预组主要接受关于夫妻暴力的健康心理教育及预防夫妻暴力发生的心理辅导训练，对照组不接受任何干预。干预组中，男性年龄为 24～36 岁，平均 29±4 岁。女性年龄为 21～35 岁，平均 25±4 岁。对照组中男性年龄为 23～36 岁，平均 27±4 岁。女性年龄为 21～31 岁，平均 25±2 岁。

二、研究方法

（一）研究工具

①自行设计的夫妻暴力调查问卷：包括年龄、性别、族别、职业、婚姻状况、受教育程度、经济状况及对居住条件的主观评价；有无饮酒史及吸烟史；有无婚前恋爱史及婚前同居史；对家庭暴力的态度：当家庭成员之间发生冲突时，是否可以采用羞辱谩骂、伤人毁物、殴打、残害、限制人身自由及性虐待等粗暴的方式来解决？有 3 个选项：不可以、可以、可以但需视情况而定。②艾森克个性问卷。③社会支持评定量表。④简易应对方式问卷。⑤儿童期虐待问卷。⑥婚姻调试测定。

（二）质量控制

为了保证调查质量，我们在调查前进行集中培训，使调查者了解此次研究的目的和设计思路，掌握调查工具的使用方法和调查技巧。对调查实施、问卷编码、数据录入、清理等各个环节加强了质量控制。在本调查过程中设有课题负责单位、协作单位和调查组负责人的三级督导制度。发现问题及时研究解决。课题负责单位的研究人员多次深入到所在调查点进行督导，督导工作包括问卷调查、复查和补遗。即每个被试者调查完毕，调查组负责人予以问卷复查，以免漏填、误填，并督促及时补充。

（三）研究方法

干预组和对照组在新婚夫妻登记处填写新婚夫妻婚前暴力调查问卷、SCSQ 问卷。两组在入组时填写夫妻暴力调查问卷、EPQ 问卷、SSRS 量表。并填写知情同意书。在随访 6 月后，两组完成夫妻暴力调查问卷测定的评定。

实际干预中，干预组 32 对新婚夫妻中有 26 对（78.1％）完成整个干预过程，6 对提前终止了干预（脱落），终止干预的原因主要为新婚夫妻工作忙，外出不能回来，出差，或家中有其他事务不能参加。在随访的过程中，有 1 例脱落，脱落的原因为联系方式手机号码变为空号，所以无法联系上。对照组 44 对新婚夫妻中 37 对（84.1％）完成整个过程，7 对脱落。这 62 对新婚夫妻，发现其中有 52 对（83.9％）在婚前有暴力的发生，10 对（16.1％）婚前无暴力的发生。随访脱落的主要原因是新婚夫妻工作忙、出差、外出探亲、联系方式中断、不愿随访等原因而脱落。其中研究组脱落率为 18.75%;对照组脱落率为 15.91%。两组比较差异无统计学意义。

(四)疗效判定

疗效判定指标为采用自行设计的夫妻暴力调查问卷(包括对家庭暴力的态度、家庭暴力的表现形式)对研究组和对照组进行干预前及随访 6 月后组间及组内的比较,通过对家庭暴力的态度、家庭暴力的发生人数的变化进行效果的判定。采用 Locke-Wallace 婚姻调试测定问卷对研究组和对照组进行随访 6 月后组间的比较,以判定干预对婚姻幸福程度的影响。

三、心理干预方法

以预防性心理干预为主,心理干预方法主要为"群体心理教育-家庭心理咨询-个体心理治疗"三结合的心理干预模式。其中群体心理教育是指至少五人以上参加的关于家庭暴力的防治及婚姻心理健康教育;家庭心理咨询是指夫妻二人共同参与的或多对夫妻共同参与的预防家庭暴力发生的心理咨询、辅导与训练;个体心理治疗是指对一对夫妻分开进行心理干预。在干预的整个阶段始终得到张亚林教授的大力支持和指导。辅导者是两名高年资精神科主治医师,均是博士研究生,主攻方向是精神应激和心理治疗。由于和研究对象集中较难,在干预的早期和中间阶段我们把群体心理教育和心理辅导与训练放在了一起。心理干预共 6～7 次。每次干预时间约 90～120 分钟。地点主要在长沙市芙蓉区德政园社区会议室、社区悄悄话室及中南大学湘雅二医院精神卫生研究所贵宾室。

(一)两教育三训练

1. 婚姻心理健康教育 包括四个方面:①使新婚夫妻了解婚姻的含义。②了解婚姻中最重要的五个因素:忠诚、负责任、体贴、能干、给对方全力的支持。③婚姻美满的好处。④婚姻不和睦的弊端。均举例说明,并制作成 VCD 光盘。

2. 家庭暴力知识的教育

(1)家庭暴力的定义:家庭暴力是指对家庭成员进行伤害、折磨、摧残和压迫等人身方面的强暴行为,其手段包括殴打、捆绑、残害、拘禁、折磨(限制衣食住行、超强度劳动)、凌辱人格、精神摧残、遗弃以及性虐待等。

(2)家庭暴力包括三种形式:精神暴力、躯体暴力、性暴力。

(3)家庭暴力常见的危险因素:不良嗜好,如赌博、嗜酒、烟等;双方的个性问题;应对方式问题;情感联系的问题;对家庭暴力的态度问题;经济问题;工作问题;娱乐或业余爱好问题;人际纠纷的问题;心理问题等等。

(4)怎样预防和降低家庭暴力的发生:在面对第一次躯体暴力时,我们要说"不",坚决予以抵制;尽量避免或降低家庭暴力危险因素的发生;要通过参加婚姻的辅导训练学会在婚姻问题和冲突发生之前就改善相互的关系;要加强夫妻双方的沟通与交流;要学会控制自己的不良情绪等。发放由湖南省妇女联合会制订的宣传小册子,标题为"拒绝家庭暴力,共创美好家园"。

(5)家庭暴力的不良后果:对家庭产生家庭不和睦、家庭破裂和经济损失的后果;对施暴者产生在家中受孤立、自责自罪、受处分或受治安处罚的后果;对受虐者产生出走、仇视或报复、精神伤害、身体损伤、身体致残的后果;对社会造成危害。

(6)了解家庭暴力的循环阶段:依次为暴力事件;蜜月阶段;冲突累积阶段;逐渐升级的

愤怒;逐步升级的行为,直至暴力事件的重蹈覆辙。

3. 三训练

其理论与方法借鉴了国外的预防和促进关系教程(the prevention and relationship enhancement program,PREP)70%的理论。在实践应用的过程中,根据我国的文化习惯稍作改动。PREP 主要是用来预防婚姻裂痕和危机,目标是帮助夫妻在问题发生之前就改善他们的关系,目的是防止关系恶化所导致的苦恼与争执,甚至于最后的婚姻破裂。包括:交流技巧的训练;解决夫妻之间矛盾冲突的训练;明确夫妻关系中潜在的问题和期望。

(二)干预的程序

主要分为三个阶段,每周 1 次,每一个阶段又包括几个步骤,简介如下:

1. 干预开始阶段　包括治疗关系的建立及婚姻心理健康教育(2 次)。

2. 干预中间阶段　主要包括家庭暴力知识和防止家庭暴力的教育、交流技巧的训练、解决夫妻之间矛盾冲突的训练和明确夫妻关系中潜在的问题和期望的训练(3~4 次)。每次干预时间为 90~120 分钟。

3. 干预结束阶段(1 次)　主要是干预的总结,做好随访。共 3~4 个月的时间完成心理干预。

四、研究干预的效果

(一)对家庭暴力持"认可"或"看情况"态度者减少

在干预的过程中最重要的一项就是对夫妻暴力重点人群进行家庭暴力知识的教育,让他们知道什么是家庭暴力;家庭暴力的不良后果,如会造成家庭不和睦、家庭破裂;对受虐者产生身体和心理的不良影响;对施暴者使其孤立、甚至被处分、被处罚的结果。

研究发现,干预前和随访 6 月后两组对家庭暴力的态度有改变:干预前两组对家庭暴力的态度比较差异无显著性,但是在随访 6 月后研究组对家庭暴力持"认可"或"看情况"的态度者明显低于对照组。研究组在随访 6 月后,对家庭暴力持"认可"或"看情况"的态度者比干预前明显下降;而对照组在随访 6 月后对家庭暴力持"认可"或"看情况"的态度者却较干预前无明显下降。说明研究组在心理干预后深刻认识到了家庭暴力对家庭、对施暴者及受虐者的不良影响和危害,所以对家庭暴力的态度发生了改变。

(二)家庭暴力发生人数减少

本研究发现,丈夫和妻子的报告基本类似。本研究的对象是初婚夫妻,一半以上是大专学历,受过高等教育,另外,家庭暴力以精神暴力为主,可能对这些事情的回答较坦然,说明了结果的可靠性。

对分别进行了干预前和随访 6 月后两组间妻子受虐形式的效果比较:妻子报告干预前两组妻子受虐的人数比较,差异无显著性;随访 6 月后研究组受虐的有 14 人(56.0%),低于对照组 30 人(81.8%);随访 6 月后研究组两种以上家庭暴力未发生,而对照组却有 4 人。

丈夫报告随访 6 月后,研究组受虐的有 12 人(48.0%),显著低于对照组 29 人(78.4%)。说明经过心理干预后的夫妻暴力重点人群妻子受虐的人数显著少于没有受到心理干预的重点人群,而且经过心理干预后夫妻暴力重点人群妻子遭受两种以上家庭暴力未发生,而对照组却有发生。本研究对干预前和随访 6 月后两组内妻子受虐形式的效果比较:妻子报告,研究组在随访 6 月后妻子受虐总人数有 14 人(56.0%),低于干预前 17 人(68.0%);研究组在随访 6 月后妻子遭受两种以上虐待未发生(0.0%),低于干预前 2 人

（8.0%）；对照组在随访 6 月后妻子受虐总人数有 30 人（81.1%），高于干预前 27 人（73.0%）。说明夫妻暴力重点人群经过预防性心理干预后妻子受虐人数有下降，而未经过干预的妻子受虐人数却未下降，反而有增加；经过预防性心理干预后的妻子受虐种类未发生。说明预防性心理干预是有效的。

分别进行干预前和随访 6 月后两组间丈夫受虐形式的效果比较。妻子报告干预前两组丈夫受虐人数比较差异无显著性；随访 6 月后，研究组受虐的有 14 人（56.0%），显著低于对照组 31 人（83.8%）；研究组精神和躯体暴力未发生（0.0%），显著低于对照组 8 人（21.6%）。丈夫报告与妻子类似。说明虽然同是夫妻暴力重点人群，但是只有经过心理干预后的重点人群丈夫受虐人数、两种以上虐待的合并比对照组明显减少。

干预前和随访 6 月后两组内丈夫受虐形式的效果比较：妻子报告，研究组在随访 6 月后丈夫受虐总人数 14 人（56.0%），低于干预前 17 人（68.0%）。对照组在随访 6 月后丈夫受虐总人数 31 人（83.3%），高于干预前 28 人（75.7%）。说明夫妻暴力重点人群，经过家庭暴力的预防性心理干预后丈夫的受虐人数明显减少，而未进行干预的重点人群——丈夫受虐人数却有增加，说明预防性心理干预是有效的。

（三）预防性心理干预模式的有效性

心理干预的三培训中，主要训练夫妻之间的沟通与交流的方式，教给他们如何进行夫妻双方建设性和破坏性的交流方式，并进行训练，通过干预更好地加强了夫妻双方的沟通；并通过解决夫妻之间矛盾冲突的训练，不仅预防了夫妻之间因矛盾冲突可能发生的暴力，而且降低了夫妻之间的冷战。所以可能由精神暴力引发的躯体暴力或两种以上合并的暴力也会减少。说明预防性心理干预夫妻暴力是有效的。以上研究也说明随着时间的推移，如果不进行及时地干预，夫妻暴力会逐步升级。

那些没有婚前暴力行为的新婚夫妻，经过干预，教给了他们学会如何在婚后的生活中更好地加强双方的沟通；如何扮演好自己及对方所期待的角色；如何增进彼此的亲密关系；如何避免矛盾冲突地发生。不仅预防了夫妻暴力的发生，而且提高了婚姻质量。本研究显示：在随访 6 月后，研究组的婚姻调试问卷总分明显高于对照组。说明预防性的心理干预不但能减少暴力的发生，而且能提高新婚夫妻的婚姻质量。那些发生过暴力行为的夫妻经过预防性干预再发生的暴力例数未再升级，甚至有下降。而那些一开始就有暴力行为的夫妻，如果不进行干预，暴力可能继续或逐步升级，以致造成恶性后果。

（四）预防性心理干预方法的有效性

在我国特定文化背景下，针对夫妻暴力发生前的干预，采取什么样的干预方法，也是本研究的创新点之一，本研究对预防夫妻暴力的发生主要模式为"群体的心理教育-家庭的心理咨询-个体的心理治疗"三合一模式，其中群体心理教育是指至少五人以上参加的关于家庭暴力的知识及婚姻心理健康教育；家庭心理咨询是指夫妻二人共同参与的或多对夫妻共同参与的预防家庭暴力发生的心理咨询、辅导与训练；个体心理治疗是指对一对夫妻分开进行心理干预。为预防暴力的发生或升级，如果只采取单一的治疗方法，疗效可能不好，本研究的治疗方法主要是"两教育三训练"。"两教育三训练"的内容主要为：婚姻心理健康教育、家庭暴力知识的教育、交流技巧的训练、解决夫妻之间矛盾冲突的训练、明确夫妻关系中潜在的问题和期望的训练。借鉴了国外的预防和促进关系教程 70% 的理论，在实践应用的过程中，根据我国的文化习惯稍作改动。在本研究中已经取得了良好的效果。另外，在夫妻暴力的心理干预方法学上还存在一些问题：没有研究组和对照组的对照研究。许多针对夫妻暴力心理干预的研究缺少对照组或者在本质上属半实验性的,如没有对照组,或者将完成治疗的男性与中途退出治疗的男性比较。而本研究的创新点之一就是对新婚夫妻暴力重点人群的筛查,并对重点人群进行随机分组,分为研究组和对照组,对研究组进行了干预。本研究的干预是有效的,如新婚夫妻对家庭暴力的态度发生了改变,对家庭暴力持肯定的态度明显减少,降低了夫妻暴力的发生和升级。

由此可见,预防性心理干预,可以减少夫妻暴力的发生,降低夫妻暴力的升级,提高婚姻协调程度和质量。

第三节 心理干预的效果评估

对夫妻暴力心理干预中评定疗效的指标采用较多的是,冲突策略问卷(conflict tactics scale,CTS),是由美国新罕布什尔州社会学家 Murray Straus 为研究家庭暴力而编制的量表。从 1972 年至今已经被成功用于至少 20 个国家,是针对亲密关系(包括恋爱、同居或结婚)暴力行为的评估工具。1995 年,Straus 等将 CTS 修订为 conflict tactics scale 2(CTS2),目前国外普遍采用 CTS2 来评估过去一年中夫妻暴力行为,包括较多的躯体、性和心理虐待条目;严重的伤害或躯体结果。并在心理治疗后进行随访疗效时进行评定。还有马歇尔(Marshall,1922)的"对女性暴力行为严重性的评估",谢泼德(Shepard)与坎贝尔(Cambell,1992)的"伤害性行为表",及一些焦虑、抑郁自评量表等等。对疗效的评定除了问卷的评定外,还有治疗后夫妻暴力年发生率,夫妻暴力的频率和程度,婚姻满意度的评定等。

尽管许多方法都表明了对夫妻暴力心理干预的有效性,但仍然有不少问题值得讨论:

1. 方法学上存在的问题 没有干预组和非干预组的研究。许多针对夫妻暴力心理干预的研究缺少对照组或者在本质上属半实验性的,如:没有对照组,或者将完成治疗的男性与中途退出治疗的男性比较,而不少研究表明他们存在人口学上的差异。多数研究是短期评估,长期追踪的少。

2. 对夫妻暴力的发生或升级,多采用二级或三级预防,能否在暴力还没发生之前,先进行一级预防性心理干预,治疗效果如何也值得探究。

3. 心理干预的过程往往是短期的多,能否保持长期的疗效仍然不太清楚。

4. 心理干预对夫妻暴力疗效的生物学机制仍需要进一步研究。

目前在我国,在提高公众意识、促进地方立法及司法干预等方面取得了一些进展,但对受虐妇女的心理支持及施暴者的心理矫正还不够,主要是以社工服务的方式出现,而心理学专业人士的介入还凤毛麟角。

总之,针对夫妻暴力的心理干预,要转变观念,改变传统的尊卑有序的封建思想,强化现代的人人平等的法制观念。要认识到家庭暴力不仅仅是对家庭成员心身的伤害,亦是对人权的践踏;家庭暴力不仅仅是家庭问题,亦是社会问题;"家务事"不仅仅可以在家庭内部解决,亦可公之于社会甚至诉之于法律;要研究家庭暴力发生的原因,确定防治策略。加强家庭暴力的科学研究,提高心理干预的强度和技巧,建立防范干预系统。人们应有较高的心理素质和心理健康水平,要有信心、有能力用非暴力的手段解决一切家庭问题。

(邹韶红)

参 考 文 献

1. Balci YG,Ayranci U. Physical violence against women:evaluation of women assaulted by spouses. J Clin

Forensic Med,2005 Oct,12(5):258-263.

2. Barnett OW,Fagan RW. Alcohol use in male spouse abusers and their female partners. Journal of Family Violence,1993,8:1-25.

3. Brown PD,O'Leary KD. Therapeutic alliance:predicting continuance and success in group treatment for spouse abuse. J Consult Clin Psychol,2000,68(2):340-345.

4. Campanelli C,Gilson T. Murder-suicide in New Hampshire,1995-2000,2002,23(3):248-251.

5. Dunford FW. The San Diego Navy experiment:an assessment of interventions for men who assault their wives J Consult Clin Psychol,2000,68(3):468-476.

6. Flisher AJ,Kramer RA,Hoven CW,et al. Psychosocial characteristics of physically abused children and adolescents. J am Acad Adolesc psychiatry,1997,36(1):123-131.

7. Gilliland BE,James RK. 危机干预策略. 肖水源,等译. 北京:中国轻工业出版社,2000.

8. Guoping Huang, Yalin Zhang, Shakeh Momartin, et al. Prevalence and Characteristics of Trauma and Posttraumatic Stress Disorder in Female Offenders in China. Comprehensive Psychiatry,2006,47(1):20-29.

9. Hoffman KL,Demo DH,Edwards JN. Physical wife abuse in a non-Western society:an integrated theoretical approach. Journal of Marriage and the Family,1994,56:131-146.

10. Jacoboson NS,Gurman AS,夫妻心理治疗与辅导指南,贾树华,译. 北京:中国轻工业出版社,2001.

11. Kim S,Kim J,The effects of group intervention for battered women in Korea Arch Psychiatr Nurs,2001,15(6):257-264.

12. Kunitz SJ,Levy JE,McCloskey J,et al. Alcohol dependence and domestic violence as sequelae of abuse and conduct disorder in childhood. Child Abuse Negl,1998,22(11):1079-1091.

13. Kyriacou DN,Anglin D,Taliaferro E,et al. Risk factors for injury to women from domestic violence. New England Journal of Medicine,1999,341:1892-1898.

14. Markman HJ,Renick MJ,Floyd FJ,et al. Preventing marital distress through communication and conflict management training:a 4-and 5-year follow-up. J Consult Clin Psychol,1993,,61(1):70-77.

15. Murray A,Straus Sherry L,Hamb Y,et al. The Revised Conflict Tactics Scales(CTS2)Development and Preliminary Psychometric Data. Journal of Family Issues,1996,17(3):283-316.

16. O'Farrell TJ,Van Hutton V,Murphy CM. Domestic violence before and after alcoholism treatment:a two-year longitudinal study. J Stud Alcohol,1999 May,60(3):317-321.

17. Prince JE,Arias I. The role of perceived control and the desirability of control among abusive and nonabusive husbands. American Journal of Family Therapy,1994,22(2):126-134.

18. Rankin LB,Saunders DG,Williams RA. Mediators of attachment style,social support,and sense of belonging in predicting women abuse by African American men. Journal of Interpersonal Violence,2000,15:1060-1080.

19. Rao V. Wife-beating in rural south India:a qualitative and econometric analysis. Social Science and Medicine,1997,44(8):1169-1180.

20. Ratner PA. Indicators of exposure to wife abuse. Canadian Journal of Nursing Research,1995,27(1):31-46.

21. Robbins RN. Developing cohesion in court-mandated group treatment of male spouse abusers. Int J Group Psychother,2003,53(3):261-84.

22. Saunders DG. Feminist-cognitive-behavioral and process-psychodynamic treatments for men who batter:interaction of abuser traits and treatment models. Violence Vict,1996,11(4):393-414.

23. Sekii T,Shimizu S,So T. Drinking and domestic violence:findings from clinical survey of alcoholics Nihon Arukoru Yakubutsu Igakkai Zasshi,2005,40(2):95-104.

24. Smith MD. Patriarchal ideology and wife beating：A test of a feminist hypothesis. Violence and Victims，1990，5(4)，257-273.

25. Stith SM，Rosen KH，McCollum EE，et al. Treating intimate partner violence within intact couple relationships：outcomes of multi-couple versus individual couple therapy. J Marital Fam Ther，2004，30(3)：305-318.

26. Stith SM，Rosen KH，Middleton KA，et al. The intergenerational transmission of spouse abuse：A meta-analysis. Journal of Marriage and the Family，2000，62：640-654.

27. Sugarman DB，Frankel SL. Patriarchal ideology and wife assault：A meta-analytic review. Journal of Family Violence，1996，11，13-40.

28. Tiwari A，Leung WC，Leung TW，et al. A randomized controlled trial of empowerment training for Chinese abused pregnant women in Hong Kong. BJOG，2005，112(9)：1249-1256.

29. Tsui KL，Chan AY，So FL，et al. Risk factors for injury to married women from domestic violence in Hong Kong. Hong Kong Med J，2006，12(4)：289-293.

30. 李景华. 情感支持小组对受虐待妇女心理健康的影响. 健康心理杂志，2004：12(2)：105-107.

31. 邹韶红，张亚林，曹玉萍，等. 湖南省郴州市夫妻间暴力的社会心理学特征. 中国心理卫生杂志，2007，21(5)：338-342.

32. 邹韶红，张亚林，党海红，等. 家庭暴力与抑郁症患者自杀的相关性研究. 中华精神科杂志，2003，36(4)：238-241.

33. 邹韶红. 夫妻暴力社会心理高危因素及其预防性心理干预的研究，中南大学博士论文，2007.

第十四章

孕期家庭暴力及产后抑郁

第一节 概 述

我国为发展中国家，受中国传统文化的影响，人们对"清官难断家务事"的认同，将家庭暴力"合理化"并"合法化"了。直到今天，社会舆论、新闻传媒、政府有关部门对此仍然未给予足够的重视，也未形成一个共识。人们对家庭暴力的问题讳莫如深，因此家庭暴力的科学研究资料不多，但家庭暴力问题实际上相当严重。家庭暴力包括精神暴力、躯体暴力和性暴力。妇女易成为家庭暴力的受虐者，已是一个社会和公共卫生乃至精神医学问题。夫妻暴力是家庭暴力中常见的形式，是指对配偶进行故意伤害、折磨、摧残和压迫等人身方面的强暴行为，包括殴打、捆绑、身体残害、限制人身自由、精神摧残和性虐待等。在国外，夫妻暴力作为家庭暴力研究的一个方面，已经有 30 多年的历史。1975 年，美国进行了首次全国性的流行病学调查，发现 28％的夫妇曾经历过不同形式和不同程度的家庭暴力。以下一些报道似乎对家庭暴力可见一斑：1990 年美国的一份全国性调查报道，当年每 8 个丈夫中就有一个对妻子有暴力行为，每年有 180 万妇女被他们的配偶殴打。一项由欧美 10 个国家参与的流行学资料显示，24 097 名被调查妇女 15％～71％一生中曾遭受躯体暴力或性暴力，4％～54％的女性在过去一年遭受过躯体暴力或性暴力。那么，国内关于家庭暴力的调查研究现状又如何呢？曹玉萍、张亚林等(2006)湖南省家庭暴力的流行学研究发现，城市夫妻暴力的总发生率为 12.4％，年内发生率为 4.4％，夫妻暴力的表现形式以精神合并躯体暴力比例最高(47.5％)，其次是单纯精神暴力(36.3％)，精神、躯体合并性暴力的比例最低(3.8％)。受虐女性表现社会支持系统缺乏，多采取消极应对方式，较显著的负性生活事件以及精神质、情绪不稳等个性心理特征。

国内邹韶红、张亚林等(2007)首次对城市新婚夫妇婚前暴力行为进行的研究发现，1/3 的新婚夫妻在婚前一年有过暴力行为发生，调查结果令人深思！这项研究将"冷战"、"故意不理睬对方"等纳入精神暴力后发现，婚前一年女性遭受精神暴力发生率最高，达到 23％，远超过躯体暴力和性暴力的发生。新婚夫妻婚前暴力发生的主要诱发因素是夫妻的个性和应对方式问题、沟通与交流不足、娱乐活动缺乏等。由于个性问题，夫妻遇到冲突或矛盾时，所采取的处理方式如不恰当，可能易引发家庭暴力。值得注意的是，情侣暴力与婚前同居有一定的关系，需引起关注。以上研究似乎不难看出，从新婚到婚后不同时期，夫妻暴力的表现形式发生了变化，精神暴力的发生率升高，冷遇对方，故意不说话或语言侮辱谩骂等现象

143

屡见不鲜,好像成了家常菜,甚至被相当多的家庭成员接受。进一步调查也发现,精神合并躯体暴力呈升高态势,性暴力也存在增长,说明暴力行为出现了升级。同时发现受虐女性普遍存在社会支持程度低,消极应对方式以及多疑敏感等神经质个性心理特征。

那么,女性在孕期这一特殊时期,家庭暴力的发生状况如何? 孕期家庭暴力又有何独特性? 国内外研究证实,孕期家庭暴力和以往夫妻暴力的研究既存在共性,又存在独特性。孕期家庭暴力流行学的调查存在较大的差别,这首先是因为对家庭暴力的操作性界定还不是十分明确,学术界仍存在较大的争议,而且东西方文化差异也会对此造成影响。其次,调查对象的人种,调查方法的设计等等存在差异也会一定程度影响发生率。但并不能否认无论崇尚个性的西方,还是遵循人伦的东方,毫无例外存在着家庭暴力这个人世间的毒瘤。我们先来看看以下这些报道:美国的 Johnson 等随机调查了综合医院 475 名待产孕妇发现,17%的妇女在孕期遭受过各种形式的家庭暴力。2002 年墨西哥 27 个多中心回顾性调查了 1780 名城市妇女,发现孕期家庭暴力发生率为 9%,主要表现为躯体暴力(包括扇耳光、拳打脚踢、用器具折磨等)和性暴力。Bacchus 等报告孕妇在过去一年遭受躯体暴力或精神暴力(包括谩骂、羞辱、言语攻击和威胁)的发生率为 23.5%。有学者等将经济控制和限制自由纳入精神暴力中发现,孕妇精神暴力发生率最高(78.3%),其次是躯体暴力(15.6%),性暴力最低(9.9%)。国内也有学者采取整群抽样的方法,调查了 1397 名产科门诊和住院待产妇,发现孕期家庭暴力发生率为 16.8%。其中单纯精神暴力最高(9.1%),其次为躯体暴力和性暴力。以上事实足以触目惊心,震人发聩!

怀孕是女性一个特殊的生理时期,孕产期若遭受家庭暴力,不仅影响孕产妇的心身健康,还可能对子代造成不良的影响。虽然常识告诉我们,孕期家庭暴力罕有发生或者明显减少,怀孕似乎是暴力发生的保护性因素。但孕期家庭暴力的发生是否为人们所想象的呢? 孕期家庭暴力的表现形式及特征如何? 国内相关研究较少,需要科学的验证和客观的评估。因此,张勇、张亚林在综述国内外孕期家庭暴力的相关影响因素以及对孕妇、子代的不良影响的同时,还对以下内容进行较深入的研究与探讨:①孕期家庭暴力的发生率及表现形式;②孕期受虐女性的社会心理特征;③孕期家庭暴力及产后抑郁的危险因素;④孕期家庭暴力与产后抑郁的关系。

第二节　孕期家庭暴力的相关因素

孕期若遭受家庭暴力,不仅影响孕产妇的心身健康,还可能对子代造成不良的影响,孕期家庭暴力的发生受哪些风险因素作祟?

一、精神活性物质滥用

精神活性物质包括各种类型的毒品和家喻户晓的酒精类等物质,随着现代社会的发展,毒品和酒精的使用量和程度之大令人惊心! 毒品和酒精也与暴力行为如影随形,酒后家庭暴力的报道屡见不鲜。许多研究证实酒精或物质滥用与家庭暴力有一定的相关性。无论是施暴者还是受虐者,如果当前正在使用酒精或其他成瘾药物,家庭暴力的风险就会明显增加。Tracy 等(2001)调查了 107 名产妇后发现,15%的药物滥用者过去一年遭受过家庭暴力,7%在孕期遭受过家庭暴力,而没有滥用史者上述比例分别是 7%和 1%。无论是施暴者还是受虐者,如果当前正在使用酒精或其他成瘾药物,可能会增加家庭暴力的风险。国外采用对照研究发现控制了混杂因素后,药物滥用和酒精滥用是孕妇受虐的独立危险因素。但也有人怀疑如酒的问题是否能够作为家庭暴力的预测因素,它可能只是一个暴力行为的触发因素或者施暴的"借口"。但不管怎样,治疗酒依赖的确可以减少家庭暴力的发生。这启示我们家庭和社会应该采取措施,有效控制这些物质的滥用。

二、遗传学因素

遗传学因素主要是针对施暴者而言,大量研究认为,施暴者可能存在攻击行为的"易感基因",孕期施暴者亦概莫能外。研究发现多种候选基因最终可以影响 5-HT 功能,导致暴力攻击行为,与暴力攻击行为相关的可能的易感基因有哪些呢?

(一) 色氨酸羟化酶基因(TPH)

参与 5-HT 合成的色氨酸羟化酶主要存在于大脑中,是合成 5-HT 的唯一限速酶。人类 TPH 基因位于 12q15,存在 11 个外显子。研究发现,TPH-A779C 基因多态性与不同程度的暴力攻击行为相关,基因型 AA 与强攻击行为相关,基因型 CC 与程度较弱的攻击行为相关。研究还发现,TPH 基因第 7 内含子 A218C 基因多态性与暴力攻击相关,U 等位基因型比 L 等位基因型的男性更具攻击性,而在女性人群中没有发现这种差异。另一项研究却报道,L 等位基因型频率与脑脊液中低水平的 5-HIAA 相关;携带 LL 基因型男性比 UL、UU 型男性攻击敌对量表得分高。研究结果不同原因复杂,缺乏特异性以及样本人群、方法设计的差异都可能使结论相左。

(二) 5-HT 受体基因

目前已知 5-HT 受体至少存在 7 种类型,即 $5-HT_{1\sim7}$。对 $5-HT_{1A}$ 受体研究比较深入。有研究显示,$5-HT_{1A}$ 受体基因 C(-1019)G 单核苷酸多态性增加了冲动行为的风险性,G 等位基因可能增加攻击行为的风险。$5-HT_2$ 受体基因与攻击行为有关。$5-HT_2$ 受体启动子区基因多态性可能是冲动攻击行为潜在风险因素。71 名志愿者的行为遗传学试验发现,携带 $5-HT_2$ 受体 A-1438A 等位基因和携带 G-1438G 等位基因者相比,其奖赏行为测试中的指令性错误更多,$5-HT_2$ 受体 A-1438A 可能和冲动行为相关。暴力型罪犯的 $5-HT_{2A}$-1438G/A 基因型和等位基因频率与健康对照组相比,G/G 基因型频率低于正常对照,差异具统计学意义,G 等位基因频率低于对照,但差异未发现有意义。还有报道发现,$5-HT_{2A}$ 受体基因单核苷酸多态性(SNP)和攻击、愤怒行为相关,rs6311 位点 CC 型纯合子与愤怒和攻击行为明显关联,$5-HT_{2A}$ 受体基因可能修改了攻击行为的表型。此外,5-HT 转运体基因($5-HTT$)对 5-HT 神经递质的传递起关键作用,它存在 4 种基因多态性,如基因启动子区缺失/插入多态性($5-HTTLPR$),以及第 2 内含子可重复序列多态性($5-HTTVNTR$)等。动物实验发现,5-HTT 基因敲除小鼠攻击行为减少,在居住-入侵实验中与对照组小鼠比较,基因敲除鼠的攻击潜伏期显著延长,攻击频次明显减少。对 153 名高加索男性暴力型罪犯的研究发现,不论是当前还是既往有躯体暴力行为,他们的 $5-HTTLPR$ 中 S 等位基因和 SS 基因型频次都明显高于非暴力行为者,这种基因的遗传变异占暴力攻击行为影响因素的 5%,至少部分证实了暴力行为存在遗传影响。伴攻击行为人格障碍患者的药物治疗发现,$5-HTT$ 多态性基因 LL 型携带者和 SS 型携带者比较,氟西汀对前者的疗效显著,量表攻击分数减少明显,推测 $5-HTT$ 多态性 S 等位基因可能是 SSRI 类药物治疗攻击行为的不利因素。

$5-HT$ 基因与暴力攻击行为的研究多为不同的亚型,而且以动物实验为主,重复性不高,临床实证少见,尤其缺乏行为遗传学的前瞻性研究,因而 $5-HT$ 基因多态性与暴力攻击行为的相关性值得继续深入研究。

（三）COMT 基因

COMT 对儿茶酚胺类递质代谢起关键作用，由于儿茶酚胺氧位甲基转移酶经甲基化催化使儿茶酚胺失活，可能是控制暴力攻击行为的因素之一。位于 COMT 基因 108 和 158 号密码子多态性，导致缬氨酸（Val）替代甲硫氨酸（Met），低活性 COMT 纯合子等位基因（Met/Met）可增加暴力攻击的风险性，而高活性 COMT 纯合子等位基因（Met/Met）则存在保护作用。研究发现，COMT 携 L 型等位基因精神分裂症患者和 H 型等位基因患者相比更具攻击性。一项对自杀行为的研究报道，COMT 基因 SNP（V158M）与攻击型人格特质相关，通过对 149 个试图自杀者和 328 正常对照比较，低活性的 L 等位基因和基因型频率在暴力型自杀者中明显增高，在控制了年龄和受教育程度后发现，LL 基因型携带者外向-攻击性高，HH 基因型携带者内向-攻击性高，认为 COMT 基因多态性可能修饰了攻击型人格特质者的表型。韩国的一项研究发现，用总体攻击行为量表（the total overt aggression scale，OAS）来评估攻击行为的程度，COMT 基因表型与攻击总分，尤其和躯体攻击程度呈相关关系。但也有研究未发现 OAS 与 COMT 基因多态性存在相关性，认为 COMT 基因多态性低活性等位基因可能不是攻击行为的风险因素。

（四）MAOA 基因

MAO 是去甲肾上腺素（NE）、5-羟色胺（5-HT）、多巴胺（DA）的降解酶，分为 MAOA、MAOB 亚型。动物实验发现，MAO 基因敲除大鼠攻击性更强。其 5-HT1A 受体 mRNA 在前额叶和杏仁核的表达增高，推测 MAO 可能影响了 5-HT1A 受体的功能。Zammit 等（2004）对 98 名高加索男性精神病患者的脑脊液研究发现，MAOA 可重复序列多态性（MAOA-uVNTR）和暴力攻击行为相关，MAOA-uVNTR 基因型高表达仅和男性脑脊液中高水平的高香草酸（HVA）相关。Fresan 等（2007）比较了攻击行为和非攻击行为的精神分裂症患者，未发现两者 MAOA 启动子区基因多态性差异，但 MAOA 基因表型和攻击严重程度存在关联。有人认为，暴力攻击行为的影响非单一因素而为，可能是多因素共同作用的结果。Sjöberg 等（2009）在一项研究中，用 Brown-Goodwin 攻击量表评估了 95 名反社会行为的男性罪犯和 45 名健康男性对照者，并检测了脑脊液中睾酮和 MAO 代谢产物 MHPG 水平，发现 MAOA-LPR 基因型和睾酮协同作用可预测低水平 MHPG 和攻击程度，MAOA 和睾酮相互作用可能受基因转录的介导。

（五）其他基因

1. PGRN 基因　小鼠 PGRN 基因片段大约 6.3kbp，包含 13 个外显子。PGRN 颗粒蛋白可能和大脑中 5-HT 能系统的激活和管理相关。动物实验发现，PGRN 缺陷雄性小鼠表现较高的攻击性。此外，在 PGRN 缺陷小鼠攻击行为出现后，海马区与攻击、焦虑抑制相关的 5-HT1A 受体 mRNA 表达明显下降。同时发现，PGRN 基因缺陷并不影响血清睾酮的浓度，这些结果表明，PGRN 基因缺陷可能影响了 5-HT 系统功能导致攻击行为，而且攻击行为可能不受睾酮的影响。

2. NOs 基因　一氧化氮合成酶（NOs）存在三种亚型：eNOs（Ⅰ）、iNOs（Ⅱ）和 nNOs（Ⅲ）。NOs 基因与攻击行为相关。动物实验发现，nNOs 基因敲除小鼠攻击性明显增强，5-HT 功能降低，给予 5-HT1A 和 5-HT1B 受体激动剂后可减轻基因敲除鼠的攻击行为。攻击行为的居住-入侵模型实验发现，eNOs 基因雄性小鼠缺乏攻击性，和野生型雄性小鼠相比，攻击潜伏期比后者长 25～30 倍。有人对 571 名高加索自杀者和对照者的研究发现，

NOs-Ⅰ基因单倍体 G-G（rs1353939-rs693534）以及 rs693534 G 等位基因与高攻击行为相关联；NOs-Ⅲ基因单倍体 T-T-G 同样与攻击行为相关，提示 NOs-Ⅰ和Ⅲ型基因可能和攻击行为表型相关。

三、神经递质与神经内分泌

与暴力攻击行为相关的神经递质很多。5-羟色胺（5-HT）和行为相关最密切，它在中枢或外周含量的改变可以影响动物和人类行为。小鼠的攻击行为和前额叶及脑干区域的 5-HT 功能增强相关。一项实验发现，和没有攻击行为的狗相比，攻击性强的狗血清 5-HT 水平明显低于对照组。动物实验发现，和野生型小鼠比较，纯合子 *5-HTT* 基因敲除小鼠 *SERT*（－/－）攻击行为明显减少，抑制自控行为增强，这种小鼠脑脊液 5-HIAA/5-HT 比率升高；杂合子 *5-HTT* 基因敲除小鼠 *SERT*（＋/－）则没有发现两者差异，提示 *SERT* 缺陷可能影响中枢 5-HT 水平，导致攻击或抑制行为。一项前瞻性研究发现，33 名 7～11 岁的有破坏行为的男童在测定了 5-HT 含量后随访至青少年期，发现基线 5-HT 水平和青少年期攻击行为的程度呈负相关，基线 5-HT 含量高的儿童不论儿童期是否有攻击行为，随访未发现有攻击行为发生。提示儿童期低水平 5-HT 可能是青少年期攻击行为的影响因素。此外，发现多巴胺（DA）和攻击行为相关联。动物实验发现，给好斗的蜥蜴喂食注射 L-DOPA 的蟋蟀，2/3 的蜥蜴攻击行为减少，伏隔核以及纹状体内 DA 水平升高，但未发现 5-HT 和 NE 含量发生改变，推测 DA 可能直接影响攻击行为，L-DOPA 延长攻击潜伏期。研究者给小鼠注射 D1 受体拮抗剂 SCH-23390 可以减少攻击行为，连续 20 天给药后发现，攻击行为并未继续减少，认为 SCH-23390 可以降低中枢多巴胺功能，而且存在脱敏现象。

去甲肾上腺素（NE）与攻击行为的相关性被动物实验和人类临床研究所证实。研究认为 NE 对攻击行为有易化作用，测量攻击性大鼠脑脊液中 NE 水平，发现明显高于无攻击行为大鼠，但 5-HT 以及 5-HIAA 水平两组未发现差异。有人用攻击史量表评定 30 名男性攻击者，并检测 NE 血浆代谢产物 pMHPG，发现攻击严重程度和 pMHPG 水平呈负相关，中枢或外周 NE 对攻击行为可能有调控作用，但机制尚需探讨。近年来，与暴力攻击行为的易感基因研究又开始关注一些新的物质，如研究发现谷氨酸（glutamate）与 γ-氨基丁酸（GABA）可能和暴力攻击行为相关。有实验证实，给家猫下丘脑微注射谷氨酸以及 D,L 同型半胱氨酸会诱发攻击行为，小剂量的 GABA-A 受体激动剂 CDP（chlordiazepoxide）可促发小鼠攻击行为，GABA-A 受体功能的增强可能是攻击行为的神经生化机制之一。Bjork 等用 Buss-Durkee 敌对问卷评估有精神病家族史的成年人，发现血浆 GABA 水平与攻击行为严重程度呈正相关，但血浆水平和中枢的关系还不清楚。

神经内分泌对暴力攻击行为的影响受下丘脑-垂体-肾上腺皮质轴的调控。常见的如皮质醇和性激素等可能和暴力攻击行为相关。临床研究证实这些递质可能和暴力性行为相关，如一项对 87 名品行障碍青少年女性的冲动攻击行为调查发现，与非攻击者相比，其血浆皮质醇/脱氢表雄酮的比率下降，性激素结合蛋白下降，游离睾酮水平升高。有研究者提出"挑战假说"，发现攻击型雌性蜥蜴的雌激素、孕激素水平升高，睾酮水平却降低，雌性攻击动物的孕激素增长更显著；非攻击雌性者睾酮水平存在轻度升高，而雌激素明显低于攻击者。雌激素和孕激素的转化可能是雌性者攻击行为的重要机制。

以上的一些研究仅仅关注的是暴力攻击行为的生物学影响因素。然而，行为的发生远不止这些因素所能决定，尤其是人类的一些特殊行为，往往带有社会性，比如我们目前关注的家庭暴力行为,是一种非常复杂的生物和社会学行为,带有浓厚的文化烙印和民族色彩,这就不能不涉及到社会心理方面的影响。

四、社会心理因素

(一)一般人口学及社会因素

包括年龄、受教育程度、家庭经济状况等。年龄和家庭暴力发生是否相关联呢?有学者用行为危险因素监督测查表(behavioral risk factor surveillance survey)与被殴打妇女调查表(women's experience with battering scale)调查了 3429 名 18～64 岁妇女遭受暴力的情况,发现 18～24 岁女性最容易遭受亲密伴侣暴力,55～64 岁是低发人群。西班牙对 1402 名 18～65 岁的女性回顾性调查发现,年龄大是精神暴力和躯体暴力的保护性因素。许多研究发现女性受教育水平低,在经济上依赖丈夫容易遭受家庭暴力。大量研究发现,女性受教育程度高与遭受夫妻暴力呈显著负相关,是一种保护性因素。但阿尔巴尼亚的一项研究却发现,女性受教育程度高于丈夫,易遭受家庭暴力,可能和这个国家以父系社会为主的文化传统有关。另外,Burazeri 等(2005)报道男性受教育程度与夫妻暴力的发生相关。如男性受教育程度低易对伴侣实施暴力。国内有学者调查了暴力家庭和无暴力家庭各 300 户,发现施暴者受教育年限(8.9±4.7)年,高于受虐者(7.5±5.2)年,但低于对照组。家庭经济条件及居住条件与家庭暴力有关。家庭居住环境与经济收入息息相关。有人戏言:距离产生美!住房狭小,生存环境差,冲突可能也会增多。租赁房子居住的女性,易遭受家庭暴力。与拥有自己房产的夫妇相比,租房居住的女性受虐的可能性高出近 2 倍。另一项研究发现如在孕期受虐妇女中,低收入者家庭暴力的风险高于中等收入及高收入者。受虐和未受虐女性比较,居无定所者是安居者的 4 倍。

(二)既往流产史及意外怀孕

既往流产史可能增加孕期及产后家庭暴力风险性。国外研究显示,人工流产妇女家庭暴力发生率高于一般人群(3.4%～30%),为 15.5%～39.5%。另外,Goodwin 等研究发现意外怀孕的妇女与计划怀孕的妇女相比,可能遭受暴力的风险是后者的 2.5 倍。妊娠可能是家庭暴力的风险因素之一。孕前有暴力现象发生,孕后暴力可能再次发生或升级。

(三)童年期创伤

儿童期虐待与家庭暴力的相关性已被许多研究证实。Beth E. Molnar(2001)等调查发现,儿童期受虐的严重程度也与成年女性受虐相关。而且,女性儿童期虐待是成年后再次受虐的重要风险因素。回顾性调查发现,伴有抑郁、药物滥用或酒依赖问题的受虐女性,童年期虐待的发生率高达 70%。Maria Testa 等调查 732 名女性发现,245 名女性报告在 14 岁以前至少遭受过一次性虐待,其中 25.3%被胁迫或被武力相威胁。

(四)社会支持

孕妇缺乏社会支持可能会导致家庭暴力的发生。社会隔离增加了孕期家庭暴力的风险,即使控制了重度饮酒、药物滥用及经济条件差等混杂因素,社会隔离依然是重要的危险因素。国外对照研究发现,遭受家庭暴力的女性中,有 29.1%社会支持程度低,而未遭受过暴力组,只有 19.6%的女性社会支持度低。有意思的是,并非所有的社会支持系统都起到保护性作用,也有研究发现,那些有更多社交活动和更多朋友的女性比仅仅有几个朋友的女性,易受到亲密伴侣的暴力。

（五）婚姻质量

国外有研究证实，婚姻满意度高与低风险的家庭暴力相关。美国一项85个研究的meta分析得出类似的结论，婚姻满意度低是躯体暴力的风险因素之一。婚姻质量与家庭暴力的关系可能受其他因素的影响，如酒精滥用。有学者发现，丈夫经常饮酒，妻子对婚姻期望值下降，精神痛苦和引发精神暴力的程度高于那些丈夫不饮酒的家庭。

（六）其他社会心理因素

孕妇在过去一年里若经历应激和负性生活事件可能增加了躯体暴力的风险。研究显示（Jasinski，2001），经历应激性生活事件的孕妇，受虐待的风险是未经历应激性生活事件的2.3倍。另外，也有研究证实受虐者多具有精神质的个性特征。Gina和Alan等（2000）研究发现，受虐女性不良应对方式较明显，遭受躯体暴力和性暴力的女性易采取吸食大麻、嗜酒等作为应对家庭暴力的方式。

第三节　孕期家庭暴力的不利影响

一、产后抑郁

家庭暴力是产后抑郁的一个重要的风险因素。家庭暴力与抑郁严重程度相关，用爱丁堡产后抑郁问卷评估产妇，高分与家庭暴力呈正相关。国内有学者采用分层整群抽样方法，调查了6市32区后发现，遭受产后家庭暴力的妇女发生产后抑郁的可能性是未受暴力女性的近2倍，多因素 Logistic 回归显示，产后家庭暴力是产后抑郁的危险因素之一。但家庭暴力与产后抑郁之间的因果关系尚未明确，仍需深入研究。

二、不良行为习惯

孕期受虐可能增加了孕产妇吸烟、饮酒和药物滥用的风险。研究发现，孕妇孕期受虐更有可能主动吸烟、饮酒、药物滥用，而且在控制了年龄、家庭结构和经济状况等因素后发现，受虐者与未受虐者比较，孕期药物滥用的情况仍很严重（50.0% vs 28.6%）。此外，孕期家庭暴力环境下女性易出现神经性厌食、贪食等障碍。Jennifer 等（2001）调查261人发现，19%的受虐妇女可以诊断为进食障碍，药物导泻和引吐是常用方式。

三、早产、生殖及生理影响

家庭暴力易导致早产。受虐妇女早产的发生率是未受虐妇女的2.3倍。早产的高风险还与家庭暴力的严重程度有关，受虐严重的妇女导致早产的几率高出未受虐组5倍之多。家庭暴力还会导致生殖健康问题。孕期躯体暴力易致胎盘早剥、肾炎等疾病。与未受虐的孕产妇相比较，受虐产妇盆腔感染、痛经、月经紊乱、性欲低下发生率高于对照组，还多伴有失眠、慢性疼痛等生理变化（Julie 等，2001）。

四、子代可能的一些不良结局

（一）胎儿创伤

孕期家庭暴力严重的后果之一就是胎儿创伤。家庭暴力使未出生的胎儿处于高风险当中，容易导致胎儿受伤乃至流产。研究证实（Jacoby，1999），与从未受家庭暴力的孕妇相比，受虐孕妇胎儿流产风险率更高(42.3% vs. 16.2%)。此外,孕期家庭暴力还可能会导致胎儿宫内受伤,如骨折等,甚至胎死腹中。

(二)婴儿出生低体重

孕期家庭暴力与出生婴儿低体重存在相关。一项对照研究发现,100名受虐孕妇中,婴儿出生低体重的发生率为16%,而389名未受虐的孕妇,婴儿出生低体重的发生率仅为6%。国外有meta分析证实,孕期家庭暴力是婴儿出生低体重的风险因素。Eliette等(2002)也有类似发现,在控制了年龄、吸烟和社会经济因素后,出生婴儿低体重依然与躯体暴力相关,大约16%的婴儿低体重归结于母亲孕期躯体暴力,孕期躯体暴力已成为出生婴儿低体重的危险因素之一。然而,也有研究并未发现孕期受虐与婴儿出生低体重存在相关。一些混杂因素如母亲体重、妊娠期长短、早产等不能严格控制也可能是研究结果不同的原因。

(三)婴儿应激反应

家庭暴力与婴儿的应激反应存在两方面影响。一方面,婴儿置身于家庭暴力环境下,通过感知直接引起应激反应,但这种应激反应只与严重的暴力行为相关,与较轻的暴力形式相关不显著;另一方面,由于母亲受虐,易出现负性情绪或其他心理问题,影响了亲子交流,可能导致婴儿应激。国外一项前瞻性随访研究发现,母亲抑郁的婴儿易哭闹、情绪不稳的发生率(12.3%)高于正常对照组,难与相处的比例(14.6%)也高于正常组婴儿。婴儿应激存在神经生化基础,母亲孕期受虐可能会通过影响胎儿HPA轴,引起糖皮质激素的改变,出现应激反应。受虐母亲子代中,女婴的应激反应低于男婴,但机制还不清楚。

(四)婴儿认知及行为发育迟缓

孕期家庭暴力使孕妇处于应激状态,可能会影响婴儿的认知及行为发展。有研究发现,孕期应激可以预测14~19月龄婴儿的精神发育($r=-0.39, P<0.001$),而且在控制了产后应激、母亲受教育水平和心理状态、孕期药物滥用以及婴儿出生合并症的影响后,这种关联依然显著。孕期应激可以解释婴儿认知发育的17%的变量,而孕期夫妻关系又可解释应激形成的75%的变量。还有研究证实,孕期应激可能导致婴儿情绪和认知发展困难,增加了注意分散、言语发育延迟的风险。动物实验和人类临床试验发现,皮质醇可能在HPA轴调节机制中发挥作用。有研究猜测,孕期应激对婴儿神经行为发展的影响不单是皮质醇在HPA轴调节过程中独立发挥作用,大脑边缘系统、前额叶灰质核团可能也有参与,后者可能和婴儿远期影响机制关联。

第四节 实 地 调 查

一、研 究 方 法

(一)调查方法及过程

采用横断面研究和回顾性调查,以期了解孕期家庭暴力及产后抑郁的发生率和表现形式、孕期受虐女性的社会心理特征,探讨孕期家庭暴力与产后抑郁的关系,发现孕期家庭暴力以及产后抑郁的风险因素,为心理干预和家庭暴力的预防提供科学依据。

研究开始前,我们在产科病房设有产前辅导服务室,可作为本次调查晤谈工作室,使研究对象在安全的私密空间内不受干扰地完成筛查和心理评估。在调查开始前,首先和调查对象就孕期心理生理变化与子代健康的问题进行辅导和答疑,取得其信任后再说明此次调查的目的和意义,告知本次调查问卷不记署名,确保个人资料保密,并承诺调查结果及时反馈。在调查对象填写问卷前,在知情同意书上签字,知情同意书主要包括孕产妇同意参与本次调查和产后随访,同意分娩时采集新生儿脐血 3 毫升等内容。

本课题严格规定了孕期家庭暴力的入组评定标准,即客观评定标准和主观评定标准以及发生频次程度,三者共同具备时方可入组。客观评定标准是指显而易见的伤害,如谩骂侮辱、躯体殴打创伤等,主观评定标准是指受虐者的主观感受程度,如是否痛苦忧伤,程度如何。

(二)研究对象

本研究对象的资料收集采用横断面调查方法。首批资料收集时间 2006 年 10 月~2007 年 1 月。所有调查对象均来自长沙市某妇幼保健院产科门诊及住院部。住院待产妇多来自于妇幼保健院周边的三个行政区,约 90% 产妇均选择在本院完成产后 1 月的产科复查以及未来 1 年内婴儿的健康体检,本研究对象在上述产妇中筛查,使样本脱落尽可能降低,从而保证调查对象及资料的客观准确。

本项研究为了使入组对象更严谨,对入组孕产妇严格限定,入组标准包括:自然怀孕,妊娠足月;年龄不限;自然分娩或剖宫产者。排除产前有妊娠高血压、心脏病、病毒性肝炎、贫血、原发性或继发性糖尿病、各器官结核、急慢性肾病、甲亢以及其他精神神经遗传疾病,无妊娠期严重感染及合并症,以及胎盘前置、胎膜早破等症状。

(三)研究方法和工具

首先对孕妇的一般人口学资料进行了调查,包括孕妇年龄、婚龄、孕周、文化程度、职业、丈夫文化程度、职业、婚姻状况、家庭结构、经济水平以及对居住条件的主观评价等。此外,对可能的社会影响因素也进行了评估,其中包括孕前吸烟史、饮酒史,过去 1 年饮酒史,孕前丈夫吸烟史、饮酒史,过去 1 年饮酒史,赌博史,此次是否计划怀孕,既往流产史,以及是否参加孕妇学校,产前是否担心婴儿健康,是否担心婴儿性别等。本研究重要的一个评估方面是关于家庭暴力态度的调查。比如,当家庭中夫妻发生冲突时,是否可以采用羞辱谩骂、伤人毁物、殴打残害、限制人身自由及性虐待等粗暴方式来解决等问题,以此来评价孕妇对家庭暴力态度的指向性。我们也对童年期虐待史进行了调查,以了解评估对象在童年期是否目睹或经历家庭暴力、是否遭受过家庭成员打骂、是否遭受性侵犯等。除此之外,对构成孕期受虐的可能的社会心理因素进行了筛查和评估。比如对受虐形式和程度,应对方式、社会支持和自尊水平以及人格特征等的评估。

(四)调查人员培训与质量控制

本研究调查人员包括高年资精神科医师、产科医师以及助产士共 3 名,均为中级以上职称。产科医师及助产士在调查开始前须接受 1 天的系统培训,除讲解流行病学的基本知识外,还要求她们对本次调查的目的、方法、内容有全面的了解,熟练掌握调查工具和技术,同时强化沟通技巧的训练使调查顺利进行。本次调查过程始终由研究者主导,并督导其余两名调查者的调查过程,包括开始时的示范性调查,到协助调查乃至问卷疏漏、误填的补遗,确保调查质量。

二、孕期家庭暴力的调查分析

(一)孕期家庭暴力的发生率

采取回顾性调查,共筛查孕产妇共 846 名,筛查出有家庭暴力者 96 名,非暴力者 750

名,其中非暴力组产妇随机选择 150 名和暴力组产妇完成心理评估。由于资料不完整及拒答等原因,实际收回有效问卷 223 份,其中家庭暴力组(以下简称 DV 组)86 份,非家庭暴力组(以下简称 N-DV 组)137 份。孕期家庭暴力总的发生率为 11.3%。不同形式的家庭暴力发生率为:单纯精神暴力 7.0%(59/846),精神暴力合并性暴力 3.9%(33/846),单纯性暴力 0.7%(6/846),精神暴力合并躯体暴力、性暴力 0.5%(4/846),本次调查没有发现单纯躯体暴力者。

来自巴基斯坦卡拉奇的调查显示,44% 的妇女在孕期遭受过伴侣的虐待,其中 43% 的孕妇遭受过精神虐待,12.6% 的孕妇遭受过躯体虐待。而本研究发现城市妇女孕期家庭暴力的发生率低于国外,这可能是由于中国的文化传统重视家庭伦理,维护亲情,克己礼让的道德准则一定程度上减少了家庭暴力的发生,当然也不排除"假阴性"的原因,毕竟家庭暴力是"家丑",孕期遭受家庭暴力的"家丑外扬"更"丢面子",因此这个时期的家庭暴力更具隐蔽性,导致发生率偏低。本课题组近年首次调查城市新婚夫妇婚前暴力,发现近 1/3 的新婚夫妇在婚前有过暴力行为。本研究孕期家庭暴力发生率低于以上调查,可能一方面是由于家庭暴力的界定不同,新婚夫妇婚前暴力则把"冷战"、"不理睬对方"纳入精神暴力的范畴。而本研究对家庭暴力的界定更加严格,从而导致家庭暴力的发生率较低。国外有研究报道,孕期家庭暴力发生率低于孕前暴力发生率,我国北方四省市的一项分层整群抽样调查显示,孕妇家庭暴力总的发生率为 12.6%。孕前、孕期和产后家庭暴力发生率分别为 9.1%、4.3% 和 8.3%。

(二)孕期家庭暴力的表现形式

孕期单纯精神暴力发生率最高,精神暴力合并性暴力次之,单纯性暴力以及三种暴力同时发生率最低。精神暴力多表现丈夫对妻子责骂、言语的威胁、反复批评,故意忽略妻子等方面,经济控制和限制自由发生较少,可能由于城市女性个性和经济独立,丈夫在经济和人身自由方面难以限制妻子。调查发现,孕期性暴力合并精神暴力的发生仅次于单纯精神暴力的发生,躯体暴力发生率最低,对孕产妇深入了解后发现,性暴力多发生在妻子怀孕前 3 个月时期,5 个月以上则未发现性暴力的出现。这可能是丈夫出于害怕伤害胎儿的顾忌,使妻子怀孕后期较少遭受性暴力和躯体暴力。在孕期性暴力遭到抗拒时,妻子往往又遭受丈夫的故意忽略、谩骂,甚至言语的威胁,使妻子"雪上加霜",再次遭受心灵的痛苦。香港 Leung 等(1999)的一项调查与此研究相似,他们发现,73% 的女性报告在孕期受过丈夫的精神虐待,27% 的女性受到过躯体/性虐待。

纵观女性不同时期受虐史,孕期暴力发生总体来说处于"低谷",这种"保护性"作用可能只是暂时的,产后或夫妻生活多年后,暴力可能再次出现甚至升级。一项调查发现,近 1/3 的受虐孕妇承认产后再次遭受家庭暴力。研究提示如孕期发生家庭暴力,是进行干预,防止产后暴力升级的重要时期。

三、孕期家庭暴力与相关社会学影响因素

(一)一般人口学特征

由于资料不完整及拒答等原因,实际收回有效问卷 223 份,其中 DV 组 86 份,N-DV 组 137 份。调查发现,DV 组与 N-DV 组比较丈夫职业构成差异有显著性,DV 组丈夫从事个体经商者为多,国家行政人员比例低于 N-DV 组;经济状况比较差异有显著性,DV 组经济状况较好者比例高于 N-DV 组,较差和中等水平者低于 N-DV 组。两组孕妇的文化程度、

职业构成相比较差异无显著性；丈夫的文化程度比较差异无显著性。两组家庭结构都以夫妻二人、多代家庭为主，家庭结构比较差异无显著性；两组居住条件主观评价差异无显著性。通过对孕期家庭暴力的一般人口学资料和相关社会因素的比较分析，研究结果显示，DV 组和 N-DV 组的丈夫职业构成方面差异存在显著性，DV 组丈夫多为从事个体或经商者，比例高于 N-DV 组，干部或行政职员比例低于 N-DV 组。同时发现，两组家庭经济状况方面也存在显著性差异，DV 组总体经济水平高于 N-DV 组，其中经济状况很好的比例高于 N-DV 组，中等和较差的比例低于 N-DV 组。

进一步调查发现，家庭经济状况和丈夫从事的职业相关，DV 组中丈夫多为个体经商者，收入较高，在家庭中居主导地位，妻子在家庭中的经济地位相对偏低，而且因为怀孕，有些妻子选择在家休养并且开销增加，经济支出完全来源于丈夫，丈夫易产生优越感，与妻子一旦发生家庭矛盾冲突，轻则辱骂，重则推搡。回归分析也证实了家庭中丈夫收入高，经济状况好是孕期家庭暴力的风险因素。国外研究也有类似报道，他们发现女性在经济上依赖丈夫容易受虐待，收入低的妇女是遭受家庭暴力的高危人群。这似乎给我们以启示，家庭生活中，夫妻双方的平等应首先表现在物质领域，否则心灵的平等无从谈起。

（二）孕妇社会文化影响因素

调查比较发现，DV 组在孕妇孕期吸烟史、过去一年饮酒史，丈夫吸烟史、饮酒史，丈夫过去一年饮酒史，赌博史，是否计划怀孕，既往流产史，担心胎儿性别等方面，都明显高于对照组孕妇的发生状况，两组存在显著性差异。我们的研究也发现受虐孕妇孕期吸烟，过去 1 年饮酒行为频率高于未受虐孕妇，而且过去 1 年饮酒和孕期遭受性暴力呈正相关，提示孕妇烟酒史可能和家庭暴力有关。国外有研究证实，有酗酒等不良行为的人易成为受虐者。也可能受虐者由于遭受家庭暴力而"借酒消愁"，染上嗜烟酒等不良习惯。有研究显示，孕妇受虐更有可能主动吸烟、饮酒，而且在控制了年龄、家庭结构和经济状况等因素后发现，受虐者与未受虐者比较，孕期精神活性物质滥用的情况仍很严重（50.0% vs 28.6%）。本研究没有调查孕妇过去 1 年是否遭受家庭暴力的情况，无法证实孕期家庭暴力与吸烟饮酒的因果关系，也未能证实孕期吸烟和过去 1 年饮酒史是家庭暴力的风险因素，可能为"促发"因素，但有待进一步证实。研究显示：丈夫吸烟饮酒（包括过去 1 年饮酒），赌博行为和非家庭暴力组比较明显增多，丈夫赌博行为和孕妇遭受精神暴力呈正相关，提示丈夫吸烟和酒精以及赌博行为和家庭暴力有关联。可能丈夫的赌博行为，会引发家庭纠纷、矛盾冲突，易发生家庭暴力。国外研究认为，酒或物质滥用对男性施暴者的影响更明显，在控制了施暴者终身饮酒的影响后，当前重度饮酒或酒依赖依然是家庭暴力的高风险因素，而且可以预测近期家庭暴力的发生。本研究证实丈夫吸烟和其他危险因素共同作用增加了家庭暴力的风险。

研究还显示，DV 组孕前没有计划怀孕，多次流产经历，担心胎儿性别的比例明显高于 N-DV 组，孕期受虐者没有计划怀孕的比例高达 91.9%（79/86），3 次以上流产史的达到 19.8%，流产史与孕期精神暴力、性暴力程度都表现显著正相关。Logistic 回归分析证实流产史可以预测孕期暴力的发生，未计划怀孕是孕期家庭暴力发生的强烈预测因素（*OR* = 45.448）。结果提示，怀孕后担心胎儿性别与孕期家庭暴力有关，既往流产史、意外怀孕则为孕期家庭暴力所独有的风险因素。可能由于男孩传宗接代的封建思想作祟，女性更关注子代的性别，一旦检查胎儿为女孩，更易遭受丈夫的冷落、故意忽略甚至侮辱。多次流产、意外怀孕使我们猜测孕前可能有家庭暴力发生。国外研究证实，人工流产和意外怀孕女性家庭暴力风险高于一般人群，他们发现意外怀孕的妇女与计划怀孕的妇女相比，可能遭受暴力的风险是后者的 3 倍(25.7% vs 9.3%)。

(三) 儿童期目睹家庭暴力史、受虐史及家庭暴力态度

研究显示 DV 组孕妇对家庭暴力持"可以"态度者 12 人,持"可以但视情况而定"者 49 人,持"不可以"态度者 25 人,N-DV 组这一比例分别是 1 人、26 人、110 人。两组比较差异具有非常显著性。本研究为更好的观察家庭暴力态度对家庭暴力的风险,把"可以"及"可以但视情况而定"合并为一组为"家庭暴力认可态度",观察两组的 OR 值。结果发现,家庭暴力认可态度、童年期目睹家庭暴力、童年期被骂、被打以及遭受过性语言和性行为的侵犯等方面的比率显著高于对照组孕妇。本研究显示,DV 组中,对家庭暴力持"可以"、"看情况"态度的比例明显高于 N-DV 组孕妇,持"不可以"态度者明显低于 N-DV 组孕妇。童年期有家庭暴力目睹者也明显多于 N-DV 组孕妇,证实家庭暴力认可态度和家庭暴力目睹史是孕期受虐的强烈预测因子,这说明童年期家庭暴力目睹史、对家庭暴力认可态度与孕期受虐存在相关,可能由于童年期经常目睹家庭暴力的发生,对此习以为常,态度倾向于认可,这种认可态度可能纵容了丈夫的施暴行为,使家庭暴力恶性循环,甚至升级。本课题组前期的系列研究已经证实家庭暴力认可态度与女性受虐存在相关性。我们的研究发现,DV 组孕妇童年期被打骂,遭受性语言、性行为的侵犯明显多于 N-DV 组,童年期遭受性语言侵犯与孕期遭受精神暴力呈正相关。童年期受虐与家庭暴力目睹、家庭暴力认可态度呈正相关。说明儿童期受虐与成年期再次受虐有关联,女性在童年期遭受虐待,一方面显示其软弱性,另一方面也可能童年期受虐改变了他们的认知并持续至在成年期,按照"角色理论"观点,女性有被虐待的经历使他们容易接受受虐者这一角色,更易接受现状,从而助长了丈夫的施暴行为。童年期受虐与家庭暴力的相关性已被许多研究证实。Testa 等(2005)调查 732 名遭受家庭暴力女性发现,245 名女性(33.5%)报告在 14 岁以前至少遭受过一次性虐待,其中 25.3% 被胁迫或被武力相威胁。尽管本研究未能证实童年期受虐是孕期家庭暴力的危险因子,但不能忽视它与孕期暴力,尤其是精神暴力的相关性。

四、受虐孕妇相关心理特征

通过对 DV 组与 N-DV 组孕妇社会心理特征的比较,观察了两组孕妇的应对方式、社会支持、自尊水平以及人格特征之间的差异。结果显示,DV 组积极应对、社会支持总分及主客观支持、自尊水平、艾森克人格问卷-内外向(EPQ-E)分明显低于 N-DV 组孕妇得分。而消极应对、艾森克人格问卷-神经质(EPQ-N)分则明显高于 N-DV 组孕妇得分,以上差异具有显著性。而社会支持利用度、艾森克人格问卷-精神质(EPQ-P)和艾森克人格问卷-掩饰(EPQ-L)分两组未见差异。

通过对 DV 组不同暴力形式孕妇社会心理特征的比较,发现 DV 组遭受精神暴力者(包括精神合并性暴力或躯体暴力者)较多,发生频次在 3 至 15 次之间。为了观察精神暴力发生频次与社会心理特征的关系,把发生频次划分为小于等于 5 次者(Ⅰ组)和大于 5 次者(Ⅱ组),比较两组的应对方式、社会支持、自尊和人格特征的得分,结果未发现两组存在显著性差异。有无性暴力者社会心理特征比较后发现,DV 组孕期遭受性暴力 33 人(包括单纯性暴力和合并精神暴力与躯体暴力者),未遭受者 53 人,比较两组的应对方式、社会支持、自尊和人格特征得分,发现有性暴力者积极应对分低于无性暴力者,客观支持分低于无性暴力者,差异具有显著性,其余内容两组比较差异不显著。对不同流产史孕妇心理特征进行了比较,我们把受虐孕妇不同流产史分为小于等于 3 次(Ⅰ组)和大于 3 次(Ⅱ组)两组,比较两组

应对方式、社会支持、自尊、人格等因素的差异,结果发现:流产史小于等于 3 次者与流产大于 3 次者相比,消极应对低于后者,客观支持和社会支持总分高于后者,差异具有显著性。其余因素比较差异不显著。

本次调查躯体暴力的发生率最低,样本量小,故只检验了精神暴力和性暴力与社会心理因素的相关性。结果发现:孕期精神暴力的严重程度与既往流产史、丈夫赌博史呈正相关,与孕妇客观支持、总体社会支持以及童年期是否遭受性色彩语言侵犯呈负相关;而性暴力与既往流产史、孕妇过去 1 年饮酒史呈明显正相关,与积极应对、客观支持呈负相关。研究发现,家庭暴力目睹史与流产史、童年期被骂、被打呈负相关,与童年期遭受性语言侵犯呈正相关;家庭暴力认可态度与童年期被打呈正相关,与担心胎儿性别呈正相关。

本研究检验了社会影响因素(如孕妇吸烟、饮酒史,过去 1 年饮酒史,丈夫吸烟饮酒史,过去 1 年饮酒史,赌博史,孕妇童年期受虐史,家庭暴力目睹史,家庭暴力态度等)与应对方式、社会支持、自尊和人格等心理特征的关系,结果发现:家庭暴力认可态度、丈夫赌博史、担心胎儿性别与心理特征各因素间相关不显著;除 EPQ-E 分与童年期被打呈负相关、与孕期饮酒史、吸烟史呈正相关外,人格特征与其他社会风险因素相关不显著。

总之,DV 组和 N-DV 组孕妇的应对方式、社会支持、自尊水平和人格特征方面存在显著性差异。其中 DV 组孕妇积极应对、主客观及社会支持总分、自尊水平、EPQ-E 分明显低于 N-DV 组,而消极应对、EPQ-N 分则明显高于 N-DV 组,其中客观支持、总体社会支持与孕期精神暴力、性暴力呈显著负相关,积极应对与性暴力呈负相关。说明孕期受虐者缺乏足够的社会支持,低自尊,多采用消极的应对方式面对家庭暴力,表现内向和情绪不稳的个性特征,她们易焦虑、紧张,对外界刺激反应强烈,情绪难于平静,当发生夫妻间的争执和矛盾冲突时,可能加剧了丈夫对妻子的不满,发生家庭暴力行为。有研究指出,不同的应对方式可导致不同的应激反应,积极的应对方式可对婚姻满意度的体验较高,有利于夫妻间的沟通和交流,从而减少或抑制家庭暴力的发生,而消极的应对方式不利于夫妻矛盾的解决,可能会增加夫妻暴力的发生。本研究发现,孕期遭受性暴力者,积极应对方式欠缺,当孕妇遭受丈夫的强迫性要求时,为了胎儿的安全,多拒绝丈夫的性要求,但缺乏积极合理的解决应对方式,可能加剧了矛盾冲突,增加了遭受暴力的风险。

与本课题组前期的系列研究相似,本研究再次证实了受虐者不但缺乏客观的社会支持系统,而且缺乏寻求外界支持的主动性。有研究发现,社会隔离增加了孕期家庭暴力的风险,即使控制了重度饮酒、药物滥用及经济条件差等混杂因素,社会隔离依然是重要的危险因素。国外对照研究发现,遭受家庭暴力的女性中,有 29.1% 社会支持程度低,而未受虐者只有 19.6% 社会支持度低。本研究的回归分析发现,主观支持可能是孕期家庭暴力的保护性因素。提示对于孕期有暴力风险的孕妇,及时给予社会支持,尤其重视培养主动寻求支持的习惯,一旦遭受家庭暴力,就应积极地寻求外界的支持,可能避免家庭暴力的加剧或升级。此外,受虐孕妇自尊水平较低,可能自我评价低更易于"逆来顺受",对较轻冲突的接受导致暴力的发生或升级。

本研究没有发现遭受不同程度精神暴力者之间社会心理特征的差异,可能是因为精神暴力的程度差别不大,对孕妇的应对方式、社会支持、自尊、人格等心理特征影响不显著。有无性暴力者比较,孕期遭受性暴力者积极应对和客观支持程度明显低于未遭受性暴力者,流产次数多于 3 次者,消极应对更显著,客观支持更缺乏。说明多次流产经历者,更缺乏外界环境的支持和保障,也缺乏丈夫的关心,由于孕妇关注胎儿,可能忽略了夫妻间的情感交流,当发生矛盾冲突时则采取消极的应对方式,如吸烟、饮酒、怪怨自己等。

孕妇社会风险因素与心理因素间的相关分析显示,既往有多次流产史、产前未参加孕妇学校、担心胎儿健康、童年期家庭暴力目睹史、童年期受虐史的孕妇,当遭受暴力时,更多地采取消极的应对,而不是积极地解决夫妻间的矛盾冲突,而且多采取吸烟饮酒等不良方式作为一种应对机制,同时也缺乏充足的社会支持系统和可利用的社会资源,没有更多的朋友和家人关怀接纳,也不愿主动求助周围的亲朋好友,结果可能导致暴力发生,以致恶性循环。

五、孕期家庭暴力的危险因素

根据以上分析,把和家庭暴力相关的社会及心理影响因素纳入 Logistic 回归方程。将是否遭受家庭暴力作为应变量,将丈夫职业、家庭经济状况、孕妇孕期吸烟、孕妇过去1年饮酒史、丈夫吸烟饮酒史、丈夫过去1年饮酒史、丈夫赌博史、是否计划怀孕、流产史、孕妇家庭暴力态度、担心胎儿性别、童年期家庭暴力目睹、童年期被打骂史、童年期遭受性语言和行为侵犯史等社会因素以及应对方式、社会支持、自尊水平、EPQ-E、N 及 P 分等心理因素作为自变量,进行 Logistic 回归分析。在所有自变量中,存在连续数值变量(如应对方式等)和分类变量(包括无序和有序分类变量),根据二分类回归分析原理,首先把无序分类变量进行重新编码进行哑变量分析。即丈夫职业、是否计划怀孕、孕妇家庭暴力态度、是否担心胎儿性别、童年期是否目睹家庭暴力、童年期是否遭受性语言和行为侵犯等因素纳入哑变量分析框,重新编码进行运算。其余连续变量和有序分类变量(如经济状况、吸烟饮酒史、被打骂程度等)则直接纳入回归方程,运用 Forwald-LR 似然法进行危险因素模型分析。拟合度 Nagelkerke 系数 R^2 为 0.973,说明上述变量可以解释孕期家庭暴力行为预测变量的 97.3%。研究结果显示:经济状况较好、丈夫吸烟史、未计划怀孕、流产史、使用家庭暴力看情况、童年期家庭暴力目睹史以及缺乏主观支持等变量最终进入回归方程,可以作为预测孕期家庭暴力发生的风险因素。

与家庭暴力相关的社会及心理因素较多。涉及个体、家庭和社会诸多层面,也交织着生物学因素的影响。家庭暴力的系列研究已经证实家庭暴力可以预测,发现施暴者的不良个性特征,负性生活事件,缺乏社会支持,家庭经济状况差,赌博行为以及对家庭暴力认可的态度是夫妻暴力发生的危险因素。本研究对孕期家庭暴力的调查发现,家庭经济状况较好,丈夫吸烟,未计划怀孕,流产史,对家庭暴力的认可态度(可以但看情况),童年期家庭暴力目睹史以及缺乏主观支持等因子进入危险因素方程模型。其中家庭暴力认可态度,童年期家庭暴力目睹史以及未计划怀孕对孕期遭受家庭暴力的风险度最高(OR 值分别为 57.897,45.323,45.448)。对家庭暴力的认可态度依然是孕期导致家庭暴力的强烈风险因素,显示了家庭暴力认可态度对暴力行为根深蒂固的影响。说明开始就对家庭暴力默认或认为遭受丈夫暴力是命中注定,可能更容易受到虐待,或者受到更多形式的虐待,如精神暴力合并性暴力,精神暴力合并躯体暴力等,长此下去的后果可能是暴力的升级。国外已有许多研究证实家庭暴力认可态度是导致暴力行为的高危因素。而且,对家庭暴力的认可态度和缺乏主观支持可能存在某种联系,孕妇缺乏社会支持保障,当面临夫妻矛盾冲突,暴力将发生时,由于没有外界的干预和指导,可能对暴力行为多采取认可或接受的态度,加剧了暴力行为的发生。

童年期家庭暴力目睹史成为孕期家庭暴力的高危因素是值得关注的一点,本研究深入调查后发现,孕妇童年期多次目睹父母间的暴力行为,多见父亲对母亲的打骂,其次为父母对兄弟或姐妹的打骂体罚，多次经历这样的场景后对家庭中的暴力行为习以为常，甚至认为应该如此，这可能是成年期对家庭暴力持认可态度的一个影响根源。未计划怀孕和流产史是孕期家庭暴力发生独有的风险因素，未计划怀孕的风险度明显高于流产史的风险度。未计划怀孕导致女性意外妊娠，违背了夫妻一方的计划生育意愿，当其中一方坚持流产时，夫妻间关于是否保留胎儿的冲突趋于激烈，暴力发生便不可避免，这可能也是未计划怀孕导致流产史增加的一个原因。另一方面，我们可以猜测，如果女性孕前也遭受家庭暴力，尤其是性暴力，可能也会导致避孕失败而意外怀孕，这种妊娠又以人工流产告终，最终必然造成精神和身体的伤害。国外研究报告，人流女性中家庭暴力发生率高于一般人群。国内有学者调查后发现，人工流产女性家庭暴力发生率为 22.6%，其中以性暴力发生率最高（18.1%），是人流妇女中常见的暴力形式。这些研究结果给我们以警示，意外怀孕和既往多次流产史很可能预示着孕产妇已经或正在经历家庭暴力的伤害，应给予及时必要的干预和心理支持，尤其当第一次意外怀孕或流产史，应关注是否有家庭暴力发生，从而给予及时的预防。

人云：孤掌难鸣。家庭暴力也并非一方而为之，它存在夫妻双方的因素。就孕期家庭暴力的发生而言，我们不妨这样分析，丈夫个体从商者为多，自然是家庭经济的主要担负者，妻子在经济上对丈夫的依赖性增加，丈夫当然要"说了算"，在夫妻生活中尤其如此，可能会引起妻子的反感，增加了冲突的风险，同时，丈夫可能存在的性强迫易导致妻子的意外怀孕和流产，也预示进一步性暴力的发生。另一方面，妻子既往的家庭暴力目睹经历使其"习惯"或认可了家庭暴力的"合理性"，加之缺乏充足的社会支持保障，当首次遭受暴力时，更易接受现状，可能导致暴力行为的持续发生。至于丈夫吸烟与孕期家庭暴力的风险性目前还不清楚，可能尼古丁抑制大脑的单胺氧化酶活性，增加中枢神经系统多巴胺活动，导致攻击暴力行为。也可能丈夫吸烟本身就是一种克服焦虑的消极应对方式。

第五节 孕期家庭暴力与产后抑郁

一、孕期遭受家庭暴力者产后抑郁症的发生率

在产妇产后 30 至 42 天，完成产后抑郁的筛查和评估。为了保证已经完成首次评估的孕产妇资料的连续性和完整性，在追踪随访前，研究者和产科医生打电话预约研究对象，尽可能使首次参与者再次完成产后抑郁筛查，减少样本脱落。首次入组的 223 名产妇因各种原因有 8 人脱落，实际有 215 名产妇完成产后抑郁评估（包括 DV 组 83 人，N-DV 组 132 人）。产后门诊设置检查室和评估室以完成产妇的身体复查和心理评估，由产科主治医师和一名产科护士接诊。评估者已经接受过本课题的培训，对本研究内容和问卷评估达到熟练，可以完成本次评估的任务。我们采用自评抑郁量表（SDS）和爱丁堡产后抑郁量表（EPDS）进行产后抑郁的筛查和严重度评估，国内研究认为爱丁堡产后抑郁量表 9/10 分界值与 DSM-Ⅲ 的诊断一致性较好。但有研究认为将分值 12/13 分为分界值评估产后抑郁更严谨，故本研究把 ≥13 分纳入产后抑郁组。

有 215 名产妇完成产后抑郁评估，包括 DV 组 83 人，N-DV 组 132 人，其中产后抑郁者67 人，无抑郁者 148 人，产后抑郁发生率 31.2%（67/215），其中 DV 组产后抑郁者占 54 人（25.1%），N-DV 组产后抑郁者占 13 人（6.0%）。DV 组和 N-DV 组的抑郁发生率存在显著性差异，DV/N-DV 的抑郁发生风险度 OR 值为 17.045（95%CI 8.22～35.33）。说明孕期

家庭暴力导致产后抑郁的风险高于孕期未遭受家庭暴力者。国外有研究显示,产后抑郁发生率为 3.5%～33.0%。对受虐孕妇产后抑郁的研究发现,孕期受虐女性在产后 1 周、2 周以及 3 月的产后抑郁发生率高于未受虐女性。国内有研究显示产后抑郁发生率为 10.12%。本调查发生率接近国外调查结果,但高于国内研究,可能是由于孕期暴力导致的应激程度较严重所致。

DV 组和 N-DV 组 EPDS 以及 SDS 得分显示,DV 组产后抑郁分明显高于 N-DV 组,差异具有显著性意义。而且孕期遭受精神暴力、性暴力程度越严重,EPDS 分越高,抑郁越明显。我们也对产后抑郁的相关影响因素分析,研究结果显示,EPDS 与孕妇过去 1 年、丈夫过去 1 年饮酒史呈正相关,与未计划怀孕呈正相关,与孕期精神暴力和性暴力的程度呈正相关,与主、客观支持呈负相关关系。与家庭暴力认可态度和家庭暴力目睹史未发现相关关系。SDS 与丈夫过去 1 年饮酒史、家庭暴力认可态度、家庭暴力目睹史呈负相关,即持家庭暴力"可以"或"可以但看情况"者,以及童年期家庭暴力目睹者越多,抑郁程度越严重。以上研究进一步说明孕期家庭暴力可能和产后抑郁存在关联。国外也有同样的发现,家庭暴力与抑郁严重程度相关,用爱丁堡产后抑郁问卷评估产妇,抑郁程度与家庭暴力呈正相关。本研究也发现,家庭暴力认可态度,童年期家庭暴力目睹史与抑郁严重程度存在显著关联,这种关联可能是一种间接的关系,童年期家庭暴力目睹和家庭暴力的认可可能导致孕期遭受家庭暴力的风险增加,使孕妇经常处于应激状态,可能易表现负性情绪如产后抑郁的发生。

二、产后抑郁的风险因素分析

把有无产后抑郁作为因变量,把相关社会及心理因素作为自变量,纳入 Logistic 回归方程,运用 Backwald-LR 似然法进行危险因素模型分析,结果显示,丈夫职业(工人)、孕妇过去 1 年饮酒史、孕期丈夫饮酒史、既往流产史、家庭暴力认可态度(可以、看情况)、产前担心胎儿健康、孕期遭受精神暴力、消极应对方式以及神经质人格特征进入产后抑郁的回归方程,上述变量可以解释产后抑郁预测变量的 64.0%。研究显示,丈夫职业(工人),孕妇过去 1 年饮酒,孕期丈夫饮酒,流产史,家庭暴力认可态度,孕期精神暴力,担心胎儿健康,消极应对,EPQ-N 等因素可以预测产后抑郁的发生。丈夫职业是工人对产后抑郁的风险高($OR=$ 14.085),工人收入较低,影响了家庭总的收入水平,妻子怀孕后的生活费用增多,可能因此加重了孕妇抚养孩子的心理负担,出现产后抑郁。有研究显示,妻子因怀孕失业,丈夫收入不高增加了产后抑郁的风险,支持本研究结果。酒精和产后抑郁的相关研究并不少见,孕妇过去 1 年饮酒以及孕期丈夫饮酒导致产后抑郁的原因复杂,一方面,酒精可以通过下丘脑-垂体-肾上腺轴影响神经内分泌功能,导致中枢 5-HT 含量降低,同时,也可影响烟酰胺及 B 族维生素的缺乏,后者也可以影响单胺氧化酶的活性,导致产妇抑郁情绪;另一方面,由于饮酒可能会增加了夫妻间的矛盾冲突,也增加了暴力行为的风险性,导致抑郁发生。本研究认为,家庭暴力认可态度、孕期精神暴力和流产史是产后抑郁较强的风险因素。家庭暴力认可态度导致孕期家庭暴力的发生,使孕妇承受更多心理上的伤害,使情绪低落消沉。国外研究认为,精神暴力和性暴力是产后抑郁的一个重要的风险因素。

本研究尽管发现孕期性暴力和产后抑郁程度相关,但无法证实性暴力是产后抑郁的风险因素,可能性暴力多发生在怀孕早期,随着妻子孕周增加,性暴力鲜有发生,对孕妇心理的负性影响不强烈。流产史作为一种躯体和心理应激,可能影响了神经内分泌系统功能,导致内分泌和神经递质的改变,出现抑郁,但机制并不清楚。也有研究认为,流产易使女性形成

"丧失"心理,如果流产频繁,这种反应越强烈,导致情绪抑郁。本研究显示:担心胎儿健康,消极应对方式和神经质人格也是产后抑郁的风险因素。调查发现,担心胎儿健康的孕妇没有参加产前孕妇学校的比例较高,初次怀孕没有育儿经验,缺乏科学的指导和正确认知,对胎儿的变化过于担心,可能也会导致情绪的低落。孕妇既往流产经历以及孕期饮酒等不良习惯说明,孕妇存在消极的应对方式,尤其若遭受家庭暴力,缺乏丈夫的关心爱护,这种不良应对方式可能更突出,国外有研究发现,孕前和产前存在不良应对方式,产后抑郁更明显。而且,孕妇存在神经质及情绪不稳定的人格特征,遇事易紧张,焦躁,也更易采取消极应对方式。

产后抑郁存在生物学基础和社会心理因素的影响。本研究初步探讨了产后抑郁的社会心理影响因素,发现孕期精神暴力对产后抑郁的发生风险值得关注。此外,家庭暴力认可态度及童年期家庭暴力目睹史可能是引发孕期家庭暴力,导致产后抑郁的诱因,神经质人格可能作为易感素质,在外界应激状态下,促发了抑郁情绪的发生,孕期或过去饮酒、吸烟等则可能是缓解应激状态的不良应付方式。

总之,研究提示尽管怀孕是"安全期",女性遭受家庭暴力的状况仍不容乐观,孕期家庭暴力也对产后抑郁存在影响。我们应给予孕妇足够的社会支持,培养她们积极的应对方式,减少施暴者不良嗜好,可能对减少家庭暴力,避免暴力升级有事半功倍之效。

三、孕期家庭暴力及产后抑郁研究展望

如果回顾性调查孕妇孕前和产后家庭暴力状况,孕期家庭暴力的发生率可能更高。本研究对丈夫的社会及心理特征缺乏详尽的评估,无法了解丈夫的社会和心理特征对孕期家庭暴力及产后抑郁的影响程度。此外,对孕期家庭暴力及其相关因素的研究为横断面调查,不能判断孕期家庭暴力与风险因素的因果关系。我们对产后抑郁的评估仅限于一种情绪状态,尽管评估了其严重程度,但是否达到抑郁症的程度还需要未来临床诊断标准的严格评价。以上的不足也正是未来的期望和跟进。

(张　勇)

参 考 文 献

1. Alytia AL, Bogat GA, Sally AT, et al. The social networks of women experiencing domestic violence. American Journal of Community Psychology, 2004, 34:95-109.

2. Barry ML, Andreozzi L, Appiah L. Substance use during pregnancy: time for policy to catch up with research. Harm Reduction Journal, 2004, 1:1-44.

3. Bacchus L, Mezey G, Bewley S. Domestic violence: prevalence in pregnant women and associations with physical and psychological health. European Journal of Obstetrics & Gynecology and Reproductive Biology, 2004, 113(1):6-11.

4. Bondar' NP, Kudryavtseva NN. The effects of the D1 receptor antagonist SCH-23390 on individual and aggressive behavior in male mice with different experience of aggression. Neurosci Behav Physiol, 2005, 35(2):221-227.

5. Cecilia Berggard, Mattias Damberg, Eva Longato-Stadler, et al. The serotonin 2A 21438 G/A receptor polymorphism in a group of Swedish male criminals. Neuroscience Letters, 2003, (347):196-198.

6. Chiavegatto S, Nelson R J. Interaction of nitric oxide and serotonin in aggressive behavior. Hormones and Behavior, 2003, 44:233-241.

7. Cohen MM, Maclean H. Violence against canadian women. BMC Women's Health, 2004, 4(1):22-24.

8. Constance MW, Vaughn IR, Abbey BB, et al. Are pregnant adolescents stigmatized by pregnancy? Journal of Adolescent Health, 2005, 36(4):352-361.

9. Demas GE, Kriegsfeld LJ, Blackshaw S, et al. Elimination of aggressive behavior in male mice lacking endothelial nitric oxide synthase. J Neurosci, 1999, 19(19):30-35.

10. Fernandez FM, Krueger PM. Domestic violence: effect on pregnancy outcome. The Journal of the American Osteopathic Association, 1999, 99(5):254-256.

11. Fresan A, Camarena B, Apiquian R, et al. Association study of MAO-A and DRD4 genes in schizophrenic patients with aggressive behavior. Neuropsychobiology, 2007, 55(3-4):171-175.

12. Gary AB, Samuel VK, Jillian Romm, et al. Comparison of perinatal grief after dilation and evacuation or labor induction in second trimester terminations for fetal anomalies American Journal of Obstetrics and Gynecology, 2005, 192(6):1928-1932.

13. Halperin JM, Kalmar JH, Schulz KP, et al. Elevated childhood serotonergic function protects against adolescent aggression in disruptive boys. J Am Acad Child Adolesc Psychiatry, 2006, 45(7):833-840.

14. Han DH, Park DB, Na C, et al. Association of aggressive behavior in Korean male schizophrenic patients with polymorphisms in the serotonin transporter promoter and catecholamine-O-methyltransferase genes. Psychiatry Res, 2004, 129(1):29-37.

15. Hennig J, Reuter M, Netter P, et al. Two types of aggression are differentially related to serotonergic activity and the A779C TPH polymorphism. Behavioral Neuroscience, 2005, 119(1):16-25.

16. Herzig K, Danley D, Jackson R, et al. Seizing the 9-month moment: Addressing behavioral risks in prenatal patients. Patient Education and Counseling, 2006, 61(2):228-235.

17. Holmes A, Murphy DL, Crawley JN. Reduced aggression in mice lacking the serotonin transporter. Psychopharmacology, 2002, 16(2):160-167.

18. Homberg JR, Pattij T, Janssen MC, et al. Serotonin transporter deficiency in rats improves inhibitory control but not behavioural flexibility. Eur J Neurosci, 2007, 26(7):2066-2073.

19. Jacquelyn CC. Abuse during pregnancy: A quintessential threat to maternal and child health—so when do we start to act? CMAJ, 2001, 164(11):1567-1572.

20. Jewkes R, Penn-Kekana L, Levin J. Risk factors for domestic violence: findings from a South African cross-sectional study. Soc Sci Med, 2002, 55:1603-1617.

21. Jewkes R. Intimate partner violence: causes and prevention. Lancet, 2002, 359:1423-1429.

22. Kayasuga Y, Chiba S, Suzuki M, et al. Alteration of behavioural phenotype in mice by targeted disruption of the progranulin gene. Behavioural Brain Research, 2007, 185:110-118.

23. Leung WC, Leung TW, Lam YYJ, et al. The prevalence of domestic violence against pregnant women in a Chinese community. Int J Gynecol Obstet, 1999, 66:23-30.

24. Linda Bullock, Tina Bloom, Jan Davis, et al. Abuse disclosure in privately and medicaid-funded pregnant women. Journal of Midwifery&Women's Health, 2006, 51(5):361-369.

25. Maria Testa, Carol VT, Jennifer AL. Childhood sexual abuse, relationship satisfaction, and sexual risk taking in a community sample of women. J Consult Clin Psychol, 2005, 73(6):116-112.

26. Martin, SL. Mackie L, Kupper LL. et al. Physical abuse of women before, during and after pregnancy. JAMA, The Journal of American Medical Association, 2001, 28(12):1581.

27. Nazeem Muhajarine, Carl DA, Physical abuse during pregnancy: prevalence and risk factors. CMAJ, 1999, 160:1007-1011.

28. Nelson RJ, Trainor BC, Chiavegatto S, et al. Pleiotropic contributions of nitric oxide to aggressive behavior. Neurosci Biobehav Rev, 2006, 30(3):346-355.

29. New AS, Gelernter J, Trestman RL, et al. A polymorphism in tryptophan hydroxylase and irritable aggression in personality disorders. Biological Psychiatry, 1996, 39(7): 506-512.

30. Nomura M, Nomura Y. Psychological, neuroimaging, and biochemical studies on functional association between impulsive behavior and the 5-HT2A receptor gene polymorphism in humans. Ann N Y Acad Sci, 2006, 1086: 134-143.

31. Petersen R, Gazmararian J. Partner violence: implications for health and community settings. Womens Health Issues, 2001, 1: 116-125.

32. Popova NK, Naumenko VS, Pliusnina IZ. The involvement of brain 5-HT(1A)-receptors in genetically determined aggressive behavior. Zh Vyssh Nerv Deiat Im I P Pavlova, 2006, 56(4): 537-542.

33. Retz W, Retz-Junginger P, Supprian T, et al. Association of serotonin transporter promoter gene polymorphism with violence: relation with personality disorders, impulsivity, and childhood ADHD psychopathology. Behav Sci Law, 2004, 22(3): 415-425.

34. Records K, Rice M J. A comparative study of postpartum depression in abused and nonabused women. Archives of Psychiatric Nursing, 2005, 19(6): 281-290.

35. Robert S, Thompson MD, Amy E, et al. Intimate partner violence prevalence, types, and chronicity in adult women. American Journal of Preventive Medicine, 2006, 30, (6): 446-457.

36. Ruiz-Pérez I, Plazaola-Castaño J, Álvarez-Kindelán M, et al, Sociodemographic associations of physical, emotional, and sexual intimate partner violence in spanish women. Annals of Epidemiology, 2006, 16(5): 357-363.

37. Rujescu D, Giegling I, Gietl A, et al. A functional single nucleotide polymorphism(V158M)in the COMT gene is associated with aggressive personality traits. Biol Psychiatry, 2003, 54(1): 34-39.

38. Sandra MS, Douglas BS, Carrie EP, et al. Intimate partner physical abuse perpetration and victimization risk factors: a meta-analytic review. Aggression and Violent Behavior, 2004, 10(1): 65-98.

39. Seedat S, Stein MB, Kennedy CM, et al. Plasma cortisol and neuropeptide Y in female victims of intimate partner violence. Psychoneuroendocrinology, 2003, 28(6): 796-808.

40. Shumway J, O'Campo P, Gielen A, et al. Preterm labor, placental abruption, and premature rupture of membranes in relation to maternal violence or verbal abuse. The Journal of Maternal-Fetal Medicine, 1999, 8(3): 76-80.

41. Silva H, Iturra P, Solari A, et al. Serotonin transporter polymorphism and fluoxetine effect on impulsiveness and aggression in borderline personality disorder. Actas Esp Psiquiatr, 2007, 27: 120-132.

42. Sjöberg RL, Ducci F, Barr CS, et al. A non-additive interaction of a functional MAO-A VNTR and testosterone predicts antisocial behavior. Neuropsychopharmacology. 2007, Apr 11, online publication.

43. Stephen BM, Janine DF, Robert E. Ferrell, et al. Aggression and anger-related traits associated with a polymorphism of the tryptophan hydroxylase gene. Biological Psychiatry, 1999, 45(5): 603-614.

44. Tiwari A, Chan KL, Fong D, et al. The impact of psychological abuse by an intimate partner on the mental health of pregnant women. BJOG, 2008, 115(3): 377-384.

45. Tracy FS, Pamela Berens. Domestic violence and substance use. Obstetrics & Gynecology, 2001, 97(4): 853-859.

46. Wiemann CM, Agurcia CA, Berenson AB, et al. Pregnant adolescents: experiences and behaviors associated with physical assault by an intimate partner. Maternal and Child Health Journal, 2000, 4(2): 93-101.

47. Zalsman G, Huang YY, Harkavy-Friedman JM, et al. Relationship of MAO-A promoter(u-VNTR)and COMT(V158M)gene polymorphisms to CSF monoamine metabolites levels in a psychiatric sample of caucasians: A preliminary report. Am J Med Genet B Neuropsychiatr Genet, 2005, 132(1): 100-103.

48. Zammit S,Jones G,Jones SJ,et al. Polymorphisms in the MAOA,MAOB,and COMT genes and aggressive behavior in schizophrenia. Am J Med Genet B Neuropsychiatr Genet,2004,128(1):19-20.

49. 曹玉萍,张亚林,孙圣琦,等.湖南省家庭暴力的流行病学调查总体报告.中华流行病学杂志,2006,27(3):9-12.

50. 郭素芳,吴玖玲,渠川琰,等.中国北方城市妇女妊娠前、妊娠期及产后家庭暴力的调查.中华流行病学杂志,2004,25(1):9-11.

51. 郭素芳,吴玖玲,渠川琰,等.产后抑郁与产后家庭暴力.中国心理卫生杂志.2003,17(9):629-631.

52. 吴久玲,郭素芳,熊玮仪,等.人工流产妇女中家庭暴力现况研究.中国公共卫生杂志.2003,19(11):1285-1287.

53. 叶志海,王声湧,肖小敏,等.孕期及产后妇女家庭暴力调查.中国公共卫生,2005,21(8):1012-1013.

54. 张李玺,刘梦.中国家庭暴力研究.北京:中国社会科学出版社,2004.

55. 张勇,张亚林,邹韶红,等.孕期家庭暴力与新生儿血浆氨基酸及皮质醇的关系.中华内科杂志,2008,47(3):209-212.

56. 张勇,张亚林,邹韶红.孕期家庭暴力社会心理危险因素及不良影响.中国心理卫生杂志,2007,21(12):853-856.

57. 张勇,张亚林.暴力攻击行为的生物学影响因素.中国临床心理学杂志,2008,16(2):215-218.

58. 张勇.孕期家庭暴力与孕妇心理、产后抑郁、新生儿神经生化及遗传—环境交互作用对婴儿认知行为的影响.中南大学博士学位论文,2008.

59. 邹韶红,张亚林,张勇,等.291对新婚登记夫妇婚前暴力调查.中国心理卫生杂志,2007,21(5):328.

60. 邹韶红.夫妻暴力社会心理高危因素及其预防性心理干预的研究.中南大学博士学位论文.2007.

第十五章

孕期家庭暴力与新生儿健康

如前所述,孕期家庭暴力不仅影响孕妇的心身健康,对子代也会带来诸多不利结局。但也只是从宏观方面初步了解对子代的负面影响,那么,在微观方面会有何改变呢? 事实上,宏观的变化必然存在微观的改变,比如孕妇受虐,新生儿或婴儿较多表现应激反应和情绪反应,这些情绪和行为的变化肯定会伴随着神经内分泌-免疫-递质的改变(这在动物实验中已得到证实)。令人感兴趣的是,孕期家庭暴力是否影响新生儿神经生化及内分泌系统,或者多大程度对其存在着影响? 作者在本章就这一关注的问题进行研究探讨,以期提供一些理论和临床依据。

第一节　孕期家庭暴力所致新生儿神经生化改变

一、孕期家庭暴力所致新生儿神经生化改变

(一)研究方法

研究对象为家庭暴力和非家庭暴力组孕妇分娩的新生儿。新生婴儿须符合以下标准:①胎龄在37～42周;②出生体重在2500～4000克;③阿氏(Apgar)评分大于7分;④产时无缺氧窒息;产后无出血、黄疸、溶血病等。

根据家庭暴力筛查结果,孕妇分娩的新生儿相应分为家庭暴力组和非家庭暴力组。孕妇分娩时按照知情同意的协议书采集新生儿脐动脉血。家庭暴力组86名,非家庭暴力组137名,实验中由于操作失误未能收集到血浆者家庭暴力组血样3例,非家庭暴力组血样5例。新生儿实际有效样本家庭暴力组83名,其中男婴43名,女婴40名;非家庭暴力组132名,其中男婴76名,女婴56名。

采用20项神经行为测试量表(NBNA)测查新生儿行为发育能力,新生儿生后3天、7天作NBNA测定,以观察新生儿的行为能力、被动肌张力、主动肌张力、原始反射和一般评估。

新生儿采血时间在22～4点、4～8点、8～11点三个时间段,两组在不同时间段采血的例数构成比差异不显著,可以排除时间周期节律对血浆皮质醇的影响。产妇分娩时采集新生儿脐动脉血3毫升,分离血浆和血细胞编号后置-40℃冰箱保存,待标本收集完成后一次性测试。这项研究采用库仑阵列电化学高效液相色谱检测法测定血浆谷氨酸(Glu)和 γ-氨

基丁酸（GABA）含量。血浆皮质醇（Cortisol）含量采用放免法测定。

（二）新生儿神经生化的改变

家庭暴力组新生儿性别比例、出生体重、身长、NBNA 神经行为评分结果与对照组比较，无显著差异。而血浆 Glu 及 GABA 及 Cortisol 含量显著高于非家庭暴力组，差异有统计学意义。同时，我们检验了家庭暴力组不同性别新生儿 Glu、GABA 和 Cortisol 水平，比较后发现，三种指标在男性和女性新生儿组间差异均无显著性意义。母孕期不同程度精神暴力对新生儿 Glu、GABA 和 Cortisol 水平是否存在影响呢？调查发现，家庭暴力组孕妇遭受精神暴力者（包括精神合并性暴力或躯体暴力者）较多，发生频次在 3 至 15 次之间，把发生频次划分为小于等于 5 次者（Ⅰ组）和大于 5 次者（Ⅱ组），以观察母孕期遭受精神暴力程度对子代神经生化的影响。

结果发现，两组间 Glu、GABA 含量差异无显著性。孕期受虐发生频率高者血浆 Cortisol 含量高于发生频率低者，差异具有显著性。同时，也发现母孕期有无性暴力对新生儿 Glu、GABA 和 Cortisol 水平存在部分影响。家庭暴力组孕期遭受性暴力 31 人（包括单纯性暴力和合并精神暴力和躯体暴力者），未遭受者 52 人，比较有无性暴力组子代神经生化物质差异，结果显示：两组 Glu、GABA 含量差异无显著性。遭受性暴组子代血浆 Cortisol 含量高于对照组，差异具有显著性。

二、孕期家庭暴力与新生儿神经生化相关分析

研究发现，新生儿 Glu、GABA、血浆 Cortisol 水平与家庭暴力产妇的年龄、婚龄、孕周以及新生儿体重、身长尚无相关性，故这些因素不构成混杂因素，而分娩方式与皮质醇水平相关，即自然分娩者子代皮质醇水平高，故利用偏相关分析，在控制了分娩方式后，发现孕期遭受精神暴力、性暴力与子代的神经生化存在关联：Glu、GABA、Cortisol 之间存在正相关；而且与精神暴力、性暴力呈显著正相关，但未发现与躯体暴力存在相关关系。

研究提示，母孕期社会心理影响因素与新生儿神经生化的相关性。子代 Glu、GABA、血浆 Cortisol 水平与母孕期心理特征，如应对方式、社会支持、自尊水平和人格特征的 Spearman 相关分析显示：Glu 与精神质呈显著正相关；GABA 与精神质呈显著正相关；Cortisol 与抑郁自评量表分（self-rating depression scale, SDS）呈显著负相关。子代 Glu、GABA、血浆 Cortisol 水平与孕期一般社会影响因素 Spearman 相关分析显示：Glu 与孕妇童年期被打呈正相关；GABA 与童年期被骂呈正相关，与童年期遭受性行为侵犯呈正相关。

以上研究通过测定新生儿血浆 Glu、GABA 和皮质醇的含量，初步探讨孕期家庭暴力对新生儿可能的神经生化及内分泌影响。已知氨基酸神经递质主要存在于中枢神经系统，在外周分布较少，在健康成年人中不易透过血脑屏障，但新生儿血脑屏障未形成，其通透性增加，也可在外周血存在。故新生儿外周血浆氨基酸可能反映中枢氨基酸神经递质的功能。

结果显示，母孕期遭受家庭暴力，其新生儿血浆 Glu、GABA 含量均显著高于非家庭暴力组。提示母孕期遭受家庭暴力，可能对孕期子代形成一种应激反应，导致新生儿 Glu、GABA 功能的增强。国外有研究证实，攻击行为及应激反应与中枢神经系统内重要的神经递质如谷氨酸和 γ-氨基丁酸均有一定的相关性。Bjork 等用 Buss-Durkee 敌对问卷评估有精神病家族史的成年人，发现血浆 GABA 水平与攻击行为严重程度呈正相关，但血浆水平和中枢的关系还不清楚。Thomas 等通过微透析技术发现，当猫发怒出现攻击行为时，海马

及杏仁核部位 Glu、GABA 含量增多。有人发现攻击行为母鼠，子代可能存在氨基酸神经递质的改变。动物实验证实，心理应激模型大鼠，脑皮质及海马部的 Glu、GABA 含量增加，当这种应激持续存在时，Glu、GABA 含量升高。家庭暴力组孕妇在孕期主要遭受精神暴力和性暴力，经常受到丈夫的冷落、言语的辱骂甚至被迫性行为，不但违背了孕妇的意愿，而且使孕妇经常处于紧张焦虑、痛苦的情绪中，这种持续的应激状态可能使受虐孕妇的 Glu 和 GABA 含量处于较高水平，并通过胎盘传递给胎儿，使其在母体内就已经处于一种应激状态，而应激时糖皮质激素（GC）含量升高，导致兴奋性氨基酸过度释放，增加了细胞外 Glu 的堆积，出生后新生儿仍保持较高的 Glu 和 GABA 水平。本研究未能观察新生儿出生后一段时期内氨基酸递质水平的变化，是否存在波动性变化尚需谨慎对待和后续研究。机体应激反应始于中枢神经系统，在各种应激状态下，出现下丘脑-垂体-肾上腺皮质轴兴奋性升高，使血液中糖皮质激素上升，常常被视为应激的标志。家庭暴力组新生儿血浆皮质醇含量明显高于非家庭暴力组，提示母孕期遭受家庭暴力可能会导致新生儿神经内分泌的改变。孕期家庭暴力可能使孕妇处于应激状态，引起 HPA 轴功能的变化，间接导致皮质醇含量升高。已有研究结果证实，应激时 HPA 轴的功能亢进，母体血浆中皮质醇可通过胎盘传递给胎儿，使胎儿处于应激状态，导致新生儿脐血中皮质醇含量升高。对家庭暴力组新生儿男女性别间氨基酸神经递质及皮质醇含量的比较发现，男婴 Glu、GABA 和 Cortisol 含量均高于女婴，但差异不显著。可能和样本量较少有一定关系。国外有研究发现，受虐孕妇子代，男婴皮质醇含量高于女婴，与本研究相似。

由于母孕期精神暴力比例较高，故仅观察了精神暴力与氨基酸递质和皮质醇的关系。发现母孕期遭受精神暴力程度高低两者比较，前者子代的 Glu、GABA 和 Cortisol 含量高于后者，但 Glu、GABA 含量差异不显著，皮质醇含量差异有显著性。同时研究发现，孕期遭受性暴力者子代的血浆皮质醇含量明显高于未遭受性暴力者子代，差异具有显著性意义。相关分析显示，精神暴力和性暴力的发生程度与新生儿 Glu、GABA 和 Cortisol 水平呈正相关。可能是母孕期遭受暴力行为越频繁，孕妇及子代应激程度越严重，使新生儿出生前处于持续应激的环境中，导致氨基酸递质和内分泌含量升高。动物实验发现，大鼠出生前应激导致其大脑皮质兴奋性氨基酸的过度表达，应激程度越严重，这种氨基酸神经递质的表达越强，海马等部位的氨基酸递质含量增高就越明显。国内研究发现，持续应激使大鼠海马 CA1 区 LTP 的形成受抑制，谷氨酸水平升高。研究还发现，持续的应激可能正性强化了 HPA 轴功能，使其血浆皮质醇含量升高。这些研究间接证实了暴力行为与子代氨基酸和皮质醇含量相关。兴奋性和抑制性氨基酸与皮质醇也存在相互影响，应激时 HPA 轴活动亢进，引起持续的高糖皮质激素分泌，后者可能通过增加谷氨酸能神经末梢的突触囊泡释放兴奋性氨基酸并抑制它的再摄取，从而引起兴奋性氨基酸神经递质的增高，这种应激持续存在时，也相应引起抑制性氨基酸含量的升高。

已显示孕期受虐与儿童期虐待的相关关系，但孕妇儿童期虐待与其子代神经生化的相关性罕有报道。本研究发现，孕妇儿童期受虐待与其子代 Glu 和 GABA 含量呈正相关，尤其值得注意的是，孕妇儿童期遭受性虐待与其子代 GABA 含量呈明显正相关。提示孕妇儿童期受虐可能影响了子代应激形成的神经生化机制。有研究证实，儿童期创伤性经历与成年后 PTSD 的关系密切而且伴有大脑执行功能和注意缺陷等认知损害。我们可以推测，孕妇儿童期受虐作为一种慢性应激状态长期存在，加之孕期再次受虐，强化了这种应激状态，进一步影响了海马的功能，使兴奋性和抑制性氨基酸递质水平以及其受体表达发生改变，并可能通过胎盘传递给子代,导致子代应激形成并发生神经生化机制的变化。假如果真如此,神经生化的改变可能会影响子代认知功能,未来将继续深入探讨这一内容以验证我们的推测。

第二节　孕期家庭暴力之新生儿分子生物学研究

一、分子遗传学研究方法及原理

(一)目标基因 SNPs 多态性位点的选择

根据既往文献研究及 NCBI 数据库提供信息选择 rs4818,rs4680,rs6313SNP 多态性三个位点。rs4680 位于非编码区,功能区在 exon_4,引起 A/G 的突变;rs4818 位于编码区,功能区在 exon_4,引起 G/T/C 的突变,属于同义突变,也就是说位于编码区的单核苷酸相互替代,对其编码的蛋白质产物存在影响。rs6313 位于编码区,引起 T/C 的变化,属同义突变。通过 dbSNP 的数据库资料,显示以上两个基因的三个 SNP 多态性位点在序列中的位置,并以此来设计引物及探针。

单核苷酸多态性(single nucleotide polymorphisms,SNPs)是指基因组 DNA 序列中由于单个核苷酸(A,G,C,T)插入、缺失、转换和颠换等引起的多态性,而且任何一种等位基因在群体中的频率理论上不小于1%。例如:某些人染色体上某个位置的碱基是 A,而另一些人染色体的相同位置上的碱基则是 G。同一位置上的每个碱基类型叫做一个等位位点。一个人所拥有的一对等位位点的类型被称作基因型(genotype)。对上述 SNP 位点而言,一个人的基因型有 3 种可能性,分别是 AA、AG 或 GG。SNP 作为一种碱基的替换,大多数为转换(C-T,A-G),也可能是颠换(C-A,C-G,A-T)。其次,SNP 大都表现为二等位基因(bialletic)多态性,即在该位置只存在两种不同的碱基。大多数 SNPs 位于基因组的非编码区,并且有些位于基因组编码区的 SNPs 所致编码序列的改变并不影响翻译后的氨基酸序列,这种 SNPs 对个体的表现型是无影响的。有些位于蛋白质编码区的 SNPs 可能影响翻译后关键的功能基团的氨基酸序列,从而影响蛋白质的功能,最终导致对特定环境或病因的反应敏感性。

单体型(haplotype)是指位于一条染色体上或某一区域的一组相关联的 SNP 等位位点。如果一个单体型有 n 个变异位点,理论上就可能有 2n 种可能的单体型。实际上,大多数染色体区域只有少数几个常见的单体型(每个常见单体型具有至少>5%的频率)。由于单体型包含着多个 SNPs 的遗传信息,许多研究表明,在与复杂性状的相关分析中,采用单体型比单个 SNP 具有更好地统计分析效果。

文献检索及 GenBank 数据库、SNP 数据库显示,COMT 基因 SNPs 多态性存在 16 个位点(如 rs4818、rs4680、rs4633、rs769224、rs740602 等)。查阅国内外相关文献,COMT 基因 rs4818、rs4680SNP 多态性可能与暴力攻击行为相关联,而未见有其他位点 SNP 多态性与暴力攻击行为的相关报道,故本研究仅将 rs4818、rs4680 纳入目标位点。rs4680 位于非编码区,功能区在 exon-4,引起 A/G 的突变;rs4818 位于编码区,功能区在 exon-4,引起 G/C 的突变,属于同义突变,也就是说位于编码区的单核苷酸 G/C 相互替代,对其编码的蛋白质产物存在影响。

文献检索及 GenBank 数据库、SNP 数据库显示,5-HT 基因 SNPs 多态性存在 10 个位点（如 rs6313、rs6314、rs35480504、rs35224115、rs6304 等）。有研究报道，rs6313SNP 多态性可能与暴力冲动行为相关。故本研究把 rs6313 纳入目标位点，rs6313 位于编码区，功能区在 exon-1，引起 T/C 的变化，属同义突变。位于编码区的单核苷酸 T/C 相互替代，对其编码的蛋白质产物存在影响。精神疾病及相关行为障碍是由多个基因与环境共同作用的结果。运用人类基因组的 SNPs 与单体型信息来挖掘暴力攻击行为的遗传因素将对人类疾病的发病机制，诊断和治疗产生全新的认识。

（二）研究方法与工作原理

多态性检测技术不断的更新和完善，目前广泛使用的多态性检测技术包括：DNA 直接测序，限制性酶切片段长度多态性技术（RFLP），DNA 芯片技术（microarray），变性高效液相色谱技术（DHPLC），单链构象多态性分析（SSCP），温度梯度凝胶电泳（TGGE），变性梯度凝胶电泳（DGGE）和质谱分析等。直接测序具有准确度高、操作简单、自动化水平高的优点，缺点是成本高。RFLP 操作简单、高通量、成本低，但如果酶切不完全易造成判断错误。传统的基因芯片技术具有信息量大、自动化水平高等优点，但重复性差，操作繁琐。基于连接酶链反应（ligase chain reaction，LCR）的分型技术，其反应原理类似聚合酶链反应（PCR），却具有更高的反应特异性。在此基础上发展起来的连接酶检测反应（ligase detection reaction，LDR）在国外已得到广泛的应用。Marilyn 等应用 LDR 技术检测低通量的突变，发现此技术具有较高的灵敏度。国内有人应用此技术成功地建立了心血管疾病相关基因的分型系统。LDR 是利用高温连接酶实现对基因多态性位点的识别。高温连接酶一旦检测到 DNA 与互补的两条寡聚核苷酸接头对应处存在着基因点突变类型的碱基错配，特异性的探针与模板有一个碱基不配对，连接反应不能进行，没有连接产物；如探针与模板 DNA 完全互补，则可进行连接反应。通过温控循环该特异性连接反应可反复进行，达到线性扩增的效果。测序分型技术先通过多重 PCR（multiplex PCR）获得含有待检测突变位点的基因片段，然后进行多重连接酶检测反应（multiplex ligase detection reaction，multiplex LDR），最后通过测序仪电泳读取检测结果。测序仪检测图谱为双波峰，则判定为杂合型，若为单波峰，则可判定为纯合型。

采用先进的 LDR 来识别目标基因位点，LDR 是利用高温连接酶实现对基因多态性位点的识别。高温连接酶一旦检测到 DNA 与互补的两条寡聚核苷酸接头对应处存在着基因点突变类型的碱基错配，则连接反应就不能进行。举例说明，如图 15-1：右边的探针与模板有一个碱基不配对，所以连接反应不能进行，没有连接产物；左边探针与模板 DNA 完全互补，故进行连接反应。通过温控循环该特异性连接反应可反复进行，达到线性扩增的效果。

此外采用测序分型方法分辨 SNP 多态性位点的基因型。测序分型原理举例说明如：①本技术方案先通过多重 PCR（multiplex PCR）获得含有待检测突变位点的基因片段，然后进行多重 LDR（multiplex LDR），最后通过测序仪电泳读取检测结果；②检测结果表明，左边位点，即突变位点一为 A/C 杂合子，右边位点，即突变位点二为 T 纯合子。

血标本采集来自新生儿脐动脉血 3 毫升，经 EDTA 抗凝，待标本收集完成后一次性提取基因组 DNA。采取酚氯仿法提取脐血基因组 DNA，检测前完成总 DNA 浓度、纯度、完整性的检测。完成 PCR 扩增 SNP 位点所在片段，将 PCR 反应管放入 PCR 仪进行连接反应，应用 Genemapper 软件进行数据分析和基因分型。

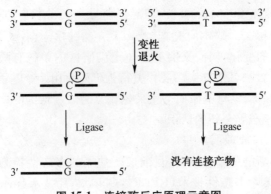

图 15-1　连接酶反应原理示意图

二、相关基因位点的遗传平衡吻合度检验

为了检验样本是否为遗传平衡群体,进行基因频率变化的分析,其最低程度是不偏离 H-W 平衡,以了解所分析的基因在样本人群中的分布是否符合群体平衡规律。假设样本人群符合 H-W 平衡规律,则该人群中基因型实际构成应符合 AA：Aa：aa＝p^2：2pq：q^2（A,a 为一对等位基因,p,q 分别为其相应的频率）。以 rs4818 为例,首先计算出等位基因 C 频率为 0.7209(p),则 G 频率为 1-p 即 0.2791(q),则理论上个基因型的频率比应为 CC：C/G：GG＝0.5197：0.4024：0.0779,在 215 例样本中,基因型 CC 的理论数为 112,C/G 的理论数为 87,GG 的理论数为 17,各基因型实际构成分别为 95,89,31。经卡方检验来观察理论构成和实际构成是否有差异。结果显示 rs4818,rs4680,rs6313 三个位点的实际基因型分布与 H-W 平衡状态下的理论分布差异不显著,说明两个研究样本人群来自大的群体,个体间是随机匹配,不存在明显自然选择、迁移等因素对遗传平衡的影响,研究资料可靠。

三、孕期家庭暴力与新生儿分子生物学相关分析

经卡方检验发现,家庭暴力组与非家庭暴力组新生儿 rs4818SNP 多态性位点的基因型与等位基因频率比较存在显著差异,两组在 rs4680、rs6313SNP 多态性位点的基因型与等位基因频率比较差异不显著。

COMT 基因 rs4818 和 rs4680SNP 多态性都与暴力攻击行为相关,而且两个多态性位点（都位于 exon-4 区）距离很近,为了验证两个位点是否存在相互影响,增加暴力攻击行为的风险度,比较两组研究对象 rs4680-rs4818SNP 单体型的差异性。rs4680 单体型有 A/G,rs4818 单体型有 C/G,则 rs4680-rs4818 单体型分析有 A/G、A/C、G/G、G/C 四种类型,其中 A/G 有 19 个单体（占 6％）、A/C 有 26 个单体（占 8％）、G/G 有 39 个单体（占 12％）、G/C 有 39 个单体（占 12％）,比较两组不同单体型的差异,结果显示两组差异具有显著性意义。同时观察了四种单体型对家庭暴力的风险度。家庭暴力组 rs4680-rs4818SNP 单体型 A-G 的频率明显高于非家庭暴力组。联合风险度 OR 为 2.756,相对危险度 95％可信区间在 1.286～5.903 间。其他单体型的联合影响两组间差异均不显著。我们通过对家庭暴力组三个 SNP 位点基因型与临床表型的关联,结果发现,rs4818SNP 基因型在 GABA 水平存在显著性差异,GG 基因型含量最低,CC 和 C/G 基因型含量较高。rs4680SNP 以及 rs6313SNP 基因型与新生儿性别、NBNA 得分、出生身长、体重、Glu、GABA、Cortisol 之间关联不显著。

孕期家庭暴力对子代的影响原因复杂,推测可能是个体易感素质、社会心理因素、环境因素以及生物因素相互作用的结果。现已发现人类 COMT 基因定位于第 22 号染色体长臂的 11 区 2 带(22q11.2),并获 cDNA 全长克隆。人类 COMT 基因在其第 4 号外显子存在 1 个 G 与 A 的置换点突变,使其编码的 108/158 位氨基酸由 Val→Met,导致 COMT 酶的 3～4 倍活性改变,当其 108/158 位氨基酸为 Met 时,该酶的活性变为不耐热,即使在生理条件下,其活性也大大降低,其等位基因分为高活性 H 型(G)和低活性 L 型(A)。有研究发现,COMT 基因多态性与暴力攻击行为相关。我们关注的是:母孕期遭受家庭暴力是否与子代 COMT 基因多态性有关,对子代 COMT 基因多态性影响程度如何?采用随机对照的方法,选择 COMT 基因 rs4680、rs4818 两个与暴力攻击相关的位点,试图了解母孕期遭受家庭暴力与子代 rs4680、rs4818SNP 多态性的关系。本研究通过与对照组比较发现,孕期受虐子代 rs4680SNP(COMTVal158Met)基因型 AA、AG 频率高于未受虐组子代,基因型 GG 频率低于对照组,A 等位基因频率研究组高于对照组,G 等位基因频率低于对照组,但未发现两组所有基因型间以及等位基因间存在差异。研究结果提示,rs4680SNP 可能和暴力攻击行为关联不显著,rs4680SNP 可能不是暴力攻击的易感基因,同时,母孕期遭受暴力行为,可能对子代 rs4680SNP 的影响不显著。国外对有攻击型人格特质的自杀未遂者研究发现,尽管 COMT 低活性的 L 等位基因和基因型在这些人群中发生频率较高,但总体上和健康对照组比较,差异不显著。有人对伴有攻击行为的分裂质和精神分裂症患者研究后发现,COMT158 Val/Met(472 G>A)基因型、等位基因以及单体型频率在患者和健康对照之间均未发现差异性,也未发现低活性等位基因频率和攻击行为的关联。这些结论支持我们的研究结果,即 rs4680SNP 可能和暴力攻击关联不显著。

但也有不同的研究结果,有学者证实 COMTVal158Met 基因多态性与暴力攻击行为关联。有人用总体攻击量表(the total overt aggressive scale,OAS)来测评具有攻击行为的精神分裂症患者,结果发现,COMT 基因型和患者的躯体攻击严重程度存在显著关联。也有相似的研究报道,精神分裂症患者 COMT 低活性 L 等位基因与高活性的 H 等位基因相比较,暴力攻击的风险性更高。

目前国内外有关 COMT 基因多态性与暴力攻击行为关联性的研究多不一致,甚至结论相反,实际可重复性差,这可能和研究对象、样本量大小、种族差异、方法设计不同有关。

家庭暴力组子代 rs4680SNP 基因型与子代性别、出生体重、身长、NBNA 神经行为评分以及 Glu、GABA、Cortisol 生化指标等临床表型间的关联分析显示,差异不显著,提示子代性别、出生体重、身长、出生神经行为以及生化等因素可能和 rs4680SNP 多态性不存在关联,说明子代这些特征可能不受 rs4680SNP 的影响。

孕期受虐子代 rs4818SNP(COMTC136G)基因型 CC 型频率为 0.570,明显高于对照组子代 CC 基因型(0.343),而 C/G 型频率为 0.360,GG 型频率为 0.070,明显低于对照组子代(0.474,0.183),两组基因型差异具有显著性意义。孕期受虐子代等位基因 C 频率为 0.750,明显高于对照组(0.580),G 等位基因频率为 0.250,明显低于对照组(0.420),两组差异具有显著性意义。目前尚无 rs4818SNP 与暴力攻击行为直接相关的报道,推测 CC 基因型或 C 等位基因可能和暴力攻击相关。有研究认为,COMT 基因作为精神分裂症重要的易感基因,影响前额叶多巴胺功能,可能和患者的冲动攻击行为间接相关。有研究报道,同义突变 rs4818 C/G 和功能性 Val158Met 多态性(rs4680 A/G)相比,更能表现 COMT 活性的改变。Nackley 等认为同义突变的单体型核苷酸可以最大程度表达 COMT 基因的活性变化,从而进一步影响蛋白质的转录,强调了在 SNPs 基础上单体型对分析基因活性变化的重要性。有学者对精神分裂症患者冲动行为进行研究,他们通过量化 mRNA 表达程度来检测 *COMT* 特异性等位基因,发现患者冲动行为和 *COMT* 基因 mRNA 低表达相关联,并指出 *COMT* 基因单体型核苷酸可能通过下调 *COMT* 表达直接或间接影响患者的行为。这些研究不但说明了 rs4818C/G 多态性对 *COMT* 基因活性和基因表达的重要性,间接说明和暴力攻击行为可能的关联。

家庭暴力组子代 rs4818CC,CG,GG 基因型在 GABA 生化表型方面存在差异,在 CC、CG、GG 基因型间存在显著性差异,携带 CC 和 CG 基因型者 GABA 含量明显高于 GG 基因型携带者,提示 rs4818C/G 多态性可能和 GABA 神经递质有关。目前关于 *COMT* 基因多态性和 GABA 的关系的研究尚不多见,有研究发现,皮质 GABA 合成酶谷氨酸脱羧酶(GAD67)表达下调导致 GABA 功能失调,而 GAD67 易受到 *COMT* 基因的影响。氨基酸神经递质与 *COMT* 基因相互作用的机制复杂,其关系需要进一步的佐证。

观察 rs4818 和 rs4680SNP 两个位点单体型对暴力行为的联合风险效应,两个 SNP 多态性位点单体型共有四种类型(A-G,A-C,G-G,G-C),家庭暴力组子代 rs4680-rs4818SNP 单体型 A-G 的频率明显高于非家庭暴力组子代,差异具有统计学意义。联合风险度 *OR* 为 2.756,相对危险度 95% 可信区间在 1.286~5.903 间。即家庭暴力组子代 *COMT* 基因两个 SNP 多态性位点 A-G 单体型联合产生暴力行为的风险是对照组的 2.756 倍,说明 rs4818 和 rs4680SNP 联合可能增加了子代暴力行为的风险。目前文献尚未见到有关这两个位点单体型联合作用对暴力攻击行为风险影响的报道,这两个 SNP 位点 A-G 单体型联合风险仅仅是统计结果下的推测,仍需进一步在大样本、特异性强的研究对象中验证,故结论尚需谨慎。然而,*COMT* 不同 SNP 多态性及单体型相互作用对精神疾病的风险研究已经揭开序幕。众所周知,*COMT* Val158Met(rs4680SNP)和精神分裂症行为紊乱相关性的报道屡见不鲜,但结论却并不一致,甚至相互矛盾,使许多研究者一度对 *COMT* Val158Met 与精神分裂症易感性产生怀疑。所幸的是,*COMT* 基因单体型联合作用的研究为精神分裂症行为紊乱的研究提供了新的思路。Handoko 等研究了 107 名精神分裂症患者,分析了易感基因 *COMT* 的 4 种 SNP(rs4680,rs737865,rs4633,rs165599)对疾病风险的相互作用,发现 rs4680 和 rs4633 联合作用后明显增加了与分裂症的相关性,而独立的 rs4680 或 rs4633 则未显示与分裂症的相关性。单体型联合分析(rs737865-rs4680-rs165599)进一步证实了与分裂症的相关性。这一研究解释了 *COMT* Val158Met 和分裂症行为异常可能相关而非致病因素。有学者研究了爱尔兰一个精神分裂症的高发家系发现,*COMT* 基因 SNPs rs737865-rs4680-rs165599 单体型 A-G-A 联合作用后,对疾病存在明显的优势传递,其中有两个单体型表现 A(Val)等位基因,由此认为 *COMT* 基因的单体型联合作用对精神分裂症易感性存在风险意义。有研究证实暴力攻击者具有神经质、内向性人格特质,国外 Stein 等对焦虑相关人格特征与 *COMT* 基因多态性单体型研究显示,rs737865(exon-1)、rs165599(near the 3′-UTR)、rs4680 单体型和 COMT 在脑内表达降低相关,rs4680-rs737865 单体型联合和内向性、低持续性以及神经质显著相关。以上研究启示我们,易感基因多位点单体型联合作用可能和暴力攻击行为的关联更显著。

5-HT2A 受体基因定位于第 13 号染色体长臂 1 区 4 带到 2 区 1 带(13q14-21),大小约 20kb,包含 3 个外显子和 2 个内含子。迄今为止,5-HT2A 受体基因共发现 5 种 DNA 多态性,即 2 种静息多态性(T102C、C516T),3 种结构多态性(Thr25Asn、His452Tyr、Ala447Val)。我们选择了 5-HT2A 受体基因 rs6313SNP 多态性位点,以观察和暴力攻击行为的关联。本研究发现,家庭暴力组和非家庭暴力组子代 rs6313SNP 多态性基因型(TT、T/C、CC)和等位基因(T、C)比较未显示显著性差异($P>0.05$),同时未发现各基因型与家庭暴力组子代性别、出生体重、身长、NBNA 神经行为、神经生化指标等临床表型的关联。提示本研究不支持 rs6313SNP 多态性和暴力攻击行为的关联以及和各临床表型的关联。国外有学者对愤怒和攻击行为与 5-HT2A 基因多态性关联性进行了研究,发现 5-HT2A 基因 SNP 多态性无论是单体型 rs643627-rs594242-rs6311(A-C-T),rs594242-rs6311(C-T)相互作用,还是 rs6311SNPT 等位基因都具有保护性作用,可以避免冲动性自杀、愤怒及攻击行为的发生。而且 rs6311SNPCC 基因型和愤怒、攻击行为关联。本研究尽管也发现了 TT 基因型保护作用的趋势,但没能证实和暴力攻击行为存在关联。也有研究采用病例对照方法,讨论了气质、人格和 5-HT2A 基因多态性的联系机制,试图从人格特质的角度挖掘基因对冲动行为的影响,对 5-HT2A 基因 SNP 的四个位点 rs643627,rs594242,rs6311 和 rs6313 与个性特质的关联进行了分析,遗憾的是,不论单体型间的联合作用,还是独立的 SNP 的作用,都没能证实 rs6313 与冲动行为相应人格特质的关联。此后,许多学者不论采用随机病例对照的方法,还是采用核心家系的研究,对 ADHD,冲动性自杀,精神疾病的人格特质,以及暴力行为与 rs6313SNP 多态性的关联进行深入分析,都未能得出两者存在密切关联的理想结果。以上报道虽然支持本研究 5-HT2A 基因(rs6313SNP)多态性与暴力攻击行为可能不存在关联的结果,但也提示我们今后应扩大样本量、纯化样本对象、采取严格的方法学深入研究两者的关系。

总之,本章首次探讨了孕期家庭暴力对子代神经生化的影响及与分子生物学的关系。研究认为,母孕期遭受不同程度及形式的家庭暴力,对子代可能存在氨基酸神经递质及血浆皮质醇的影响。分子生物学研究认为,rs4818C/G 多态性可能和 GABA 神经递质变化有关。COMT 基因 rs4818SNP 可能和暴力行为存在关联,rs4680-rs4818 单体型 A-G 联合增加了子代暴力行为发生的风险。

本章研究也提出思考:首先,我们没有观察子代双亲氨基酸神经递质和血浆皮质醇的状态水平,无法了解家庭暴力与受虐者和施暴者的神经生化及内分泌的相关性,无法更清晰的探讨家庭暴力对子代影响的神经生化和内分泌机制;其次,如果在施暴者分子生物学机制的背景下探讨家庭暴力对子代遗传学影响可能更有说服力。

(张 勇)

参 考 文 献

1. Barry ML, Lynne A, Lindsey A. Substance use during pregnancy: time for policy to catch up with research. Harm Reduction Journal,2004,1:1-44.

2. Bacchus L, Mezey G, Bewley S. Domestic violence: prevalence in pregnant women and associations with physical and psychological health European Journal of Obstetrics & Gynecology and Reproductive Biology, 2004,113(1):6-11.

3. Cecilia B,Mattias D,Eva Longato-Stadler,et al. The serotonin 2A 21438 G/A receptor polymorphism in a group of Swedish male criminals. Neuroscience Letters,2003,(347):196-198.

4. Han DH,Park DB,Na C,et al. Association of aggressive behavior in Korean male schizophrenic patients with polymorphisms in the serotonin transporter promoter and catecholamine-O-methyltransferase genes. Psychiatry Res,2004,129(1):29-37.

5. Hennig J, Reuter M, Netter P, et al. Two types of aggression are differentially related to serotonergic activity and the A779C TPH polymorphism. Behavioral Neuroscience,2005,119(1):16-25.

6. Holmes A, Murphy DL, Crawley JN. Reduced aggression in mice lacking the serotonin transporter. Psychopharmacology,2002,16(2):160-167.

7. Jacquelyn CC. Abuse during pregnancy:a quintessential threat to maternal and child health—so when do we start to act? CMAJ,2001,164(11):1567-1572.

8. Marsha MC, Heather Maclean. Violence against Canadian women. BMC Women's Health,2004,4(1):22-24.

9. Martin SL, Mackie L, Kupper LL, et al. Physical abuse of women before, during and after pregnancy. JAMA,2001,28(12):1581.

10. New AS, Gelernter J, Trestman RL, et al. A polymorphism in tryptophan hydroxylase and irritable aggression in personality disorders. Biological Psychiatry,1996,39(7):506-512.

11. Nomura M, Nomura Y. Psychological, neuroimaging, and biochemical studies on functional association between impulsive behavior and the 5-HT2A receptor gene polymorphism in humans. Ann N Y Acad Sci,2006,1086:134-143.

12. Retz W, Retz-Junginger P, Supprian T, et al. Association of serotonin transporter promoter gene polymorphism with violence:relation with personality disorders, impulsivity, and childhood ADHD psychopathology. Behav Sci Law,2004,22(3):415-25.

13. Robert S, Thompson, MD, Amy E, et al. Intimate partner violence prevalence, types, and chronicity in adult women. American Journal of Preventive Medicine,2006,30,(6):446-457.

14. Ruiz-Pérez I, Plazaola-Castaño J, Álvarez-Kindelán M, et al, Sociodemographic associations of physical, emotional, and sexual intimate partner violence in spanish women. Annals of Epidemiology,2006,16(5):357-363.

15. Stephen BM, Janine DF, Robert EF, et al. Aggression and anger-related traits associated with a polymorphism of the tryptophan hydroxylase gene. Biological Psychiatry,1999,45(5):603-614.

16. Tracy FS, Pamela Berens. Domestic violence and substance use. Obstetrics & Gynecology,2001,97(4):853-859.

17. 曹玉萍,张亚林,孙圣琦,等.湖南省家庭暴力的流行病学调查总体报告.中华流行病学杂志,2006,27(3):200-203.

18. 郭素芳,吴玖玲,渠川琰,等.中国北方城市妇女妊娠前、妊娠期及产后家庭暴力的调查.中华流行病学杂志,2004,25(1):9-11.

19. 叶志海,王声湟,肖小敏,等.孕期及产后妇女家庭暴力调查.中国公共卫生,2005,21(8):1012-1013.

20. 张李玺,刘梦.中国家庭暴力研究.北京:中国社会科学出版社,2004:52-53.

21. 张勇,张亚林,邹韶红,等.孕期家庭暴力与新生儿血浆氨基酸及皮质醇的关系.中华内科杂志,2008,47(3):209-212.

第十六章

孕期家庭暴力的遗传-环境交互作用

也许有人看到这个题目略感不解，遗传-环境交互作用与家庭暴力、与婴幼儿又有何干系？本课题组研究孕期家庭暴力的主要目的之一，就是想观察如果孕期受虐，子代出生后的生长发育是否受到影响，这种影响程度如何。前一章节初步探讨的暴力攻击行为的几个易感基因在子代当中还是存在遗传的差异，但是这种易感基因是否对子代的认知行为也存在影响或关联呢？同时，也清楚地显示，子代认知行为不仅受到生物学（遗传因素）因素的影响，他们还会受到外在环境的影响，在一定程度上可能环境的影响更显著。从这个角度看，利用遗传和环境的交互作用评价对子代生长发育的影响可能更客观。然而，接下来的问题是，用一种什么方法来评价、何种因素多大程度的影响子代生长发育？所幸的是生物数学模型可以帮助解决这一难题，张勇、张亚林（2008）研究选择的神经网络感知器模型利用模糊数学的原理，分析和评判所有可能的影响因素的权重，并且排序和分辨影响的方向（正性和负性）。利用这一工具，从统计学的角度结合临床实际，就可以一定程度的了解孕期家庭暴力的遗传-环境交互作用对子代认知行为等的影响。

第一节　婴儿生长发育与相关影响因素

一、婴儿的评估

采用前瞻性研究方法，于 2007 年 9 月～12 月间完成婴儿的随访和评估。在随访开始前的近一年的时间里，在湖南长沙市某妇幼保健院儿保中心定期开展婴儿保健知识的讲座，提供无偿的帮助和支持，使研究者能够和绝大多数婴儿父母保持联系，尽可能地减少后期随访的样本脱落。在随访期间由于各种原因仍有 24 例样本脱落，实际完成随访婴儿共 199 名，所有对象评估年龄均为 9～11 个月龄。其中家庭暴力组 79 名（男婴 41 名，女婴 38 名），平均月龄 9.4±1.3 月；非家庭暴力组 120 名（男婴 68 名，女婴 52 名），平均月龄 9.2±1.6 月。两组在性别比例、月龄差异不显著。

采用 Carey 婴儿气质问卷和贝利婴幼儿发展量表对婴儿进行认知行为的评估。Carey 婴儿气质修订问卷（revised infant temperament questionaire，RITQ），适合于 5～11 月龄婴儿。其中包括 95 个条目，分为活动水平、节律性、趋避性、适应性、反应强度、情绪本质、坚持度、注意分散度和反应阈值 9 个气质因子分量表，共计 95 个 6 个等级评分；贝利婴幼儿发展量表(BSID)采用 1992 年湖南医科大学编制的中国城市修订版"贝利婴幼儿发展量表"(BSID)。该量表用来评定 0～30 月儿童的发展状况,它包括智力量表、运动量表和行为记录 3 个部分。智力量表包括认知、语言、社会能力共 163 条,用智力发展指数(MDI)表示;运动量表包括粗大运动(抬头、坐、爬、站、走等)及精细运动(对指、抓握等)共 81 条,用精细运动发展指数(PDI)表示;行为记录(IBR)在智力量表和运动量表测验结束后,由测试者提供婴幼儿所表现行为作为定性评估。测试结果分为 3 类:79 以下为发育异常儿(包括发育迟滞及临界状态),80～119 为发育正常,120 以上为发育优秀。

随访工作由笔者本人以及儿保中心两名儿童心理保健医师完成。两名医师具备中级职称,具有儿童保健心理健康评估的资质并取得相应资格证书,已完成近 4000 例婴幼儿的气质以及智能测试,具有熟练的测量技巧和丰富经验,可以保证本次评估测量的质量。

二、母孕期家庭暴力与婴儿认知及行为发育的关系

婴儿气质九个维度因子分以及 MDI 和 PDI 水平为正态性分布。结果显示,家庭暴力组婴儿气质问卷中节律性、情绪本质、注意分散度因子分明显高于对照组,贝利发展量表MDI、PDI 得分明显低于对照组。其余指标未显示显著性差异。

把母孕期遭受暴力严重程度、孕期家庭暴力社会心理风险因素(丈夫吸烟史、经济状况、计划怀孕、流产史、DV 态度、家庭暴力目睹史、主观支持、EPDS、SDS 等)和 Glu、GABA、Cortisol 等相关因素与婴儿气质各因素、贝利发展量表 MDI、PDI 进行 Spearman 相关分析,结果显示,婴儿气质节律性、趋避性、情绪本质、注意分散、MDI、PDI 与计划怀孕、主观支持、精神暴力严重程度、GABA 含量等存在相关关系。见表 16-1。

表 16-1　婴儿气质及贝利发展量表指数与影响因素的相关(r)

项目	节律性	趋避性	情绪本质	注意分散	MDI	PDI
计划怀孕	—	—	-0.393^{**}			
主观支持	—	—	—			0.282^{*}
精神暴力	—	—	0.241^{*}			
GABA	—	-0.224^{*}	—			
情绪本质	—	—	1		-0.225^{*}	-0.244^{*}
MDI	—	—		-0.276^{*}	1	0.598^{**}
PDI	0.294^{*}	—				1

* $P<0.05$;** $P<0.01$

理论研究证实,婴儿的注意功能、感知觉是认知形成的基础,情绪性对认知发展存在影响。气质是婴儿出生后最早表现出来的一种较为明显而稳定的个性特征,其显著特征之一是其发展的连续性。国外学者对儿童气质因素的概括各不相同,但是多数研究者认为儿童气质主要包括情绪性、适应性、反应性、活动性、社会性、注意调节以及节律性等表现。

随访评估显示,家庭暴力组婴儿和非家庭暴力组婴儿比较,节律性弱,情绪更消极,注意力易分散不持久,存在行为退缩的趋势表现,智力和运动的发展功能较差。提示母孕期遭受家庭暴力可能会对婴儿的气质及智力和运动发育存在影响。相关分析显示,母孕期社会心理因素和婴儿气质及智力和运动功能的发展存在关联。母亲没有计划怀孕、孕期遭受精神

暴力的程度越严重,婴儿的情绪越不稳定,容易哭闹;孕期母亲缺乏主观支持,婴儿的运动功能发展缓慢。家庭暴力可能作为一种应激反应对子代产生影响。母孕期各种不利的社会心理因素可能加重了家庭暴力相关的应激反应,通过影响 HPA 轴,使胎儿应激形成,如果应激持续存在,则可能影响婴幼儿的气质和生长发育,导致行为紊乱和注意力障碍、社会交往退缩倾向。母孕期遭受应激,其婴儿在 6 个月时节律性较弱,对排便等生理活动控制性差,同时易表现为哭闹和不易安静等反应,而且不良情绪较多。Lifschitz 报道孕妇情绪障碍可影响子代认知能力的发育。还有报道证实,母孕期遭受丈夫言语攻击等精神暴力,其子代出生后表现退缩行为,如经常性的闭眼,对玩具的索求少,探究性差,社会交往能力缺乏。有研究显示,孕期受虐子代情绪调节能力明显降低,而且婚姻冲突程度与子代情绪不稳存在直接关联。国内有相似研究发现,母亲受家庭暴力,其婴幼儿不良情绪、退缩及攻击性积分均值明显高于非家庭暴力组婴幼儿。出生后处在暴力家庭的儿童会变得恐惧、焦虑、依赖、孤独、胆小或模仿暴力,女孩子可能逆来顺受,男孩子可能成为潜在的施暴者。可能在妊娠期,由于此期大脑发育快,胎儿将母体受虐刺激印在大脑负责情感活动区域,对小儿出生后产生不利影响。据报道家庭成员关系差的儿童心理问题多。这进一步证实了家庭暴力对婴儿行为发育的不利影响。研究发现,婴儿 GABA 神经递质与趋避性存在负相关,提示神经生化机制可能参与了婴儿气质行为发育的过程。气质较多的受到遗传、神经生化、免疫等生理因素影响,这些因素间的交互作用十分复杂,可能受神经内分泌-免疫系统的调节。国内有研究证实免疫系统对婴儿气质存在影响。该研究推测,家庭暴力形成的母婴应激,可能影响了 GABA 的功能,通过神经递质-内分泌-免疫系统间接影响婴儿的行为反应,但由于机制的复杂性,需要进一步的验证。

婴幼儿贝利发展量表主要评估婴幼儿智力和运动及行为发展,智力量表用来评估感知敏锐性、辨别力及对外界的反应能力,发声、言语交往以及早期形成的作为抽象思维基础的概括和分类能力;运动量表用来评估身体控制程度、大肌肉运动以及手指精细操作技巧的能力。运动能力对儿童适应环境的发展起着重要的作用,它们影响儿童与环境交互作用的质量。

家庭暴力组婴儿气质和智能、运动发育存在相关性。婴儿节律性弱,则运动发育较缓慢;婴儿情绪消极,易哭闹不安静,智力及运动发育功能较差。可能是节律性弱,行为活动缺乏规律性,身体自我控制能力、肌肉协调能力发展较差。婴儿情绪消极,稳定性差,对声音等刺激的敏感性和反应能力下降,婴儿言语功能发育缓慢,并可能影响认知功能。另一方面影响了母婴交流,对父母的触摸反应迟钝,影响了神经行为的发展,使运动功能下降。国外有研究显示,应激环境下生长的婴儿,其难养型气质、缓慢型气质对智能及神经行为发育存在不良影响。

操作性模型认为不同气质的婴儿引起母亲对他们作出不同的反应,从而使提供给他们的环境产生差异,又进一步影响智力发育。Wachs 等则提出机体特异性模型,认为不同气质的婴儿对类似的环境作出不同的反应,继而智力发展结果不同。徐琴美等人研究表明正性情绪有利于智力的发展,负性情绪导致智力操作较差。但对 ADHD 儿童的回顾性研究却发现,出生 24 个月内表现难养型气质的婴儿,5 岁时智力发展和神经协调性与健康儿童相比并无显著性差异。尽管气质与智能和行为发育存在可能的相关,但研究只能说明两者互为影响的近期关系,缺乏长期的跟踪研究资料,因此无法证实两者相互影响的远期效应。

三、遗传因素与婴儿认知及行为的关系

家庭暴力组婴儿三个 SNPs 位点（COMT 基因 rs4680、rs4818 和 5-HT 基因 rs6313）基因型与贝利发展量表 MDI、PDI 以及气质九个维度因子等表型的关联分析显示：趋避性因子在 rs4680SNP 不同基因型间存在差异，AA 基因型携带者趋避性得分高于 AG 型和 GG 型携带者得分；节律性和注意分散度因子在 rs6313SNP 不同基因型间存在差异，CC 基因型携带者节律性、注意分散度得分低于 CT 型和 TT 型携带者得分；MDI 因子在 rs4818SNP 不同基因型之间存在差异，CC 基因型携带者 MDI 得分低于 CG 型和 GG 型携带者得分。其余各表型在不同基因型之间差异不显著。

已知气质行为受遗传因素的影响。有研究甚至认为遗传因素对气质及行为的影响占 35％至 57％。本章研究发现，rs4680SNP 基因型在趋避性因子方面存在显著性差异，基因型 AA 携带者婴儿的趋避性得分高于 A/G 型和 GG 型携带者，也就是说，携带 A 等位基因纯合子的家庭暴力组子代比携带 G 等位基因纯合子和杂合子的家庭暴力组子代可能存在更明显的行为回避退缩，对刺激和新颖的东西可能采取拒绝、反应缓慢或躲避行为。同时发现，rs4680SNP 基因型在注意分散度方面存在显著性差异的趋势，基因型 AA 携带者婴儿的注意分散度得分高于 A/G 型和 GG 型携带者。rs4818SNP 基因型在 MDI 因子方面存在显著性差异，基因型 CC 携带者婴儿的 MDI 得分明显低于 CG 型和 GG 型携带者 MDI 得分。而且，三种基因型在 PDI 和注意分散度方面存在显著性意义趋势，基因型 CC 携带者婴儿的 PDI 得分低于 CG 型和 GG 型携带者 PDI 得分，而注意分散度得分高于其他两型得分，即携带 C 等位基因纯合子的家庭暴力组子代比携带 G 等位基因纯合子和杂合子的家庭暴力组子代可能存在更明显的注意力、智力发展缺陷。提示以上两个基因多态性可能和婴儿的认知功能相关。而婴儿的注意力以及智能发展是认知形成的基础。有研究发现，COMT 基因可能通过影响前额叶皮质多巴胺含量参与了认知功能。国内一项针对汉族精神发育迟滞者的病例对照研究显示，COMT 基因单核苷酸多态性（SNPs：rs4680，rs165656，rs165774）和精神发育迟滞存在明显关联，SNP rs165656 无论基因型还是等位基因都与健康对照存在显著差异，单体型联合 rs165656-rs4680 和 rs165656-rs165774 与健康对照存在显著差异，他们认为 COMT 基因 SNP 多态性可能是引起精神发育迟滞的易感基因，尤其可能易导致理解判断力、逻辑推理能力的下降。前瞻性研究发现，rs4680SNP（COMTVal158Met）Val 等位基因纯合子和杂合子携带者和 Met 等位基因纯合子携带者比较，WCST 测试错误持续更明显。精神疾病的遗传药理学也证实了 COMTVal158Met 多态性和认知功能的改善存在关联，经过 6 周至 6 个月的非典型抗精神病药物氯氮平的治疗，携带 Met 等位基因纯合子和 Val/Met 杂合子分裂症患者认知功能改善明显优于 Val 纯合子携带者。有研究证实，rs4818SNP 多态性可能参与了大脑的执行功能，GG 基因型携带者任务完成（iowa gambling task，IGT）得分高于其他两型，推测 rs4818SNP 多态性可能对认知功能存在明显的影响。众所周知，认知功能缺陷是精神分裂症的重要症状之一，影像遗传学研究显示，COMT 基因多态性可能是精神分裂症患者执行功能缺陷易感性的重要候选基因，可能通过影响 DA 功能导致前额叶皮质功能低下，而且主要和选择性注意及目标识别有关。

目前，已有研究探索了 COMT 基因多态性对儿童期认知的影响，认为成年期或青年期精神疾病伴发的认知损害实际上在儿童期甚至更早就已经表现出来，只是更隐袭而难以观察。本研究证实了 rs6313SNP 多态性与婴儿行为发展及认知的关联。rs6313SNP 基因型

在节律性、注意分散度方面存在显著性差异，基因型 CC 携带者婴儿的节律性、注意分散度得分低于 C/T 型和 TT 型携带者，即携带 T 等位基因纯合子和杂合子的家庭暴力组子代比携带 C 等位基因纯合子的家庭暴力组子代可能存在更明显的注意力障碍、行为活动缺陷、拒绝和躲避反应可能更明显。

目前还未发现 rs6313SNP 多态性与认知功能直接相关的报道。但 rs6313SNP 多态性可以影响 5-HT 的酶活性而影响其功能。有研究强调了 5-HT 功能在工作记忆方面的重要作用，它和 DA 能神经元一样可以影响前额叶皮质的功能而发挥对认知的作用。Whitakr-azmitia 等(1995)提出，由于 5-HT 在哺乳类动物大脑发育过程中的突触生发中起着重要作用，他们推测在这一关键期 5-HT 数量减少能导致突触的总数减少，从而导致认知功能损害。通常认为婴儿期是大脑发育的高峰期，各种应激可能会影响神经突触的生长速度，导致认知功能的损害，而 5-HT 递质可能参与了这一过程。动物实验证实，SSRIs 可以改善大鼠孕前应激导致的认知功能缺陷。临床研究报道，5-HT2 受体拮抗剂米安色林能够缓解精神分裂症患者的认知损害。这些研究间接证实了 rs6313SNP 多态性可能参与了认知功能形成机制。本研究首次探讨了 rs6313SNP 基因多态性对婴儿认知功能的可能的影响，由于影响认知功能的通路多样性和机制复杂性，其中的机制还无法判定。有研究认为，可能是 *COMT* 基因多种 SNP 共同作用影响认知功能，还有人认为是影响了 MAO-A 的酶活性，或者就是 *COMT* 基因和 *MAOA* 基因协同发挥对认知功能的影响。

第二节 生物数学模型的建立与应用

一、生物数学模型的建立

利用 MATLAB 神经网络感知器原理建立线性多元回归数学方程模型。人工神经网络(artificial neural network，ANN)是在研究生物神经网络的基础上。模拟生物神经系统神经元之间相互联系的方式，通过大量高度连接的"神经元"来进行自组织、自适应、自学习，模拟人类学习认知，智能过程的一种信息处理数学模型。20 世纪 40 年代 McCllock 和 Pitts 等提出了 ANN 的第一个数学模型从而开创了 ANN 研究时代。其后 Rosenblatt，Widrow 等提出了感知器模型的人工神经网络，直到 20 世纪 70 年代末 Werbos 才将 ANN 发展到可以解决非线性的模式。其后随着研究的深入，ANN 也逐渐为人们所认识从而得到更广泛的应用。在人们提出的几十种神经网络模型中，用得较多的是感知器、BP 神经网络等。

感知器(perceptron)是由 Rosenblatt 最早提出的 ANN 模型，它具有多层结构的感知器网络可以表达各种布尔函数，也可以任意精度来近似更广义的函数，它是一种前馈型网络，每个神经元的输入和输出均为离散值，每个神经元对它的输入加权求和后，根据门限函数来决定其输出。感知器计算公式以及神经原模型为图 16-1。

感知器神经元的每一个输入 $p(i)(i=1,2,\cdots,R)$ 都对应一个相应的权值 $w(1,i)$，所有的输入与其对应的权值的乘积之和输入给一个线性阈值单元，该线性阈值单元的另一个输入是常数 1 乘以阈值 b，当输入 $n(i)\geqslant0$ 时，感知器输出 $a(i)$ 为 1，否则 $a(i)$ 为 0。图中描述了一个由符号函数阈值元件(hardlim)组成的感知器神经元。图中 R 为神经网络输入的向量个数，通过权值 $w(i,j)$ 与 S 个感知器神经元连接。

$$n(i) = \sum_{j=1}^{R} w(i,j) \times p(j) + b(j) \qquad a(i) = \begin{cases} 1, & n(i) \geqslant 0 \\ 0, & n(i) < 0 \end{cases}$$

$$a(i) = f[n(i)]$$

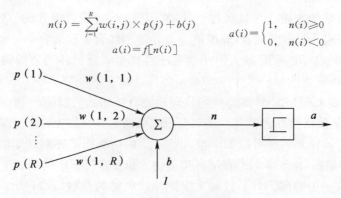

图 16-1 感知器神经元模型

感知器模型包括输入层(即影响变量 $X_1, X_2, \cdots, X_n$),隐层(若干神经元因子)和输出层(预测变量)组成,信息由输入层经隐层传至输出层,通过网络自学习功能反复训练调整网络参数,使误差达到最小的效果后停止训练。

感知器神经网络包括以下几个步骤:

1. 模型构建以及原始数据初始化和归一化 以原始数据建立训练数据集。原始数据必须符合计算机模拟程序参数的要求,方能进行处理后的数据分析,程序自动设置并完成数据初始化和归一化。

2. 神经网络训练 感知器在应用前必须进行训练,由此决定网络的权值和阈值。训练过程为,用给定的输入向量 P,计算网络的实际输出 a,并与相应的目标向量 t 进行比较,用得到的误差 e,根据学习规则进行权值和阈值的调整,重新计算网络在新权值作用下的输入,直到网络输出与目标值相等或者训练的次数达到预先设定的最大值时结束训练。训练数据一般采用数据集的 $60\% \sim 80\%$ 的数据。

3. 仿真模拟 利用数据集的剩余数据进行仿真模拟,以检测数据模型的预测准确性和精度,也就是利用模型检测样本的真假阳性率、真假阴性率。

二、感知器模型应用与影响因素分析

(一)感知器模型对数据库及影响因素的评价

我们首先利用感知器神经网络模型检测样本数据的可靠性和预测精度。研究方法和工具采用 Metlab5.1 神经网络工具箱。我们纳入 215 个样本组成数据集,通过检测本研究在第一、第二部分筛查的心理及生化风险因素共 15 个指标的权值(家庭经济状况、丈夫吸烟史、计划怀孕、流产史、DV 态度、家庭暴力目睹史、主观支持、EPDS、SDS、Glu、GABA、Cortisol 水平、rs4680、rs4818、rs6313 基因型),验证感知器模型的可靠性及预测精度。首先从数据集中选择 140 个样本(P)作为感知器训练数据(家庭暴力组 60 例,非家庭暴力组 80 例),75 个样本(T)作为仿真模拟(家庭暴力组 23 例,非家庭暴力组 52 例)来验证感知器的精度。

用 15 个输入的单个感知器进行分类(分类数为二分类,即 1 和 0)

编码含义:1=家庭暴力组;0=非家庭暴力组

Columns 1 through 7

0.223   0.014   −0.145   −0.414   0.261   0.322   −1.000

Columns 8 through 14

0.339 0.162 0.062   0.203   0.081 0.194 0.129

Column 15

−0.157

以上为感知器网络的权值 w，即各风险因素对家庭暴力发生的预测值，$\Phi(w)$(0.223, 0.014, −0.145, −0.414, 0.261, 0.322, −1.000, 0.339, 0.162, 0.062, 0.203, 0.081, 0.194, 0.129, −0.157)

首先进行数据集的检验

真假阳性率及阴性率检验结果：

Columns 1 through 12

1 1 0 1 1 1 1 1 0 1 1 1

Columns 13 through 24

1 1 1 1 1 1 1 1 1 1 1 0

Columns 25 through 36

0 0 1 0 0 0 0 0 0 0 0 0

Columns 37 through 48

0 0 0 0 0 0 0 0 0 0 0 0

Columns 49 through 60

0 0 0 0 0 0 0 0 0 0 0 0

Columns 61 through 72

0 0 0 0 0 0 0 0 0 0 0 0

Columns 73 through 75

0 0 0

真阳性(1)21/23＝0.9130，假阳性2/23＝0.0870

真阴性(0)51/52＝0.9808，假阴性1/52＝0.0192

感知器网络模型对家庭暴力发生的预测率为91.30%，错误率为8.70%；对未发生家庭暴力的预测率为98.08%，错误率为1.92%。数据显示，感知器网络模型的训练较好，说明样本数据可靠，而且具有较好的暴力发生预测能力。

（二）神经网络多元线性回归模型分析

对婴儿的随访研究结果显示，婴儿气质因素中节律性、情绪本质、注意分散度和对照组比较有显著性差异，趋避性因子存在显著性意义趋势；贝利发展量表中 MDI、PDI 和对照组比较存在显著性差异，而且这些变量和社会心理及生物学等风险因素存在相关关系。本研究通过建立多元线性回归模型方程，观察风险因素对婴儿气质及智能和运动发育的影响。感知器网络训练和仿真模拟证实样本数据的可靠性和良好的预测精度，本研究利用以上数据集进行多元线性回归模型方程分析。

1. 线性回归分析的 MATLAB 实现　应用 Metlab5.1 神经网络工具箱进行计算机程序模拟运算，回归分析通过调用函数 regress 来实现。其命令格式为：

x＝[ones(n,1),x1]

[b,bint,r,rint,stats]＝regress(y,x,alpha)

其中 n 为样本的个数。alpha 为显著性水平（缺省时设定为 0.05），输出向量 b,bint 为回归系数估计值和它们的置信区间,r,rint 为残差及其置信区间,stats 是用于检验回归模型的统计量,Stats 中的分量依次为 R^2,F 值和 P 值。R^2 是相关系数,F 是统计量值,第三个是与统计量 F 对应的概率 P 值。其中如果需要画出残差及其置信区间的图形,可以用命令 rcoplot(r,rint)来实现。

$$R^2 = 1 - \frac{\sum(Y-\hat{y})^2}{\sum(Y-\bar{y})^2}$$

$$F = \frac{\sum(Y-\bar{y})^2 - \sum(Y-\hat{y})^2}{\sum(Y-\hat{y})^2/(n-2)}$$

2. 回归系数的假设检验　判断所求得的回归方程 $Y_1 = a + b_1 * X_1 + b_2 * X_2 \cdots + b_{15} * X_{15}$ 是否成立,即 $X_1 \cdots X_{15}$,$Y_1 \cdots Y_6$ 是否有线性关系,是回归分析的首要问题。我们一般可以通过方差分析来进行判断:

$H0: \beta = 0$,即 X 与 Y 之间无线性关系

$H1: \beta \neq 0$,

如果选 $\alpha = 0.05$ 为显著性水平,当 $P < 0.05$ 时拒绝 H_0,回归模型成立。

3. 编程及变量矩阵输入　因变量为节律性(y_1),情绪本质(y_2),注意分散度(y_3),趋避性(y_4),MDI(y_5),PDI(y_6);自变量为家庭经济状况(x_1),丈夫吸烟史(x_2),计划怀孕(x_3),流产史(x_4),DV 态度(x_5),家庭暴力目睹史(x_6),主观支持(x_7),EPDS(x_8),SDS(x_9),Glu(x_{10}),GABA(x_{11}),Cortisol(x_{12})水平,rs4680(x_{13}),rs4818(x_{14}),rs6313(x_{15})基因型。因变量数据向量 y 和自变量数据矩阵 x 按以下排列方式输入:

$x_1 = [2,2,2,2,2,2,2,2,2,2,2,2,2,2,2,2,2,2,3,3,2,3,2,2,3,2,2,3,2,2,2,2,2,1,2,3,2,$
$2,2,2,2,2,3,\cdots]'$;

$x_2 = [2,3,3,2,2,2,3,0,3,1,3,2,3,0,3,1,2,1,3,3,2,3,0,3,2,0,3,0,2,3,1,3,2,$
$1,3,2,0,2,1,\cdots]'$;

......

$x_{15} = [2,2,2,2,3,2,3,1,1,3,1,3,2,2,3,2,1,1,3,3,1,2,2,2,2,3,2,2,1,2,3,3,3,2,$
$3,2,2,2,2,2,\cdots]'$;

$y_1 = [3.15,3.25,3.42,3.92,2.08,2.25,3.48,2.75,2.08,2.25,3.58,3.00,2.89,$
$3.50,\cdots]$

$y_2 = [3.10,3.30,3.21,2.98,3.12,3.02,3.12,3.21,3.04,3.20,3.28,3.20,3.06,$
$3.16,\cdots]$

$y_3 = [3.16,2.00,2.98,2.50,3.49,3.28,3.17,3.02,2.00,3.11,2.90,3.00,2.90,$
$2.30,\cdots]$

$y_4 = [1.92,2.21,2.48,3.36,3.55,2.91,3.55,3.27,3.55,3.82,3.82,3.27,3.82,$
$3.27,\cdots]$

$y_5 = [102,111,113,102,108,113,101,114,114,105,114,118,107,108,112,104,\cdots]$

$y_6 = [101,101,105,092,102,105,100,090,098,100,106,114,089,106,107,096,\cdots]$

4. 执行命令 rcoplot(r,rint)　保存数据(以数据文件 .mat 形式保存)

Save data x_1 x_2 $x_3 \cdots x_{15}$ 　y

Load data

执行回归命令

x=[ones(199,1),$x_1 \cdots x_{15}$];

[b,bint,r,rint,stats]=regress(y,x)

5. 运行结果　举例如:y_1(节律性因子)回归模型

$y_1 = 3.0679 - 0.0021X_1 + 0.0220X_2 - 0.0741X_3 - 0.0002X_4 - 0.0464X_5 + 0.0056X_6 - 0.0158X_7 - 0.0060X_8 + 0.0090X_9 - 0.0001X_{10} + 0.0002X_{11} + 0.0004X_{12} + 0.0265X_{13} - 0.0249X_{14} - 0.0796X_{15}$

为所求的线性回归方程,即风险因素对节律性影响程度的线性回归方程。在本例中求得相关系数 $R^2 = 0.0784, F = 1.1279, P = 0.3334 > 0.05$,按 $\alpha = 0.05$ 水准拒绝 H_1,接受 H_0,故可认为风险因素与节律性之间无线性相关的关系。

同样,依次得出 y_2 至 y_6 的线性回归模型方程:

$y_2 = 2.9669 + 0.0165X_1 - 0.0145X_2 + 0.0335X_3 + 0.0197X_4 + 0.0698X_5 + 0.0463X_6 - 0.0009X_7 + 1.6229X_8 + 0.7067X_9 - 0.0202X_{10} - 0.0401X_{11} - 0.6001X_{12} - 0.0598X_{13} - 0.0209X_{14} - 0.4521X_{15}$

$R^2 = 0.1899, F = 1.7099, P = 0.0387 < 0.05$

$y_3 = 2.3878 + 0.1661X_1 + 0.0190X_2 + 0.0376X_3 - 0.0215X_4 + 0.1556X_5 - 0.0676X_6 - 0.0031X_7 - 0.0141X_8 + 0.0107X_9 - 0.0001X_{10} - 0.0001X_{11} + 0.0003X_{12} - 0.0362X_{13} - 0.0319X_{14} + 0.0673X_{15}$

$R^2 = 0.0922, F = 1.3474, P = 0.1770 > 0.05$

$y_4 = 1.9859 + 0.1116X_1 + 0.0098X_2 + 0.0700X_3 + 0.0105X_4 + 0.1997X_5 - 0.0247X_6 + 0.0108X_7 - 0.0092X_8 + 0.0155X_9 + 0.0001X_{10} - 0.0002X_{11} + 0.0011X_{12} - 0.1387X_{13} - 0.0639X_{14} + 0.0047X_{15}$

$R^2 = 0.1033, F = 1.5284, P = 0.0978 > 0.05$

$y_5 = 110.5633 - 0.9070X_1 - 0.3779X_2 + 0.5724X_3 - 0.0486X_4 + 1.6713X_5 + 1.2093X_6 + 0.1953X_7 + 0.0482X_8 - 0.1625X_9 - 0.0013X_{10} + 0.0018X_{11} - 0.0007X_{12} + 0.6412X_{13} - 0.5339X_{14} + 0.4369X_{15}$

$R^2 = 0.0992, F = 1.6405, P = 0.0580 > 0.05$

$y_6 = 101.8299 - 1.1243X_1 - 0.2941X_2 + 0.7856X_3 - 0.7326X_4 + 0.8009X_5 + 0.2289X_6 + 0.3056X_7 + 0.0756X_8 - 0.1878X_9 - 0.0032X_{10} + 0.0026X_{11} - 0.0027X_{12} + 0.9248X_{13} - 0.1904X_{14} + 1.1505X_{15}$

$R^2 = 0.1300, F = 1.9816, P = 0.0181 < 0.05$

以上结果显示,风险因素与节律性、注意分散度、趋避性、MDI 之间无线性相关的关系,与情绪本质、PDI 存在线性相关的关系。

此研究发现风险因素间可能存在相互作用,是否因此影响线性回归模型方程中因变量与自变量的相关性? 我们对 15 个影响因素进行重组,把 Logistic 回归系数贡献量较小的以及未进入风险因素方程的自变量分别逐一排除后,重新把数据集按矩阵形式排列,在 Metlab5.1 神经网络中重复运行,观察回归模型方程的相关系数、F 值和 P 值,并进行相互比较。我们运算了 21 个主要步骤,建立了 126 个回归模型,部分判别步骤如下:

(1)排除自变量(x_2)——丈夫吸烟史

(2)排除自变量(x_2、x_7)——丈夫吸烟史、主观支持

(3)排除自变量(x_7)——主观支持

......

(6)排除自变量(x_{10}、x_{13}、x_{15})——Glu、rs4680SNP、rs6313SNP

(7)排除自变量(x_2、x_9、x_{10}、x_{15})——丈夫吸烟史、SDS、Glu、rs6313SNP

(8)排除自变量(x_{13}、x_{14}、x_{15})——rs4680SNP、rs4818SNP、rs6313SNP

......

结果发现,排除任何一个自变量或多个自变量组合,回归模型方程显示影响因素与节律性、情绪本质等6个目标向量相关均不显著,提示全部心理社会因素及生物学因素相互作用可能对婴儿认知及行为发育存在较明显的影响。

第三节　遗传-环境交互作用对婴儿生长发育的影响

儿童认知和行为发育受到基因和环境因素的相互作用。基因编码蛋白质,但不直接编码认知和行为,而且基因受环境因素的调控。遗传-环境交互作用的经典实例就是关于基因敲除鼠动物模型的行为学研究,MAOA结构基因小鼠体内缺乏MAOA,脑结构也出现明显的改变,结果幼鼠的行为表现为发抖、难以保持平衡、害怕、乱跑、攻击性行为明显增强,基因敲除鼠表现为兴奋性强和特别明显的攻击行为,当把这些小鼠放到未敲除基因鼠群中时,一段时间后,行为与其他鼠无异,说明遗传基因存在间接调控作用,而环境却对认知和行为存在直接的影响。

通过建立数学模型来阐述遗传-环境交互作用对受虐孕妇子代认知行为发育的影响。在建立数学模型之前,我们首先利用神经网络感知器考察数据的可靠性和灵敏度,证实了社会心理因素对家庭暴力发生具有预测性。基于神经网络感知器建立的多元线性回归模型显示,遗传和环境的风险因素分别与婴儿情绪本质、运动发育存在相关,遗传-环境交互作用对婴儿的情绪发展、运动功能存在显著影响。在情绪本质(y_2)的线性回归模型中可以发现,母亲产后抑郁的影响度(输出向量b8)相对较大为1.6229,其次为SDS,婴儿血浆皮质醇水平,rs6313SNP的影响度(输出向量b15)为0.4521,其他影响因素的程度较低。这说明母亲的情绪状态对婴儿情绪的影响相对较明显,母亲的抑郁情绪以及严重程度一方面可能影响了母婴交流,婴儿缺乏正常的情感体验,另一方面,母亲抑郁可能使婴儿应激形成,血浆皮质醇水平升高,导致婴儿消极情绪。已有研究报道母亲产后抑郁和婴儿消极情绪存在关联,而且证实皮质醇水平也是婴儿消极情绪的状态指标之一。5-HT2基因(rs6313SNP)对婴儿的情绪发生具有保护性作用,可能通过调节5-HT神经递质水平影响情绪状态,虽然这一基因对婴儿情绪存在影响,但影响程度较低,提示婴儿情绪可能更易受环境因素的影响。为了进一步观察遗传-环境因素对婴儿情绪本质是否存在此消彼长的态势,我们逐一剔出三个基因SNP多态性变量,发现了一个有趣的现象,当剔除X_{13}(rs4680SNP)、X_{14}(rs4818SNP)变量后,产后抑郁变量的影响值出现轻度上升,当把三个基因多态性变量全部剔出后,产后抑郁变量的影响值却出现下降趋势,其他变量变化不明显,同时回归方程的p值也出现升高趋势。这一现象启示我们,婴儿情绪本质这一气质属性的确受遗传-环境多因素的影响,而且基因和环境多因素间存在相互协同作用。

在运动发育指数PDI(y_6)的多元线性回归模型方程中,rs6313SNP变量(输出向量b15)影响值较大为1.1505,家庭经济状况(输出向量b1)影响值1.1243,以后依次为rs4680SNP变量(输出向量b13)影响值0.9248,孕妇DV态度(输出向量b5)影响值

0.8009，计划怀孕（输出向量 b3）影响值 0.7856，流产史（输出向量 b4）影响值 0.7326 等，其余变量影响值较小。说明婴儿运动功能的发育同样受多因素的影响。其中 5-HT 和 COMT 基因多态性对 PDI 的影响程度较高，推测 5-HT 和 COMT 基因多态性可能通过影响单胺类神经递质如 DA、NE、5-HT 等的功能，间接影响婴儿神经行为的发育。有动物实验发现，母鼠孕前或孕期应激，体内 NE、5-HT 神经递质含量较低，子代小鼠大脑血供缺乏，导致小鼠出生体重较低，身体发育缓慢，觅食动作迟钝。本研究发现婴儿出生时体重虽然在正常范围内，但总体略低于正常对照组婴儿体重，提示母孕期遭受暴力，可能影响了胎儿的正常生长发育进度，导致出生体重偏低，乃至影响婴儿肌肉协调性和大运动，甚至以后精细运动的发展，而 5-HT 和 COMT 基因可能参与了这一过程。回归模型方程显示，家庭经济状况也会影响婴儿的运动发育，而且影响是负方向的，表面上似乎不可理喻，事实上正反映了我们在第一部分的研究结果，即经济状况较好的家庭易发生暴力行为，母孕期经历更多的应激，而且使子代处于应激状态下，可能影响胎儿的生长发育，导致出生以后运动行为的发育迟缓。孕妇意外怀孕和流产史不论对躯体还是对心理都是一种痛苦的应激源，这种应激可能会使胎盘血管处于痉挛收缩，胎儿处于低氧状态，不仅影响了未来智能的发育，也会不同程度的影响神经行为的发育。也有另一种解释，应激使孕妇产生抑郁等消极情绪，她们和婴儿的交流明显减少，给予婴儿的身体触摸和刺激更少，而且认为婴儿难以照顾，很少给予婴儿身体探索和锻炼的机会，这种状况可能延缓了婴儿的运动发育，行走明显晚于健康婴儿。有研究显示，慢性应激导致的孕妇抑郁情绪和子代 PDI 低分相关，与较轻的抑郁或健康孕妇子代比较，这种风险是后者的 4.65 倍。

本研究同样观察了遗传-环境因素的协同性对子代的影响，当依次把方程中心理社会影响变量逐一剔出后发现，回归方程的 P 值出现明显上升，预测效能下降，但遗传基因多态性变量的影响值变化不明显。这表明不利的环境因素对婴儿运动功能正常发展存在制约；同时也表明，遗传因素的相对稳定性，遗传基因对婴儿运动能力的作用可能不易受环境因素的干扰。

尽管遗传-环境因素对婴儿智能发展指数（MDI）的影响程度尚未达到显著性意义，但存在显著性意义趋势，模型输出向量 b 显示，孕妇 DV 态度和童年期家庭暴力目睹史和其他因素相比，对 MDI 的影响较突出，已有研究显示，孕妇童年期家庭暴力目睹史以及对家庭暴力的认可态度可增加孕妇受虐的风险，孕妇经常性的处于应激状态，可能使 HPA 轴的功能变化影响子代神经认知功能。有研究证实，幼年期生活创伤性经历所引起的神经生化改变对成年后的应激反应产生影响，早年的应激经历导致成年期中枢 HPA 轴反应性增高以及应激反应的增强。动物实验已经提供有力的证据表明母孕期应激导致子代 HPA 轴调控功能发生持续改变，子代大脑海马结构发生异常，导致记忆和空间辨别能力下降。一项前瞻性研究发现，若孕早期家庭争端频发，其每日争吵程度和婴儿 8 个月时 MDI 分值呈负相关，认为孕期应激对婴儿神经行为的影响过程中，HPA 轴可能发挥了重要的作用。回归方程模型显示，遗传因素（rs4680，rs4818，rs6313SNP）对婴儿智能发育存在一定的影响。有病例对照研究报道，COMT 基因（Val158Met）高活性基因型与儿童认知功能存在关联，发现这一基因多态性与女童的 IQ 存在关联。认知异常和言语发育迟缓是婴儿孤独症核心症状之一，5-HTTLPR 被认为是婴儿孤独症的重要候选基因，但很多研究，不论是关联分析还是连锁分析都无法肯定这一基因多态性与孤独症的核心症状存在联系。本研究也未能证实几个基因多态性对婴儿智能发育存在显著影响，可能由于研究对象缺乏特异性，也可能后天环境因素的影响更明显。

总之,通过对婴儿的随访,发现孕期受虐组婴儿表现更明显的节律性弱、情绪消极、注意易分散以及智利和运动发育相对缓慢等认知和行为特征。遗传因素在婴儿的认知和行为发育过程中作用不容忽视,*COMT* 基因和 *5-HT* 基因多态性(rs4818SNP、rs4680SNP、rs6313SNP)与婴儿的节律性、趋避性、注意分散以及智能和运动发育等表型存在关联。基于神经网络感知器基础的多元线性回归模型显示,遗传-环境交互作用对婴儿的情绪、注意功能以及 PDI、MDI 等指标影响较显著。遗传-环境交互作用对婴儿认知及行为发育的影响既存在共性,也存在特殊性,遗传或环境因素的影响程度和发生机制在认知形成和行为发育过程中可能存在差异。本研究通过神经网络基础建立数学模型,进一步验证了遗传-环境交互作用对婴儿认知及行为发育的近期影响。然而,遗传和环境因素的交互作用是如何实现对婴儿认知和行为发育的影响?多基因和环境因素间又是如何协同作用的?这无疑将给予我们无限的遐想和进一步的探索。

本研究随访时间短,婴儿神经行为的发育不完全可能也会减弱遗传-环境交互作用对认知行为发育的影响程度,受虐组婴儿的感知能力、注意功能、反应性和适应性等缺陷可能随着生长发育才逐渐显示出来,近期随访结论并不代表远期的影响,这提示中长期的随访结果或许更令人惊异!其次是样本量的不足,数学模型要求充足的样本量,检验效能可能更好,预测性可能更准确,这也是未来需要弥补的方面。

（张　勇）

参 考 文 献

1. Anja CH, Pascale RM, Eduard JH, et al. Prenatal maternal stress, HPA axis activity, and postnatal infant development. International Congress Series, 2002, 1241: 65-71.

2. Carolina de Weerth, Yvonne van Hees, Jan KB. Prenatal maternal cortisol levels and infant behavior during the first 5 months. Early Human Development, 2003, 74(2): 139-151.

3. Christy DW, Martha AB. The integration of cognition and emotion during infancy and early childhood: regulatory processes associated with the development of working memory. Brain and Cognition, 2007, 65(1): 3-13.

4. Cornish AM, McMahon CA, Ungerer JA, et al. Postnatal depression and infant cognitive and motor development in the second postnatal year: The impact of depression chronicity and infant gender. Infant Behavior & Development, 2005, 28: 407-417.

5. Daphne BB, David Beaulieu, et al. Hormonal sensitivity of preterm versus full-term infants to the effects of maternal depression. Infant Behavior and Development, 2008, 31(1): 51-61.

6. Domènec J. Sánchez, Montserrat Bellés, Maria L. Albina, et al. Exposure of pregnant rats to uranium and restraint stress: effects on postnatal development and behavior of the offspring. Toxicology, 2006, 228(2-3): 323-332.

7. Frosch CA, Mangelsdorf SC. Marital behavior, parenting behavior, and multiple reports of preschoolers' behavior problems: Mediation or moderation? Developmental Psychology, 2001, 3: 502-519.

8. John MS, Helen Fox, Sarah EH, et al. COMT genotype and cognitive ability: A longitudinal aging study. Neuroscience Letters, 2007, 421: 57-61.

9. Julia MB, Robert Plomin, DeFries JC, et al. Genetic influence on tester-rated infant temperament as assessed by bayley's infant behavior record: nonadoptive and adoptive siblings and twins. Developmental Psychology, 1992, 28(1): 40-47.

10. Krista LG, Victoria Thorne, Andrea Patey, et al. Ruling out postnatal origins to attention-deficit/hyperactivity disorder(ADHD)-like behaviors in a seizure-prone rat strain. Behavioral Neuroscience, 2007, 121(2):370-379.

11. Leerkes E, Crockenberg S. The impact of maternal characteristics and sensitivity on the concordance between maternal reports and laboratory observations of infant negative emotionality. Infancy, 2003, 4:517-539.

12. Milgrom J, Westley DT, Gemmill AW. The mediating role of maternal responsiveness in some longer term effects of postnatal depression on infant development. Infant Behav Dev, 2004, 27:443-454.

13. Rettew DC, Copeland W, Stanger C, et al. Association between temperament and DSM-IV externalizing disorders in children and adolescents. Dev Behav Pediatr, 2004, 25(6):383-390.

14. Roussos P, Giakoumaki SG, Pavlakis S, et al. Planning, decision-making and the COMT rs4818 polymorphism in healthy males. Neuropsychologia, 2008, 46(2):757-763.

15. Susan CC, Esther ML, Shamila KL. Pathways from marital aggression to infant emotion regulation: The development of withdrawal in infancy Infant Behavior & Development, 2007, 30:97-113.

16. Whitaker-Azmitia PM, Raio N. Serotonin depletion during synapto-genesis causes permanent cognitive impairments and decreased synaptic density. Presented at the 34th annual meeting of the American College of Neurochopharmacology, 1995, 11-15.

17. Zhang KJ, Gao JJ, An CY, et al. An association study between cathechol-O-methyltransferase gene and mental retardation in the Chinese Han population. Neuroscience Letters, 2007, 419(1):83-87.

18. 蒋宗礼. 人工神经网络导论. 北京:高等教育出版社, 2001.

19. 杨晓玲. 儿童行为与家庭环境的关系. 中国心理卫生杂志, 1992, 4(6):165-168.

20. 张勇. 孕期家庭暴力与孕妇心理、产后抑郁、新生儿神经生化及遗传—环境交互作用对婴儿认知行为的影响. 中南大学博士学位论文, 2008.

21. 邹小兵, 静进. 发育行为儿科学. 北京:人民卫生出版社, 2005.

22. 朱大奇, 史慧. 人工神经网络原理及应用. 北京:科学出版社, 2006.

第十七章

儿 童 虐 待

第一节　儿童虐待现状

儿童虐待(child abuse)问题普遍存在于人类社会,但直至1962年Kempe等发表有关儿童虐待问题的第一篇论文表明儿童虐待不单纯是一个社会问题,亦是一个医学问题。

一、儿童虐待的界定

目前对儿童虐待尚无统一的界定,不同种族、经济、文化、宗教信仰的国家和地区普遍存在着虐待儿童现象,不同的文化背景、不同的国度对儿童受虐的界定不同。1999年WHO对儿童虐待作如下描述:指对儿童有义务抚养,监管及有操纵权的人作出的足以对儿童的健康、生存、生长发育及尊严造成实际的或潜在的伤害行为,包括各种形式的躯体和/或情感虐待、性虐待、忽视、及对其进经济性剥削。该定义从三个方面作出限定:①施虐者与受虐儿童之间有密切的人际关系;②指出虐待的严重程度标准;③描述儿童虐待的类型即言语虐待、躯体虐待、情感虐待、忽视、性(包括强迫卖淫)虐待等。国外有相关学者将儿童受虐与儿童被忽视合称儿童虐待。这种界定是将儿童被忽视列为儿童虐待的一个亚型。我国部分学者受此观点的影响,也将儿童被忽视列为儿童虐待一并研究。但从我国的文化来看,将两者列为一个概念欠妥,毕竟儿童受虐的施虐者与儿童被忽视发出主体者的动机和蓄意性方面存在明显的不同。故而,另有部分专家学者不支持将两者混为一谈。在《现代汉语词典》中,虐待指的是用残暴狠毒的手段待人;忽视为不注意、不重视的意思。从该解释可以看出两者存在实质的不同,将两者分开对待更适合我国的文化见解与表述。

有学者认为:受虐待儿童和被忽视儿童与其父母的关系完全不同。例如,虐待往往是施虐者故意、主动地对儿童实施暴力行为,其后果常常有身体和精神受损的痕迹,一般易于调查、取证、诊断;而忽视者对儿童的忽视往往与无知(养育儿童知识不足)、无暇(社会竞争压力和工作繁忙紧张)有关,且多为放弃或忽略了应尽的责任和义务而造成的"不作为"。正因如此,"忽视是一种独立于虐待之外的实体"的界定更适合我国的文化。

如何界定儿童虐待至今难以达成共识。1994年,我国针对儿童虐待的系列研究中对"虐待的公众定义"进行探究,结果显示,即使儿童被打成骨折、致残甚至死亡,仍有一定比例(城市0.5%,农村1%~5%)的居民并不认为是虐待行为,他们认为只要父母的行为是为了教育子女,即使出现再严重的后果也是正常的。该系列研究就影响判断儿童是否受虐的因素经多元逐步回归分析显示,人们的受教育水平、被试者的年龄、职业、知法程度、经济、婚姻等均影响对儿童是否受虐的判断。但值得一提的是,观察各种影响因素的回归贡献率,对因变量的解释程度均较低,如居民判断打儿童的手心、屁股是否为虐待行为,只有 8.9% 回答是,这归因于文化程度、性别和经济收入。足以说明界定儿童虐待的复杂性和影响儿童虐待判断因素的多样性。在我国的现有研究过程中对是否有儿童虐待的界定表明,凡是可能会对儿童的身心造成伤害或妨碍儿童全面健康发展的事件或行为,即可称为"儿童虐待"。儿童虐待分三种主要类型:躯体虐待、性虐待、精神虐待。

二、儿童虐待的流行学资料

美国资料显示,每年约有 2 百万儿童遭受虐待,其中 16.9 万儿童受到严重的外伤或剥削。在加拿大遭受躯体虐待的儿童中男性与女性的发生率分别约为 15% 和 25%,在性虐待中男性儿童与女性儿童的发生率分别为 5% 和 25%。另据美国研究在儿童虐待的各种虐待形式中 50% 以上是躯体虐待,对此,亦有不同结果的报告:儿童虐待中 51% 为性虐待、34% 为躯体虐待、15% 为儿童忽视,但大多数情况下为两种或两种以上形式共存,如任何形式的虐待都会包含一定的情感虐待(Jibbons J,1995)。

我国尚无儿童虐待的全国性流行病学资料,但相关研究显示,儿童虐待的现象在我国不容乐观。儿童中有 30.5% 近 1 年内曾遭受过虐待行为。另有研究采取分层随机整群抽样的方法,在长沙市四个区的中、小学抽取 1481 名学生,男生 793 名,女生 688 名。儿童躯体虐待率达 62.4%,严重的占 47.4%,非常严重的占 21.3%。就某医学院校 485 名大学生儿童期虐待经历进行回顾性调查显示,94.6% 的人在儿童期经历过虐待,儿童期躯体虐待发生率为 88.0%,其中 92.8% 的男生和 80.8% 的女生经历过躯体虐待;情感虐待发生率为 74.4%,其中 75.7% 的男生和 72.5% 的女生经历过情感虐待;性虐待发生率为 26.6%,其中 21.2% 的男生和 35.2% 的女生经历过性虐待。另有针对某卫校女生儿童期性虐待进行研究显示:在被调查的 892 名女生中,16 岁前有 25.6% 女生报告曾经历过非身体接触或身体接触的性虐待(身体接触的性虐待中包括被试图性交和被强行性交),这与 2000 年对我国某城市一所中学 985 名高中女生调查结果(25.5%)相似。但此调查 16 岁前有过身体接触性虐待的比例(14.5%)却似乎高于 2000 年的调查结果(9.8%)。其中 129 人经历过身体接触的性虐待,占 14.5%;52.6% 的儿童首次性虐待经历发生在 12 岁及以下。

三、儿童虐待的方式及频率

赵幸福、张亚林等(2007)曾研究采用儿童期虐待问卷自评量表对 435 名儿童测评,情感虐待、躯体虐待、性虐待发生率分别为 45.1%、32.4%、25.5%。结果还显示儿童期虐待通常是数种虐待类型同时存在。

针对童年期反复发生的重度身体虐待、中度身体虐待和情感虐待行为的发生情况进行研究,对 5453 名初一、初二和高一、高二年级学生进行调查,回顾小学阶段经历的由父母或其他监护人实施的 9 项重度躯体虐待、8 项中度躯体虐待和 7 项情感虐待行为,5141 人提供了完整的问卷。以在小学年龄阶段,3 种共 24 项虐待行为中至少 1 项虐待行为平均 1 年发生 3 次以上,界定为有该种童年期反复虐待经历。童年期反复重度身体虐待报告率为 8.0%,从 0.2%(把头按在水下)至 6.6%(用脚踢);童年期反复中度身体虐待报告率为 18.6%,从 0.4%(强迫吃难吃的东西)至 9.7%(用手或棍棒打臀部);童年期反复情感虐待报告率为 14.4%,从 0.8%(用恶鬼等恐吓)至 11.8%(责骂)。童年期反复的严重身体虐待、中度身体虐待、情感虐待的报告率分别为 8.0%、18.6%、14.4%。对安徽省农村 2149 名由父母带养的 1～14 岁儿童近 1 个月的体罚行为进行回顾性调查显示,近 1 个月来,挨打发生率为 39.3%,打 3 次以上发生率为 17.3%,罚站或罚跪发生率为 3.5%,不给吃饭的发生率为 3.1%,不让回家的发生率为 2.2%。对湖南华容县进行的农村小学生家庭教育调查结果也显示,体罚是许多农村家长常用的管教孩子的方式,当学生考试成绩不佳时,26.0% 的家长对子女采取批评指责或棍棒式的教育,14.8%的家长规定子女以后不许做与学习无关的事,4.4%的家长根本不过问子女的考试成绩。在城市家长对孩子的教养中,体罚也屡见不鲜,有研究对上海某区采用整群抽样的方法对 931 名学生进行研究,其中小学一年级、二年级各六个班共 488 名学生;中学预备班、初一年级各五个班共 443 名学生,并对他们的家长进行调查。结果显示,有 1.8%的家长对孩子采用体罚,27.0%的家长采用说服教育和体罚为主并重,任其自由发展的 4.9%。另外,以北京某大学医学院一、二、三年级 3981 名学生作为调查对象,结果显示有 56.3%的学生 16 岁前经历过或被羞辱或体罚限制活动或挨打,而且经历体罚者比例为 43.2%,被羞辱者为 30.4%。同时,分别有 16.6%和 31.7% 的学生受到过教师的羞辱和体罚,有 4.6%的学生报告曾被教师打过(包括用器械)。

　　杨世昌、张亚林(2004)曾采用儿童受虐筛查表随机抽取湘潭某工厂子弟中学二年级学生 282 名。筛查出 86 名近 1 年内遭受虐待的儿童。结果显示,近 1 年内受言语侮辱,拳打脚踢,经济控制,抓、咬、打耳光,用刀,棒,隔离,性虐待的儿童分别为 68.6%、53.5%、32.6%、30.2%、11.6%、2.3%、0。人均受虐方式 2 种以上。并发现儿童受虐的类型中最常见的是言语侮辱。采用拳打脚踢、抓咬、打耳光、用刀、棒等直接的暴力行为方式的比例也不在少数。这一结果提示在目前有部分儿童仍在父母的拳脚、棍棒下成长。调查结果显示,儿童遭受性虐待的发生率为 0,这再次证明科学地研究性虐待事件是极难的课题。数据收集难,究其原因可能与人类的文化教育有关,认为遭受性虐待或性侵犯是极大的侮辱,从而隐瞒事实,由于儿童遭受性虐待对日后影响严重,不能因其调查数据为 0 而疏忽,要早发现并及时予以必要的治疗。研究还发现,平均每个儿童遭受 2.2 种方式的虐待。这揭示受虐儿童经常受到多种方式的虐待,也说明虐待在受虐儿童身上存在的多样性,如躯体虐待会不同程度地并存情感虐待。

第二节　儿童虐待发生的高危因素

一、儿童虐待发生的高危因素

(一) 社会因素

不同的国度,不同的文化背景,不同的经济模式都会产生不同的教育子女观。如有某些宗教信仰者拒绝把患儿送往医院就诊而致死的报告(Kempe C,1968)。另外社会的稳定程度亦对儿童虐待的产生有重要影响,1989 年有学者研究尼日利亚的儿童虐待后指出:经济状况和经济结构是儿童虐待产生的一个不可忽视的原因(Wilson-Oyelaran EB,1989)。

(二) 家庭因素

研究表明,有失业者、居所不定者、社会经济地位低下者及有儿童虐待史者的家庭儿童虐待的发生率较高,基于后者,有学者提出"虐待循环"理论,但亦有不支持该理论的报告

（Ballon CB,2001）。家庭暴力有 30％～50％的人涉及儿童虐待。另外,在单亲家庭、或家庭中有酗酒、吸毒、人格障碍儿童虐待的发生率较高。

（三）儿童方面

由于儿童固执、我行我素,多次说服仍不就范者易招致虐待,但这些行为也可能与家庭管教和父母教育方式不妥有关。与父母期望值相距甚远而致虐待者亦不在少数。另外儿童智能低下或患有先天性疾患是其受歧视、被抛弃甚至被虐待致死的一个原因。

二、儿童虐待的危害

（一）儿童虐待所致躯体伤害

主要表现为儿童躯体受伤,由轻(多处青肿、擦伤等)到重(如骨折、硬膜下血肿等),甚者终生残疾。儿童由于被忽视而造成烧伤者屡见不鲜。儿童虐待急性期多表现为多发性、反复性、新旧不一的躯体损伤,严重者危及生命。1993 年美国国家儿童虐待控制中心报告有 2000 例儿童因虐待而丧生。因此,严重的儿童虐待可破坏儿童正常的生理功能,免疫力下降,可继发多种疾病。

（二）儿童虐待所致精神伤害

儿童虐待可影响到儿童的身心健康,伤害儿童的自尊心（Allen 1989）。受虐儿童有 48.5％以离家出走来逃避躯体或性虐待,影响家庭和睦。研究表明有遭受躯体虐待史的成人易患焦虑障碍、酒精依赖、反社会性人格及其他精神障碍,且对女性的影响大于男性;有遭受性虐待史的女性患广泛性焦虑、抑郁、酒精依赖、药物依赖(非法药物)、反社会性行为及其他精神病性障碍明显高于对照组,具有差异显著性,而有遭受性虐待史的男性无显著性差异。另有研究显示曾受儿童虐待者人格障碍发生率是无儿童虐待史者的 4 倍。亦有研究表明儿童虐待可致创伤后应激障碍（post-traumatic stress disorder,PTSD）,尤其在家中反复发生性虐待者为甚;关于儿童言语虐待（child verbal abuse）,有研究显示阳性史者成人后患边缘性人格、偏执性人格、自恋、强迫观念及冲动的风险较对照组高,具有差异显著性。还有表现为长期的躯体多部位疼痛或胃肠道功能紊乱（Loewenstein,1990）等症状。

第三节　儿童虐待与心理健康

一、儿童期虐待与抑郁症

李鹤展、张亚林等（2006）研究显示成年抑郁症患者儿童期虐待史的发生率为 31.4％,较普通人群儿童期虐待史发生率(8.4％)高。该资料显示,儿童期虐待对抑郁症患者的临床表现、症状有影响。从起病年龄上看,有儿童期虐待史的抑郁症患者的首发年龄多在 30 岁之前,平均起病年龄 22.0±4.9 岁。有儿童期虐待史的成人抑郁症患者中以女性多见,占 75.76％（50/66）。从临床症状上来看,有儿童期虐待史的成人抑郁症患者的抑郁、焦虑量表分值高于无虐待史的成人抑郁症患者,提示有儿童期虐待史的成人抑郁症患者的抑郁、焦虑症状较无儿童期虐待史患者为甚。此外,有儿童期虐待史的成人抑郁症患者还有较高的自杀倾向,并有较高的敌对性和易激越发怒等特点。

另有研究显示,与没有儿童期性虐待经历的女生相比较,有儿童期性虐待经历的女生,抑郁情绪出现的频率高,健康状况自我感觉评价得分低。有过儿童期性虐待经历的女生比没有儿童期性虐待经历的女生容易出现自杀意念。

二、儿童虐待与应对方式

国内一项对高中生的相关研究显示,男生经历更严重的儿童期性虐待,这些经历性虐待的男生较女生更多的采用不成熟的退避应付方式应付发生的事件。另有按儿童期虐待严重程度把 335 名高中生分组,比较两组的应付方式。发现儿童期经历儿童虐待高分组的高中生采用不成熟的应付方式者更多:自责、幻想和退避;同时也采用合理化应付方式者更多,说明他们集不成熟与成熟于一身,在应付行为上表现出一种矛盾的心态和两面性人格特点;儿童期虐待低分组的高中生采用成熟的应付方式者更多;提示儿童期经历的儿童虐待事件对高中生的应付方式有明显的负性影响。

三、儿童虐待与心理症状

对北京某大学 391 名学生就儿童期遭受羞辱、体罚、限制活动、严重挨打、用器械严重打等躯体情感虐待经历进行健康状况的调查。研究显示,儿童期有严重躯体情感虐待经历的学生,其躯体症状、强迫症状、人际关系敏感、抑郁、焦虑、敌对、恐怖、偏执等症状因子分≥1的检出率明显高于无儿童期躯体情感虐待经历的学生。研究提示,儿童期羞辱、体罚、挨打等躯体情感虐待问题常见,且儿童期严重躯体情感虐待经历与大学生心理健康问题明显相关。该研究还显示,与没有儿童期虐待经历的学生相比,有过 3 次及以上严重挨打或≥10次羞辱/体罚/限制活动的学生,其躯体症状、强迫症状、人际关系敏感、抑郁、焦虑、敌对、恐怖、偏执症状的检出率明显增多。

另有对河北 528 名大学和中专学生儿童期被徒手打经历与心理健康状况进行研究。结果显示,儿童期有过 3 次及以上被徒手打经历的学生其躯体化症状、强迫症状、人际关系敏感、抑郁、焦虑、敌对、偏执、精神病症状等因子分≥1 的检出率均明显高于童年期无被徒手打经历的学生。研究提示,儿童期被徒手打经历与青少年心理健康问题明显相关。

四、儿童虐待与个性

有研究随机抽取的湘潭某工厂子弟中学二年级 282 名学生进行施测。1 年内遭受虐待的儿童共 86 名,未曾遭受虐待者 196 名;受虐组的 N 分(情绪不稳)高于非受虐组,L(掩饰)分低于非受虐组;男性儿童中受虐组的 P(精神质)分高于非受虐组、L 分低于非受虐组。研究发现受虐儿童的情绪不稳定分值较非受虐组为高。提示情绪冲动控制不良(如易焦虑、紧张、易怒、对各种刺激的反应过于强烈)、行为易冲动容易遭受虐待。但究竟儿童情绪的不稳是儿童虐待的原因还是结果有待进一步研究。另外本研究还发现受虐组的儿童掩饰分值较非受虐组的低。提示非受虐组儿童遇到困难或"突发事件"时善于应变,可"见机行事",使自己尽量避免受虐或惩罚。EPQ 测查发现,男性儿童受虐组的 P 分值较非受虐组的高。提示男性儿童具有古怪、孤僻、易找麻烦、缺少感情等个性特征。此外男性儿童受虐组的 L 分值较非受虐组的低,提示这些儿童不善于掩饰自己的情绪和行为,也可能与他们的是非感不强有关。

另有研究采用自评童年虐待和创伤量表(CAT)及 EPQ 问卷,随机选择 34 位心理科门诊和住院病人为观察组和 37 位正常人为对照组进行施测,从童年虐待和创伤量与个性的相关分析表明,P 维度与 CAT 的所有量表均显著相关,N 维度与 CAT 总分、负面环境、情感虐待和惩罚显著相关。结果提示有过童年虐待创伤经历的人更可能在成年后易形成神经质、精神质型的人格障碍或出现精神疾病症状。E 维度与童年虐待和创伤量表总分及负面环境、情感虐待、性虐待均呈负相关，即一个人性格越内向，童年虐待和创伤量表得分越高，说明童年的创伤虐待经历产生压抑使其行为内聚、封闭，易造成内向拘谨而不是豁达开朗的性情。

第四节　儿童虐待的预防与干预

预防言语和躯体虐待应加强对成人的教育，尤其是家庭的主要成员（如父母）平素注意自己的言行，禁止在家庭中发生暴力，严禁侮辱儿童人格。国外关于性虐待的重点要教育儿童警惕、识别、躲避可能发生的性侵犯（MacMillan H，1994）；建立儿童保护中心、预防儿童虐待监测网、举报电话，及时发现，迅速干预使受虐者尽快脱离危险环境。预防的重点对象要放在高危人群（如经济拮据、单亲家庭、家庭中有暴力行为、物质滥用及人格障碍者），应高度警惕及时关照必要时予以干预（Crillo S，1992）。对遭受儿童虐待的给予针对性治疗，同时登记报告（现一些国家法律规定医生若发现儿童虐待的各种行为必须及时上报，如美国、日本、荷兰等），对躯体创伤及时予以诊治，重视心理治疗，对情感虐待和性虐待尤其重要，以便使远期不良影响减到最低限度。对于已形成的人格障碍的患者应予以关怀，提高认识，改变认知，争取重塑人格结构。

在我国，儿童受虐现象已引起社会的关注，建立一系列的社会保障。2001 年 5 月 16 日《北京宣言》，提出了未来 10 年维护儿童权益、保护儿童健康的发展目标和任务，号召政府组织及社会各方面加大对儿童发展的支持。目前，我国已制定法律和制度来保护儿童的合法权益，防止儿童虐待的发生。《中华人民共和国宪法》第四十九条规定："婚姻、家庭、母亲和儿童受国家的保护"，"禁止虐待老人、妇女和儿童"。《中华人民共和国未成年人保护法》第四条规定：保障未成年人的合法权益；尊重未成年人的人格尊严；第五条规定："国家保障未成年人的人身、财产和其他合法权益不受侵犯"；第八条规定："父母或者其他监护人应当依法履行对未成年人的监护职责和抚养义务，不得虐待、遗弃未成年人；禁止溺婴、弃婴"；第五十二条规定："虐待未成年的家庭成员，情节恶劣的，依照刑法第一百八十二条的规定追究刑事责任"。《中华人民共和国婚姻法》第二十一条规定："禁止溺婴、弃婴和其他残害婴儿的行为"等等。多项法律法规为儿童健康成长提供了相应的保障。

躯体虐待预防的重点是教育成人，特别是父母双亲，严禁发生家庭暴力，虐待儿童。对于高危人群应给予更多的关怀、照顾和教育，减少危险因素。对高危家庭必要时实行社区教育，减少儿童遭受躯体虐待。对儿童性虐待的预防比较困难，预防重点是家长平素要教会儿童提高警惕、识别并躲避可能发生的性侵犯。对已发生的性接触和身体敏感部位接触的行为，应及时报告，依据法律对施虐者予以严惩。对遭受虐待的儿童造成躯体损伤者应及时予以医疗干预，注意心理、情感等创伤，给予耐心、细致的心理支持治疗，使受虐者接受治疗、坚持治疗、配合治疗，积极应对心理危机，提高心理免疫能力，确保儿童健康成长。

（杨世昌）

参 考 文 献

1. Portwood SG，Grady MT，Dutton SE. Enhancing law enforcement identification and investigation of child

maltreatment. Child Abuse Negl,2000,24(2):195-207.

2. 陈晶琦,韩萍,Michael P1 Dunne. 892 名卫校女生儿童期性虐待经历及其对心理健康的影响. 中华儿科杂志,2004,42(1):39-43.

3. 陈晶琦. 391 名大学生儿童期躯体情感虐待经历及其对心理健康的影响. 中国校医,2005,19(4):341-344.

4. 段慧兰. 农村小学生家庭教育若干问题的调查研究. 益阳师专学报,2000,(2):101-103.

5. 黄群明,赵幸福,林汉民. 高中生应付方式与儿童期虐待的关系. 中国临床康复,2005,9(20):90-91.

6. 李鹤展,张亚林,吴建玲,等. 210 例抑郁症患者儿童期受虐史调查及临床特征. 临床心身疾病杂志,2006,12(3):167-168.

7. 马玉霞,陈晶琦,Michael P. Dunne. 儿童期被徒手打经历对青少年心理健康的影响. 中国学校卫生,2005,26(12):1001-1003.

8. 孟庆跃,刘兴柱,张辉. 儿童躯体虐待的公众定义研究. 中国社会医学,1994,(50):10-14.

9. 潘建平,李玉凤. 儿童忽视研究的最新进展. 中华流行病学杂志,2005,26(5):377-381.

10. 陶芳标,张洪波等. 社会文化因素对安徽省农村儿童体罚行为的影响. 中国全科医学,2004,7(3):172-174.

11. 陶芳标,叶青,Soon-duck Kim. 青少年童年期反复身体和情感虐待经历及其相关因素研究. 中国学校卫生,2006,27(4):310-313.

12. 阎燕燕,孟宪璋. 童年创伤和虐待与成年精神障碍. 中国临床心理学杂志,2005,13(2):208-209.

13. 杨林胜,赵淑英,尹逊强. 家庭中儿童躯体虐待及影响因素分析. 实用预防医学,2004,11(2):242-244.

14. 杨世昌,张亚林,黄国平,等. 儿童受虐方式的研究. 中国临床心理学杂志,2004,12(2):140-141.

15. 杨世昌,张亚林,黄国平,等. 受虐儿童个性特征初探. 中国心理卫生杂志,2004,18(9):617-618.

16. 杨世昌,张亚林. 国外儿童虐待的研究进展. 实用儿科临床杂志,2002,17(3):257-258.

17. 杨世昌. 儿童受虐量表、儿童被忽视量表编制及信效度研究. 中南大学博士论文,2006.

18. 赵丹,李丽萍. 某医科院校 485 名大学生儿童期虐待经历的调查. 疾病控制杂志,2006,10(2)154-156.

19. 赵幸福,张亚林,李龙飞. 435 名儿童的儿童期虐待问卷调查. 中国临床心理学杂志,2004,12(4):177-179.

20. 中国社会科学院语言研究所. 现代汉语词典. 北京:商务印书馆,2002,939,530.

21. 周卫萍,吴蓓蓓,王书梅. 健康促进学校家长教育与卫生保健知识、态度和行为现状及对策. 中国健康教育,2000,(9):569-571.

第十八章

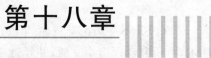

儿童期虐待问卷的信效度分析

第一节 概　　述

西方学者曾从多种角度探讨家庭暴力产生的原因,其中之一是"暴力循环"学说。该学说认为,个体在成长过程中,曾经遭受暴力者,将来更多地对配偶或子女实施暴力,由此形成了一个家庭暴力循环。2003 年,当我们准备在中国验证这一理论时,却发现没有合适的工具可供采用。国内相关研究多是采用自编的问卷,或是单项虐待问卷,或是无信效度检验的问卷。查阅文献显示,国外有多种儿童虐待问卷,经筛选发现美国纽约心理学家 Bernstein PD 和 Fink L 编制儿童期虐待问卷(childhood trauma questionnaire,CTQ),是一种条目简单,虐待项目齐全的问卷,是目前世界上公认用于测量儿童期是否受虐的工具之一。经与作者联系,愿意供我们研究使用。

儿童期虐待问卷 1994 年最初编制为 70 个条目,1995 年缩减为 53 个条目,1998 年进一步精简为目前的 28 个条目(childhood trauma questionnaire,28 item short form,CTQ-SF)。

CTQ-SF 共有 28 个条目,分为五个分量表:①情感虐待(emotional abuse,EA);②躯体虐待(physical abuse,PA);③性虐待(sexual abuse,SA);④情感忽视(emotional neglect,EN);⑤躯体忽视(physical neglect,PN)。每个条目采用 5 级评分:1 分:从不;2 分:偶尔;3 分:有时;4 分:经常;5 分:总是;其中第 2、5、7、13、19、26 和 28 为反向计分,每个分量表在 5～25 分之间,总分在 25～125 分之间。另有 3 个条目作为效度评价。

CTQ-SF 英文版具有良好的信度效度,能代替以前 70 条目和 53 条目版本,仅需约 5 分钟就可以完成,可以快速地评价儿童期虐待。该量表自问世以来,被许多国家学者修订和使用,被翻译成多种文字,应用于许多国家不同的人群,可应用于儿童和成人。

我们将儿童期虐待问卷译为中文版并对其进行信度效度的检测,希望为相关研究提供一个较好的研究工具,同时也为我国儿童期虐待研究提供一个有效的测评工具。

第二节　研　究　方　法

一、方法与程序

(一) 研究对象

为河南省某市市区及乡村居民。共收集有效问卷 189 份,均为已婚男性,年龄范围24～

58 岁,平均 40.9±7.8 岁。排除父母二系三代有精神分裂症、情感性精神障碍等重性精神病、癫痫、酒依赖,及其他精神活性物质滥用史和伴严重的躯体疾病者。并且随后把样本扩大到不同的人群,中学生、高中生、大学生,共 1573 例样本。

(二)翻译

CTQ-SF 英文版由美国纽约 Bernstein D P 和 Fink L 教授编制并提供给本研究翻译、使用,由研究者译为中文版,并经过一位在国外从事精神病的专业人员翻译与回译,确保翻译的准确性,最后由 2 名临床精神病学家定稿。

(三)施测

研究者亲自现场发放问卷,为了保证回答的真实性,均不填写名字,测试中使用统一的指导语,如有不理解的问题可提问,给予中性解释,答完题后当场回收,剔除数据不全的问卷,共收回有效问卷 189 份。2 个月后随机抽取其中 47 名受试者进行第二次评定,评价该量表的重测信度。

(四)建立数据库

建立数据库,进行数据分析前的分数合成。对所有数据进行编码,使用 SPSS 11.5 统计分析软件包输入电脑,建立原始数据库。对所有反向记分条目进行反向记分;然后计算五个因子的因子分,最后计算量表的总分。

二、CTQ-SF 项目分析

通过项目分析和对项目进行鉴别项目分析,了解测验的可行性与适合度,常用的分析指标为测验的难度、鉴别度。其程序如下:①量表条目的反向记分;②求出量表条目的总分;③量表总分高低排列;④找出高低分组上下 27% 处的分数;⑤按临界分数将观察值分成高低二组;⑥独立样本 t 检验两组在每个题项的差异。

三、信度检验方法

(一)同质信度

考验测验内部所有项目间的一致性程度,主要方法有:

1. 项目间平均相关系数(mean inter-item correlations,MIIC)　计算各因素和总量表的项目间平均相关系数,检验该量表的同质性。

2. Cronbach's α 系数　主要检验测验的同质信度。

3. 分半信度:计算各因素和总量表分半相关系数。

(二)重测信度

用积差相关法求出两者量表间及各因素间的 Pearson 积差相关系数。

四、效度检验方法

(一)内容效度

选用内容效度评估量表条目的适当性。

(二)结构效度

1. 量表内部一致性　考察量表各因素间以及与量表总分的相关。

2. 因素效度检验　选用 Amos 4.0 统计软件用最大似然法对 CTQ-SF 中文版量表的五因素结构进行验证性因素分析,通过考察数据与模型之间的拟合程度,检验量表的结构效度。

五、拟 合 指 标

1. 拟合优度的卡方检验（χ^2 goodness-of-fit test）　χ^2 是最常报告的拟合优度指标，与自由度一起使用可以说明模型正确性的概率，χ^2/df 是直接检验样本协方差矩阵和估计协方差矩阵之间的相似程度的统计量，其理论期望值为 1。

2. χ^2/df 愈接近 1，表示模型拟合愈好。在实际研究中，χ^2/df 接近 2，认为模型拟合较好。

3. 近似误差均方根（root-mean-square error of approximation，RMSEA）　RMSEA 评价模型不拟合的指数，如果接近 0 表示拟合良好，相反，离 0 愈远表示拟合愈差。一般认为，如果 RMSEA≤0.05 表示模型拟合较好，RMSEA≤0.08 表示拟合合理，RMSEA≥0.10 表示拟合较差。

4. 交互效度（model expected cross-validation index，MECVI）　MECVI 越接近饱和模式，表示有较好的交互效度。

5. 增殖指数　相对拟合指数（comparative fit index，CFI），非范拟合指数（non-normed fit index，NNFI），递增拟合指数（incremental fix index，IFI）：这些指数在对假设模型和独立模型比较取得，其值在 0～1 之间，愈接近 0 表示拟合极差，愈接近 1 表示拟合良好。一般认为，＞0.80 可以接受，≥0.9 模型拟合较好。

6. 省俭指数　省俭相对拟合指数（parsimony relative noncentrality index，PCFI）越接近增殖指数越好。

六、统计处理方法

（一）采用 SPSS11.5 统计软件对数据进行分析

1. 信度检验　①内在一致性：计算 Cronbach's α 系数，分量表相关，各分量表条目之间的 Spearman 相关。②重测信度系数：计算 47 名受试者前后各分量表得分的 Spearman 相关。

2. 效度检验　计算每个条目与量表总分的 Spearman 相关系数，以检验每个条目的效度。

（二）应用 Amos4.0 软件进行验证性分析

Amos 软件进行验证性分析以考验数据与 5 个分量表模型的拟合程度，检验量表的构想效度。

第三节　信效度分析

一、项 目 分 析

项目分析用来分析各条目的鉴别能力。研究显示 CTQ-SF 中文版表示该量表鉴别度指数大于 0.2 的条目 20 个（80%），条目具有鉴别度，能鉴别出不同受试者的反映程度。说明总量表 80% 的条目具有较好的鉴别力，而性虐待、躯体虐待和躯体忽视个别条目在本样本中鉴别力差。

二、信度分析

信度是检验测验稳定性和可靠性的指标。信度的估计方法有多种,本研究选用了同质信度(项目间平均相关系数、条目敏感性、Cronbach's α 系数、分半信度 4 种)和重测信度检测量表的稳定性和可靠性。一般认为,信度系数在 0.7～1.0 之间的测验较为可靠。也有学者提出更为严格的标准,如认为信度系数>0.8 才能接受;公开发表的测验研究论文,一个或几个信度系数在 0.6～0.7 之间也不少见。本研究采用一般的信度系数标准(0.7～1.0),衡量量表的可靠性和稳定性。

(一)项目间平均相关系数

项目间平均相关系数是检验因素和全量表的内部一致性,该系数与 Cronbach's α 系数不同,系数值不受项目多少的影响,一般认为其标准>0.2。本研究各因素及总量表的项目间平均相关系数除了躯体忽视外均大于 0.20,说明该量表有较好的信度。

(二)条目敏感性

即分析每个条目对有关统计量的影响,基本思想是观察去掉当前条目后有关统计量的变化。分别为去掉当前条目量表合计分的均数、方差,当前条目得分与去掉当前条目量表的 Pearson 相关系数及去掉当前条目量表的 Cronbach's α 系数。一般而言,去掉当前条目量表的 Cronbach's α 系数可作为调整条目的一个重要参考依据。如果该值越大,其相对应的条目是首先考虑调整的条目。条目"家里有人把我打伤的很重,不得不去医院"和"家里有人打的我鼻青脸肿或伤痕累累"是躯体虐待因素中最大的 2 个 Cronbach's α 值;条目"有人试图让我做或看性方面的事"和条目"有人猥亵我"是性虐因素中最大的 2 个值;条目"父母过于酗酒或挥霍浪费,以致不能照顾家庭"是躯体忽视中较大的值;结合项目分析指标,显示这些指标更应该调整。但根据其内容来看,是符合内容效度的,可能是这些条目反映的问题最严重,在我们调查的样本中发生率过低。

(三)Cronbach's α 系数

总量表的 Cronbach's α 系数大于 0.8,说明组成该量表条目的内在一致性较高,即该自评量表的内部信度较好。五个因素的 Cronbach's α 系数为 0.20～0.76;总量表的分半信度系数为 0.81,五个因素分半信度系数为 0.46～0.77,多数信度系数>0.70。该量表总量表的 Cronbach's α 系数为高于各因素的内在信度,各因素间的差异性除了躯体忽视因素外不是很大;每个因素的内在信度 Cronbach's α 系数较总量表的信度低;说明总量表的同构性较高。提示该量表除了躯体忽视外具有较高的同质性。

(四)重测信度

是指在不同时间测量时,量表一致性的程度。重测信度是外在信度最常用的检验法,它考察量表是否具有跨时间稳定性,以皮尔逊(Pearson)积差相关方法求出两次测量的相关系数来衡量。本研究为了检验该量表的跨时间稳定性,对 47 例被试者在完成第一次测验 2 个月后进行重测,显示总量表和各因素的重测信度为 0.37～0.90 之间,除了情感忽视、躯体忽视较低外,其他均大于 0.7。提示该量表除了情感忽视、躯体忽视外有较好的时间稳定性。

上述各种信度检验表明 CTQ-SF 中文版量表除了躯体忽视外均达到心理测量学的要求,重测信度也达到了测量学要求。

三、效 度 分 析

量表的效度是指量表测查了所要测量的结构或特质的程度。效度有很多种,但主要包括内容效度，结构效度，效标效度。由于国内外尚无被公认为"金标准"的儿童期虐待评估工具，故效标效度无法完成。本研究主要对 CTQ-SF 中文版内容效度、结构效度进行分析。

（一）内容效度

是指某量表所能代表的主题的多少。各分量表分与总量表分之间的相关可以作为考察某量表的效度指标。该量表分量表与总量表均有极显著相关，这表明该量表的内容效度比较好。但躯体忽视与其他分量表之间仅有弱相关，躯体忽视量表的信度、效度较其他分量表差，从 CTQ-SF 到其修订版均呈现出这样的问题，所以，在临床应用 CTQ-SF 中文版进行儿童期虐待评估时，应考虑这一问题。

（二）结构效度

CTQ-SF 中文版分量表的内部一致性系数大部分大于该分量表与其他分量表的相关系数；另外每个条目与其所属分量表的相关系数均大于与其他分量表的相关系数。该量表分量表之间的相关系数不高，说明各个分量表相对较独立。这些特点显示五个分量表相互之间既相互独立又相互联系地反映了儿童期虐待概念的各个侧面，说明该量表的结构效度也较好。我们的研究结果与 Lundgren K 等（1987）的一项瑞典研究结果类似，均认为 5 个分量表中的 4 个分量表情感虐待、躯体虐待、性虐待和情感忽视有高的一致性和同质性，躯体忽视需要进一步修订。

进一步用验证性因素标准路径分析法对 CTQ-SF 五因素理论模型做了验证。验证性因素分析的标准路径显示每个项目在相应因子上的负荷为：情感虐待：$0.309\sim0.825$；躯体虐待：$0.369\sim0.748$；性虐待：$0.368\sim0.859$；情感虐待：$0.324\sim0.715$；躯体忽视：$0.048\sim0.621$，有 2 个条目小于 0.20。复相关系数在 $0.002\sim0.738$ 之间。各项目在相应因子都有一定的负荷，躯体忽视有 2 项目负荷较低；五个因子之间均有一定的相关，其中情感虐待量表与躯体虐待量表、情感虐待量表与躯体忽视量表间的相关最高，分别为 1.000 和 0.994。

研究模式与独立模式相比，χ^2/df 和 RMSEA 明显降低，达到比较满意的水平；MECVI 接近饱和模式，表示有较好的交互效度；增值指数为 $0.83\sim0.86$，省俭指数在 PCFI 0.75，χ^2/df、RMSEA、MECVI、IFI、TLI、CFI、PCFI 各个拟合指标符合测量学要求，说明模式基本上可以接受。

从各条目在相应因子的负荷上的负荷来看，情感虐待、躯体虐待、性虐待和情感虐待 4 个分量表条目均大于 0.20，只有躯体忽视两个条目在该因素上的负荷小于 0.20，说明这 4 个分量表有较好的结构效度，而躯体忽视较差，说明躯体忽视条目有待于进一步改进。总的说明 CTQ-SF 中文版的分量表模型具有较好的匹配性，具有较好的构想效度。

四、进一步扩大样本研究

鉴于此研究样本量较小及取样范围窄，随后我们把儿童期虐待问卷中文版应用到河南新乡市 435 名 12～16 岁的中学生、广东惠州市 356 名 15～20 岁的高中生和湖南、山东省一些在 16～25 岁 593 名校大学生，并就新样本重新进行信效度检测，结论同前。

总之，本研究共计对 1573 例不同地区、不同年龄的人群进行儿童期虐待问卷中文版信效度检测，显示该问卷具有较好的信、效度，它为我们评估中国人群儿童期虐待提供了一种有效、可信的心理测量工具，但其中躯体忽视分量表需要根据我国文化进一步修订。

（赵幸福）

附：儿童期虐待问卷中文版

指导语：本问卷调查的是你儿童期(16 岁以前)的成长经历。请根据你的体会在每道问题后面最适合你情况的数字上打"√"。这些问卷是保密的，所以对那些涉及你个人隐私的问题也请你如实作答。谢谢你的合作。

在我成长的过程中下属情况出现的频率：	从不	偶尔	有时	常常	总是
1. 我吃不饱。	1	2	3	4	5
2. 有人照顾我、保护我。	1	2	3	4	5
3. 家里有人喊我"笨蛋""懒虫"或"丑八怪"等。	1	2	3	4	5
4. 父母过于酗酒或挥霍浪费，以致不能照顾家庭。	1	2	3	4	5
5. 家里有人使我觉得自己很重要或不一般。	1	2	3	4	5
6. 我不得不穿脏衣服。	1	2	3	4	5
7. 我感到家里人爱我。	1	2	3	4	5
8. 我觉得父母希望从来没有生过我。	1	2	3	4	5
9. 家里有人把我打伤的很重，不得不去医院。	1	2	3	4	5
10. 当时我并不希望去改变家里的什么。	1	2	3	4	5
11. 家里有人打的我鼻青脸肿或伤痕累累。	1	2	3	4	5
12. 家里有人用皮带、绳子、木板或其他硬东西惩罚我。	1	2	3	4	5
13. 家里人彼此互相关心。	1	2	3	4	5
14. 家里有人向我说过刻薄或侮辱性的话。	1	2	3	4	5
15. 我觉得我受到了躯体虐待。	1	2	3	4	5
16. 我的童年是美好的。	1	2	3	4	5
17. 我被打得很重，引起了老师、邻居或医生等人的注意。	1	2	3	4	5
18. 我觉得家里有人憎恨我。	1	2	3	4	5
19. 家里人关系很亲密。	1	2	3	4	5
20. 有人试图以性的方式触摸我或让我触摸他。	1	2	3	4	5
21. 有人威逼或引诱我同他做性方面的事。	1	2	3	4	5
22. 我的家是世上最好的。	1	2	3	4	5
23. 有人试图让我做或看性方面的事。	1	2	3	4	5
24. 有人猥亵我。	1	2	3	4	5
25. 我认为我受到了情感虐待。	1	2	3	4	5
26. 如果需要，会有人送我去医院。	1	2	3	4	5
27. 我认为我受到了性虐待。	1	2	3	4	5
28. 家是我力量和支持的源泉。	1	2	3	4	5

参 考 文 献

1. Bernstein DP,Ahluvalia T,Pogge D,et al. Validity of the childhood trauma questionnaire in an adolescent psychiatric population. J Am Acad Child Adolesc Psychiatry,1997,36(3):340-348.

2. Bernstein DP. CTQ(53 Item version). New York,Mount Sinai School of Medicine. 1995.

3. Bischkopf J,Busse A,Angermeyer MC. Mild cognitive impairment:A review of prevalence,incidence and outcome according to current approaches. Acta Psychiatr Scand,2002,106(6):403-404.

4. Cole DA, Utility of confirmatory factor analysis in test validation research. Journal of Consulting and Clinical Psychology,1987,55(4):584-594.

5. Cox BJ,Enns MW,Clara IP. The multidimensional structure of perfectionism in clinically distressed and college student samples. Psychological Assessment,2002,14(3):365-373.

6. Fan X,Wang L. Effects of potential confounding factors on fit indices and parameter estimates for true and misspecified SEM models. Educational and Psychological Measurement,1998,58:701-735.

7. Ferguson KS,Dacey CM. Anxiety,depression and dissociation in women health care providers reporting a history of childhood psychological abuse. Child Abuse Negl,1997,21(10):941-952.

8. Heun R,Burkart M,Maier W,et al. Internal and external validity of the WHO Well-Being Scale in the elderly general population. Acta Psychiatr Scand,1999,99(3):171-178.

9. Lundgren K,Gerdner A,Lundqvist L. Childhood abuse and neglect in severely dependent female addicts: homogeneity and reliability of a Swedish version of the Childhood Trauma Questionnaire. International Journal of Social Welfare,2002,11(3):219-227.

10. Manne S,Schnoll R. Measuring cancer patient's psychological distress and well-being:A factor analytic assessment of the Mental Health Inventory. Psychological Assessment,2001,13(1):99-109.

11. Ohan JL,Myers K,Collett BR,et al. Ten-year review of rating scales. IV:scales assessing trauma and its effects. J Am Acad Child Adolesc Psychiatry,2002,41(12):1401-1422.

12. Scher CD,Stein MB,Asmundson GJ,et al. The childhood trauma questionnaire in a community sample: psychometric properties and normative data. J Trauma Stress,2001,14(4):843-857.

13. Widom CS. Motivation and mechanism in the "cycle of violence". Neber Symp Motiv,2000,46:1-37.

14. Zhao Xing-Fu,Zhang Ya-Lin,Li Long-Fei,et al. Evaluation on reliability and validity of Chinese version of children traum questionnaire. Clinical Rehibalitation,2005,9(20):105-107.

15. 傅文青,姚树桥,于宏华,等. 儿童期创伤问卷在中国高校大学生中应用的信效度研究. 中国临床心理学杂志,2005,13(1):40-42.

16. 侯杰泰,温忠麟,成字娟. 结构方程模型及其应用. 北京:教育科学出版社,2004. 154-161.

17. 黄群明,赵幸福,林汉民,等. 356 名高中生的儿童期虐待问卷调查. 中国健康心理学杂志,2006,14(1):97-99.

18. 吴明隆. SPSS 统计应用实务. 北京:中国铁道出版社,2000.

19. 赵幸福,张亚林,李龙飞,等. 435 名儿童的儿童期虐待问卷调查. 中国临床心理学杂志,2004,12(4):77-79.

第十九章

儿童受虐量表的编制

第一节 概 述

研究表明,不同种族、经济、文化、宗教信仰的国家和地区普遍存在着虐待儿童和忽视儿童的现象,我国也不例外。儿童受虐形成的原因复杂,鉴于研究该现象时影响因素较多,为了提高我国该方面研究资料的可比性,作者继编制《儿童受虐筛查表》之后,进一步编制《儿童受虐量表》及《儿童被忽视量表》,以期为我国文化背景下儿童受虐及被忽视研究提供必要、可操作的量化工具。不同的文化背景、不同的国度对儿童受虐的界定不同。

在国外,相关学者将儿童受虐与儿童被忽视合称儿童受虐。这种界定是将儿童被忽视列为儿童受虐的一个亚型。我国部分学者受此观点的影响,也将儿童被忽视列为儿童受虐一并研究。但从我国的文化来看,两者列为一个概念欠妥,毕竟儿童受虐的施虐者与儿童被忽视发出主体者的动机和蓄意性方面存在明显的不同。故而,另有部分专家学者不支持将两者混为一谈。在《现代汉语词典》中,虐待指的是用残暴狠毒的手段待人(P_{939})。忽视为不注意、不重视的意思(P_{530})。从该解释可以看出两者存在实质的不同,将两者分开对待更适合我国的文化见解与表述。

有学者认为:受虐待儿童和被忽视儿童与其父母的关系完全不同。例如,虐待往往是施虐者故意、主动的对儿童实施暴力行为,其后果常常有身体和精神受损的痕迹,一般易于调查、取证、诊断;而忽视者对儿童的忽视往往与无知(养育儿童知识不足)、无暇(社会竞争压力和工作繁忙紧张)有关,且多为放弃或忽略了应尽责任和义务而造成的"不作为"。正因如此,目前更倾向于认为"忽视是一种独立于虐待之外的实体"。

一、儿童受虐现象存在的普遍性

儿童虐待(child abuse,CA)可谓由来已久,但长时间被家庭和社会所忽略。至 1962 年 Kempe 等发表了他的经典之作《受虐儿童综合征》(The battered child syndrome)之后,人们逐渐认识到儿童受虐是一种社会疾患,亦是一个医学问题。

毋庸置疑,儿童虐待是一个全球性问题。美国健康和人类服务部(The U. S. Department of Health and Human Service)1998 年的一份有关儿童受虐的报告显示:美国每年有 280 万个个案涉及儿童受虐问题,这意味着平均每 10 秒就会发生一起儿童受虐事件。儿童被忽视而致的危害性也不可低估,而其普遍性较儿童受虐来说,有过之而无不及。

儿童虐待是一种短暂或长期的应激源,儿童虐待的不同形式对儿童所造成的负面影响程度有所差异。儿童虐待可造成即刻的、短期的或长久的伤害,这与受虐的种类、强度、持续的时间和发生的频率有关。

国外对儿童虐待进行科学系统的研究已 40 余年。对儿童虐待的研究方法学有一般的描述性研究,即对受虐者进行个案分析、综述的总结报告;再者,采用对登记资料的分析,常来自于儿童保护机构或死亡证明的登记;另外,针对医疗机构、司法机关、社会服务中心和精神卫生研究所的存档进行分析。还有对儿童受虐进行跨文化研究;也有采用病例对照的方法研究儿童虐待的原因;以上的几类属于回顾性研究,研究方法主要侧重于对成人回溯性的调查。

二、编制儿童受虐量表的必要性

由于儿童虐待存在的普遍性、严重性,且儿童虐待对儿童的生长发育、智能发育及人格形成有不容忽视的负面影响。受虐待不但给个人带来痛苦,同时给家庭、社会带来不可估量的危害。因此,如何早期发现和预防儿童虐待;如何评价儿童虐待的严重程度成为摆在我们面前亟待解决的研究课题。再者,对儿童虐待的量化研究也将为干预效果的评估提供依据。

尽管目前国外用于评价儿童受虐量表有多种版本,但它们的研究信、效度大多来源于对成年人的回顾资料的检测结果。另外任何心理测验或评估均受编制者及各国文化背景的影响。再者,按照《著作权法》、《版权法》的规定,我们对国外量表的应用及修订均有严格的规定,因此在拥有悠久历史文化背景的中国,编制适合我国国情的儿童受虐状况的评估量表势在必行,责无旁贷。

儿童受虐待现象在我国已经引起了社会的关注,如在法律方面,《中华人民共和国宪法》第四十九条规定:"婚姻、家庭、母亲和儿童受国家的保护","禁止虐待老人、妇女和儿童"。《中华人民共和国未成年人保护法》第四条规定:"保障未成年人的合法权益;尊重未成年人的人格尊严";第五条规定:"国家保障未成年人的人身、财产和其他合法权益不受侵犯";第八条规定:"父母或者其他监护人应当依法履行对未成年人的监护职责和抚养义务,不得虐待、遗弃未成年人;禁止溺婴、弃婴";第五十二条规定:"虐待未成年的家庭成员,情节恶劣的,依照刑法第一百八十二条的规定追究刑事责任"。《中华人民共和国婚姻法》第二十一条规定:"禁止溺婴、弃婴和其他残害婴儿的行为"等等。

由上可见,多项法律法规为儿童健康成长提供了相应的保障,即当孩子的人身权利或者其他合法权益受到危害的时候,国家可以依法实行干预。但如何早日发现儿童受虐,以及如何评估受虐及被忽视的程度? 这些问题在保护儿童的合法权益方面至关重要。因而,医务工作者有责任将这种状况反映出来(包括躯体和精神方面的伤害),使相关法律具体化、程序化、可操作化,为之真正贯彻和实施提供科学的依据。

三、编制儿童受虐量表的可行性

(一)目前对儿童受虐现象研究与评估

目前,国内外采用前瞻性研究的研究尚少,即便有一些报道,由于社会影响因素(混杂因素)的难以控制性,使得研究结论难以重复。从研究内容方面来看,除了研究儿童受虐的高危因素外,还有策略研究,如对儿童是否受虐的评估预防、判别、处理方案、完善相关政策等研究。

无论上述的哪一种研究方法以及研究内容侧重点是什么,均涉及如儿童是否受虐和被忽视、严重程度如何等问题。这就涉及一个重要问题,即儿童受虐的评判标准或者说评价工具问题。尤其是在大规模的群体研究中,量表的开发就显得尤为重要了。就儿童期受虐的评价量表来说,国外起步较早,也有相对成熟的量表及筛查表问世并被广泛应用。

近年儿童受虐的现象也引起我国相关领域的关注。如1994年孟庆跃等对儿童受虐现象进行研究,主要针对"公众对儿童躯体虐待的界定问题"、"公众对严重侵犯儿童权力行为的认识"、"父母行为模式的公众评价研究"、"公众对未成年人保护的认识水平"、"儿童虐待强度及因素分析"、"儿童受虐方式及其影响因素分析"等多方面进行了研究。对我国儿童受虐现象的研究走向系统化起着一定的推进作用,但该研究的结果证明,人们对儿童受虐的认识程度差异较大,观点不一。遗憾的是,该系列研究没有能够提供一可操作化的量化工具,用于儿童受虐的评估。

在研究工具方面,我国曾采用过"拿来主义",如:我国精神卫生工作者为研究"有无儿童受虐史的抑郁症患者临床、内分泌等方面的特征"时曾引用英国伦敦Bifulco编制的《儿童虐待史问卷》(CECA-Q),在我国社区普通人群与抑郁症患者组中进行验证,发现一些条目明显不适合我国的国情。另外,此量表缺乏精神恐吓及辱骂等精神虐待的条目。该引进者提出应针对我国文化和国情特点,应进一步修正该量表或编制我们自己的评定量表。同年,有学者引进美国纽约Bernstein D P和Fink L的《儿童期虐待问卷》(CTQ),结果表明,在我国该量表的信度较低,如躯体被忽视分量表的重测信度系数仅仅为0.27,其他的信度系数,如情感虐待0.65,躯体虐待为0.63,量表总的重测信度系数也仅仅为0.75。情感虐待、躯体虐待、性虐待、情感被忽视、躯体被忽视各分量表Cronbach's α系数分别为0.62、0.60、0.66、0.68、0.41、0.77。根据测量学要求,信度系数0.70为量表的可接受的最小信度系数值,如果研究者编制的或引用的研究工具信度过低,如在0.60以下,应该重新修订或重新编制较为适宜。因此,该研究虽不能完全否定该量表在我国文化背景下不适用,但至少反映该量表要在我国文化背景下应用尚需要进一步修订。基于上述事实,将国外的研究工具"直接引进"可能不合适。

目前,国外在研究儿童受虐方面的常用的问卷主要有:①《儿童虐待倾向问卷》(the child abuse potential inventory,CAP),由Milner等人在20世纪70年代末编制,作为筛查儿童是否遭受躯体虐待的工具。曾多次修订,该问卷共计160个条目,其中77个检测虐待与否的变量,18个测谎条目,65个填充题目(用来排除被检测中的随意应答者)。它曾经被多个国家翻译、修订和应用。但在希腊语和西班牙语的版本应用中发现其测谎条目并不能用作判断量表的信度指标,起不到测谎的效能。②《儿童虐待的综合问卷》(the comprehensive childhood abuse inventory,CCMI),1999年由Kathryn等编制,共计30个条目,经检验躯体虐待的内部一致性系数较低。其他类型的项目测验有理想的信、效度。③《儿童养育经历与虐待问卷》(child experience of care and abuse questionnaire)由英国的Bifulco. A等于1994年编制完成,该量表是一半定式的问卷,主要用于筛查并判断精神障碍患者的幼年是否有受虐的经历。④《儿童虐待与创伤量表》(the child abuse and trauma scale,CATS)1995年由Sanders等编制,共计38个条目,报告有好的信、效度,可作为临床的筛查工具,后又增加7个条目,来测量精神虐待指标。尽管目前国外评价儿童受虐的量表已有多种版本,但它们研究信效度的检验大多源于成年人的回顾性资料。

（二）国内研究的需求与编制的可行性

我国近年对家庭暴力及儿童受虐的科学系统的研究已有报道，大型的流调工作也相继开展。如有本课题组由美国纽约中华医学会 CMB 资助的《中国湖南家庭暴力的干预策略》、《中国 3～6 岁城区儿童被忽视常模的研制》、《1163 例 3～6 岁城市儿童被忽视调查分析》在调查中均涉及儿童受虐状况的研究，亦有相关的调查用表，前者的问卷主要涉及家庭暴力的问卷，而非主要的针对儿童受虐，后两者的调查对象主要为儿童的父母、或照顾儿童的其他成员。因此后两者研制出的问卷是由监护人填写。然而对于受虐儿童——虐待的对象，他/她们在遭受虐待或被忽视后的感受最真实。由于儿童受过虐待或被忽视后的认知、情感、意志行为对儿童未来的人生观及个性的形成至关重要，因此，站在儿童角度来评价儿童的家庭生活状况，来评价儿童是否受虐显得更为重要。并且自 10 岁起（9～10 岁）儿童已经具有判别黑白是非的能力，有能力对他/她的处境和经历作一真实的回答，同时可以通过线索调查和量表中添加部分条目（如对事件的人物、时间、地点等）来验证儿童回答的真实与否。此问卷的问世将会弥补目前的至成年后再作回顾性研究的不足。

另外，本研究组对儿童受虐进行了系列研究，已编制相关的筛查表。中南大学精神卫生研究所有成熟的量表编制技术，具有专门的心理卫生中心（擅长心理测量与评估的研究）。因此研制一套适合儿童来回答，反映他/她们童年生活状况的量表是可行的。

第二节　理论框架和编制流程

一、量表编制的理论框架

（一）采用可操作性定义

一个不容忽视的现实是：不同国家、不同文化和不同地域之间对儿童受虐的界定不一。在世界各地，儿童可以是战争、贫穷、饥饿、烈性传染病、剥削等首当其冲的受虐者。但是，目前尚不能把所有殃及儿童的悲惨事件全归类到儿童受虐中去。仍需进一步对儿童受虐的认识，使之能把虐待和其他与经济、社会和健康相关的问题很好地从本质上区别开来。另外，发达国家与发展中国家对许多事件的发生存在认识方面的差异，对某些定义的理解至少目前尚无法达成共识。

例如：在英国，儿童受虐待被定义为：父母、监护人或其他年长者对儿童施以躯体暴力或性暴力，或对儿童的日常照顾、情感需求、生活监护、医疗和教育的忽视，造成儿童躯体与情感的伤害，甚至导致死亡等。另外，儿童虐待的分类亦是一个值得研究的问题。

1981 年国际儿童福利联合会将儿童虐待类型界定以下 4 个方面：①家庭成员对儿童的忽视或虐待；②有关机构对儿童的忽视或虐待；③家庭以外的剥削（童工、卖淫等）；④其他方式的虐待。其中家庭成员对儿童的忽视或虐待又分为躯体虐待、性虐待、被忽视和心理情感虐待。该定义将儿童受虐与儿童被忽视的概念列为同一范畴。在我国将儿童受虐两者分开为妥。

鉴于对儿童虐待问题认定方面不同的文化背景会存在不同的见解，本研究所指的儿童受虐是结合我国文化背景，同时参考世界卫生组织（world health organization，WHO）1999年对儿童受虐作出的描述：指对儿童有义务抚养，监管及有操纵权的人作出足以对儿童的健康、生存、生长发育及尊严造成实际的或潜在的伤害行为，包括各种形式的躯体虐待、言语虐待、性虐待等。

此描述对儿童受虐提供下列信息：①若儿童受虐，就一定有当事人即施虐者与受虐者；②儿童受虐的类型；③儿童受虐对儿童造成伤害的程度，强调对儿童的健康、生存、生长发育及尊严造成实际的或潜在的伤害行为。

该定义为我们研究儿童受虐提供了一个可操作性的界定，同时为我们编写量表提供了分层及维度的依据。

根据本研究所采用的定义，编制儿童受虐的评估工具应具备：①对不同受虐类型的测评；②对受虐严重程度的评价（客观）；③对儿童遭受虐待主观感受的评估。

（二）主要评估的受虐类型

1. 言语虐待　指采用侮辱、贬低、歧视、讥讽的言语对待儿童。包括言语的恶劣程度和儿童尊严已受伤害的事实。

2. 躯体虐待　指采用粗暴的行为对儿童造成实际的或潜在的躯体损伤。包括拳打脚踢、鞭抽等方式。受伤的严重程度不同，如皮肤的淤血、骨折、神经受损、致残，甚者致死等。

3. 儿童性虐待　对儿童施以性刺激以满足自己性冲动的行为。常见成人对儿童的强迫、或诱骗性的性行为，也可表现为儿童之间但强调其中一方较另一方年长至少 5 岁。包括非接触型和接触型的。如让儿童看色情图片，暴露生殖器等以及带有性刺激目的的亲吻、拥抱、调戏儿童身体、玩弄儿童的性器官，其中最严重的是强迫性交、乱伦和逼迫儿童卖淫。

尽管研究表明，儿童虐待多数情况下是以多种形式同时并存的，但该种分型为我们对儿童受虐进行系统的研究提供了理论基础。

通过本量表的编制，旨在编制出一套适合我国文化背景的儿童受虐状况评估的量表，弥补我国在研究儿童受虐研究领域的不足。可以对儿童生长期的状况进行评估，如：儿童是否受虐、儿童受虐的客观方式及其严重程度、儿童受虐的主观感受及其精神创伤程度。

二、儿童受虐量表编制建构的流程

依据儿童受虐的可操作性理论基础，查阅相关文献，建立相关条目的条目库，邀请相关专家对条目内容进行评价，对条目进行修订，将修订后的条目编制成量表初稿。选取受试者对初稿进行预测，进行项目分析，删除决断值（CR）未达到显著的条目，将达到显著的条目进行因素分析，通过信度分析求出量表及各分量表的信度（包括第一次施测与第二次施测的重测信度）。

第三节　编制量表

一、研究方法

1. 研究对象　被试对象为在湖南省湘潭市两所初中一年级、二年级中随机整群抽取 15 个班，605 名学生及某职业科技学院一年级新生随机整群抽取 10 个班，297 名学生，共计902 名为施测对象，2 周后从中抽取 10% 进行复测（test-retest）。

2. 施测工具　①一般人口学资料问卷，包括：性别、出生年月、受教育年限、学习成绩、家庭结构、经济状况、居住条件等。②儿童受虐量表：本次研究所编制的量表。③父母养育方式评价量表（此评价量表含有父母的受教育程度及职业）。④艾森克人格问卷。

以上工具为横断面调查。

二、量表编制流程

（一）条目的编制过程

根据相关文献、既往量表中的相关条目进行修订。修订后，使得条目适合我国文化背景的语句表达方式，通过上述方法确保每一条目达到语句简短明了。另外，根据所测群体（儿童）的特性，条目表达上注重通俗、易懂、措辞准确、清楚。在条目表述的语气方面，采用陈述句，不用疑问句、少用或不用否定句。鉴于调查内容特殊性，避免使用特别敏感的字眼，而采用其相关形式予以描述，便于理解和接受。建立条目库。经相关专家对每个条目逐条打分评价，筛选出效价高的条目。通过线索调查和量表中添加部分条目（如对事件的人物、时间、地点等）来验证儿童回答的真实与否。增加施暴者的身份将会进一步反映事件发生的可靠性。另外，还通过每一分量表中设有 2 个重复表达的条目，检验施测过程中儿童真实作答的程度。通过上述程序最终形成了儿童受虐量表 55 个条目，其中躯体虐待分量表 24 条，言语虐待分量表 12 条，性虐待分量表 19 条。

（二）条目的选择及筛选

对上述初稿进行小范围的预试验。抽取 10～15 岁儿童 48 名，对相关条目进行预试验，从而对个别条目再次修订。删除或修订儿童不易理解的条目。同时保留某些统计负荷不理想，但对儿童虐待的亚型有重要意义的条目，使得量表完善。对修订后的量表进行施测，通过项目分析，探索性因素分析、验证性因素分析确定最终量表条目。

（三）严重程度的评估

对于受虐儿童来说遭受虐待的行为是客观存在的，但儿童对该行为的认识会直接影响儿童的主观感受。换句话说，处于相同的客观遭受虐待状态下的儿童，其主观感受可能不同；而主观遭受虐待感受类似的儿童，其客观状态可以不一。因此，摒弃主观、客观的任何一方面来评价儿童受虐的严重程度均会导致评估的偏倚产生，使得评估效能降低。

本评估量表将采用对儿童的主观感受与客观行为两方面进行评估，综合两变量来反映儿童受虐的严重程度。由被试儿童根据条目所陈述行为客观存在的情况自评，分为 4 级（0. 无；1. 偶尔；2. 经常；3. 总是）。若条目所陈述行为客观存在，则评价该行为造成的主观感受，分为 5 级（0. 无；1. 轻度；2. 中度；3. 重度；4. 极重度）。继而对主观感受给予定性，负面影响为 -1，正面影响为 1。三者的乘积即为本条目的得分。

（四）施测质量保证

1. 施测人员的构成　由《中国湖南的家庭暴力与干预策略的研究》（CMB01-749）课题组成员构成，包括曾从事大型流行学调查人员，博士研究生 3 名，硕士研究生 2 名，湘潭某职业技术学院心理学教研室副教授 2 名。同时，向所抽到班级的班主任说明本次调查的目的及意义，取得班主任的配合（班主任主要配合维护施测秩序）。

2. 施测人员培训　施测前由 2 名正高级职称者（教授）对参与人员（2 名副教授，3 名博士研究生，2 名硕士研究生）进行集中培训，使每一位施测人员了解此次研究的目的和设计思路，掌握该编制量表的使用方法和调查技巧。同时对施测过程中可能涉及的名词、术语（比如家庭结构的界定，对一个家庭可能是多种家庭结构的归属问题都作出明确的规定等）、概念作了统一的规定，对调查步骤作了详细的说明，对施测过程中可能出现的问题，使用统一的解决办法。统一指导语，同时讲解答题时的注意事项，以提高调查的一致性。

3. 施测前的准备及施测方法　尊重被试对象的知情同意权。调查前向所有参加被试者的班主任及被抽取的同学说明本次研究的目的及意义,让其知情同意。以考试形式对所有被试同学进行集体施测,由班主任和施测人员发放问卷,对学生不理解的条目由施测人员给予中性解释。同时,施测人员随机抽取被试者,对条目进行核实,当场收回问卷。

4. 其他注意事项　除上述严格的人员培训及预试验外,还尽量解除被试对象的顾虑,所有研究工具均可以不填写姓名,但调查工具有性别、出生年月、家庭住址等线索以便复测,避免使用特别敏感的字眼,如"儿童受虐",取而代之的是用儿童受虐的具体形式,这样易使被调查者接受,得到真实的信息。答题前向被调查学生说明所有资料均保密,以便能如实回答。

所测数据在 SPSS for windows 12.0 上建立数据库,进行条目分析及探索性因素分析。应用 Amos5.0 软件进行验证性因素分析。

三、样本的一般特征

1. 本研究共发放问卷 902 份,收取 902 份,有效样本 871 名,年龄 11～19 岁,平均 (14.83 ± 1.98) 岁,其中男性 425 名,年龄平均 (14.77 ± 1.89) 岁,女性 446 名,平均 (14.88 ± 2.06) 岁。其中汉族占 98.4%,其他民族占 1.6%。

2. 家庭结构状况　单亲家庭 77 名,占 8.8%,夫妻独子 360 名(41.3%),夫妻多子女 272 名(31.2%),多代大家庭 114 名(13.1%),重组家庭 48 名(5.5%)。

3. 经济状况　很差 16 名(1.8%);较差 84 名(9.6%);中等 607 名(69.7%);较好 152 名(17.5%);很好 12 名(1.4%)。

4. 居住状况　很差 10 名(1.1%);较差 58 名(6.7%);中等 596 名(68.4%);较好 184 名(21.1%);很好 23 名(2.6%)。

5. 被试者的学习成绩状况　较差 74(8.5%);中等 389 例(44.7%);良好 352 例(40.4%);优秀 56 例(6.4%)。

四、依据决断值(CR)进行条目分析

理论上,条目分析通常是通过高、低分两组进行条目均数的比较来完成的。主要计算各条目的区分度。对于本研究而言,指的是条目在鉴别儿童是否受虐以及严重程度等方面的区分能力及程度。

一般情况下在进行条目分析时,将每个分测验总得分前 27% 设为高分组,后 27% 设为低分组,将属于高分组的受试者新增一个变量,赋予值为 1,低分组新增一个变量,赋予值为 2。采用独立样本 t 检验检验高低两组在每条目上的差异,以求出高低分两组受试者在各条目平均数上的差异,最后根据每条目平均数是否达到差异有统计学意义,删除未达到显著性的条目。

按照上述理论方法,样本量为 871 名,其高低分组的理论上应为 235 例(871×27%=235.17)。但由于本研究内容的特殊性,如儿童受虐的各种类型发生率的影响,统计结果显示某些类型的实际发生例数低于理论要求,故若调查结果没有达到理论值时,根据专业理论,依调查的实际发生例数为高分组,与相应的低分组进行检验。①在儿童受虐量表的躯体虐待分量表的条目中,只有条目 5 的决断值(CR)为 -1.578,未达到显著,故予以删除。

②在儿童受虐量表的言语虐待分量表的条目中，各条目的决断值（CR）均达到显著，故予以保留。③在儿童受虐量表的性虐待分量表的条目中，各条目的决断值（CR）均达到显著，故予以保留。

五、根据条目与量表总分相关性进行条目分析

通过条目与相关亚型总分值的相关性，检测出各条目与总分的相关系数作为条目是否删除的依据。①在测量躯体虐待的条目中，条目 17 与该亚型总分的 Pearson 系数未达到显著。②在测量性虐待的条目中，所有条目与该亚型总分的 Pearson 系数均达到显著。③在测量言语虐待的条目中，所有条目与该亚型总分的 Pearson 系数均达到显著。

条目分析的目的在于选取具有一定鉴别效能的条目，使得问卷条目能有效地区分儿童是否受虐待。通过对条目描述的行为发生的频率，结合儿童遭此行为后的主观感受来评价受虐的程度。因此，每一个条目将在两个方面（是否受虐及程度）上存在鉴别能力。

在编制本量表过程时，我国尚无类似或相关的问卷，我们通过查阅国内外相关文献，结合我国的零星研究报告及开放式问卷访谈等多种途径，修订和编制儿童受虐条目，形成最初条目库。继而经相关专家测评，对相关条目内容和语言表达形式上作进一步的修订，此过程是对条目的质的分析过程。

关于条目的区分度进行分析：本研究采用选取高低分组的 27％ 的分数高低分组的界值，应用 t 检验条目的区分度，删除高低分组中未达到差异显著性的条目。此外，通过对条目与其所测分量表的总分值相关系数的检验，删除条目与该分量表的相关系数未达到显著性的条目。

本次量表编制最终所保留条目共计 35 条。躯体虐待分量表为第 1、2、10、16、20、23、27、30、33、39、41、44、45、51 条目，共计 14 条。性虐待分量表分别为第 8、11、18、19、22、28、32、34、35、37、38、43 条目，共计 12 条。言语虐待分量表分别为第 3、4、6、7、9、13、15、46、48 条目，共计 9 条。

从项目分析的结果可以看出，躯体虐待分量表条目与该亚型总分相关系数在 0.342～0.692 之间。言语虐待分量表各条目与该亚型总分的相关系数在 0.381～0.696。性虐待分量表各条目与该亚型总分的相关系数在 0.304～0.598。各条目与测验总分的相关系数均在 0.30 到 0.70 之间。量表编制理论证明，该相关系数值若在此之间，常会产生良好的效度和令人满意的信度。

第四节　量表信效度检验

一、信 度 检 验

信度是检验测验稳定性与可靠性的指标，评价信度的方法有多种。本次量表编制后检验信度主要通过 Cronbach's α 系数、分半系数和重测信度等指标来衡量该量表的稳定性与可靠性。

从测量学角度而言，信度系数总量表的信度系数最好在 0.80 以上，如果在 0.70 至 0.80 还算可以接受的范围，如果是分量表信度系数最好在 0.70 以上，对分量表而言，信度系数在 0.60 到 0.70 之间，也可以接受。

表 19-1 儿童受虐量表的信度检验结果(r)

	Cronbach's α 系数 ($n=848$)	重测系数 ($n=87$)
总量表	0.87	0.88**
躯体虐待	0.86	0.88**
言语虐待	0.75	0.81**
性虐待	0.64	0.86**

表 19-1 显示，本次研究施测儿童受虐量表总的 Cronbach's α 系数为 0.870，分半信度为 0.767，各条目与量表总分的相关系数绝大多数处于 0.3～0.70 之间。儿童受虐量表的躯体虐待分量表 Cronbach's α 系数为 0.862，分半信度为 0.853，各条目与该亚型分值之间的相关系数波动 0.3～0.70 之间。性虐待分量表 Cronbach's α 系数为 0.725，分半信度为 0.628，条目间相关系数普遍较低，但各条目与该亚型分值之间的相关系数波动 0.304～0.598 之间。言语虐待分量表 Cronbach's α 系数为 0.748，分半信度为 0.696，条目间相关系数绝大多数处在 0.20～0.50 之间，各条目与该亚型总分的相关系数在 0.381～0.696 之间。

值得注意的是，本量表的性虐待分量表各条目的相关性较低，是否与该受虐亚型的特殊性或问题的敏感性有关，或者是由于施测策略的问题，有待进一步研究。

本研究为检验该量表的跨时间的稳定性，对 106 名被试者在完成第一次检测后的 2 周进行重测，其中有效问卷 87 名，两次施测的总量表 Pearson 相关系数为 0.876。分量表中躯体虐待分量表的 Pearson 相关系数为 0.881，性虐待分量表的 Pearson 相关系数为 0.861，言语虐待分量表 Pearson 相关系数为 0.811，均有统计学意义 $P=0.000$。通过重测信度的研究结果可以说明，儿童受虐量表具有跨时间的稳定性，符合测量学要求。

二、效度检验

效度是指测验的有效性，也就是所测分数能够代表所检测内容的有效程度，或者说测验结果达到测验目的的程度，是衡量量表对所检测内容测到何种程度的重要指标。检验量表效度的常用的有内容效度、结构效度、效标效度。

（一）内容效度的检验

内容效度的确立是一个经验和逻辑分析的过程，主要评估条目对有关内容或行为事件所能反映所测目的的衡量指标。

专家评定是确定内容效度的典型程序。本次研究由专家组判断各条目能否达到所测的目的，条目是否具有代表性，通过评定的结果来确定本次编制的内容效度，对有歧义的条目予以备注及提出修改建议。

在条目库的建立方面，本次量表编制过程是在既往相关研究的基础上，广泛查阅国内外相关文献，结合我国社会文化背景，建立条目库。

通过专家组对所测条目根据四级评分法进行评定（具体方法详见"效度检验"部分）编制成儿童受虐量表。因此，该量表具有良好的专家效度。

（二）结构效度的检验

结构效度是检验一个测量是否达到了测验编制的理论构想，测到何种程度，其检测方法有多种。

本次量表编制过程中主要采用探索性因素分析和验证性因素分析。通过将有效871名被试者的资料经过隔一抽一的方法分为两个数据库,其中436名的资料用于探索性因素分析,435名的资料用于验证性因素分析,判断数据的拟合程度。

在探索性因素分析的过程时,结合临床实践将三个分量表通过主因素分析及直交最大变异转轴方法最终将所得的稳定成分再限定抽取一个因素。

结果表明,儿童受虐的躯体受虐层面分量表各条目在该因素上的负荷为0.505~0.739。性虐待层面分量表各条目在该因素上的负荷为0.332~0.811。言语虐待层面分量表各条目在该因素上的负荷为0.402~0.715。

将通过探索性因素分析后所得条目组成的量表,在435名资料进行验证性分析,在验证性因素分析检验主要通过以下几个指标来判断拟合的程度:

1. 拟合优度的卡方检验(χ^2 goodness-of-fit test) χ^2最常报告的拟合指标,该指标通常与自由度一起使用可以说明模型正确性的程度,也就是通过χ^2/df检验样本协方差矩阵和估计协方差矩阵之间的相似程度的统计量,该理论期望值为1。即该比值越接近1表示模型拟合的越好。在实际的使用检测过程中,该值接近2即可,当样本数量较大时其比值为5左右亦是可以接受的。本量表编制后通过验证性因素分析,拟合时根据MI指数,删除条目29后再次拟合,该比值为3.812。

2. 拟合优度指数(goodness-of-fit index,GFI) 该指标理论上越接近1表示拟合的越好,实际的实施过程中如果该数值大于等于0.90提示模型拟合的良好。本次研究该指标为0.904。

3. Tucker-Lewis指数(TLI) 该指标意义及界定标准同GFI,本研究该指标的数值为0.887。

4. 近似误差均方根(root mean square error of approximation,RMSEA) 该指标评价模型的不拟合的指数,若接近0表示拟合良好,反之,离0越远,表示拟合越差。在实践中若RMSEA≤0.05,表示模型拟合的较好。本量表进行验证性分析时该指标为0.041。(需要说明的是以上指标提供的数值是拟合时根据MI指数,删除条目29后再次拟合的所得数据)通过探索性因素分析和验证性因素分析的结果表明该量表有良好的结构效度。

(三)效标效度(效标关联效度)

根据效标分数与测验分数是否同时获取,又可以分为同时效度和预测效度,前者是效标分数与测验分数同时获得,且主要用来查明本次量表编制的横断面的实证效度,后者指的是效标分数在测验之后的相当时间获得,主要可以用来评价测验量表的预测能力。本次量表编制过程中因大量的文献证实,受虐儿童的父母养育方式以及儿童本身的个性均存在一定的特征(尽管目前很难证实该个性特征是儿童受虐的诱因还是儿童受虐的结局或相互协同的关系,但现有研究表明性格古怪、孤僻等特征的儿童常是受虐对象,或这种性格特征诱发受虐)。施测时采用儿童期父母养育方式和儿童的人格问卷作为同时效标,以检验该量表的同时效度。

1. 儿童受虐量表与父母养育方式的相关性 通过儿童受虐量表中躯体虐待因子与父母养育方式各因子的相关性分析,表19-2研究结果可见,躯体虐待因子与父母养育方式中的父母的情感温暖、理解程度呈负相关,与父亲的拒绝,母亲的过分干涉、拒绝与否认、过分严厉、严惩程度呈正相关。①言语虐待因子与父母养育方式中的父母的情感温暖、理解、过度保护程度呈负相关,与父亲的拒绝、母亲的过分干涉、拒绝与否认、过分严厉、严惩程度呈正相关。②性虐待因子与父母养育方式中的父母的情感温暖、理解程度呈负相关,与父亲的拒绝,母亲的过分干涉、拒绝与否认、过分严厉、严惩程度呈正相关。

表 19-2　儿童受虐量表的三个分量表与父母养育方式各因子的相关性(r)

分量表		FF1	FF2	FF3	FF4	FF5	FF6	MF1	MF2	MF3	MF4	MF5
TPA	r 值	.158	-.048	.032	.062	-.251	-.075	.241	-.098	-.229	-.308	.056
	P 值	.002	.353	.525	.240	.000	.134	.000	.049	.000	.000	.288
	n	394	370	403	360	402	403	398	402	406	403	359
TSA	r 值	.178	-.061	.034	.018	-.113	.004	.241	-.025	-.140	-.181	.018
	P 值	.000	.244	.498	.728	.023	.934	.000	.620	.005	.000	.730
	n	396	372	405	362	404	405	400	404	408	405	361
TVA	r 值	.226	-.169	-.058	.051	-.345	.114	.313	-.127	-.321	-.351	.060
	P 值	.000	.001	.242	.332	.000	.022	.000	.011	.000	.000	.259
	n	395	371	404	361	403	404	399	403	407	404	360

注:TPA=躯体虐待分量表总分;TSA=性虐待分量表总分;TVA=言语虐待分量表总分;FF1=父亲情感温暖与理解因子;FF2=父亲严惩、严厉因子;FF3=父亲过分干涉因子;FF4=父亲偏爱被试者因子;FF5=父亲拒绝与否认因子;FF6=父亲过度保护因子;MF1=母亲情感温暖与理解因子;MF2=母亲过度干涉、过度保护因子;MF3=母亲拒绝与否认因子;MF4=母亲严惩、严厉因子;MF5=母亲偏爱被试者因子

综合上述结果,通过本次编制的儿童受虐量表与儿童父母养育方式的相关研究可以提示:①受虐儿童的父母养育方式与非受虐儿童的父母养育方式存在明显的不同;②不同的儿童受虐类型,其父母养育方式存在不同。③遭受躯体虐待的儿童与父母养育方式中父亲的拒绝,母亲的过分干涉、拒绝与否认、过分严厉、严惩呈正相关,与父母的情感温暖、理解呈负相关。④遭受言语虐待的儿童与父母养育方式中父亲的拒绝、母亲的过分干涉、拒绝与否认、过分严厉、严惩呈正相关,与父母的情感温暖、理解、过度保护呈负相关。⑤遭受性虐待的儿童与父母养育方式中父亲的拒绝,母亲的过分干涉、拒绝与否认、过分严厉、严惩呈正相关,与父母的情感温暖、理解呈负相关。

2. 儿童受虐量表与儿童个性特征的相关性　通过儿童受虐量表中躯体虐待因子与儿童个性特征各因子的相关性分析,结果可见:①儿童受虐量表中躯体受虐与儿童个性中精神病质因子、内外倾因子、情绪稳定性因子、掩饰因子均呈正相关,其中躯体受虐与儿童个性中精神病质、情绪稳定性的因子相关性有统计学意义。②言语虐待与儿童个性中精神病质因子、内外倾因子、情绪稳定性因子均呈正相关,与掩饰因子呈负相关,其中言语虐待与儿童个性中精神病质因子、内外倾因子、情绪稳定性的因子相关性有统计学意义。③性虐待分量表与儿童个性中精神病质因子、内外倾因子、情绪稳定性因子均呈正相关,与掩饰因子呈负相关,其中性虐待与儿童个性中精神病质、情绪稳定性因子相关性有统计学意义。

综合上述结果,本次编制的儿童受虐量表与儿童个性特征的相关研究可以提示:①受虐儿童的个性与非受虐儿童的个性存在不同。②不同受虐亚型儿童的个性特征存在一定特征。③遭受躯体受虐的儿童与儿童个性中精神病质(分值由低到高逐渐反映儿童向古怪、孤僻、具有攻击性、不顾安危的特质方向发展)、情绪稳定性的因子(分值由低到高逐渐反映儿童向容易发怒、好抱偏见、情绪激发后难以平复下来方向发展)呈明显的正相关。④遭受言语虐待的儿童与儿童个性中精神病质(儿童古怪、孤僻、具有攻击性、不顾安危)、内外倾因子

（此分值由低到高逐步向情绪难以控制、喜欢冒险倾向发展）、情绪稳定性的因子（容易发怒、好抱偏见、情绪激发后难以平复下来）呈明显的正相关。⑤遭受性虐待的儿童与儿童个性中精神病质（分值由低到高逐渐反映儿童向古怪、孤僻、具有攻击性、不顾安危的特质方向发展）、情绪稳定性的因子（容易发怒、好抱偏见、情绪激发后难以平复下来）呈明显的正相关。

总结上述的效度检验结果，证明本量表有较好的内容效度、结构效度和效标关联效度。

三、存在的问题及下一步打算

1. 鉴于人力、物力、经济等多种因素，本次儿童受虐量表的编制取样是在湘潭市某两所初中一年级、二年级学生以及某职业科技学院一年级新生中随机整群抽样，年龄为 11～19 岁，是否适用其他人群尚待进一步研究。在以后研究中将进一步扩大样本区域，建立相关常模，为相似研究进一步提供类比参照。

2. 儿童受虐量表中性虐待层面的信度效度尽管达到了测量学要求，但数值相对较低，加之对性虐待研究的困难性，有待进一步改变研究策略，对儿童性虐待进行针对性更强的研究。

3. 目前，儿童受虐量表软件单机版已建立，下一步欲建立该软件的网络版，发挥该量表的评价效能，进一步提高社会各界对儿童受虐这一现象的认识，为儿童健康的成长提供良好的外在环境。

（杨世昌）

附：儿童受虐量表（child abuse scale）

指导语： 研究表明，儿童时期生长经历对一个人性格有重要的影响，本量表旨在了解您在青少年时期的养育状况，为您的儿童期养育状况作出一定程度的判定。请您根据您生长过程中的实际情况填写该表格。另外，填写过程中可能会引起您对不愉快往事的回忆，再次造成您的不开心，不愉快，敬请原谅，所有资料我们保密。问卷不记名，请您填写您的真实情况，再次感谢。

填写方法： 根据"您的生长过程中可能存在的经历"的描述，若经历客观存在，请填写存在的频率"无、偶尔、经常、总是"，接着填写此种情形对您的影响的程度（无、轻度、中度、重度、极重），最后填写受此经历时的感受（主要指受此经历的当时或 1 周左右的影响），描述此影响对您的成长是正面的还是负面的。请您在相应格子中打"√"。

注意： 所有条目描述的是您童年/青少年时期的经历。若对所问问题不能理解请将题号的数字用圆圈"○"圈起。谢谢您的合作。

您的生长过程中可能存在的经历	客观存在情况				主观感受（影响）程度					影响性质	
	无	偶尔	经常	总是	无	轻度	中度	重度	极重	正面	负面
1. 很小的过失，我就会挨打 （PA）											
2. 无缘无故的打我 （PA）											
3. 当着别人的面训斥我 （VA）											
4. 对我的言行不满时斥责、挖苦我 （VA）											

续表

您的生长过程中可能存在的经历		客观存在情况				主观感受（影响）程度				影响性质	
		无	偶尔	经常	总是	无	轻度	中度	重度	极重	正面 负面
5. 我悲伤时或生气时，家人挖苦、讥讽我	（VA）										
6. 家人向我说刻薄或侮辱性的话	（VA）										
7. 有人试图以性的方式触摸我或让我触摸他	（SA）										
8. 父母经常辱骂或贬低我	（VA）										
9. 对我拳打脚踢	（PA）										
10. 有人威逼或引诱我同他/她做性方面的事	（SA）										
11. 父母叫我"笨蛋""懒虫"或"丑八怪"等	（VA）										
12. 当着别人的面讽刺我	（VA）										
13. 打的我皮肤出血或淤血	（PA）										
14. 强迫我发生性行为	（SA）										
15. 试图强迫与我发生性行为	（SA）										
16. 故意使用暴力对待我，如烧伤、烫伤、打伤等	（PA）										
17. 大人让我看性方面照片（裸体照片或性交画面）	（SA）										
18. 采用推、抓、打耳光的方式管教我	（PA）										
19. 用烟头烫我	（PA）										
20. 触摸或抚摩我觉得身体上不该摸的地方	（SA）										
21. 用硬东西打我	（PA）										
22. 年少时，年长者强迫我过性生活	（SA）										
23. 用鞭抽打我	（PA）										
24. 被陌生异性进行过性侵犯如强迫我看黄色录像	（SA）										
25. 被异性的亲属进行过性侵犯如强迫我看黄色录像											
26. 故意损伤我的性器官（生殖器）	（SA）										
27. 偷看我的生殖器/肛门	（SA）										
28. 家里有人把我打伤的很重，不得不去医院	（PA）										
29. 家人打得我鼻青脸肿或伤痕累累	（PA）										
30. 故意在我面前暴露生殖器（性器官），令我厌烦	（SA）										
31. 家人用皮带、绳子、木板或其他硬东西惩罚我	（PA）										
32. 用绳捆绑着打我	（PA）										
33. 常吓唬我要打我	（VA）										
34. 用东西威胁要打我	（VA）										
35. 用刀、棍、棒打我	（PA）										

请您仔细检查一遍看是否有漏填或填写不全的项目，再次对您的合作表示衷心的感谢！

参 考 文 献

1. Baldry AC. Bullying in schools and exposure to domestic violence. Child Abuse & Neglect,2003,(27): 713-732.

2. Bernstein DP,Stein JA,Newcomb MD,et al. Development and validation of a brief screening version of the Childhood Trauma Questionnaire. Child Abuse & Neglec,2003,(27):169-190.

3. Bifulco A,Bernazzani O,Moran PM,et al. The childhood experience of care and abuse questionnaire (CECAQ):validation in a community series. Br J Clin Psychol,2005,44(4):563-581.

4. Cox BJ,Enns MW,Clara IP. The multidimensional structure of perfectionism in clinically distressed and college student samples. Psychol Assess,2002,14(3):365-373.

5. Diareme S. Cross-cultural validation of the child abuse potential inventory in greece,a preliminary study. Child Abuse and Neglect,1997,20(11):1067-1079.

6. Ebert MH,Loosen PT,Nurcombe B. Current Diagnosis and Treatment in Psychiatry. McGraw-Hill, 2000,494.

7. Fink,Laura A,Bernstein,et al. Initial reliability and validity of the childhood trauma interview:A new multidimensional measure of childhood interpersonal trauma. The American Journal of Psychiatry,1995, 152(9):1329.

8. Gliner JA,Morgan GA,Harmon RJ. Measurement reliability. J Am Acad Child Adolesc Psychiatry,2001, 40(4):486-488.

9. Gracia E,Musitu G. Social isolation from communities and child maltreatment:a cross-cultural comparison. Child Abuse & Neglect,27(2003):153-168.

10. http://lady. smmail. cn/smmail/jtjs/wqyz/userobject1ai628. html

11. Kokkevi A,Agathonos H. Intelligence and personality profile of battering parents in Greece:a comparative study. Child Abuse Negl,1987,11(1):93-99.

12. Kooiman CG,Ouwehand AW,Kuile MM. The Sexual and Physical Abuse Questionnaire(SPAQ)A screening instrument for adults to assess past and current experiences of abuse. Child Abuse & Neglect, 2002(26):939-953.

13. Lavoie F,Martine H,Tremblay R,et al. History of Family Dysfunction and Perpetration of Dating Violence by Adolescent Boys:A Longitudinal Study. Journal of Adolescent Health,2002,30:375-383.

14. Portwood SG,Grady MT,Dutton SE. Enhancing law enforcement identification and investigation of child maltreatment. Child Abuse Negl,2000,24(2):195-207.

15. Riddle KP,Aponte JF. The comprehensive childhood maltreatment inventory:early development and reliability analyses. Child Abuse Negl,1999,23(11):1103-1115.

16. Rogosch FA,Cicchetti D. Child maltreatment and emergent personality organization:perspectives from the five-factor model. J Abnorm Child Psychol,2004,32(2):123-145.

17. Sandnabba NK,Santtila P,Wannäs M. Age and gender specific sexual behaviors in children. Child Abuse & Neglect,2003,(27):579-605.

18. Sarah B,Paulette VO,Ilse DB. Avoidant coping as a mediator between self-reported sexual abuse and stress-related symptoms in adolescents. Child Abuse & Neglect,2003,(27):883-897.

19. Tang CS. Childhood experience of sexual abuse among Hong Kong Chinese college students. Child Abuse & Neglect,2002(26):23-37.

20. Vulliamy AP,Sullivan R. Reporting child abuse:pediatricians' experiences with the child protection system. Child Abuse Negl,2000,24(11):1461-1470.

21. Yang SC,Zhang YL,Cao YP et al. Preliminary study on personality characteristics of abused children. J

Appl Clin Pediat,2005,20(7):716-718.

22. Yoshihama M,Mills LG. When is the personal professional in public child welfare practice? The influence of intimate partner and child abuse histories on workers in domestic violence cases. Child Abuse & Neglect,2003(27):319-336.

23. 第九届全国人民代表大会常务委员会第二十一次会议. 中华人民共和国婚姻法. 北京:中国法制出版社,2001.

24. 丁宗一. 重视儿童虐待的现状. 中华儿科杂志,2000,38(9):582-584.

25. 龚耀先. 心理评估. 北京:高等教育出版社,2003.

26. 李鹤展,张亚林,周永红,等. 儿童虐待史问卷的信度效度分析. 中国行为医学科学,2004,13(6):693-695.

27. 李维,张诗中. 心理健康百科全书·儿童健康卷. 上海:上海教育出版社,2004.

28. 潘建平,李玉凤. 儿童忽视研究的最新进展. 中华流行病学杂志,2005,26(5):377-381.

29. 杨世昌,张亚林,黄国平,等. 儿童受虐筛查表的效、信度研究. 中国行为医学科学,2004,(2):223-224.

30. 杨世昌. 儿童受虐量表、儿童被忽视量表编制及信效度研究. 中南大学博士学位论文,2006.

31. 赵幸福,张亚林,李龙飞,等. 中文版儿童期虐待问卷的信度和效度. 中国临床康复,2005,9(20):105-107.

32. 中国社会科学院语言研究所. 现代汉语词典. 北京:商务印书馆,2002.

第二十章

儿童被忽视量表的编制

第一节 概 述

儿童被忽视基本内涵是：由于监护人的疏忽而未履行对儿童需求的满足，以致危害或损害了儿童的健康或发展。

2005 年 12 月 16 日，联合国儿童基金会的（以下简称基金会）《2006 年世界儿童状况》发布会在我国首都北京举行。联合国秘书长安南在寄语中写道：联合国自创立以来，一直致力于为儿童建立一个美好、安全、更加和平的世界，并敦促各国政府为年青一代的自由和幸福生活负起责任。强调儿童是我们工作的重心。联合国是为我们未来的后代、而不止是为我们自己而存在。这份报告（《2006 年世界儿童状况》）号召我们为儿童权利大声疾呼，并为那些需要帮助的儿童采取行动。如果我们能为儿童做好工作，如果我们可以实现千年发展目标中与儿童有关的诺言，并让每个儿童都享受卫生、教育、平等和保护方面的权利，我们就能为各个年龄段的人做好工作。

基金会执行主任安·维尼曼在报告前言中如是说：今年的报告值得强调的是，目前尚有数百万儿童没有享受到社会、家庭应该赋予他们的健康成长的基本权利。他/她们被排斥或被"忽视"。这些儿童无法方便地获得教育、计划免疫等。虽然我们已经为向儿童提供所需的服务作出了巨大努力，但每年还有数百万儿童死亡。

基金会驻华代表伍德琛博士在《2006 年世界儿童状况》报告发布会上发布的重点放在了"被排斥和被忽视的儿童"。儿童的健康成长受到了世人的忽视。同时，发布会上指出：边缘化的儿童在基本服务和保护方面的需求得不到满足将会阻碍千年发展目标的实现。

我国精神病学专家杨德森教授、张亚林教授每每提及家庭暴力，提及儿童受虐，均强调处于该亚临床状态的群体需引起社会的关注，他们的精神生活亟需精神卫生工作者去研究、探讨、解决，为创造和谐社会、和睦家庭和良好的儿童生长环境而献计献策。

儿童被忽视是一个世界性的问题。自 20 世纪 60 年代，西方国家的人们逐渐认识到儿童被忽视这一现象的普遍存在，并开始重视防止忽视儿童的问题，许多国家逐渐建立了处理和防止儿童受虐的组织和机构。20 世纪 80 年代以后，越来越多的发展中国家也开始关注儿童被忽视现象，并采取了相应的对策。世界各国预防和处理儿童受虐的社会服务机构有由政府官员参与的政府组织和机构，也有非政府组织。这些机构的成员一般由儿科医生、司法人员、精神病学家等组成。各国的实践表明，儿童被忽视是由多种因素相互作用的复杂现象，只有在政府的支持下，经跨部门、多学科专业人员的协同与合作，才能有效地防止儿童被忽视现象的发生。

儿童被忽视是影响儿童发育的常见原因，为数有限的关于该方面的研究表明，儿童被忽视后对其将来的成长有极为严重、广泛、深远的不良影响，往往在心理上产生不可治愈的创伤，留下难以弥补的伤痕，造成人格、心理与行为异常，引起儿童认知和情感方面的问题，甚至可能导致儿童死亡。

研究发现被忽视的儿童语言能力和智力低下，即便是幼年遭到忽视，言语能力及智力的低下状态仍将持续。同时，研究表明在儿童早期被忽视对儿童未来的发育具有更为严重的危害，可以导致其人生观、价值观、世界观畸形发展，早年被忽视的孩子，长大后很难与同龄人相处，使自己被疏远和隔离，在平素的环境下出现异常的行为和情感，时常被消极的情绪和不幸的感觉所缠绕，而且会呈现出更多的行为问题，个别孩子离家出走、厌恶学习、滥用毒品甚至自残或自杀。

相关研究表明，儿童被忽视与青少年行为不轨以及成年后的暴力犯罪明显相关。由于影响儿童成长的因素复杂，或混杂因素的并存，使得对儿童被忽视后的影响难有统一的结论。

在我国传统文化、习俗、养育观念的影响下，儿童被忽视问题在我国尚未引起社会、公众、甚至医务人员和儿童父母的足够重视，至今没有专门防止儿童被忽视的组织，没有正规深入地开展相应的科学研究。

全面启动我国对虐待、忽视儿童问题的学术研究和管理模式探讨迫在眉睫。同时，可通过开展专业培训和健康教育，普及预防虐待、忽视儿童的基本知识，提高人们对儿童被忽视危害的认识。

可喜的是，近年来儿童被忽视现象已经引起我国的儿童保健、精神卫生、法律等领域工作者的关注。我国在预防儿童被忽视方面近年来也开展了相关工作。1999年，全国首届预防虐待、忽视儿童研讨会在西安召开。2002年，全国14个省份25个市协作组共同开发、研制了评价中国儿童被忽视的方法与指标体系——《中国3~6岁城区儿童被忽视评价常模》，对我国预防儿童被忽视工作起到了推动作用。该协作组采用的量表调查对象主要为儿童的父母或照顾儿童的其他成员，研制出的问卷是由监护人填写的问卷。然而对于被忽视的对象——他/她们在遭受忽视后的感受最真实，由于被忽视后的认知、情感、意志行为对将来儿童的人生观及个性的形成至关重要，因此，站在儿童角度来评价儿童的家庭生活状况，来评价儿童是否被忽视显得更为重要。在此之前，国内尚无符合我国文化背景的相关评价量表。杨世昌、张亚林等（2006，2007）对儿童受虐量表编制的理论框架、流程与方法进行了研究，旨在编制出一套适合我国文化背景的儿童被忽视的评估量表，填补我国在研究儿童被忽视研究领域的不足。可以对儿童生长期的状况进行评估，如儿童是否被忽视、儿童被忽视的严重程度。

第二节　理论框架和编制流程

一、量表编制的理论框架

（一）儿童被忽视的可操作性定义

目前对儿童被忽视基本上达成共识的定义是：由于监护人的疏忽而未履行对儿童需求的满足，以致危害或损害了儿童的健康或发展。

关于儿童被忽视的类型，不同的学派或学者有不同的见解，如有学者将其分为身体忽视、情感忽视、医疗忽视、教育忽视、安全忽视和社会忽视。也有学者认为还应包括或细划为营养忽视、衣着忽视、素质训练忽视等。

根据我国目前的国情，如独生子女的增多，加之社会发展节奏加快，父母对孩子的期望值的提高,如许多家长望子成龙,对孩子抱有过高期望,在交流不充分的情况下,强迫孩子在正常学业之外参加各种学习班。这些现象在我们身边时常发生,不少人对此已习以为常。有关专家指出,这些大家习以为常的"小事"其实不小,它们正是被世界卫生组织列为"儿童被忽视"的公共卫生问题。

（二）编制量表的理论框架

结合目前我国国情,本次研究采用的儿童被忽视分为 4 个亚型,躯体忽视、安全忽视、情感忽视、交流忽视作为本次编制量表的理论框架。

1. 躯体忽视　指忽略了对孩子身体的照护(如衣着、食物、住所、环境卫生等),它也可以发生在儿童出生前(例如孕妇酗酒、吸烟、吸毒等),忽略或拖延儿童对医疗和卫生保健需求的满足。

2. 情感忽视　指没有给予儿童应有的爱,忽略对儿童心理方面的感受,如情感的关心,缺少对儿童情感需求的满足。

3. 安全忽视　指由于疏忽孩子生长和生活环境存在的安全隐患,从而使儿童有可能发生健康和生命危险。

4. 交流忽视　指由于疏忽了与孩子的交流,导致监护人与儿童不能进行有效的沟通,从而导致儿童认知、情感等方面的偏差。

二、量表编制建构的流程

依据儿童被忽视的可操作性理论,查阅相关文献,建立相关条目的条目库。请相关专家对条目内容进行评价,对条目进行修订,将修订后的条目编制成量表初稿。选取受试者对初稿进行预测,进行项目分析,删除 CR 值未达到显著的条目,将达到显著的条目进行因素分析,通过信度分析求出该量表及各分量表层的信度(包括第一次施测与第二次施测的重测信度)。如图 20-1。

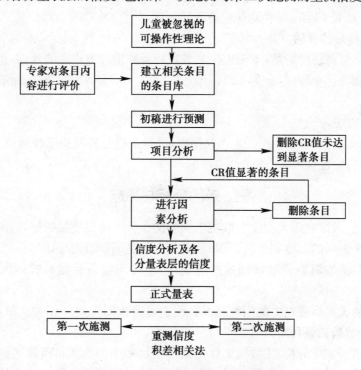

图 20-1　儿童被忽视量表编制流程图

217

第三节 编 制 量 表

一、研 究 方 法

1. 研究对象　被试对象是在湘潭市两所初中一年级、二年级中随机整群抽取 15 个班，605 名学生及某职业科技学院一年级新生随机整群抽取 10 个班，297 名学生，共计 902 名为施测对象，2 周后从中抽取 10％进行复测（test-retest）。

2. 施测工具　①一般人口学资料问卷，包括：性别、出生年月、受教育年限、学习成绩、家庭结构、经济状况、居住条件等。②儿童受虐量表：本次研究所编制的量表。③父母养育方式评价量表（此评价量表含有父母的受教育程度及职业）。④艾森克人格问卷。

使用以上工具进行横断面调查。

二、编 制 流 程

（一）条目的编制过程

根据相关文献、既往量表中的相关条目进行修订。修订后，使得条目适合我国文化背景的语句表达方式，通过上述方法确保每一条目达到语句简短明了。另外，根据所测群体的特性（儿童），条目表达上注重通俗、易懂、措辞准确、清楚。在条目表述的语气方面，采用陈述句，不用疑问句、少用或不用否定句。鉴于调查内容特殊性，避免使用特别敏感的字眼，而采用其相关形式予以描述，便于理解和接受。建立条目库。经专家评估修订后的儿童被忽视量表由 56 个条目构成，躯体忽视分量表 12 条，安全忽视分量表 13 条，情感忽视分量表 19 条，交流忽视分量表 12 条，其中设有 6 条重复条目。

（二）严重程度的评估

由于受虐和被忽视的差异，本量表仅从忽视行为作出严重程度的评估，也就是从事件发生的频率来判断其严重程度，分为 4 级，1. 无；2. 偶尔；3. 经常；4. 总之，所有严重程度均由儿童作出评定。

（三）统计方法

在 SPSS for windows 12.0 上建立数据库，进行条目分析及探索性因素分析。应用 A-mos5.0 软件进行验证性因素分析。

三、条目分析与筛选

问卷的信度、效度在很大程度上取决于问卷的条目。项目质量的好坏，关系到总量表和分量表乃至整个测验的信度和效度。因此，条目分析是编制量表成功与否的重要环节，条目分析的目的在与选取具有一定鉴别效能的条目，使得问卷条目能有效地区分儿童是否被忽视。

鉴于我国尚无类似或相关的问卷，故而，我们通过查阅国内外相关文献，结合我国的零星研究报告，形成最初条目库。

对条目库进行定质分析，主要的工作是确定条目库中的各条目所陈述的行为对其所属分量表的适切性，具体的办法和措施是，请相关专家测评，就其内容的适切性和代表性作出定性的分析与评价。同时，对相关条目内容和语言表达形式上作一定程度的修订，此过程是对条目的质的分析过程,在此基础上对条目进行初步筛选,形成本量表编制的初稿。

条目的区分度的分析:将收集到的资料通过 SPSS12.0 进行统计处理。对项目分析主要采用定量的方法进行。本研究采用选取高低分组的 27% 的分数高低分组的界值,应用 t 检验条目的区分度,删除高低分组中未达到差异显著性的条目。此外,通过采用条目与其所测分量表的总分值相关系数检验,删除条目与该维度的相关系数未达到显著性的条目。

除了采用高低分组的 t 检验来判别条目的区分度外,还根据各条目分值与分量表总分值的相关性进行检验,依据相关系数是否有显著意义进行条目的保留与删除。条目的分值与分量表总分之间的相关不仅可以反映条目的区分度,还可以作为分量表内部一致性的一个指标,通过检验所有条目的分值与分量表总分均有明显相关。

编制的量表最终保留条目共计 38 条。具体的分量表及其条目如下:安全忽视分量表为第 1、4、10、19、27、49、52、53、56 条目,共计 9 条。交流忽视分量表分别为第 3、9、17、36、39、43、51、54 条目,共计 8 条。躯体忽视待分量表分别为第 2、15、18、23、28、32、46 条目,共计 7 条。情感忽视待分量表分别为第 7、11、12、13、16、20、25、37、31、42、44、45、50、55 条目,共计 14 条。

从项目分析的结果可以看出,安全忽视分量表条目与该亚型总分相关系数在 0.287～0.662 之间(注:其中有的条目经探索性因素分析后被删除)。交流忽视分量表各条目与该亚型总分的相关系数在 0.402～0.622 之间。躯体忽视分量表各条目与该亚型总分的相关系数在 0.286～0.649 之间。情感忽视分量表各条目与该亚型总分的相关系数在 0.391～0.671 之间。

通过上述结果,经过项目分析后,各条目的决断值(CR)及条目与分量表总分的相关性均达到显著。结合探索性因素分析后所得各条目与各分量表总分的相关系数均基本上在 0.30 到 0.70 之间,根据量表编制理论,该相关系数值若在此之间,常会产生良好的效度和令人满意的信度。

第四节　量表信效度检验

一、量表的信度检验

信度是检验测验稳定性与可靠性的指标,评价信度的方法有多种。本次量表编制后检验信度主要通过 Cronbach's α 系数、分半系数和重测信度等指标来衡量该量表的稳定性与可靠性。

施测的结果表明,儿童被忽视量表总的 Cronbach's 系数为 0.848,分半信度为 0.810,各条目与量表总分的相关系数绝大多数处于 0.3～0.70(0.147～0.547)之间。儿童被忽视量表的安全忽视分量表 Cronbach's α 系数为 0.812,分半信度为 0.701,各条目与量表总分的相关系数绝大多数处于 0.3～0.70(0.148～0.437)之间。交流忽视分量表 Cronbach's α 系数为 0.789,分半信度为 0.644,各条目与量表总分的相关系数绝大多数处于 0.3～0.70(0.244～0.463)之间。躯体忽视分量表 Cronbach's α 系数为 0.785,分半信度为 0.749,各条目与量表总分的相关系数绝大多数处于 0.3～0.70(0.194～0.495)之间。情感忽视分量表 Cronbach's α 系数为 0.798,分半信度为 0.793,各条目与量表总分的相关系数绝大多数处于 0.3～0.70(0.286～0.583)之间。

为检验该量表的跨时间的稳定性，对 106 名被试者在完成第一次检测后的 2～3 周进行重测，其中有效问卷 87 名，两次施测的总量表 Pearson 相关系数为 0.897，分量表中躯体忽视分量表的 Pearson 相关系数为 0.826，交流忽视分量表的 Pearson 相关系数为 0.819，情感交流忽视分量表 Pearson 相关系数 0.857，安全忽视分量表的 Pearson 相关系数为 0.892，均有统计学意义。结果如表 20-1。

表 20-1　重测积差相关分析（$M \pm SD, r$）

项目	第一次施测	第二次施测	Pearson 系数	P	有效被试数
躯体忽视分量表	16.7126±5.03224	16.0805±4.34345	.826	.000	87
交流忽视分量表	15.8621±3.80994	15.8966±3.95332	.819	.000	87
情感忽视分量表	24.7241±7.57396	24.7701±5.64486	.857	.000	87
安全忽视分量表	21.1494±5.94848	21.8621±5.64486	.892	.000	84
量表总分	78.4483±14.02801	78.6092±12.52008	.897	000	87

以上结果表明，儿童被忽视量表的内部一致性检验即 Cronbach's α 系数、分半系数和重测信度等指标均能反映该量表具有一定的稳定性与可靠性，达到了测量学的要求。

二、量表的效度检验

效度是衡量量表对所测的特质测到何种程度的重要指标，是对测验有效性的度量。测验量表效度的常用的有内容效度、结构效度、效标效度（图 20-2）。

（一）内容效度

就本量表而言，主要评估条目所陈述内容或行为事件所能否反映儿童被忽视以及能反映的程度如何。具体确保儿童被忽视量表的内容效度的方法和程序同编制儿童受虐量表。

（二）结构效度

结构效度是考验一个测量是否达到了测验编制的理论构想，测到何种程度，其检测方法有多种。

1. 相关分析　主要考察测验结构的内部一致性。各分量表相关结果显示，躯体忽视、交流忽视、安全忽视、情感忽视相互之间的相关性均比较高（0.312～0.699），相关性均有显著统计学意义。这与研究显示的儿童被忽视通常情况下有多种形式并存的结论相吻合。从这一检验结果来看，本量表有较好的内容和结构效度。

2. 因素分析　因素分析是检验量表结构效度的一种重要方法。儿童被忽视量表编制过程中主要采用探索性因素分析和验证性因素分析。通过将有效 871 名被试者的资料经过隔一抽一的方法分为两个数据库，对其中 436 名的资料用于探索性因素分析。另外 435 名的资料用于验证性因素分析，判断数据的拟合程度。

在探索性因素分析的过程中，结合临床实践将四个分量表通过主因素分析及直交最大变异转轴方法，最终将所得的稳定成分再次限定抽取一个因素。结果表明，儿童被忽视的安全忽视层面分量表各条目在该因素上的负荷为 0.335～0.708。交流忽视层面分量表各条目在该因素上的负荷为 0.403～0.663。躯体忽视层面分量表各条目在该因素上的负荷为 0.451～0.696。情感忽视层面分量表各条目在该因素上的负荷为 0.301～0.705。

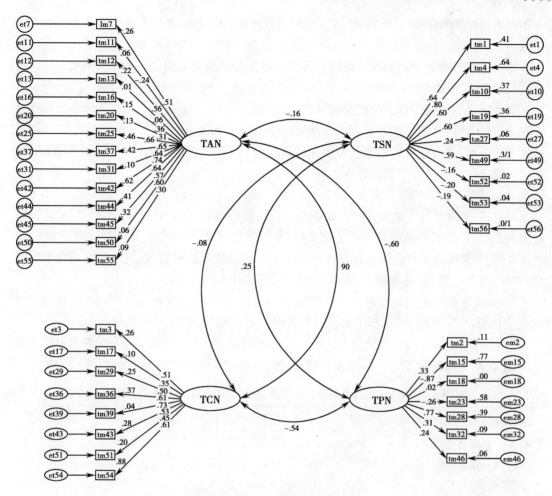

图 20-2 儿童被忽视量表的路径图

需说明的是儿童被忽视量表在做此验证性分析时,按照 AMOS 统计软件的计算前后两次迭代中拟合函数值的差值的预设值情况,验证模型不收敛。目前结果是将 output 命令中的收敛标准值 1 设为 0.001,收敛标准 2 设为 0.1 所得的结果。再次,研究显示即便验证模拟不收敛,估计值的参数及拟合指数,仍有参考价值。同时需要指出的是,路径上的负荷(loading)系数为负数的,条目是反向记分的,故结果解释时需慎重。模型的拟合指数见表 20-2。

表 20-2 模型的拟合指数

模型	χ^2	df	P	χ^2/df	GFI	NFI	TLI	CFI	RMSEA
研究模型	1163.890	659	0.000	1.766	0.917	0.845	0.916	0.925	0.047
饱和模型	0.000	0	0.000	—	—	1.000	—	1.000	—
独立模型	7494.276	741	0.000	10.114	0.000	0.000	0.000	0.000	0.340

将通过探索性因素分析后所得条目组成的量表,在 435 名资料进行验证性分析,主要通过以下几个指标来判断拟合的程度。①拟合优度的卡方检验:施测后通过验证性因素分析,该比值为 1.766。②拟合优度指数(GFI):该指标为 0.917。③Tucker-Lewis 指数(TLI):

本研究该指标的数值为 0.916。④近似误差均方根(RMSEA):本量表进行验证性分析时该指标为 0.047。

通过探索性因素分析和验证性因素分析的结果表明该量表有良好的结构效度。

(三)效标效度

本次量表编制过程中大量的文献证实,被忽视儿童的父母养育方式和儿童本身的个性存在一定的特征,量表施测时采用儿童期父母养育方式和儿童的人格问卷作为效标,以检验该量表的效度,因效标分数与测验分数同时获得,且主要用来查明本次量表编制的横断面的实证效度,因此,该效度为同时效度。

儿童被忽视量表与父母养育方式的相关性,结果如表 20-3。

1. 安全忽视因子与父母养育方式中的父母的情感温暖、父亲过度保护、母亲过度干涉、过度保护、母亲偏爱被试者程度呈负相关;与父母的惩罚、严厉、拒绝、否认程度呈正相关。

2. 交流忽视因子与父母养育方式中的父亲情感温暖与理解程度呈负相关;与父母的惩罚、严厉、过分干涉、父母的拒绝、否认、父亲过度保护程度呈正相关。

3. 躯体忽视因子与父母养育方式中的父母的情感温暖与理解、过分干涉、过度保护程度呈负相关;与父母的惩罚、严厉、拒绝、否认程度呈正相关。

4. 情感忽视因子与父母养育方式中的父母亲的情感温暖与理解、母亲偏爱被试者程度呈负相关;与父母的惩罚、严厉、过分干涉、拒绝、否认以及父亲过度保护程度呈正相关。

表 20-3　儿童被忽视量表的四个分量表与父母养育方式各因子的相关性(r)

分量表		FF1	FF2	FF3	FF4	FF5	FF6	MF1	MF2	MF3	MF4	MF5
安全	r值	-.342	.102	-.049	-.052	.172	-.091	-.333	-.098	.145	.145	-.113
忽视	P值	.000	.005	.159	.155	.000	.010	.000	.005	.000	.000	.002
	n	799	757	818	738	815	815	802	808	811	811	733
交流	r值	-.269	.323	.181	-.029	.417	.156	-.311	.217	.406	.406	-.062
忽视	P值	.000	.000	.000	432	.000	.000	.000	.000	.000	.000	.094
	n	796	753	814	735	811	811	798	804	808	808	729
躯体	r值	-.445	.110	-.099	-.074	.119	-.179	-.465	-.175	.132	.132	-.128
忽视	P值	.000	.002	.005	.043	.001	.000	.000	.000	.000	.000	.001
	n	798	756	817	737	814	814	801	807	810	810	732
情感	r值	-.425	.358	.133	-.008	.428	.107	-.453	.143	.452	.452	-.121
忽视	P值	.000	.000	.000	.822	.000	.002	.000	.000	.000	.000	.001
	n	798	755	816	736	813	813	800	806	809	809	731

注:FF1=父亲情感温暖与理解因子;FF2=父亲严惩、严厉因子;FF3=父亲过分干涉因子;FF4=父亲偏爱被试者因子;FF5=父亲拒绝与否认因子;FF6=父亲过度保护因子;MF1=母亲情感温暖与理解因子;MF2=母亲过度干涉、过度保护因子;MF3=母亲拒绝与否认因子;MF4=母亲严惩、严厉因子;MF5=母亲偏爱被试者因子

通过本次编制的儿童被忽视量表与儿童父母养育方式相关研究可以提示,被忽视儿童的儿童父母养育方式有一定的共同特征:①无论哪一种忽视类型(安全、交流、躯体、情感)均存在与父母的情感温暖与理解呈负相关。也就是说若父母对子女忽视程度越高(由本量表

所测的数值越大），能反映出其父母的情感温暖与理解程度越低。②无论哪一种忽视类型（安全、交流、躯体、情感）均存在与父母的严惩、严厉、拒绝与否认呈正相关，也就是说若父母对子女忽视程度越高（由本量表所测的数值越大），能反映出其父母的严惩、严厉、拒绝与否认程度越高。上述结果与目前国内外相关研究相吻合。

儿童被忽视量表与儿童个性特征的相关研究显示：①安全忽视量表与儿童个性中内外倾因子、掩饰因子呈正相关。与该量表中的其他因子如躯体忽视、情感忽视呈正相关。②交流忽视量表与儿童个性中精神病质、情绪稳定性因子呈正相关；与掩饰因子呈负相关。与该量表中的其他因子如躯体忽视呈负相关；与情感忽视呈正相关。③躯体忽视量表与儿童个性中精神病质、情绪稳定性的因子呈负相关；与内外倾因子、掩饰因子呈正相关。与该量表中的其他因子如安全忽视呈正相关；与交流忽视呈负相关。④情感忽视量表与儿童个性中精神病质、情绪稳定性的因子呈正相关；与掩饰因子呈负相关。与该量表中的其他因子如安全忽视、交流忽视呈正相关。综合上述结果，本次编制的儿童受虐量表与儿童个性特征的相关研究可以提示：①被忽视程度高的儿童存在明显的个性特征；②不同被忽视类型的儿童有不同的个性特征。上述结果与目前国外相关研究基本吻合，同时具有我国文化背景的一些特色。

三、存在的问题及下一步打算

1. 鉴于人力物力经济等多种因素，本次儿童被忽视量表的编制取样是在湘潭市某两所初中的一年级、二年级学生以及某职业科技学院一年级新生中随机整群抽样，年龄为 11～19 岁，是否适用其他人群尚待进一步研究。

2. 将进一步扩大样本区域，建立相关常模，为相似研究进一步提供类比参照。

3. 本研究仍是采用经典测验理论的条目分析，合适时机采用更为精密的项目反应技术来完成条目的筛选，以减少对样本的依赖程度。

4. 目前已建立单机版，下一步将制作网络版，进一步提高社会各界对儿童被忽视这一现象的重视，为儿童健康的成长提供良好的外在环境。

（杨世昌）

附：儿童被忽视量表（child neglect scale）

指导语：儿童时期生长经历对一个人性格有重要的影响，本量表旨在了解您在青少年时期的生长环境，对您的生长环境作出一定程度的判定。请您根据您生长过程中的实际情况填写该表格。所有资料我们保密。问卷不记名，请您填写您的真实情况，再次感谢。

填写方法：根据"您的生长过程中可能存在的经历"的描述，再请您填写发生的频率"无、偶尔、经常、总是"，请您在相应格子中打"√"。

您的生长过程中可能存在的经历	发生的频率			
	无	偶尔	经常	总是
1. 给我讲些注意安全的问题　　　　　（RSN）				
2. 按时给我打预防针　　　　　　　　（RPN）				
3. 我不知道什么原因父母就对我大发脾气（CN）				

您的生长过程中可能存在的经历	发生的频率			
	无	偶尔	经常	总是
4. 交代我注意防水、电、火 （RSN）				
5. 当着外人的面，批评我使我很没面子 （AN）				
6. 父母对我漠不关心 （AN）				
7. 嘱咐我过马路时要小心 （RSN）				
8. 父母没有实现对我的承诺时，向我表示歉意 （RAN）				
9. 当着别人的面打我，使我感觉很难堪 （AN）				
10. 父母总说"要是不生你多好"之类的话 （AN）				
11. 父母不关心我的冷暖 （PN）				
12. 对我生气时使劲关门或摔东西 （AN）				
13. 父母经常不和我一起玩耍 （CN）				
14. 父母常提醒我注意保护视力 （RPN）				
15. 家长告诉过我当我遇到危险时如何应对 （RSN）				
16. 我悲伤、烦恼时父母安慰我 （RAN）				
17. 父母不关心我的饥饱 （PN）				
18. 在家里不听吩咐，父母就会对我大吼大叫 （AN）				
19. 家中无人照顾我、保护我 （SN）				
20. 经常没有足够的东西让吃，我经常挨饿 （PN）				
21. 父母当我的面打骂 （AN）				
22. 如果我肚疼、发热等家人马上带我去医院 （RPN）				
23. 父母从不问我心烦或不高兴的原因 （CN）				
24. 父母在我面前争吵 （AN）				
25. 挑我的毛病 （CN）				
26. 家人的言行使我感觉活着是多余的 （AN）				
27. 对我惩罚时，从不给我讲明原因 （CN）				
28. 父母发脾气时，摔我的东西 （AN）				
29. 对我厌烦时，用力猛推我 （AN）				
30. 我身体不适时父母及时带我去看病 （RPN）				
31. 告诫我不能玩火柴、打火机、小刀、尖锐的东西 （RSN）				
32. 父母不高兴时对我发脾气 （AN）				
33. 我问不懂的问题时，父母不理睬我 （CN）				
34. 将我独自锁到家里 （SN）				

续表

您的生长过程中可能存在的经历	发生的频率			
	无	偶尔	经常	总是
35. 当告诉父母我受同龄人欺负时，他们不予理睬　　（SN）				
36. 父母不讲理由就拒绝我的要求　　（CN）				
37. 在家我能感到大人对我的关心　　（RAN）				
38. 小时候，经常把我一人独自留在家中　　（SN）				

注：SN 代表安全忽视，CN 代表交流忽视，PN 代表躯体忽视，AN 代表情感忽视，R 代表反向记分

参 考 文 献

1. Bernstein DP, Stein JA, Handelsman L. Predicting personality pathology among adult patients with substance use disorders: effects of childhood maltreatment. Addict Behav, 1998, 23(6): 855-868.

2. Carter JD, Joyce PR, Mulder RT, et al. The contribution of temperament, childhood neglect, and abuse to the development of personality dysfunction: a comparison of three models. J Personal Disord, 2001, 15 (2): 123-135.

3. Cohen P, Brown J, Smaile E. Child abuse and neglect and the development of mental disorders in the general population. Dev Psychopathol, 2001, 13(4): 981-999.

4. English DJ, Thompson R, Graham JC, et al. Toward a definition of neglect in young children. Child Maltreat, 2005, 10(2): 190-206.

5. Glaser D. Emotional abuse and neglect (psychological maltreatment): a conceptual framework. Child Abuse Negl, 2002, 26(6-7): 697-714.

6. Heide KM. Juvenile homicide in America: how can we stop the killing? Behav Sci Law, 1997, 15(2): 203-220.

7. http://www.china.org.cn/chinese/kuaixun/1063723.htm

8. Kools S, Kennedy C. Foster child health and development: implications for primary care. Pediatr Nurs, 2003, 29(1): 39-41, 44-46.

9. Koski MA, Ingram EM. Child abuse and neglect: effect on Bayley Scale scores. J Abnorm Child Psychol, 1977, 5(1): 79-91.

10. Krause ED, Mendelson T, Lynch TR. Childhood emotional invalidation and adult psychological distress: the mediating role of emotional inhibition. Child Abuse & Neglect, 2003, 27: 199-213.

11. Lounds JJ, Borkowski JG, Whitman TL. Reliability and validity of the mother-child neglect scale. Child Maltreat, 2004, 9(4): 371-381.

12. Luntz BK, Widom CS. Antisocial personality disorder in abused and neglected children grown up. Am J Psychiatry, 1994, 151(5): 670-674.

13. Marsh HW, Hau KT, Chung CM, et al. Confirmatory factor analysis of students' evaluation: Chinese see version. Structural Equation Modeling, 1998, 5: 143-164.

14. Rogosch FA, Cicchetti D. Child maltreatment and emergent personality organization: perspectives from the five-factor model. J Abnorm Child Psychol, 2004, 32(2): 123-145.

15. Slack KS, Holl JL, McDaniel M, et al. Understanding the risks of child neglect: an exploration of poverty and parenting characteristics. Child Maltreat, 2004, 9(4): 395-408.

16. Thomson WM, Spencer AJ, Gaughwin A. Testing a child dental neglect scale in South Australia. Com-

munity Dent Oral Epidemiol,1996,24(5):351-356.

17. Tiemeier H,Verhulst FC. Violent behavior in men due to genetic predisposition and childhood abuse:an hypothesis. Ned Tijdschr Geneeskd,2003 3,147(18):844-846.

18. Willett JB,Ayoub CC,Robinson D. Using growth modeling to examine systematic differences in growth: an example of change in the functioning of families at risk of maladaptive parenting,child abuse,or neglect. J Consult Clin Psychol,1991,59(1):38-47.

19. 联合国执行委员会委员异地会议. 千年发展目标和卫生目标. 加纳阿克拉,2003 年 11 月 11 日.

20. 潘建平,李玉凤. 儿童忽视研究的最新进展. 中华流行病学杂志,2005,26 (5):378-381.

21. 欣悦. 这样和孩子沟通最有效. 北京:中国纺织出版社,2004.

22. 杨世昌,张亚林,杜爱玲,等. 儿童被忽视量表在湘潭地区 871 名儿童中的试用. 中国心理卫生杂志, 2007,21(12):819-921.

23. 杨世昌. 儿童受虐量表、儿童被忽视量表编制及信效度研究. 中南大学博士学位论文,2006.

24. 张亚林. 论家庭暴力. 中国行为医学科学,2005,14(5):385-387.

第二十一章

儿童期性虐待

已经有很多的研究表明,儿童期性虐待(child sexual abuse,CSA)现象并不少见,散见于报端或网络媒体的一些个案,仅仅是整个现象的冰山一角。儿童期性虐待将明显增加日后患精神疾病、自杀、酒精和药物依赖的风险,并且还会引发各种健康相关的问题或疾病。

第一节　儿童期性虐待的定义

儿童期性虐待,顾名思义,就是泛指对处于儿童或者青春前期、青春期间的人实施的任何性活动或者行为。这里的"人",可以是正处于儿童或者青春前期、青春期的儿童或青少年。施暴者可能是成年人,也可能是年龄较大或相对比较成熟的其他儿童;他们相对于受虐者在责任、义务或能力方面处于优势地位。如果受害的儿童已经长大成人,只是曾经在青春期以前遭遇过性虐待,则称儿童期虐待。本章讨论、关注的不仅仅是受虐待的儿童或青少年,也关注曾经遭遇过性虐待的成年人,全文多处采用的是儿童期虐待,应该不构成读者对此问题本身理解的障碍。需要指出的是,尽管使用的是"虐待"一词,本章讨论的其实是遭遇过性虐待的儿童或者成人,他们都是受虐待者,但为了通俗易懂,全章多处采用的是"儿童期性虐待"而不是"儿童期性受虐待"。此外,虐待,更多带有心理和情感折磨的含义,往往带有时间上的持续性,所以,这种性虐待多发生在家庭成员或者亲戚朋友中,而性攻击,带有明显的暴力性质,具有时间上的偶发性,多发生在陌生人当中。而本章的"虐待"一词,应同时包含了上述两层意思。

全世界还没有统一的有关儿童期性虐待的定义,不同的研究领域,其关注的焦点不一样,比如司法领域更多强调了对孩子实施保护和对犯罪行为的认定,而医学领域,更多关注预防和治疗干预策略。有关儿童期性虐待定义的不统一,至少有如下方面:

第一,是年龄界定的不统一。大多数研究指的是虐待发生在 18 岁或以下,也有一些研究将年龄界定在 17 岁、16 岁、15 岁、14 岁,甚至是 13 岁。有的研究,将施暴者的年龄也做了严格的限定,比如:受虐待者的年龄在 13 岁或以下,则要求施暴者年龄至少要大 5 岁;如果在 13～16 岁之间,要求施暴者年龄至少大 10 岁。

第二,性活动类型不统一。很少有研究囊括了任何形式的性活动或者行为,比如包括非身体接触性的如提出性要求、向儿童暴露其性器官、在儿童面前手淫、让儿童观看色情图片或影视制品、目睹成人性交行为等等,而其他研究要求性活动必须要有身体接触,比如触摸

227

或抚弄儿童身体的隐私部位,包括接吻、触摸乳房,迫使儿童对其进行性挑逗式地触摸其身体,在儿童身上摩擦其性器官,试图与儿童性交(或肛交、口交)等等。最严格的定义要求有生殖器的插入性接触,如通过口、阴道、肛门等发生性关系。

第三,强迫的程度。许多研究认为,只要带有强迫或者强迫性的威胁,不管施暴者的年龄大小,都应该考虑为性虐待。

不难看出,要定义性虐待,必须要考虑:性虐待的类型(如:没有身体接触、试图接触、已接触和生殖器插入)和强迫的程度(如:非意愿还是强迫性的)。当然也有研究没有给出性虐待的操作性定义,让被调查者自己评估是否构成了性虐待,更多关注了受虐待的主观感受。但笔者认为,从疾病预防和从对个人和社会危害的角度上讲,必须考虑性活动客观表现形式上的认定,而在治疗干预时,则需要同时关注受虐待者的心理感受。

第二节　儿童期性虐待的流行学资料

在这个世界上,每年都有成千上万的孩子遭遇性虐待,但是来自官方的数据是不可靠的,部分原因是没有可靠的儿童虐待登记系统,不同国家不同地区,对儿童性虐待概念的理解也不同,甚至就是一些要求强制性报告的国家,登记的案例也仅仅是真实发生的一部分。其二,通常只有不足 10% 的性受虐孩子会有身体上的伤害表现,包括淤伤和健康相关问题如性传播疾病,所以,单纯从身体伤害表现上讲,难以发现性虐待问题,何况,即便是有了身体伤害,它也不是儿童性虐待的特征性标志。其三,即便是医生发现了高度可疑的性受虐孩子,他们常常称没有更多时间来询问,也没有更多的知识和技能来处理这些问题,并且有的医生、护士还担心自己会卷入司法官司中。

上述种种原因,要获得儿童性虐待的真实流行病学资料是比较困难的,但是从 1980 年开始的国际性研究报告显示,儿童期性虐待的平均发生率在女性为 20%,男性为 5%～10%。美国儿童保护组织和英国的法律促进机构调查发现,自从 20 世纪 60 年代以来,涉嫌各种形式的儿童虐待案例正在持续增加,从 1976 年近 67 万增加到 1975 年的 300 万人(每 25 个孩子中,就有 1 例),到了 2007 年,有 580 万涉嫌被虐待的儿童,被转介到了儿童保护组织,并且通过专业评估确定了 794 000 名儿童为各种虐待和忽视的受虐者。在这些受害儿童中,59.0% 为儿童忽视,10.8% 为身体虐待,7.6% 为性虐待,4.2% 为心理虐待。79.9% 的施暴者为父母(其中,87.7% 为亲生父母),6.6% 为其他亲戚,并且女性比例高于男性(56.5%:42.4%)。74.8% 的施暴者年龄在 40 岁以下,在那些儿童日间照料者中,有 23.9% 的人对孩子实施了性虐待。

在英国,每年有 1%～2% 的孩子遭遇各种虐待。并且美国和英国的资料都显示,大约 1/1000 的孩子遭遇了严重的伤害,1/1000 导致死亡。来自英国的一份自我报告发现,10% 的成人在 16 岁以前遭遇过性虐待,其中一半有身体接触,0.5% 发生了性关系,还有 1/400 列为乱伦范畴。在美国,每年有 1% 的孩子遭遇性虐待;社区资料显示,6%～62% 的女性和 3%～16% 的男孩遭遇性虐待。在加拿大,MacMillan 等于 1997 年调查了安大略地区 9953 名 15 岁以上的居民,发现 12.8% 的女性和 4.3% 的男性遭遇过儿童期性虐待,同其他很多研究一样,都是女性比例明显高于男性。对于一些特殊人群,比如不明原因的疼痛障碍、肠易激综合征、精神障碍和物质依赖患者,他们遭遇儿童期性虐待的比例会更高。尽管大多数性虐待发生在青春期前,但 6 岁以下的孩子约占 10%。一些病例报告受虐孩子多来自社会底层,但是大样本的社区资料调查没有阶层和民族之间的差异。

近年来,在我国也有一些局部的基于特殊人群的回顾性调查研究。陈晶琦等(2008)对我国学生的一些调查结果显示,有 16.7%~25.6% 的女生和 10.5%~17.7% 的男生在 16 岁前曾经历至少 1 项(调查表共包括 12 项)非情愿的非身体接触和(或)身体接触的性骚扰或性侵犯。身体接触性虐待的发生率,女生为 8.9%~14.5%,男生为 5.0%~7.8%。16 岁前非情愿的性交行为的发生率,女生为 0.9%~3.8%,男生为 1.0%~2.2%。黄国平等(2006)通过问卷调查和晤谈相结合的方法,调查了 471 名女性服刑人员,并将儿童期性虐待的类型定义为从试图强迫抚摸自己的生殖器官、带威胁的要发生性关系到遭遇性强奸。结果发现 16.7% 的人在 18 岁以前遭遇过性虐待,其中在 13 岁以前被至少大 5 岁的人性虐待的占 6.6%;在 13 岁以前被年龄相仿的人性虐待的占 3.4%;在 13~18 岁期间被他人性虐待的占 13.2%。还有 15.2% 的人在 18 岁成年以后遭遇他人性虐待。初次性创伤年龄最小为 5 岁。73.3% 的儿童期性虐待是来自家人如继父、亲戚如表哥、姨夫,或朋友、熟人如同学、邻居等。有趣的是,在成人期遭遇性虐待者,无论其在 13 岁以前儿童早期被性虐待(21.9%),还是整个儿童期的被性虐待(42.5%),都明显高于在成人期无性虐待的女服刑人员(分别为 5.5%,10.8%),差异具有显著性意义。本课题组赵幸福、张亚林曾研究采用儿童期虐待问卷自评量表对 435 名儿童测评,发现性虐待的报告率为 25.5%。

我国还没有基于社区普通人群的大样本研究,但从上面的局部样本的调查资料,仍然有理由推测,在我国,儿童期性虐待问题并不少见,并且一些零星的个案报道触目惊心,应该引起全社会的共同关注,需要多学科一起努力加强预防和干预。

第三节 儿童期性虐待的影响因素

识别儿童期性虐待的高危险因素,对于制定相应的、有效的预防和控制措施非常重要。尽管谈论的是高危险因素,并不意味着有了这些因素,一定会发生儿童期性虐待问题。因为,所谓这些高危险因素的证据,来自许多横断面调查研究,而这些研究本身没有说明因果关系,仅仅是描述了彼此因素之间存在关联。其次,儿童期性虐待很难由某一个特定因素引起,而许多因素的相互作用,可能是其重要的原因,所以,标题用了"影响因素"一词,仅仅说明了某种可能。我们把危险因素分为三个层面:个体、家庭和社区层面。

1. 个体层面 性别和年龄是儿童期虐待的高危因素,比如学龄前和青少年时期的男性更容易遭遇身体虐待,而小学和青少年时期的女性更容易遭遇性虐待。意外怀孕、曾经遭遇虐待、残疾都是儿童期性虐待的重要危险因素。

2. 家庭层面 尽管很多研究没有发现社会阶层与儿童期虐待的必然关系,但是这些研究还是提示,社会经济地位较低的家庭中发生性虐待的可能性较大,并且来自媒体的许多个案似乎也提示,如果这些家庭发生了性虐待,往往虐待的程度更为严重,持续的时间更长。一般说来,经济地位低下、子女多、家庭不和睦及社交少的家庭中更可能发生儿童性虐待,比如:父母酗酒、父亲与祖父母关系不和、孤独、单亲家庭、频繁搬家、缺乏母爱或母女关系紧张,母亲有受害历史者的家庭,子女遭性虐待者约为对照组家庭的 8 倍。这类家庭中的妇女如果极度依赖丈夫。害怕丈夫离开她,习惯于受欺凌和处于从属地位,孩子受到性虐待的可能性也更大。半数受虐者的父亲习惯于在家庭中使用暴力,而母亲以常年多病、抑郁、精神萎靡和嗜酒者多见。年少、反社会性格的母亲,父母死亡,有继父以及严厉的抚养方式也常常是儿童期性虐待家庭的重要特征。也有研究显示,父母过分溺爱也可能与儿童性虐待有关,而父母的文化程度与之关系不密切。

3. 社区层面 对孩子而言,社区对他们的影响更多是通过照料者的作用而间接产生的。比如,让孩子更多的接触了有危险行为的邻居,把孩子带到糟糕的娱乐场所等等。在低社会经济收入、贫困的社区中,也可能更容易发生针对儿童的性虐待行为。

除了上述三个层面因素之外,受害儿童的心理特征往往使得性虐待行为得以持续。受害儿童最初大多都不相信大人(尤其是信任或亲近的人)会加害他们,但随着是非观念增强、尤其是对性的理解加深,她们会感到迷惘和有犯罪感,特别担心被人发现而受谴责或被逐出家门。相当多的人为了维护家庭的完整,事发后不会告诉其他亲人(尤其是母亲),她们采用的办法就是忍辱负重、压抑内心痛苦。由于施虐者一般多为受害儿童的亲属和非常亲近的人,这对儿童心理伤害更大,这容易使儿童一开始也不易产生强烈的拒绝,但事后会产生一种强烈的罪恶感。由于儿童对大人权威的恐惧,即使有时孩子感觉到那是不对的游戏,但只有顺从。研究还发现,施虐者与孩子关系越亲密往往会使儿童受害程度越重。

第四节 儿童期性虐待的危害

本节将从儿童期性虐待的近期心身损害和远期后果来阐述,后者将同时围绕笔者完成的研究结果来分析儿童期性虐待将给受害个体带来深远的精神痛苦症状和认知损害。

一、对受虐儿童的近期伤害

儿童期性虐待受虐者近期心身伤害主要表现在以下几方面:

1. 情绪问题 常见焦虑、抑郁、恐惧、紧张和情绪不稳,最常见的是恐惧。

2. 行为问题 受虐者可能会过早发生性行为,包括手淫、性好奇及暴露外生殖器等,甚至从事色情服务或活动,有时会发生同性恋行为。有些受虐者可能出现学习困难、逃学、离家出走、吸毒、斗殴及攻击行为,或发生自残自伤、自暴自弃、酗酒、厌食、暴饮暴食、遗尿及自杀等行为,这些行为常在受害后不久突然出现。

3. 认识问题 受虐者总认为自己不如别人,常有羞耻感和罪恶感,表现出自责、自罪及自卑,自觉能力下降,不自信。或者总缺乏安全感,感到害怕,不能单独相处。

4. 躯体问题 最直接的是造成生殖器或肛门损伤,如阴道或肛门擦伤红肿甚至严重撕裂造成出血等。此外,受虐者还可能出现头痛、头晕、长期腹痛、胃痛、尿道炎、消化溃疡等。少女则可发生不明原因怀孕、痛经或停经现象。容易引起性传播疾病如淋病、梅毒、尖锐湿疣、非淋菌尿道炎及生殖器疱疹。美国一项调查显示,受虐待儿童性病发生率约为 8% 左右,其中以淋病最多,约占 70%,其次是滴虫病占 12.7%。男孩多以咽部、肛门直肠淋菌感染居多,幼女则易患淋菌性阴道炎。

二、对受虐儿童的远期影响

儿童期性虐待对受虐者的危害不仅在于受虐者直接或急性短期伤害,而且在于它对受虐者心理状态和社会适应功能长期而久远的不良影响。许多有童年受虐史的成人常将与性虐待有关的痛苦内化,同时也将其外化。内化则产生情绪症状,如焦虑、抑郁等;外化则产生行为和人际关系等问题;男性常以外化痛苦的方式应付被虐待,如愤怒、攻击他人等;女性则

多用内化痛苦的方式应付被虐待,如抑郁、自杀等。具体影响有以下几方面:

(一)焦虑发作和焦虑相关症状

如慢性紧张、睡眠障碍、多梦、躯体不适,易激惹,经常容易受到惊吓,或易出现夸张的惊吓反应。创伤后应激障碍(PTSD)是儿童期性虐待最容易引起的心身障碍之一。黄国平等(2006)的研究提示,在女性服刑人员中,无论是对青少年还是成年PTSD,在控制年龄、受教育程度、婚姻、物质滥用史和被关押时间等混杂因素,以及创伤事件数量以后,能够进行有效预测的创伤类型是13岁以前遭遇性虐待,而儿童后期及成人期性虐待的预测意义则减弱。

在女性服刑人员中,儿童期性虐待为什么容易引起创伤后应激障碍?黄国平等从建立数学模型的角度出发,发现在儿童期性虐待(CSA)与创伤后应激障碍(PTSD)的关系中,神经质人格(EPQ-N)、强迫症状或者人际敏感症状、闯入性症状是重要的中间变量。其中CSA可以通过EPQ-N,再通过人际敏感因子作用于闯入因子,再影响PTSD,说明人际敏感因子对PTSD作用是间接的,而CSA、EPQ-N、强迫以及闯入性因子可以直接作用PTSD。有意思的是,从比值比(OR值)是否大于1看出,强迫因子在CSA与PTSD的关系中扮演了双重角色,即强迫症状可以增加闯入性症状,从而增加患PTSD的危险;另外一方面,又可以直接对患PTSD构成保护作用,降低其患病危险。总之,如果女性服刑人员在儿童期遭遇性虐待以后,神经质人格越突出,人际敏感症状越多,闯入性症状越明显,患PTSD的可能就越大。而强迫症状则在PTSD的患病危险中起着独特的双重作用,见图21-1。

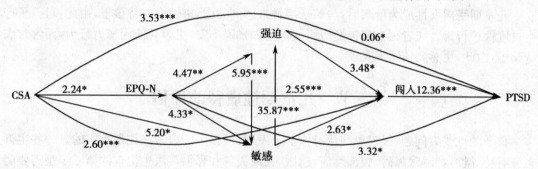

图 21-1　女犯 CSA 与 PTSD 关系的路径分析
* $P<0.05$, ** $P<0.01$, *** $P<0.001$

(二)抑郁

抑郁是有性受虐史成人最常见的主诉症状之一。研究显示,儿童期性虐待组的成人在抑郁期自伤、自杀行为明显高于常人。黄国平等(2006)研究发现,在女性服刑人员中,有儿童期性虐待史的PTSD组比没有儿童期性虐待组存在更多的终身自杀想法、终身自杀行为和过去1月的自杀想法,但过去1月自杀行为的差异不够显著。该研究还发现,如果抑郁和PTSD同时存在,自杀的风险将增加6倍。

(三)认知损害

包括记忆力下降、注意力不集中等。黄国平等(2006)发现有CSA史女犯PTSD组的执行功能测验WCST正确数明显少于无CSA史PTSD组和对照组;有CSA史PTSD组的持续错误数明显多于对照组。PTSD组的言语流畅性测验VFT正确数明显少于对照组。有CSA史PTSD组在注意力测验第一、二阶段净分、第二阶段划对和总净分均明显低于对照组。

（四）物质滥用

受虐待者常常在青少年时期开始滥用药物和酒精以帮助他们淡忘与受害有关的痛苦记忆和情感体验，结果是"借酒浇愁愁更愁"，使得痛苦的情绪记忆更为持久。

（五）性功能障碍

有童年性受虐史的女性具有各种类型的性问题，如乱交、性欲减退、性回避或不能参与性活动。

（六）犯罪

童年期性受虐者也可能在成年后变成性侵犯者，或实施其他暴力犯罪行为。黄国平等调查了 471 名女性服刑人员，就发现 16.7％的人在 18 岁以前遭遇过性虐待。青少年女性犯罪，除了经历更多的儿童期性虐待之外，还遭遇了其他更多的创伤性打击经历，如被抢劫、目睹被严重暴力攻击、目睹家庭暴力等，提示多种创伤性经历的叠加，发生犯罪的可能性也加大。

（七）社会适应能力出现问题

表现人际关系不良，容易表现愤怒和敌视，容易与人发生冲突，甚至容易使用暴力行为。

（八）婚姻不幸

由于性厌恶和性恐惧，或者无法建立亲密的人际关系，而导致婚姻不幸甚至破裂。

（九）抚养孩子问题

儿童期受虐女性成为母亲后，与孩子接触常感到焦虑，害怕会虐待孩子，由此，对孩子产生过度保护行为。或者因为痛苦经历而变得更加暴躁不安，更容易使用暴力行为，而常常虐待孩子，由此，更感到情绪不安。

第五节　儿童期性虐待的评估

孩子的性受虐问题，很难单纯从身体上去发现，而孩子的报告往往是真实的。一些主诉也没有特异性，如睡眠障碍、腹部疼痛、遗尿、大便失禁和恐惧。医生检查的第一步是需要明白正常的儿科生殖器和解剖变异，懂得儿童发育的体征，需要多学科的知识或合作。要懂得良好的心理晤谈技术，熟悉正常和异常的儿童期性行为。还要评估危险性的个体和家庭因素，如有继父，离开了亲生父母居住，母亲残疾，贫穷和严厉的抚养方式等等，都是增加儿童期性虐待的风险因素。

儿童期性虐待的特异性证据有：

1. 阴道、肛门和外阴里存在精液/酸性磷酸酶/外源性 DNA。

2. 怀孕；在没有围生期获得的情况下，沙眼衣原体、淋球菌、梅毒检测阳性。

3. 在没有围生期获得和血液制品传播的情况下，HIV 检测阳性。

4. 有明显的证据显示有生殖器的插入性创伤，如急性的处女膜损伤，后联合组织的缺失、撕裂伤、淤伤，肛周撕裂伤等。

儿童期性虐待的高度可疑证据有：

1. 没有围生期获得的情况下，其他性传播疾病检测阳性。

2. 处女膜后联合组织裂缝超过 50％。

3. 没有其他医学原因的肛门壁组织的快速肿胀，特别伴有不规则的裂口。

4. 急性的生殖器或外阴的磨损和撕裂伤，外阴或大腿内侧的咬或吸伤。

5. 持续或反复的性行为表现。

6. 持续的会阴疼痛、痒，反复的尿道感染，难治性便秘。

7. 精神症状如缄默不语、恶心、食欲下降、自杀，反复的心身疾患和其他心理疾病难以解释的行为。

如果怀疑遭遇性虐待的孩子主诉尿痛、肛门或阴道出血，阴道灼疼，就应该及时检查，包括各种性传播疾病的检测。检查应该由熟悉司法检查的医生执行（包括有经验的门诊医生、急诊医生和护士参加）。阴道镜的使用，使得性虐待的评估更为容易，并且可以留下数字影像作为证据。不提倡使用阴道反射镜，避免孩子看见自己受伤的生殖器而造成心理负面影响。同时，检查还应该考虑她们的文化接受程度。

需要注意的是，一些先天性的肛门或生殖器、外阴的变异，各种意外创伤，各种皮肤病变，容易导致误诊。围生期可传播淋球菌、衣原体、毛滴虫、梅毒、人类乳头瘤病毒、单纯疱疹病毒、HIV、乙型肝炎病毒。对于高度怀疑儿童期性虐待，需要排除上述围生期传播因素，而本身有性传播疾病孩子的虐待史则更难以识别。

前面讲到，不足 10% 的案例存在身体上的发现，所以，对于虐待史的评估就显得最为重要。这方面需要专业的晤谈技术培训，需要注意保密，建立良好的咨询关系，中性提问，不诱导，询问症状和情绪，要关心她们的恐惧，询问身体健康，用药和性生活史。如果不便于回答，可以写或者画有关性虐待经历。

为了获得研究结论的一致性，一些研究者开始编制结构或者非结构式的问卷去调查成年人的儿童期性虐待史。比如 1953 年，Kinsey 等就是第一个采用这种方法去完成调查的。所编制的问卷，包括询问了 13 岁以前，13～16 岁之间的性虐待情况，记录当时的年龄，施暴者的年龄，性虐待的类型，与施暴者之间的关系，是否采用强制性等等。

1992 年，Wyatt 等编制并修订了更为详尽的性历史问卷，共 478 项，用于评估女性终身的性经历，包括儿童期性虐待，询问了 18 岁以前，任何比她大 5 岁者采取的任何施暴行为，包括看黄色录像。1992 年，Briere 等编制了虐待清单，包括了一系列性虐待问题，年龄定义在 17 岁以下，要求施暴者至少大 5 岁，要有性接触；如果是强迫性的，不强调施暴者的年龄。

笔者认为，不管采取什么样的方式，对于成年人的儿童期性虐待评估，都是一个比较复杂且敏感的话题。比如有些遭遇过强暴的孩子，经过多少年以后，仅有一些片段记忆，很多细节记不清楚，或者虐待已经造成了严重的 PTSD 症状，而其中的回避和情感麻木症候群，让一些受虐者，经过多少年以后，也不愿意再提起有关性虐待的话题。尽管回避行为不一定是最好的应付方式，但似乎又是她们应付性创伤经历的常用方式。在中国文化背景下，更是让一些受虐者，充满着羞辱和羞耻感，或者担心隐私被暴露，所以，调查常常有低估发生率的可能。

第六节　儿童期性虐待的预防和干预

如果一旦发现儿童性虐待事件后，除要及时报案，抓获犯罪嫌疑人，以阻止这类犯罪继续发生或升级外，还应对儿童做好以下工作：

（一）制订并完善相关法律、法规

除了对施暴者依法进行惩处之外，还要通过法律界定发现人应承担的责任，如何转介到儿童保护机构，或如何寻求法律帮助。

（二）重视学校预防教育工作

陈晶琦等分别对 271 名小学生家长和 57 名学前班幼儿家长以及 74 名学校卫生人员对儿童性虐待的认识情况进行调查，发现分别有 93.6%、91.1% 的家长和 97.3% 的学校卫生人员赞成学校开展预防儿童性虐待教育。当今的学生正处在大量性信息的刺激下，对他们要适时开展性生理、性心理、性卫生、性道德和性法律的教育。告诉学生有关他们身体的知识，知晓良好和不好的身体接触方式，怎么去识别虐待情景，怎么样对施暴者说"不"，要敢于对信任的成人告诉被虐待的事实。

（三）加强防范意识

一些成年人选择儿童作为侵犯对象的原因之一，是儿童对性无知而缺乏性防御意识，熟人利用一些小恩小惠、甜言哄骗，也更易使孩子上当受骗。因此，一定要向儿童开展性教育，要明确告诉他们，哪些是成人不许乱做的，身体的哪些部位，大人包括父母是不许有意识触摸的。

特别警惕这样几类人：①有性犯罪史且道德品质不佳者；②儿童表现出过分特殊兴趣和亲热者；③爱阅读、收集儿童色情作品者；④不论儿童愿意与否，经常找借口单独带他们出去玩的成年人。

（四）对受虐者要宽容

孩子遭受性虐待是令家长极其痛心的事情，但正视现实，是保护孩子免受再次性受虐的第一步。要妥善处理，不要因大人的愤怒而迁怒、责怪，甚至打骂孩子，这样只会适得其反，进一步伤害孩子。亲人尤其是父母的理解与支持，可以明显地减轻虐待对受害儿童心灵的伤害，减轻他们内心的痛苦。

（五）要积极抚慰

受虐孩子大多不愿向父母讲出实情，担心失去父母的爱。鼓励孩子坦述事实经过，努力使孩子相信你是爱他的、善解人意的，并能为他提供帮助的。这样，孩子才会说出真实情况和内心感受，愿意跟你保持密切的交流联络。同时，劝慰孩子不要对所发生的事情感到羞愧，不要过于自责，而关键是让孩子吸取教训，重燃生活的希望。

（六）提供积极的家庭支持

有儿童期性虐待史的成人，配偶要给予关心和抚慰，共同营造和谐的性生活，减少焦虑、抑郁及性问题的发生。有研究发现，半数左右家长在儿童性虐待问题认识上存在明显误区，与孩子交流不够；只有 48.1% 的家长相信"对儿童进行性虐待的人多数是儿童熟悉的人"。家长是孩子的第一任老师，父母应对子女进行性知识、性道德教育，具体要做到以下几点：

1. 家长要掌握青春期性生理、性心理知识，配合学校性教育，根据孩子特点施教；

2. 尊重孩子的异性交往，做孩子的知心朋友，指导孩子男女交往时要适度、自然；

3. 正确对待孩子的早恋现象，循循善诱，切忌简单、粗暴；

4. 家庭环境对青少年的影响是最直接、最为深刻的，要创造和睦、温馨的家庭环境，以利于青少年身心正常发展。

（七）及时检查

一旦发现儿童受到性虐待，除应检查生殖器的创伤（可作为处置罪犯的证据）、注意生殖器有无异常情况出现，以及及时疏导儿童心理外，还应去医院检查是否染上性传播疾病，如确认患上后应积极地接受正规治疗。

（八）心理治疗

对那些已经有 PTSD 或者其他精神症状的性受虐者来说，特别需要接受心理和精神科治疗。很多研究证明，认知-行为治疗（CBT），特别是其中的暴露治疗，可有效减少儿童期性虐待相关的 PTSD 症状。暴露治疗要求直面恐惧，置身于类似性虐待的有关场景中，当然这种场景没有真正意义上的危险，如接受关灯睡觉、去公共场所。或者通过想象暴露疗法，尽可能地活现被强奸的记忆和情绪，逐渐减少线索提示的恐惧而处理负性情绪，这种治疗经常合并认知治疗一起运用，如认知处理、应激接种疗法（stress-inoculation therapy），主要技术有应付方式训练、思维中断、认知重建和应急管理。但是，有不少的研究认为，单纯的延长暴露治疗就可以产生明显的治疗效果，而合并认知治疗，效果并不更优。也有许多研究证明眼动脱敏与再处理（EMDR）对于治疗 PTSD 症状有效。EMDR，通过采用刺激物让眼球左右快速地扫动，同时伴以暴露性虐待的有关细节，包括记忆、情绪和认知等，但有心理治疗工作者同时指出，EMDR 本身包含了想象暴露疗法。有研究证明日记疗法，就是描述那些痛苦的创伤记忆，与记录一般的日记比较，更有益于健康，比如降低抑郁、疼痛、躯体症状，能改善身体功能和增加幸福感。同样，笔者认为，日记疗法本身就是暴露疗法的一种具体运用，或者包含了认知治疗的成分，因为写日记本身就是一个内省和自我思维梳理的过程。

具体的某一个治疗措施并不惠及于所有的性虐待受虐者，针对不同的受虐者，或者不同时期的同一个受虐者，都应该发挥治疗者的各种技术之能耐，有技巧性地进行处理。笔者在 5·12 汶川大地震中，治疗了许多的地震创伤受虐者，积累了比较多的实战经验。对于那些闯入性症状严重、回避症状突出、有意识分离症状等的受虐者，不建议使用包括暴露疗法在内的治疗技术，甚至会产生不良的副作用，让症状更为持续。所以，有研究指出，对于一些性虐待受虐者的早期反应或症状，不建议使用集中于创伤的治疗技术，而观察性等待也许是一种不错的做法。如果要把心理干预做一个比喻的话，早期，更多要像妈妈，予以生活方面的照顾和情感支持；后来，要像老师，告诉孩子可以做些什么了，或者怎么去做；再后来，才是心理治疗，挖掘受虐者的成长力量，逐渐走出阴影；最后阶段，孩子已经走出阴影，像牧师一样，如果遇到什么新生问题，再回来咨询。有关创伤心理辅导的实用理论和技术，可以参见笔者为 5·12 地震专著《彩虹重现——地震之后的生活》。

总之，儿童性虐待已成为世界性的严重危害人类健康的公共卫生问题，我国对这方面的研究还较少，它对儿童、青少年的身心健康和社会适应能力的伤害是严重的，也是深远的，但通过全社会的努力是可以预防的。因此，社会与家庭应正视其存在，从正反两面着手，加强青少年性教育的同时，严厉打击犯罪，使青少年能够健康、愉快地成长。

（黄国平）

参 考 文 献

1. Adams JA. Medical evaluation of suspected child sexual abuse. J Pediatr Adolesc Gynecol, 2004, 17: 191-197.

2. Bays J, Chadwick D. Medical diagnosis of the sexually abused child. Child Abuse Negl, 1993, 17: 91-110.

3. Bensley LS, Van Eenwyk J, Simmons KW. Self-reported childhood sexual and physical abuse and adult HIV-risk behaviors and heavy drinking. American Journal of Preventive Medicine, 2000, 18: 151-158.

4. Botash AS. Examination for sexual abuse in prepubertal children: an update. Pediatr Ann, 1997, 26: 312-320

5. Briere J. Child abuse trauma: theory and treatment of the lasting effects. Sage Publications, Inc, Thousand

Oaks:1992.

6. Brown J,Cohen P,Johnson JG,et al. A longitudinal analysis of risk factors for child maltreatment:Findings of a 17-year prospective study of officially recorded and self-reported child abuse and neglect. Child Abuse Negl,1998,22:1065-1078.

7. Brown J,Cohen P,Johnson JG,et al. Childhood abuse and neglect:specificity of effects on adolescent and young adult depression and suicidality. J Am Acad Child Adolesc Psychiatry,1999,38:1490-1496.

8. Chen LP,Murad MH,Paras ML. Sexual abuse and lifetime diagnosis of psychiatric disorders:systematic review and meta-analysis. Mayo Clin Proc,2010,85(7):618-629.

9. Connell-Carrick K. A critical review of the empirical literature:Identifying risk factors for child neglect. Child Adolesc Social Work J,2003,20:389-425.

10. Coulton CJ,Crampton DS,Irwin M,et al. How neighborhoods influence child maltreatment:A review of the literature and alternative pathways. Child Abuse Negl,2007,31:1117-1142.

11. Davidson PR,Parker KC. Eye movement desensitization and reprocessing (EMDR):a meta-analysis. J Consult Clin Psychol,2001,69:305-316.

12. Dubowitz H,Bennett S. Physical abuse and neglect of children. Lancet,2007,369:1891-1899.

13. Ermertcan AT,Ertan P. Skin manifestations of child abuse. Indian J Dermatol Venereol Leprol,2010,76(4):317-326.

14. Filipas HH,Ullman SE. Child sexual abuse,coping responses,self-blame,posttraumatic stress disorder, and adult sexual revictimization. J Interpers Violence,2006,21(5):652-672.

15. Finkelhor D. Current information on the scope and nature of child sexual abuse. Future Child,1994,4:31-53.

16. Finkelhor D. Epidemiological factors in the clinical identification of child sexual abuse. Child Abuse Negl,1993,17:67-70.

17. Finkelhor D. Sexually victimized children. New York:The Free Press,1979.

18. Foa EB,Dancu CV,Hembree EA,et al. A comparison of exposure therapy,stress inoculation training, and their combination for reducing posttraumatic stress disorder in female assault victims. J Consult Clin Psychol,1998,67:194-200.

19. Foa EB,Rauch SA. Cognitive changes during prolonged exposure versus prolonged exposure plus cognitive restructuring in female assault survivors with posttraumatic stress disorder. J Consult Clin Psychol, 2004,72:879-884

20. Frisina PG,Borod JC,Lepore SJ. A meta-analysis of the effects of written emotional disclosure on the health outcomes of clinical populations. J Nerv Ment Dis,2004,192:629-634

21. Gannon TA,Polaschek DL. Cognitive distortions in child molesters:a re-examination of key theories and research. Clin Psychol Rev,2006,26(8):1000-1019

22. Gidron Y,Duncan E,Lazar A,Biderman A,Tandeter H,Shvartzman P. Effects of guided written disclosure of stressful experiences on clinic visits and symptoms in frequent clinic attenders. Fam Pract,2002, 19:161-166.

23. Golding JM. Sexual assault history and limitations in physical functioning in two general population samples. Res Nurs Health,1996,19:33-44.

24. Gonzalez A,MacMillan HL. Preventing child maltreatment:an evidence-based update. J Postgrad Med, 2008,54(4):280-286.

25. Guzman A,Koons A,Postolache TT. Suicidal behavior in Latinos:focus on the youth. Int J Adolesc Med Health,2009,21(4):431-439.

26. Heymann WR. Cutaneous signs of child abuse. J Am Acad Dermatol,2005,53:138-139.

27. Hulme PA. Symptomatology and health care utilization of women primary care patients who experienced childhood sexual abuse. Child Abuse Negl,2000,24:1471-1484.

28. Johnson CF. Abuse and neglect of children. 18th ed. Nelson Textbook of Pediatrics. // Kliegman RM, Behrman RE,Jenson HB,Stanton BF. Philadelphia:Saunders-Elsevier,2007:171-184.

29. Kinsey AC, Pomeroy WB, Martin CE, et al. Sexual behavior in the human female. Saunders. Oxford:1953.

30. Korbin JE. Neighborhood and community connectedness in child maltreatment research. Child Abuse Negl,2003,27:137-140.

31. Krug E,Dahlberg L,Mercy J,et al. World Report on Violence and Health. WHO,Geneva,2002:63-64.

32. Lahoti SL,McClain N,Girardet R,et al. Evaluating the child for sexual abuse. Am Fam Physician,2001, 63:883-892.

33. Larcher V. Physical and sexual abuse. 2 nd ed. Textbook of Pediatric Dermatology. In:Harper J,Oranje A,Prose N,editors. Oxford:Blackwell Publ,2006,1850-1866.

34. MacMillan HL,Fleming JE,Trocmє NB,et al. Prevalence of child physical and sexual abuse in the community:Results from the Ontario Health Supplement. JAMA,1997,278:131-135.

35. Maniglio R. Child sexual abuse in the etiology of depression:A systematic review of reviews. Depress Anxiety,2010,27(7):631-642.

36. McCann J. Use of the colposcope in childhood sexual abuse examination. Pediatr Clin North Am,1990, 378:63-80.

37. McCauley J,Kern DE,Kolodner K,et al. Clinical characteristics of women with a history of childhood abuse:unhealed wounds. JAMA,1997,277:1362-1368.

38. McDonald KC. Child abuse:approach and management. Am Fam Physician,2007,75(2):221-228.

39. Molnar BE,Buka SL,Kessler RC. Child sexual abuse and subsequent psychopathology:results from the National Comorbidity Survey. Am J Public Health,2001,91:753-760.

40. Moy JA,Sanchez MR. The Cutaneous manifestations of violence and poverty. Arch Drmatlol,1992,128 (6):829-839.

41. Mullen PE,Martin JL,Anderson JC,et al. Childhood sexual abuse and mental health in adult life. Br J Psychiatry,1993,163:21-732.

42. Paolucci EO,Genuis ML,Violato C. A meta-analysis of the published research on the effects of child sexual abuse. J Psychol,2001,135:17-36.

43. Ramiro LS, Madrid BJ, Brown DW. Adverse childhood experiences (ACE) and health-risk behaviors among adults in a developing country setting. Child Abuse Negl,2010,34(11):842-855.

44. Robertson M,Humphreys L,Ray R. Psychological treatments for posttraumatic stress disorder:recommendations for the clinician. J Psychiatr Pract,2004,10:106-118.

45. Senn TE, Carey MP, Vanable PA. Childhood and adolescent sexual abuse and subsequent sexual risk behavior:evidence from controlled studies,methodological critique,and suggestions for research. Clin Psychol Rev,2008,28(5):711-735.

46. Sherman JJ. Effects of psychotherapeutic treatments for PTSD:a meta-analysis of controlled clinical trials. J Trauma Stress,1998,11:435.

47. Smyth JM. Written emotional expression:effect sizes,outcome types,and moderating variables. J Consult Clin Psychol,1998,66:174-184.

48. Swerdlin A, Berkowitz C, Craft N. Cutaneous signs of child abuse. J Am Acad Dermatol, 2007, 57: 371-392.

49. Trocmє NB,MacLaurin B,Fallon B,et al. Canadian incidence study of reported child abuse and neglect—

final report. Ottawa：Minister of Public Works and Government Services，2001.

50. U. S. Department of Health and Human Services，Administration on Children，Youth and Families. Child Maltreatment. 2007. Washington DC：US Government Printing Office，2009.

51. Van Etten ML，Taylor S. Comparative efficacy of treatments for posttraumatic stress disorder：a meta-analysis. Clin Psych Psychother，1998，5：126-144.

52. Walker EA，Gelfand A，Katon WJ，et al. Adult health status of women with histories of childhood abuse and neglect. Am J Med，1999，107：332-339.

53. Wekerle C，Wall AM，Leung E，Trocmé N. Cumulative stress and substantiated maltreatment：the importance of caregiver vulnerability and adult partner violence. Child Abuse Negl，2007，31：427-443.

54. Wilsnack SC，Vogeltanz ND，Klassen AD，et al. Childhood sexual abuse and women's substance abuse：national survey findings. J Stud Alcohol，1997，58：264-271.

55. Wise LA，Zierler S，Krieger N，et al. Adult onset of major depressive disorder in relation to early life violent victimization：a case-control study. Lancet，2001，358：881-887.

56. World Health Organization and International Society for Prevention of Child Abuse and Neglect. Preventing child maltreatment：A guide to taking action and generating evidence. Geneva，Switzerland：WHO Press，World Health Organization，2006.

57. Wyatt GE，Lawrence J，Vodounon A，et al. The Wyatt Sex History Questionnaire：a structured interview for female sexual history taking. Journal of Child Sexual Abuse，1992，1：51-68.

58. Wyatt GE. The sexual abuse of afro-American and white-American women in childhood. Child Abuse Negl，1985，9：507-519.

59. Zielinski DS，Bradshaw CP. Ecological influences on the sequelae of child maltreatment：A review of the literature. Child Maltreat，2006，11：49-62.

60. 陈晶琦，黄金霞，何舒青，等. 儿童保护工作者预防儿童性侵犯教育培训需求评价. 中国性科学，2008，17（2）：3-7.

61. 黄国平，张亚林，申景进，等. 儿童期有性虐待史成人女犯的认知损害. 中国心理卫生杂志，2005，19（10）：702-705.

62. 黄国平，张亚林，杨世昌. 海洛因依赖者的创伤性事件及其 PTSD 症状频率. 中国临床心理杂志，2004，12（4）：393-394.

63. 黄国平，张亚林，邹韶红，等. 儿童期性虐待受虐者记忆、执行功能与血浆神经肽 Y 的关系. 中华精神科杂志，2006，39（1）：12-15.

64. 黄国平. 女性服刑人员中精神创伤与创伤后应激障碍（PTSD）的关系以及 PTSD 的心理学、认知功能、神经生化研究，中南大学博士论文，2006.

65. 黄国平. 彩虹重现——地震之后的生活. 北京：中国工商出版社. 2009，05.

66. 蒲昭和. 儿童性虐待的危害性及预防措施. 医学与哲学，2002，23（12）：58-59.

67. 孙晓勉. 儿童性虐待. 国外医学：妇幼保健分册，2002，13（1）：48-49.

68. 吴俊林，黄国平. 简述精神创伤的心理评估与干预. 四川精神卫生，2010，23（2）：128-130.

69. 徐汉明，刘安求. 儿童性虐待对受虐者心理状况的影响. 医学与哲学. 2001，（1）：53-55.

70. 张淑彩，赵超英. 儿童性虐待与防范. 华北国防医药，2007，19（1）：30-32.

第二十二章

儿童虐待与人格障碍

第一节 概 述

儿童虐待是一个严重的国际性社会问题、公共卫生问题、精神健康问题,目前已经受到国际组织和全世界各国政府的普遍关注。联合国的数据显示,全世界每年近 53 000 儿童被杀,18 岁以下儿童遭受各种不同形式不同程度的性暴力,男性达到 7%,女性达到 14%。2009 年,《柳叶刀》杂志一篇关于儿童虐待的专题报道显示,儿童虐待不仅发生在贫穷落后的国家或地区,在发达国家,每年约有 4%~16% 儿童遭受躯体虐待,而 10 名儿童中就有一名被忽视或遭受精神虐待。其中遭受严重性虐待比例,女性为 5%~10%,男性为 5%,任何形式的性虐待比例高达此数据的三倍。儿童虐待已成为针对儿童暴力中的严峻课题。

WHO 对儿童虐待的定义是指对儿童有义务抚养、监管及有操纵权的人作出的足以对儿童的健康、生存、生长发育及尊严造成实际或潜在伤害的行为,包括躯体虐待、情感虐待、性虐待、忽视及经济剥削等形式。美国的研究显示,每年约有 200 万儿童遭受虐待,其中16.9 万儿童受到严重的外伤或剥削。儿童遭受虐待的形式 50% 以上是性虐待,躯体虐待为34%,儿童忽视为 15%,大多数情况出现两种及两种以上的暴力表现形式,且任何形式的虐待都有情感虐待的成分。而在国内尚无全国性调研数据。2003 年,曹玉萍、张亚林等(2006)在湖南省进行了大样本整群分层抽样的流行病学调查显示,儿童虐待的发生率为7.8%。何影等(2010)在四百余名大学生中进行了儿童期受虐情况的回顾性调查,发现大学生群体中儿童期虐待发生率较高,且儿童期遭受情感和躯体忽视的比例接近 90%,儿童期忽视涉及躯体、情感、教育、医疗等多个方面。WHO 报告的数据显示,躯体虐待和情感虐待率可以高达 75% 和 85%。说明儿童虐待与忽视相对更普遍、更隐蔽,也更容易被忽视,这值得我们关注和重视。儿童虐待可导致儿童的急性躯体伤残,包括骨折、脏器损伤、硬膜下血肿等,甚至终身残疾;躯体伤残可能导致进一步的生长发育滞后,甚至致死;长期反复受虐可能引发严重的认知情绪行为问题及其他精神病理问题,比如抑郁障碍、嗜烟酗酒、物质滥用、创伤后应激障碍、人格发育不良或人格障碍,甚至自杀;然而,不是所有的受虐个体在儿童期都会陷入困境,他们中的大多数都经历了精神病理学改变的慢性过程。

第二节 儿童虐待与人格形成

国内外许多学者正致力于儿童虐待的相关因素研究,从而更为有效地对受虐儿童进行

239

早期干预及随访治疗。儿童虐待的发生有社会文化及宗教因素的影响,也有研究报道社会的稳定程度和经济水平对儿童虐待有一定影响。当然,儿童虐待也有家庭因素的影响,国内外研究提示,失业、社会经济地位低下、居所不定、单亲、重组家庭较易发生儿童虐待。杨世昌等(2003)比较了儿童受虐家庭与一年内未发生儿童虐待家庭的父母养育方式,发现儿童受虐家庭父母养育方式缺乏理解及情感交流,常采用惩罚、严厉、拒绝、否认、过度干涉与保护的方式进行。针对儿童个体而言,儿童个性固执、我行我素较容易引发受虐,智力低下或患有先天性疾病是儿童备受歧视和虐待的重要原因。杨世昌等(2004)还针对受虐儿童运用艾森克人格问卷(EPQ)儿童版进行个性特征研究发现,不论性别,受虐儿童情绪不稳分(EPQ-N)较未受虐儿童得分高,而掩饰分(EPQ-L)低于未受虐儿童。其中,男性受虐儿童精神病倾向分(EPQ-P)高于男性未受虐儿童,女性儿童中没有发现个性特征的差异。这一发现提示受虐儿童具有某种共同的人格特性。这是儿童长期在暴力冲突环境下形成的个性特征还是让其成为受虐者的原因,结果不得而知。

儿童及少年是人生成长阶段的关键时期,也是人格形成的关键时期。人格是一个人固定的行为模式及在日常活动中待人处事的习惯方式,人格的形成与先天的生理特征及后天的生活环境均有较密切的关系。人格既具有相对的稳定性又具有一定的可塑性。人格障碍是人格特质的病理性增强。ICD-10 和 DSM-Ⅳ指出人格障碍具有三个要素:①早年开始,于童年或少年起病;②人格的一些方面过于突出或显著增强,导致牢固和持久的适应不良;③对本人带来痛苦或贻害周围。

人格障碍分为多种亚型,反社会人格障碍表现高攻击性,无羞耻感,行为无计划;分裂样人格障碍表现退缩,不爱交往,丧失认识现实的能力;冲动型人格障碍表现情绪不稳,缺乏冲动控制;边缘型人格障碍表现高度冲动性,情绪不稳,持久空虚感和厌倦感;偏执型人格障碍表现猜疑偏执,过分警惕和防卫,过分自负,病理性嫉妒;另外,还有强迫型、表演型、依赖型等类型。人格形成及人格障碍的成因相当复杂,遗传因素与环境因素均对人格的塑形产生一定影响。双生子的研究提示,正常人格特质的遗传性可以解释 45%~50% 的个体差异,而遗传因素又可以解释人格障碍总变异的 40%~60%。作为高危的环境预测因素之一,儿童期受虐的研究一度成为人格障碍形成的研究热点。儿童期虐待会影响母子的依恋关系,也会对家庭的互动模式产生负面的影响,从而进一步影响儿童的人格发育。

儿童期虐待和忽视影响了个体自尊和自我评价的良性发展,可能造成儿童期情绪行为问题,也会影响成年后人际交往和家庭关系。大量研究表明,儿童期虐待与目睹家庭暴力造成的影响是家庭暴力代际传承的重要因素之一,有趣的是它还存在性别差异,比如,女性在童年期遭受性虐待,成年后容易再次遭受性虐待和其他形式家庭暴力;而男性在儿童期遭受虐待,成年后容易出现反社会行为暴力攻击行为。邹韶红等研究分别发现家庭暴力家庭中受虐者与施暴者有儿童期虐待史报道,新婚夫妇中儿童期遭受情感虐待和躯体虐待对其成年受虐有影响,而女性在儿童期遭受躯体虐待和性虐待,成年后更容易成为受虐者,男性则未发现此特点。而笔者则在近期的研究中发现男性在儿童期遭受躯体虐待对其成年后严重躯体施暴行为的形成产生一定影响。且在探讨成年男性严重躯体施暴者的人格特征与儿童期虐待的关系研究中发现,儿童期遭受不同形式的虐待,对人格塑形产生不同的影响。遭受躯体虐待,成年后更容易出现喜爱新奇、冲动、难以持之以恒、依赖、易悲观的人格特质。也有研究报道,家庭暴力施暴者具有情绪不稳、行为冲动的边缘人格特质,且长期社会角色的挫败感常加重施暴者的低自尊,从而引发家庭暴力,因此,家庭暴力的代际承袭可能由低自尊、猎奇冲动性人格特征等因素中介调节。加拿大 UBC 心理学教授 Donald G. Dutton 在家庭暴力的科研和实践领域积累了不少的宝贵资料，他将家庭暴力的施暴者分为两个维度，过度控制型（over-controlled）与难以控制型（under-controlled），冲动型（impulsive）与蓄意型（instrumental）。认为不同类型的施暴者有不同的人格特质或不同程度的人格障碍。其中，难以控制-冲动型往往多见边缘型人格特质，难以控制-蓄意型多见精神病理性攻击或反社会型人格特质，过度控制-冲动型及过度控制-蓄意型多见回避型、依赖型、被动攻击型人格特质。一系列的研究资料提示我们人格特质及人格障碍可能是家庭暴力代际循环的中介因素之一。

第三节 儿童虐待与人格障碍

一、儿童虐待与人格障碍的社会心理学因素

人格障碍作为一种复杂的精神障碍，其病因机制一直是研究的焦点。回顾近年的相关研究，发现儿童期负性事件是人格障碍病因机制中的重要环境因素。儿童受虐是儿童成长过程中典型而持续的负性生活事件。

以往许多研究发现，早期创伤可以导致各种成年精神卫生问题。在 DSM-Ⅳ 轴 Ⅱ 障碍中，早期创伤可以出现成年后边缘型、反社会型、回避型、偏执型甚至分裂样人格障碍。近年一项社区人群的回顾性研究也证实了这一结论，这些社区样本均排除了 DSM-Ⅳ 轴 Ⅰ 诊断障碍，即未发现临床精神疾病（除人格障碍和智能障碍外），提示在儿童期不论遭受何种虐待，都容易出现各型人格障碍，包括偏执型、自恋型、边缘型、反社会、强迫型、被动攻击型、抑郁型人格障碍。也有研究对 196 名大学生进行了回顾性的自陈问卷调查，利用结构方程模型原理统计发现儿童期遭受情感虐待、父母控制性强、无父母照顾均为成年精神疾病发病的直接原因，这一过程可能是由于儿童期遭受虐待的创伤经历对人格形成造成了不良影响，并且不成熟的防御机制及低自尊起中介调节作用，从而较容易罹患精神疾病。2004 年 Battle 等的一项大样本多机构合作的纵向研究，发现儿童期负性经历与人格障碍存在不同程度的关联，这项研究调查了 600 名不同类型人格障碍（包括边缘型、分裂样、回避型、强迫型人格障碍）或不伴人格障碍的重症抑郁患者，发现人格障碍患者报道儿童期受虐史的比例相当高，其中，73％患者报道儿童期遭受不同形式和程度虐待，83％患者报道儿童期遭受情感和躯体忽视；这项研究还发现边缘型人格障碍与儿童期受虐相关最显著，控制了边缘型人格障碍后，其他各型人格障碍也均与儿童期遭受虐待有关。以上研究提示儿童期受虐对人格障碍的形成产生一定影响，尤其是边缘型人格障碍。

早期 Herman 等（1989）的一项研究引起了大家的关注，此研究对 21 例边缘型人格障碍（borderline personality disorder，BPD）患者以及 11 例具备边缘型人格特征的个体及类似相关诊断的非边缘特质个体进行儿童期创伤事件的深入访谈，得到显著意义的结论，81％的边缘人格障碍患者经历了严重的儿童期创伤，其中躯体虐待占 71％，性虐待 68％，目睹严重的家庭暴力者占 62％；边缘型人格特征的个体遭受虐待经历较少，非边缘特质的个体更少。这一结果提示我们边缘型人格障碍与儿童期虐待史的紧密联系。此后 Ogata 等（1990）、Brodsky 等（1995）的大量类似的研究开展，也证实了这一点。

最近的相关研究中，儿童虐待与边缘型人格障碍、反社会型人格障碍（antisocial personality disorder,ASP)的相关研究仍然最多。大量研究发现,儿童期遭受不同形式和程度的虐待和忽视对边缘型人格障碍的发生机制、临床表现、严重程度、治疗预后及转归均产生一定的影响。有研究回顾了 BPD 患者的早期创伤经历,发现 BPD 患者在儿童期曾遭受各种虐待形式,包括不同程度的情感与躯体虐待、忽视,并认为儿童期情感虐待是 BPD 的预测因子之一。同样,Bradley 等(2005)将 524 名 BPD 患者的家庭环境进行深入调查,采用多元回归分析的方法试图从家庭环境等方面来解释 BPD 患者的病因机制,家庭环境、父母的精神卫生问题、儿童期虐待史均可以独立的预测 BPD 症状,尤其是儿童期遭受性虐待及儿童期不良家庭环境是 BPD 的主要成因之一。Kuritarne 等研究认为,严重而持久的家庭内儿童期性虐待是 BPD 的重要成因。关于 BPD 严重的特征性症状,包括情绪不稳定和严重的自杀企图及自杀行为与儿童期虐待的关系也有许多研究。有学者对 BPD 患者的自杀行为进行研究,试图找出其自杀行为的预测因子,结果发现 BPD 的诊断标准中除自伤标准外,情绪不稳、身份障碍和冲动性均可以预测自杀行为,而情绪不稳和儿童期经历性虐待成为自杀企图的危险因子。另 Zanarini 等(2006)的一项有意义的前瞻性研究将 290 名 BPD 患者随访10 年,其中,88%患者治疗后缓解,39.3%患者 2 年后缓解,21.9% 6 年后缓解,3.7%10 年随访未得到缓解,而以下 7 个因素可能是 BPD 缓解的保护因子,即更年期、儿童期未遭受性虐待、无物质滥用及家族史、工作背景较好、五大人格特质评估无焦虑人格特质、低水平神经质和高水平友善性,提示 BPD 患者儿童期遭受性虐待可能影响其预后及转归。也进一步提示,儿童期遭受不同形式的虐待,均对人格形成产生一定影响,尤以儿童期性虐待和躯体虐待产生后果更为严重。还有研究关于 BPD 患者的依恋关系,也同样解释了以上结论。这一结论发现 BPD 患者具有成人依恋关系不良的特点;这些依恋关系问题与儿童期虐待显著相关;BPD 依恋关系不良与其病情发展和临床预后息息相关。

以往研究证实,大部分犯罪人群罹患 ASP。近年一项青少年犯罪人群的病例对照回顾性研究中,研究者发现儿童期创伤对 ASP 的形成及发展有一定影响,这一人格不良常被作为反社会行为和攻击行为的中介预测因子;此研究还探讨了性别差异,发现男性犯罪群体儿童期遭受虐待和/或忽视是反社会人格和行为出现的重要因素,在女性群体则不然,女性中家庭环境,如无父母照顾的负性生活环境是其反社会人格和行为、攻击行为形成的重要因素,其次是遭受虐待和忽视。这项研究提示,儿童期遭受虐待和/或忽视对反社会人格和行为、攻击行为有一定的影响,尤其在男性犯罪群体中,这种决定性尤为显著。笔者近期参与的社区家庭暴力研究也发现,儿童期遭受不同形式虐待,成年后容易出现严重躯体施暴行为,而严重躯体施暴者往往有不同类型的人格不良甚至人格障碍。以往研究发现反社会人格群体具有麻木无情(callous-unemotional,CU)的人格特质,其成因可能与负性情绪的处理缺陷有关。近年一项研究探讨了两者之间的中介机制,发现了具有 CU 特质且负性情绪刺激反应增强的群体在早期均遭受不同程度虐待,支持了儿童期遭受虐待影响人格特质的结论。

药物依赖群体中,儿童期虐待与人格特质也存在一定的关联。有学者对 228 名药物依赖的患者进行了横断面回顾性调查,发现 50%报道儿童期遭受情感虐待,42%遭受躯体虐待,42%遭受性虐待;并发现儿童期遭受情感和躯体虐待者,容易出现边缘型人格障碍、回避障碍、受虐狂、自恋倾向,遭受情感虐待较容易导致施虐倾向,遭受躯体虐待较易出现偏执倾向,性虐待更多倾向反社会人格特质,严重人格不良可以出现在遭受多种形式虐待者;而女性药物依赖者儿童期经历创伤更容易出现问题性人格特质。

二、儿童虐待与人格障碍的生物学相关因素

近来,儿童虐待与人格障碍的关系在生物学方面的探讨也成为研究热点,研究主要结合应激相关的神经内分泌网络、脑结构功能、基因、药物治疗方面进行研究。Cicchetti 等(2007)有一项大样本的多层次前瞻性研究,比较低收入人群中受虐儿童与非受虐儿童(共677人)的适应功能与两种应激相关激素,包括血清可的松和脱氢表睾酮(DHEA)浓度之间的关联,并试图分析儿童期虐待与某些人格特质的生物学关联,结果发现遭受躯体虐待的儿童,早晨血清皮质醇浓度与弹性适应功能呈正相关,即浓度越高,适应弹性功能越好;而早晨与下午的 DHEA 浓度与适应弹性功能呈负相关,即浓度越高,适应弹性越差。提示儿童期遭受躯体虐待对适应弹性功能有一定的影响,其基础是机体也发生生物学上的相应改变。Jogems 等(2007)关于边缘型人格障碍女性患者血清可的松和 DHEA 的研究,发现在所有BPD 患者中,可的松水平没有显著性差异,而在儿童期遭受虐待合并创伤后应激障碍(PTSD)的 BPD 患者中差异显著。Lee 等(2005)Van Voorhees 等(2004)研究分析了人格障碍患者早期生活创伤与脑脊液中促肾上腺皮质激素释放激素(CRF)之间的关系,发现脑脊液中 CRF 浓度与儿童期虐待呈正相关,与儿童期遭受情感忽视显著相关,以上结果均提示人格障碍患者早期创伤可以影响成年应激相关激素浓度。下丘脑-垂体-肾上腺(HPA)轴是目前公认的人类应激反应系统,与人类情绪反应、认知行为也紧密相关。有研究发现儿童期遭受虐待可以导致成年期 HPA 轴功能不良,遭受虐待时年龄、父母反应,以及继发的应激、虐待的形式均能对 HPA 轴产生不同程度的影响。

神经影像学的发展开创了新的研究方向。最新研究显示,儿童遭遇虐待的时期正是儿童大脑发育的关键时期,因此,儿童期虐待可能造成难以修复的大脑结构与功能影响。Brambilla 等(2004)研究提示 BPD 患者的海马体积下降,与儿童期创伤经历有关,而且双侧海马体积较小者,往往经历了严重的儿童期创伤,双侧壳核体积增加者,往往合并物质滥用,认为儿童期创伤经历可能会导致海马萎缩。Zanetti 等(2007)对 BPD 患者进行胼胝体 MRI扫描,发现儿童期遭受性虐待的 BPD 患者胼胝体后侧较薄。Lange 等(2005)的研究将儿童期遭受性虐待或躯体虐待,并合并有分离症状的 BPD 女性患者进行氟-2-脱氧葡萄糖-正电子发射断层扫描术(FDG-PET),发现这些患者在右颞部或前梭状回、左侧楔前叶和后侧扣带回皮质 FDG 的摄取水平下降。儿童期虐待经历作为早期严重创伤事件,会留下创伤记忆。Schmahl 等(2004)针对 BPD 患者儿童期创伤记忆的 PET 研究,发现背外侧和中部的额叶皮质功能异常可能与儿童期创伤记忆回忆过程有关。提示这些脑区可能是调节创伤相关症状,比如情绪不稳定,分离症状。

遗传与环境相互作用对人格的形成、人格障碍起到至关重要的作用。最新的神经生物学和表观遗传学研究进展给我们打开了新的思路。人类面临负性应激事件与不良环境时,机体的神经内分泌系统发育会产生一定变化,这些负性经历和环境主要是对机体的代谢、免疫系统、器官功能等重要生命调节机制产生影响。当机体易感的表型暴露于负性的环境条件下,保护机制将转变为伤害机制,从而产生不良结局,形成不良的情绪思维行为方式,甚至致病。按照这一理论,在生命的早期来自社会环境的应激源,比如儿童期虐待、忽视、贫穷、营养不良均可能导致精神卫生问题,比如焦虑、情感障碍、冲动控制障碍、重性精神疾病、物质滥用等和躯体疾病的发生,也会一定程度地增加晚年代谢疾病和心血管疾病的发病率。为证实这一理论,许多研究者们在动物和人类试验中进行早期生活经历,包括父母-子关系,

HPA轴活性,大脑发育的研究,为应激性事件对人类人格形成和疾病发展的神经生物学调节机制提供了重要线索。目前,从分子水平看,早期环境在整个生命环节中持续影响脑发育和塑形,而且动物实验也提示,在产后第一周,机体的内外环境可以通过基因的表观修饰来形成相对稳定而多样化的表型,从而在大脑中表达来塑造神经内分泌系统结构和功能,并影响机体对行为应激的反应性。这一新理论的产生和验证过程告诉我们,儿童期虐待这一早年的负性生活事件可能会对大脑神经免疫内分泌网络发育以及人格形成、罹患疾病产生不可忽视的作用。

许多研究还报道了*MAOA*基因与儿童期负性经历的相互作用预测反社会人格障碍。Foley等(2004)研究发现,儿童期遭受虐待对反社会人格障碍是主效应,而*MAOA*是次效应,即环境对人格障碍的影响效应更为显著,而*MAOA*基因低水平表达可能增加有儿童期负性事件的人格障碍的危险性。有个案报道发现,小剂量抗癫痫药物托吡酯对有儿童期创伤史的BPD患者有一定治疗效果,推测托吡酯可以减轻对创伤性事件的灾难性反应,并提高患者的适应能力;还能对创伤记忆有一定的消除作用,从而减少创伤继发的情绪行为反应。个案报道引发了研究者对药物试验的兴趣,有学者尝试用药物试验比较曾经遭受性虐待和未遭受性虐待的BPD患者以及正常健康人的神经生理学差异,采用氯苯哌啶,吡啶斯的明,可乐定三种药物来比较三组反应,结果未发现儿童期性虐待与BPD的直接生物学关联。

第四节　儿童虐待相关问题

儿童期负性生活环境,尤其是儿童期严重而持续的负性生活事件儿童期受虐对人格的塑形或人格障碍的形成产生一定影响,这一影响在社会心理学、神经生物学、神经影像学、遗传学方面均有相关研究,提示儿童期负性经历在人格形成、人格病理化过程中不可忽视的作用,当然这绝不是影响的唯一因素。

近年,儿童虐待与人格障碍的相关研究中也存在一定局限。第一,社区人群研究较少,特殊人群研究较多,如犯罪人群、物质滥用人群;第二,多为人格障碍患者的回顾性研究,尤其是边缘型人格障碍与反社会人格障碍;第三,研究中对儿童期虐待的评定方法不一,影响最终结论的可比性;第四,相关神经影像学研究仍集中在BPD患者人群,生物学研究基本围绕应激相关神经递质和激素。因此,今后的相关研究可将样本纯化,提高结论说服力;前瞻性研究将进行纵向观察,明确儿童期受虐不同形式和不等程度的最终转归,使研究更有意义;并且统一评估尺度,提高研究之间的可比性和一致性;生物学研究可以进一步拓展,结合表观遗传学、行为遗传学理论,研究环境与基因的相互作用对人格发展、人格障碍形成的影响。

人格障碍是复杂的精神病理现象,其形成机制一直是精神医学的热点课题。明确其形成机制中儿童期受虐的影响是为了更好的指导临床的早期发现、早期预警及早期干预。研究者们已经发现儿童情绪不稳、行为问题、低自尊、早期人格病理、社交技能缺乏均与人格障碍的发展有一定关系。但也有文献报道,少数在儿童期反复经历严重躯体虐待或性虐待,成年后并不出现精神病理迹象,这一现象与成长过程中的父母亲照顾、青春期的同伴关系紧密、成年后的伴侣生活质量较高、个人的人格类型均有关系。因此,针对早期遭受虐待和被忽视的儿童进行早期个体及家庭干预,在成长过程和成年后减少后期不良应激,并进行及时有效的靶向心理辅导和干预,将预防其异常人格的形成及其他精神病理学现象的发生。

（柳　娜）

参 考 文 献

1. Battle CL, Shea MT, Johnson DM, et al. Childhood maltreatment associated with adult personality disorders: findings from the Collaborative Longitudinal Personality Disorders Study. Journal of Personality Disorder, 2004, 18(2):193-211.

2. Bornovalova MA, Gratz KL, Delany-Brumsey A, et al. Temperamental and environmental risk factors for borderline personality disorder among inner-city substance users in residential treatment. Journal of Personality Disorder, 2006, 20(3):218-231.

3. Bradley R, Jenei J, Westen D. Etiology of borderline personality disorder: disentangling the contributions of intercorrelated antecedents. Journal of Nervous and Mental Disease, 2005, 193(1):24-31.

4. Brambilla P, Soloff PH, Sala M, et al. Anatomical MRI study of borderline personality disorder patients. Psychiatry Research, 2004, 131(2):125-133.

5. Brodsky BS, Cloitre M, Dulit RA. Relationship of dissociation to self-mutilation and childhood abuse in borderline personality disorder. Am J Psychiatry, 1995, 152:1788-1792.

6. Cicchetti D, Rogosch FA. Personality, adrenal steroid hormones, and resilience in maltreated children: a multilevel perspective. Development and Psychiatry, 2007, 19(3):787-809.

7. Cohen P. Childhood risk for young adult symptoms of personality disorder: method and substance. Multivariate Behav Pes, 1996, 31(1):121-148.

8. Collishaw S, Pickles A, Messer J, et al. Resilience to adult psychopathology following childhood maltreatment: evidence from a community sample. Child Abuse and Neglect, 2007, 31(3):211-229.

9. Do PPA, Kristensen CH, Bacaltchuck J. Can childhood trauma predict response to topiramate in borderline personality disorder. Journal of Clinical Pharmcology Therapy, 2006, 31(2):193-196.

10. Dutton DG. The abusive personality: violence and control in intimate relationships. New York: The Guilford Press. 2007:1-20.

11. Foley DL, Eaves LJ, Wormley B, et al. Childhood adversity, monoamine oxidase a genotype, and risk for conduct disorder. Archieves of General Psychiatry, 2004, 61(7):738-744.

12. Gilbert R, Widom CS, Browne K, et al. Burden and consequences of child maltreatment in high income countries. Lancet, 2009, 373(9657):68-81.

13. Grover KE, Carpenter LL, Price LH, et al. The relationship between childhood abuse and adult personality disorder symptoms. Journal of Personality Disorder, 2007, 21(4):442-447.

14. Haller DL, Miles DR. Personality disturbances in drug-dependent women: relationship to childhood abuse. American Journal of Drug and Alcohol Abuse, 2004, 30(2):269-286.

15. Herman JL, Perry JC, van der Kolk BA. Childhood trauma in borderline personality disorder. Am J Psychiatry, 1989, 146:490-495.

16. Jogems KBJ, de Knijff DW, Kusters R, et al. Basal cortisol and DHEA levels in women with borderline personality disorder. J Psychiatr Res, 2007, 41(12):1019-1026.

17. Kimonis ER, Frick PJ, Munoz LC, et al. Callous-unemotional traits and the emotional processing of distress cues in detained boys: testing the moderating role of aggression, exposure to community violence, and histories of abuse. Development and Psychiatry, 2008, 20(2):569-589.

18. Kimonis ER, Frick PJ, Munoz LC, et al. Callous-unemotional traits and the emotional processing of distress cues in detained boys: testing the moderating role of aggression, exposure to community violence, and histories of abuse. Development and Psychiatry, 2008, 20(2):569-589.

19. Lange C, Kracht L, Herholz K, et al. Reduced glucose metabolism in temporo-parietal cortices of women with borderline personality disorder. Psychiatry Research, 2005, 139(2):115-126.

20. Lee R,Geracioti TD Jr,Kasckow JW,et al. Childhood trauma and personality disorder:positive correlation with adult CSF corticotropin-releasing factor concentrations. American Journal of Psychiatry,2005, 162(5):995-997.

21. Minzenberg MJ,Poole JH,Vinogradov S. Adult social attachment disturbance is related to childhood maltreatment and current symptoms in borderline personality disorder. Journal of Nervous and Mental Disease,2006,194(5):341-348.

22. Ogata SN,Silk KR,Goodrich S,et al. Childhood sexual and physical abuse in adult patients with borderline personality disorder. Am J Psychiatry,1990,147:1008-1013.

23. Schmahl CG,Vermetten E,Elzinga BM,et al. A positron emission tomography study of memories of childhood abuse in borderline personality disorder. Biological Psychiatry,2004,55(7):759-765.

24. Van VE,Scarpa A. The effects of child maltreatment on the hypothalamic-pituitary-adrenal axis. Trauma,Violence & Abuse,2004,5(4):333-352.

25. Weaver IC. Shaping adult phenotypes through early life environments. Birth Defects Res C Embryo Today,2009,87(4):314-326.

26. World Health Organization (WHO). Report of the consultation on child abuse prevention. Geneva,29~31March,1999.

27. Zanarini MC,Frankenburg FR,Hennen J,et al. Prediction of the 10-year course of borderline personality disorder. American Journal of Psychiatry,2006,163(5):827-832.

28. Zanetti MV,Soloff PH,Nicoletti MA,et al. MRI study of corpus callosum in patients with borderline personality disorder:a pilot study. Progress in Neuropsychopharmacology & Biology Psychiatry,2007, 31(7):1519-1525.

29. 曹玉萍,张亚林,孙圣琦,等.湖南省家庭暴力流行病学调查总体报告.中华流行病学杂志,2006,27(3): 200-203.

30. 何影,张亚林,李丽,等.儿童期虐待、目睹家庭暴力对大学生自尊的影响.中华行为医学与脑科学杂志, 2010,19(4):355-357.

31. 刘玎,卢宁.青春期人格障碍病理机制研究进展.中国心理卫生杂志,2008,22(11):859-864.

32. 柳娜,何影,邹韶红,等.家庭暴力系列研究.中华医学会精神病学分会第八届全国年会汇编. 2009 年 10 月,长沙.

33. 柳娜,张亚林,曹玉萍,等.成年男性严重躯体施暴者人格与儿童期受虐关系.中国公共卫生,2010,26 (6):733-734.

34. 柳娜,张亚林,黄国平.成年男性严重躯体暴力行为与儿童期受虐的关系.中国临床心理学杂志,2008, 16(5):516-518.

35. 杨世昌,杜爱玲,张亚林.国内儿童受虐状况研究.中国临床心理学杂志,2007,15(5):552-554.

36. 杨世昌,张亚林,郭果毅,等.受虐儿童的父母养育方式探讨.实用儿科临床杂志,2003,13(1):16-17.

37. 杨世昌,张亚林,黄国平,等.受虐儿童个性特征初探.中国心理卫生杂志,2004,18(9):617-618,671.

38. 杨世昌,张亚林.国外儿童虐待的研究进展.实用儿科临床杂志,2002,17(3):257-258.

39. 邹韶红,张亚林,张勇,等.儿童期虐待与亲密伴侣暴力关系.中国公共卫生,2007,23(2):181-182.

第二十三章

家庭暴力对儿童行为的影响

第一节　概　　述

如前所述,家庭暴力不仅是一个社会问题,同时更是一个医学问题和精神卫生问题。曹玉萍、张亚林等 2003 年在我国境内首次完成的一项大规模家庭暴力流行学调查发现,该地区家庭暴力终生发生率为 16.2%,虐待儿童为 7.8%。按此推算,保守的估计我国至少也有4000 万个家庭发生过家庭暴力,涉及人口将近 2 亿,其中儿童约为 4400 万! 暴力不仅直接伤害受虐者的身体使其致伤、致残、甚至致死,而且还会对受虐者心理健康造成损害致其出现各种各样的心理问题甚至是精神疾病。而在家庭中居于绝对弱势地位的儿童,其所受的暴力及由此带来的伤害就更为突出。

在家庭暴力环境中长大的儿童,即便是作为旁观者,其心理、行为也会受到不良影响。目睹家庭成员之间大打出手的暴力场面会使儿童受到惊吓,并丧失安全感。Caspi A 等(2004)研究发现,家庭成员之间常公开表露愤怒、攻击和矛盾,譬如夫妻常常相互争吵等会对儿童产生不良影响,可能会增加男女儿童各种行为问题发生率,尤其易导致儿童的攻击性行为和抑郁症状。成人间的家庭暴力在除外遗传因素的情况下分别可使 2% 和 5% 的儿童出现内向和外向行为问题。也可能因为长者的言传身教、潜移默化使得儿童模仿暴力行为,造成家庭暴力的“承袭”。或者为了躲避“灾难”,儿童可能离家出走,失去受抚养、受关爱、受保护、受教育的权利和机会。自然可能造成更为严重的行为问题。

若直接遭受暴力,儿童心理受损可能会更广泛、更严重。大量研究发现,受虐待儿童存在多方面的行为问题、情绪问题和心理病理问题。高攻击性是遭受躯体虐待儿童最突出的行为问题之一。Kaplan 等(1998)人的研究指出,躯体虐待是青少年精神障碍的重要危险因素,遭受躯体虐待的青少年精神障碍发生率明显升高,其抑郁症、品行障碍和物质滥用的发生率分别是对照组的 7 倍、9 倍和 19 倍。遭受躯体虐待或忽视的儿童还表现出较多的品行障碍问题、注意问题、多动、破坏行为、反社会行为等。高攻击性和高社会退缩,是受虐待(特别是躯体虐待和忽视)儿童在同伴关系中的两种典型表现,其同伴关系维持也存在严重困难。性虐待经历所造成的行为后果近期多表现为社会退缩、成绩下降、离家出走、焦虑、抑郁、自杀等;远期多表现为性别角色冲突、异性化行为以及多种性行为问题。

但也有研究者在综合分析了许多已有研究后发现,儿童受虐事件多发生于功能失调的社会、家庭环境中,存在着诸如父母离异、酗酒、吸毒、适应不良、家庭经济状况差及地区经济文化水平低等因素。在此基础上他们提出,也许并非受虐经历增加了儿童的易感性,使其罹患心理行为问题的几率增高,而是某种不良的社会或家庭环境因素作为一个共同的原因导致儿童受虐待的危险性和心理行为问题的发生率同时升高。

第二节 研究方法

有关儿童行为问题的影响因素,许多学者进行了深入而广泛的研究,发现儿童行为问题的发生可能与先天生物学因素有关,但后天的环境因素在其中肯定起了重要的作用。在各种环境因素中,对人的心理发展影响最直接、最深刻、最持久的是家庭环境。许多研究表明,家庭结构、家庭经济状况、家庭氛围、亲子关系、父母文化职业及父母养育方式等都会显著影响儿童心理、行为的发展。

由于儿童受虐问题本身所固有的特殊性及伦理学影响,基于普通儿童样本的前瞻性纵向研究在实践上几乎无法实施。在探讨受虐经历与心理行为问题的关系时,现有的研究多以临床样本或其他特殊人群(如监狱犯人、妓女、吸毒者等)为对象进行回顾性调查,使得许多混杂因素难以避免,如家庭功能失调、父母离异、冲突、酗酒、吸毒、适应不良等。许多研究也未能很好地控制诸如家庭结构、父母的状况、地区环境等因素的影响,而这些因素在许多研究中亦被证实会对儿童行为产生诸多影响。显然,在此种情况下作出虐待会导致儿童出现众多行为问题的论断是不恰当的。

单纯家庭暴力这一因素是否会使儿童出现行为问题,如出现问题会是什么样的问题?依据已有的心理学理论及研究基础,我们认为家庭暴力这一刺激事件给儿童造成的心理应激会对其心理和行为产生影响。但确切的结论还需要我们纯化样本,尽量排除混杂因素的干扰来进一步研究证实。

为此,本章以社区中处于家庭暴力环境中的儿童为研究对象,以同时期、同地区家庭结构、经济状况与其相近的无家庭暴力环境儿童为对照组,试图在排除外在的地区文化、经济环境及家庭的结构、经济状况、父母职业文化等混杂因素影响的条件下,专一探讨家庭暴力因素对儿童行为的影响,以期得出更为可靠和明确的结论。

研 究 方 法

(一)研究对象

研究对象为河南省新乡市市区及近郊农村12~16岁的少年儿童。

入组标准为:①其家庭中近1年内有严重家庭暴力行为发生,该情况由市、县或村镇等各级妇联、派出所或居委会反映,经对家庭成员进行访谈及相关问卷评定后确证;②其家庭为本地长期住户,父母三代均为汉族;③取得父母及其本人知情同意。

排除标准为:①本人曾患精神疾病、脑器质性疾病或严重躯体疾病;②父母两系三代家族中有精神疾病史。

本研究试图排除外在的地区文化、经济环境及家庭的结构、经济状况、父母职业文化等因素的干扰,探讨家庭暴力对儿童行为问题的影响。所以在选择样本时,除了要筛选有家庭暴力环境的儿童为研究组外,还要尽量选择同地区家庭结构、经济状况等与其相近的无家庭暴力环境儿童作为对照。

通过筛选符合入组标准并完成研究的研究组儿童共 93 名,对照组儿童 54 名。对两组一般情况的比较可以发现,研究组与对照组儿童的年龄、性别、文化程度、母孕产期状况及幼年发育、健康状况、父母职业文化及家庭的结构、经济状况等一般人口学资料及所在地区的文化、经济环境等差异均无统计学意义。这样就尽可能的排除了上述混杂因素对儿童行为问题带来的影响,突出了所要研究的家庭暴力的影响。因此,所选样本符合研究设计的要求。

(二) 研究工具

1. 自编一般情况问卷　包括被调查者的性别、年龄、母孕产期状况、幼年生长发育及健康状况、文化程度、家庭结构、家庭经济状况、周边社会环境以及其父母的年龄、文化程度、职业等。

2. 自编家庭暴力情况问卷　包括被调查者的家庭关系、家庭暴力情况的有无、暴力对象、暴力频率、暴力严重程度等问题。

3. 儿童期受虐经历问卷[childhood trauma questionnaire(28 item short form),CTQ-SF]　CTQ-SF 由美国纽约 Bernstein D 和 Laura F 教授编制并提供给本研究使用。该量表共有 28 个条目,包括五个因子:①EA(情感虐待),②PA(躯体虐待),③SA(性虐待),④EN(情感忽视)和⑤PN(躯体忽视)。每个条目采用 5 级评分:1 分:从不;2 分:偶尔;3 分:有时;4 分:经常;5 分:总是。

4. 父母养育方式评价量表(egma minnen av bardnosnauppforstran,EMBU)　EMBU 是 1980 年瑞典 Umea 大学精神医学系 Perris 等人共同编制,用来评价父母教养态度和行为的问卷,国内由岳冬梅修订。由 66 个条目组成,每个条目按"从不"、"偶尔"、"经常"、"总是"4 个等级由儿童根据过去的印象对父亲和母亲分别评价。包含 11 个因子,其中父亲养育方式 6 个因子:F1(父亲情感温暖与理解)、F2(父亲惩罚、严厉)、F3(父亲过分干涉)、F4(父亲偏爱被试者)、F5(父亲拒绝、否认)和 F6(父亲过度保护)。母亲养育方式 5 个因子:M1(母亲情感温暖与理解)、M2(母亲过度干涉、过度保护)、M3(母亲拒绝、否认)、M4(母亲惩罚、严厉)和 M5(母亲偏爱被试者)。

5. Achenbach 儿童行为量表(child behavior checklist,CBCL)　由美国心理学家 T. M. Achenbach 及 C. Edelbrock 于 1976 年编制的父母用儿童行为量表,主要用于评定儿童行为和情绪问题。本研究选用 1991 年修订版行为问题部分,该部分由 113 个条目组成,按 0、1、2 三级评分,共包括 8 个行为问题分量表,即退缩、躯体主诉、焦虑/抑郁、社交问题、思维问题、注意问题、违纪行为、攻击性行为。其中前三个分量表归为内化性行为问题,后两个分量表归为外化性行为问题。

(三) 研究方法

1. 采用线索调查　据市、县或村镇等各级妇联、派出所或居委会反映,筛选存在家庭暴力行为的家庭,并使用自编家庭暴力情况问卷对家庭成员进行访谈、评定。经知情同意后,将符合入组标准的儿童纳入研究组。就近寻找与之家庭结构及经济状况相似且无家庭暴力情况家庭的儿童作为对照组。

2. 调查质量的控制　调查由两名研究生进行。调查前系统学习并掌握所用调查工具的使用方法和调查技巧,同时对调查过程中可能涉及的名词、术语、概念作了统一的规定。对调查步骤作了详细的说明,对调查过程中可能出现的问题,使用统一的解决办法。所有研究工具均不填写姓名,避免使用特别敏感的字眼,如儿童期受虐问卷,易名为"儿童期情况调查表"等。

3. 调查的实施　由研究者发放问卷,当场收回。在评定前向被调查儿童解释研究意义,说明所有资料均保密,以消除其顾虑,能如实作答。将评分方法和要求向受试者交代清楚,待受试者表示完全理解后开始自我评定,在此过程中研究者不施加任何影响。对于文化较低者,由研究者逐项念题,并以中性的态度解释条目。其中《Achenbach 儿童行为量表(父母卷)》由其母亲填写。

第三节 家庭暴力中儿童的家庭氛围

一、家庭暴力中儿童的家庭气氛

家庭暴力研究组家庭中父母争吵的频率与程度显著高于对照组。其中争吵程度的差异最大,研究组有 51.6％的儿童认为父母间常存在互相辱骂、打斗的情况。这说明在我们收集到的家庭暴力样本中存在较多的辱骂、打斗等暴力形式。这一方面反映了为我们提供线索者以及大多数人对于家庭暴力的认识和关注还主要局限在躯体暴力方面,另一方面也反映出在儿童的心理认知上对家庭中严重的暴力现象较为关注,严重暴力所带来的强烈应激状况可能会给其心理带来较大的创伤。

研究组儿童中直接遭受家庭暴力的只占 55.9％,另外 44.1％为目睹家庭暴力。两组儿童间受虐状况差异主要存在于躯体虐待、情感虐待及情感忽视三个方面,以情感忽视得分最高、差异最为显著。这说明研究组中儿童本身所直接遭受的最多的是情感忽视,这可能与现代社会中人们忙于追求物质利益,只注意满足儿童的物质需要,而较少注意他们的情感需求,缺乏与儿童的情感沟通交流这一现实有关。

一个有趣的发现是:虽然研究组的父母之间似乎总在争吵甚至打斗,但他们之间的关系总的看来还是比较和谐的,与对照组相比,并没有太大的差别。这提示我们,在中国家庭中,和谐与暴力并非是非此即彼。在生活中我们也常会见到有些家庭一时打得头破血流,一时又好得如胶似漆。这种情况可能与我们的传统观念有关,传统上有诸如"打是亲,骂是爱"、"子不教父之过"、"棍棒之下出孝子"等家庭观念,认为家庭成员间的暴力行为是理所当然的,从而也就习以为常。这一方面会导致现存暴力的持续,另一方面也会导致家庭中的儿童沿袭这一观念,为新的家庭暴力埋好了引线。

二、家庭暴力中儿童的父母养育方式

父母养育方式是指父母在对子女实施教育和抚养的日常生活活动中所通常运用的方法和形式,是其教育观念和教育行为的综合体现。许多研究发现父母养育方式对子女的心理健康、焦虑/抑郁、自尊、社会性发展、问题行为的产生以及道德行为等方面产生了重要的影响。有关资料显示,青少年行为问题与父母教养因子的情感温暖、理解呈负相关,而与惩罚严厉、过分干涉、偏爱、拒绝否认和过度保护呈正相关。研究发现家庭暴力中儿童与对照组儿童父母养育方式差异主要存在于父亲情感温暖、理解与惩罚、严厉两个方面。研究组父亲的情感温暖、理解因子分低于对照组,而惩罚、严厉因子分高于对照组。

通过对父母养育方式评价量表与儿童期受虐问卷各因子间的相关分析可以发现,父母情感温暖、理解两个因子与受虐问卷各因子均为显著负相关,而父母惩罚、严厉及拒绝、否认与受虐问卷各因子均为显著正相关。这说明父母养育方式与儿童受虐状况间存在着一定的交集。

由此可见,两组间父母养育方式差别主要体现在父亲情感温暖、理解与惩罚、严厉这两个与儿童受虐相交的因子上,而交集之外的各因子间的差异无统计学意义,这说明两组父母养育方式的差异本质上也是儿童期虐待状况的差异。因此推测父母养育方式对儿童行为问题的影响可以归因为儿童遭受虐待这一根源。

第四节　家庭暴力对儿童行为的影响

儿童良好的行为模式及心理发育的成熟需要一个稳定和有安全感的环境，而儿童的主要生活环境是家庭，因此家庭环境、情绪气氛在儿童心理发展、个性形成中也起着重要的作用。一般认为，家庭和睦、亲密度高会给孩子一种安全感，有利于其心理行为的正常发育。相反，父母经常争吵、婚姻状况不良、母子关系差、有矛盾冲突等现象的家庭其子女行为问题的发生率会明显增高。

一、家庭暴力明显影响儿童的行为

在控制地区文化、经济环境及家庭的结构、经济状况、父母职业文化等影响因素后，结果发现处于家庭暴力环境中的儿童存在较多焦虑/抑郁、社交、注意、违纪、攻击等行为问题，特别是焦虑/抑郁与攻击行为最为突出，差异有显著统计学意义，这与 Caspi A 等（2004）的研究结果基本相同。

处于暴力环境中的儿童出现较多的焦虑/抑郁等情绪问题。这可能是因为这类家庭的家庭功能较差，家庭成员间情感交流少，缺乏融洽的家庭情绪氛围。生长于这种环境中的儿童，由于现实环境与其渴望父母和睦、家庭温馨的愿望相差甚远，导致其缺乏安全感，往往会产生焦虑、紧张及抑郁等情绪。而当其试图改变这种状况的努力无效甚至反遭父母训斥、虐待，而又无处求助时往往会产生挫折、无用、自卑等心理。长期维持此种应激、压抑状态，内化可进一步加重其焦虑/抑郁情绪等内向行为问题，而外化则会出现违纪攻击等行为。

家庭暴力环境下儿童攻击行为较突出，一方面可能与这类儿童的情绪控制和表达技巧方面的缺陷有关。躯体虐待经历可能损害儿童的情绪控制和表达技巧，使他们难以用言词表达情绪体验，因而常常借直接的行动（攻击）来表达其愤怒或痛苦的内在感受。另一方面，高攻击倾向可能是受虐待儿童对所处其中的虐待性环境所采取的一种防御策略。处于这种家庭环境中的儿童，由于经常目睹父母间的矛盾、吵骂甚至是打斗，在其心身发育的过程中很可能会以父母为榜样，对环境中任何有关伤害性刺激的蛛丝马迹保持高度警惕，并迅速作出攻击等反应。作为一种防御策略，高攻击性对处于虐待性环境中的儿童是具有适应和保护性意义的。

由于焦虑、抑郁等行为问题会出现较多的社会退缩行为，如变得较为孤僻、自闭而少与人交往，特别是在陌生的同伴群体中显得社交技巧极端欠缺。加之这类儿童与同伴交往时表现出较高的攻击倾向，其在处理问题时倾向于采用从父母处习得的暴力、攻击等方式，致使别人亦不愿与其交往，从而进一步加重了其社交问题的发展。

总之，家庭暴力环境会使儿童出现较多的行为问题，特别是焦虑/抑郁情绪和攻击违纪行为。

二、家庭暴力对不同性别儿童行为的影响

暴力家庭环境对男女儿童行为问题的影响不同。在家庭暴力环境中的男性儿童焦虑/抑郁、社交、注意、违纪、攻击各因子分及外向行为问题、行为问题总分均高于对照组，差异有

统计学意义;而在女孩间各因子分差异均无统计学意义。这说明男性儿童受家庭暴力环境的影响更容易出现各种心理行为问题。

出现性别差异,一方面可能与男女儿童先天的生物学基础有关。男性儿童较女性儿童更多的具有强而不稳定的性格特点,当处于家庭暴力这一环境或自身遭受虐待时,这种强烈的应激会促使其调动自身的各种心理防御机制来积极的对抗之。这就使得其具有较高的攻击违纪等行为,而如若对抗失败或无效,则会使其在心理上陷入"衰竭期",从现出现焦虑/抑郁以及注意等问题。这两种现象都会影响其社会交往能力。

另一方面还可能与其性别角色有关。一般来说,父母更加鼓励男孩攻击,对男孩的攻击行为更多持宽容的态度;而对女孩来讲,父母一般不向女孩灌输攻击的观念,对女孩的攻击行为也多持否定态度。因此男性儿童可能会出现较多的攻击、违纪等行为。

三、目睹暴力与直接遭受暴力对儿童行为的影响

虽然直接遭受家庭暴力的儿童出现的行为问题各因子分高于仅目睹家庭暴力的儿童,但仅在违纪行为这一方面的差异有统计学意义。两者与对照组儿童行为问题的差异基本相同。

这与我们一般认同的观念不同,通常认为直接遭受虐待的儿童会出现更多的心理行为问题,因为直接遭受虐待对儿童心理应激损害更直接、更严重。如 Kaplan 等(1998)的研究表明受虐待的儿童,尤其是受到躯体虐待的儿童的攻击性增强。躯体遭虐待的儿童在与同龄人玩耍中,比同龄人有更多的攻击、打架、卑劣行为和反社会行为。而且躯体遭虐待的儿童在学校比没有遭虐待但遭忽视的儿童或性虐待的儿童有更多的违纪现象、破坏性行为。

两种情形对儿童影响无明显差异,可能是因为同处于家庭暴力这一环境中,不管儿童本身是否遭受虐待,都会对儿童的认知系统产生影响,暴力情景对其心理的冲击作用基本相同,因而对儿童行为产生的影响相似。即使是单纯目睹暴力也会对儿童的行为产生明显影响。

当然,出现这种结果也可能是因为本研究样本量偏小,两组间差异未能完全显露而导致的。还需要扩大样本量进一步深入探讨。

(李龙飞)

参 考 文 献

1. Benjammsen S,Krarup G,Lauritsen R,et al. Personality,parental rearing behavior and parental loss in attempted suicide:a comparative study. Acta Sychiatr Scand,1990,82(1):389-397.

2. Caspi A,Moffitt TE,Morgan J,et al. Maternal expressed emotion predicts children's antisocial behavior problems:using monozygotic-twin differences to identify environmental effects on behavioral development. Dev Psychol,2004,40(2):149-161.

3. Cicchetti D,Toth SL. A developmental psychopathology perspective on child abuse and neglect. Journal of American Academy of Child and Adolescent Psychiatry,1995,34:541-565.

4. Cosentino CE,MeyerBahlburg HFL,Alpert JL,et al. Cross-gender behavior and gender conflict in sexually abused girls. Journal of American Academy of Child and Adolescent Psychiatry,1993,32:940-947.

5. David A. Wolfe,Claire V. Crooks,Vivien Lee,et al. The effects of children's exposure to domestic violence:a meta-analysis and critique. Clinical Child and Family Psychology Review,2003,6(3):171-187.

6. Diana JE,David BM,Angela JS. Effects of family violence on child behavior and health during early child-

hood. Journal of Family Violence,2003,18(1):43-57.

7. Fergusson DM,Horwood LJ,Lynskey MT. Childhood sexual abuse and psychiatric disorder in young adulthood:II. Psychiatric outcomes of childhood sexual abuse. Journal of American Academy of Child and Adolescent Psychiatry,1996,34:1365-1374.

8. Fox RA,platZ DL,Bentley KS. Maternal factors related to parenting practices,developmental expectations and perceptions of child behavior problems. J Genet Psychol,1995,156(4):431-444.

9. Gjone H. The association between internalizing and externalizing behavior in childhood and early adolescence:genetic of environmental common influences? J Abnorm Child Psychol,1997,25(4):277-286.

10. Hilton RB. Family configuration and child's personality. Science,1992,227-236.

11. Jackson AP,Brooks-Gunn J,Hiang CC,et al. Single mothers in low-wage jobs:financial strain,parenting,and preschoolers' outcomes. Child Dev,2000,71(05):1409-1423.

12. Kaplan SJ,Pelcovitz D,Salzinger S,et al. Adolescent physical abuse:risk for adolescent psychiatric disorders. The American Journal of Psychiatry,1998,155:954-959.

13. Knutson JF. Psychological characteristics of maltreated children:Putative risk factors and consequences. Annual Review of Psychology,1995,46:401-431.

14. Kwalief AL. A longitude personality study of luswasa's family. J-Pers-Assess,1980,51(2):313-325.

15. Lewis DO. From abuse to violence:Psycho-physiological consequences of maltreatment. Journal of American Academy of Child and Adolescent Psychiatry,1992,31:383-391.

16. Marwick C. Domestic violence recognized as world problem. JAMA,1998,279(19):1510.

17. Pao K,Dicle mente RJ,Ponton LE. Child sexual abuse of Asians compared with other populations. Journal of American Academy of Child and Adolescent Psychiatry,1992,31:880-886.

18. Riedex C,Cicchetti D. An organizational perspective on cognitive control functioning and cognitive-affective balance in maltreated children. Developmental Psychology,1989,25:382-393.

19. Seng WS,Tao KT,Hsu J,et al. Longitudinal analysis of development among single and nonsingle children in Nanjing ,China:ten-year follow-up study. J Ner Ment Dis,2002,188(10):701-707.

20. Sheeber L,Sorensen E. Family relationship of depressed adolescents:a multi-method assessment. J Clin Child Psychol,1998,27(3):268-277.

21. Troy M,Sroufe LA. Victimization among preschoolers:the role of attachment relationship history. Journal of American Academy of Child and Adolescent Psychiatry,1987,26:166-177.

22. 曹玉萍,张亚林,孙圣琦,等. 湖南省家庭暴力的流行病学调查总体报告. 中华流行病学杂志,2006,27(3):9-12.

23. 陈家麟. 影响幼儿心理健康的家庭因素. 中国心理卫生杂志,1994,8(4):156-157.

24. 高瞻,刘珍妮,李新天,等. 家庭与初中生行为问题的相关研究. 临床精神医学杂志,2004,14(2):75-77.

25. 蒋奖. 父母教养方式与青少年行为问题关系的研究. 健康心理学杂志,2004,12(1):72-74.

26. 全国 22 个城市协作调查组. 儿童行为问题影响因素. 中国心理卫生杂志,1993,7(1):13-15.

27. 苏林雁,李雪荣,罗学荣,等. Achenbach 儿童行为量表的再标准化及效度检验. 中国心理卫生杂志,1998,12(2):67-69.

28. 王丽敏,王达,刘爱书,等. 初中生行为问题的家庭影响因素及其干预对策的研究. 中国儿童保健杂志,2002,10(4):243-245.

29. 杨鲁静,徐勇,李学来. 家庭环境对学龄儿童行为的影响. 中国公共卫生, 2002,(11):1356-1358.

30. 杨世昌,张亚林,郭果毅,等. 受虐儿童的父母养育方式探讨. 实用儿科临床杂志,2003,18(1):16-17.

31. 岳冬梅. 心理卫生评定量表手册. 北京:中国心理卫生杂志社,1999:161-167.

32. 张履祥,钱含芬. 独生子女人格特征的研究. 心理学报,1993,25(1):52-54.

第二十四章

儿童攻击行为的分子生物学研究

第一节 概　　述

攻击行为(aggression)又称为侵犯性行为,是一种目的在于使他人受到伤害或引起痛楚的行为,是普遍存在于许多物种中的一种现象。在漫长的原始社会,攻击行为是生存的需要,这种行为使人们能够保护自己和后代。但是在现代,它却是导致暴力、犯罪及家庭社会不稳定的因素。它作为个体社会性发展的一个方面,在儿童期就会影响到个体人格和品德的发展,对个体以后的社会生活也会产生深远影响。因此,学者们也尤其重视对个体特别是儿童攻击行为的研究。

究竟哪些因素会影响儿童攻击行为产生与发展呢? 19 世纪以来,人们从不同角度对其进行了广泛深入的探讨。经过长期的实证调查发现,许多因素都会不同程度地影响儿童攻击行为的产生和发展。其中研究的最多的,同时也最为人们所认可的是家庭、社会等环境因素的影响。

研究发现,家庭环境、情绪气氛及父母的养育方式在儿童心理、行为发展中起着重要的作用。家庭成员之间常公开表露愤怒、攻击和矛盾,譬如夫妻常常相互争吵、打骂孩子等会对儿童行为产生不良影响,尤其易导致儿童的攻击性行为。我们前面的研究也显示家庭暴力能导致儿童出现更多的攻击行为。Kaplan 等的研究也表明受虐待的儿童,尤其是受到躯体虐待的儿童攻击性增强。父母的严厉、惩罚及拒绝、干涉等专制型养育方式会引起较多的儿童行为问题,特别是违纪攻击等行为问题。社会环境、污染状况、所处地区经济文化水平以及影视传媒等均会对儿童的违纪、攻击行为产生影响。

在成长的过程中,曾经遭受暴力的人比没遭受或很少遭受暴力的人,在将来更多实施暴力,从而有人提出了"暴力循环学说"。这种理论认为生长在暴力家庭中的人,通过习得的行为,可将暴力直接传递给下一代,由此形成了一个暴力不断再生的循环。Dodge 等(1990)对309 例躯体虐待的儿童进行前瞻性研究,指出即使控制了生物学和社会生态学因素,他们以后也会出现更多的攻击行为。多项纵向研究也得出类似结论。

然而 Widom(1989)在一篇综述中指出,虽然暴力循环是一种普遍的说法,但它缺乏令人信服的证据。如在一项纵向研究中发现,儿童期受虐待和忽视虽然增加行为不良和成年犯罪、暴力,但大多数受虐待和忽视的儿童,成年后并无行为不良、犯罪或攻击行为。Romans 等(2000)也曾指出我们多数经历负性压力的男性并未发生攻击行为。

为什么处在同样的环境之中,遭受同样的受虐经历,一些人比另一些人更具有攻击性? 除了环境是否还有其他的什么因素在起作用? 从现代生物-心理-社会医学模式来说,个体的生物素质基础及其所处的社会环境因素均会影响其心理状况。因此,在研究环境因素影响的同时,我们自然也不应该遗漏个体生物学素质基础对儿童攻击行为的作用。

生物遗传学研究显示,遗传基因确实会影响个体的兴奋水平。在那些兴奋、冲动和有暴力倾向的儿童的父母中,有 73.7% 都具有好动、性急的特点。在攻击行为中个体差异存在基因因素,某些人比其他人更富有攻击性。个体的基因、生理和人格等方面的差异,决定着人们表现不同攻击方式的倾向。Miles 等(1997)分析了与攻击行为、遗传和养育有关的 24 项研究,结果表明遗传在其中起着很大的作用,同卵双生子比异卵双生子在攻击性上表现出更高的一致性。Ward 等(1999)研究也表明儿童行为问题受遗传因素影响,有些行为障碍是由于相应的染色体缺损或基因突变所造成的。

第二节　攻击行为的相关基因

那么是哪个(或哪些)遗传基因在影响个体的攻击行为呢?

有许多研究发现 5-羟色胺(5-HT)功能降低与冲动性暴力攻击行为有密切的关系。5-HT 系统对大脑有镇静作用,其功能增强会导致行为的抑制,功能降低则有助于激发各种行为动作。Holmes 等(2002)实验证实 5-HT 对动物的攻击行为具有抑制作用。当人脑脊液中 5 羟吲哚醋酸(5-HIAA)浓度降低时也会出现冲动、攻击等暴力行为。血液 5-HT 与中枢神经系统 5-HT 含量呈负相关的关系。Askenazy 等(2000)研究发现,冲动性攻击行为者的血小板 5-HT 含量显著增高,且与攻击行为强度正相关。Alan 等(1997)研究发现少年犯全血 5-HT 含量与其攻击行为的数量和程度正相关。

全血 5-HT 含量与血小板 5-HT 回吸收、5-HT2A 受体结合部位最大结合量及单胺氧化酶 A(MAOA)活性等因素有关。其中 5-HT 回吸收量的多少对 5-HT 的分布影响较大,这一功能是由分布于 5-HT 能神经元突触前膜上 5-羟色胺转运体(5-HTT)实现的,它能将突触间隙的 5-HT 重吸收到突触前神经元内,在脑的 5-HT 神经递质和 5-HT 的周围活动调节中起重要的作用,能较好反映 5-HT 系统功能状态。5-HTT 的基因位于 17 号染色体长臂 17q11.1-q12 区。有四种多态性:①第二个内含子有一个可变数目串联重复区(variable number tandem repeat,VNTR);②第 4 个内含子上的一个突变;③Leu255Met 多态性;④启动子上的基因连锁多态区(5-HTTLPR)。这些多态性的存在,尤其是 5-HTTLPR 多态性对 5-HT 系统的功能有重要调节作用。5-HTTLPR 常被认为是行为和精神障碍的潜在易感性基因,它有长(L)和短(S)两种等位基因,分别为 14 和 16 重复单位,L 等位基因对5-HT 的转运活性高于 S 等位基因。

Liao 等(2004)研究发现 5-HTTLPR 多态性低活性基因型与男性暴力犯罪者的暴力行为关联。Blumensohn 等(1995)的研究发现暴力性犯罪的违法青少年较正常对照组5-HT2A 受体结合部位的最大结合量降低。Brunner 等(1993)研究发现 MAOA 基因缺陷和冲动攻击行为相关。Caspi A 等(2002)研究发现遭受儿童期虐待并具有 MAOA 活性较低这种基因型的人,具有更多的反社会行为,而有高水平 MAOA 表达基因型的受虐待儿童则极少表现出反社会问题。

另外也有研究发现,与儿茶酚胺类神经递质代谢有关的 COMT 基因可能与攻击行为相关。

COMT 经甲基化催化儿茶酚胺降解，在儿茶酚胺类递质代谢中起关键作用。该基因定位于第 22 号染色体长臂的 11 区 2 带(22q11.2)，包括 6 个外显子，2 个启动子，2 个开放性阅读框架。COMT 的活性在个体间的差异很大，有高活性、中等活性和低活性 3 种表型，由 Val-COMT(高活性)和 Met-COMT(低活性)等位基因所决定，以共显性方式遗传。研究发现 COMT 基因外显子 4 第 158 个密码子处的 G→A 转换，在表达时使缬氨酸(Val)由甲硫氨酸(Met)替代，后者可使 COMT 的酶活性降低 3～4 倍。

Strous 等(1997)研究发现 COMT 基因型与精神分裂症攻击行为有关，发现有低活性(Met 158)COMT 纯合子的病人比有高活性(Val158)COMT 纯合子的病人出现攻击行为的风险显著升高。另有多个研究显示 COMT 低活性基因型或等位基因与攻击行为、暴力自杀企图相关联。而 Jones 等(2001)研究结果却与此相反，认为 COMT 高活性者增加精神分裂症攻击行为。

显然，根据现有研究基础我们可以认为个体的攻击行为存在着一定的遗传等生物学素质基础。但有些研究结果不全相同(有些甚至还互相矛盾)，而且所用研究对象也大都存在着一定的病理学基础，其结果是否适用于一般普通人群特别是儿童还有待证实。

第三节 实验室研究

综合既往研究结果，我们认为儿童攻击行为的产生既有社会心理学的原因，同时也存在一定的生物学素质基础。而且因为儿童社会活动的目的性、功利性较小，其攻击行为可能更多的来源于本身的生物学基础。遗传基因通过影响脑及神经递质的代谢，不但直接决定个体行为的类型，还可能通过调节个体对环境刺激的敏感性、选择性，从而在更深层次上影响个体的行为。个体在具有暴力易感素质的基础上，当遭受一定的社会心理因素刺激时便会出现攻击行为。从理论上讲，基因可能是决定人类各种行为最原始、最根本的因素。人类最深层次的基因改变可能会影响脑及神经递质的代谢，进而增强个体对环境刺激的敏感性，如果遭遇社会心理因素等负面影响，便易导致个体的攻击行为。

因此，笔者将暴露于家庭暴力环境中的儿童按攻击行为的程度分为高分组和低分组，选择目前研究较多的与暴力行为有关的分子生物学指标——COMT Val158Met 和 5-HTTLPR 多态性，与儿童攻击行为进行关联分析，以期了解儿童攻击行为是否与这些基因型和等位基因相关，携带这类基因的儿童是否更易在社会心理因素的作用下诱发暴力。为进一步研究其发生的机制，寻找有效的预防及干预措施提供依据。

一、研究方法

(一) 研究对象

以《Achenbach 儿童行为量表(父母卷)》评分所得攻击行为因子分为分组依据，以第 84 百分位(8 分)为界，将攻击行为因子分大于等于 8 分者作为高分组，小于 8 分者作为低分组。

(二) 研究方法

选择 COMT 基因 Val158Met 错义突变多态性及 5-HTT 基因启动子区缺失/插入多态性(5-HTTLPR)作为研究靶点，分别对两组儿童进行 PCR 扩增，并分析相应的带型。

1. 血标本的采集 所有入组对象早晨空腹抽取肘静脉血 5ml，EDTA 抗凝(全血：

EDTA＝5∶1），置于 15ml 离心管内，4℃冰箱保存，1 周内提取基因组 DNA(gDNA)。

2. 酚氯仿法提取外周血基因组 DNA

3. *COMT* Val158Met 多态性分析　人类 *COMT* 基因第 158 位密码子处可发生 G→A 碱基变化，从而导致该基因第 158 个氨基酸残基由一个 Val(GTG，缬氨酸)变成一个 Met (ATG，甲硫氨酸)，形成错义突变，产生一个新的 NIaⅢ酶切位点，从而形成该基因 Val158Met 多态性，使 COMT 酶活性减低。所选择的 PCR 扩增引物引导合成包括 *COMT* 基因 Val158Met 多态性位点在内的 210bp 的 DNA 片段。

(1)PCR 扩增引物：

上游引物 5'-CTC ATC ACC ATC GAG ATC AA-3'(nucleotides 1881～1900)

下游引物：5'-GAT GAC CCT GGT GAT AGT GG-3'(nucleotides 2071～2090)

(2)PCR 反应体系　200ng genomic DNA，dNTP 各 0.2mM，1×Taq buffer(含 MgCl₂ 1.5mM)，上下游引物各 1PM，1 unit Taq polymerase，加无菌双蒸水至 25μl 反应体积。

(3)PCR 反应条件　94℃预变性 3min，按如下顺序扩增循环 30 次：94℃变性 1min，57℃复性 30s，72℃延伸 30s，最后 72℃延伸 3min。

(4)酶切反应条件　9μl PCR 产物，NIaⅢ限制性内切酶(NEB 公司)5U，1×NEBuffer，加无菌双蒸水至 20μl 反应体积，37℃酶切反应 3 小时。

(5)结果观察　取 3μl 酶切产物在 6%非变性聚丙烯酰胺凝胶中电泳(300V，3.5 小时)，0.5%AgNO₃染色，显色后观察分型结果，照相。

(6)基因型分型标准　PCR 产物为 210bp，在该片段内有二个恒定的 NIaⅢ酶切位点，可产生 85bp、54bp 和 71bp 三个片段。若 *COMT* 基因第 158 位为碱基 G(称该等位基因为 G，是高酶活性等位基因)，则 PCR 产物被酶切成 85bp，54bp 和 71bp 三个片段；若 *COMT* 基因第 158 位为碱基 A(称该等位基因为 A，是低酶活性等位基因)，则 PCR 产物被酶切成 67bp，18bp，54bp 和 71bp 四个片段。其中，18bp 片段在电泳时泳出，故未见显色条带。当两条等位基因第 158 位均为碱基 G 时，判断该个体的基因型为 GG，当两条等位基因第 158 位均为碱基 A 时，判断该个体的基因型为 AA，当两条等位基因第 158 位分别为碱基 G 和 A 时，则判断该个体的基因型为 GA(见图 24-1)。

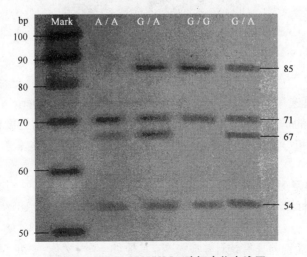

图 24-1　COMT Val158Met 酶切产物电泳图

4. *5-HTTLPR* 多态性分析　人类 *5-HTTLPR* 为一 44bp 片段的缺失/插入所造成的多态性,可形成长片段(L)和短片段(S)两种等位基因,并构成不同的基因型,S 等位基因的活性较 L 等位基因的低。

(1)PCR 扩增引物:

上游:5'-GGC GTT GCC GCT CTG AAT GC-3';

下游:5'-GAG GGA CTG AGC TGG ACA ACC AC-3'。

(2)PCR 反应体系　100ng 模版 DNA,dNTPs(dATP、dTTP、dGTP、dCTP)各 $200\mu M$,$1\times$PCR Buffer(含 $MgCl_2$ 1.2mM),上、下游引物各 $0.3\mu M$,TaqDNA 聚合酶 1U,加无菌双蒸水至 $25\mu l$ 反应体积。

(3)PCR 反应条件　95℃预变性 5min,95℃变性 30s,61℃退火 30s,72℃延伸 1min,共30 个循环,最后在 72℃延伸 10min。

(4)结果观察　取 3ulPCR 产物,在 6‰非变性聚丙酰胺凝胶中电泳(300V,1 小时),1‰ $AgNO_3$ 染色,显色后照像并观察分型结果。

(5)基因型分型标准　PCR 产物有 484bp(S)和 528bp(L)两种等位基因片段,可形成三种基因型。当两条等位基因均为 L 时,判断该个体的基因型为 LL,当两条等位基因均为碱基 S 时,判断该个体的基因型为 SS,当两条等位基因分别为 L 和 S 时,则判断该个体的基因型为 LS(见图 24-2)。

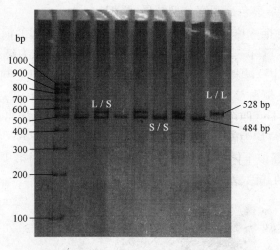

图·24-2　5-HTTLPR PCR 产物电泳图

统计数据管理选用 SPSS12.0 软件包。根据 Hardy-Weinberg 平衡定律,分别计算 *5-HTT* 和 *COMT* 的基因型与等位基因频率,并对其进行 H-W 吻合度检验;采用 χ^2 检验比较各组间各基因型和等位基因频率的差异。各组均数差值及总体率差别的显著性以 0.05 为检验水准。

(三) 一般资料及 Hardy-weinberg 遗传平衡法则吻合度检验

共收集到有效样本 68 例。高分组 24 例,平均年龄 14.42±1.18 岁,男 23 例(95.8‰),女 1 例(4.2‰);低分组 44 例,平均年龄 14.93±1.27 岁,男 32 例(72.7‰),女 12 例(27.3‰)。两组除性别差异有统计学意义外,其他如年龄、文化、家庭结构与经济状况、父母关系、父母养育方式、儿童期受虐情况及母孕产期状况等方面差异均无统计学意义。

为了解研究人群是否为遗传平衡群体,用 χ^2 检验法分别对高分组和对低分组 COMT Val158Met 多态性的各基因型分布进行了 Hardy-weinberg 遗传平衡吻合度检验。结果显示,两组 COMT Val158Met 多态性的各基因型分布均符合 Hardy-weinberg 遗传平衡法则,说明这两个研究人群来自大的群体,个体间是随机婚配,不存在明显的自然选择、迁移等因素对遗传平衡的影响,本研究资料可靠。结果如表 24-1。

表 24-1 两组 Hardy-weinberg 遗传平衡的 χ^2 检验

组别	基因型			合计
	GG	GA	AA	
高分组				
观察值(O)	10	11	3[a]	24
期望值(C)	10.01	10.98	3.01	24
(C-0)²/C	0.00001	0.00004	0.07977	$\chi^2 = 0.07972 *$
低分组				
观察值(O)	25	16	3[a]	44
期望值(C)	24.75	16.5	2.75	44
(C-0)²/C	0.00253	0.01515	0.20455	$\chi^2 = 0.22223 *$

[a] 对观察值小于 5 者经校正后所得 χ^2 值。校正公式为:

$\chi^2 = $(期望值-观察值-0.5)²/期望值;

* $\upsilon = 1, P > 0.05$

二、COMT Val158Met 多态性的基因型及等位基因频率分布

在高分组 24 例中,10 例(41.7%)是高活性的纯合子,11 例(45.8%)是高活性的杂合子,3 例(12.5%)是低活性的纯合子。而低分组 44 例中,25 例(56.8%)是高活性的纯合子,16 例(36.4%)是高活性的杂合子,3 例(6.8%)是低活性的纯合子。两组 COMT Val158Met 多态性的各基因型和等位基因频率差异无统计学意义。结果如表 24-2。

表 24-2 两组 COMT 基因型和等位基因频率比较(n,%)

组别(n)	基因型			等位基因	
	GG	GA	AA	G	A
高分组(44)	25(56.8)	16(36.4)	3(6.8)	66(75.0)	22(25.0)
低分组(24)	10(41.7)	11(45.8)	3(12.5)	31(64.6)	17(35.4)
χ^2		1.612[a]			1.648
P		0.447			0.199

[a] 为 Fisher Exact Test

以上研究采用的是病例对照研究方法,选择 COMT Val158Met 这一突变位点,进行基因扩增,以了解儿童攻击行为与 COMT Val158Met 多态性的关系。结果发现攻击行为因子

分高的儿童组含低活性的 A 型等位基因的各基因型频率和等位基因频率稍高于低分组,但差异无统计学意义。提示 COMT Val158Met 多态性不论高活性、低活性、杂合子基因型还是高活性、低活性等位基因均与儿童的攻击行为无显著性关联。

这说明 COMT Val158Met 多态性可能不是儿童产生攻击行为的易感基因,此与 Jones 等的推测不一致,他认为 COMT 基因型不仅与精神分裂症的攻击行为有关,也可能与普通人群的攻击行为有关。另外,Zalsman 等(2005)研究 98 例精神病患者 COMT Val158Met 多态性基因型与脑脊液单胺代谢产物的关系,未发现两者之间有关。这从另一侧面支持我们的研究结果。因为 COMT Val158Met 多态性是通过其基因型活性的高低影响单胺代谢,进而才进一步影响攻击行为的。

以上研究结果与已有的阳性结果不一致,可能因为那些研究的对象多为精神障碍患者,攻击行为的产生有其一定的病理基础,与我们研究的正常普通社区人群攻击行为产生的机制不同;也可能是由于种族的差异、样本大小的差异等因素所造成。

三、5-HTTLPR 多态性的基因型及等位基因频率分布

结果显示高分组 24 例中,2 例(8.3%)是高活性的纯合子,11 例(45.8%)是高活性的杂合子,11 例(45.8%)是低活性的纯合子。低分组 44 例中,5 例(11.4%)是高活性的纯合子,13 例(29.5%)是高活性的杂合子,26 例(26.1%)是低活性的纯合子。两组 5-HTTLPR 多态性的基因型和等基因频率之间的差异无统计学意义。结果如表 24-3。

表 24-3　两组 5-HTTLPR 基因型和等位基因频率比较($n/\%$)

组别(n)	基因型			等位基因	
	LL	LS	SS	L	S
高分组(44)	5(11.4)	13(29.5)	26(59.1)	23(26.1)	65(73.9)
低分组(24)	2(8.3)	11(45.8)	11(45.8)	15(31.3)	33(68.7)
χ^2		1.807[a]		0.403	
P		0.405		0.525	

[a] 为 Fisher's Exact Test

研究选择 5-HTTLPR 这一多态性位点,通过对照研究的方法,将其与儿童的攻击行为进行关联分析,以了解它们之间的关系,寻求儿童攻击行为的遗传易感性基因。结果未发现攻击行为高分组儿童与低分组儿童间,5-HTTLPR 多态性各基因型频率和等位基因频率分布存在差异。提示 5-HTTLPR 多态性不论高活性、低活性、杂合子基因型还是高活性、低活性等位基因均可能与儿童的攻击行为无显著性关联。

本研究结果不支持 5-HTTLPR 多态性是儿童攻击行为遗传易感基因这一推论。这与 Liao 等的研究结果不同。但这并不能说 5-HT 与儿童攻击行为无关,因为影响 5-HT 含量的因素有多种。另外,5-HTTLPR 多态性很可能与其他因素联合起来共同调节人体内 5-HT 的浓度,单一基因的影响可能被其他因素所抵消。

总之,笔者研究未能证实 COMT Val158Met 和 5-HTTLPR 基因多态性是儿童攻击行为产生的易感因素。

儿童暴力攻击作为一种行为,其发生和发展受生物、心理和社会等多种因素的影响。有

关父母、家庭及社会等诸多心理社会因素会对儿童的暴力攻击行为产生影响的研究较多,但相关的生物学特别是分子生物学研究却甚少,且不同研究的结果也不尽相同。尚没有证据能证明某个基因和某种行为性状呈简单的直接对应关系,暴力行为的单基因遗传可能性也微乎其微,我们的研究也未能证实儿童暴力行为直接与 *COMT Val158Met* 和 *5-HTTLPR* 基因多态性相关。基因、环境及心理行为之间的关系错综复杂,要在数万种基因中寻找出影响某一行为的特定基因更是如大海捞针般的困难,但只要有可能,我们就不应放弃这方面的努力,因为哪怕是一个小小的发现都有可能成为突破口,使我们最终能够得以了解人类行为之谜。

由于受时间及其他一些条件限制,本研究样本量相对较小,且在研究中未能对儿童攻击行为的不同类型予以分别研究。下一步还需要扩大样本量,减少临床异质性,进一步探讨儿童攻击行为与有关的生化代谢异常及其基因多态性的关联/连锁,分析基因-行为以及环境-基因-行为间复杂的相互作用。

(李龙飞)

参 考 文 献

1. Alan SU,Edwin HC,Jennifer GV,et al. Platelet serotonin measures in adolescents with conduct disorder. Biol Psychiatry,1997,42(42):553-559.

2. Askenazy F,Caci H,Myquel M,et al. Relationship between impulsivity and platelet serotonin content in adolescents. Psychiatry Res,2000,94(1):19-28.

3. Blumensohn R,Ratzoni G,Weizman A,et al. Reduction in serotonin 5-HT2 receptor binding on platelets of delinquent adolescents. Psychopharmacology,1995,118:354-356.

4. Brunner HG,Nelen M,Breakefield XO,et al. Abnormal behavior associated with a point mutation in the structural gene for monoamine oxidase A. Science,1993,262(5133):578-580.

5. Caspi A,McClay J,Moffitt TE,et al. Role of Genotype in the Cycle of Violence in Maltreated Children. Science,2002,297:851.

6. Dodge KA,Bates JE,Pettit GS. Mechanisms in the cycle of violence. Science,1990,250(4988):1678-1683.

7. Erika LL,Laura AM. The effects of childhood exposure to marital violence on adolescent gender-role beliefs and dating violence. Psychology of Women Quarterly,2004,28(4):344-357

8. Gadow KD,Sprafkin J. Television "violence" and children with emotional and behavior disorders. Journal of Emotional and Behavioral disorders,1993,1:54-63.

9. George DT,Umhau JC,Phillips MJ,et al. Serotonin,testosterone and alcohol in the etiology of domestic violence. Psychiatry Res,2001,104(1):27-37.

10. Han DH,Park DB,Na C,et al. Association of aggressive behavior in Korean male schizophrenic patients with polymorphisms in the serotonin transporter promoter and catecholamine-O-methyltransferase genes. Psychiatry Res,2004,129(1):29-37.

11. Herbert ML,Karen AN,Pavel M,et al. Association between Catechol-O-Methyl-transferase genotype and violence in schizophrenia and schizo-affective disorder. Am J Psychiatry,1998,155(2):835-837.

12. Higley JD,Linnoila M. Low central nervous system serotonergic activity is traitlike and correlates with impulsive behavior:a nonhuman Primate model investigating genetic and environmental influences on neurotrans-mission. Ann N Y Acad sci,1997,836:39-56.

13. Hol mes A,Murphy DL,Crawley J N. Recycled aggression in mice lacking the serotonin transporter.

Psychopharmacology,2002,16(2):160-167.

14. Jones G,Zammit S,Norton N,et al. Aggressive behaviour in patients with schizophrenia is associated with catechol-O-methyltransferase genotype. Br J Psychiatry,2001,179:351-355.

15. Kaplan SJ,Pelcovitz D,Salzinger S,et al. Adolescent physical abuse:risk for adolescent psychiatric disorders. The American Journal of Psychiatry,1998,155:954-959.

16. Kotler M,Barak P,Cohen H,et al. Homicidal behavior in schizophrenia associated with a genetic polymorphism determining low catechol-O-methyltransferase (COMT) activity. Am J Med Genet,1999,88(6):628-633.

17. Kruesi MJ,Rapoport JL,Hamburger S,et al. Cerebrospinal fluid monoamine metabolites, aggression, and impulsivity in disruptive behavior disorders of children and adolescents. Arch Gen Psychiatry,1990,47(5):419-426.

18. Krugman RD,Cohn F. Time to end health professional neglect of cycle of violence. Lancet,2001,358(9280):450-454.

19. Lachman HM,Morrow B,Shprintzen R,et al-Association of codon 108/158 catechol-O-methyltransferase gene polymorphism with the psychiatric manifestations of vel-cardio-facial syndrome. Am J Med Genet,1996,67:468-472.

20. Lesh KP,Bengel D,Heils A,et al. Association of anxiety-related traits with a polymorphism in the serotonin transporter gene regulatory region. Science,1996,274(5292):1527-1531.

21. Liao DL,Hong CJ,Shih HL,et al. Possible association between serotonin transporter promoter region polymorphism and extremely violent crime in Chinese males. Europsychobiology,2004,50(4):284-287.

22. Lorenz K. On aggression. New York:Harcourt,brace&World,1996.

23. Maxfield MG,Widom CS. The cycle of violence. Revisited 6 years later. Arch Pediatr Adolesc Med,1996,150(4):390-395.

24. Miles DR,Carey G. Genetic and environmental architecture of human aggression. Journal of Personality and Social Psychology,1997,72(1):207-217.

25. Newcomb MD,Locke TF. Intergenerational cycle of maltreatment:a popular concept obscured by methodological limitations. Child Abuse Negl,2001,25(9):1219-1240.

26. Pears KC,Capaldi DM. Intergenerational transmission of abuse:a two-generational prospective study of an at-risk sample. Child Abuse Negl,2001,25(11):1439-1461.

27. Ratey JJ,Gordon A. The psychopharmacology of aggression toward a new day. Psychopharmacol Bull,993,29(1):65-73.

28. Romans SE,Poore MR,Martin JL. The perpetrators of domestic violence. Med J Aust,2000,173(9):484-488.

29. Simons RL,Johnson C,Beaman J,et al. Parents and peer group as mediators of the effect of community structure on adolescent problem behavior. Am J Community Psychol,1996,24(1):145-171.

30. Soderstrom H,Blennow K,Manhem A,et al. CSF studies in violent offenders. I. 5-HIAA as a negative and HVA as a positive predictor of psychopathy. J Neural Transm,2001,108(7):869-878.

31. Strous RD,Bark N,Parsia SS,et al. Analysis of a functional catechol-O-methyltransferase gene polymorphism in schizophrenia:evidence or association with aggressive and antisocial behavior. Psychiatry Res,1997,69(2-3):71-77.

32. Vahip I. Domestic violence and its developmental dimension:a different perspective. Turk Psikiyatri Derg,2002,13(4):312-319.

33. Ward D,Bray-Ward P,Lombroso PJ. Genetics of childhood disorders:VI. FISH,FISH,and more FISH. J Am Acad Child Adolesc Psychiatry,1999,38(9):1200-1202.

34. Widom CS. Does violence beget violence? A critical examination of the literature. Psychol Bull,1989,106 (1):3-28.

35. Zalsman G,Huang YY,Harkavy-Friedman JM,et al. Relationship of MAO-A promoter (u-VNTR) and COMT (V158M) gene polymorphisms to CSF monoamine metabolites levels in a psychiatric sample of caucasians:A preliminary report. Am J Med Genet B Neuropsychiatry Genet,2005,132 (1):100-103.

36. 何慧静. 儿童铅污染与行为改变的关系. 广东微量元素科学,2000,7(8):35-36.

37. 蒋奖. 父母教养方式与青少年行为问题关系的研究. 健康心理学杂志,2004,12(1):72-74.

38. 理查德·格里格,菲利普·津巴多. 心理学与生活. 王垒,等译. 北京:人民邮电出版社,2003.

39. 苏林雁,李雪荣,杨志伟,等. CBCL 及 TRF 在儿童精神障碍流行学调查中的应用 ——兼论划界分的选择. 中国心理卫生杂志,1997,11(1):37-40.

40. 王丽敏,王达,刘爱书,等. 初中生行为问题的家庭影响因素及其干预对策的研究. 中国儿童保健杂志,2002,10(4):243-245.

41. 杨世昌,张亚林,郭果毅,等. 受虐儿童的父母养育方式探讨. 实用儿科临床杂志,2003,18(1):16-17.

42. 曾凡林,戴巧云,汤盛钦,等. 观看电视暴力对青少年攻击行为的影响. 中国临床心理学杂志,2004,12 (1):35-37.

43. 赵汉清,端义扬,刘桂永. 5-羟色胺异常在自杀行为中的作用. 山东精神医学,2004,17(1):54-56.

第二十五章

有儿童受虐史的抑郁症

第一节　概　述

人们很早就注意到童年时期的创伤经历对成年以后的心理健康有着重大的影响。著名的社会精神病学家 Furst(1967)曾经说过,在我们进行科学研究儿童虐待与其以后发生心理障碍的关系的时候,也许人们已经具有这种直觉几千年了。而重要的心理学派——精神分析理论就认为精神疾病产生的主要病因就是童年时创伤性的经历,其心理治疗理论的主要基础之一便是挖掘潜伏于潜意识中的童年的创伤。

目前一些研究表明:成人抑郁症的发生与其童年时代受虐待关系密切,有些研究甚至表明这种关系的相关性超过了近期的应激事件与抑郁症的相关性。而我们的现代医学理论普遍认为,应激与抑郁症的发生关系密切。应激可能是抑郁症发生的重要病因之一。可见,童年时代遭受虐待是其成年后患抑郁症的致病风险,至少是与近期的应激事件一样的重要,或者是高于近期的应激事件。

有关儿童受虐与成人抑郁症关系的研究,目前来看,仍存在着许多疑问和不足。首先,儿童期受虐与成人抑郁症之间的关系不是十分明确。因为尽管有大量有关儿童受虐的研究,但从医学的角度探讨抑郁症与儿童虐待的关系报道仍属凤毛麟角。加上儿童虐待的定义、儿童受虐量表的评定标准和方法的不一致性,不同社会文化国度的儿童受虐的发生率及不同社会和文化对儿童受虐的观念不同,导致研究结果相差很大且缺乏可比性,甚至出现相悖的结论,尤其是最能说明两者关系的前瞻性研究很少。另外儿童期受虐与成人抑郁症发病之间的时间跨度较大,期间的干扰因素较多从而影响两者关系的研究。其次,儿童期受虐与抑郁症的临床表现的研究尚属初探,许多结论仅为个例研究,尚需进一步验证。而儿童虐待致抑郁症发生机制的研究多数为动物实验,借此解释复杂的人类精神活动较为勉强。另外,资料显示:有儿童受虐史的成人抑郁症预后效果相对较差,病情恢复需要的时间较长,而目前还没有针对有儿童受虐史的成人抑郁症成熟和完善的治疗方法(包括药物和心理方法)。最后,值得一提的是儿童受虐与抑郁症关系的研究在我国仍为空白。

本章的研究思路是确认儿童期受虐与成人抑郁症之间的关系。如果这种关系是确立的,我们将进一步研究这种儿童期受过虐待的抑郁症的临床或者病理生化的特征,当然如何针对这种类型的抑郁症提出相适应的心理治疗方法也是我们研究的一个重点。

第二节　儿童虐待史问卷

按照研究思路,如何客观地评价成年抑郁症患者的儿童虐待史,是研究儿童虐待与成人抑郁症发生之间关系这一课题之前,所应该首先回答和解决的问题。

非常感谢英国伦敦大学的 Bifulco 博士的授权无私提供儿童虐待史问卷(childhood experience of care and abuse questionnaire,CECA. Q)。我们之所以在研究中采用 Bifulco 等编制的儿童虐待史问卷(CECA. Q),原因在于这个量表是成人使用、回顾性调查其在儿童时期是否受过虐待的量表,符合我们研究的需要。

在研究之前,对该量表进行初步的信度和效度检验。我们对某一社区的 308 名普通的成年人群进行 CECA. Q 的评定。结果显示,308 例普通成年人群的 CECA. Q 的精神虐待部分同质信度 Cronbach's α 系数为 0.97,表明精神虐待部分具有良好的内部一致性;各因子的 Cronbach's α 系数也在 0.88 以上,提示各离变量队总分的贡献一致性好,同质信度高。CECA. Q 的精神虐待部分的 Pearson 相关系数为 0.82,各憎恶和忽视因子的重测信度在 0.67~0.83 之间,躯体和性虐待两次测试的 Kappa 值为 0.78,以上结果均表明该量表具有良好的跨时间一致性,显示 CECA. Q 有良好的信度。

CECA. Q 的各测试条目在英国已被证实有较好的代表性并已被广泛地应用。我们反复翻译和回译了 CECA. Q,并征求有关专家的意见,同时并考虑到我国文化的影响,使条目的表述尽可能符合我国文化的特点,又不失该量表编制者的思想内容。同时,我们对少数人群进行了初步的测试,验证了各项目的言语表达是否容易理解和恰当通顺,并再依据人群及专家的反馈意见反复修改和整理,最后形成该量表的中译本。从而较好地保证了该量表的项目和内容具有较好的代表性,能较为准确地反映被试者是否存在受虐的童年历史。因此,本量表具有较高的内容效度。

一些资料显示儿童期精神受虐的程度和抑郁情绪或抑郁性疾病成"剂量-反应"的关系。因此,我们认为可以选择抑郁量表作为校标,来验证 CECA. Q 精神虐待的效度。我们以抑郁自评量表(SDS)为校标,发现 CECA. Q 精神虐待部分及憎恶、忽视因子与 SDS 的密切相关,表明 CECA. Q 精神虐待部分有良好的效标效度。总之,这些研究结果表明,CECA. Q 有的信、效度达到心理测量学的要求,可以应用到我们研究和临床测试工作之中。

第三节　临　床　特　征

为了能够归纳出有儿童受虐史的抑郁症的临床特征,笔者在河南和湖南两个省份的一些精神病院进行抑郁症的案例收集。在有效的 210 例抑郁症患者用 CECA. Q 等工具进行测评,以期评价抑郁症患者的儿童受虐史的发生情况,并与普通人群资料进行对比,以探明儿童受虐史是否与抑郁症有相关性;同时从临床特点、疗效等方面,对有、无儿童受虐史的抑郁症患者加以比较,以期发现儿童受虐史的抑郁症患者的一些临床特征或特色。

一、研究方法

(一) 研究对象

包括 210 例抑郁症的成人患者。其入组标准为:符合中国精神障碍与诊断标准(第三版)CCMD-3 中的双相障碍(抑郁相)、抑郁发作及持续性心境障碍(包括环性心境障碍和心境恶劣)的诊断标准,并排除其他精神疾病。按以上标准,有两名精神科主治医师同时诊断,符合以上标准方可入组。共收集到样本 210 例。其中男性 91 人,女性 119 人。年龄为 14～70 岁,平均年龄为(34.1±10)岁。另外,设立了普通人群为正常对照组(308 例)。

(二)研究工具

调查用主要量表包括儿童虐待史问卷(CECA. Q)、汉密顿抑郁量表(Hamilton depression rating scale,HAMD)、汉密顿焦虑量表(Hamilton anxiety scale,HAMA)、攻击冲动量表(the aggression questionnaire,AQ)、中国精神障碍与诊断标准(第三版)CCMD-3、美国精神疾病诊断手册(第四版)DSM-Ⅳ 等。

(三)研究方法

正常对照组主要是在统一的指导语下,进行儿童虐待史问卷(CECA. Q)测评。要求受试者认真回忆童年时(16 岁以下)的经历并如实地填好 CECA. Q,研究者承诺并履行对其个人资料的保密。

对 210 例抑郁症组的患者,经知情同意后,在治疗前一天做一般资料及儿童虐待史问卷(CECA. Q)的调查。对经 CECA. Q 评定为阳性抑郁症患者(测试结果为 66 例)和随机抽取了 70 例(CECA. Q 评定为阴性的)抑郁症患者,再行 HAMD、HAMA、AQ 等量表的测评。并于治疗后 4 周再次评定 HAMD 一次。其中,治疗前的汉密顿抑郁、焦虑量表作为抑郁、焦虑症状严重性的一个评定指标,治疗前后的汉密顿抑郁量表减分率作为治疗疗效的一个评定指标。研究者承诺并履行对个人资料的保密。66 例有儿童虐待史的抑郁症组的一般资料:男性 16 人,女性 50 人。年龄为 14～45 岁,平均年龄为(27.0±5.0)岁。70 例无儿童虐待史的抑郁症组的一般资料:男性 30 人,女性 40 人。年龄为 18～70 岁,平均年龄为(35.7±8.5)岁。

二、普通人群与抑郁症患者儿童受虐史发生率

在成年的普通人群中儿童受虐史的发生率为 8.4%,抑郁症组儿童受虐史的发生率为 31.4%,两者有显著差异。其中,在普通人群中,精神虐待(包括忽视和憎恨因子)、躯体虐待、性虐待发生率分别 7.8%(5.2% 和 7.5%),6.8%,0.97%,抑郁症组分别为 28.1%(21.9% 和 26.7%),15.7%,9.05%;两者的差异也具有统计学意义。类似于 Young EA 等人(1997)一项研究结果。在那份研究中,报道了一组 650 名成人抑郁症患者,其中有 35% 儿童虐待史的发生率而普通人群中儿童受虐史的发生率为 8.4%。这些结果提示,抑郁症患者有较高的儿童受虐史的发生率,提示发生于抑郁症之前的儿童受虐可能是抑郁症发生的一个风险因子。

另外,研究还显示,抑郁症组的精神虐待(包括忽视和憎恨因子)、躯体虐待、性虐待发生率也高于普通人群组,提示无论是精神虐待还是躯体虐待、或是性虐待均与抑郁症有关。与 CECA. Q 的编制者的结论一致。它们也可能是抑郁症的风险因子。

细心的学者会发现我们研究中的两组资料的性别构成比不同(本研究中的抑郁症组中男女之比为 0.76,而正常组为 1.25),这些可能对总体发生率产生了影响,我们选用普通人群组的人口学资料作为两组资料的共同标准,采用直接标准化法,来比较两者的标准化后的虐待史发生率。结果仍然显示,抑郁症组儿童受虐史(包括忽视和憎恶、躯体虐待、性虐待)发生率高于成年的普通人群。

三、有儿童受虐史抑郁症患者的临床特征

我们分析比较 66 例有儿童受虐史的抑郁症组与 70 例无儿童受虐史的抑郁症组之间的一般资料和临床资料发现：有、无儿童受虐史的抑郁症组在疾病的首发年龄、性别构成比、自杀行为、AQ 量表的总分和敌对性、激越易怒因子的分值、HAMA 总分值、HAMD 总分值及 HAMD 减分率的差异有统计学意义。而在诊断的亚型、病程、AQ 量表的言语攻击分值、躯体攻击分值的差异无统计学意义。这些差异也许就是儿童期受虐的成人抑郁症的临床概貌。

在有儿童受虐史的抑郁症患者中，女性为 50 例，占 75.8％，男性为 16 例，占 24.2％，两者之比为 3.1∶1，与无儿童受虐史的抑郁症患者的性别比（1.3∶1）的差异具有统计学意义。提示女性儿童期虐待史与成人抑郁症的关系可能较男性更为密切。国外的资料也显示，女性儿童期虐待史与成人抑郁症的关系较男性更为密切。有儿童期性虐待史的女性较男性更易患抑郁症。如 Carmen E 等（1984）的一项研究表明，有儿童期性虐待史的成年女性出现抑郁症状的比例超过男性的两倍（为 69％比 27％）。Siverman 等（1996）的一项资料报道，有儿童虐待史的成人抑郁症患者男女比例高达 1∶12。还有一项社区 3132 例成人的研究资料也表明，有儿童期性虐待史的成年女性符合抑郁症诊断标准的比例远高于有儿童期性虐待史的男性。尤其是精神虐待和有关性方面的虐待，女性较男性更容易出现抑郁症状。但是由于我们的样本量小，无法进一步分类研究，有待以后扩大样本量或进行前瞻性的研究加以证实。

为什么有儿童虐待史的成人抑郁症患者中以女性多见？有人用下丘脑-垂体-肾上腺（HPA）轴对应激的性别差异来解释有儿童期虐待史的抑郁症的性别差异。资料显示，不管是动物还是人面对应激，雌性个体的 HPA 轴的反应较雄性强烈。还有人发现受虐的幼鼠成年后雌性个体比雄性个体的 ACTH 和皮质醇水平偏高，有实验证实雌性激素可促进 ACTH 和皮质醇的分泌。并有人发现被阉割的雄鼠也表现为应激反应增强，并证实雌性激素对两性均有增加皮质醇的分泌和增强 ACTH 对应激源反应的作用。另外，含有雌激素受体基因的 mRNA 在下丘脑的室旁核区（PVN）的 CRF 细胞内含量较高等等，但是这些证据既不直接又不充分，也只能部分解释有儿童期虐待史的抑郁症的性别差异。

从起病年龄上来看，有儿童受虐史的抑郁症患者的首发年龄相对较小，多在 30 岁之前起病，平均年龄为（22.0±4.9）岁。这一结果和 Wainwright 等（2002）的研究结论相一致。有人对两者关系作了进一步研究，发现首发年龄超过 50 岁者已与儿童时期受虐无关了。

从临床症状上来看，有儿童受虐史的成人抑郁症患者的抑郁、焦虑量表的分值高于无儿童受虐史的成人抑郁症，提示其抑郁症状比无儿童受虐的成人抑郁症、焦虑症状较之突出。Harkness 等（2002）的研究还表明，儿童期受虐是抑郁症患者出现抑郁和焦虑、心境恶劣共病的一个危险因素。为什么有儿童受虐史的成人抑郁症患者的抑郁、焦虑共病的症状较突出？Ladd 等（2000）认为面对应激，下丘脑-垂体-肾上腺（HPA）轴活动增加是最为主要的，并导致促肾上腺激素（ACTH）和皮质醇激素增多。该轴反应过度可导致焦虑和抑郁反应。另外，CRH 不仅仅作为激素调节着下丘脑-垂体-肾上腺（HPA）轴的功能，而且它是中枢神经系统中一种重要的神经递质，参与调节应激的自主神经和情绪行为的反应，增强对应激源的记忆，并导致抑郁和焦虑等情绪反应。CRH 过度分泌又可引起 5-HT 和 GABA 的功能异常，而这两者的异常也和抑郁焦虑相关。而不管是动物实验研究还是人类的研究，均表明

早期的不良应激会刺激 HPA 轴的过分发育而导致其功能持续亢进并延续至成年。从而引发焦虑和抑郁等精神症状。

此外，有儿童受虐史的成人抑郁症患者还有较高的自杀倾向，并具有较高的敌对性和易激越发怒等特点。这些结果与 Brodsky 等（2001）的报道相一致；但本研究不支持他们报道的有儿童受虐史的成人抑郁症患者有较高的攻击性（包括言语和躯体攻击）的结论。分析原因，这究竟是受我国特定的文化、教育背景等因素的影响还是假阴性的结果仍需进一步研究证实。另外，本研究也不支持有儿童受虐史的成人抑郁症患者病程多迁延、反复的结论。而 Bifulco A（2002）的研究资料显示：儿童期受虐和迁延性、反复发作性的成人抑郁症高度相关。这可能是迁延性的病程已受多种因素影响，这需要扩大样本量或控制相关因素后，再进一步研究证实。

研究还发现，受虐程度与抑郁症状呈正相关。以受虐种类的数目为自变量、以 HAMD 总分值为因变量所做的线性图来看，发现两变量呈非线性关系，支持虐待的严重性与抑郁症状的严重性呈现为"剂量-效应"图式的相关关系的结论。另外，Bifulco A 等人（2002）的研究资料表明，性虐待更易出现严重的抑郁症状，由于我们的性虐待病例数较少，无法做进一步的分析研究。

另外，本研究还发现有儿童受虐史抑郁症患者在治疗 4 周后，HAMD 减分率低于无儿童期受虐史的抑郁症患者的 HAMD 减分率，这一结果提示治疗后，有儿童受虐史抑郁症患者疗效差于无儿童期受虐史的抑郁症患者，或者说明其病情恢复时间要长于无儿童期受虐史的抑郁症患者。

由于本研究许多影响因素未能、也无法有效地加以控制，所得结论有些与国外的类似研究稍有出入，这些均有待以后扩大样本量并控制影响因素后作进一步研究。

第四节　针对性心理治疗

研究资料显示儿童期受虐的成人抑郁症预后较非受虐组差。有儿童期受虐史的抑郁症患者的病情恢复时间明显长于无儿童期受虐史的抑郁症患者。而且病情常迁延甚至于反复发作。虽然种类繁多的抗抑郁剂和心理治疗对抑郁症都有明确的疗效，然而针对儿童期受虐的抑郁症患者的特异的治疗方法并不成熟。

药物治疗上，有人提出 CRH 或 CRH_1 的拮抗剂和中枢 GABA 递质激动剂可能是一种新型的并具有针对性的抗抑郁剂，然而目前这些药物尚处于研究阶段，临床上尚无此类药物使用。

心理治疗上，针对受虐、应激过度和焦虑的认知行为治疗和松弛技术都有一定的疗效。此外，有人认为提高父母和家庭成员对儿童期受虐的抑郁症患者的关爱可以阻止或逆转儿童受虐所致的生物学的变化，这种方法尤其对成年早期患者效果较好。

本研究以相关研究的理论假设为基础，结合我国的实际特色，针对有儿童受虐史的抑郁症患者整合一套针对性的心理治疗技术。同时对该心理治疗技术进行初步的检验。

一、"3R"心理治疗技术的理论假设

针对有儿童受虐史的抑郁症患者的心理治疗技术的核心内容包括以下几方面：①增加亲情关爱（relative care）；②重点强调通过重塑患者家人的认识（reconstructed cognition of relative and visitor)来影响和改变患者的认知模式；③松弛技术(relaxation technique)等的运用。因其理论的核心内容的英文以三个 R 为首(relative care, reconstructed cognition, relaxation technique)，故简称"3R"心理治疗技术。

"3R"心理治疗技术的理论假设主要有以下几个方面。

（一）亲情关爱理论

动物实验表明，与长期受虐或与父母隔离的幼鼠成年后 HPA 轴功能亢进并且应激反应过度。不同的是，受虐并被与父母隔离的幼鼠，如果再次与父母"团聚"，其亢进的 HPA 轴功能和过度的心理应激反应会因父母的再次关爱而有所下降。甚至发现，与父母隔离的幼鼠只要每天与父母相聚 15 分钟，它们对应激源的敏感性就会下降，恐惧反应也明显地降低，适应性大大地增强。有人认为，这种变化的关键因素就是父母对隔离幼鼠关爱行为的增加。研究表明，母性常常会给予被短暂解除隔离的幼鼠更多的关爱行为。例如，对被解除隔离幼鼠的舔、吻、陪伴、喂食等行为增多。而且，几项评估啮齿类动物的父母关爱程度与垂体肾上腺对应激反应相关性的研究发现，父母的关爱程度与垂体肾上腺对应激反应的降低程度明显的正相关。分子生物学的证据表明，增加对受虐隔离幼鼠的父母关爱，可以增加海马内的糖皮质激素的受体数目并提高糖皮质激素的合成，减少 CRFmRNA 在下丘脑的表达，同时减少 CRF 受体数目，增加突触前膜的 α_2 的数目和杏仁核及扣带回的 CBZ 受体数量。总之，这些研究以无可非议的事实证明了受虐个体的应激反应过度的生物学机制及基础在父母的再次关爱下，是可以被重塑的。良好和及时（年龄越小越好）的关爱能加速这种重塑的程度，而受虐程度越重和受虐时间越长效果则越相反。人类的临床资料也显示，儿童受虐可引起 CRF 神经环路的持续敏感。从药理学上，我们很容易找到逆转这种神经病理状况的直接依据。例如，多种抗抑郁剂可以降低人体内 CRF 神经递质或 HPA 轴的活性。有人认为降低 CRF 神经系统的活性是几种经典抗抑郁剂的治疗机制之一。而且表明降低 CRF 的活性与药物的疗效有密切关系。像 SSRIs 类抗抑郁剂是通过影响中枢 5-HT 神经元的功能而作用于 CRF 系统，而且 SSRIs 类抗抑郁剂治疗与早年的应激相关的精神疾病显示出有效性。如报道帕罗西汀可逆转童年创伤有关的成人抑郁症或焦虑症的神经生物学方面的变化。三环类可逆转 HPA 轴的活性。因此，有人提出 CRF 受体的拮抗剂可能对治疗与儿童受虐有关的精神疾病更有针对性。心理治疗学的资料表明：对于儿童期受虐的成年早期的抑郁症患者，增加父母和家庭成员对患者的关爱，可以阻止或逆转儿童受虐所致的生物学的变化，有助于缓解抑郁症状。例如，Fisher 等(2000)一项研究发现，受虐儿童在参加"养育关爱计划"(foster care program)后，通过实施治疗性晤谈，增加父母的关爱策略，发现儿童的行为障碍得以改善，其唾液的皮质醇水平降低。

（二）认知重建理论

认知疗法对抑郁症，已被证实是一个有效的方法，尤其是在结合药物治疗的基础上，认知疗法可以加速病情的缓解和提高治疗的效果。认知疗法是通过改变患者不良的认知观念和模式，来改善因不良的认知所致的情绪障碍等症状。Gold 等人早就指出虐待尤其是言语性虐待，常伴随着对儿童消极的评价和贬低的认知，这些认知潜移默化地影响了儿童对自我的认知评价，易造成对自我价值否定贬低、偏激、以偏赅全等消极的认知模式，而易于出现抑郁症状。而更早更有名的心理治疗家 Meichenbaum 的自我指令理论(self-instructional training, SIT)就已经认为，自我指令性语言是在童年时内化形成，如果不良的因素可使指令性语言的形成过程中产生错误，因而导致不良的情绪障碍。

因此,借鉴以上的理论,我们设想儿童受虐可能会导致患者形成一种不良的认知模式,如自我价值的否定贬低、偏激、内疚自责等等。而这种认知模式与抑郁症状的发生或是加重有关。传统的观念是通过改变患者的认知模式来达到治疗目的的,而我们认为,由于有儿童受虐史的抑郁症患者的认知模式可能更多地受其抚养人的影响而形成,因此,通过改变父母对患者的认识偏差,从而影响患者并使患者的消极认知发生转变,以达到改善抑郁症状的目的。这可能是该类患者认知疗法的一大特点。

的确,人对事物乃至对自己所形成的评价,非常容易受外界的认知观念影响,而将外界的认知观念变成自己的认知观念,并扎根于自己的脑海中。心理学上的"从众行为"便是一例证,而中国古代"三人成虎"、"人云亦云"的成语更为深刻地披露出这一心理学现象。人能自知者少,故而珍贵,所以就有了"人贵有自知之明"之说。因此,对于多数普普通通的人们,他们对己对物的认知是很受外界的影响。而且对于正处于心理未成熟的孩子,耳边又长年累月地充斥着第一任老师——父母的谆谆教导,因此,缺乏对各种事物判定能力的儿童对自我的认知评价非常易受其父母对其认知评价的影响。故"有其父必有其子",儿童对自我的认知评价的许多方面也许是父母对其评价的翻版。

可想,一个虐待儿童的父母或亲属,他们对儿童经常充斥着恐吓、辱骂等消极的言语及行为,就会将这些虐待性言行中包含的认知观点潜移默化地强加于孩子的心灵深处了。例如虐待循环的现象便是一个很好的例证。既往的认知疗法多强调对患者的认知改变,而忽视了周围环境尤其是家庭环境和抚养人对患者的态度及认知观点。这也许就是传统的认知治疗对有儿童受虐史的抑郁症患者的心理治疗不佳的原因之一。所以,我们认为,针对有儿童受虐史的抑郁症患者的认知疗法,应该双管齐下,尤其强调通过改变父母的不良的认知模式来改变患者对自己的不良的认知观念,从而达到治疗的效果。

(三)松弛技术的应用及其理论

多种资料揭示,有儿童受虐史的抑郁症患者存在应激过度和明显的紧张焦虑症状。而针对应激过度所引起的系列精神疾病,如:紧张、焦虑及抑郁等表现,松弛技术如全身的松弛训练及生物反馈疗法(尤其是肌电反馈和皮电反馈)已被证实有确定的疗效。因此,我们设想借鉴松弛技术对应激过度反应、紧张和焦虑的明确疗效这一特点,引入到对有儿童受虐史的抑郁症患者的焦虑和抑郁的治疗当中,以观察该技术对有受虐史的抑郁症患者的疗效。

二、"3R"心理治疗技术的实施步骤

"3R"治疗技术的实施在药物治疗2~3周后开始实施。因为该阶段药物将逐步起效,病人合作性和心理治疗效果均会较起病阶段有很大的改善。"3R"治疗技术可以分治疗和维持治疗两个阶段进行。

(一)治疗阶段

治疗阶段分为五步进行(每周做2~3次,共做6~10次)。

第一步(1次)确立良好的治疗关系和对受虐情况及其影响的再评估。对患者的儿童受虐待情况再进行较为详细的了解,如:性质、发生的具体时间、持续时间和影响性等等。

第二步(1~2次)针对有较强的焦虑紧张情绪的患者,可以教其学会松弛技术的方法。如放松训练,生物反馈,气功等等。为了统一治疗方法,我们仅采用Jacobson逐步放松技术,待患者掌握该技术后,嘱咐患者今后每天练2次,每次15分钟。

第三步(2~4次)认知重建

（1）对家庭成员（如父母或配偶）的不良认知的剖析及重建，可采用家庭作业方式的"三栏技术法"，将父母或配偶对待患者的包含有不良认知态度的言语记录下来，并对其错误进行剖析，共同讨论正确的语言和态度。例如，父亲经常对患者讲，"你真笨，长大也没用"，错误之处在于凭情绪化推理，并将该错误认知加于患者头上，合理的思维应该是"这个问题你做错了，可能是你的努力不够，你并不笨，只要努力你会做好的，将来也会有出息的"。又如父亲以往曾对患者讲"这么简单的考试都考不好，你完蛋了"，错误之处在于以偏赅全，一次考试失败，并不能代表一辈子不行了。

（2）患者的认知剖析、重建，也可采用三栏技术法。例如，患者思维是父亲常说自己笨，没出息，可能我就不行了吧，合理的思维是，父亲只是恨铁不成钢，并不是真的认为我不行了。

（3）在治疗师的协助下，由家庭成员帮助患者重建认知。例如，患者说"我没本事，这辈子完了"，治疗师说："你们（指家庭其他成员）怎么看呢?"，在治疗师的暗示下，父亲讲，"我以前也讲过这话，其实我本来的意思并不是说你不行，而是一时的气话，可能是恨铁不成钢吧。"

第四步（1～2次）营造家庭关爱气氛。与家庭各成员一起讨论如何营造家庭的关爱气氛，如控制自己的不良情绪，避免伤害性的言语，增加积极鼓励性的言语，保持家庭和谐气氛，保证家庭与患者一定的交流时间，组织家庭集体活动或集体娱乐旅行等活动，鼓励孩子参与社会活动。

第五步（1次）布置家庭作业，为维持治疗做准备。内容包括：家庭成员及患者都要采用"三栏技术"对各自的不良认知进行剖析及重建；家庭成员注意控制自己的不良情绪，避免伤害性的言语，增加积极鼓励性的言语，保持家庭和谐气氛，保证家庭与患者交流时间（要求每天2小时左右，最低保证1个小时的时间），每周至少一次的家庭集体活动（如共同到餐厅进餐，看电影、旅行等）、鼓励孩子参与社会活动（学校的活动，拜访亲人等）。

（二）维持治疗阶段

维持治疗阶段（每月做1次，至少持续半年以上），主要是检查家庭作业的完成情况，进一步强化患者的认知重建，对治疗中出现的问题的讨论和解决及评定患者疾病恢复情况。

三、"3R"心理治疗技术的疗效评估

为了验证"3R"心理治疗技术的疗效，我们对30例被确定为有儿童虐待史的抑郁症患者，近似随机分为两组。研究组（SSRIs药物联合3R心理治疗）15例及对照组（SSRIs药物）15例，进行对照研究，采取汉密顿抑郁量表（HAMD）及临床总体印象量表（CGI）的总体改善分值评定治疗疗效。

（一）研究对象

抑郁症住院患者。入组标准：符合中国精神障碍分类与诊断标准（第三版）中抑郁发作的诊断标准，汉密顿抑郁量表（HAMD，17项版本）≥18分，无严重躯体疾病、无酒精及药物依赖，实验室检查无重大异常，年龄在16岁以上，经儿童虐待史问卷（CECA.Q）评定为有儿童虐待史，被试者对本研究知情且同意。

按以上标准共收集入组32例有儿童虐待史的抑郁症住院患者，随机分为两组，研究组（药物加3R心理治疗）及对照组（SSRIs药物）。后随访时脱落2例，实得30例，男7例，女23例，平均年龄（23.9±5.8）岁。研究组共计15例，其中，男3例，女11例，平均年龄（22.1±

3.9)岁;对照组 15 例,男 4 例、女 12 例,平均年龄(25.9±6.9)岁。两组研究前 HAMD 的总分分别为(31.8±9.7)、(32.6±8.4)。两组的性别、年龄、HAMD 的总分均无显著性差异。

(二)研究方法

两组均采用 SSRIs 药物治疗。其中,对照组采用单一 SSRIs 药物治疗,研究组在 SSRIs 药物治疗的基础上合并"3R"心理治疗技术。然后由 1 名精神科的主治医师在患者治疗后 1、2、4、6 个月末分别进行 HAMD 及临床总体印象量表(CGI)的总体改善分值的评定。为保证盲法原则,该医生对评定的对象来源不知情。并根据 HAMD 减分率和 CGI 的总体改善分值来比较两组临床疗效。最后,采用 SPSS11.0 软件对数据进行独立样本的 t 检验。

(三)研究结果

1. 两组治疗前后 HAMD 的减分率比较　单一药物组和药物联合 3R 心理治疗技术组在治疗后的 1、2、4、6 个月的 HAMD 减分率详见表 25-1。经两独立样本 t 检验,在治疗 1、2、4 个月时,两组的 HAMD 减分率差异无统计学意义。6 个月时,药物联合 3R 心理治疗技术组的 HAMD 减分率大于单一药物组,差异具有统计学意义。

表 25-1　两组治疗前后 HAMD 的减分率的比较(M±SD)

组别	例数	1 月	2 月	4 月	6 月
药物组	15	40.15±19.58	57.47±19.96	63.02±20.03	63.02±14.74
药物+心理治疗	15	50.80±26.83	67.50±28.01	72.76±27.38	79.93±19.14*

注:与药物组比较,* $P<0.05$

2. 两组治疗前后 CGI 的总体改善的比较　单一药物组和药物联合 3R 心理治疗技术组在治疗后的 1、2、4、6 个月的 CGI 的总体改善分值详见表 25-2。经两独立样本的检验,在治疗 1、2、4 个月时,两组的 CGI 的总体改善分值差异无统计学意义。6 个月时,药物联合 3R 心理治疗技术组的 CGI 的总体改善分值大于单一药物组。

表 25-2　两组治疗前后 CGI 的总体改善的比较($M±SD$)

组别	例数	1 月	2 月	4 月	6 月
药物组	15	2.87±1.06	2.13±0.64	1.80±0.56	1.87±0.52
药物+心理治疗	15	2.80±0.77	1.93±0.45	1.53±1.52	1.40±0.51*

注:与药物组比较,* $P<0.05$

四、"3R"心理治疗技术分析

抑郁症,尤其是较为严重的抑郁症,其治疗应该以药物治疗为主要的治疗手段,但如果仅仅将抑郁症作为一种类似于躯体疾病的疾病来看待,而忽略了其心理及社会因素对该病的影响,无疑与当今生物心理社会的医学新模式背道而驰。特别是对于有明显心理社会因素作用的抑郁症患者,在药物治疗的同时更应该合并心理治疗。通过倾听、解释、指导、鼓励和安慰等一般性心理支持治疗的手段帮助患者正确认识自己的疾病,合理的对待疾病,能主动配合医生治疗,并且提高了患者治疗的依从性,对疾病的治疗、症状的缓解大有裨益。

而认知疗法、行为治疗、人际婚姻及家庭治疗等等各种心理治疗技术及理论,可以帮助患者识别和改变错误的认知，校正不良的行为方式，改善人际关系和心理调节能力，改善不良的家庭和婚姻气氛，进而减轻或缓解患者的抑郁症状，调动患者的积极性，促进疾病的恢复，对预防复发大有裨益。

其中，由 A. Beck 首创的认知疗法几经改进，已证实对于抑郁症患者，是行之有效的方法，尤其是认知治疗配合药物治疗，作为药物治疗的一种辅助的治疗手段，是大有裨益的。从改变不良认知为治疗目的而言，"3R"治疗技术可以归类到认知疗法的范畴，但同时它又有自己的特点。

传统的认知治疗认为，抑郁症患者的认知有三大特点，即对自己、周围环境、前途的负性评价。对自身的评价认为自己无能和有缺陷，对环境则认为世态炎凉、生活艰难，对前途则是一筹莫展，充满着失败和困难。其常见的认知方式常表现为非此即彼、以偏赅全、先入为主、情绪化的推理、归咎个人等等。而这些负性认知影响病人的动机、行为和情绪。因此，治疗的原则便是挖掘这些不良认知，同时加以纠正，以消除不良认知对疾病的影响，从而达到治疗的目的。但是传统的认知方法主要针对患者的认知，以改变其不良认知为手段，但忽视了患者的不良认知也可能受外界的影响而形成，尤其是在不良的教养方式及对儿童的虐待中，往往把他人的错误认知方式潜移默化地影响了儿童的认知形成，而导致不良的认知模式。例如：受虐者的抚养人往往也有非此即彼（不听话就是个坏孩子，就该挨打）、以偏赅全（这点小事都办不好，你什么都别干了）、先入为主（不回家就一定做坏事了）、情绪化的推理（你真是个笨蛋，你长大毫无用处）、归咎患者（这都是你的错，这全是你造成的）的认知方式，他们这种认知模式很容易影响患者，最后成为患者的认知模式。因此，我们针对该类的抑郁症患者提出的"3R"心理治疗技术，不仅像传统的认知治疗一样，着力于改变患者的不良认知，更强调通过改变其父母或其他家庭成员的不良认知，消除不良认知的来源的影响，双管齐下，更有利于认知的重塑，事半功倍，大大增加治疗的效果。这便是该治疗技术有别于其他认知疗法的独特之处。

"3R"心理治疗技术不仅具有认知疗法的特点，同时又有行为治疗的特点，如强调松弛技术的应用。因为资料显示有儿童受虐史的抑郁症患者存在应激过度和明显的紧张焦虑症状。而针对应激过度所引起的系列精神疾病，如紧张、焦虑及抑郁等表现，松弛技术如全身的松弛训练及生物反馈疗法（尤其是肌电反馈和皮电反馈）已被证实有确定的疗效。因此，采用松弛技术对伴有明显心理因素的抑郁症——有儿童受虐史的抑郁症应该说有明确的治疗指征。

至于与家属一起探讨如何营造家庭的关爱气氛，营造家庭和谐气氛，保证家庭与患者交流时间，家庭集体活动、家庭集体娱乐旅行等活动、鼓励孩子参与社会活动等等手段和方法又具有行为和家庭治疗的特点。

总之，针对有儿童受虐史的抑郁症的"3R"心理治疗技术糅合了认知、行为及家庭治疗的方法又具备自己独特的特色，即其认知治疗是通过强调改变影响患者认知的外界因素，消除不良的认知的来源，来对患者的认知进行重塑。可以说"3R"心理治疗技术是一种针对性较强、崭新的心理治疗技术。

我们在尝试、改进和完善中发现，家属的合作的态度及患者的年龄是两个较为关键的因素，可能直接影响该方法的疗效。在我们进行了小样本对照研究发现：在短期内，心理治疗加药物治疗组与单纯的药物治疗组比较并未显示出较好的疗效，但从治疗后六个月时，已能发现心理治疗加药物治疗组的疗效高于对照组的。这一结果说明，心理治疗加药物治疗须经较长的时间,方显出其优越性,进一步说明心理治疗联合药物治疗的远期效果好于单一的药物治疗。总之,我们的研究表明"3R"心理治疗技术联合药物治疗的远期效果好于单一的药物治疗。这也和其他心理治疗联合药物治疗具有较好的远期疗效的结论相一致。

但是,我们还要看到此结论仅限于患者年龄偏小和家属合作性比较强的病例,尚难向其他类型的病例推广。尽管我们是对照组研究,但是由于病例数偏小,其意义仍有很大的局限,这需要进一步扩大样本研究。另外,该疗法是否对儿童受虐史的抑郁症具有针对性,是否能好于传统的一般性心理治疗,也有待扩大样本,并对两者进行比较分析才能确定。最后,疗效的评定,采取的是量表的形式,缺乏可观的生物学的评定指标。这也是我们无奈的选择,就目前现状来看,尚无神经递质的变化可以作为抑郁症疗效的评定指标。

总之,我们的研究初步证实针对有儿童受虐史的抑郁症患者的治疗技术-"3R"心理治疗是有效的,尤其是对合作性强及年龄偏小者有效。

当然,无可置疑,无论从理论上还是具体的操作方法上,"3R"心理治疗技术均显得粗糙和稚嫩。无疑理论上需要进一步完善,方法有待进一步改进。既需要归纳出有效的共性技术,便于操作治疗,还要注意适合个性,便于实用推广。

"3R"心理治疗技术就像一个蹒跚学步的孩子,既需要大家的关爱,又需要大家的批评。只有这样,它才能茁壮和健康地成长起来。

(李鹤展)

参 考 文 献

1. Agid O,Kohn Y,Lerer B. Environmental stress and psychiatric illness. Biomed Pharmacother,1997,54:135-141.

2. Antonia Bifulco,Patricia Moran. Wednesday's child:Research into women's experience of neglect and abuse in childhood,and adult depression. London:Antony Rowe Ltd,1998:preface x.

3. Brodsky BS,Oquendo M,Ellis SP,et al. The relationship of childhood abuse to impulsivity and suicidal behavior in adults with major depression. Am J Psychiatry,2001,158:1871-1877.

4. Burnam MA,Stein JA,Golding JM,et al. Sexual assault and mental disorders in a community population. J Consult Clin Psychol,1988,56:443-450.

5. Caldji C,Francis D,Sharma S,et al. The effects of early rearing environment on the development of GABAA and central benzodiazepine receptor levels and novelty-induced fearfulness in the rat. Neuropsychopharmacology,2000,22:219-229.

6. Carmen E,Rieker PP,Mills T. Victims of violence and psychiatric illness. Am J psychiatry,1984,141:378-383.

7. Christine H,Charles BN. The role of childhood trauma in the neurobiology of mood and anxiety disorders:preclinical and clinical studies. Biological Psychiatry,2001,49:1023-1039.

8. Coplan JD,Smith EL,Trost RC,et al. Growth hormone response to clonedine in adversely reared young adult primates. Psychiatry Res,2000,95:93-102.

9. Erica LW,James GL,Carolyn MM. Childhood Sexual abuse as a risk factor for depression in women:psychosocial and neurobiological correlates. Am J psychiatry,1999,156:816-828.

10. Fergusson DM,Horwood LJ,Lyndkey MT. Child sexual abuse and psychiatric disorder in young adulthood:psychiatric outcomes of childhood sexual abuse. J Am Acad Child Adolesc Psychiatry,1996,35:1365-1374.

11. Fisher PA,Gunnar MR,Chamberlain P,et al. Preventive intervention for maltreated preschool children:

impact on children's behavior, neuroendocrine activity, and foster parent functioning. J Am Acad Child Adolesc Pschiatry, 2002, 39:1356-1364.

12. Harkness KL, Wildes JE. Childhood adversity and anxiety versus dysthymia co-morbidity in major depression, Psychol Med 2002, 32:1239-1249.

13. Hidalgo RB, Davidson JR. Selective serotonin reuptake inhibitors in PTSD. J Psychopharmacol, 2000, 14:70-76.

14. Hohagen F, WINkelmann G, Rasche RH, et al. Combiation of behaviors therapy with fluvoxamine in comparison with behaviour therapy and placebo. Br J Psychiatry Suppl, 1998, 35:71-78.

15. Kaufman J, Birmaher B, Perel J, et al. The corticotrophin-releasing hormone challenge in depressed abused, depressed nonabused, and normal control children. Biol Psychiatry, 1997, 20:669-679.

16. Kaufman J, Plotsky PM, Nemeroff CB, et al. Effects of early adverse experience on brain structure and function. Biol Psychiatry, 2000, 48:778-790.

17. Liu D, Diorio J, Day JC, Francis DD, et al. Maternal care, hippocampal synaptogenesis and cognitive development in rats. Nat Neurosci, 2002, 3:799-806.

18. Liu D, Diorio J, Tannenbaum B, Caldji C, et al. Maternal care, hippocampal glucocorticoid receptors, and hypothalamic pituitary-adrenal responses to stress. Science, 1997, 277:1659-1662.

19. Meaney MJ, Diorio J, Francis D, et al. Postnatal handling increases the expression of CAMP-inducible transcription factors in the rat hippocampus. J Neurosci, 2000, 20:3926-3395.

20. Michchelson D, Galliven E, Hill L, et al. Chronic imipramine is associated with diminished hypothalamic-pituitary-adrenal axis responsivity in health humans. J Clin Endocrinol Metab, 1997, 82:2601-2606.

21. Moran PM, Bifulco A, Ball C, et al. Exploring psychological abuse in childhood: I. Developing a new interview scale. Bull Menninger Clin, 2002, 66:213-240.

22. Ogilvie KM, Riview C. Gender difference in alcohol-evoked hypo thalamic-pituitary-adrenal activity in the rat. Alcohol Clin Exp Res, 1996, 20:255-261.

23. Rosenblum LA, Coplan JD, Friendman S, Gorman JM, et al. Adverse early experiences affect noradrenergic and serotonergic functioning in adult primates. Biol Psychiatry, 1994, 35:221-227.

24. Siverman AB, Reinherz HZ, Giaconia RM. The long-term sequelae of child and adolescent abuse. Child Abuse Negl, 1996, 20:709-723.

25. Stein JA, Golding JM, Seigel JM, Burnam MA, et al. Long-term psychological sequelae of child sexual abuse, in lasting effects of child abuse. Edited by Wyatt GE. Beverly Hills, Calif, Sage Publications, 1988, 135-154.

26. Veith RC, Lewis N, Langohr JI, Murburg MM, et al. Effect of desipramine on cerebrospinal fluid concentrations of corticotropin releasing factor in human subjects. Psychiatry res, 1993, 46:1-8.

27. Wainwright NW, Surtees PG. Childhood adversity, gender and depression over the life-course. J Affect Disord, 2002, 72:33-44.

28. Weissman MM, Bruce ML, Leaf LP, et al. Affective disorders, in psychiatric disorder in America. Edited by Robins LN, Regier DA. New York: Free Press, 1991, 53-80.

29. Zlotnick C, Ryan CE, Miller IW, et al. Childhood abuse and recovery from major depression. Child Abuse Negl, 1995, 19:1513-1516.

30. 姜乾金. 医学心理学, 第 3 版. 北京: 人民卫生出版社, 2001.

31. 李鹤展, 张亚林. 210 例抑郁症患者儿童期受虐史调查及临床症状. 临床心身疾病杂志, 2006, 12(3): 167-169.

32. 张亚林. 行为疗法. 贵阳: 贵州教育出版社, 1999.

第二十六章

老年虐待

第一节 概　述

当今全球老年人口增长速度快,人口老龄化趋势明显。1995 年全球 65 岁以上人口 3.9 亿,占全球人口的 4.87%,预计 2025 年 65 岁以上老年人口可增至 8 亿多,占全球人口的 10%。我国是人口大国,也同样面临着更为显著的人口老龄化现象,而且我国老年人口增长速度快于世界其他国家,有数据预测 2025 年我国老年人口将达到 2.8 亿,相当于发达国家老年人口总和。

随着全球人口老龄化进程加快,老年人家庭暴力的发生率也逐年上升。目前老年虐待(elder abuse)已经成为国际上公认较为普遍而严重的问题,这一问题于情于理于法都不可容忍,值得临床医师、公共卫生及社会工作者的关注。近来,不善待不赡养老人、虐待老年人致伤致残的家庭暴力案例报道也屡见不鲜。老年人家庭暴力问题不仅对老年人自身身心健康造成严重影响,还会增加社会疾病负担及社会相应福利机构负担。在美国,每年数百万的老年人遭受到虐待和忽视。他们的晚年生活质量严重受损,随着自我健康水平下降,自理能力的逐渐下降,依赖感和无助感增强,陷入社会隔离空巢现象的恶性循环。另外,还会导致更多住院、更多的养老院迁住,甚至更高的死亡率。从卫生经济学角度,会产生更大的卫生资源消耗。

近期 WHO 关于暴力和健康的报道也显示老年虐待问题的危害性和干预的必要性。1997 年,来自全世界许多发达国家的代表组织成立了国际老年虐待预防网络,这一行动也标志着国际社会对老年虐待问题的关注和重视。2001 年,这一网络不仅包括美国、加拿大、英国和许多欧洲国家,还注入了许多新鲜血液,包括肯尼亚、黎巴嫩、阿根廷、印度和巴西等国家,从而进一步对老年虐待问题进行国际合作研究,也显示了国际社会预防和干预老年虐待问题的积极走势和坚定信心。

老年虐待是医学问题,也是社会问题。随着对老年虐待问题的逐步重视,目前国外对老年虐待的研究和报道逐年增加,但是国内的研究报道甚少。

第二节　老年虐待的流行学资料

一、老年虐待的定义

最近由美国国家科学院提出了"老年虐待"一词,并将其定义引入到社会学和临床医学的学术领域。许多研究沿用此定义。这个定义的描述包括两方面：①由老年人的家庭成员或其他照顾者、亲近信赖的人对老年人实施虐待行为故意造成严重伤害的行为或者故意或无意地导致严重伤害风险的行为；②老年人的照顾者不能满足老人维持生存的基本需求或者难以保障老年人人身安全。这一定义包括两个关键点：①遭受虐待或忽视的老年人会出现受伤、剥夺自由或遭遇不必要的危险；②这一行为是施暴者故意伤害所致。这与WHO多伦多(2002)宣言中关于老年虐待的定义基本一致，并强调对老年人实施的这一行为的持续性及反复性。

二、老年虐待的发生率

许多国家或地区提供了许多关于老年虐待的发生率的数据不尽一致。近期，《美国公共卫生杂志》公布了美国全国大型流行病学调查的数据，通过电脑辅助电话随机访谈了5777位60岁或者以上的老年人，结果发现情感虐待的年发生率为4.6%，躯体虐待为1.6%，性虐待为0.6%，潜在忽视为5.1%，家庭成员实施的反复经济虐待为5.2%。在过去一年中，有十分之一的受试经历了各种形式的虐待。美国的另一项数据估计其发生率在4%～10%，影响到10%的社区居住的老年人。英国老年虐待的首次全国性流行病学研究(2006)对2111位受试者进行了面对面的调查问卷，发现被家庭成员、亲密朋友或者照顾者虐待发生率为2.6%。主要的虐待形式为忽视(1.1%)，其次是经济虐待(0.6%)，精神虐待(0.4%)，躯体虐待(0.4%)，性虐待最少见，为0.2%。加拿大全国的随机样本调查发现，大约4%的老年人在65岁以后经历了不同程度的家庭暴力。而亚洲国家和地区也有发生率报道，新加坡的一项调查(2008)中发现，虐待老人的现象比预想中的要严重得多，而且受虐者遭到不利后果的折磨。Thomas等(2002)也对一些流行病学调查数据进行总结，发现老年虐待的发生率为2%～10%，而随机的以社区样本为基础的流行病学资料调查的结果偏小。我国湖南大样本流行病学调查(2006)的数据显示，虐待老人的发生率为1.5%，以农村地区多见。

三、老年虐待的类型及特点

老年虐待作为家庭暴力的特殊人群类型，其类型和特点具有多样性和地域文化差异。综述大量文献，将其分为以下几个类型：

1. 躯体虐待 指故意伤害导致躯体疼痛或受伤的行为，比如，打、用器械或利器打、撞击、打耳光、抓推等。

2. 精神虐待 指故意导致情感伤痛或伤害的行为，比如，施加压力、恐吓、威胁、侮辱、命令、不尊敬、责备或其他形式的言语攻击或骚扰、囚禁。

3. 性虐待 指未经同意的任何形式的性接触。

4. 物质或经济剥夺 包括对老年人的物资、钱财或财产进行侵占，比如，盗窃(现金、社会保障账户及其他个人物资或财产)、挪用资金、胁迫(如，强迫修改遗嘱或契约)。

5. 忽视 指派的照顾者不能满足老年人的基本生活需求，包括躯体忽视、精神忽视、遗弃、不赡养老年人、有意或无意地剥夺食物、药品或其他生活必需品。

6. 自我忽视(self-neglect) 指老年人没有能力或不愿意为自身提供一些必需品或服务来维持安全、独立生存。与被动受虐不同，自我忽视是一种主动受虐。

7. 其他 包括医疗资源的剥夺，人权侵犯，强迫劳动等形式。

当然，作为家庭暴力的一个特殊类型，对老年人实施家庭暴力也具有其特殊性。不同的国家和地区，由于种族和文化的差异，老年人家庭暴力的具体表现形式有所不同。许多欧美国家对老年虐待发生的类型及特点进行了小样本的定性研究。Rapoza（2006）的一项对76名受试者进行开放性的老年家庭暴力的质性研究，将暴力按严重程度分为严重暴力、中度暴力、轻微暴力三个层次。结果发现，严重老年虐待中躯体虐待和忽视多见，中度虐待常见严重的精神虐待，轻度虐待的常见形式是精神虐待和忽视。而相对性虐待和经济掠夺在老年人家庭暴力中并不多见。葡萄牙 Mercurio 等（2006）的一项研究也显示忽视、特别是精神忽视、躯体虐待和精神虐待是最多见的虐待形式。严重虐待多见于躯体虐待和忽视。希腊老年虐待的探索性质性研究选取了71名受试者，分别来自城市和小岛村庄。访谈中受试者被问及遭受严重、中度和轻度虐待的情况，发现一半的受试者存在各种形式的躯体虐待。轻到中度虐待的案例多为精神虐待和忽视，最多见的形式是言语虐待、精神、躯体忽视和撞击。意大利 Daskalopoulos 等（2006）的一项便利样本的探索性质性研究中，53名意大利受试提供了老年人遭受成年子女虐待的情况，也发现老年人家庭暴力中受虐类型具有相似性和特殊性，最常见的虐待形式为遗弃、言语虐待、情感虐待和精神忽视。中国的老年人最常见最严重的虐待形式是照顾者的忽视和精神虐待，其他形式也包括经济剥削、躯体虐待和遗弃。

另外，老年人家庭暴力还存在性别差异，比如，女性更容易被忽视，男性多见躯体施暴或受虐。女性更容易遭受严重虐待形式，遭受经济剥夺也比老年男性多见。也有研究显示，老年人年龄大小和遭受虐待水平呈负相关，即老年人年龄越轻，遭受虐待越严重。

而老年人家庭暴力中施暴者往往是亲密或熟识的人，包括夫妻、成年子女或者其他家庭成员，以及托管的照顾人员，受虐者老年女性更多见。老年人家庭暴力可能发生在任何场所，包括他们的家里、医院、疗养院等地。

第三节 老年虐待的危险因素

面对老龄带来的一系列变化，老年人家庭暴力的危险因素也具有一定的特殊性。目前全球对老年人家庭暴力的少数研究基于流行病学调查的数据，采用病例对照研究对老年人家庭暴力的危险因素进行了初步探讨。

一、文化背景和社会人口学因素

如上综述的各国老年虐待的发生率看，欧美国家的老年虐待发生率较高，而亚洲国家老年虐待的发生率较低，数据的差异可能与东方，尤其是中国文化中"尊老敬老"优良传统的耳濡目染、深入人心息息相关。中国人有句古语，说"家有一老如有一宝"，这句话从侧面也体现了老年人在中国社会及家庭的地位。而在欧美国家，政府已经大力支持养老制度，但是随着人口老龄化的加剧，西方国家也对养老金的巨大缺口感到恐慌。

家庭应当是人们获得社会支持和照料的港湾。老年人随着活动能力的下降和慢性疾患的影响加重，靠子女赡养照料的生活方式逐渐取代了养育子女或自理维生的方式，父母对子女甚至第三代的依赖性会逐渐增强，在家庭生活中实际地位和权威性会随之下降。目前国内老年人的照料多由儿孙、亲戚或邻里以及其他家庭成员或社会服务人员来进行，国外则更多的由社会福利机构承担。

老年虐待频发的社区人口学特点有一定的相似性。这些社区特点包括：社区人口学特点(人口密度高、贫困儿童人数多、报告的虐待儿童多),健康护理资源有限,社会服务机构缺乏。另外,女性老年人、高龄老年人、患病老年人、残障老年人、住养老机构的老年人、少数民族老年人、贫困老年人和临终前老年人是老年群体中的弱势群体,这部分老年人更容易遭受虐待和忽视。

二、疾病负担

人类随着年龄的增长,需要面临老年期这一特殊时期的生理、躯体和容貌等的变化,疾病随之而来,包括心脑血管疾病,痴呆,老年抑郁等。有数据显示,80 岁及以上的老年人 70％的男性和 53％的女性患有多种慢性疾病。老年痴呆的发病在 60 岁之前极少发生,60～64 岁人群的患病率大约 3％～4％,80～84 岁人群患病比例大约 25％～30％。躯体疾病与精神障碍带来的疾病负担严重影响到老年期的生活质量。其中,痴呆老年人这一特殊群体的虐待情况严重,有研究发现痴呆患者语言和运动能力受损会影响其与照顾者之间的交流,对虐待时的突发状况的决策能力下降,不能及时对虐待的发生及其后果进行有效的评估,而且失抑制行为往往会导致暴力的循环。另外,长期的躯体疾病容易引起精神状态的变化,高龄老人躯体残障、认知缺损和社会经济地位低导致他们中患有抑郁的比例高达 20％以上,而年轻老人中的抑郁比例不到 10％。来自中国南京 Dong 等(2008)的老年人群横断面研究探讨抑郁是否为中国老年虐待的危险因素,多元 logistic 回归分析显示,生活满意度,经常抱怨,无聊,无助感以及无价值感常常与老年虐待和忽视相关,而抑郁与老年虐待直接相关。

三、社会人际隔离

年龄的增长伴随着个体在社会中相对低位、与他人人际关系和社会心理状态的重大变化,给老年人及周边家庭成员的生活带来广泛影响。其中社会角色的变化带来家庭关系的变化,包括婚姻关系和子女关系。有研究显示,男性在退休前后和女性在"空巢"前后较容易出现婚姻危机。也有研究发现,老年婚姻关系中的问题主要缘于双方价值观或生活哲学的差异,缺乏共同兴趣,更重要的是缺乏语言交流。有研究显示,社会支持减少,老年受虐者与亲戚朋友的关系隔离,带来的孤独感会增加家庭应激。有研究显示,严重的老年人自我忽略与躯体健康状况较差、社会福利水平较低、社会联系较缺乏和社会参与较少有关,而躯体功能的下降,全面的认知功能、情景记忆、知觉速度的下降与老年人自我忽略呈正相关。因此,社会隔离直接或间接地增加老年人家庭暴力的发生。

另外,丧偶会使老年人突然中断婚姻关系,而婚姻关系的重建相对难度较大,因此丧偶老人常常处于一种情感或物质上对子女和社会支持的依赖。老年女性中的丧偶和独居比例比男性高。比如,美国 65 岁及以上老年群体中女性的丧偶比例为 50％,比男性高 3 倍,独居比例比男性高 4 倍。这种状况也导致女性老人获得的情感和其他社会支持相对少。

四、施暴者的个性及精神障碍

家庭暴力"孤掌难鸣",老年人家庭暴力固然也是双方所致。受虐者有一定类似的特质,施暴者的个性特征与其自身的精神障碍也是发生老年虐待的危险因子之一。施暴者情绪不稳、冲动的人格特征是老年虐待的风险因子,而且不同施暴形式的施暴者有不同的特质。比如,对老年人实施躯体虐待的施暴者心理测评中,人际冲突和抑郁的评分较高,对老年人忽视的施暴者中焦虑的评分较高。而施暴者出现情绪障碍,酒精滥用,也会增加老年虐待的可能。其中,酒依赖和儿童期曾经遭受父辈虐待将也会导致对老年人实施严重的躯体虐待。

第四节　老年虐待的识别与干预

一、老年虐待的识别

Cooper 等(2008)的一项荟萃分析发现,1/4 的老年人存在受虐风险,但相关部门记录和处理的受虐案例却很少。老年虐待的识别和报告极为困难。首先,因为各种原因,施暴者和受虐者可能隐蔽、淡化、甚至否认老人受虐的存在和严重性;其次,受虐者可能由于不知所措、尴尬或者由于身体的原因不能寻求帮助。而其他组织和机构难以识别受虐的体征,加上对老龄化的根深蒂固的观念,不愿意处理这样的情况,对于老年人问题的漠不关心以及很少考虑老年人的权利。另外,老年虐待的另一种特殊形式是自我忽视,自我忽视是一种主动受虐,与抑郁情绪、精神状态、躯体状况的衰退直接相关,也是一个严重的医学和伦理学的问题。此外,自我忽视由于缺乏客观的施暴者而找不到相应的调查对象,或者老年人本身具有认知方面的损害而无法作出客观的评估和报告,因此给临床的识别和干预造成了一定的难度。

临床医生在发现和报告老年虐待中具有独特的角色。大约 75% 的躯体虐待所致的头面部、颈部、嘴巴等部位的伤害在检查和治疗中能够被牙医所发现,由于虐待和忽略所致的急重症在处理时能够被相关医护人员观察到。另一方面,由于老年虐待的症状、体征与其自身许多慢性疾病的症状和体征相近,因此给临床识别造成了一定的难度,这时需要患者、可疑施暴者来共同关注认知功能和躯体虐待的特殊表现。对老年虐待的评估包括躯体的检查(肌肉骨骼系统和泌尿生殖系统)、神经系统和认知检查,社会功能方面的描述,在临床上可以使用相关量表来进行,但迄今为止,高信效度的量表尚且有限,有待于进一步的研究与开发。

二、老年虐待的干预

在应对老年虐待的措施方面,一些国家把老年虐待定义为人权问题,一些国家则跟踪调查了一些新出现的项目和实践,这些项目和实践旨在阐明识别、干预和制止老年虐待问题。一项研究表明,家庭医学项目比急救医学项目和内科医学项目对于解决这个问题更加全面。

欧美各国已对老年虐待采取了种种措施,随着各国相继进行老年受虐的全国流行病学调查,一些国家和地区开始制定新的政策和应对措施,有的国家政府部门通过以下措施解决老年虐待的问题:①开启老年虐待求助热线网络,在美国干预热线号码为 1-800-677-1116;②支持和保护被孤立的和脆弱的老年人;③招聘和培训服务热线辅导员;④对此项工作进行评估和建档;⑤调查结果通过大众和专业的媒体进行宣传。

根据社会生态学分析理论,对老年虐待的干预可以从宏观(比如,社会经济发展水平、医疗发展技术、政策等)、社区(比如,社区服务项目发展状况等)、家庭和个人等几个层次。研究证明,健全的社会网络可以减缓老年人的衰弱过程,因此,通过加强老年人和家庭成员、朋友、邻居之间的联系,鼓励其参与适当社交的活动,有利于预防和减少老年虐待。而实际操作中,可以将受虐老人转移脱离不安全的家庭环境,住进护理机构或者福利院等庇护处,并作出相关后续安排，必要时提供医学、法律、伦理、心理方面的干预和援助。有些国家通过立法使老年虐待的报告与相应的服务、应对措施程序化，唤起公众对该问题的认识和重视。例如，亚洲国家日本颁布了预防老年虐待和照顾人保护法律，其中老年虐待的预防由市级来实施，照顾者的支持和干预由一项长期的公共护理保险计划提供。在法律试行的两年间，人们总结了经验和教训后得出结论，对于不同的市，县，国家政府要提供不同形式的支持：包括在有限的资源基础上和较小的单位上更大程度地共享和使用专家，并且在更大的市之间综合不同案例的信息，以期为老年虐待的干预提供更多的信息和资源。另外，对家庭成员、邻居、社区成员、老年人护理机构人员进行宣传教育，以提高对老年虐待的识别能力，减轻相关人员的工作压力，加强老年人护理健康知识的宣传，普及老年人保护的相关法律，加强对立法、执法的监管，定期家访，也有助于预防和制止老年人家庭暴力发生。

（柳　娜　艾小青）

参 考 文 献

1. Acierno R, Hernandez MA, Amstadter AB, et al. Prevalence and correlates of emotional, physical, sexual, and financial abuse and potential neglect in the United States: the National Elder Mistreatment Study. Am J Public Health, 2010, 100(2): 292-297.

2. Biggs S, Manthorpe J, Tinker A, et al. Mistreatment of older people in the United Kingdom: findings from the first National Prevalence Study. J Elder Abuse Negl, 2009, 21(1): 1-14.

3. Bonnie RJ, Wallace RB. Elder mistreatment: Abuse, neglect, and exploitation in an aging America. Panel to Review Risk and Prevalence of Elder Abuse and Neglect, National Research Council, 2003.

4. Brandl B, Horan DL. Domestic violence in later life: an overview for health care providers. Women Health, 2002, 35(2-3): 41-54.

5. Burnett J, Regev T, Pickens S, et al. Social networks: a profile of the elderly who self-neglect. J Elder Abuse Negl, 2006, 18: 35-49.

6. CE M, D B, JM B. Elder abuse. Using clinical tools to identify clues of mistreatment. Geriatrics, 2000, 55(2): 42-4, 7-50, 3.

7. Choi NG, Kim J, Asseff J. Self-neglect and neglect of vulnerable older adults: reexamination of etiology. J Gerontol Soc Work, 2009, 52(2): 171-187.

8. Cooper C, Manela M, Katona C, Livingston G. Screening for elder abuse in dementia in the LASER-AD study: prevalence, correlates and validation of instruments. Int J Geriatr Psychiatry, 2008, 23(3): 283-288.

9. Cooper C, Selwood A, Livingston G. The prevalence of elder abuse and neglect: a systematic review. Age and Ageing, 2008, 37: 151-160.

10. Daskalopoulos MD, Borrelli SE. Definitions of elder abuse in an Italian sample. J Elder Abuse Negl, 2006, 18(2-3): 67-85.

11. Daskalopoulos MD, Kakouros A, Stathopoulou G. Perspectives on elder abuse in Greece. J Elder Abuse Negl, 2006, 18(2-3): 87-104.

12. Dong X, Simon MA, Gorbien M, et al. Loneliness in older Chinese adults: a risk factor for elder mistreatment. J Am Geriatr Soc, 2007, 55: 1831-1835.

13. Dong X, Simon MA, Odwazny R, Gorbien M. Depression and elder abuse and neglect among a community-dwelling Chinese elderly population. J Elder Abuse Negl, 2008, 20(1): 25-41.

14. Dong X. Medical implications of elder abuse and neglect. Clin Geriatr Med, 2005, 21(2): 293-313.

15. Dong XQ, Chang E, Wong E, et al. How do US Chinese older adults view elder mistreatment? Findings

from a community-based participatory research study. Journal of Aging and Health, 2011, 23(2): 289-312.

16. Dong XQ, Simon M, Evans D. Cross-sectional study of the characteristics of reported elder self-neglect in a community-dwelling population: findings from a population-based cohort. Gerontology, 2010, 56: 325-334.

17. Dyer CB, Franzini L, Watson M, et al. Future research: a prospective longitudinal study of elder self-neglect. J Am Geriatr Soc, 2008, 56: 261-265.

18. Garre-Olmo J, Planas-Pujol X, Lopez-Pousa S, et al. Prevalence and risk factors of suspected elder abuse subtypes in people aged 75 and older. J Am Geriatr Soc, 2009, 57(5): 815-822.

19. Gironda MW, Lefever KH, Anderson EA. Dental students' knowledge about elder abuse and neglect and the reporting responsibilities of Dentists. Journal of Dental Education, 2010, 74: 824.

20. Hansberry MR, Chen E, Gorbien MJ. Dementia and elder abuse. Clin Geriatr Med, 2005, 21(2): 315-332.

21. Haviland S, O'Brien J. Ce Feature: Physical abuse and neglect of the elderly: assessment and intervention. Orthopaedic Nursing, 1989, 8: 11.

22. Hildreth CJ, Burke AE, Glass RM. JAMA patient page. Elder abuse. JAMA, 2009, 302(5): 588.

23. Hsieh HF, Wang JJ, Yen M, et al. Educational support group in changing caregivers' psychological elder abuse behavior toward caring for institutionalized elders. Adv Health Sci Educ Theory Pract, 2009, 14: 377-386.

24. Jogerst GJ, Dawson JD, Hartz AJ, et al. Community characteristics associated with elder abuse. J Am Geriatr Soc, 2000, 48: 513-518.

25. Levine JM. Elder neglect and abuse. Geriatrics, 2003, 58: 37-43.

26. Mark S Lachs, Karl Pillemer. Elder abuse. Lancet, 2004, 364: 1263-1272.

27. Mercurio AE, Nyborn J. Cultural definitions of elder maltreatment in Portugal, 2006, 18(2-3): 51-65.

28. Moon A, Lawson K, Carpiac M, et al. Elder abuse and neglect among veterans in Greater Los Angeles: prevalence, types, and intervention outcomes. J Gerontol Soc Work, 2006, 46: 187-204.

29. Nakanishi M, Nakashima T, Honda T. Disparities in systems development for elder abuse prevention among municipalities in Japan: implications for strategies to help municipalities develop community systems. Soc Sci Med, 2010, 71: 400-404.

30. National Academies of Sciences. Bonnie R, Wallace R, eds. Elder abuse: abuse, neglect, and exploitation in an aging America. Washington DC: National Academy Press, 2002.

31. Penhale B. Elder abuse in Europe: an overview of recent developments. J Elder Abuse Negl, 2006, 18: 107-116.

32. Phua DH, Ng TW, Seow E. Epidemiology of suspected elderly mistreatment in Singapore. Singapore medical journal, 2008, 49: 766-774.

33. Podnieks E. National survey on abuse of the elderly in Canada. J Elder Abuse Negelct, 1992, 41: 5-58.

34. Rapoza KA. Implicit theories of elder abuse in a sample of European-American descent. J Elder Abuse Negl, 2006, 18(2-3): 17-32.

35. Reay AM, Browne KD. Risk factor characteristics in carers who physically abuse or neglect their elderly dependants. Aging Ment Health, 2001, 5: 56-62.

36. Taylor DK, Bachuwa G, Evans J, et al. Assessing barriers to the identification of elder abuse and neglect: a communitywide survey of primary care physicians. J Natl Med Assoc, 2006, 98(3): 403-404.

37. Thomas C. First national study of elder abuse and neglect: contrast with results from other studies. J Elder Abuse Neglect, 2002, 12: 1-14.

38. WHO. Abuse of the elderly. In: Krug E, Dahlberg LL, Mercy JA. World report on violence and health.

Geneva:WHO Press,2002.

39. WHO. The Toronto declaration on the global prevention of elder abuse. Geneva:WHO,2002.

40. Yaffe MJ. Detection and reporting of elder abuse. Fam Med,2010,42:83.

41. Yalcinkaya A,Mandiracioglu A,Turan F. Turkey. A pilot study of elder mistreatment in a convenience sample. J Elder Abuse Negl,2006,18(2-3):105-121.

42. Yan E,Kwok T. Abuse of older Chinese with dementia by family caregivers:an inquiry into the role of caregiver burden. Int J Geriatr Psychiatry,2011,26(5):527-535.

43. 曹玉萍,张亚林,等. 湖南省家庭暴力的流行病学调查总体报告. 中华流行病学杂志,2006,27(3):200-203.

第二十七章

家庭暴力的心理干预技术

家庭暴力虽然是一个社会问题、医学问题、公共卫生以及精神卫生问题,近年在提高公共意识、完善司法工作中也取得了一些进展,然而目前在我国,对于暴力双方的心理干预还刚刚起步,主要还是以社工服务的方式出现,心理专业人士的介入则更为少见。因此总结国外防治家庭暴力的经验和教训,并结合国人的心理特点和我国当今社会组织的特点,研究一套符合国情的心理干预方法,用于防治家庭暴力,无论对于国计,还是对于民生都将有着重要的、深远的意义。

第一节 受虐者的紧急处理

家庭暴力受虐者所受到的伤害同时包括躯体伤害和精神伤害。作为医务工作者,对受虐者的躯体和精神状况均应予以关注,并及时处理。

一、对受虐者躯体伤害的即时处理

1. 根据主诉重点体查,受虐者可能出现散在的或新旧不一的躯体损伤,可轻(多处青肿、擦伤等)可重(如骨折、硬膜下血肿等),必要时应迅速进行相关的实验室检查。对受虐妇女的体检更应当系统、全面,注意患者的隐私处有无受伤,避免延误病情。对于孕期的受虐者应特别注意胎儿的状况,是否有流产先兆,有无死胎(必要时引产),有无子痫等并发症。对于长期受虐的老年人,要注意检查伤者的机体免疫力。因为严重的或/和长期的心身虐待可破坏正常的生理功能,使免疫力下降,继发多种疾病。

2. 根据初步的诊断,转入相应的科室,及时予以治疗。力求尽快解除或减轻受虐者的痛苦,力求尽量减少躯体功能的损害,降低致残致死率。

3. 详细记录检查结果和治疗过程,为将来评估伤情、评定伤残等级或司法鉴定提供依据。

二、对受虐者精神伤害的即时处理

在受虐者的躯体情况得到处理的情况下,应关注到她(他)的心理状态,对其当下的心理状态进行评估,若受虐者无法处理家庭暴力所带来的影响,认知、情感和行为的功能出现或将要出现失调时,需要对其进行危机干预。

所谓"危机",是指当事人认为某一事件或境遇是个人的资源和应付机制所无法解决的困难。除非情况及时缓解,否则会导致当事人的认知、情感和行为的功能失调。家庭暴力常常会发生这种情况。

所谓"干预",是指帮助处于危机状态中的人脱离危险、重建信心、发挥潜能、恢复心理平衡的方法。

专门针对家庭暴力的危机干预大约始于 1974 年的英格兰。他们建立了世界上第一家正规的妇女庇护所,为受虐的家庭妇女提供保护、支持和简单的治疗。继而,美国在这方面积累了较多的经验,建立了多种危机干预的理论与模式。

对于绝望、惊恐、狂怒、走投无路或行为失控的受虐者,危机干预是最重要的、最适合的,而且应该及时、就近、简单、紧扣重点。

以下是危机干预常用的"六步法":

第一步　明确核心问题

必须非常迅速地确定致使当事者陷入危机的核心问题是什么? 是什么"压力"促使他产生如此急剧的反应? 分析必须完全从当事者的角度出发。如果医生发现的原因和所认识的危机境遇并非患者所认同,即使医生的认识并不错误,也应暂时依顺当事人。不要讨论,不要辩论,更不要试图说服当事者。否则,其干预就很难达到预期效果。

第二步　保证当事者安全

这里把保证当事者的安全放在第二步,仅仅是因为逻辑顺序和描述的方便。实际上在干预过程中,保证当事者的安全应为首要目标。所以首先应帮助他尽快脱离家庭暴力的现场或不利处境,尽快脱离危险。在整个危机干预的过程中,患者的安全问题都应该得到自始至终的重视。

第三步　提供情感支持

给当事者以尽可能全面的、充分的理解和支持。不管使他陷入危机的原因是别人的过错,还是他自己的责任;也不管他当前的感受可以理解还是不合常情;一律不予评价。并应该提供机会,通过沟通与交流,让当事者表达和宣泄自己的情感,给他以同情、支持和鼓励。使他明确感觉到"有人在关心我"。

第四步　开发应对资源

陷入危机的人,其思维往往处于被抑制状态,很难判断什么是最佳选择。甚至觉得没有选择、无路可走。因此,第四步是开发患者的应对资源,即帮助患者认识到还有哪些变通的应对方式可供选择。可建议当事者从不同的途径思考变通方式:如对外可开发环境资源,可引导他从自己身边的亲朋好友中去寻找支持和帮助;对内可开启心理资源,可试探新的、积极的、建设性的思维方式,以改变自己对处境的看法,从而减轻反应的严重程度。

第五步　制订康复计划

根据当事者的具体情况制订一个帮助他康复的节目表和时间表。虽然大多数人都不会反对医生替他们制订计划,但这样做很可能是越俎代庖。所以,计划的制订应该让当事者充分地参与,使他们感到自己的权利、自尊没有被剥夺;使他们感觉到这是他自己制订的计划;使他们感觉到既然是自己制订的计划,自然就应该而且也能够付诸实施。

第六步　当事者的承诺

一定要得到当事者的明确承诺,比如让他亲口陈述:"我保证按照××计划实施"。在继续关心支持当事者的同时,要用理解、同情和建设性的方式去询问、检查和核实他实施计划的情况，并给予中肯、恰当的强化、支持和鼓励。

第二节 暴力行为发生后的干预

处理完暴力的相关即时问题后，则可以着手从受虐者出发进行干预，防止暴力的发展以及升级，以减少甚至消除暴力。家庭暴力中最为常见的形式是夫妻暴力，调查显示，在美国每分钟就有 4 名妇女遭到关系密切的人的殴打，国内相关调查显示夫妻吵架发生率80.17%，夫妻打架发生率为 34.19%。在全国妇联的一次抽样调查中，有 16% 的女性承认被配偶打过，还有 5% 和 2.6% 的女性表示受过配偶精神伤害和性虐待。夫妻暴力若不能及时处理，将持续存在并且升级，对夫妻双方以及小孩，家庭内部关系，以至于整个社会而言均造成较大的影响。研究显示，丈夫对妻子暴力的发生率以及危害程度都远远高于妻子对丈夫的，因此，目前的大多数治疗理论和方案选择以构建在丈夫对妻子暴力的基础之上者居多。

一、受虐者中心心理治疗

目前以受虐者为中心的心理治疗，主要还是以心理教育为主。其中比较有名的是美国临床心理学家雷诺尔·沃克博士提出的"沃克暴力循环理论"和"后天无助理论"。"沃克暴力循环理论"反映了丈夫对妻子的暴力往往呈现出阶段循环式特征。依次为暴力事件、蜜月阶段、冲突累积阶段、逐渐升级的愤怒、逐步升级的行为（辱骂、破坏财物等），直至暴力事件的再次发生。通过向受虐妇女强调，暴力事件随着时间的发展，周期会越来越短的，程度也会越来越重，使她们认识和识别暴力循环的五个环节相对应的特定行为，学习阻断暴力循环的行为技能。而"后天无助理论"用来解释受虐妇女的心理瘫痪状态，告知受虐妇女自己的消极互动是如何成为受虐待链中引发暴力行为的环节的，帮助受虐妇女意识到积极的行动和抗衡可以取代消极的互动，从而提高受虐妇女的自尊感，增强自主性。

二、施暴者中心心理治疗

（一）施暴者的精神卫生状态

对于施暴者的治疗，首先要注意的是其精神卫生状况。家庭暴力的流行学调查反映出重性精神疾病患者容易发生攻击行为，成为施暴者。精神疾病患者，可因症状影响而丧失或削弱辨认和控制能力，造成家庭暴力，病理性动机是精神病人实施家庭暴力的主要原因。如果家庭暴力的实施者是精神病人，后果往往更为严重。因此，首先需要针对施暴者进行相应的评估和治疗。对于具有严重精神心理疾患，如精神分裂症等我们应给予药物治疗。

（二）德卢斯模式

德卢斯模式最初起源于美国明尼苏达州的德卢斯家庭物质滥用干预计划，Pence 等在此基础上根据女权主义理论创立了这一心理教育方法。这一模式认为，家庭暴力主要起源于社会文化中男尊女卑的思想，是男性自身霸权的一种表现形式。其治疗方式主要是使男性认识到社会对于受虐女性的支持和对暴力行为的反对，并促使施暴男性进行"认知重构"。治疗过程用到了两个基本工具："强力和支配论"以及"平等论"，前者反映暴力、占有等一些行为方式，而后者则相反，通过心理教育来教导男性，使其行为方式由前者向后者转变，从而减少家庭暴力的发生。虽然目前对此模式有较多的评判，认为它忽略了诸如物质滥用、儿童期虐待及忽视等因素,这种治疗方式还是得到了美国某些州的官方认证。实际上,德卢斯模式的使用基础是建立在美国庞大的政府机构支持下的。在其官方网站 http://www. theduluthmodel. org/有较为详尽的介绍以及一些培训项目。

(三) 认知行为治疗

认知行为治疗是另一种应用较广泛的暴力干预方法。这种疗法关注的重点在于施暴者的暴力行为以及隐藏在行为后的认知以及行为方式。它认为暴力行为是习得的,同理,非暴力行为也能通过学习获得。暴力持续的原因在于使用者获得了收益,如身体的放松、受虐者的顺从、支配感等。

认知行为治疗的过程分为几个步骤。首先是对施暴者的评估,需要收集施暴者曾经的家庭暴力的受虐史、目睹史以及家庭外的相关暴力史,并了解其目前的暴力行为;另外则需要对其进行心理评估,包括人格等测量。由于施暴者经常会否认或者忽视自己的暴力行为,通常还需要访谈受虐者以获得准确的信息。然后才开始治疗。行为干预方面,治疗师向施暴者指出暴力行为的利与弊,并通过技能训练(交流、社会技能训练等等)和愤怒控制技巧(倒计时、放松训练等等)使施暴者能够减少冲动行为;认知干预方面,在放松的同时进行自我对话和换位思考,使其认识到除了暴力之外还有其他选择方式。

辩证行为疗法是在传统认知行为疗法基础上发展而来的一种新型认知行为取向的心理治疗,由美国华盛顿州立大学教授玛莎·莱恩汉博士于 20 世纪 90 年代初创立,它以辩证法的基本原则为理论基础,强调病患与治疗师之间、理性与感性之间、接受与改变之间的辩证训练和策略应用。该疗法的治疗策略主要包括辩证法策略、合理化认同策略和拉拉队鼓励策略等。辩证法的策略贯穿于整个治疗过程,其支持者们认为其他认知行为疗法的效用低,脱落率高,且武断地认为施暴者的行为与侵略性的行为方式直接有关,却忽略了其情绪调节能力差的事实。而这正是其目标所在。这一疗法的中心手段是让施暴者保持警觉心,包括集中注意力和理智思考。同时也包括了技能训练、行为解析、技能一般化应用以及家庭练习等行为疗法的内容。

(四) 夫妻情感集中疗法

以成人亲密的依恋理论为基础。它认为紧张的夫妻关系和僵化的交流妨碍彼此感情吸引,后者又将导致夫妻采用负性处理方法去应对关系问题,从而形成恶性循环。这种模式限制了彼此亲近和回应,后者则是情感和依恋的基础。由于它重视夫妻间内心体验和含蓄的交流方式,所以被验证为目前最有可能将紧张关系修复为亲密关系的方法之一。

三、对于其他家庭成员的关注

以上所述基本上是对暴力夫妻双方的关注,但儿童以及老年人也是家庭的一员,自然也易受到家庭暴力的侵蚀。由于文化结构的差异,西方老人与子女同住的情况比较少见,夫妻暴力对于老年人影响鲜有研究;同时,国内的家庭结构也由于经济发展文化改变而改变,四世同堂同住的情况渐为少见,对于夫妻暴力对老年人的影响研究也较少。而儿童作为家庭的弱势存在,却越来越受到关注。长期暴露在家庭暴力环境下,甚至作为暴力直接对象存在抑或是作为施暴方存在,对其将会有何影响,又该如何处理?

儿童期虐待以及家庭暴力目睹可影响到儿童的心理健康,包括儿童的精神、情感、认知、行为、社会能力等。研究显示,受虐待儿童有 48.5% 以离家出走来逃避躯体或性虐待,影响家庭和睦。有遭受躯体虐待史的成人易患焦虑障碍、酒精依赖、性功能异常、反社会人格、自尊心低、有再次被欺骗趋势、自残行为、酗酒及其他精神障碍，且对女性的影响大于男性。而以上不健康的心理状况，又是家庭暴力发生的危险因素。

目前对于儿童虐待的心理治疗主要有：

1. 儿童组疗法　通过游戏疗法与受虐儿童直接接触、交流，并给予直接的指导，使儿童从中得到锻炼和学习。社会能力的提高有助于儿童的全面发展，增进自尊心、自信心等。

2. 父母组疗法　通过父母亲之间的交流帮助减轻父母的压力，积极面对家庭及子女的情况。帮助其理解子女的成长行为，以使其日渐宽容子女的好奇心和探索行为。

四、女性施暴者的关注

女性参与施暴的问题其实早有研究。1990 年有调查数据显示全球每年女性对其伴侣实施躯体暴力比例达到 12.4%，严重者达 4.8%。有学者认为，女性面临压力时较男性更容易出现暴力行为。然而目前对于女性施暴并没有特殊的干预方式，很多学者尝试应用认知行为治疗中的放松技巧、愤怒控制、压力管理等，同时也有学者考虑改善德卢斯模式，然而相关研究还较少见。需要特别提出的是，女性施暴同样强调女性的安全，防止同时或继发的男性施暴对其造成伤害。

第三节　家庭暴力的预防性干预

针对暴力发生后的各种治疗固然十分重要，然而，如同对付各种疾病，提前预防也是一个重要的环节。各种预防项目中，预防与关系促进教程的长期效果得到了最广泛研究。它于 20 多年前由丹佛大学的两名学者 Marklnan H 和 Stanley S 最初设计成功。它要求夫妻共同参加，4~10 对或更多夫妻一起学习，然后各自实践并反馈信息。所以合理的课程设置和内容安排很重要。其主要手段是教导夫妻交流、冲突解决和负性情感反应的调节技巧，以及如何维持和促进爱、承担义务等。最初它主要用于婚前预防干预，目前它已广泛用于婚后有高危因素（如关系紧张、有物质滥用或暴力冲突早期）的年轻夫妻的干预，目的是为了降低成本，毕竟许多夫妻是终生没有暴力行为的。目前此疗法已有多种形式的宣传载体如书刊和音像带等。国内曾有系统使用的例证。其方法是每周 1 次，每次 90~120 分钟，3~4 个月时间完成。开始阶段 2 次，包括治疗关系的建立，婚姻心理健康教育；中间阶段 3~4 次，家庭暴力知识和预防家庭暴力的教育，内容有夫妻交流技巧，夫妻解决矛盾冲突，明确夫妻关系中潜在问题和期望的训练；结束阶段 1 次，干预总结，做好随访，显示良好结果。

近年来，对于夫妻暴力的预防也更深入，有研究认为青少年时期的并不严重的亲密伴侣暴力有可能发展成为严重的夫妻暴力行为，因此，有学者在此时期进行干预，称为夫妻暴力的一级预防。所用之方法同样是前面所讲述的女权主义论和认知行为治疗等。

本课题组通过总结近年来国内外对于心理治疗的一些尝试和实践，提出了"群体的心理教育-家庭的心理咨询-个体的心理治疗"三结合的家庭暴力心理干预模式。

1. 群体的心理教育　针对社区的全体成员，采用我讲你听的宣讲方式，以防治家庭暴力的《心理健康教育读本》为教材，进行心理健康教育。主要内容是普及个体心理卫生和群体心理卫生的有关知识。

2. 家庭的心理咨询　以家庭为单位，采用你问我答的咨询方式，协助每个家庭成员解决各种心理问题。主要内容是改善家庭成员之间的互动模式。

3. 个体的心理治疗　主要是针对当事者,第一阶段采用同质分类的方法,对施虐者和受虐者分别进行集体的心理治疗,重点是情绪控制、行为矫正。第二阶段是混合编组的集体心理治疗,主要内容是精神应激与应对方式以及沟通技能的训练。

这种"三结合"干预方法其效果已在本课题组防治家庭暴力的大样本研究中得到了进一步检验。其中,我们曾在长沙市某两个社区随机抽取 93 对新婚夫妇,调查发现婚前暴力的发生率为 84.9%。应用"三结合"模式进行预防性干预,通过集体进行婚姻心理健康和家庭暴力知识的教育,并借鉴"预防和促进关系教程"进行家庭或个体为单位的交流技巧的训练、解决夫妻之间矛盾冲突的训练和明确夫妻关系中潜在的问题和期望的训练,取得了良好的效果,有效降低了家庭暴力行为的发生率,更重要的是改变了其对暴力的态度。

第四节　心理干预的相关问题

一、心理治疗的一般步骤

在对施暴者进行治疗之前,首先要做的是保护受虐者的人身安全,制订相关的"安全计划"。需要告诉受虐者接受治疗并不代表就免于受虐;强调受虐者虽不需要对暴力行为或阻止他负责,但是要对自身以及小孩的安全负责;指导受虐者寻找资源获取庇护,包括朋友、社会庇护等等。当这一切完备,则可以开始干预措施。

心理治疗的具体过程大致可以分为以下几个步骤:

在开始治疗前,首先需要对施暴者进行评估,内容包括"病史"和心理测量两个方面。前者包括有被虐待史、暴力目睹史(包括家庭暴力和家庭外暴力)、曾经有过的暴力行为、目前的暴力行为等等;后者包括人格测量等,治疗师可以根据自身需要选择不同的专业量表。考虑到施暴者习惯于否认自己的暴力行为,还需要对受虐者进行访谈以获得更为真实具体的资料,必要时也可以从警察局等相关机构获得文字资料,包括暴力行为的频率、程度、持续时间等等。

在获得了详尽的资料以后,则可以开始制订治疗计划了。将所调查到的资料反馈给施暴者,并对其行为进行认知行为学的解释。治疗师同时需要提供详尽的治疗过程并加以解释,并在这一过程中根据情况与其取得良好的联系,从而为较高依从性和较好的进展提供条件。

注意在主要治疗措施上还要针对施暴者的其他问题加上一些辅助措施,尤其是对于酗酒等问题。

制定了相应的治疗目标和治疗程序后,则可以根据不同理论开始治疗。之前讲述了夫妻暴力的心理干预的一些方法,然而具体到其应用,还有一些需要注意的地方。首先,各种心理干预都在不停地发展修正之中,如根据新有的研究成果,认知行为疗法开始关注于夫妻之间的依恋关系;而各种方法之间的界限也在逐渐消失,如德卢斯模式开始强调暴力的习得和强化,同时认知行为疗法也开始重视男尊女卑的思想观念,并将经典的德卢斯论用于治疗之中。而在实际应用中,也很少单独应用某一种治疗方法,更多的是将各种方法有机地进行结合。

二、治疗相关问题

治疗过程中的一个重要问题是施暴者的抵抗。研究表明,施暴者习惯于否认自己的暴力行为或者将自己的暴力行为最小化，并且有研究者认为这是因为施暴者很少受到惩罚或者惩罚很轻。这样一种抵抗可能发生在治疗的任何阶段，在第一次会晤甚至第一句招呼时就可能存在，如"不是我自己要来的"。对此的解决方法是，治疗师可以询问施暴者为什么或者做了什么事情才会来接受咨询，但要注意语气，不要像宣判或者是威胁。这样可以让施暴者逐渐认识到自己的暴力行为，同时也能让自己评估其阻抗。这种方法可能需要在整个治疗过程中多次使用。另外，在交谈的过程中尽量不要使用"虐待"、"暴力"等引起施暴者情绪反应的词汇，尤其是在早期。相反我们可以使用直接描述行为的词，比如"扇耳光"、"推搡"之类，并辅以"很轻"、"很重"等程度词进行描述。若施暴者仍对此表示完全的否认，则可以向其复述相关的文字记载。

同时，夫妻暴力干预的实行方法上也有一些要求。普遍认为，夫妻共同治疗可能优于个体治疗。但考虑暴力问题的特殊性，治疗者应在充分评估基础上，决定夫妻共同参与还是分别接受治疗。若暴力行为发生不太严重或不频繁，或夫妻双方愿意通过消除暴力而改善关系，共同治疗无疑是较好的选择。其优点是：使治疗者更准确了解正在发生的暴力；改变夫妻交流方式，帮助丈夫控制愤怒并与妻子沟通；帮助妻子识别危险信号及采取措施保护自己等。如果暴力行为很严重，或者施暴者不愿意降低暴力危险或妻子不愿以平等身份同丈夫一起参加治疗，则建议分别参加小组或个体治疗。对于施暴者，采用开放式的小组治疗有不少优点。首先，这样更实际也更有效率。其次，小组内不同成员有着不同的应对方式，其中有好有坏，能够让不同成员相互学习借鉴，成员之间更愿意相互反馈信息。由于有处于不同治疗阶段的成员出席，老成员的进步可以增加治疗师在新成员面前的声望。对受虐者提供支持性小组治疗同样普遍，治疗给予受虐者感情支持和建立自尊的机会，给予相关社会和法律援助。

三、疗效评价以及面临的问题

目前国内尚罕有大规模的治疗过程及相关记录，从国外文献显示，由于标准和研究方法不统一，疗效的评价褒贬不一，差别较大，各种方法之间孰优孰劣也难以比较。如何选择治疗方法并且使其符合本国国情仍是一个巨大的挑战。另外，通过对国外相关研究的总结发现，国外家庭暴力的心理干预过程与政府机构有着紧密的联系，施暴者可能被捕并强制接受相关治疗，国内虽已有较多针对家庭暴力的社会机构，但尚无相关法令法规出现，如何开展将是一大难题。

经验证明，没有任何一种心理治疗能够单独地应对家庭暴力这样复杂的社会心理问题。所以在防治家庭暴力的心理治疗中，根据需要将认知疗法、行为疗法和来访者中心等疗法进行有机的整合。不同心理治疗的理论融合和操作技术的合理配伍是值得继续探索的课题。同时，根据以往研究结果，我们发现不仅仅只有受虐者需要心理治疗，实际上施暴者也需要接受心理治疗。所以三结合的心理治疗模式特别地强调了对施暴者的治疗。

通过三结合的治疗模式，我们对家庭暴力进行心理干预的最终目标是：降低社区家庭暴力的发生率；改善家庭的生活质量；提高个体的心理健康水平。达到这一理想效果的关键问题之一是与社会科学的交叉融合。了解文化背景、吃透社会现状、充分动员社会各种资源，建立一个以心理干预为核心技术的综合防治系统，才能充分发挥心理治疗在防治家庭暴力中的作用。

（胡　力）

参 考 文 献

1. Bond SB, Bond M. Attachment styles and violence within couples. J Nerv Ment Dis, 2004, 192(12): 857-863.

2. Daniel J, Shannon M, et al. A critical review of interventions for the primary prevention of perpetration of partner violence. Aggression and Violent Behavior, 2006, 11: 151-166.

3. Donald G. The Duluth model: A data-impervious paradigm and a failed strategy. Aggression and Violent Behavior, 2007, 12(6): 658-667.

4. Julia C, Charles E, et al. Does batterers' treatment work? A meta-analytic review of domestic violence treatment. Clinical Psychology Review, 2004, 23: 1023-1053.

5. Straus MA. Social stress and marital violence in a national sample of American families. Ann New York Acad Sci, 1980, 347: 229-250.

6. Straus MA. Women's violence towards men is a serious social problem //Loseke DR, et al. Current controversies on family violence. Vol. 2. Newbury Park: Sage Publications, 2005: 55-77.

7. 曹玉萍, 张亚林, 王国强, 等. 家庭暴力施暴者的心理学特征以及罹患精神障碍的研究. 中华精神科杂志, 2008, 41(1): 37-40.

8. 荣维毅, 宋美娅. 反对针对妇女的家庭暴力. 北京: 中国社会出版社, 2002: 10-11.

9. 杨玉凤. 儿童的虐待与忽视及其干预对策. 中国儿童保健杂志, 2008, 14(4): 328-330.

10. 张亚林. 论家庭暴力. 中国行为医学科学, 2005, 14(5): 385-387.

第二十八章

家庭暴力的行为疗法

第一节　家庭暴力与种种不良行为

　　家庭暴力本身作为一种不良行为，可以与其他一些不良行为产生连锁反应，常见的诸如成瘾行为、赌博行为、自杀行为以及神经症性行为等等。反过来，这些不良行为的产生，又可能加剧家庭暴力行为。

　　人类的行为是复杂的，有些甚至是不可思议的，与现代文明相违背。文明在发展，行为也在进化。文明的发展无疑有利于人类的生存与健康，但这只是问题的一个方面。加拿大蒙特利尔大学的塞里博士说过："社会已发展到太空时代，而我们身体进化的程度与旧石器时代比较却相差无几。"语调是忧喜参半的。暴力、酗酒、吸毒、赌博、自杀等等不良行为也在文明社会中得到了发展。这些不良行为与人类的身体和心理健康密切相关。有些行为严重损害着人的身心健康，造成疾病；有些行为则是疾病的直接产物。如前面章节已述，家庭暴力与多种精神障碍和不良行为密切相关。而更多时候，这些行为与疾病互为因果，恶性循环。

一、成 瘾 行 为

　　成瘾行为包括吸烟、酗酒、吸毒及各种药品依赖。

　　（一）成瘾行为造成的躯体损害

　　吸烟与肺癌的关系已为世人所公认，与喉癌、口腔癌、食管癌也不无关系。吸烟者发生冠心病的危险性比不吸烟者高出 70％。急性心肌梗死患者吸烟可发生猝死。此外，吸烟还能引起各种呼吸系统疾病，能导致孕妇流产。被动吸烟则是儿童妇女呼吸道疾患的常见原因。酒精对肝脏损害大，造成肝硬化或脂肪肝。酒精还能引发多发性神经炎、冠心病、高血压。注射吗啡可引起中枢神经系统的病变。鸦片急性中毒则抑制呼吸，甚至引起死亡。

　　（二）成瘾行为造成的心理损害

　　成瘾之后，患者便会对此物质产生心理依赖，不用就觉得心情不愉快，甚至出现许多精神症状和情绪症状，如幻觉、妄想、焦虑、抑郁等等。而服用之后也会出现兴奋不安、感知模糊、构音不清等症状。最典型的是酒精中毒引起的科萨科夫综合征，表现为定向障碍、遗忘和虚构。长期饮酒可引起嫉妒妄想，从而出现打骂妻子或孩子。有些甚至造成人格改变。

　　（三）成瘾行为造成的家庭、社会损害

　　家庭是第一受虐者。由于成瘾物质成为第一需求，患者不惜花费大量的金钱和时间去索求他所渴望的成瘾物质,造成家庭经济困难、家庭成员之间关系紧张。同时成瘾之后,患者往往有人格改变,放弃照顾家庭、教养孩子的义务,甚至引发家庭暴力。笔者的研究显示,暴力家庭中,酗酒成员明显多于普通家庭。成瘾行为对社会的影响也相当明显。酒后引起的事故纠纷极为常见。患者为获取所需的成瘾物质会不择手段,以致出现违法乱纪行为。

二、赌 博 行 为

(一)赌博行为造成的心理损害

由于赌博活动的结果与财物的得失密切相关,所以迫使参与者要全力以赴,精神高度紧张,精力大量消耗。经常参与赌博活动会诱发严重的失眠、神经衰弱、记忆力下降等症状。同时,还会严重损害心理健康,造成心理素质下降,道德品质也会下降,社会责任感、耻辱感、自尊心都会受到严重削弱。甚至会为了赌博而违法犯罪。

赌博对青少年的负性影响极大。参与赌博的青少年都会有不同程度的学习成绩的下降,而且陷入赌博活动的程度越深,学习成绩下降得就越严重。赌博严重影响其人格形成。赌博会使青少年把人们之间的关系看成赤裸裸的金钱关系,逐渐成为自私自利、注重金钱、见利忘义的人。更严重的还会导致违法犯罪。

(二)赌博行为造成的家庭、社会损害

由于参与赌博必须占用大量时间,影响工作精力,可能致使其职业生活极不稳定,加之赌博消耗钱财,不可避免造成家庭经济损失。

笔者研究发现,家庭中有赌博成员是家庭暴力发生的高危因素之一。由于沉溺于赌博,缺少与家庭成员在一起的时间,所以其不可避免地面临较多的婚姻问题。虐待配偶而造成分居、离婚、家庭不和、子女教育不良,甚至配偶自杀的严重家庭问题时有发生。因在赌博中惨败而将自己的妻子、孩子押作赌注的事例亦有所闻。

由于赌博可造成大量经济损失、造成赌徒之间相互斗殴,通过偷窃、抢劫、诈骗、贪污等非法手段偿还赌债或筹集赌资,使赌徒不觉走上犯罪道路,危害社会。

三、自 杀 行 为

自杀是对自身的危害极大的行为,后果最为严重。自杀的原因有很多。行为科学的观点认为,自杀是一种习得行为,经常看见或听说自杀行为的人,其自杀的可能性较他人为大。电影、电视、小说中主人翁的自杀行为也有示范作用。国外调查显示医师的自杀率最高,据说是因为医师经常接触自杀未遂患者,了解各种有效的自杀方法,因而容易选择这种方式。

自杀更重要的因素是与精神受挫有关。笔者的一个研究发现,精神挫折后有24%的人有过自杀意念或自杀行为。精神受挫并非都会自杀,但自杀者多有精神受挫。不忍长期家庭暴力折磨的人可能因此选择自杀。本研究组发现,家庭暴力与抑郁症患者自杀显著相关。抑郁症、慢性酒中毒、药物成瘾、精神分裂症等患者的自杀风险均高于普通人。

四、神经症性行为

行为医学把一些神经症看做社会适应不良行为。家庭暴力与神经症性行为可以互为因果。以下是常见的神经症性行为。

（一）焦虑

焦虑是指在缺乏或没有充足的客观原因时，患者产生紧张的内心体验，并表现为自主神经功能紊乱和相应的动作行为，如心慌、出汗、全身震颤、搓拳顿足、坐立不安等。

（二）恐惧

对某种客观刺激的不合理恐惧，患者自知这种情绪是不合理的，知道对象并不可怕，却不由自主地出现回避行为。

（三）抑郁

抑郁是一种不愉快的情绪体验，可伴随出现愁眉苦脸、少言寡语、兴趣低落、食欲不振，或行为迟钝等。

（四）强迫症状

强迫观念是同一意念的反复联想，自知不必要，但欲罢不能。强迫动作则可表现为反复洗涤、反复检查，还包括强迫性计数、强迫性仪式动作等。这些行为，患者明知不正常、不必要，却因无法摆脱而十分痛苦。

（五）癔症症状

是由明显精神因素，如生活事件、内心冲突或暗示所引起的。主要表现为感觉或运动障碍，或意识方面的改变，症状没有器质性的基础。

（六）疑病

患者担心或相信自己患了某种严重的躯体疾病，因而反复求医。各种医学检查的阴性结果和医生的解释均不能打消病人的疑虑。患者的这种担心与他的实际健康很不相称。

（七）神经衰弱症状

患者易兴奋也易疲劳，情绪易激惹、易烦恼、易紧张，并常伴有肌肉疼痛、食欲下降及睡眠障碍。

与家庭暴力相关的适应不良行为常见的还有睡眠障碍、性功能障碍等等。行为治疗被认为是这些适应不良行为的有效治疗方法之一。

第二节　行为治疗的起源和发展

行为疗法（behaviour therapy）是基于实验心理学的成果，帮助患者消除或建立某些行为，从而达到治疗目的的一门医学技术。

人类很早就有使用某种方法改变人的行为，从而防止疾病的尝试。我国早在南宋名医张从正所著的《儒门事亲》中便有行为治疗的案例记载。大意如下：

某贵妇人省亲途中投宿一山村野店，是夜月黑风高，妇人辗转难眠。午夜时分，突然听见店外一片喧哗，哭喊吼叫声不绝于耳。妇人起身推窗探望，只见刀光剑影、鬼哭狼嚎。原来是一伙打家劫舍的强盗正在杀人放火、奸淫掳掠。妇人浑身战栗、惊恐万状。歹徒们离去很久，仍不复平静。从此以后，她不管听到什么声响都会心惊肉跳，甚至昏倒在地。曾请名医多人、服良方无数，均屡治无效。妇人只能终日独守深闺，旁人进去必须着袜脱鞋而行，不得弄出半点声响。一日，名医张从正云游至此。他问明缘由之后，便在这妇人面前置放一张茶几，然后突然用惊堂木猛击茶几。妇人闻之色变心惊、魂不守舍。张从正正色道："我敲茶几，你怕什么？"说毕，冷不防连敲几次。如此三番五次，妇人脸色渐渐好转，只能听之任之。

以后，张从正又令人以木棍击门窗，妇人开始尚有几分紧张，多次以后，也相安无事了。妇人病愈，询问是何道理。张从正说："《内经》曰：'惊者平之，平之常也，常见之则无惊'。"用现在的话来说，就是少见多怪、多见不怪。常常听见或看见的东西谁还会怕呢？

这一精彩的案例与当今任何行为疗法相比都毫不逊色。800年前的张从正能如此娴熟地运用行为疗法，令人赞叹。而2000多年前的《内经》的辩证思想竟与现代行为治疗的某些理论如此不谋而合，更是令人叹为观止。

在国外文献中，也很早就有行为治疗的记载。例如在有关矫治酒瘾行为的描述中，就采用过在酒中放蜘蛛、鞭笞肉体等方法。19世纪初，西方已有医生采用使病人全身长满疥疮的残忍方法治疗抑郁症和行为退缩者。这些医生相信，由此导致的奇痒可以增强患者的活力。

但行为治疗作为一门现代医疗技术，才仅有几十年的历史。

曾几何时，精神分析治疗一统天下。到处都有端坐在患者身后的慈父般的精神分析治疗家，他们耐心地倾听着病人漫无边际的自由诉述，揣摸探测着沉埋在病人潜意识中的心理冲突，进行着艰巨、漫长、深沉、神秘的精神分析。难怪功德无量的弗洛伊德，与马克思、爱因斯坦一起被人们誉为现代最伟大的三位犹太人，他们分别在心理学、社会科学和自然科学方面为人类作出了杰出的贡献。

就在这时，一种离经叛道的新学说竟不识时务地出现了。与精神分析疗法针锋相对，新学说的倡导者们盯住显露在海面上的冰峰不放。他们认为，行为是可以观察得到，并可以通过实验室的方法测量记录的，因而才是真正值得关注和研究的对象。他们抨击传统的精神分析学说主观臆断成分太重，是无法以科学手段加以验证的形而上学。

这种新学说异军突起，迅速扩展，时至今日，似与精神分析学有平分秋色之势。这种新的学说就是行为主义。

什么是行为主义呢？它的"始作俑者"华生（J. B. Watson，1879～1958）曾说过这样一段话："给我一打健全的婴儿，再给我一些特定的环境。只要满足这两点，不管婴儿的才能、个性、本能及其父母的血统、职业如何，我都能将其中任何一个训练成我所需要的任何一种人，譬如医生、律师、艺术家、巨商、乞丐或者小偷。"

一语道出，石破天惊。华生认为，任何行为都是由环境决定的，都是在"刺激-反应"的条件反射中形成的。他对传统的心理学持严厉的批判态度，认为传统心理学把变幻莫测的心理活动作为主要研究对象是一个根本的错误。因为意识等心理活动尚不能直接被观察和测量，这样就形成了解释上的随意性和多样性。而行为却是外显的、客观的。1913年，华生发表了他宣言式的论著《一个行为主义者心目中的心理学》，在心理学的阵营中正式亮出了行为主义的旗幡。他在这篇论著中明确提出：行为主义是自然科学中一个纯客观的实验分支，它的理论目标是如何预见行为和控制行为。

行为医学尚十分年轻，它的正式开创被定于1977年。20世纪70年代后期，行为治疗被零星介绍到我国。目前，行为治疗在我国蓬勃发展。

第三节　行为治疗的基本理论

行为治疗的理论从开始就呈现出一派百花齐放、百家争鸣的局面。它不像精神分析疗法那样理论上师承一人，即使后来也有改革和演变，但来龙去脉依然清晰可辨。而行为治疗却没有公推的一位开山始祖。如果把精神分析疗法的理论比喻成一株不断添枝发芽的高大乔本,行为治疗的理论则好像一片齐头并进的灌木丛。许多著名的学者如谢切诺夫、巴甫洛夫、华生、桑代克、斯金纳等等,都不约而同地聚集在行为科学的大旗下。他们依据各自的研究和观察提出了各自的学说。这些学说共同成为行为治疗的理论基础。以下介绍几种主要学说。

一、经典条件反射学说

经典条件反射(classical conditioning)学说的建立最早可以追溯到俄国的伊万·马·谢切诺夫(1829～1905),他是第一位在行为研究中以严谨的实验来取代哲学遐想和偶然观察的学者。他提出:"所有动物和人类的行为实质上都是反射性的。"伊万·彼·巴甫洛夫(1849～1936)在此基础上进行了更深入的研究。他在研究消化生理时就曾注意到,狗的消化腺分泌似乎是有规律的,即狗在见到食物一定的时间之后其消化腺才开始分泌。显然,这种预期性的分泌带有反射性的性质。进一步观察发现,食物刺激和消化腺分泌之间的关系在每只狗身上表现得并不一样,甚至同一只狗在不同时间的表现也不一样。

为了研究和解释这种现象,他在实验室里添设了灯光和响铃装置,先给狗以声、光刺激,一定时间之后给予食物。见到食物后,狗必然会分泌唾液,这是它先天固有的反射,但是,经过巴甫洛夫如此这番的反复实验之后,狗只要见到这种灯光,听到这种铃声,即便没有食物出现,它也会分泌唾液。巴甫洛夫认为,灯光、铃声已与食物共同形成了刺激物,而这种"刺激-分泌"的神经联系已在大脑中建立。只要刺激信号出现,就会引起唾液分泌。这种后天习得的反射,巴甫洛夫称之为"条件反射",它与那种与生俱来的、人畜共有的非条件反射截然不同。巴甫洛夫发现了条件反射的许多规律。其中重要的一条是,条件反射的建立必须依赖于一种非条件反射,否则,是无法凭空建立的。

巴甫洛夫还发现,条件反射的形成是可以变化的。如果不经常用相应的非条件反射去强化它,条件反射就会削弱或消退。例如那条学会了听见铃声就分泌唾液的狗,如果你总是响铃,却不按时地把食物放进它的嘴里,久而久之,狗对单独的铃声反应便会减弱,最后会置若罔闻。这表明,原已形成的条件反射因为得不到非条件反射的强化已逐渐消退了。人类亦是如此。我们设想,因为"望梅"而暂时止渴的曹军,在拼命步行了四五十里地之后,如仍不见什么梅子,也找不到其他解渴的东西,那该会是一番什么样的情景呢? 曹孟德即便说前面还有几片梅林,恐怕也无济于事。

巴甫洛夫还研究了条件反射的泛化、辨别等规律,并用来解释行为的建立、改变和消退。经典条件反射学说已成为行为治疗最基本的理论之一,利用条件反射的建立或消退的规律已成为消除不良行为、塑建健康行为的重要方法。

二、学 习 理 论

学习理论(learning theory)的代表人物应数华生(J. B. Watson)。他做了一个白鼠跑迷津的实验。迷津是仿照当时著名的汉普敦娱乐场的大型迷津设置的。这个迷津只有一个入口,须经七拐八弯、迂回曲折的狭窄通道才能达到预定的终端。在终端放有白鼠爱吃的食物。起初,小白鼠从入口进入后在迷津中来回折腾、反复探索,花了很长时间才到终端。在多次实验之后,白鼠从入口走到终端所花的时间缩短了,错误(即走入死胡同或折回原路的无效劳动)越来越少。在实验的最后阶段,只见白鼠在入口稍事迟疑,仿佛在"思索",然后"闪电"似的直奔目的地。偶尔它也可能误入歧途,但速度很慢,而且越来越慢,然后立即勒马回头。不很饿的时候，白鼠会沿途玩耍，满不在乎地在盲端或死胡同的路口溜达，决不进去，而后不慌不忙地走向目的地。显然，此时对小白鼠来说，从入口走到终端已经不单单是一种刻板的重复动作，而是一种意志行为了。

在小白鼠学会走这套迷津之后，华生又开辟了一条抄近的路。很快，小白鼠就只走捷径不问老路了。

小白鼠能掌握一个可以令人类晕头转向的迷津，而且学习速度之快令人惊讶。它是凭什么找到最佳路线的呢？食物的气味从铁丝编织成的迷津隔墙中扑鼻而来对白鼠无疑是一个巨大的诱惑。但这只能解释动机问题，不能解释小白鼠为什么会准确无误地到达终端。它是如何辨别途径的呢？

为了追根溯源，华生又进行了一系列白鼠走迷津的实验。他的办法是每次排除一种感觉，去查明原来未受过迷津训练的白鼠能否很快地学会走迷津，或者是已经学会走迷津的小白鼠是否够能一如既往不出差错。华生通过大量的动物实验得出了这样的结论：行为是学习的结果。

华生认为，所有的行为都是通过条件反射的方式学习得来的。当然，有些极其简单的反射活动是与生俱来的，这些反射活动构成了一个人全部行为的遗传特征。随着个体的成长，他能学会一系列复杂的行为，但这些复杂的行为也不过是一连串相互联系的条件反射而已。华生的见解似乎与巴甫洛夫的观点颇为相似，事实上，华生是在独立地勾画出自己体系的主要轮廓后才接触到巴甫洛夫学说的，因此，毋宁说他们是不谋而合。复杂的行为是如何习得呢？华生提出了两条学习规律。

第一条规律叫做频因律，即某一刺激引起的行为反应发生的次数越多，那么这一行为反应就越有可能固定保留下来，并在以后遇到相同刺激时发生；第二条规律是近因律，即某一行为反应对某刺激在发生时间上越接近，那么这一行为反应就越有可能固定保留下来，并在以后遇到相同刺激时再发生。

华生为了证实他的学习理论，还做了不少临床实验。他用学习的方法使一个什么都不怕的小男孩学会了"恐惧皮毛"。他还戏谑地说："如果20年之后，这小家伙长大成人，假如他还因恐惧裘皮大衣而苦恼，又假如他因为这个毛病去求助精神分析学家，那么精神分析学家该如何动作呢？"华生继续说道："如果弗洛伊德主义者们那时仍然坚持他们的理论假设的话，他们在分析这位恐惧裘皮大衣的患者时，一定会引诱他讲述一个梦，并根据这个梦分析出这位患者很可能在3岁时，因为试图抚弄他母亲的阴毛而招致过分严厉的责骂。"

学习理论强调学习的作用，认为无论任何行为都可以习得，也可以去掉。这种信念与当时美国社会中人生而平等的思潮相吻合，也与他们崇尚教育的观念恰好一致，因而不仅被美国社会所接受，也很快地被应用于医学临床。

三、操作性条件反射和强化学说

操作性条件反射（operant conditioning）是美国哈佛大学的心理学家斯金纳（B. F. Skinner）提出的。斯金纳说："巴甫洛夫已经指出了道路，但我要前进的话，就不能不令人震惊地从唾液分泌这样的反射行为跃进到日常生活中的重要行为上。"

斯金纳把行为分成两类，一类称应答性行为，另一类称操作性行为。他认为，应答性行为是被动的，是被一定的刺激诱发的，比如巴甫洛夫在狗身上观察到的行为。而操作性行为却带有主动的性质，虽然它也要受环境的影响，但不是直接引发于某一明显的刺激。斯金纳认为,吃饭、睡觉、走路、讲话、工作、娱乐、争斗等等都属于操作性行为。显然,操作性行为要比应答性行为复杂得多,不是能用几个条件反射可以阐明的。例如走路,最初可能是由想到某个地方去的念头引起的。但是这个行为是否发生,却还要取决于气候、心情、精力,以及诸多的社会因素。不过,在某种程度上也可以为奖赏所决定。奖赏是一种强化(reinforce-ment)。如预计走到目的地之后能会见一位朝思暮想的挚友,那么,走路这一行为较之没有这一期望时更易发生,因为奖赏强化了走路行为。

斯金纳制成了一套盒式实验装置,装置里有一套操作工具和传送强化物的设施。这就是后人所称的著名的斯金纳箱。斯金纳首先是用鸽子做实验的。实验箱里装有两把钥匙,一把是红色的,另一把是绿色的。当鸽子无意中啄动红钥匙时,传送强化物的装置就自动丢出几粒它喜欢吃的食物。啄动绿钥匙时,箱内则无任何动静。于是,不用很久,鸽子就学会了啄红钥匙。类似的结果在老鼠身上同样得到验证。这次在斯金纳箱中安装的不再是两片钥匙,而是一副杠杆。老鼠在箱子里窜来穿去,如果无意中压了一下杠杆,传送强化物的装置便会送来食物。于是,老鼠很快就学会了按压杠杆。只要它感到饥饿,它就会按压不停,俨然做工一般。

强化物通常是某种食物,也可以是作为奖赏的任何其他东西。比如娱乐,甚至只是避免某种惩罚。"避免惩罚"也算是一种奖赏吗?回答是肯定的,人们称之为"负强化"。它的作用和正面奖赏的作用常常是殊途同归。例如将老鼠放在箱中,底板是金属制成的,可以通电。箱内设一副杠杆,但杠杆不再是获取食物的暗道机关,而是一个设计巧妙的电闸开关。底板通电之后,老鼠受到电击,它会在箱里惊慌失措、东蹿西跳,但偌大的箱内就是没有安然立足之处。如果老鼠偶然碰压了杠杆,则电源立即被切断,老鼠即可安宁。它一旦停止按压,电源又自动接通。为了避免电击,老鼠迫不得已地反复按压杠杆,丝毫不敢松懈,直至精疲力竭。这时候,老鼠亦被认为学会了按压杠杆。

虽然,奖赏和惩罚两种手段都达到了让老鼠学会按压杠杆的目的,但斯金纳认为负强化是不可取的。因为负强化是通过诱发恐惧、愤怒这些负性情绪反应来起作用的。这些情绪反应本身就是不能令人放心的副产品。

强化的作用在人的身上也得到证实。这时斯金纳箱不再是一只笼子,而是一间房子,被试者是一位自愿者。斯金纳让他坐在沙发上,不给予任何指令。然后不管他在干什么,每隔几分钟给他一次强化物,如巧克力或是一件什么小礼物,或是听一段悦耳的音乐,斯金纳发现,如果给强化物时,这位被试者刚好干着什么事,例如正在搔鼻孔,那么这个动作就会得到强化。这一点已被统计数据所证明。这位被试者,在整个实验中,搔鼻孔的发生率明显增长。尽管搔鼻孔和得到强化物最初完全是偶然同步的两件事,但这种强化物的作用却十分明显,虽然被试者本人尚未意识到自己行为的微妙变化。

由此可见,当强化物和某种行为偶然碰在一起时,两者便有可能发生联结。重复几次之后,这个行为便可能巩固下来。证明斯金纳的这一论断的事例是很多的。那些活跃在街头巷尾的算命先生、江湖术士,不论其伎俩如何拙劣,不论其谎言是如何的不堪一击,也不论其药方咒符是如何的荒唐,但总不乏热心的看客和虔诚的信徒。看客和信徒不全是因为道听途说、偏听偏信而来,还有现身说法的人。而现身说法这也并非完全是由同伙扮成的病人或金钱收买的看客,也有真心实意的受益者。何以"受益"呢?可能在他们服了这些药方或带上了这些咒符之后,"恰好"病症减轻。于是这药方和咒符便得到了强化。如果碰巧又中了彩票大奖,这咒符逢凶化吉的神力便扩大了,此人挂戴咒符的行为就会巩固下来。

根据这一原理,斯金纳提出了一套行为矫正程序,他称之为"塑造作用"。他主张先观察实验对象的全部操作性行为,分析哪些是有益的行为,哪些是不良行为。然后,有目的地奖赏那些需要保留、巩固的有益行为,忽视或惩罚那些需要弃除的不良行为,结果,便创造出一种基本上是全新的行为。利用这种方法,斯金纳教会了鸽子打乒乓球,训兽者们教会了狗熊骑车、海豚顶球、猴子解算术题……当人们观赏这些精彩纷呈的动物表演时,有谁还会怀疑"强化"的作用呢?

四、强 化 作 用

代表人物桑代克(Thorndike EL,1874～1949),他仔细观察到猫为了吃到笼子外面的鱼如何设法打开笼门的种种行为。他提请人们注意:美味的鱼是决定猫的行为的关键因素。

他设计的实验是将饥饿的猫置于特别设计的迷笼里,笼外有猫爱吃的食物(鱼),猫在笼内可见可闻,但笼门是关闭的,不用前爪踏到开门机关,无法跑出笼外。其目的是系统观察动物在有目的活动(觅食)中,如何学习解决困难问题。实验者经多次重复观察后发现:猫刚进笼子时,其动作杂乱无章,在紊乱的活动中偶然踏到机关,门自动开启,因而获得笼外的食物。在以后的重复练习中发现,猫在笼里杂乱无章的动作随着重复训练次数的增加而减少,而踏到机关的动作则逐渐增多,最后,终于学到一进笼门就会开门外出取食的地步。

因此,桑代克认为,行为不是为了获得奖赏就是为了逃避惩罚。在对同一个刺激作出几种不同的反应中,那些给自己带来满足的行为反应将会更密切地与这一刺激相联结,当这一刺激重现时最有可能再发生;而那些给自己带来痛苦的行为反应则会削弱它们与这一刺激的关联,以至于当这一刺激重现时再发生的可能性很小。桑代克称这一原理为效果律,他假定有一个"OK反应"的神经机制,这一机制能强化"刺激-反应"的联结。

行为治疗技术包括系统脱敏疗法、冲击疗法、厌恶疗法、阳性强化法、生物反馈疗法、自我控制法以及认知行为疗法等。后面章节将以家庭暴力相关不良行为矫正的实例来详细介绍常用行为治疗的具体操作方法。

第四节　行为治疗的评价

一、理 论 评 价

行为治疗的出现,是对传统的西方心理学理论的大突破。19世纪,由于细菌、病毒的发现,现代医学有了划时代的进展。相应的结果之一是,医学更忽视疾病的症状,而注重人体内部是否存在感染病灶。同时代的弗洛伊德采用了类似的观点,他创造的精神分析学说认为,症状或异常行为只是一种表证,根结则在于人的本能、欲望、人格等内部结构。治病不是治可以观察得到的症状,只要解开根结,症状便成了无源之水、无本之木,自然缓解了。20世纪上半叶,在西方,精神分析几乎成了心理治疗的代名词。行为主义同传统的心理学彻底决裂,分道扬镳。

行为主义的一大特点是环境论。它提出人的行为源于外界,是由环境中的刺激引起的,是通过学习获得的,而不是由什么抽象的、不可捉摸的内驱力引起的。行为主义认为,大讲所谓意志、动机、精神，是"泛灵论"的表现，只有实实在在的行为才真正值得研究。

行为主义的另一个特点是重视实践。行为主义从来没有玄妙的、莫测高深的"高谈阔论"，它的一切结论都来源于科学实验。它完全采用现代科学的研究方法，客观地、精确地研究行为，以至于实验的结果可以被重复，可以在实践中被检验。由于行为科学宣布自己属于自然科学的一个分支，重视实验室的研究，使心理学从古老的思辨研究方式一跃而到现代的实验研究的阶段，逐渐脱离哲学，加盟自然科学。行为科学大量的实验成果已经使古老的心理学洗心革面、焕发青春，令那些原来对心理学不以为然者刮目相看。

行为主义是心理学发展史上的一次大革命。其意义不仅仅在于使人类在探索自我的道路上又前进了一大步，还在于它的出现打破了传统的精神分析学说在西方一统天下的格局，为心理治疗这块领地注入了活力，注入了生机，活跃了学术气氛，推动了心理治疗研究的发展。由此引发了后来被称为"第三思潮"的人本主义的种种治疗方法（人本主义的创立者亚伯拉罕·马斯洛原来就是一位行为主义者），以至于心理治疗能形成如今这么生机勃勃、流派纷呈的局面。

行为主义也受到不少批评。行为主义只强调"刺激-反应"过程，把复杂的心理活动降格到化学和物理的层次上去。行为主义的结论虽然都来源于实验，但实验大多是在动物身上进行的，而且最初的行为主义者们坚持"人兽并论"的观点。华生说"人是一种动物"。斯金纳认为"老鼠的行为与人的行为之间的唯一区别，只是在言语行为方面"。由动物直接推论至人，未免失之偏颇。人不是更大一些的白鼠或者鸽子，人是有意志、有理想、有道德、有情操的种群。与动物相比，理性成为人类骄傲的资本。人绝不会像低等生物或一台机器那样仅仅是被动地对刺激作出反应，人有极大的主观能动性。当今的行为主义者们除了继续重视行为的研究以外，也越来越关注位于"刺激"与"反应"中间的那些环节。

二、疗效评价

任何学说的价值，在于它能解决多少实际问题。行为治疗究竟能解决多少问题呢？

广义地说，行为治疗的原理已应用于处理广泛的人类问题。数以千计的研究报告说明，不论男女老少，不论聪明愚蠢，不论常人病人，都曾从中受益。而狭义地仅从医学的观点来看，行为治疗主要适应于以下诸症：

1. 神经症　恐惧症、焦虑症、强迫症、癔症、神经衰弱等。
2. 不良习惯　口吃、抽动症、遗尿、咬指甲、职业性痉挛等。
3. 性功能障碍　阳痿、早泄、阴道痉挛和性乐缺乏等。
4. 性变态行为　同性恋、窥阴癖、露阴癖、恋物癖等。
5. 自控不良行为　贪食、厌食、施暴、斗殴、酒瘾、病理性赌博等。
6. 其他　慢性精神分裂症、精神发育迟滞等。

上述病症中，大部分尚不能发现有相应的病理生理和解剖形态学上的变化，因而时下通行的纯生物医学模式，尚无得力对策。行为治疗家将这些病症视为一种"适应不良行为"，它和正常行为一样，完全遵从学习规律，因而可以用行为治疗将其弃除。所以说，行为治疗丰富了临床治疗学，是对生物学疗法的一大补充。

行为治疗的效果报道不一。病例报道多是成功的例子，因而缺少对照，不便统计分析。下面是我们的两项研究结果。

1. 以系统脱敏疗法治疗发作性癔症，运用随机分组的方法，一组系统脱敏，另一组采用相同实验情景的暗示治疗作为对照，结果如表 28-1：

表 28-1　发作频率、发作持续时间、发作严重程度及 GAS 评分的组间比较

时间	观察指标	脱敏组（M）	对照组（M）	P（秩和检验）
处理前	发作频率（次/3 个月）	15.1	13.8	NS
	发作持续时间（h）	1.97	2.68	NS
	发作严重程度	2.65	2.58	NS
	GAS 评分	53.1	55	NS
随访	发作频率（次/3 个月）	2.3	7.6	<0.01
	发作持续时间（h）	0.39	2.01	<0.01
	发作严重程度	0.9	1.7	<0.01
	GAS 评分	74.6	63.7	<0.01

注：GAS：焦虑自评量表；M：均数；NS 表示无统计学差异

2. 以系统脱敏疗法和冲击疗法治疗社交恐惧症，也是采用随机分组对照的方法，并以量表评定疗效，一年后随访。结果是：

系统脱敏组 13 例中，痊愈或接近痊愈者 4 例，好转 6 例，无效 3 例，治愈率为 30.7%。

冲击疗法组 15 例中，痊愈或接近痊愈者 4 例，好转 5 例，无效 6 例，治愈率为 26.6%。

两组比较差异无显著性（$u=0.2397$，$P>0.05$）。从该研究结果来看，作为行为疗法的第一适应证——恐惧症，治愈率也不到三分之一。该研究报告曾获得首届世界卫生组织精神医学青年优秀论文二等奖，说明其结果已被同行认可。

沃尔普曾在其著作中将行为治疗的效果与精神分析以及医院常规治疗的疗效进行比较。从表 28-2 可见，行为治疗明显优于其他两种治疗。实际上这一结论未必可靠，因为三组病人分属于 40 年代、50 年代和 60 年代，而且诊断标准、疗效评价标准均未统一，因而缺乏可比性。但无论如何，有一点是可以肯定的，沃尔普的 210 个患者，治疗次数平均只有 30 次，而布洛迪的精神分析次数通常在 600 次左右，即每周分析 3～4 次，要持续 3～4 年之久。

表 28-2　沃尔普在其著作中将行为治疗的效果与精神分析以及
医院常规治疗的疗效进行比较

方法以及作者、年代	患者数	治愈或显效数	百分比
行为治疗（沃尔普，1958）	210	188	89.5%
精神分析治疗（布洛迪，1962）	210	126	60%
医院常规治疗（Halmilton，1941）	100	53	53%

实际上心理治疗会受到多种因素的影响，很难用实验室的方法完全控制其他干扰因素而仅仅只让治疗本身发生作用。所以，要作出哪种心理治疗方法更有效的结论是十分困难的。事实上几乎所有流派的心理治疗都会在某些病人身上产生作用，出现令人满意的结果。有时候，治疗者能力的差异比他们所奉行的学说的差异对疗效有更大的影响。

总之，大量临床实践证明，行为疗法对某些病症是行之有效的治疗方法，尤其是对那些目前尚无"药"可医的一些病症，例如恐惧症、病理性赌博、精神发育不全等等。近些年来，行为治疗又有了迅速发展，从对外观动作行为的矫正发展到对认知行为（思维、观念）的矫正；从徒手的行为治疗，发展到借助诸如生物反馈仪等现代电子仪器的行为治疗；从临床医疗扩

展到社区心理卫生、运动心理、企业管理等。

但是,行为治疗也有其局限和不足之处。首先表现在它的适应证限于那些与行为方式有关的疾病,对绝大多数疾病它是无能为力的。其次,由于行为治疗不重视疾病症状的遗传背景、生化改变,因而总是只能对症治疗,症状易复发。颇有"头痛医头、脚痛医脚"之嫌。临床上我们也见到这样的恐惧症患者,经过系统脱敏消除了对某物的恐惧,不久之后,他又有了新的恐惧对象,防不胜防,治不胜治。由此看来,扬汤止沸是不如釜底抽薪,这正是行为治疗的不足之处。但另一个严酷的事实是,如今还有相当多的疾病,仍病因不清,机制不明,治疗无方。

三、道 德 评 价

行为治疗受到最多的指责是说它限制人身自由,崇尚管理控制。冲击疗法、厌恶疗法、惩罚是否人道? 是否符合医学伦理? 阳性强化是否有辱人格尊严? 是否算一种"诱惑"? 自我控制是否宣扬压抑,泯灭天性?

行为主义开诚布公地说明其宗旨就是要预见和控制行为。所以,行为治疗总会给患者一些限制。限制有悖于人的自由意志。所以,人们一旦受到限制,就会真实地感受到某种冲动的存在,就会不快。但是,人不仅仅是自然的人,也是社会的人。人的社会性的一个基本含义就在于每个人都处于一定的社会关系之中,为了维护一定的社会关系,人类便使用各种方法规范自己的行为。社会化的一个杰出成果就是人们不把对自我行为进行规范看作是无可奈何或人性不自由的表现。人们心安理得地去循规蹈矩,在受限制的同时也获得了自由,使彼此能和平共处,相安无事。歌德有一句名言:"一个人要宣称自己是自由的,就会同时感到他是受限制的。如果他敢于宣称自己是受限制的,他就会感到他是自由的。"可见,限制和自由一样神圣。合理的限制恰恰是自由的必要条件和保证。

行为治疗要限制的行为,只是那些妨碍自身或他人健康的行为。为了保证行为治疗奉守医学的道德规范,它特别强调两条原则:

1. 一切从维护患者健康的立场出发,使用纯粹的医学标准去衡量行为是适应良好的,或是适应不良的。所谓良与不良,都只含医学意义。

2. 像其他治疗一样,实施行为治疗必须尊重患者本人的意愿,在患者了解治疗的原理和方法之后,由患者完全独立地做出是否接受治疗的决定。

1977 年,美国行为治疗促进协会发布了一份有关行为治疗中的一些基本道德问题的报告,其中包括患者身份和权利、治疗目标行为、治疗方法、治疗者的资格和才能、资料保密等,希望行为治疗能与社会道德标准相适应。像任何先进的科学技术一样,行为治疗也存在着被误用、滥用的潜在危险。普及和宣传行为治疗的知识,普及和宣传行为治疗应遵循的道德标准,才能保证行为治疗永远被人道地使用,因为明智的大众是防止行为治疗误用和滥用的最好监护人。笔者衷心希望,像和平利用原子能那样,让行为治疗这门强大的新型科学技术为我国人民和全人类的心身健康作出贡献。

(曹玉萍)

参 考 文 献

1. Alan S. Bellack,et al. International Handbook of Behavior Modification and Therapy. New York:Plenum Press,1982.

2. David S O, et al. Biofeedback. Englewood Cliffs. N. J.：Prentice-Hall Inc,1981.

3. Liberman P P, et al. Behavior Therapy, in Comprehensive Textbook of Psychiatry,5th edition. Baltimore：The Williams &Wilkins Company,1991.

4. Powell G E. Brain Function Therapy. Gower Publishing Company Limited,1980.

5. Wilson G T, et al. Contemporary Behavior Therapy. New York：The Guilford Press,1982.

6. Wolp J. The Practice of Behavior Therapy,3th edition. NewYork：Pergamon Press,1982.

7. 阿德莱德·布赖. 行为医学入门. 陈维正,龙葵,译. 成都：四川人民出版社,1987.

8. 布鲁克. 如何学习心理治疗. 许又新,译. 北京医科大学(内部资料),1991.

9. 长岛贞夫. 儿童赏罚心理学. 台北：巨流图书公司,1987.

10. 陈光达. 八例儿童神经性呕吐的心理因素及其行为治疗. 中国心理卫生杂志,1990,6：253.

11. 杜荣玉. 行为疗法治疗恐怖症 2 例. 华西医讯. 1988,1：19.

12. 弗兰克·戈布尔. 第三思潮：马斯洛心理学. 吕名,陈红雯,译. 上海：上海译文出版社,1987.

13. 胡彬兵. 行为治疗一例不语 11 年病例报告. 中华神经精神科杂志,1986(19),6：385.

14. 郭任远. 行为医学基础. 台北：万年青书店,1965.

15. 高恩显. 现代疗养学. 北京：人民军医出版社,1965.

16. G. 马丁,J. 皮尔. 行为矫正. 林殷沪,等译. 北京：科学出版社,1991.

17. 梁宝勇. 行为治疗的现状及其发展趋势. 医学与哲学,1984,4：40.

18. 丘仁宗. 精神病、行为控制和伦理学. 医学与哲学,1987,3,20.

19. 王善澄. 行为康复疗法对慢性精神分裂症开放管理的平行对照研究. 中国康复医学杂志,1988,4：148.

20. 徐斌,王效道. 心身医学. 北京：中国医药科技出版社,1990.

21. 杨德森. 行为医学. 长沙：湖南师范大学出版社,1990.

22. 张亚林、杨德森. 系统脱敏与冲击疗法治疗社交恐怖症的疗效比较. 中国心理卫生杂志,1988,6：250.

23. 张亚林. 行为疗法. 贵阳：贵州教育出版社,1999.

24. 张亚林、杨德森. 中国道家认知疗法治疗焦虑障碍. 中国心理卫生杂志, 2000,14(1)：62-63.

25. 周中恕. 4 例性变态的行为治疗法. 中国神经精神疾病杂志,1985,5：301.

第二十九章

施暴者的行为矫正

本章以家庭暴力施暴者相关不良行为矫正的案例来详细介绍几种常用行为治疗的具体操作方法。

第一节　厌恶疗法

一、治疗原理

厌恶疗法是通过附加某种刺激的方法，使患者在进行不适行为时，同时产生令人厌恶的心理或生理反应。如果反复如此实施，结果使不适行为与厌恶反应建立了条件联系。以后尽管取消了附加刺激，但只要患者进行这种不适行为，厌恶体验照旧产生。为了避免厌恶体验，患者不得不中止或放弃原有的不适行为。

厌恶疗法的原理十分简单，是经典的条件反射原理，下面是一个动物实验模型。

将一只动物关在一个铁笼里，铁笼的底板可以通电。笼里有一个金属食物盒，食物倒进盒里时，便会发出叮叮当当的声响。久而久之，动物便养成了一种习惯，每当听到叮叮当当的响声后，它便会走向食盒，同时分泌唾液，肠蠕动加快。现在，实验者决定用厌恶刺激改变动物的这一习惯。当食物倒进食物盒时产生了叮叮当当的声响，动物像往常一样，起身走向食物盒。此时，实验者打开开关，让一股强烈的电流通过笼子底板刺激动物，动物的进食行为立即中止了。电极使动物惊慌、疼痛、全身收缩、行动不便。连续几次喂食时都如此附加一次电击，动物原有的习惯逐渐被破坏。听到叮叮当当的声音时，动物不再走向食物盒，也不再分泌唾液，而是出现某些逃避的动作和行为。原有的习惯被新的行为所取代。

历史上很早就有使用厌恶的方法解除酒瘾的记载。比较正规的厌恶疗法首次报道于1929 年。Kantorovich 用电刺激治疗酒瘾，他在酒瘾者看见酒、闻到酒和喝酒时都给以电击。以后又有很多的研究，例如 Lemere 等 1950 年报告，用药物催吐的办法治疗酒瘾者4096 例，追踪访问的结果表明，其中 38％的人维持戒酒达 5 年以上，23％的人维持戒酒达10 年以上。厌恶疗法还被用来治疗强迫症、各种性变态行为及精神分裂症等疾病患者的适应不良行为。

厌恶行为必须要附加一种刺激，而且这一刺激常常是令人不快的，如疼痛、恶心、呕吐等。这自然就招来了许多非议。第一个问题是技术性问题。厌恶疗法要求厌恶刺激一定要强烈,强烈才能抑制原有的动力定型和习惯行为。强烈而又无害,这是很难做到的。笔者曾见到一例窥阴癖患者,经电击厌恶治疗后患了阳痿,而他还是个未婚青年。还有一些患者,可因附加刺激的作用增加了焦虑紧张的情绪。第二个问题是医学伦理学问题。有人认为所谓附加一个不愉快的刺激,实际上就是一种惩罚,以惩罚作为一种治疗方法可能有悖于医学宗旨。当然,也有不少学者不同意这种说法。他们认为,所谓惩罚,往往是实施于行为完成之后,如偷窃之后的体罚。惩罚的目的是告诫当事人,要控制自己的行为,这些行为是些有意识的较复杂的行为,而厌恶刺激却是附加于行为之前或行为进行时,如在饮酒前注射阿扑吗啡。其目的是使厌恶感与行为形成条件反射,这些行为往往是条件反射性的,不由自主的,如一见酒便呕吐,因而弃而不饮。

鉴于这番争论,Cautela(1966)建议使用一种改良的厌恶疗法——内隐致敏法。即当患者欲实施或正在实施某种不良行为时,在想象中主动地呈现某种可怕或令人厌恶的形象,致使两者形成条件反射,达到控制行为的治疗目的。例如性变态患者,当他出现这方面的欲望或行为时,立即闭上眼睛,想象眼前站着几位高大强悍的警察,正手执警棍、手铐盯着他,或是想象被群众怒斥、熟人讥笑、亲友离弃的场面,因此减少和控制自己的不良行为。由于想象究竟不如实际真切,实践证明,此法疗效甚微。问题就出在患者的想象不生动、不逼真,故而厌恶体验不深刻。实际上想象有时候也能达到身临其境的境界,意淫就是一证。

厌恶疗法应在严格控制下使用。

二、治疗原则和程序

(一)确认靶症状

厌恶疗法具有极强的针对性,因而必须首先确定打算弃除的是什么行为。患者或许有不止一种不良行为或习惯,但不能都作为治疗的靶症状,只能择一个最主要的或是患者迫切要求弃除的不良行为。靶症状不仅要求具体,而且尽量不要夹杂其他行为。例如一位酗酒成瘾者要求戒酒,尽管他同时还有吸烟等不良嗜好,我们只选择饮酒行为为靶症状,这就叫症状单一;而且必须针对他最常饮用的某种酒,即一定的酒精浓度和一定的量,这叫具体。单一具体的动作才便于条件反射的培养和建立,复杂多变的行为是难于建立条件反射的。人们饮酒时常常穿插有其他的动作或行为,例如边喝酒边吃菜。治疗时要注意把这些非靶症状的行为剔出来,只让喝酒,不让吃菜,这叫不夹杂随带其他行为。否则便可能株连其他,以至于吃菜时也产生厌恶反应。

(二)如何选用厌恶刺激

厌恶刺激必须是强烈的。因为不适行为常常可以给患者带来某种满足和快意,如窥阴后的快感、饮酒后的惬意、吸毒后飘飘欲仙的极乐体验。这些满足和快意不断地强化着这些不适行为。厌恶刺激必须强烈到一定的程度,使其产生的不快要远远压倒原有的种种快感,才有可能取而代之,从而削弱和消除不良行为。但作为一种医疗措施,又要求厌恶刺激应该是无害的,起码是安全的。强烈而又无害是个两难问题,在没有得到完满的解决之前,前人常用下列方法:

1. 电刺激　电刺激恐怕是人们普遍闻之胆战的,因而可谓"强烈",因为它又能在电压和刺激时间上被准确地调节与控制,故常被用作厌恶刺激。电极通常安放在前臂,因为此处较为安全。最理想的电极是同心电极(concentric electrode),它能最大限度地减少局部皮肤烧伤的危险(Tursky,1965)。电流的强度因人而异,可先做实验。将电流从小到大逐渐增加,直到被试者忍无可忍,再取其三分之一到四分之一的值作为治疗时的基本电流强度。而后视治疗情况可略加调整。治疗次数因不同的情况而定,从数十次至数百次不等,每次20~30分钟。

2. 药物刺激　利用药物的恶心和呕吐作用进行厌恶治疗最先由 Voegtlin 和 Lemere(1942)报道,他们使用过的药物有:①酒石酸锑钾(吐酒石):早期治疗酒瘾患者时常用此药,每次口服量为 10~60mg。由于其毒副作用大,儿童、老人、孕妇及高血压、心脏疾病、肝炎、肾炎等患者禁用。酒石酸锑钾在体内蓄积作用明显,用药后 100 天仍可在尿中测出微量,因而不可随意重复使用。②依米丁(吐根碱):最常见的副作用是流涎、恶心、呕吐等胃肠刺激症状,而且这一副作用最易在饮酒后诱发。使用厌恶疗法治疗酒瘾正是利用依米丁的这一特性。依米丁毒性反应颇大,除了上述的胃肠刺激症状之外,还对心肌有损害,能引起血压下降、脉搏增速、心前区疼痛、期前收缩等。依米丁在体内的蓄积时间可达两个月之久。为了减轻恶心呕吐的副作用,常用量皮下注射 30mg。由于依米丁毒性作用大,门诊病人不宜使用,心脏疾病、肾脏疾病及年老体弱者均忌用。③阿扑吗啡:本品系正宗催吐药物,它通过刺激延髓中的催吐化学感受区反射地兴奋呕吐中枢,引起恶心和剧烈呕吐。皮下注射 5~10 分钟后即出现恶心呕吐。常用量为每次皮下注射 1~5mg。极量一次 5mg。阿扑吗啡禁用于严重心脏病、动脉硬化、开放性结核、胃和十二指肠溃疡等患者。

不管是哪类用于厌恶治疗的药物,都有较大的毒副作用,不太符合安全的原则。尤其是氯琥珀胆碱(琥珀胆碱),使用时还需准备人工呼吸及抢救设备。进行这方面的治疗务必谨慎小心,安全第一,切忌鲁莽。

3. 想象刺激　最先报告使用想象刺激进行厌恶治疗的是 Gold 和 Neufeld(1965),后来 Cautela 将之命名为内隐致敏法。他用语言提示使患者进入想象,在想象中将不适行为和厌恶反应联系起来。

当然,想象不如实际那样真实,那样够刺激。但想象刺激有许多优点:它安全,不会伤害患者,而且不拘条件,随时随地可行。Kolvin 1967 年用这种方法治愈过 1 例恋物癖和 1 例闻汽油味的瘾癖;Davison 同年也报道他曾用此法治愈过 1 例性虐待狂。

4. 其他刺激　任何能带来不快情绪的刺激都可作为厌恶刺激,只要这种刺激不给身体带来较大的损害。如:憋气、羞辱、强烈的光线、尖锐的噪声以及针刺所致疼痛的方式等均可被用来作为厌恶刺激。

(三)把握施加厌恶刺激的时机

要想尽快地形成条件反射,必须将厌恶体验与不适行为紧密联系起来。在实施不适行为或欲施不适行为冲动产生之前即使患者出现厌恶体验,肯定无益于两者的条件联系。同样,在不适行为停止以后才出现厌恶体验也达不到建立条件反射的目的,充其量只能算一个小小的惩罚。厌恶体验与不良行为应该是同步的。但不是每种刺激都能立即产生厌恶体验的,时间要控制准确。电刺激容易控制,可在患者的不适行为或不适的冲动出现时立即予以电击,厌恶体验也立即出现。不适行为停止,电刺激停止,厌恶体验也停止。较难控制的是药物,要了解药物性能和患者的反应情况,使药物作用高峰期与不适行为紧密相连。例如用阿扑吗啡治疗酒瘾者,一般宜在注射药物 5 分钟后开始饮酒,饮酒后约 1~2 分钟药性发作,开始恶心呕吐。这就符合治疗设计的要求。如果已经呕吐了才开始饮酒,效果就会差得多。

【案例】戒除烟瘾——嗜烟引发家庭暴力

患者,男性,40岁,会计。自诉有20余年的吸烟历史。在学校上中专时染上烟瘾,当时学校不许抽烟,患者就常和几位烟友偷偷躲起来抽。学校的补助费均花在了烟上。毕业后分配至某厂做会计。由于嗜烟如命,抽烟一支接着一支,办公室常常是被他弄得烟雾缭绕。同室的同事都不大喜欢他,多次要求他少抽点烟,几次恋爱也因嗜烟告吹。为此他曾对此痛下决心戒烟。但每次都是虎头蛇尾,头几天可完全不吸,最终经不起烟友的诱惑,又抽上了。现在每天抽烟30~40支。两年前结婚,婚前信誓旦旦一定戒烟,但每次都是虎头蛇尾,因此家庭风波不断。一回到家中,带回满身、满嘴的烟味,妻子便不断唠叨,因此妻子也不愿与他亲热。因不满妻子的做法,患者经常对其妻子大声吼叫,甚至挥拳大打出手。自从女儿出生后,妻子几次出示黄牌,如果患者再不戒烟,夫妻俩就分开过。患者也并非执意要抽烟,同时更感到身系一家安危,应该戒除旧习。但想到屡戒屡败的经历,又不免灰心丧气,故前来求医。

患者已经意识到吸烟给家庭带来的危害,也给妻子、孩子的健康带来不利,因而有了戒烟的动机。这一点是非常重要的。目前的问题是如何才能使他尽快地丧失对烟的兴趣。为此,我们拟用厌恶的方法。

首先是讲,讲吸烟对身体的危害。告诉他一些数据,说明吸烟与肺癌、与冠心病的关系;告诉他被动吸烟对他妻儿造成的影响。

然后告诉他吸烟者是满口烟气,如何招人讨厌。并让其妻暗中与其办公室的同事联系,患者上班抽烟时,则个个捂嘴捂鼻,或者有意躲避他,作出一副非常讨厌的样子。

其次是看,给患者看一个癌变肺的解剖标本。标本呈暗灰色,外壁皱褶。肺门附近形成巨大肿块。暴露的支气管残端,管腔狭窄堵塞,黏膜粗糙。肿块呈豆渣色状,癌组织呈树根样伸入肺组织内部,宛若毒蛇盘根错节。

然后带他去病房看呼吸疾病患者,看他们痉挛性地咳嗽,满脸通红,涕泪交流,近乎窒息的痛苦状;看他们吐出的大堆大堆腥味、布满血污的浓痰。然后叫他抽支烟。

患者捂住口鼻,诉腹内有如翻江倒海,勉强抽完这支烟,便忍不住去卫生间呕吐洗漱。他连声说道,怎么这烟吸起来也不香了。他担心自己吸了十几年的烟,肺内可能已被"熏"黑了。我们对他的这种想法不置可否。但告诉他,现在戒烟还来得及。

1周后患者复诊,告诉医生已停止吸烟,因为一吸烟就恶心。再则一吸烟同事们都不愿理他,讨厌他。任凭打骂,妻子也不愿与他亲热。一时感觉到众叛亲离。所以戒烟不得不成为迫在眉睫之事。只是不抽烟则晚上睡眠欠佳。给阿普唑仑24片,嘱睡前服1~2片。后未再复诊。

3个月电话通知患者再次复诊。患者说,烟算是基本上戒掉了,有时也抽一点,但抽起来没有味道。一抽便想起臭痰黑肺,恶心死了。同时说,同事对自己好多了,妻子对自己也满意多了。家庭风波也成了无源之水,患者未再打妻子了。

第二节　阳性强化法

一、治疗原理

行为主义最基本的理论就是认定行为是通过学习而获得的。并且认为,一个学到的行为如果得以持续，那么一定是在被它的结果所强化。这条行为原理告诉我们，你想建立或保持某种行为么？那么你就得去强化它。反之亦然，你要消除某种行为，就得设法淡化它，或者叫做阴性强化。

这是一种被广泛使用的行为矫正方法，很多研究都证实，它不仅能够矫治某些明显的适应不良行为，也普遍适用于儿童的行为塑建和人类行为规范的建设。用一句通俗的话来说，这种方法就叫做"赏罚法"。

对于阴性强化法，有研究提示，惩罚在大多数情况下并无理想的结果。大多数行为学家认为，用惩罚调治行为、治疗疾病是应该慎之又慎的。但是，也有不同的看法，认为必要的惩罚有助于好行为的建立。其实，对于可不可惩罚的问题，除了应该知道行为治疗家们的看法之外，恐怕更重要的是要留意被惩者的心理反应。从被惩者的心理反应着手，才能收到好的效果。

更进一步的研究发现，惩罚要起作用，很大程度上依赖下面两个条件。一是受罚者与惩罚者的关系。他们彼此之间应有较为亲密和相互信赖的关系，并且在消除某种行为方面达成共识。这样才有可能不使受罚者产生抵触、委屈和反抗。其次是惩罚一定要与奖赏相结合。惩罚是为了消除某种不期望出现的行为，奖赏是为了建立或巩固某种期望出现的行为，只有在两者齐心协力，目标具体而且针对性一致时，才能相得益彰。惩罚与奖赏的目标必须具体专一是十分重要的。比如战场督战，前进者奖，后退者罚。此时，奖只奖冲锋陷阵者，而不是奖励其他的什么优点和长处；同样罚只罚后退者，而不罚其他的什么缺点和弊病。只有赏罚如此具体专一，才能保证队伍勇往直前。同样，治疗行为障碍，比如同性恋，奖只奖他的异性恋行为，罚专罚他的同性恋行为，这样刚柔兼施，恩威并举，方可以使他的行为朝期望的方向改变。如果没有十分明确的针对性，凡是优点都奖，凡是缺点都罚，是很难塑造一种新的行为的。

虽然赏与罚有时也可以相辅相成，但大多数行为治疗家都认为奖励的办法对行为的影响更大，而且更符合人道主义精神。固然皮鞭和拳头也能使人循规蹈矩，但这种方法毫无疑问已受到人类文明的谴责与唾弃，也被事实证明是没有根本作用的。打人的直接效果就是教会他：人可以被打，如有机会他也可动辄打人。惩罚与报复常常是结伴而行。而高明的奖励照样可以使人们的行为合乎规范，而且自我感觉良好。这就是阳性强化的结果。所以，作为一种治疗方法，是以阳性强化为主的。如果病人表现正常行为，予以奖励，即阳性强化；如果病人表现异常行为，予以漠视，即淡化，要算是惩罚的话，这也是最轻微的惩罚。这种治疗方法就叫做阳性强化法。

二、治疗原则和程序

阳性强化法分4个步骤：

(一)首先要明确治疗目标

即期望改变的是什么不良行为，最好是单一的行为，越具体越好，比如"手淫"、"酗酒"、"逃学"。如果目标过于笼统、庞大、含糊，比如"遵守纪律"、"行为正常"等，被治疗者将不得要领，无所适从，治疗者也难明确判断，使奖赏有充分根据。一旦确定了治疗目标，则必须有专人(医生或者是经过训练的护士和患者家属)随时观察、记录这一行为发生的频度和程度。例如，我们打算消除一位精神分裂症患者污言秽语、漫天叫骂的行为，那么首先要记录他这一行为有多么严重，每天出现多少次，每次持续多长时间。

（二）确定患者不良行为的直接后果是什么

这需要经过多次仔细地观察才能得出正确答案。例如前面提到的那位精神分裂症病人，要注意观察，当他漫天叫骂、污言秽语时，是不是就有病友围观他？是不是就有医务人员特别关注他、迁就他或者亲切地劝慰他，而在他安静的时候却不是这样？如果是，那么可以推测，正是这些围观、关注、迁就和亲切的劝慰——污言秽语的直接后果，强化了病人的污言秽语的行为。

（三）设计一个新的结果取代原来的行为结果

取消以往不良行为产生的直接后果，代之以一些对不良行为并无强化作用的新结果。例如当那位精神分裂症患者漫天叫骂时，旁人不予理睬，更不去围观、劝慰，而是给予忽视，充耳不闻。而当他举止礼貌、谈吐文明时，则给予关心，即给予强化。强化物就是奖励，奖励可以是病人喜爱的某种食品、某种活动、某种权力，抑或仅仅是赞许的目光。

（四）强化的实施

治疗者应准确地记录患者的行为表现，当其出现所期盼的正常行为时应立即给予强化——奖励，不应拖延。如拖延过久，患者虽然得到奖赏，可是他不一定意识到这是正常行为的直接结果，奖赏的强化作用便大大降低。同时不应疏忽患者的正常行为，尤其是在治疗初期，只要出现期盼的行为，每次必奖，决不遗漏。这样可以大大提高奖赏的强化作用。

【案例】性功能障碍（阳痿和早泄）——患者对妻子施暴

患者，男，35岁，教师，主诉性功能障碍。28岁结婚，生有一女孩。女方是同单位的一位会计，相貌姣好但性格急躁。婚后妻子经常因一些小事而无休无止地唠叨，抱怨患者，患者被激怒后忍不住大打出手。为此家庭常不安宁。4年后离婚，女儿随母，患者单身居住近3年。后经人介绍与一小学教师相识，该女系大龄青年，年届30，因而一拍即合，旋即完婚。婚后两人开始还相亲相爱，相约要创造一个美满和谐的家庭。然而一个难以启齿的问题破坏了他们的幸福，使他在妻子面前常忍不住大发脾气，甚至出手打妻子，几乎又面临重蹈前婚覆辙的状况。他递给了一份自传体的书面材料，经其同意，摘录整理如下：

我大约从15岁开始有手淫的习惯，一度还比较频繁。大学二年级时交了个女朋友，我开始发觉好像有了"阳痿"的毛病，便有隐隐约约的担心。后来遇上了我的第一位妻子，事情似乎没有想象的那么严重，加上我又看了不少中医，吃了不少春药，情况总算过得去。有时也难免有不尽如人意的时候。但她性情太急躁，加之为家庭经济和孩子教育的分歧，夫妻经常争吵，对我这不尽如人意的表现渐感不满。到了后来，她竟毫无顾忌地嘲笑我不像男人。平时吵架也拿此事来说。我觉得我的男子汉的自尊受到了极大的伤害，我常忍不住要动手打她，以此来证明我男子汉在家庭的地位。如是有了开头则难以收拾，我打她，她就骂一些更伤人的话。这样使我更加没有了性情。临到离婚的前一年，我们已很少同房了。3年的独身生活，我时时有这种要求与渴望，证明我仍是个男子汉。

然而我在性活动时的表现使我失去了信心，或者至少是信心不足。认识她（我现在的妻子）不久，我就喜欢上她了，我一直盼望着能和她睡觉。但是，她是个十分拘谨的女孩子，婚前从不越雷池半步。在我急切的要求下我们结婚了。新房和婚宴都是匆匆布置和操办的，只请了她家的亲戚朋友。新婚之夜，我们来不及收拾被客人们闹得乱七八糟的新房便亲热起来，我们的感情呈现出少有的澎湃。正当我进入兴奋高潮时，突然觉得全身痉挛，我想憋住劲，可还是垮了下来。我一身瘫软。出乎意料的失败使我陷入忧虑、颓废、沮丧之中。或许她还不明白是怎么回事,可是我明白,我还是极力掩盖一切,装得做得很好。实际上我内心是痛苦的,我希望是因为忙于婚事过于疲劳的缘故,我希望下一次窘况不再重演。但是第2次情况更糟,我简直有些无地自容,我没有勇气进行第3次尝试。我一筹莫展时,她好像也有些无动于衷。我认为她也和前妻一样,虽然她嘴上未说,实际上是在对我嘲讽。这让我的心情烦躁,常有无名之火涌上心头。于是,常挑些毛病找妻子发泄,有几次还忍不住动手打了她。其实之后我又很后悔……

偕患者同来的妻子性情腼腆,诉起此事时羞羞答答,同时显得一脸委屈。据她反映:新婚之夜,丈夫情急意切,动作粗鲁,因而当时颇有些紧张恐惧,以致对丈夫早泄之事竟毫无察觉。她说对丈夫的性功能障碍,她的心情是矛盾的,忧喜参半。忧的是丈夫的身体,忧的是不能过正常的夫妻生活;喜的是能避免重蹈新婚之夜的同房之苦,她有些害怕性交。

患者病历上有泌尿科的记录,排除了前列腺感染、龟头发炎的可能。患者新婚之夜由于有过度的性冲动,过分急切的性交要求,使调节射精的中枢神经系统过度兴奋,以致失控,产生早泄。后来出现了连锁反应,唯恐早泄因而忧心忡忡,焦虑不安。过分的焦虑紧张又反过来导致生殖器坚而不久或举而不坚,甚至不举,如此周而复始,恶性循环,结果出现阳痿。阳痿绝大部分都是心因性的,纵观患者的病史,也不难作出这一诊断。

我们向患者夫妇推荐马斯特和约翰逊(Mastets&Johson)创立的双人快速疗法。虽然这一方法看起来并不局限于哪一种心理治疗学派,自称是集各家之长,其实主要是运用了行为疗法的一些原理,尤其是阳性强化法。

治疗分3个步骤进行:

首先让患者夫妇与医师(男女医师各1名)共同讨论。目的是要使患者逐渐明白,性功能障碍常常反映了婚姻关系中的不和谐或存在某种误解。强调性功能是婚姻关系的一部分。并向患者介绍一些性功能的生理学和心理学知识,介绍夫妻之间一些言语性和非言语性的交流方式。强调性活动是一种自然功能,夫妻双方要公开自己的紧张与焦虑。如此讨论之后,患者夫妇都知道了对方的难言之隐,增进了彼此的理解。由于对性有了新的认识,也减轻了原有的疑虑、紧张。

然后让患者学会感觉集中技术。这是一种非言语的夫妻交流方法,目的是解除彼此的紧张拘束感,减少畏惧心理,唤起自然的性反应。马斯特称这一技术是治疗成败的关键。具体做法是:夫妻在家中(私下)练习相互亲爱、抚摸。抚摸时要排除杂念,尤其是丈夫注意力要集中于对妻子身体的线条和肌肤温度的感觉上,体验自己的感觉。对方要给予配合,恰到好处的姿态、动作、呢喃有强烈的阳性强化作用,使患者出现自然的性反应。不断练习,反复强化,夫妻间原来紧密接触时出现的那种紧张、焦虑便荡然无存了。在治疗患者的同时,对方也得到了治疗。

最后治疗阳痿和早泄。阳痿患者有性交欲望却缺乏充足的生殖器勃起反应,因而缺乏自信,紧张忧虑。在反复学习了感觉集中的技术之后,紧张忧虑会逐渐减轻。当患者全神贯注地体会抚摸时的感觉时,由于自然的性反应,生殖器可能勃起。此时不急于性交,停止抚摸,全身放松,让生殖器勃起消退。女方给予鼓励和赞许。片刻后再运用感觉集中技术,使生殖器再勃起,女方又给予赞许鼓励。多次练习之后,患者丢掉了自卑心理,信心大增,反复体验到自己正常的性功能——自主地勃起和消退。当勃起能持续较长的时间后,可开始性交。最初性交时可采用女上位性交,阴茎插入后不摩擦呈静置状态,这样可延长勃起时间。

夫妻双方经过这样的练习可以发现自己确有性交能力，自信心进一步得到强化。当双方都感到满意并有进一步要求的时候，便可逐渐开始摩擦，过渡到正常的性交阶段。

在整个治疗过程中，还要求患者夫妻双方注重日常生活的相互关心，相互爱护，始终意识到性功能是婚姻的一部分。1个多月的治疗之后，患者说，他已经恢复了自尊，他们有了幸福美满的生活，自然不再找妻子无理取闹了。

第三节　自我控制法

一、治疗原理

就人类整体而言，人们创造了许多自我控制的方法，如乡规民俗、伦理道德、社会舆论、宗教信仰、规章制度、党纪国法等。个体在接受社会教化的过程中，认同这些约束，并以此规范自己的行为，这便叫做自我控制。

本章所讨论的自我控制（self-control）则是一个狭义的概念。仅作为一种行为疗法，用于矫治那些有碍心身健康的行为。这种思想最先由斯金纳在他的《科学和人类行为》一书中表述（1953年），不久即被应用于临床。

人需要自我控制的行为很多，例如吸烟、喝酒，因为这些行为自我控制不仅仅指减少某种行为，还包括有意识地增加某种行为——例如早起床、多锻炼、多看些书、多做些家务活，因为这些行为太少会影响心身健康或人际关系。

但是我们常常听到人们抱怨：知易行难，明知是坏习惯，但我总是克服不了；明知是好习惯，但我总是坚持不下去。造成这种事与愿违的原因显然是他们缺乏自我控制的能力。为什么会出现如此结局呢？行为医学的原理告诉我们，是因为行为的即时后果与远期后果的冲突所致。这种冲突通常可表现为以下4种情况：①即时轻奖与远期重罚；②即时轻奖与远期重奖；③即时惩罚与远期奖励；④即时轻罚与远期重罚。由于上述4种情况的出现，当事者在从事某种不良行为时似乎是不由自主的。在这里不存在认识问题，孰是孰非，当事者十分清楚，问题是当事者缺少行为控制技术。行为的自我控制不单靠所谓的意志力量，还要靠一系列行为技术的综合，包括本书介绍的其他某些技术，如认知疗法、阳性强化、系统脱敏等。

二、治疗原则和程序

（一）加强改变不良行为的愿望

要弃掉不良行为，动机与愿望是前提。假如你患了肥胖症，医生劝你节食，而你不在乎，你觉得心宽体胖，富态雍容，你不认为是病，你认为没有必要去节食。结果自然是一如既往，照吃不误。如果你意识到超重的坏处，你已经有了节食的愿望，在可口的食物面前你就可能犹豫，你会努力抵抗它的诱惑。节食的愿望越强烈，抵抗食物诱惑的能力越强。

怎样才能加强这种愿望呢？自然首先是由医生从理性上分析这种不良行为的有害性并让患者充分领悟。例如讲清烟雾中含有一氧化碳、尼古丁、焦油和3-4苯芘等有毒化合物，讲清这些毒物对神经系统、呼吸系统及心血管系统的危害。其次，被试者要将自己的愿望公开化，一方面通过言语或文字的表述，可以强化自己的愿望，另一方面也可以让更多的人提醒、帮助和监督你，以加强你改变不良行为的愿望。最后还要制订自我控制的计划，这些文字性的文件可以长期地维持和强化你自我控制的愿望。

（二）记录和分析

一旦目标明确，决心已定，便要开始实施。第一步是记录不良行为的发生次数、时间、地点、当时的心身状态。例如吸烟，一天吸多少，都是在什么情况下吸。将记录单随身携带或贴在醒目的地方，既可随吸随记，又能起到及时反馈的作用。同时要分析吸烟时的情景。例如一位吸烟者，原来自认为吸烟多年，没什么原因可究。通过一段时间的记录之后，他惊奇地发现，很多情况下吸烟时都伴随着某种强化事件。比如：聊天时谈锋正健——吸烟——听众趋之若鹜；赶完一项艰巨的任务——吸烟——轻松惬意；闲暇时品茶——吸烟——悠然自得……

他的吸烟行为得到了许多事件的强化，有些是偶然事件，有些是必然事件。尽管他本人从未意识到这一点，但效果总是在强化行为。因而他的吸烟行为便逐渐形成和巩固。这种记录便于分析不良行为的严重程度，更有利于制订特殊的抵制诱惑的策略。

（三）设计自我控制计划

正如上面所讲的，不良行为通常是在某种特定的环境下出现的。因此，为了帮助自我控制，首先要控制特定环境。

如果你在家里学习有困难，那么你就应该换个环境，去教室、去图书馆。比如戒酒就要远离酒友，戒赌就要远离赌伴，重新加入到有利于你戒除不良行为、形成健康行为的人群中去。孟母三迁，就是这个道理。

其次要控制特定时间。人们在长期生活中形成了许多习惯，在某时必去做某事，如睡觉前听听英语。但很多人反映，听着听着就不知不觉地睡着了，仿佛是在听催眠曲。他们苦于不能自我控制。但是，如果他们改变一下活动时间，比如改在早上听英语，就会很容易地达到自我控制。

控制改变过程也十分重要。不论是弃除不良行为或者是塑造健康行为最好都遵守循序渐进的规律。急功近利往往欲速不达。我们在实验中观察到：在戒烟者中，那些渐戒的比突戒的最终有更满意的效果。

控制行为后果，这是强化或消除行为的关键步骤。根据原来记录中的资料，将某一行为的后果分析归类。你如果是想消除这一行为，主要是注意那些奖励性强化性的后果；你如果是想巩固某一新的行为，重点是注意那些带有惩罚意味的消极性后果。正是这些后果强化了你的不良行为或者是妨碍了你健康行为的建立，所以必须控制它们，改变它们。例如一位饮酒者，每当他提出要喝酒时，贤惠的妻子就马上炒些下酒的菜。而且贤惠的妻子还知道，丈夫要喝酒，一定是他工作中遇到了什么麻烦或身体不太舒服，因而温柔、殷勤，极尽贤妻之能事。医生从记录单上发现这种情况后认为饮酒行为与此有关，建议改变这一结果。当他再提出要喝酒时，会发现酒瓶是空的。叫小孩买酒回家，妻子则说，对不起，我有件要紧的事得先去忙一下，你自己吃。缺酒少菜，家人态度冷淡，酒兴大减。

如果是巩固某种新塑的行为，就要在关键时刻安排阳性的强化物。例如一位男大学生每年都制订冬季晨跑的训练计划，但每次都是虎头蛇尾。他自己说，开始几天还挺新鲜，起得很早，可过几天，就没有劲头了，总觉得躺在暖烘烘的被子里更舒服，所以，起来得越来越迟了，他担心今年又难坚持下去。他抱怨自己有冷热病的积习，不免自卑起来。医生认为，这是缺少强化后果的缘故，任何自我控制行为，都应该有某种强化物，才能使之坚持下去。于是，医生在这位男生走后找来了几位与他同年级的女生。医生讲清了原委,提出需要她们的帮助。她们欣然允诺。这几位女生在第二天晨跑时"无意"中跑在那男生的身后,她们轻声议论:"看不出,他跑起步来像高仓健似的。"议论声隐隐约约传进这位男生的耳中,他顿时精神焕发、步履有力。他的自我控制得到了有力的强化,晨跑坚持下去了。

自我控制并非一次强化便可大功告成的,它还需要不断的经常性的强化。例如那位男生,在以后的日子里,还可能有动摇的时候,他应该即刻自我强化。他可以想象自己矫健的身姿是如何地赢得了姑娘们的倾心和赞许,以此来增强自我控制的能力。如果说那次姑娘们的赞许是医生设计的,是来自外部的强化,那么后来男生经常的回味则完全是一种自我强化。自我强化在自我控制中的作用更为重要。

(四) 防止旧病复发

如果经过以上步骤,你已经弃掉了某种不良行为,或者已经培养了一种健康行为,那么更长期、更艰巨的任务是防止旧病复发。

有学者提出,防止旧病复发的办法是签订行为合同。行为合同是一种条目清楚的书面材料,它写明什么样的行为会产生什么报酬,由什么人发放这些报酬。合同通常包括以下项目:需控制的目标行为,评价行为的办法,强化物的形式,奖惩条例,有关人员签字及合同有效日期。合同常带有法律性质,因而更有约束意义。

合同应该订得合理,为此除了合同双方应经过反复协商以外,还可以反复修订。目的只是一个,既能帮助当事人增强自我控制的能力,又不损害当事人的权利。行为合同可以提醒当事人时时注意巩固以往成果,防止旧病复发,而且得到协助者及时的帮助。

(五) 过渡到完全的自我控制

自我控制的最终目的要达到完全经由自我来控制自己的行为。整个自我控制技术可以视为从治疗者的全部控制,过渡到协助者的部分控制,最后到当事人本人纯粹的自我控制的连续过程。

实验证明,短期内消除或塑造某种行为并不是一件困难的事,难的是维持和巩固这一行为。一种新的行为方式要形成一种动力定型、一种习惯,需要漫长的时间、多次的实践、反复的强化。谁适合在漫长的时间里帮助患者监测、评估、奖励和惩罚呢? 最理想的是这样一个人:他真心地关怀患者,了解患者,希望患者健康、幸福,而且他能形影不离地观察患者、评估患者,即时给予惩罚或奖励。这个人是谁呢? 就是患者自己。自己是治疗者、协助者,自己设法强化自己的满意行为。例如你有点饮酒的嗜好,你同时又有个懒得洗澡的坏习惯。当你一盅在握的时候,你应该停下来想一想,不要像平常那样"今朝有酒今朝醉",你应该对自己说:"先去洗个澡,然后奖你一杯美酒。"结果呢,你会心安理得、痛痛快快地饮了酒,你也战胜了自己的坏毛病,舒舒服服地洗个澡。洗澡后不仅自身舒适,说不定还能换来妻子的笑脸。起先是饮酒强化了洗澡行为,后来是洗澡行为本身也起了强化作用——减少了妻子的嘀咕,增加了夫妻的亲密。这就是所谓"自然强化链"。当某种行为进入自然强化链后,就能得以维持,久而久之,不仅这一行为得以巩固成为自然,还可能泛化,扩展到有关行为中去。此时,自我控制便已完全成功。

【案例】戒除赌瘾——赌博引发家庭暴力

李某,男,32岁,工人。患者出生于一个教师家庭,父母正统守旧,家中从无赌具。逢年过节时玩玩扑克,但一律只玩不赌。就是这种游戏也还限制在家庭之内,绝不对外。

后来,高中毕业,进厂当工人。妻子也在同厂做工。他们的新家就安置在厂单身宿舍,是别人腾出的一间,左邻右舍都是 6 人一间的集体宿舍。一幢宿舍楼只有他们算是一家子,独门独户,有锅有灶。因此,来解馋的、来聊天的、来玩牌的单身汉们几乎天天都有。他在这里才第一次见到麻将,觉得那 136 张麻将牌倒比扑克有趣,只是一窍不通。后经反复观摩,再经热心人指点,很快入门。虽已入门,但好久一直不敢上牌场。毕竟那噼噼啪啪的牌声太有吸引力,一有机会,他便跃跃欲试。原本想打打麻将,寻寻开心,当然侥幸还想赢几个,没想到适得其反,耗了时间又输钱,结果是自寻烦恼。于是曾想急流勇退。但有热心者善劝,"交点学费嘛",同时自己也于心不甘,不知不觉随波逐流了。很快,他的牌技大长。起初赌注小,渐渐增大;起初是好友,渐渐变成赌友。工厂是三班倒轮流上班,他家里则是宾客不断,牌桌也很少歇着,要上班的人依依不舍地走了,刚下班的人兴致勃勃地接着打。家里一天到晚天昏地暗,昼夜不分。刚上小学的女儿因家无宁日得天天在别人家里做作业。为此妻子经常抱怨,患者为之不满,便夫妻俩常有口角之争,一次,妻子气急之中当众将其麻将桌掀翻,患者觉得有失其男子汉的尊严,便对妻子拳脚相加,被众人制止。此后,只要妻子抱怨,患者就对其拳打脚踢。妻子无法忍受,声称若再打麻将就离婚。有时因牌场纠纷积怨甚多甚至有人拳脚相向,还得提防警察偷袭担惊受怕……麻将玩到这种地步,李某方才觉得山穷水尽,非悬崖勒马不可了。

李某决心不打麻将了,并向妻子多次保证,也曾谢绝过邀请。但有时却又被迫下海,特别是在三缺一的情形下,更没有勇气拒绝,如果执意不打,仿佛是做了一件伤天害理的事。如此藕断丝连,反反复复,心中甚是矛盾痛苦,故夫妇同来咨询以求妙方。

治疗经过:

李某虽已吃到了麻将的苦头,但我们仍然引经据典并讨论一些骇人听闻的案例,强调其后果的严重性,以增强其戒赌的愿望。

后让他回忆最近几次打麻将的时间、地点、当时的情景和自己的心态,详细笔录后给医生过目。医生发现:每次打麻将都发生在他上中班的那几天。据他解释,中班是从上午 8 时连续上到下午 4 时,因中午没休息,下班比普通白班早,有较充裕的时间准备晚餐,收拾房间。当一切收拾停当之后,赌友们不约而至,好像形成一切准备就绪,只等麻将开场的阵式。那些赌友们也恰恰就在他上中班的这几天来。自己呢?因为仗着技压群雄,赢多输少,既然有人找上门来,也只好舍命陪君子了。先还说好只打几圈,但输赢一见分晓,输的想扳本,赢的不敢理直气壮地叫停,于是又是一场挑灯夜战,通宵达旦。

根据李某的情况,制订如下计划:

1. 改变上班时间 与车间领导商量,征得同意后改每天上白班。

2. 销毁麻将 将麻将桌靠墙放置,改成女儿的书桌。桌上摆着女儿的玩具和学习用品。

3. 取掉大窗帘 窗帘是为了打麻将隐蔽而特制的。4 条方凳放在床下面,只留挨墙 1 张长沙发。

4. 重新安排业余生活 如辅导女儿学习、看电视、打球或安排负责部分家务等。

由于工作和生活进行了一次大调整,李某觉得不打麻将也还过得去。间或还是有赌友来,一看屋子里的摆设就愣住了,再看他在辅导女儿,一派紧张繁忙的气氛,只得不无遗憾地另找门路去了。

势头发展不错,关键是要巩固效果,防止旧念复萌。于是医生建议制订如下合同:

【合同】

1. 目标行为——戒除赌博习惯

有下列行为均算违例：玩任何下有赌注的游戏如麻将、扑克等；讨论切磋麻将技术；打听赌友胜负情况；旁观别人赌博。

下列行为不算违例：逢年过节在家庭内部打麻将或玩纸牌（不带赌注）；了结与以往赌友的牌场纠纷或陈年旧账；社会允许的抽奖活动。

2. 评估与记录

自己评估有无赌博行为，妻子每晚就寝前与丈夫回忆当天情况，然后记录在案。不管有无，每天必记。如有赌博行为应详细记录时间、地点、环境及当时自己的心态。

3. 要求

第 1 周内每天违例应不超过 3 次；

第 2 周内每天违例应不超过 2 次；

第 3 周内每天违例应不超过 1 次；

第 4 周违例应不超过 4 次；

第 5 周违例应不超过 3 次；

第 6 周违例应不超过 2 次；

第 7 周违例应不超过 1 次；

第 8 周违例应为 0 次。

4. 奖惩方法

奖励：李某有嚼槟榔的嗜好，每天必吃，故商定以槟榔为奖励。如果达到合同要求，前 3 周内可每日得槟榔 1 片；第 4 周至第 7 周可每日得槟榔 2 片；从第 8 周开始，即完全没有违例后每日可得 3 片槟榔。

惩罚：没有达到合同要求，除了不提供槟榔以外，睡觉不许用枕头。

不论奖罚都有记录，并由其妻子监督执行。

5. 每周一次小结。李某及其协助者（妻子）互相检查执行情况，医生给予必要指导。

6. 合同有效期：（自合同签订日起三个月）

7. 签名：当事人：（李某）

　　　　协助人：（其妻）

　　　　治疗人：（医生）

8. 合同签订日期：

在履行合同的过程中，李某的自我控制能力逐渐加强。由于不再打麻将，有较多的精力管教女儿，女儿高兴，妻子满意，父母也夸奖，厂领导也表扬。这些戒赌的后果又反过来强化了他的戒赌行为，使之成为自觉的行动。不赌了，妻子的唠叨、埋怨少了，家庭暴力行为自然减少甚至消失了。

第四节　放松训练

一、治疗原理

放松训练（relaxation training）有益心身健康，古今中外几乎都无异议。广义而言，印度的瑜伽、中国的气功以及许多宗教体系,乃至民间巫术都推崇放松训练。将放松训练与现代科学相结合,并极力倡导将放松训练作为一种临床治疗方法的应推 Jacobson。他提出了一套肌肉松弛训练的方法,后来被广泛推广应用。

经研究发现,肌肉松弛产生的生理变化与焦虑紧张状态的生理变化互为逆向。所谓放松,实际上是交感神经活动的兴奋性降低和生理警醒水平的全面降低,包括心率、脉搏、呼吸变慢,血压降低,耗氧量减少,动脉血乳酸浓度明显降低,肌电波幅下降,脑电呈慢波活动倾向,胆固醇、甘油三酯含量下降,所有这些变化,都有利于能量的蓄积和机体的修复。这些生理变化也伴随有相应的心理效应,如紧张焦虑得以缓解。Jacobson 认为肌肉信号的输入直接影响着中枢神经系统,当这种输入减少时,大脑的紧张就停止了。但难以解释的是有这样的经验:一个完全箭毒化的病人全身肌肉呈完全松弛状态,但却往往伴有严重的焦虑。所以,肌肉活动的减少并不必然减少焦虑。故也有学者提出,松弛肌肉本身并无抗焦虑作用,而抗焦虑的作用可能是人们在有意减少肌肉紧张这一主动过程中的伴随产物。Cellhom 在 1967 年提出,主动松弛过程影响自主神经功能的平衡,减少了下丘脑后部的向运动活动而加强了下丘脑前部的向营养优势,并假定后者可能抑制交感兴奋水平。

关于机制的争论虽然还未结束,但这丝毫不妨碍放松训练的临床应用。因为放松训练完全是一个主动参与的过程,不存在像箭毒化那样被动的肌肉松弛问题。

二、治疗原则和程序

(一)环境条件和准备

放松训练应选择一处环境幽雅、光线柔和、气温适宜的处所,周围不应有过强的干扰刺激。可以低声播放轻松、缓慢、柔和的音乐,音乐节拍为每分钟约 60 拍为宜。患者在训练前可少量进食,但应排空大、小便,宽松衣带、鞋带和颈部的衣扣,坐在舒适的椅子上,头向后靠,双手放于椅子扶手上或自然下垂置于腿上,两腿随意叉开相距约半尺,整个身体保持舒适、自然的姿势。

(二)方法和程序

1. Jacobson 的逐步放松技术　其特点为从某一部分肌肉训练开始,完成之后,再训练另一部分肌肉放松,如此逐步推广,最后达到全身放松。经典的 Jacobson 放松技术,通常要进行 50 次以上的训练才能完成。后人在临床实践中予以改进,疗程大大缩短,并将训练步骤写成指导语,录成磁带。指导语的速度与实际训练中的速度应完全一致,磁带配有恬静优雅的背景音乐。指导语声温柔而又坚定,使你自然乐意地去聆听去照办。下面是录制的指导语:

(一段音乐从远方隐约传来)现在我们开始肌肉放松训练,因为全身肌肉放松能消除您的紧张和焦虑。首先,我们要知道什么是紧张、什么是放松。现在注意听我的口令。请用右手握紧坐椅的扶手,要用劲。(停 2 秒)请注意手掌、前臂与上臂有什么感觉?(停 3 秒)请注意,不同部位的感觉是有区别的。手掌有触觉和压觉,前臂和上臂是肌肉紧张的感觉,请特别注意这种肌紧张的感觉。(停 5 秒)现在请握紧拳头,使劲握。体会到了吗? 这就是紧张。(停 1 秒)好,请松开拳头,彻底松开,这就是放松。再来一次,看看紧张和放松有什么区别?(停 10 秒)现在练习头部的肌肉,请把眉毛往上抬,再把眉头皱起来。对! 保持这个样子,记住,这就叫做愁眉苦脸,这是烦恼的表情。好,放松,眉头放松,眼睛轻闭,好了,烦恼没有了,呼吸也均匀了。

注意呼吸时的感觉。(停2秒)吸满一口气,(停2秒)再慢慢呼出来,要慢,要均匀,要注意呼吸肌放松的感觉,好像把沉重的包袱放下来了一样。(停2秒)好,现在咬紧你的牙,体验一下咀嚼肌紧张的感觉。(停2秒)再放松,放松,完全放松后下巴是会下垂的。(停3秒)请将舌头用劲抵住上颌,体验肌紧张的感觉。(停2秒)好,将舌头放松,放松,放松后的舌头便有膨大了的感觉,细细体味一下。(停3秒)现在训练颈部肌肉,不要靠在椅背上,笔直坐着,对啦,请注意背部和颈部的紧张感觉。(停2秒)现在放松背部肌肉,随意靠在椅背上。对!再放松颈部肌肉,让头部随重量下垂,前倾后仰都可以。对,就这个样子。这就叫放松。(停3秒)现在练习抬肩,左边的,还有右边的,对,体验肌紧张的感觉。(停2秒)现在放松,完全放松,让双臂自然下垂。(停3秒)现在收腹,使劲收,好像有人向你的肚子击来一拳。(停2秒)现在放松,好像内脏在下坠。(停3秒)最后训练下肢。请把脚跟靠向椅子,对,努力下压,好,同时抬高脚趾。你会觉得小腿和大腿绷得很紧,这就是肌紧张。(停2秒)好,现在放松,完全放松。好,现在休息一会儿。(停1分钟)现在继续练习,你刚才做得很好,跟着我的口令再练习一次。现在握紧双拳,对了,再紧皱眉头,对,咬牙,抵舌,耸肩,挺胸,昂头,直背,收腹,坚持住!再双腿下压,脚趾上翘。好!这就是紧张,全身紧张。(停5秒)现在逐步放松,松拳,舒展眉头,放松牙关、舌头,双肩下垂,对啦,靠背,垂首,松腹,再放松双腿。很好,深深吸一口气,(停2秒)慢慢呼出。随着空气的呼出,你已彻底地放松。(停2秒)再来一次深吸慢呼……现在,你正在享受你肌肉完全放松状态的乐趣,这是你以前不曾体验过的……

患者可以听着录音自己在家练习,每天一至两次。掌握要领后可渐渐脱离录音带,独立练习,每次10~15分钟。

2. 气功　气功是具有我国民族特色的运动,可考历史至少有两千多年。气功流派很多,与放松训练相关的主要是静气功。静气功主要是通过意识控制,达到肌肉放松、呼吸均匀、思想入静的状态。临床实践证明,它与Jacobson的逐步松弛技术和其他的一些放松训练有异曲同工之妙。

静气功的基本要领有以下3点:

(1)调身:调身即调节身体姿势,使之自然放松,这是入静得气的先决条件。常用的姿势有:a. 坐势——端坐,足着地,双腿自然分开与肩同宽,双手掌心向下放于膝盖上,口眼微闭,垂肩舒胸。b. 自由盘膝——端坐木板床,两腿交叉内屈自然盘坐,两手垂放小腹前。c. 仰卧式——仰卧于木板床上,头稍抬起,与脚底约成15度坡状,腿伸直,足尖朝上,双手放在大腿外侧。d. 侧卧式——侧卧于木板床上,以手心枕头,上腿自然弯曲放于下腿之上,上面的手放在臀部。e. 站式——两腿分开,宽与肩齐,膝微屈,两臂抬起,手与肩平,肘比肩低,两手相距约30厘米,手心相对如抱球状。f. 走式——静站2~3分钟后,先左腿向前迈出一步,脚跟先着地,身子和两手向右摆动,鼻吸气,口呼气,当左脚落实后,将右脚再向前迈出一步,身子和两手朝左摆,如此走步向前。

(2)调心:调心即调整心理状态,使之内守入静、排除杂念、意守丹田,对外界刺激的感觉逐渐减弱。常用的调心方法有:a. 意守法——意念高度集中于身体某一点,如丹田,既要排除杂念又不要过分用意。b. 随息法——意念集中于呼吸上,只留意腹部呼吸的起伏。c. 数息法——一呼一吸谓之一息,练习时默数呼吸次数,数至耳无所闻、目无所见、心无所想,就可自然入静。d. 默念法——默念某一字或词,反复不止,可以以一念代万念,帮助入静。e. 听息法——用耳朵倾听自己的呼吸声,以听不到为佳,在听不到的情况下依然去听,即可入静。

（3）调息：调息即调整呼吸，通常有以下几种方法：a. 顺呼吸法——吸气时膈肌下降，腹部外凸，呼气时膈肌上升，腹部内凹。膈肌上下移动幅度大，腹肌前后运动量大，通过练习，可将胸式呼吸逐渐变为腹式呼吸。b. 停闭呼吸法——有两种方法，一是在一呼一吸之间故意拉长呼气时间（呼→停→吸），一是在一吸一呼之间故意拉长吸气时间（吸→停→呼）。c. 气通任督脉法——以鼻吸气，以意领气，意想气到了丹田，然后下至会阴；呼气时意气由会阴循脊柱至头顶百会穴，再由鼻呼出。

【案例】焦虑症——患者对妻子、孩子施暴

患者男性，35 岁。紧张心烦、脾气大、睡眠差 1 年。患者从小好强，性情较急躁。大学毕业后被分配到某厂矿当技术员。由于对工作不满意，认为自己的才干无法得到充分发挥，毅然辞去工作下海经商。一年半前，金融危机，渐担心公司的经营，起初表现失眠，做梦多，经常梦见自己破产了，银行追债，众叛亲离。起初没有在意，认为是压力大造成的，听说喝酒能睡觉，于是就在晚上应酬的时候会故意多喝酒，起初可以睡好，到后来喝酒也不行了，睡眠不好引发了白天注意力不集中，记忆力下降。有一次因为自己状态不好，有个大项目没有谈成，造成了公司的损失。此后每遇到公司的重大事情就开始睡不好，白天莫名的紧张、坐立不安、心慌、担心，有时出汗，全身肌肉跳动，总感觉要有什么不好的事情发生。其实，现在公司效益还不错，但是这种紧张，担心始终不能消失，总担心会有什么事情发生，每天都放松不下来。每天回到家里，看什么都不顺眼，脾气大，稍不如意则对其妻子和女儿大声吼叫。次数多了，妻子忍不住要与他理论，激起了患者更为不满的情绪，轻则吼叫，重则对其妻子和女儿挥拳动武。打了之后气是出了一些，但又后悔自责，为此更加寝食难安。诉"睡不好，心理更烦躁"。因此来看医生。医生告诉他患了"焦虑症"，除给予抗焦虑药物治疗外，同时建议患者进行放松训练。

首先询问患者是否愿意接受放松训练。

让患者了解肌肉松弛的意义，懂得肌肉松弛和情绪安定的关系，并且相信，情绪平静了，睡眠问题也就迎刃而解了。

第 1 次训练：从手臂开始练习，体会紧张和放松的不同感觉。然后逐次练习身体的各部肌群。起初，患者虽然尚不能很快地放松自己，但能体会到什么是紧张、什么是松弛。并且由此产生了一个观念上的飞跃，即紧张或放松原来是可以由自己来控制的。

后来的 3 次训练，专用于头部肌群的松弛训练，因为头部肌群与紧张情绪关系最密切。

第 5 次训练双肩和颈部放松，第 6 次训练腹部和背部，第 7 次训练四肢。

训练期间，每天练习 3 次，在医院 1 次，在家里 2 次，每次坚持 20 分钟。7 次训练结束后，患者带回放松指导录音带，坚持在家练习。患者进步较快，随着放松技术的提高，对环境的要求也逐渐降低。不仅在安静环境下可以放松，而且在比较嘈杂的地方也能随意放松。睡眠也有了较大改善，烦躁的情绪减轻，施暴行为自然减少。

（曹玉萍）

第三十章

受虐者的行为矫正

本章以家庭暴力受虐者以及目睹家庭暴力者相关不良行为矫正的案例来详细介绍几种常用行为治疗的具体操作方法。

第一节　系统脱敏疗法

一、治疗原理

系统脱敏疗法(systematic desensitization therapy)是目前最为盛行的行为疗法。它的问世源于对动物的实验性神经症的治疗。40年代末期,南非的精神病学家沃尔普(J. Wolpe)在实验室中电击小铁笼中的猫,每次电击之前先制造一阵强烈的声响。多次实验之后,该猫即使不受电击,只要听到这强烈的响声或看见那只铁笼都会出现明显的自主神经反应,类似人类的焦虑症和恐惧症。他将这只猫禁食几天,然后放回铁笼,铁笼里有猫爱吃的鲜鱼。虽然此刻猫极度饥饿,却也不肯食用鲜鱼。在铁笼旁边,甚至是在实验室隔壁的房间里,猫的进食仍受到不同程度的抑制。沃尔普认为,这是猫对实验环境产生了泛化的防御性条件反射的缘故,即产生了实验性神经症。

沃尔普想了个办法来克服猫的这些"症状"。他首先将猫放在离实验室很远的地方,此时在猫的眼里实验室只是依稀可见,因而猫只出现轻微的焦虑恐惧反应。这时给猫喂食,猫虽能进食但起初并不十分自然,不过待一会儿便能恢复常态,自如地进食了。到了下次该进食的时候,沃尔普把猫向实验室的方向挪近一段,这时猫又会出现一些轻微的焦虑恐惧,沃尔普立即给猫喂食。同第一次一样,猫起初进食时不太自然,但不久便适应了。沃尔普如法炮制,让猫步步逼近实验室。最后,该猫回到铁笼中也能平静地生活。换句话说,猫的焦虑和恐惧已被"治愈"。沃尔普认为,这是交互抑制的作用。饥饿的猫进食后得到一种满足和快意,这种满足和快意可以抑制焦虑紧张反应。不过这种抑制能力是非常有限的,通常只能对付比较轻微的焦虑。所以沃尔普不是把患了实验性神经症的猫直接投入到实验室的铁笼中去,而是由远及近,循序渐进。每次只增加一点焦虑,逐步增加,最终达到最严重的程度。对于人类来说,是不是有比进食更好的方法来抑制焦虑呢? 有的,雅各布逊(L. Jacobson)的肌肉松弛技术就有对抗焦虑的作用。于是沃尔普以全身松弛代替食物作用,以想象自己暴露于可怕的刺激物面前(imaginary exposure)代替实际暴露,创建了系统脱敏疗法。此疗法也是人类医学史上第一个规范化了的行为疗法。1963 年,有人经过严格控制条件的对照研究证实系统脱敏是一种安全有效的治疗手段,可用于临床治疗。

系统脱敏疗法的基本思想是:让一个原可引起微弱焦虑的刺激,在病人面前重复暴露,同时病人用全身放松以对抗,从而使这一刺激逐渐失去了引起焦虑的作用。

二、治疗程序

(一) 评定主观焦虑程度

通过简单的说明,让病人学会衡量自己的焦虑程度,并尽可能给以一个相对恰当的评分。评分通常以五分制为度量单位。0 分是安宁平静,1 分、2 分、3 分、4 分、5 分,焦虑依次递增,5 分则表示极度焦虑不适。病人学会熟练地估价自己的焦虑程度,这是治疗的第一步。

(二) 松弛训练

让病人靠在沙发上,全身各部位均处于最舒适的位置,双臂自然下垂或搁置在沙发扶手上。首先让病人体会紧张和松弛的区别。例如握紧拳头,然后松开;咬紧牙关,然后松开。领会紧张与松弛的主观感觉之后,在医生的指导下,依次练习放松前臂、头面部、颈、肩、背、胸、腹及下肢。如借助于肌电反馈仪,则训练更有成效。训练时要求周围环境安静、优雅、光线柔和、气温适宜。每日或隔日 1 次,每次 20～30 分钟。一般要经过 6～8 次才能训练才能学会松弛。要强调反复练习,除了正常训练外还要给患者布置家庭作业。要求病人能在实际生活中运用自如,达到"呼之即来"可随意放松的娴熟程度。

(三) 设计焦虑等级表

评价焦虑的等级这一程序可以放在放松训练之前、之后或在放松训练过程之中完成。这是十分关键的一步。我们必须根据患者的病史资料,启发患者极其准确地找到引起不适行为的根源,即发现在什么刺激下患者会出现焦虑、紧张和不适行为。如果这些刺激因素并非一种,那么要全部挖掘、罗列出来,并进行相互比较,根据他们致病作用大小分成若干等级,排成一个系列。通常将刺激因素分为 5 等。目的是与主观焦虑程度(前面已讲述)相匹配。即引起 1 分主观焦虑的刺激可视为一等;引起 2 分主观焦虑的刺激可视为二等;以此类推,能引起极强烈的情绪反应可评为主观焦虑 5 分者,自然被视为最高等级五等。如果某个等级里的刺激因素不止一个的话,就找一个最有代表性的尤其是最常遇见的刺激因素作为代表。将这五个刺激因素按其等级依次排列成表,即"焦虑等级表"。理想的焦虑等级设计必须做到各等级之间级差要均匀,是一个循序渐进的系列层次。

尤其要注意的是:被视为一等刺激因素所引起的焦虑(即主观的焦虑评定为 1 分者)应小到能被全身松弛所拮抗的程度。这是系统脱敏治疗成败的关键之一。既要使这一等级的刺激定量恰到好处,又要使各等级之间的级差比较均匀,主要取决于患者本人。要求患者闭上眼睛在脑内形成各种刺激物的画面,画面要具体、清晰,并且患者置身其中能出现相应的情绪变化。患者根据自己真实体会到的感受对各种刺激因素给予恰如其分的评估。当然,如果有实际的刺激物,就不用着闭目想象这一过程。但在实验室或治疗室里,往往是没有条件让实际刺激物反复重现的。

(四) 系统脱敏

按照设计的焦虑等级表,由小到大依次逐级脱敏。首先让病人想象最低等级的刺激物或刺激场面,当他确实感到有些焦虑紧张(主观评分在 1 分左右)时,令其停止想象,并全身放松。待病人平静后重复上述过程。反复次数不限,直到病人如此想象不再感到紧张焦虑时为止。此时算一级脱敏。接着让病人想象高一等级的刺激物或刺激场面(即焦虑层次表中列为 2 分的刺激),然后又全身放松,反复多次,直到想象这一刺激不再焦虑紧张时为止。如此逐级而上,直到病人对最高等级的刺激脱敏。最后迁移到现实生活中,不断学习,巩固疗效。

【案例1】社交恐惧症——患者有儿童期目睹家庭暴力史

患者,女,23 岁。平素性格内向敏感、勤学好胜。自幼家境不好,父母亲常因父母双方经济分配意见不同而争吵,经常看见父亲对母亲大打出手。儿时便颇知几分人情冷暖、世态炎凉。母亲时常流泪,并告诫患者以后不能随便找男友,一定要找一个有钱人家。19 岁考入某专科学校,某日发现新来的青年男教师讲课时总是注视自己,课后联想甚多。最终觉得可能是自作多情,又常想起母亲的告诫,因而羞愧不已。后来凡遇见该老师就面红耳赤、心慌气促。以后觉得同学好像都看出了她的隐私,因而与同学们在一起也是手足无措、言行尴尬。好容易熬到毕业,分配在某单位工作。但情况并未好转,仍不敢与同事面对面交谈,更害怕与别人眼光对视。自知如此会招致非议,但苦于不能自拔。后经人介绍一男友,才貌均在意中,却因害怕会面,多次托词,回避约会。虽同在一市居住却多是鸿雁往来。一次遇上男方父亲寿辰,无从推托,只得"铤而走险"。临行前便忐忑不安,有大祸临头之感。一到男方家便头昏目眩、全身发抖、语无伦次、大汗淋漓。遂被送往医院。此后几乎羞见一切人,有时连与自己家人同桌也感到不自然。这位病人患的是社交恐惧症,进行一些必要的检查之后,我们决定使用系统脱敏疗法。

首先告诉她社交恐惧症是一种神经症,在行为治疗家看来这是一种社会适应不良行为。这种适应不良行为不是脑内损伤或体内的病理变化引起的,而是习得的结果。最后她终于明白了,她这种适应不良行为和正常行为一样,都是后天习得的,因此也都是能够弃掉的。但是她还是有些疑虑:"我也想了很多法子弃掉它,为什么老弃不掉呢?"我们告诉她:"行为的习得和弃除都有它的规律性,了解了这种规律,并照这个规律去办自然就容易多了。系统脱敏就是弃除社交恐惧症的规律性的方法。"我们发现病人已经理解了她患的疾病和系统脱敏治疗的道理,并乐于参与治疗。此时,治疗才算正式开始。

患者是很聪明的,很快就能比较准确地衡量自己在不同情况下的焦虑程度。接着就进入松弛训练阶段。首先,我们用肌电仪测查她额、臂、颈、胸、背等部位的肌电位,电视荧光屏上显示的肌电约在 10 微伏到 18 微伏之间。我们告诉她,这是比较高的肌电位,反映了她此时的情绪状态是比较紧张和焦虑的。然后让她深吸气,再缓缓呼出,逐步放松全身肌肉(见第二十九章第四节放松训练)。第 1 次训练半个小时,患者掌握了放松的程序,最好的成绩是将肌电下降到 8 微伏。在 10 微伏的水平,她可持续 3~5 分钟的时间。首次训练十分顺利,我们对她进行了鼓励,并要求她回去继续练习。第 2 次训练是在次日进行的,这次训练成绩平平,最好的成绩是肌电下降到 9.5 微伏,而且持续不到 1 分钟便有波动。第 3 次的情况更糟,肌电居高不下,一直徘徊在 12 微伏左右。患者十分着急。我们发现,她有些急于求成,在练习时"使劲"放松,结果适得其反。针对这种情况,我们停止荧光屏上的肌电位数字显示,让她不要给自己定指标,更不要刻意追求达到指标,要心平气和、顺其自然。结果,经过一段时间的摇摆不定后,反馈仪表上的指示表明,肌电已逐渐下降到 6.5 微伏左右。后来的几次训练,肌电在逐步下降。最后,她能在听到放松指令后 2~3 分钟内全身放松,并使肌电长时间地维持在 3 微伏左右的水平。完成第 8 次放松训练后,着手设计焦虑等级。

起初,患者说除了医生(指治疗者)之外,见到什么人都紧张。让她仔细回忆比较之后,她便能区别出见到哪些人不太紧张,而见到哪些人又会更紧张些。例如在街上见到毫不相干的行人时并不十分紧张,而碰见熟人时则会紧张一些。我们要求她根据紧张或恐惧的程度试着给自己恐惧的对象记分。记分标准是相处自然、毫不紧张的为 0 分,极度恐惧以至回避的记 5 分(最高分)。其他不同程度的紧张对象从轻到重依次记 1、2、3、4 分。患者逐个比较考虑之后,对她所接触的人——予以评分。每一个记分等级上都罗列有若干对象。我们让她从每一个等级中挑选出 1~2 个最典型、最常见的对象做代表。于是,便形成了表 30-1 所示的恐惧等级表。

表 30-1　恐惧等级表

对象	恐惧程度	等级
母亲	不恐惧,自然	0
父亲	有点紧张	1
同学、同事	紧张、不自然	2
顶头上司	害怕并回避	3
男友	恐惧并回避	4
男友父母	极端恐惧	5

此时,治疗的前期工作完全就绪。

系统脱敏的实施过程如下:

治疗者:你在家里还在做全身放松的练习吗?

患　者:每天按要求做 3 次,每次 20 分钟。

治疗者:放松效果如何?

患　者:还可以,不过没有肌电反馈仪,效果还是差一点。

治疗者:好,请你现在逐步全身放松,并且闭上眼睛想象一个场面,可以是你经历过的,也可以是你任意想象出来的。要想得清晰一些、生动一些。

患　者:想好了。

治疗者:能把你想象的场面描述给我听吗?

患　者:(继续闭上眼睛慢慢地描述)我在一个幽静的地方漫步,脚下是弯弯曲曲的石板小道,道旁是参差不齐的灌木丛。远处,远处有一口池塘,塘中有几只鸭子在嬉戏……

治疗者:能看清楚是几只吗?

患　者:能,3 只。

治疗者:请你告诉我此情此景,此时此刻,你紧张吗?

患　者:不。

治疗者:如果按焦虑等级评分,该评多少? 还记得焦虑等级吗?

患　者:记得,应评 0 分。

治疗者:好,以下的问题,你不要再口头回答,以手示意就行。比如紧张焦虑评 0 分,你就用拇指和食指构成一个环状;评 1 分你就伸出一个指头;评 2 分就伸出两个指头,以此类推。如果想象的图像清晰则点点头;不清晰,则摇摇头。记住了吗?

患　者：记住了。

治疗者：现在请你闭上眼，想象你正在同你父亲对话。（15秒钟之后）

患　者：（点头示意）

治疗者：焦虑程度是多少？

患　者：（伸一个指头）

治疗者：抹掉脑中的想象，全身放松。（1分钟之后）

治疗者：现在焦虑程度是多少？

患　者：（示意为0）

治疗者：请继续想象你同父亲对话的场景。（10秒钟之后）

患　者：（点头示意）

治疗者：焦虑程度是多少？

患　者：（仍伸一个指头）

治疗者：抹掉脑中的想象，全身放松……

经过十几次想象-放松的反复交替之后，患者示意，想象在与父亲对话的情景中不再紧张，第1次脱敏治疗成功结束。告诉患者，现在见到父亲时，就不会像以前那样紧张了，万一还有点不自然，就运用这种接触-放松反复交替的办法。并嘱其一定要寻找机会与父亲接触，反复实践，巩固成果。

3天之后，患者告诉我们，她已能比较轻松自如地与父亲相处。我们让她长时间地想象与父亲对话的情景，不仅她自己示意焦虑程度为0，从肌电检测的结果来看也显示心情较为平静，于是我们确认她已完成一级脱敏，治疗可推向第二级。

患者第二级恐惧对象是她的同事和中专时期的老同学。仍然采用想象-放松反复交替的方法，在30分钟的治疗中顺利完成。然后回家实践，效果令人满意。经这两次脱敏治疗之后，患者的精神状态已大为改观，已不再畏畏缩缩，并主动与其他病友交谈。按照原定计划，脱敏继续升级。最后几级的恐惧对象分别是：顶头上司——一个不苟言笑的中年男子；男朋友和男朋友的双亲。这几级的脱敏难度比较大，每一级都经过3次以上的脱敏治疗才算过关。

经过8次放松训练，12次系统脱敏，总共为期两个多月的治疗，患者已不再回避任何人。治疗结束时，患者已能常去男朋友的家中。她说："还是有些提心吊胆，不过就只那么大回事，该去还是要去的。"1年后践约复查，患者说她与人交往基本上还算自然，对某个人特别恐惧以致不敢见面的情况很少了。

【案例2】癔症（精神障碍）——产后遭丈夫忽视

患者，女，29岁，初小文化，汉族，工人，已婚。主诉阵发性暴怒，捶胸撕衣，咬人毁物，嚎哭呻吟，狂跑乱奔等。每次发作持续1至数小时不等，反复发作已9年。

患者病前系某厂工人，能干会说，热心助人，好主持公道。同事、邻居、亲朋好友凡遇红白喜事，都可见到她里里外外地张罗，俨然东道主一般。但因心直口快，又喜欢说三道四，今日东家长，明日西家短，常常惹是生非，惹人讨厌，故人际关系较为紧张。与丈夫的关系也不大好。丈夫家三代单传，非常想让他们生一个男孩。但事非如人愿。女儿呱呱坠地之时竟无亲友探望，其婆家也无人问津，孩子出生后丈夫借故要上班也常未在身边，只有伯母在忙前忙后，患者感到万分委屈与凄凉。一日，因事争吵，丈夫气愤地对患者说："你知道你生了个什么吗？没用的东西！……"，患者听到这些侮辱性的言语当时沉默不语，双眼凝视，表情茫然。片刻之后开始抽泣，然后骤停，掀开被子，扔下婴儿，从床上一跃而起，狂呼乱叫，往门外冲去。家人阻之，患者一反弱不禁风的常态，怒发冲冠，拳脚并用，碰撞撕咬，数人不能敌。家人将其锁在家里，患者捶胸顿足，呼天抢地，打门击窗。后经多方劝慰，几经折腾之后，患者才伏床哭泣，然后昏昏入睡。次日清醒如常，能回忆发病的部分过程，只否认曾扔掉婴儿和咬伤丈夫。此后常觉头昏、头痛、心烦、失眠。但仍喜欢抛头露面，说长道短，见人说婆家没有一个好人。某日因告发某同事偷拿厂里的东西被该同事谩骂。众人围观时，患者怒不可遏，顿足叉腰，唾沫横飞。继而精神兴奋发作，症状基本同前，数小时后才逐渐缓解。以后发作频繁，多在与丈夫吵架或与同事发生纠葛之后发作。

经体格检查和脑电图等实验室检查均未发现特殊的阳性结果。

患者常在厂医务室和附近就医，服过多种中西药物，诉有的药无效，有的药效果不持久。并曾在某医院注射过3次进口的"断根药针"（可能是暗示治疗），均未断根。因而忧心忡忡，担心此病难治。患者将发病归因于别人对她的刺激，认为如果能离开这个家，离开这个厂，离开一切讨厌的人们，她的病肯定会好起来。她说她是经人介绍慕名而来，对医生抱极大希望。

我们坦诚地对她的病情作了一翻实事求是的分析。我们同意她的看法，她的发病与这些精神刺激有关；同时我们又指出，要想回避这些刺激因而期盼有个世外桃源的想法是不现实的。我们告诉她，凡是有人群的地方，就会有矛盾，有刺激。我们还没有很多很好的办法能改变这些外界刺激，但我们却有一些有效的方法能改变我们自己，使我们遇到这些刺激后心情不会太难受，更不会发病，患者同意这种分析，并希望接受这类治疗。

第1次治疗：首先是评定主观焦虑程度。告诉她从最不紧张到最紧张之间共划六个等级。心情舒畅平静为0分；稍微有些紧张评1分；越是紧张焦虑评分越高，最紧张时，也就是她以往无法自控即将发病时的状态，就评5分。患者经反复体会表示已经理解。

第2～10次治疗：这一阶段主要是进行松弛训练。治疗者指导其逐步放松身体各部位肌肉，并用肌电反馈仪显示其训练成绩。前几次，训练成效不大。训练的前十几分钟尚能放松肌肉，但时间一长，肌电反而升高起来。患者说她性子急，从来没安安静静坐过半小时。于是，我们打破每次半小时的治疗常规，改为15分钟。在后来的训练中，每次延长2～3分钟。在第9次放松训练时，她实际上已能训练放松半小时以上了。

与此同时，我们与患者讨论过几次如何设计焦虑等级表，终未成功，原因是患者觉得要在脑中形成持续清晰的图像十分困难，尽管我们耐心地启发诱导，她告诉我们，脑里仍无法形成清晰图像，只是有一些模糊、零碎、杂乱的表象时隐时现，而且既不是呼之即来，也不能挥之即去（后来我们发现，约有三分之一的患者属于这种情况）。脑里不能呈现清晰的图像，几乎使系统脱敏无法进行。按照标准的系统脱敏治疗规则，是通过脑内呈现刺激图像来引起精神紧张的。紧张和松弛的反复交替才产生逐步脱敏的效果。如果不能在脑内呈现图像，便没有了刺激源，脱敏就无从谈起。于是，我们不得不采取另一种方式。

第11次治疗：患者虽不能在脑中形成清晰的思维表象，但口头表述能力还是很强的，而且富于情感。于是，我们安排患者在第11次治疗时讲述与发病有关的那些不幸事件，并且现场录音。患者很快进入了回忆之中，诉说自己如何命苦，早年双亲俱丧，寄养于伯父家中。伯父家境贫寒，子女众多，挨冻受饿是家常便饭。19岁时跟了一位翻砂工人，丈夫少言寡语，嗜酒如命，酗酒后态度凶暴，动辄拳脚相加。说到生孩子后丈夫家无人问津、婆婆冷漠的态度、丈夫侮辱的言语,历数桩桩事例,伤心之处,声泪俱下,泣不成声,身子前俯后仰,嘴角肌肉抽动。

我们将现场录音略加剪接整理,造成这种效果:起初听起来心情尚平静,逐渐动情乃至最后情绪似欲暴发,难以自控。整个录音约20分钟。

第12次治疗:首先让患者复习几次全身放松训练。患者完成得不错,并能按治疗者的要求随时进入放松状态。然后,我们告诉她我们将播放前次录音,她应跟随录音沉湎于往事的回忆,如果心情有些紧张,而且自认为紧张到可以评为1分时,要伸出1个指头向治疗者示意。

患者靠坐在沙发上,闭上眼睛,静静地听着自己的录音,约5分钟后,见患者胸部明显起伏,呼吸略加快。随后见她伸出食指。我们立即关掉录音机,叫患者不再去想往事,开始全身放松。约3分钟后,患者示意进入松弛状态,心情恢复平静。在此同时,我们记录下已播放的录音带长度,并把录音带倒退到原位,然后重新播放,播放到第一次播放的磁带长度时停止,并令患者全身放松。如此周而复始。最后,播放这段录音磁带已不能引起患者明显的情绪变化。

第13~19次治疗:这后7次脱敏过程同第1次脱敏相似,所不同的只是每次都延长播放一段录音带。每次治疗延长多久的播放时间不是预定的,而是根据她在这次治疗最初阶段的情绪反应程度而定的。如果她示意已经有1分焦虑,我们就按下录音机停止键,并在这次治疗中反复播放这一段。最后两次治疗,在播放全部录音的过程中,患者都未再表现出明显的焦虑反应。我们让她把录音磁带带回家,每天播放一次。并嘱咐她在实际生活中遇到类似的或其他刺激时,一定别忘了运用这种应付方法。

随访调查表明,这位患者的发病次数明显减少,症状明显减轻。

【案例3】儿童分离性焦虑——家庭暴力中的孩子

患儿,男,7岁半。因过分依恋母亲、焦虑、抑郁及各种行为障碍而被其母亲带来求治。

母亲说患儿6岁以前,健康状况一直不错,聪明淘气、天真活泼。多与母亲朝夕相处。父亲常常下班后与朋友应酬多,或打牌或请客喝酒,并且经常对母亲大打出手。常喝得醉醺醺,惊醒熟睡的妻子和孩子,孩子常被吓得紧紧抱住母亲,唯恐母亲离去。一日夜里父亲酩酊大醉,摇摇晃晃从外面回家,"哐"的一声踢开房门,抓住母亲头发狠狠地扯,狠狠地打。母亲不忍折磨,狠心之下独自躲到朋友家去。为此患儿不停地哭闹,喊着要妈妈,不愿去上学。母亲念及孩子,两天后回到家中。此后,患儿在家里与母亲形影不离,唯恐母亲离开,极不愿意上学。到了校门口仍抓住母亲的衣角不放,有时抱住母亲的大腿如同大祸临头之状。老师反映患儿在学校郁郁寡欢,少语少动,胆小。患儿对母亲依恋有加,要母亲陪在身边才能入睡,经常遗尿(病前已一年很少遗尿),讲梦话。有次夜中突然惊起,双目凝视,表情惊恐,呼喊"妈妈",并见其面红耳赤,全身是汗。母亲见此惊恐万状,大声呼喊患儿名字,不料几分钟之后,患儿又复睡如初。为此曾看过中医,也曾在电杆或墙角贴过"天皇皇,地皇皇,我家有个夜哭郎,过路君子念一遍,一觉睡到大天光"的告示。星期天便是患儿的节日,跟着母亲高高兴兴,特别温顺。整个假期患儿也基本正常。一到开学,病情又有复发,并常说腹疼,托词回家。

根据病史和检查,我们认为这个孩子患了分离性焦虑。当患儿来医院接受治疗时,他显得十分紧张,与母亲片刻不离,每次与医生会面时都要求有母亲在场。我们分析,患儿在学校的种种行为障碍和情绪障碍都与离开母亲有关。我们认为,在暴力情境与恐惧情绪下,与母亲的离别使患儿产生了严重的焦虑情绪。于是,一旦与母亲分离,症状便会产生。

基于这种认识,我们决定运用系统脱敏疗法矫正患儿的焦虑情绪和适应不良行为。先训练患儿放松全身肌肉,结果不是太好,往往是上肢放松时,下肢却在用力。经反复开导,仍无明显进步,我们决定在第3次训练结束后即终止放松练习,直接进入下一步骤。

我们为患儿设计了如下几个可能引起焦虑的事件层次:①母亲坐在身边,闭上眼睛想象母亲离去;②母亲离开,坐在治疗室门外5分钟(呼之能应);③母亲在治疗室门外等候半个小时(呼之能应);④母亲在医院门口等候,无法呼应;⑤母亲送来后即离开,患儿独自接受治疗。

第一等级的脱敏十分顺利,只要母亲坐在旁边,患儿可根据治疗者的要求,想象母亲离去,自己在学校与同学们戏玩。麻烦产生于第二级脱敏的初级阶段,尽管母亲就坐在治疗室门外,近在咫尺,患儿仍明显焦虑不安,不时喊:"妈妈!"如母亲应声稍轻、稍慢,喊声更切。我们要求患儿母亲有呼必应,应声响亮,且每5分钟与患儿见面1次。经多次重复之后,患儿呼声渐少。以后每次脱敏升级开始都有类似的情况,而后是逐渐安静下来。

患儿连续接受了10次治疗。最后一次治疗结束时我们对他说:"你真棒!妈妈不在身边你照样做得很好。""我在学校里也能做到这样吗?""当然!""那么,这样说我可以去上学喽?""完全可以!"

第二天,患者高高兴兴地上学去了。原有的焦虑、抑郁和退缩的行为没有了。追踪调查表明,除了老师反映患儿仍有些胆小之外,其他的情绪和行为令人满意。

第二节　冲击疗法

一、治疗原理

冲击疗法(implosive therapy),又有人译作满灌疗法或洪崩疗法。冲击疗法是指把能引起患者极大恐惧的刺激暴露给患者,猛打猛冲,置他于极恐怖之情景,欲图物极必反的效果,从而消除其恐怖情绪。

冲击疗法的产生,基于下面这一动物实验:当实验场所发出恐怖性声、光或电击刺激时,实验动物惊恐万状,四处乱窜,想逃离现场。如果没有出路,它只得被迫无奈地待在现场里,承受极其痛苦的刺激。当刺激持续了一段时间之后,可见动物的恐惧反应逐渐减轻,甚至最终消失。这一实验表明,所谓放松、所谓交互抑制似乎并不重要,只要持久地让被试者暴露在刺激因素面前,惊恐反应终究将自行耗尽。

有人认为冲击疗法是系统脱敏疗法的简化变式,实际上两者有诸多的不同。从方法上来看,系统脱敏疗法多是用闭目想象的方式来呈现刺激因素;而冲击疗法则往往需要用真实的刺激物,因为非如此不能产生置患者于惊恐之极的效果。从治疗程序上来看,冲击疗法程序简洁,没有繁琐的刺激定量和焦虑等级设计,而且不需要全身松弛这一训练过程。从原理上来看,系统脱敏疗法是每次设法引起一点微弱的焦虑,然后用全身松弛的办法去拮抗它,即所谓交互抑制,因而总把"危害"最小的刺激物首先呈现。而冲击疗法则是尽可能迅猛地引起患者极强烈的焦虑或者恐惧反应,并且对这种强烈而痛苦的情绪不给以任何强化(哪怕是同情的眼光也不给一点),任其自然,最后迫使导致强烈情绪反应的内部动因逐渐减弱乃至消失,情绪反应自行减轻乃至消除,即所谓消退性抑制。所以冲击疗法总是把危害最大的刺激放在第一位。

对这种治疗的看法不一,有一些成功的案例报道,但也受到了不少批评。因为它可能引起患者无法承受的焦虑而导致恐惧反应加剧。我们的一个对照研究发现,冲击疗法治疗社交恐惧症时疗效与系统脱敏疗法相近。其优点是方法简单,疗程短,收效快;缺点是冲击疗法完全无视患者的心理承受能力,患者痛苦大,实施难,可能欲速则不达。因此,我们认为此法不宜滥用。正如沃尔普建议的,冲击疗法应该是在任何一种其他办法都失败之后才求助的对象。

二、治疗程序

(一)体检

冲击疗法是一种较为剧烈的治疗方法,应做详细体格检查及必要的实验室检查如心电图、脑电图等。必须排除以下情况:①严重心血管病,如高血压、冠心病、心瓣膜病等。②中枢神经系统疾病,如脑瘤、癫痫、脑血管病等。③严重的呼吸系统疾病,如支气管哮喘等。④内分泌疾患,如甲状腺疾病等。⑤老人、儿童、孕妇及各种原因所致的身体虚弱者。⑥各种精神病性障碍。

(二)约法三章

仔细地向病人介绍治疗的原理、过程和可能出现的各种情况,对病人在治疗中可能承受的痛苦尤其不能隐瞒和淡化。同时也告之疗效之迅速可能是其他任何心理治疗所不及的。如有成功的先例,请来现身说法是最好不过的。当病人和其亲属经慎重考虑,下定决心接受治疗之后,可拟订如下协约:

【行为治疗协约】

(1)医生已反复讲解了冲击疗法的原理、过程及其效果。病人和家属已充分了解,并愿意接受冲击疗法。

(2)治疗过程中病人将受到强烈的精神冲击,经历不快甚至是超乎寻常的痛苦体验。为了确保治疗顺利完成,必要时医生可以强行执行治疗计划。这些治疗计划,包括所有细节应该都是经病人及家属事前明确认可的。

(3)医生应本着严肃认真的态度对治疗全过程负责,对病人求治的最终目的负责。

(4)如病人及家属在治疗的任何阶段执意要求停止治疗,治疗均应立即终止。

患者(签字)

家属(签字)

医生(签字)

年　　月　　日

(三)治疗场地及其他条件的准备

首先确定刺激物。它应该是患者最害怕和最忌讳的事物,因为这种事物是引发症状的根源。比如有的患者怕狗,一见到狗就惊慌失措,就担心患狂犬病,就惶惶不可终日,那么就可以确定狗是导致他症状发生的刺激物。有时刺激物不止一种,那么就选择一种在患者看来是最可怕的事物。根据刺激物的性质再决定治疗的场地。如果刺激物是具体的、无害的而且可以带到室内来的,最好在治疗室内进行。比如对利器恐惧的患者进行治疗时可将尖锐锋利的刀剪若干件布置在室内。对灯光恐惧的患者进行治疗时则可在室内安放炫目的白炽灯多盏。治疗室不宜太大,应布置简单,一目了然,除了着意安排的刺激物外别无其他。患者处于任何一种方位都可以感觉到刺激物的存在,没有可以回避的栖身之地。房门原则上由治疗者把持,病人无法随意地夺路而逃。

有时刺激物并非某种具体的物件,它可能是一种气氛,一个特定的环境。这时治疗应在某一个特定的现场进行。比如一位恐癌症患者的治疗是安排在肿瘤医院的候诊室进行的。

为了防止意外,应准备地西泮、普萘洛尔、肾上腺素等应急药品若干。

(四)实施冲击

病人接受治疗前应正常进食、饮水,最好排空大小便。穿戴宜简单、宽松。有条件的可在治疗中同步进行血压和心电的监测。病人随医生进入治疗室,在指定位置坐下。然后医生迅速、猛烈地向患者呈现刺激物。患者受惊后可能惊叫、失态,医生不必顾及,应持续不断地呈现刺激物。如患者有闭眼、塞耳或面壁等回避行为时,应进行劝说并予以制止。治疗过程中大多数病人都可能出现气促、心悸、出汗、四肢震颤、头昏目眩等情况,应严密观察。除非情况严重,或血压和心电的监测指标显出异常情况,治疗应继续进行。如果病人提出终止治疗,甚至由于激怒而出言不逊,医生应保持高度理智与冷静,酌情处理。如果病人的一般情况很好,病史较长,原来求治要求十分迫切,应急反应不是十分强烈的话,医生可以给予鼓励、规劝或者是漠视。特别是在病人的应急反应高峰期之后,成功近在眼前,一定要说服甚至使用适当的强制手段让病人完成治疗。因为此时退却,将前功尽弃。每次治疗时间应根据病人的应急反应的情况而定。其情绪反应要求超过患者以往任何一次焦虑紧张的程度,力求达到极限,以情绪的逆转为其标志。如见患者的情绪反应和生理反应已经过高潮,逐渐减轻的话,则表明已基本达到这次治疗的要求,再呈现 5~10 分钟的刺激物,患者将显得精疲力竭,对刺激物视而不见、听而不闻。此时便可停止呈现刺激物,让患者休息。通常一次治疗要持续 30~60 分钟。

在治疗过程中病人因无法忍受而提出中止治疗是十分普遍的现象,治疗者若有求必应则会一事无成。治疗前的协议就是为了增加患者的自我约束力,从而保证治疗进展顺利。尽管如此,如果病人反复要求退出治疗,或者是家属提出取消治疗,经医生劝说无效时,治疗应立即停止。医生切不可以协议为凭,一意孤行。另外,特别应注意的是:治疗中如果病人出现通气过度综合征、晕厥或休克等情况时,应及时停止治疗,并对症处理。

在现场实施冲击疗法时,因客观条件不好控制、调度,难度更大,更要求事前做好病人的思想工作,得到病人的配合。现场治疗更具有真实性、自然性,这是它的独到之处。

冲击疗法一般实施 2~4 次,1日或间日 1 次。少数患者只需治疗 1 次即可痊愈。如治疗过程中患者未出现应激反应由强到弱的逆转趋势,原因之一是刺激物的刺激强度不够,应设法增强刺激效果;另一个原因是,该患者不适合冲击疗法,应停止冲击治疗,改用其他治疗方法。

【案例1】社交恐惧症——儿童期遭性骚扰史

患者,女,24 岁。从小懂事听话,言行规矩。6 岁时曾被远房表叔(年长她 22 岁)多次抚弄阴部,事发后表叔遭家人责骂。但患者当时年幼无知,不知是猥亵行为,因而未觉受辱,似无心灵创伤。由于父母工作忙被带到外婆家生活,读高中时重返旧地。高考前夕,患者匆匆归家,途中遇见一老头,极像当年那个表叔。儿时情景突然再现,患者顿觉紧张、心慌、无地自容。此后两次高考落第。参加工作后,平时少语,腼腆,见了熟人更是绕道而行。不敢参加集体活动,觉得大家总是在注视自己,觉得自己脸会发红,一副窘相。后与一军人结婚。婚礼在军队驻地举行,宾客几乎全是男性。患者十分紧张、窘迫、恐慌,自始至终未敢抬头。自知如此不妥,有扫客人兴致,但一抬头就觉脸面灼热,心慌意乱。入洞房后不敢正视丈夫,内心中自我鼓励:"不要心虚!我是个清白人!我没做什么见不得人的事!"但无法处之泰然。回本单位后更是羞于见人,尤其不敢走进自己上班的科室。在科室里如同热锅上的蚂蚁,惶惶不可终日。回到家中才如释重负,因而常常托词病休在家。

第1次来诊时称"头痛、胸口痛",讲述病史时吞吞吐吐,不敢抬头正视医生,只求开个病假条。第2次来诊时才告诉实情。我们指出这个病的关键在于"回避",越是回避,病情越会加重。患者说她没有办法,她曾四处就诊,服用过奋乃静、丙咪嗪、氯米帕明及中药若干,也请过巫师驱神赶鬼,服过大庙的香灰灶土,就是屡治无效。得了病还怕别人发现,看病要隐姓埋名,药费不敢报销,真是苦恼至极。她说若有灵丹妙方,愿不惜重金购买;若有什么手术,愿挨上一刀。苦苦求医,情真意切。于是,我们向她介绍了系统脱敏疗法与冲击疗法。听完之后,她毅然选择后者。我们再次说明治疗过程中需要付出十分痛苦的代价,她仍坚定不移。于是,给她做了必要的体格检查。

第3次,她遵照我们的嘱咐与她母亲同来诊室。经过商议,决定使用现场冲击疗法,即在患者工作的科室完成治疗,并由我们的一位工作人员与患者母亲共同负责监督,确保病人的安全和治疗的完成。

次日,在两人陪同下患者进入她回避已久的科室。久违的同事们表示出热情,涌上前来问候、招呼,问长问短。患者极力作出笑脸,想掩饰内心的惊慌。两陪同者见状便悄悄退出科室,守候在门外。患者被迫与大家寒暄,听班长(一位男性青年,患者原惧怕与之相处)介绍情况,布置工作。此时患者东瞧西望,发现陪伴的人已走,便神情紧张起来。几次想抽身离开科室,犹豫之后还是勉强坐下来。但如坐针毡,面红耳赤,汗流浃背,双手发抖,工作中差错频出。同事善意指出,患者则更心慌意乱,好像整个科室的人都盯着自己,以为自己的样子一定狼狈极了,于是想临阵退却,被其母亲劝阻。患者在里面度日如年,有时借外出上厕所之机便不愿再进去,说"实在受不了,脑袋快要炸了,人快要发疯了"。给服地西泮10毫克、普萘洛尔30毫克后又强令其返回工作,并鼓励她"已经过了最难的关头,坚持就是胜利"。如是几天,患者总算坚持下来,每次下班,患者都觉得很累、很疲倦,但紧张、恐惧的心理反应却日渐减轻,工作差错日渐减少,与同事的主动交往日渐增多。继续由母亲陪同上班,但很少需要母亲强制或敦促。两星期后,母亲不再陪同,患者独来独去,在科室能与同事正常地进行公事往来。1年后复查,发现患者工作基本正常,只是社交活动较少,不过患者认为必要的应酬活动,还是能够参加。对某些问题仍较敏感,如在看到判处猥亵幼女罪犯的布告时,看到性虐待一类的词,或听到人们打情骂俏、谈云论雨时,便会有阵阵局促不安之感。

【案例2】顽固性失眠症——患者遭受和目睹家庭暴力史

患者,女,26岁,某工厂的工人。诉自幼父母关系差,父亲经常对母亲拳打脚踢,不如意时也经常打骂自己。诉经常在父亲粗鲁的打骂声和母亲无力的叹息声中昏昏入睡。但患者天生一副好歌喉,加上长得苗条匀称,在厂里还是一个众人瞩目的人物,平常骄傲得像个小公主,但心里一直不很平静,觉得做个工人屈了自己。虽然不断有小伙子的追求,但惧怕自己的婚姻也像父母亲那样在家庭暴力的痛苦中度过。为此她把自己大部分的时间和收入都花在了拜师学艺上。6年前开始，常在业余时间去酒吧唱歌，收入颇丰，但苦于未遇上"伯乐"，未能崭露头角。每每唱罢归来，都已近午夜，躺在床上辗转难眠，迟迟不能入睡。若是遇上父母亲的责难呵斥，更是浮想联翩。母亲无奈的眼神、父亲挥舞的拳头、酒客肆无忌惮的调笑、同事鄙夷的神情……走马灯似的在脑海里反复重现，几乎通宵达旦。曾就诊于几所医院，被诊断为神经衰弱，服用过多种催眠药物和抗焦虑药物。每种药物服用初期均有效，尔后药效渐渐降低，需增加药量才能维持睡眠，直到极量，最后失效。几年来，在药物的帮助下，睡眠时好时坏，但尚能维持基本睡眠，自诉白天精力尚可，情绪也挺不错。但近1年来，病情加剧。工厂因产品滞销，每况愈下，工人们纷纷自谋出路。她更急于改换门庭。常奔波于各文艺团体之间，频频应试却也屡屡受挫。凡见到"歌手大赛"的广告，她总要报名参加，但最好的成绩也只是进入复赛圈。因此，失眠不断加重，诉几乎吃任何药都无效。常常是连续几天几夜不能安睡一次。白天便精神不振，昏昏欲睡。

透过她那淡淡的粉饰，仍看得出一脸倦容。交谈中却还是显得那样健谈，那样踌躇满志。她觉得每次比赛或考试都没有发挥自己的水平，因为失眠影响了她的精神状态。两个月后又有一次歌手大赛，她不希望错过这次机会。她说为了唱歌，她已奉献了自己的一切。她恳求医生助她一臂之力——解决她的睡眠问题。她认为只要每晚能正常睡上几个小时，她便能在赛期中进入最佳状态，一旦水平发挥正常，优胜似乎非她莫属。

我们仔细询问了她失眠的情况，主要表现为入睡困难。首先是由于入睡前思绪繁杂、情绪焦虑、肌肉紧张，因而入睡的潜伏期延长；其次由于她对音乐的敏感，即使是从远处传来隐隐约约的旋律或并非有节奏的敲打声，都能唤起她的兴奋和共鸣；最后，由于长期服药，对药物后果的恐惧和耐药性的缘故，催眠药的作用不佳。

另一方面，白天精神萎靡，似睡非睡，实际上是一种代偿，是由于过分疲劳引起大脑的"局部"抑制。大脑的各个"局部"由于相继在白天得到了适当的休息，因而在夜间的不同时间里便较易兴奋。这种大脑里各个局部不是同时地兴奋与抑制，造成了大脑各部分之间睡觉状态始终不同步、分布不均衡。表现为白天不是充分地觉醒，夜里也不是充分地睡眠。

望着她求"治"若渴的神情，我们向她介绍了冲击疗法。并告诉她用冲击疗法治疗失眠还是一种新的尝试，尚未见先例报告，冲击疗法通常治疗的是恐惧症。恐惧症者有明显具体的恐惧对象，用这些恐惧对象去刺激、冲击患者，使之适应这些恐惧对象，称为有的放矢。这位失眠症患者不同于恐惧症，她没有什么特殊恐惧以致常常被迫回避的对象，那么用什么去冲击呢？

冲击的结果是消除恐惧情绪，她并无恐惧，那么冲击又有什么意义呢？我们认为，这位患者入睡困难是大脑皮质未达到足够抑制的表现，如果让其持续强烈地兴奋，也可能会物极必反，产生抑制，这正符合冲击疗法的原理。当然，强行使大脑持续兴奋可能会导致一些不良后果，因而有一定风险。但是考虑到她经多种治疗均无疗效，且个人意向坚定，我们决定稍越雷池半步，设计了如下一个治疗方案。

刺激物选用易使她兴奋的几首摇滚乐曲，那些奇妙的音响组合震耳欲聋，不时迸发一阵含混的尖叫声更使人惊心动魄。治疗场地就在患者家里。患者的父母亲、妹妹和一位好友配合进行治疗。

第1次冲击：安排患者进行紧张劳累的工作和活动，如购物、洗衣、看书、打麻将、唱卡拉

OK 等。活动一项接一项,不留间隙。晚上由家属好友轮流陪同,或看电视,或做夜宵,或谈天说地。患者午夜之后已有倦意,但由于各种活动持续干扰,患者不得闲暇。黎明时分患者睡意渐浓,不时想闭眼打盹,此时给患者戴上耳机,播放摇滚乐曲,患者精神又振奋起来。时间一久,患者又觉疲乏,想在沙发上靠一会。陪同的人不允,拉患者起身,随着乐曲边哼边跳。中午时分,患者虽然尚在手舞足蹈,但显然已是强弩之末,稍不提醒便站住不动、低头打盹。陪同人员又是一阵喧闹折腾,但患者此时已无于衷,躺在床上酣然入睡。时间已是下午 1 点。患者睡得很沉,将她搬放在床上也未弄醒她。尽管她睡得很香,我们还是按照预定计划在 8 小时以后唤醒她。

第 2 次冲击:患者被唤醒时是晚上 9 点,先是看电视,然后是打麻将,精神很好,通宵达旦。白天,同另一位陪同人一起登山,下山时觉体力不支,赶回家中,洗完澡后想上床休息。陪者阻之。让其戴上耳机,击掌顿足,摇滚起来,顷刻之间,那歇斯底里般的歌声、叫声、电声乐和打击乐声,便将其睡意洗涤得无踪无影。患者又显得精神焕发起来,摇头晃脑,又唱又跳。但没过多久,便势头锐减。陪同人又设法与患者进行一阵疲劳战。约在下午 6 时,患者睡意似不可抵挡,和衣而卧,任人呼叫也不理。

第 3 次冲击:凌晨 2 点唤醒患者。醒来之后,又是紧凑的活动安排。同前两次一样,在患者想睡时,以大音量摇滚乐冲击。患者约在晚上 10 点左右入睡,黎明时分被唤起。起床后跑步、收拾房间,恢复正常生活节律。

1 周后患者告诉医生,她自我感觉很好,不吃安眠药也能睡觉,好开心! 这是她以前都不敢想的。她说凭这种精神状态,大奖赛胜利在望,一副志在必得的劲头。

第三节　生物反馈疗法

一、治疗原理

生物反馈疗法(biofeedback therapy),是通过现代电子仪器,将个体在通常情况下不能意识到的体内生理功能予以描记,并转换为数据、图形或声、光等反馈信号,让受试者根据反馈信号的变化了解并学习调节自己体内不随意的内脏功能及其他躯体功能,达到防治疾病的目的。

传统的医学观念把人体的活动分为两大类。一类是可以随意控制的骨骼肌运动,它的指挥中枢在大脑皮质;另一类是不能随意控制的内脏和腺体活动,它由所谓自主神经支配,其指挥中枢位于皮层下。

心理学家米勒(Miller)曾经做过这样一个实验:他给白鼠注射箭毒,有选择地使其随意肌全部松弛。那么此时,心脏跳动便完全置于自主神经的单独控制之下。他用电刺激鼠脑的"愉快中枢"作为正性强化物奖励白鼠,训练其加快心率或减慢心率。结果表明,经过几次奖励,白鼠就能在短时间内达到预期要求,不论是加快或减慢心率。换句话说,白鼠为了得到奖励,可随意地改变心率。这一切,都是在没有随意肌的参与下完成的。又比如,高明的瑜伽师可以随意地改变自己的心率、体温,甚至能使心跳达到每分钟 300 次,持续 10 多分钟且平安无事。而现代研究也发现,所谓随意和不随意是相对的,两者之间并没有截然的界线。因此,自主神经并非完全不能随意而如同植物,如果满足一定的条件(经过一定的训练),它也可能被个体随意控制。

二、治疗技术

生物反馈治疗常常与松弛技术联合应用。以下为临床上常用的几种生物反馈技术。

(一) 肌电反馈

肌肉活动时产生的电活动称之为肌电。肌电常常可以通过贴附在该部表面的电极测得。肌肉的紧张度是与肌电的高低呈比例的,肌电以微伏特(百万分之一伏特)表示,微伏特越高,肌肉越紧张;微伏特越低,肌肉越松弛。

肌电反馈仪把测得的肌电放大,然后整流、集合变成声光信号,告诉被试者他的肌肉是相对紧张或松弛。被试者还可以在声光信号的提示下体会自己肌肉的细微变化。这些变化一般是感觉不到的。通过这种训练,可以使被试者对肌肉活动获得空前的自我控制能力。这种控制能力对于使紧张的肌肉松弛和恢复衰退肌肉的运动功能有特殊的意义。

电极的安装位置根据治疗目的而定。针对紧张、焦虑等症状时电极应安放在前额,将零电极置于印堂穴部位,另两个电极分置左右,约眉弓上2.5厘米的部位。大量研究认为,前额肌是焦虑、紧张的最佳"代表",它对生理警醒水平的变化非常敏感。如有其他治疗目的,如训练萎缩肌肉,电极可置于特定肌群。电极安装最好选择可以明显观察到收缩活动的部位,而零电极距离其他两个电极不能远于15厘米。

可根据被试者的习惯选择声、光、数字或图像反馈信号,或并用几种。一般认为,用于放松训练的反馈信号以声音为佳,因为被试者可在闭目情况下获得反馈信号,睁眼不利于放松,读数尤其如此。

确定反馈信号的阈值十分重要,往往事关治疗成败。首先应取一段时间内的肌电平均值作为被试者肌电的基线水平。然后将阈值调节到稍低于基线水平(如果是训练被试者松弛的话),使被试者能在一半的时间内听到反馈声,在另一半时间内听不到反馈声。如果反馈声音是悦耳的阳性强化物,就将基线水平作为反馈声的上限,即超过基线水平便听不到悦耳的声音。如果反馈声是刺耳的噪声,则将基线水平作为反馈声的下限,只有低于基线水平,才能摆脱讨厌的噪声。如此诱导被试者松弛肌肉。当被试者在85%～100%的训练时间中都能让肌电维持在所要求的范围内后,重新测试基线水平,调整反馈阈值。如此循序渐进,直到达到治疗目标。

大多数患者经过6～8次训练便可学会控制额肌的紧张水平。关键是脱离反馈仪后要保持成绩,反复操作,直到运用自如。临床实践证明,肌电反馈主要适用于:①焦虑症、恐惧症及与精神紧张有关的一些心身疾病;②神经系统功能性与某些器质性病变所引起的局部肌肉痉挛、抽动、不全麻痹,如痉挛性斜颈、口吃、职业性痉挛、磨牙、某些癫痫发作、大脑瘫痪、小儿麻痹症、脊髓不完全损害后遗症、中风后不完全瘫痪及大便失禁等。

(二) 皮电反馈仪

所谓皮电是指两点皮肤之间的导电性。1879年,Vigouroux发现了皮电活动。至今已积累了大量研究资料,形成了多种假说。比较有代表性的是汗腺循环假说。这个假说认为汗腺和它周围的组织形成了一个电的环路,如果汗腺经常出汗,就产生了相对皮肤表面来说的负电势。当出汗增加时,皮肤表面和汗腺之间的电阻下降,结果造成皮肤导电性的增加。所以皮肤导电性直接受汗腺影响,而汗腺又受控于交感神经。在紧张、焦虑、恐惧等情况下,交感神经兴奋,泌汗增加,因而皮肤导电性能增加。近一个世纪来,皮肤导电性能即皮电一直被看做自主神经激活水平和情绪活动的客观指标。但是近来的研究表明,皮电活动作为情绪活动的单一指标是靠不住的。因为汗腺活动受多种因素的影响,诸如气候变化等外界因素。笔者所在的实验室也有类似发现。尽管如此,皮电仍是情绪活动的一个重要指标,在监测情绪变化时很有价值。在正常人群中皮电从 1 微欧姆到 20 微欧姆不等,个体差异很大。

电极安装的标准部位在利手食指和无名指末端的掌面。零电极则可安放在附近任何一个方便的部位,如手或前臂的背面。电极安放部位的皮肤必须清洁,但不能用特殊的制剂清洗,如不能用酒精棉球(而在安放肌电电极时则是允许使用酒精棉球清洗的)。

皮电反馈主要适用于治疗焦虑症、癔症、神经衰弱、抑郁症以及各种精神应激障碍。

(三)脑电反馈仪

大脑活动时会不断地产生一些微弱的电信号,这些电信号微弱到以微伏计量,但我们仍可以借助精密仪器将其探测并记录下来。这些微弱的电信号被放大数千倍后经示踪笔描绘在记录纸上,形成具有不同频率和波幅的连续波形,即脑电图。大量的研究发现,脑电的频率、波幅与行为有某种相关性,综合如下:

从行为医学的角度来看,BETA 波(即 β 波),该波的活动与应激机制有关,如在危急情况下出现的"战斗或逃跑"反应;ALPHA 波(即 α 波),表示个体处于休息和不警觉状态,此种状态有利于平静、自然、愉快地回忆;THETA 波(即 θ 波),此时大脑呈低觉醒水平,个体处在打盹、做梦、催眠状态,或者在似睡非睡的下意识活动中;DELTA 波(即 δ 波),每秒的脑活动频率为 0.5～4 次,此时大脑呈最低的觉醒水平,一般只出现于深沉的无梦睡眠中。上述这些波型是脑电活动频率与行为的关系,而脑电波幅与行为的关系则尚未达成共识。

脑电反馈仪就是将个体觉察不到的脑电活动转换成直观的信号,并让被试者理解这些信号的意义。在被试者体验到这些直观信号与各种心理状态之间的关系后,学习按要求改变这些信号——实际上就是随意控制脑电活动。

电极及其安装:脑电电极呈圆柱形,外面用海绵包裹。一个为零电极,用于减少伪差,另有两个电极用于拾取脑电。电极安放的位置根据治疗要求可分为几组,如:枕-颞安放区;顶-枕安放区;顶-额安放区等。

脑电反馈用于治疗焦虑症、抑郁症、失眠症、神经衰弱、癫痫等。

(四)皮温反馈仪

当交感神经激活时,接近皮肤表面的血管壁的平滑肌就会收缩,致使血管腔缩小,血流量减少,因此皮肤表面温度下降。相反,当交感神经的兴奋性下降时,血管壁的平滑肌松弛,血管管腔扩张,血流量增加,皮肤温度上升。当然,皮肤表面温度还受气温等因素的影响。所以,在环境因素恒定的情况下,皮温的变化与交感神经系统的兴奋性密切相关。而交感神经的活动又能特别地反映出与情感有关的高级神经活动。

由于皮温不是直接的生物电,所以皮温反馈仪的探头(称温度感受器)是由有良好的热电效应的半导体原件制成的。

探头常安放的位置是中指尖端的掌面。这是因为大量的资料证明,中指尖端的皮温是情绪变化的"晴雨表",对情绪的细微变化都十分敏感。除此之外,探头安放的部位还有:其他手指、足底、额部等。正常手指皮温为 33℃ 左右。皮温反馈主要用于治疗血管性偏头痛、雷诺氏病、焦虑症以及与交感神经活动亢进有关的各种情况。

(五)其他反馈仪

目前,已有心率、血压及其他内脏功能的反馈仪器。通过这些仪器可将心脏、气管或胃肠道的功能反馈给被试者,用以提高对这些器官的控制能力,治疗相应的心身疾病。由于这类反馈仪器或者结构太复杂,或者操作不方便,尚须改进之后才可能普及于临床。近来,出现了一种"磁带录像反馈仪",以直接的声、像反馈形式帮助患者调控自己的行为,主要用于矫正口吃、习惯性抽动症等。

三、注意事项

实施生物反馈治疗时应注意以下几点:

1. 必须有一台或多台性能良好的生物反馈仪。

2. 操作人员应接受过生物反馈专门的理论和操作训练。

3. 选择合适的患者,要知道并不是每一个接受反馈治疗的患者都能从治疗中得到根本的好处。必须要让患者懂得,生物反馈治疗有别于普通的医学(如打针、吃药、手术只要被动接受就行)治疗,此治疗过程是一个主动参与的过程。还必须让患者明白,是他在支配那些反馈信号,而不是仪器在支配他。否则,他将一无所获。

4. 应有一个舒适、轻松的治疗环境。要求治疗室保持相对恒定的温度和湿度,光线应该柔和,不应有外来干扰,不应有噪声等。

【案例】神经衰弱——儿童期目睹家庭暴力史

患者,男,40岁,中专毕业,某小学教师。因思考困难、疲劳、失眠等症状前来求医。

患者说上述症状时轻时重已近20年之久。自诉父亲性格暴躁、多疑,嗜酒。记忆中常拳脚相加对待母亲,不准母亲与其他男人交往,规定每天下班后6点前必须回家,否则审问母亲干什么去了。每晚父亲的打骂声中夹杂着母亲的呻吟。母亲感到屈辱无援,曾服过安眠药想离开人世,所幸被人发现救起。患者自幼恨父亲,认为母亲不要结婚就好,同时对人防范心理较重。中专毕业后在某小学任教,工作小小心心,认真负责,唯恐别人说他没做好。但婚姻问题迟迟未能解决,诉害怕结婚,不时回忆其父母的吵闹声而辗转难眠。渐渐地觉得记忆力下降,注意力不易集中,脑子不太清晰,读书撰文均不能持久。后因工作成绩不错而被委以教研室主任之职。虽踌躇满志,却力不从心。爱直抒己见,爱打抱不平,同事反映其方法简单,易激动,易发怒。常常满腹牢骚,仿佛带有一种弥散性的敌意,瞧什么人都不顺眼,遇什么事都不顺心。脑子里思绪如云,剪不断,理还乱。有时紧张、着急,常叹自己报国无门,但又不甘拜下风,自恃天生我才必有用。凡遇人际纠纷或工作紧张,脑内就左思右想,杂乱无章,而且不由自主。欲不想也不行,难以入睡,甚至彻夜不眠。白天则精力疲乏,哈欠不断,昏昏欲睡。自诉"一拿起书就想睡,一上床就清醒起来"。又诉全身无力,一动就想停,一停就想坐,一坐就想躺,躺下来又睡不着,很是难受。

体查未发现特殊异常,只是顶部脱发较多。诊断为神经衰弱。患者对诊断没有异议,对治疗也没有信心。诉已服中、西药多年,也做过形形色色的理疗,打过风行一时的鸡血针,听过××的气功报告,均不奏效。对地西泮等药物,更是反感,诉"晚上吃了梦多,白天吃了打瞌睡,连性欲都没有了"。在这种情况下,我们建议患者接受脑电反馈训练,患者欣然同意。

第1次治疗。将在盐水和肥皂水混合液中浸泡过的海绵电极取出,轻轻挤压,排除多余液体,防止导电液外溢。然后将两电极分置于颞部(左耳上发际处)及枕部(后正中线与颞部电极水平线的交叉处)。将零电极置于左眼上方。患者脑电波频率混乱。先令其在心中连续运算100−7=?、再减7、再减7⋯⋯3分钟之内,脑电频率波动在7~18微伏之间。再令其停止运算,精神放松,脑电频率仍在此间波动。由此可见,患者的脑电活动不能顺应他的思维要求。换句话说,需要进行专心致志、全神贯注地思考时,脑电活动的水平却相对较低,有时甚至接近睡眠状态。在如此状态下从事脑力活动,效率自然很低。另一方面,要求患者放松,停止思考时,患者的脑电活动水平并非出现相应的降低,而是依然故我,相对较高,个别时候还表现出高度的警觉水平。这对于休息和睡眠自然是极大的妨碍。可能就是这种包含有不同频率的脑电活动,使患者(白天)该清醒时不太清醒,(夜里)该静息时不能入静。鉴于患者这种情况,我们决定训练患者改变脑电,达到脑电变化与行为基本同步的目的。

我们将反馈阈值定为 8～13 次/秒,即 α 波的范围,这是治疗的第一个目标。当脑电频率符合这一要求时,就会有阳性强化的反馈声。脑电反馈不像肌电反馈那样可以指导患者尽量放松。它不是越放松越好,而完全是一个"尝试错误"的学习过程。即患者碰巧得到了阳性强化反馈声,他就应该仔细体会当时的心理状态,并设法维持下去。如果反馈声停止了,患者又得重新摸索,直到再次碰上反馈声。

第 2 次至第 14 次治疗中,患者控制 α 波的能力逐渐加强,最后能在治疗中的大部分时间维持这种脑电活动。患者自己摸索的经验是:既不能想事情(想事情可能出现 β 波),也不能打瞌睡(打瞌睡可能出现 θ 波),应该闭目放松,把注意力集中在腹部的感觉变化。他自称是受了"意守丹田"的启发。

从第 15 次开始,训练患者控制 θ 波,后来又训练其控制 β 波,但成绩不太理想。

从临床效果来看,患者反映大部分时间中脑内不再是杂乱无章的思绪,有如去掉了头上的紧箍咒。睡眠亦有改善,情绪也不像以前那样激越。只是工作能力尚未见明显改观。

第四节　认知行为疗法

一、治 疗 原 理

认知行为疗法(cognitive behavior therapy)是通过矫正患者的思想、信念和态度,从而达到治疗的目的。

经典的行为疗法只强调行为的变化,而很少关注认知过程,以避免滞留于对一些无法证实的内心活动的争论。但很多研究和事实告诉我们,行为如果发生了变化,认知不会一成不变,也会发生变化。认知与行为不仅仅结伴而行,也可互为因果。Beck 等(1979)提出认知行为疗法主张矫正行为应与矫正认知相结合。例如他们认为,抑郁性神经症患者总是把事情看得过分严重,易把别人的无意和善意理解为有意和恶意,于是就有相应的情绪和行为。显然,要矫正患者的行为,势必要矫正他的认知。

认知行为疗法已经超越了行为疗法经典的定义,与认知学派有了某些融合。它主张矫正病态行为首先要矫正病态观念。看起来这似乎是纯粹的认知学派,而不是行为学派。但它的显著特征在于,通过解决内部的言语行为和想象活动,达到改变外部行为的目的,它依据的原理依然是条件反射学说。

二、治疗方法和程序

认知行为疗法的技术很多,原理基本一样,通常可分为以下三个步骤:

1. 找出与不良行为有关的不良认知。

2. 寻找证据论证这一认知的错误。

3. 分析错误认知的根源,重建新的正确的认知。

认知行为疗法多用于神经症和心境恶劣等,能较好地改善患者的焦虑抑郁等不良情绪。1977 年 Rush 等报道,对轻、中度抑郁患者的疗效可与抗抑郁剂媲美。经严格的多中心对照研究证实,具有我国传统文化特色的中国道家认知疗法对焦虑性障碍疗效甚佳(张亚林、杨德森等,1998)。认知行为疗法技术很多,本章着重简介几种。

（一）合理情绪疗法

埃利斯(Ellis)是合理情绪疗法的倡导者和推动者。他认为情绪是对某种刺激的反应,在刺激和情绪反应之间有一个非常重要的中间过程——认知。认知在这一过程中几乎起着决定性的作用。

因此,合理情绪疗法首先是发掘和了解认知,促使患者学会观察自己的思维、情绪和行为;第二,患者原有的信念是非理性的,必须予以批判和剔除。信念改变,情绪和行为相应改变。

（二）认知疗法

贝克(Beck)首倡的认知疗法和合理情绪疗法有许多相似之处。主要针对抑郁症类似问题。

第一步:找出病态信念,搞清楚患者为何会出现情绪障碍。

第二步:"假设试验"。了解患者的病态信念后不急于否定它,而是告诉患者,"假设"他的观点是正确的。如果患者接受这种假设,则告知他的假设和现实是有区别的,并让其想办法去验证,弄清是不是事实。

最后,布置家庭作业。每次治疗之后都应要求患者在家或工作场所做些练习,如观察自动思维,自行验证"假设"等,以巩固和提高疗效。

（三）自我教导法

由麦琴鲍姆(Meichenbaum)积极倡导。他认为自我教导能有效地影响行为变化。在出现消极情绪之前患者一定有消极性质的陈述,或默默自语,或内心独白。他主张此时患者应该用正面的、积极的陈述教导自己去对抗消极陈述和消极情绪。同时结合使用放松训练等行为治疗技术,训练患者松弛全身肌肉,松弛是"对抗"紧张焦虑情绪的有效措施。在自我教导的同时全身放松,可使效果更令人满意。

（四）解决问题技术

归纳概括成 5 个步骤:

1. 解决问题的总方向。要让患者保持冷静,相信只有通过系统的活动(而不是一时冲动)才能解决问题。一定要把握住这个大方向。

2. 明确问题的实质是什么。

3. 提出可供选择的解决办法。在明确具体认定的问题之后,着手研究解决的办法。

4. 作出选择和决定。

5. 回头检查。当患者完成计划之后,回头检查:问题解决了吗? 烦恼消除了吗? 如果效果不满意,还得重新开始。

（五）停止思考法

美国籍南非行为治疗专家沃尔普(Wolpe)曾用此方法治疗过患者。

当人们沉湎于某种恶劣情绪之中不能自拔时,可能出现持续不断的内部言语或表象。

如果这些内部语言被停止,自然相应的恶劣情绪就成了无水之源、无本之木。

治疗初级阶段,有意让患者去重复那些顽固的想法和观念,然后治疗者冷不防大喝一声:"停止!"这样训练几次之后,如能有效停止内部语言活动,则布置患者回家反复应用。

虽然这种停止思考法的效果还缺乏足够科学资料证明,但由于简便易行,有益无害,因而被临床治疗大量采用。

(六)中国道家认知疗法

道家认知疗法是在道家的处世养生哲学和我国古代朴素的辩证法的基础上,参考国外成功的经验,并结合创立者多年的心理治疗的临床体会而创立的。它主要是通过改变个体的认知观念和应对方式来达到调节负性情绪、矫正不适行为和防病治病的目的。

道家认知疗法分五个基本步骤。按每一步骤关键词(英文)的第一个字母,此治疗程序可简称 ABCDE 技术。

1. 现实的精神刺激因素(actual stress factors)　帮助患者找出现实中的精神刺激因素,并进行定向、定性和定量。在完成该步骤的同时,辅以一般性社会支持。

2. 调查价值系统(belief system)　帮助患者完成价值系统序列表。个体对事物的认知和评价,在应激过程中有重要的中介作用。个体根据自己的内部需要形成了对各种事物的不同评价。最需要的是最有价值的,最不需要的是最无价值的,这就是个体的价值观。人生在世,通常都有许多的需要,如温饱、健康、爱情、金钱、名誉、地位、安全、自由等等。何者为第一需要,何者次之,何者再次者,依次排列,便构成一个人的价值系统。价值系统决定了患者对事物的态度,并制约着患者的情绪反应和行为方式。价值系统决定了患者对事物的态度,并制约着患者的情绪反应和行为方式。个体的内部需要是决定情绪和行为的关键。内部需要一旦改变,情绪和行为自然也会随之改变。理清患者的价值系统,可以更深刻的理解患者产生应激的主观原因,并能在运用道家思想帮助其重建认知时有的放矢。

3. 分析心理冲突和应付方式(conflict and coping styles)　分析确定患者的心理冲突并了解患者的应付方式。通过价值系统的调查,可以比较清楚地发现个体需要什么;通过应激源的调查,则可以比较清楚的了解客观环境给他提供了什么。两者之间的不一致,就是心理冲突之所在。

人的一生始终处于不断的选择之中,因而人常常感到焦虑和痛苦。人在成长之中会自觉或不自觉地运用一些方式,试图调整冲突双方的关系以减轻焦虑和痛苦。这些方式就称为应付方式。例如倾诉、发泄、压抑、物质滥用、超脱和消遣娱乐等。不同的应付方式有不同的应付效果,不合理的应付方式是不利于心身健康的。

经过心理冲突的分析,明了冲突双方的性质和强度。然后根据其合理性和可行性,强化一方、削弱另一方,以减轻或化解冲突。通过了解个体的应付方式,可针对其不当或不足之处予以调整和强化。

4. 道家哲学思想的导入与实践(doctrine direction)　让患者熟记 32 字保健诀,并理解吸收。

(1)利而不害,为而不争:意思是说只做利己利人利天下之事,不为害己害人害社会之举;为而不争是指做事要尽力而为,且不争名争利,不妒贤嫉能。前句属起码要求,应从现时做起,后句为崇高境界,需长期修养。

(2)少私寡欲,知足知止:人要生存、要发展,总是有欲望的,但老庄认为欲海难填,要减少私心。知足,是指不要贪得无厌;知止,是指做事要有分寸,要留有余地。点到为止、见好就收。只有知足,才会常乐;只有知止,才能规避危险。

(3)知和处下,以柔胜刚:和谐是天地万物的根本规律,谦恭是中华民族的传统美德,知和处下能减少人际冲突、维持安定团结,老子以水为例,天下柔弱莫过于水,随圆而圆,随方而方。

(4)清静无为,顺其自然:老子的"无为",不是什么都不做,这里的"无为"是与"妄为"的对抗,实际上是无为而无所不为。顺其自然,就是说不要勉强去干那些有悖于自然规律的事情,不要强迫蛮干、不要倒行逆施、不要急于求成。要了解和掌握事物发展的客观规律,因势利导、循序渐进,才能事半功倍、游刃有余。

总之,要让患者领悟道家思想的真谛。它的最高境界是清晰地认识自然规律、主动地顺应自然规律,外柔内刚、后发制人、不言自明、不战自胜。

要求患者透彻理解32字保健诀,并列出自己原有的价值系统和应付方式与之对照,找出自己原来价值系统和应付方式中的不当或不适之处。按照32字保健诀,制订矫正计划。布置家庭作业,反复练习运用新的价值系统和应付方式解决实际问题,并逐日记录心得体会。

5. 评估(evaluation)与强化疗效:评估治疗效果、总结实践经验,强化和巩固疗效。布置家庭作业。每次复诊,不仅要评估疗效,更要强化道家认知观点,同时制订进一步治疗目标。

【案例】抑郁症(恶劣心境)——儿童期目睹家庭暴力史

患者,男,23岁,未婚,军人,高中文化。因头昏脑涨、无精打采、悲观失望、对什么事都不感兴趣有2年余而前来求治。

患者18岁入伍,长得彪彪实实,却生着一副菩萨心肠。看电视时,见到生老病死、悲欢离合的场景,总止不住潸然泪下。战友们戏谑地说他感情来得比演员还快。又因为患者朴实勤劳,乐于助人,所以人缘极好。入伍不久,便被提拔为代理班长。活没少干,汗没少流,可是过了1年,依然还是代理。嘴上没说什么,心里可有些不是滋味。患者还有另外一件心事。他中学时期有一个要好的女同学,现在一所师范学校读书。两人虽不是青梅竹马,也没有过山盟海誓,但相处时总有一些不同一般的感觉。

于是,患者便斟词酌句地给她写了一封信,在床板下压了两个星期才鼓起勇气寄出去。接着就是翘首盼望,但如泥牛入海无消息。患者开始失眠了,各种假设在脑子里成立又推翻,消失又浮现。1个多月后终于接到她的回信,找个没人的地方打开,想象中的事情并没发生。信中未提及他们的过去,更未憧憬他们的未来,甚至也没有问及他的情况,简直连令人回想的余地都没有。他伤心、失望,原本不悦的心情好比雪上加霜,紧锁的愁眉更没有舒展的时候。时间倒是一剂治疗"心病"的良药,几个月后他没有那么伤心痛苦了。但别人说他更加沉默寡言,孤僻好静。他自己也觉得一日三餐如同嚼蜡,嬉戏娱乐也索然无味。身体乏力,头脑迟钝,时时自怜自卑,觉得己不如人,甚至生不如死。

经过一系列的检查和交谈之后,我们诊断他患了抑郁性神经症。除了使用抗抑郁剂以外,同时给予认知行为疗法治疗。

首先,我们启发患者追根溯源,究竟为什么不愉快?让患者站在旁观者的立场分析自己。患者逐渐看清了自己患病的起因。

他坦诚地说:从小在农村长大。父亲传统观念极强,大男子主义极重。虽然母亲非常善良温顺，但在父亲眼中，母亲就是应该为他服务的，像是自己的私有财产，想怎样就可以怎样。所以经常为一些小事不满意而责骂母亲，也经常看见母亲被父亲打得遍体红一块紫一块的。患者很可怜母亲，但又不敢与父亲抗衡。他不喜欢这个家，也很少与父母沟通，自觉孤独，也体会到了世间冷暖，很想快些走出家门。恰逢部队招兵，患者毫不犹豫报名并顺利通过了体检和考核。当兵是为了谋一条出路，几年没有提拔，复员后又得回去当农民，又要与父亲在一起，没有出路了。其次是"失恋"。从小由于家庭气氛不好，长期存在家庭暴力，自幼心理设防很强，很难有知心朋友。自从认识了女友，便将她当成了最亲密的朋友，心里对她很是依恋。现在连最亲密的女友都抛弃了他，活着还有什么意思？

我们态度诚恳却又一针见血地指出：他的想法是不正确的。我们谈到，当兵提干是一条出路，但绝不是唯一的出路。其次现在从战士中直接提干的情况极少，绝大部分战士服完兵役之后都会回到原籍去，他并没有比别人多损失什么。他反复考虑之后也感到确实没有失去什么，原来那种一当兵就想提干的想法倒有些不现实。回过头来和同年入伍的战友相比，有的连班长也未当过，所以也不是处处不如别人。关于"失恋"，我们笑着告诉他"失恋"这个词就用得不对，因为他们之间尚未恋爱，没有得到，何谓"失去"？他笑笑地说："是的，还只是同学。"我们接着说："为了同学去殉情……"他也认为"荒唐"。最后我们将谈话做个小结：患者是遇到了不顺心的事，因而心情不佳，这是可以理解的。但是这种情绪状态持续太久，就变得不太合理，到了后来情绪影响了思想，思想又影响情绪，逐渐成了病态。在顽固的病态观念的支配下，就像戴了一副有色的眼镜，世界和自己都完全变了样，一切都变得没有希望了。

患者接受了这个结论，询问如何解脱。我们解释道：拿下这副变色眼镜，生活就会恢复原来面目。制订每日活动计划表，该做的，能做的，就要去做。首先是满怀信心地治病，同时增加社交活动，多了解别人怎么想怎么做，也多让别人知道自己怎么想怎么做。使自己能与别人达到感情上的交流和共鸣。生活在友谊中常常会使人达到"忘我"的境界，愁云苦雾也就不驱自散了。

下一步是制定力所能及的奋斗目标。因为力所能及，所以成功的希望比较大。再没有什么比领略成功的喜悦更能鼓舞人心，催人奋进了。

经过一段时间的治疗，患者的情绪大有改善，儿时阴影明显减轻。

（曹玉萍）

第三十一章

警察干预家庭暴力的心理学策略

　　家庭暴力没有国界，不分民族和种族，是普遍的社会问题，公共卫生和精神卫生问题。家庭暴力不仅直接对家庭成员的身心健康构成严重的伤害和威胁，而且还会破坏家庭的稳定和社会的安宁。近年来，家庭暴力问题已经受到国内各部门机构的普遍关注，也一度从紧闭的家门走出，"家内私事"已经纳入到公权力干预的范畴。2008 年 7 月，全国妇联、中央宣传部、最高人民检察院、公安部等七部委共同出台了《关于预防和制止家庭暴力的若干意见》，明确了公安机关对家庭暴力案件接出警、受理、立案侦查等职责和任务，为警察干预家庭暴力提供了政策和法律依据。公安机关作为公权力机构的一线代表，对预防和制止家庭暴力有着不可替代的作用。然而，由于家庭暴力的复杂性和警察队伍的特殊性，警察在干预家庭暴力的过程中将会遇到前所未有的挑战。

　　目前，我国警察预防和制止家庭暴力工作仍处于初步实践和不断探索的阶段。警察干预家庭暴力实际操作的相关细节和技巧中，相对薄弱也容易被忽视的环节是了解家庭暴力的心理学成因和施暴双方心理学特征，那么，干预家庭暴力时应用适当的心理学策略和技术是有必要的。因此，本章拟从以下三个方面谈谈警察干预家庭暴力的心理学策略。

第一节　应用心理学策略的重要性

一、从家庭暴力发生的危险因素看

　　家庭暴力的危险因素纷繁复杂，传统夫权和男尊女卑思想是国内家庭暴力产生的历史文化原因。社会人口学方面的研究发现，家庭暴力的施暴者以男性为主，成年男性施暴危险是女性的 5 倍。关于夫妻暴力的研究认为，受教育年限低、经济收入低、无业者容易出现施暴倾向。研究提示成年男性在儿童期遭受虐待，成年后容易出现家庭暴力行为。说明大多数施暴者在早期经历过负性创伤事件，而社会环境的变更带来更多的心理冲突，当其社会角色经历挫败时，只能在家庭中施暴发泄。施暴者多具有情感依赖、情绪不稳、遇事易怒、行为冲动的特点。施暴者中精神疾病患病率为 6.9%，包括精神分裂症、情感障碍、神经症等，说明施暴方可能具有一定的社会特点和人格特质，甚至精神卫生问题。因此，警察干预家庭暴力过程中除了了解家庭暴力的来龙去脉，也务必关注家庭暴力双方的心理学特点，从而更好地开展下一步工作。

二、从家庭暴力受虐者的心理需求看

家庭暴力受虐者长期反复受虐，容易出现一系列的精神卫生问题，有数据显示受虐者精神疾病的患病率为 1.3%，抑郁焦虑情绪问题、头痛失眠等躯体症状频繁出现，罹患强迫、慢性创伤后应激障碍，甚至自杀。有的受虐者不能忍受长期的痛苦和无助，出现以暴制暴的严重刑事案件也时有报道。而在警察干预家庭暴力时，受虐者往往不愿将施暴者惩处作为第一选择，尤其是在偏远地区或贫困地区，受虐妇女经济地位不独立，受教育程度不高，一旦离开施暴者就丧失了经济来源。另外，家庭暴力的受虐者远不止受虐者，还有目睹家庭暴力或同时受虐的儿童。未成年人受虐或目睹家庭暴力，可能会出现情绪障碍，也可能出现孤僻、自卑等心理问题、人格障碍等，也有离家出走，流离失所，心智未成熟时提前步入社会，导致未成年人违法犯罪率增加。由此可见，家庭暴力受虐者需要更多的心理安抚和干预，这一过程无不体现在一线警察干预家庭暴力的言谈举止和解决问题的技巧中。

三、从警察处理家庭暴力的工作特点看

家庭暴力发生具有区域广泛、场所隐蔽的特点。湖南省家庭暴力大型流调数据显示，家庭暴力的总发生率为 16.2%，城市、工业地区、农村三地区夫妻暴力发生率分别为 12.4%、14.5%、3.3%。而警察干预家庭暴力多采用与社区居委会共同协调和解的办法，这样也增加了警察处理家庭暴力的广度和难度。其次，国内目前针对家庭暴力尚缺乏行之有效的司法干预机制，地方性法规有待普及和落实，加之警察日常事务繁多，警力相对不足的现实，严重挫伤了警察干预家庭暴力的积极性。再次，警察队伍对家庭暴力的认识不够，且社会性别意识对警察文化的影响，大部分警察仍认为干预家庭暴力的重要性远不及打击盗窃等其他多发性犯罪来得紧迫，这样往往会造成家庭暴力干预的滞后。近期美国一项针对警察处理家庭暴力过程的定性研究，发现部分警察对家庭暴力有一定的误解，包括将家庭暴力案件简单化，责备受虐者，以及受警察文化的影响等，当然有些警察能考虑到家庭暴力案件的复杂性，家庭暴力干预的严峻性和潜在价值等。

另外，警察作为一线干预家庭暴力工作者，从接到受虐者报警到出警，再到立案侦查过程中，是第一时间接触家庭暴力发生现场，在决定如何干预和处理并可能解决家庭暴力案件中发挥至关重要的作用。警察积极有效地干预家庭暴力案件，也会第一时间影响公众对警察干预家庭暴力的看法，对施暴者产生一定的威慑力。在此特殊阶段，警察更应该注重家庭暴力调解中的技术技巧，高效干预家庭暴力。

四、从我国心理干预家庭暴力的现状看

随着社会更新变革的脚步加快，人们的心理问题不断浮出水面，心理咨询和干预日益受到重视，但是相对西方发达国家，我国心理学的发展较为滞后，心理学专业人才较少，尤其是地方专业心理咨询及治疗工作者相对缺乏，农村地区基本没有。其次，国外和我国香港、台湾地区有许多社会工作者可以承担家庭暴力心理干预的部分工作，而我国内地的社会工作者还有待专业化培养。再次，干预家庭暴力的多机构合作机制还有待构建。近年，国内外针对家庭暴力的心理干预方法包括个体治疗、团体治疗，也有双方进行的夫妻治疗、家庭治疗，邹韶红、张亚林等（2009）在社区开展预防性心理干预初现成效。但目前我国心理干预家庭

暴力的现状决定了警察作为一线家庭暴力的干预者，可以用适当的心理学技巧完善自我，并更好地应用到实际工作中。

第二节　可应用的心理学策略

家庭暴力属于人际暴力的一种，是危险与机遇的共同体。警察作为家庭暴力案件接触的一线人员，应加强对家庭暴力心理学成因及后果的认识，在干预家庭暴力应用一定的心理学策略，必要时公安机关应建立相应的工作网络来进行下一步的心理咨询和救助工作。

一、保证求助者安全，注意精神状态

人民警察的天职之一就是保护人民生命财产安全，这一步骤应当是贯穿始终的，需要首先考虑的重要环节。家庭暴力的受虐者前来求助警方时，不论从身体情况还是精神心理状况都是相对脆弱不堪一击的。而且家庭暴力致重伤致死的案件屡见不鲜，目前家庭暴力导致受虐者以暴制暴的严重刑事案件逐渐受到重视。因此，在保证受虐者安全的同时，也应当评估受虐者是否有伤人冲动，是否有自伤自杀，以提前预警预防和制止以暴制暴的刑事案件和自杀惨案发生。另外，除了求助者，最好问及受虐者周围亲人和小孩的安全，必要时进行援助。

二、明确家庭暴力情况，注重心理学资料

家庭暴力的受虐者因为无法忍受长期的躯体和精神痛苦，拨打110求助或者直接去当地派出所报案时，警察应当积极地倾听受虐者的倾诉并及时作出反应。这一过程最重要的是明确家庭暴力的具体情况和严重程度，并根据求助者的躯体和精神状态来判断其安全性，是否会有生命危险，或有自杀的倾向和危险，若有必要及时转诊卫生专业人士进行精神障碍评估，以便进行相关咨询和治疗。同时，警察可以确定求助者目前自我的应对机制和社会支持系统，如果以上系统受损严重，则需要警察主动提出可运用的应对资源，如法律宣传和援助，对施暴者依法惩治，或者请求专业医学救助和心理咨询进行全面救助。一系列的观察、询问、倾听后，还需要相关部门协作调查了解暴力家庭的经济水平、家庭成员的文化程度、婚姻情况、智力状况等因素，确定家庭暴力具体情况。国外研究显示，仅14%受虐妇女在发生第一次家庭暴力时寻求外界帮助，22%会在第二次发生时寻求外界帮助，而49%的人会在家庭暴力反复发生之后才这样做。因此，家庭暴力的受虐者每一次向外界声援时，一定要把握机会准确快速地掌握一手资料，并由相应人员做好笔录，留下相关文字和影像证据。如果是双方前来，需要对双方分开了解以上情况，必要时另派一名警察协助。

三、共同制订计划，提供心理支持

大部分家庭暴力受虐者是反复遭受暴力侵害后前来求助，警察首先可以对其求助行为进行肯定和鼓励，从而强化其求助行为，并无条件接纳其情感的宣泄和倾诉，这一过程的目的是为了进行下一步情绪安抚，待其情绪平静再详问其情况，切忌对受虐者的行为进行评价，当然这一过程可能在繁忙的警务中略显费时费力，实际操作中可将这一支持性态度贯穿于整个干预过程，营造鼓励支持的氛围。但是警察的鼓励支持并不等于接管，这是由家庭暴力的特殊性决定的。家庭暴力的受虐者最终要回到家中面对施暴者，因此，能调动受虐者的

自我资源是最佳状态。

如果求助者多次主动求助,警察可以采用合作性的干预行动,与求助者一同来制订家庭暴力自我保护与自我调节的行动计划,不剥夺其独立性,不挫伤其自尊。这一过程应该尊重其主动性,不断支持求助者作出理性决定,鼓励其行动。如果求助者陷入左右为难的困境,可以采用指导性干预措施。另外,警察可以根据当地实际情况在家庭暴力接出警后进行定期随访,以此了解目前家庭暴力的发生情况、受虐者自我救助和向外界求助的情况,以便启动求助者的自救资源,并建立社区日常管理档案,以便备案作为社区重点家庭由社区民警和社区相关人员来监护,最终打破家庭暴力的循环,预防家庭暴力的再次发生。

以上的心理学策略可以在完成警察本职工作时穿插进行,最大效率地完成家庭暴力接出警并干预的全过程。每位求助者的情况不一,实施这些策略时不能生搬硬套,要灵活处理,不断积累经验,也能完善警察的自我心理成长。如果发现施暴者或受虐者有明显的躯体伤害或精神异常,务必及时送往医院急诊,或及时转诊精神卫生专业人士。长期的心理辅导可以转介专业的心理咨询和治疗机构。

第三节 注意事项

一、语言得体

任何交际情境中都要使用语言,尤其在处理家庭暴力或者其他民事纠纷调解时特别需要掌握一定的语言技巧。警察在家庭暴力案件中接、出警快速高效,能够更好地树立警察的为民形象,也能第一时间带给施暴者以震慑力,让施暴者知道家庭暴力是有法律保护的,是有社会参与干预的,不再是家务事。在评估确定问题时,开放式的问题"怎么了?什么事情?"能高效获取大量信息和资料,而适当的封闭式问题"是不是?有没有?"可以确定某些问题的实质细节。切忌"为什么他打你,或者你打她"的问法,这样的问题可能引起对方心理防御机制的启动,从而难以得到更多有效信息;另外,也不能让施暴受虐双方加深对家庭暴力的误解,应当明确任何理由也不能用暴力来解决问题。另外,不要不恰当地评价家庭暴力的施暴者和受虐者,比如,负面评价受虐者会挫伤其求助心理和行为,负面评价施暴者可能导致家庭暴力事件的加剧。

二、倾听得法

求助者电话求助和派出所求助时,往往情绪难以平抚,有必要给予一定时间的倾诉和宣泄。警察应当无条件地接纳倾听。当然,在倾听不是一味地沉默,应当作出以下反应,首先可以向对方真实地说明自己将会怎么做;其次,可以在倾听其诉说的同时,以某种方式回答,让求助者知道你正在准确地领会其描述的事实与情绪体验;回答注意一定的技巧,帮助求助者进一步明确了解自己的动机和选择以及了解危机境遇的影响因素等。

三、共情得当

心理学派的人本主义强调以求助者为中心,关注求助者的迫切需要,激发求助者的自我资源,营造共情、真诚与接纳的氛围,真切地感受、同情、理解求助者的痛苦,并给予支持和帮助。因此,家庭暴力的受虐者前来报警求助声援时,警察应采取适当的共情原则贯穿于干预始终,给予其一定程度的鼓励和支持,也将为警察自身带来心理宽慰和成就感。

中国人民公安大学张振声教授谈到,我国警察的政治素质是过硬的,文化素质是合格的,业务素质基本过关,身体素质、心理素质却相对薄弱。现今时代的变化引起了社会的巨大变革,警察的任务从以保护国家和人民的生命财产安全和打击犯罪为主,逐渐转变为为民服务与保护国家和人民的生命财产安全和打击犯罪并重。很多心理调查的数据显示,警察面对工作的压力,公众的审视,社会舆论的监督,容易出现职业倦怠,甚至出现心理问题或者精神疾患,造成工作效率的下降,甚至工作中的疏漏。因此,在警察处理家庭暴力或其他警务的同时,注意自我的压力调试和及时的心理疏导非常重要。当然,这也来源于操作熟练的专业技巧,生活经验的不断积累,灵活机动的处事思维,冷静平稳的情绪态度,快速反应的心理状态,旺盛充沛的工作精力,处理危机的坚定信心。

（柳　娜）

参 考 文 献

1. DeJong C, Burgess-Proctor A, et al. Police officer perceptions of intimate partner violence: an analysis of observational data. Violence Vict, 2008, 23(6): 683-696.

2. Gilliland BE, James RK. 危机干预策略. 肖水源, 等译. 北京: 中国轻工业出版社, 2000.

3. Krug EG, Dahlberg LL, et al (eds). World report on violence and health. Geneva: World Health Organization. 2002.

4. McKean J, Hendricks JE. The role of crisis intervention in the police response to domestic disturbances. Criminal Justice Policy Review, 1997, 8(2-3): 269-294.

5. 曹玉萍, 张亚林, 等. 湖南省不同地区家庭暴力发生现况的比较. 中国心理卫生杂志, 2007, 21(12): 849-852.

6. 曹玉萍, 张亚林, 等. 家庭暴力的社会人口学特征. 中国行为医学科学, 2006, 15(3): 251-253.

7. 关海林, 曹慧, 等. 北京警察的压力源及相关因素探讨. 中国心理卫生杂志, 2007, 21(9): 618-621.

8. 黄国平, 张亚林, 等. 家庭暴力成因与干预的哲学思考. 医学与社会, 2003, 16(1): 14-16.

9. 黎光宇, 陈晓婷. 警察干预家庭暴力问题研究. 法学杂志, 2008, (1): 122-124.

10. 柳娜, 张亚林. 儿童虐待与人格障碍. 中国临床心理学杂志, 2009, 17(6): 726-728.

11. 柳娜, 张亚林, 等. 成年男性严重躯体暴力行为与儿童期受虐的关系. 中国临床心理学杂志, 2008, 16(5): 516-518.

12. 荣维毅. 警察执法与社会性别研究. 公安研究, 2001, (5): 92-96.

13. 苏平, 王新疆, 等. 家庭暴力及其应对策略. 医学与社会, 2002, 15(4): 19-20

14. 张亚林, 曹玉萍. 家庭暴力与精神卫生. 中国临床心理学杂志, 2002, 10(3): 233-234, 240.

15. 张振声. 论新时期的警察心理素质问题. 中国人民公安大学学报, 2003, (5): 146-149.

16. 郑日昌, 张彬彬, 等. 心理咨询与治疗在中国的发展现状. 中国心理卫生杂志, 2000, 14(1): 68-69.

17. 邹韶红, 张亚林. 夫妻暴力及其心理社会高危因素. 中国临床心理学杂志, 2007, 15(3): 300-303.

18. 邹韶红, 张亚林, 等. 预防性心理干预对新婚夫妻家庭暴力态度的影响. 中国心理卫生杂志, 2009, 23(11): 814-818.

第三十二章

家庭暴力的社区防治

　　家庭暴力如同贫困、事故、自杀、吸毒……以及各种意外等社会问题一样,已经被定义为现代社会的"社会病"。对于我们这样一个受封建思潮束缚严重的发展中的人口大国,家庭暴力的发生率可以说是居高不下,令人担忧。据全国妇联的调查显示:我国大约有 30% 的家庭存在不同程度的家庭暴力;本课题组在湖南省家庭暴力流行学调查中发现,湖南家庭暴力的总发生率为 16.2%。由于家庭暴力严重侵害了妇女、儿童、老人等弱势群体的合法权益,有为数不少的人具不同程度的心理问题,加剧了婚姻的动荡,造成了家庭的危机,危害了社会的安定,已经成为制约社会文明发展进步的桎梏。但在家庭暴力的流行学调查中我们也发现,当家庭暴力发生时,受虐者只有 12.5% 选择向社区/村委会求助,其中受助的有效率却高达 71.1%,是受虐者求助最有效的一种方式。因此,我们认为社区防治家庭暴力是社会干预的有效手段之一,也是目前我国法律法规倡导的多机构联动反对家庭暴力的最基层组织之一。

　　随着我国法制的不断完善和法律知识日益普及,特色社会主义中国把反对家庭暴力写入了政府的法律法规条文,同时纳入了精神文明创建的活动、纳入了政府的工作日程。"从源头干预"、"从基层构网"已是中国反对家庭暴力的又一大特色,开展"零家庭暴力社区"工程,把反家庭暴力工作作为衡量社区文明程度的一个重要标志,促进了和谐中国的建设,推进着中华民族走向一个新的文明旅程。为此,本课题组对家庭暴力的研究与干预项目先后曾获得了美国中华医学基金会(American China medical board,CMB)、中国国家自然科学基金、国家社会科学基金的认可与资助。本章参考国内外文献,结合自己的经验与研究成果,总结我国家庭暴力的社区防治模式。

第一节　社区防治的作用及其特点

　　如何参与政府组织的"零家庭暴力社区"工程? 社区如何对家庭暴力进行有效的监控与防治呢? 从项目多年的实践角度看,应当在法律法规的范围内,在当地党和政府领导下,以社区为中心,联动多机构参与,在相关社会工作者和心理咨询师的指导下,建立一套多层级管理、多机构联动、多角度介入、多方法协同的机制,才能使得家庭暴力在源头得到有效遏制、在基层得到有效防治。

一、社区及其在防治家庭暴力中的作用

（一）社区的含义

社区指一定地域内人们相互间的一种亲密的社会关系，有一定的行为规范和生活方式，在情感和心理上有地方观念的社会单元；在我国也是一种基层政权组织模式，如城市社区的基本形式是街道办事处辖区和居委会，农村社区的基本形式就是镇、乡和村。

（二）社区在家庭暴力干预中的作用与地位

作为社会生活中的基本单位和细胞，社区在我国社会发展中的作用越来越重要，尤其在创建和谐社会中更是充当了主力军的作用。本项目在从事社区防治家庭暴力的工作中发现，此项工作能够提高整个社区居民的文明程度，维护社区的和谐与安宁。因此，在反对家庭暴力的系统工程中，各地方政府都十分强调社区的主体作用和先锋队作用，也就是说社区既是政府实施反家庭暴力的主阵地，又是"工程"实施的基本单元。

关于"社区防治家庭暴力"的概念，本项目总结的是指在政府领导、社会参与及专业指导下，以基层社区为主体，广泛利用使用各种有效资源和适宜的技术，在社区范围内，以人本主义理念、反对封建腐朽的歧视妇女、虐待老小的不良行为和言语，倡导健康文明新风尚，还所有人之人权。社区防治家庭暴力专干要在社区防治家庭暴力的相关知识背景下，利用专业的知识和技术，在社区内，对有家庭暴力的特殊家庭进行及时干预，也要对全体社区居民提供防治家庭暴力的认知的、技术的专业服务，提高整个社区居民的生活品质。

1. 城市社区　我国城市社区经过改革开放的持续发展，已基本趋于成熟，并且随着国际化、都市化的改造工程，人口密度不断增加、地域划分也越来越规范，社区的功能和地位在整个社会构成中显得十分重要。不仅仅辖区建设与管理越来越规范、越科学，社区的行政功能也日渐增强。因此，在人口密集、环境美化、知识层次不断提高的城市今天，创建文明和谐的社区是每一个都市人所向往和拥戴的，但家庭暴力在我们这个有着几千年封建史的男权社会国家却是触目惊心的。因此，要创建文明和谐的城市社区，防治家庭暴力的任务是不可避免的。而且它除了传统意义上的家庭暴力干预外，还要面对很多高知家庭和权贵家庭冷暴力现象，所以，城市社区除了要宣传教育社区居民，还要调动一切社会因素联合行动加强监督；要以人为本、以创建和谐社会为前提，面对突发的、多发的、难于监控的一些"家庭纠纷"、"家庭事务"要快速反应、要团队协作、及时沟通、积极干预，要加强心理疏导，要特别关注事件的转化，防止危机的发生，要努力把家庭暴力遏制在萌芽状态；基层政府要把创建"零家庭暴力社区"纳入社区工作考核、纳入文明创建的活动中，促使社区把家庭暴力干预列入工作日程表。

2. 农村社区　我国13亿人口有9亿农民，他们居住分散（多以自然村落为居住区域），交通不便，社区管理的概念相对城镇社区来说比较淡漠、薄弱。而且大多数农村人口由于经济相对落后、文化素质也普遍较低，受传统文化影响更为深刻，法律意识也相对薄弱，他们大多认为"家庭暴力"是自家的事、是家常便饭，不便外人知晓和干预，如本课题组的一项调查显示，农村45％的受虐者认为家庭暴力是可以接受的，41％者认为可以接受，但要视情况而定，农村对家庭暴力的接受率远高于城市，加上在农村没有专门机构负责，很难得到方便的、专业的法律服务。所以，当"家庭暴力"发生时，尽管事件可能已经严重影响到家庭关系、侵害人身安全，妨碍乡邻安宁，仍很难对施暴者给予足够的威慑力和强制力。尤其是农村女人和老人一般没有经济来源和经济权，当家庭暴力发生时，他们走投无路，甚至是无家可归，村委会和妇联也爱莫能助,仅仅只能是进行一般的调停。因此,农村社区防治家庭暴力的难度更大,也更需要建立健全一个专门机构作为防治家庭暴力的中心,并且要联动行政、司法机关在内的多机构合作,形成一个适合农村的社区工作网络,对广大农村群众进行宣传教育和日常监测,并且及时传递信息,协调各部门关系。这样既能及时调停、控制家庭暴力的发生,还能为受虐者提供法律、心理、医学,甚至是经济上的支持和帮助。

二、社区防治家庭暴力的特点

社区的居民是社区建设的主体,无论是社区的文化建设、经济建设和环境建设,都离不开居民的参与,防治家庭暴力同样需要民众的积极参与。尤其现阶段,我国民众受传统文化和某些特有理念的影响,对防治家庭暴力工作存在很多认识上的误区,使得社区在防治家庭暴力的工作有较大难度。因此,在社区防治家庭暴力的工作中应把宣传和教育摆在首位、把转变观念摆在首位。在"以人为本"的科学思想下开展工作,尊重和爱护社区人群,满足居民的基本精神需求;以"预防为主"的观念,对社区广大居民进行普及性、可近性、可靠性、可被接受性的多层次宣传教育,既纠正认知误区,又起到预防、干预的作用;对高危家庭以"防治结合"的综合性手段,监控、教育家庭成员,控制、制裁施暴者;保护、帮助受虐者;以创建"零家庭暴力社区"为目标,加强社区与居民、居民与居民之间的联系,动员社区内的所有力量和资源,创造协调、适宜的精神环境、社区环境,通过防治家庭暴力的工作,推动了社区的文化建设、文明程度的提升,对构建理想的社区精神文明系统,实现社区文明的可持续发展起到了有力的支持作用。

三、社区防治家庭暴力的服务对象、任务、基本原则

(一)对象

随着社区精神文明事业的发展,社区防治家庭暴力从过去简单的调节家庭矛盾,到强调预防和治疗双管齐下,进而把重点投向社区全体成员和不同社会群体文明创建工作。故社区防止家庭暴力工作的对象我们认为可以列为如下几类:

1. 对正在发生暴力家庭的服务 及时协调家庭问题,进行适当的家庭咨询、团体咨询或个别咨询。对施暴者进行教育、控制,甚至是惩治;对受虐者要提供有效的人文关怀、生活照顾、心理支持等。

2. 对高危家庭与人群的服务 研究发现有下岗、酗酒、赌博成员、身患精神疾病或病残成员的家庭、对家庭经济状况的主观评价差的家庭,以及家庭中由某一人说了算,全家人都必须服从的家长制家庭和每个主要成员相互不受限制、各行其是的自由制家庭均系家庭暴力的高危家庭,容易发生家庭暴力行为。具有较多负性生活事件、对人敌意、主观社会支持差以及对家庭暴力持肯定态度者系施暴的高危人群。较低文化水平和有较多的心理问题、神经质个性的男性是躯体施暴的高危因素。对发现有高危因素的家庭和人群要通过走访监测,并做好相应记录;同时要定期组织系列活动进行相应的预防、干预,并指导这类家庭提高预防效果。

3. 重点关注人群(社区内老人、儿童、妇女等弱势人群等)的服务 监测、咨询、指导及有效的帮助支持等。

4. 对全体社区居民和社会的服务 宣教、咨询、协调、促进等。

（二）社区家庭暴力防治的基本原则

我们的经验是：要"坚持政府统一领导、基层社区为主、多方联动、依法管理、全面覆盖、预防为主、防治结合、重点干预"的基本原则，对社区个体、家庭、社会人群、企事业单位进行宣传教育、监控管理、支持帮助等，促进社区和谐与安宁。

1. 依法运作下的照章行事原则　七部委联合制定印发的《关于预防和制止家庭暴力的若干意见》出台是对先前的国家防止家庭暴力的相关法律条文，以及各地方防止家庭暴力的法律法规一个更明确的注释和有力支撑，具有更强的针对性和可操作性，我们应当在这些法律法规的界定下运作。"社区初级家庭暴力干预站"要坚持依法治家、以德治家，控制家庭暴力，把家庭暴力的发生降到零，建设和维护平等、和睦、文明、稳定的家庭关系，创建和谐社区，构建和谐社会。

2. 纵向领导和横向联动下的群防群治原则　在政府统一领导下的基层社区为主体的纵向层级管理机制下，要横向协调公、检、法、妇联、社保、民政等相关部门，并且动员和组织辖区内各相关的企事业单位、社团组织、个人参与到这场既是文明创建，又是转变思想、宣传新风尚的活动中来。尤其要借助一些项目的推动，在项目专家的指导下，进行广泛的宣传教育、培训骨干、策划组织活动，让社区民众对家庭暴力有个清晰的界定，使防治家庭暴力的专业知识深入人心，形成一个全民动员、全员参与的反对家庭暴力的初级预防网络。解决老百姓家庭暴力是"家丑"、"不能外扬"的顾虑，也矫正一些社区干部认为家庭暴力是一种家庭纠纷或是家事，不便过多干涉，最多调解调解就完事的态度。让家庭暴力在文明创建中销声匿迹，与我们中华民族绝缘。

3. 全员参与下的预防和制裁相结合的原则　在社区组织的全体成员加盟的初级预防家庭暴力的网络中，我们认为每一个人都应当是家庭暴力的坚决抵制者。但对于一个受传统封建思想影响几千年的民族，有些人对家庭暴力已经是习以为常，他们对家庭暴力不以为然；女人、老人等弱势人群是他们大男子汉发泄的对象，尤其是在对孩子的教育上以为棍棒教育是必然、以为打孩子不属于家庭暴力，如果有人出面干预，还认为你是猫抓耗子多管闲事……所以，社区要大力进行防止家庭暴力宣传发动，动员社区的每一成员（包括老人、小孩）都投入到反对家庭暴力的行列中来，让社区成员都对家庭暴力的危害有高度的认知，对家庭暴力坚定地说"不！"，这样才能实现"零家庭暴力社区"的目标。而面对正在发生的家庭暴力，社区也要把处置放到一个常态工作范围，也就是说制止当下发生的家庭暴力。但因家庭暴力发生的场地、环境的特殊性，使得干预常常无法及时、有效企及，尤其是法律干预时，因为受害人证据意识不强，平时没有注意搜集证据，导致证据不足、举证困难，干预很难尽如人意。这就要求社区干预中要把预防放在首位，也要坚持对施暴者教育、矫治、制裁相结合，这样才能有效地落实家庭暴力的防治工作。

4. 人性化关怀下的制裁和保护相结合的原则　人文关怀始终是我们创建文明社区、构建和睦家庭的必须手段与措施。《关于预防和制止家庭暴力的若干意见》第十二条也明确了"有条件的地方要建立民政、司法行政、卫生、妇联等各有关方面的合作机制，在家庭暴力受害人接受庇护期间为其提供法律服务、医疗救治、心理咨询等人文关怀服务。"所以，对受虐者我们强调的是"坚持保护、补偿、帮助相结合"，赢得了受虐者的信任，也充分体现了关怀弱者、保障人权的精神。

5. 普及化宣教与专业化指导下的科学防治相结合的原则　因为传统的封建思想的影响，防治家庭暴力对于中国人民来说还是比较艰巨的任务，我们借助项目的推动，在项目专家的指导下,组织社区干部、居民广泛学习世界各国防止家庭暴力的经验,培训骨干、策划组织活动,让社区民众对家庭暴力有个清晰的界定,让老百姓知道虐待妻子、虐待子女、虐待老人都是违法行为;也要明白家庭暴力并非家庭内部的矛盾,而是一个法律问题、社会问题;并且要使施暴者知道自己的暴行将会付出怎样的代价,受到怎样的制裁;而受虐者要学会如何拿起法律武器,捍卫自身的尊严,保护自己的合法权益;使得防治家庭暴力的专业知识深入人心。我们对一些高危家庭进行重点干预,让科学的、专业化的理论与知识帮助我们化干戈为玉帛、化腐朽为生机。由此我们也得出了这样的经验:防治家庭暴力要进行跨社区交流、跨城市交流、跨国界交流,在借鉴交流中,走出一条"中国特色"的防治家庭暴力的康庄大道。

（三）任务与方式

社区防治家庭暴力应在社区机构的统一组织部署下,利用社区资源,获得相关支持,制订切实可行的社区防治家庭暴力的计划、目标,为实现"零家庭暴力社区",对整个社区人群的精神文明服务起促进作用。

我们认为:社区防治家庭暴力是一种综合性的服务——包括了社区行政、妇联、公安、司法、民政、保险、家庭、个人和社会力量、及其企事业单位的广泛性合作的,多学科的综合性预防、促进的防治;社区防治家庭暴力也是一种协调性服务——包括发掘、利用、整合全社区资源和家庭资源,以及各类文化的、社会的、医疗的资源,以满足居民的需求;社区防治家庭暴力还是一种主动性服务——要变过去那种等求助者上门,为主动走进社区,深入家庭,把防治家庭暴力的知识、技巧送到千家万户。

第二节　社区防治的模式与实施

一、工作机构与模式

在政府的统一领导下,在社会各界的大力支持下,尤其是在"反对家庭暴力"的援助项目的帮助下,我国近些年来反对家庭暴力的工作力度和水平都在大大提升。无论在城市还是在农村,"社区防治家庭暴力模式"基本上是相似的,也已经基本成型,即"以地方政府统筹领导下的基层社区为中心,联动有关部门,在社会大力支持下,引领群众广泛参与"的社区防治家庭暴力管理体制;实施的是"纵向层级管理与横向协作"的网络运行机制,形成了"社区防治家庭暴力"的中国特色模式。

目前,城市社区基本上是以创建"零家庭暴力社区"的工程为中心,广泛开展社区家庭暴力防治。如湖南省长沙市芙蓉区、北京市的右安门社区、辽宁大连市的中山区海军广场街道春和社区,以及湖北、甘肃、河南等部分社区都有很好的经验,这些"零家庭暴力社区"的经验基本上都是多管齐下,群防群治。

（一）纵向层级管理

在纵向的层级管理上,强调的是政府领导协调、多部门联动下的社区负责制。如湖南省长沙市芙蓉区成立了由5位区领导担任正副组长,公、检、法、司、宣传、妇联、综治、民政、卫生、教育等10多个部门负责人及各街道办事处主要负责人组成的防治家庭暴力领导小组。对应的各街道(乡)也成立了妇儿工作委员会,层层加强对创建"零家庭暴力社区"工程的领导。

（二）横向协作

在横向协作上，强调的是以社区为中心，辐射至各个部门，以及社会组织以加强合作、统一。湖南省长沙市芙蓉区的具体做法是围绕社区建立社会化维权网络，所有街道（乡）、社区（村）除了有组织的成立民间反对家庭暴力的志愿者活动外，都建立了维权工作站、点，所有居民小组、机关大院、企业和住宅楼单元都设立维权信息联络员，做到了维权站、点有办公地点，有专人值班，有联系电话，有接诉调处记录，有回访复查制度；各部门则对应着的是：在区公安分局设立"家庭暴力伤情鉴定中心"，并且在街道派出所及社区（村）警务室设立家庭暴力投诉站，有效地制止和惩处家庭暴力的发生；在法院建立由妇联干部担任人民陪审员的司法维权机制；在司法局及律师事务所、基层（各街道）法律服务所建立法律援助机制，提供专门的防治家庭暴力法律服务；在民政局建立受虐妇女、儿童、老人庇护中心；在妇联，全面建立行政协调维权机制和信访维权机构。确保了对突发事件的快速反应和及时处理。

但在我国农村地区，由于地域、人口、居住状况、经济条件，以及文化、管理等多方面原因的制约，农村社区防治家庭暴力现阶段的模式与城市虽有很多相似之处，但更多的是在宣传教育、转变观念上做工作，同时积极协调各部门妥善解决个案。如北京延庆县家庭暴力干预试点区的情况是：该县首先成立了以县各主要部门主管领导及试点乡领导组成的协调组和工作组作为决策中心，然后成立了县和乡（镇）的反家庭暴力办公室、工作站作为两级常设工作机构，负责协调各部门关系和日常的接待投诉来访，形成了以县为中心向各乡（镇）、村辐射的多机构合作的纵向层级管理。决策中心制订的工作计划通过县、乡两级传达落实到村镇办公室、工作站，同时，村镇办公室、工作站在执行计划过程中出现的问题也可以及时反馈上来。而纵向层级管理的各层次之间、各层次中各部门工作人员之间由协调组沟通保持经常联系，又形成了一个横向的网络，保障了工作的统一协调。

二、实施要点

在上述管理体制下，以基层社区为主体的防治家庭暴力网底运作重点是：

1. 了解社区内家庭暴力发生的情况和居民对精神文明建设的需求，评估社区资源，协助社区建立并完善社区防治家庭暴力的各项制度，提供有计划、有系统的服务。

2. 对社区居民、辖区内的企事业单位以及社会进行宣传发动，组织学习、分发相关宣传学习资料，以改变原有对家庭暴力的模糊认知和对防治的有限估计。针对诸多社区居民或社区工作人员不认为丈夫打妻子是不合法的；有些出现家庭暴力问题的受虐者也不愿说，怕"家丑外扬"、怕别人说是"该打"；而在家庭暴力发生时，人们求助的习惯也是先家人、家族、单位，最后才是社区等现象，要鼓励人们改变传统思维模式，有困难找社区、有家庭暴力发生找社区。

3. 对社区人群进行反对家庭暴力方面的健康教育；为社区组织机构、个体和不同群体提供咨询、指导和服务；预防和控制社区家庭暴力问题的发生。

4. 协调社区横向合作人员之间的关系；促进家庭成员与社区其他人员和机构的联络、沟通；对社区环境、家居安全等提供相应的管理。

5. 强化对高危家庭和严重家庭暴力家庭的个案服务，建立相应的个案台账和服务计划。充分运用各种社区资源，通过追踪、走访、协调，使得个案得到有效监控和服务，降低家庭暴力的发生；联动相关部门对发生的家庭暴力家庭，执行教育、控制及相关治疗，对受虐者给予相应的庇护与支持。

6. 通过对社区家庭暴力发生状况的调查评估、分析与防治工作,开展社区精神卫生保健的科学研究工作。研究不同对象、不同人群的具体问题;研究防治家庭暴力的教育和资源开发;研究并揭示影响家庭暴力的因素及其防治规律。

第三节　社区防治的主要内容

一、构建防治家庭暴力社区的运行机制

(一)组织机构:"社区初级家庭暴力干预站"

在地方政府"防治家庭暴力领导小组"的指导下,建立以基层社区责任制的"社区初级家庭暴力干预站",横向联动辖区内的公安、司法、妇联、社保、民政、医院、学校及各企事业单位等。

(二)人员构成:"社区初级家庭暴力干预站"成员

社区主任领导下、分管副主任、专职干事、社区卫生服务中心的医务人员、兼职心理咨询师、片区警员、居民组长、楼栋长以及热心的社会工作者等;还可以邀请志愿者组织及成员参与。

(三)职能界定:"社区初级家庭暴力干预站"的主要工作职责

常年面向社区、社会进行反家庭暴力的宣传和健康教育知识讲座;定期举办反家庭暴力的团体心理干预活动;不定期深入相应居民点、楼栋或家庭——宣讲法律法规、人文知识、防治家庭暴力的有效方法等;及时发现家庭暴力的现象和潜在危险因素,并尽早与联动部门沟通协作,进行有效干预、争取将家庭暴力抑制在萌芽状态,或采取恰当的方法手段遏制住正在发生的家庭暴力,并且尽可能地为受虐者提供相应保护和支持。

二、贯彻执行相应的社区防止家庭暴力的法律法规

自 1996 年 1 月 10 日中国第一个反对家庭暴力的地方性规定《关于预防和制止家庭暴力的若干规定》由中共湖南省长沙市委、市政府办公厅和长沙市公安局联合出台后,陆陆续续各地方省市都出台了相关政策法规。这些法律法规基本上都要求将家庭暴力问题纳入社会综合治理范围,同时要求各级基层政法机关要及时调解婚姻、家庭矛盾,防止矛盾激化,预防家庭暴力行为的发生;也规范了对家庭暴力中施暴者的罚款、拘留、依法逮捕和提起公诉及被伤害者的依法索赔、夫妻感情因家庭暴力而破裂的离婚裁定和判决等。

而国家从 1995 年出台的《中国妇女发展纲要》,到 2008 年 7 月 31 日全国妇联、中央宣传部、最高人民检察院、公安部、民政部、司法部、卫生部联合制定印发了《关于预防和制止家庭暴力的若干意见》,以及《中华人民共和国婚姻法》、《中华人民共和国妇女权益保障法》、《中华人民共和国未成年人保护法》、《中华人民共和国治安管理处罚法》等有关法律都涉及了禁止家庭暴力的相关内容。我们对这些法律法规条文要认真学习,把握精髓,以指导社区防治家庭暴力的工作。社区要严格按照法律法规条文的规定,做到依法行事,办案中要做到有据可查,使"零家庭暴力社区"成为合理合法的、符合社区实际的文明创建工程。

三、社区防治家庭暴力的三级预防

在"政府统一领导、基层社区为主、多方联动、依法管理、全面覆盖,预防为主、防治结合、

重点干预"的基本原则指导下,充分利用社区初级预防保健网络,立足"三级预防"战略,促进"零家庭暴力社区"的建设。

(一)一级预防是创建"零家庭暴力社区"的有效控制点

通过宣传学习、健康教育、心理咨询等预防工作,树立居民对家庭暴力的正确的理念,掌握相关的法律常识,改善其生活与行为方式,避免和消除社会的消极影响,清除精神污染,降低对人群、疾病等的偏见与歧视。培训相关专业或业余骨干队伍,深入社区、面向全体,经常性地进行社区调查、干预等活动,以增强社区成员的沟通能力、心理承受能力和防治家庭暴力的有效知识与技巧,构建适应的健康家庭模式,从而动员全社会反对家庭暴力。

(二)二级预防是对高危家庭的有效监控

根据影响家庭暴力发生的危险因素和相关因素,通过对社区家庭成员、辖区内企事业单位的定期调查、随访和评估检查,尽早发现高危人群和家庭,从精神文明建设的高度,帮助个人和家庭。对他们进行相应的思想政治工作、健康教育、心理干预或法律知识宣讲,从而有效预防家庭暴力的发生。

(三)三级预防是对当下发生的家庭暴力的有效制止

要利用社区资源,努力实施长期防治家庭暴力的计划。家庭暴力发生时,主要是通过联动公安、司法、妇联、民政等部门,对施暴者予以强制性的控制,对受虐者予以支持庇护;对这些存在严重家庭暴力的家庭,既要有及时协调解决家庭问题的方法,也要有长期帮助计划。帮助他们分析家庭暴力产生的原因,认识家庭暴力的危害,从思想上、行动上或家庭实际困难上帮助他们真正解决问题;同时要降低社区对这些家庭的偏见和歧视,鼓励、督导这些家庭和成员融入社区,学习模仿正确的认知和行为;减少家庭暴力的发生频率和制止家庭暴力升级。

四、社区家庭暴力防治的基本措施与具体方法

(一)宣传教育、转变观念

我们不仅利用社区的板报、宣传栏,还在社区内广泛张贴相关反对家庭暴力的图画、标语,分发"防治家庭暴力"的手册,形成一定的环境氛围;当然,我们更多的是以专家的身份或聘请文明家庭的成员进行现场讲座宣传教育;"社区初级家庭暴力干预站"也定期或不定期地组织辖区内的居民小组学习,同时要求辖区内的企事业单位要相应地组织学习,对某些重点对象要强制性地组织专门的学习班集中学习,并进行一定的测试,督促他们真正从思想上转变观念,摒弃"孩子不打不成才"、"老婆任我打"、"打架吵骂是自家的事"、"清官难断家务事"等观念,发扬中华民族尊老爱幼的优良传统,进一步形成人人平等、性别平等的文明社会新风尚。农村社区则更多地采用农民群众喜闻乐见的形式进行宣传教育:把身边发生的家庭暴力事例编成充满本土气息的小品、快板、表演唱和戏剧等文艺节目,在各乡镇巡回演出;制作图文并茂、色彩鲜艳、内容简明易懂的展板,到各县城和各乡镇巡回展出,造成一种强大声势,以改变旧的传统观念。

(二)多方联动、共筑防线

在地方政府领导协调下多部门的横向联动,为社区创建"零家庭暴力社区"提供的不仅仅是一种精神食粮,更是一种组织保障,既整合了各个部门有限的法权资源,又用一种比较有效的工作机制规范了职能部门的行为,起到了监督调控的作用,现在遇到家庭暴力问题各职能部门在可管可不管的情况下已经能够主动实施干预了;当然,联动预防更多的是要做好

排查工作。为了及时了解家庭纠纷和家庭暴力信息,及时化解矛盾,我们建立了一套有效的排查制度,如社区工作人员配备人手一册"民情日记",以收集信息(既记录重点防控对象信息,又为法律干预留下了必要的证据),同时建立了一个台账,提前做好"问题家庭"的工作,以降低家庭暴力的发生。

(三)活动搭台、舞动奇迹

社会和谐,是家庭暴力得到有效防治的重要因素。因此,在创建"零家庭暴力社区"时,我们以"和谐社区、生态社区……"、"文明家庭、幸福家庭……"活动作为载体,在社区与居民之间开展共建和谐幸福家园的双向承诺,即社区向居民承诺提供优质服务,居民向社区承诺做文明守法的好公民。"社区初级家庭暴力干预站"还为"文明家庭"与"问题家庭"牵线搭桥,建立结对帮助关系,引导"问题家庭"正面转化;开展社区"普法宣传日"、社区"模拟法庭"、社区法律服务日等;"社区初级家庭暴力干预站"也借"世界反家庭暴力日"举行社区居民"抵制家庭暴力"签名活动;也多次举行以"反对家庭暴力、共建幸福家园"为主题的社区文艺演出;当然,最有特色的是本项目组在试点社区内针对性地开展了一些团体心理咨询活动,如用角色扮演的方式表演一些易引发家庭暴力的情景或采集一些常见的家庭暴力的问题集中讨论,让参与者在身临其境中聆听非家庭暴力成员的言谈与认识,促动参与者积极思考。在对社区、家庭中存在的种种不和谐现象进行讨论中,让居民自由参与、专家点评。居民在与专家的交流中,既拓宽了眼界、了解许多科学道理,又在畅所欲言中化解了胸中的苦闷、生活的烦恼。这些针对性的强化活动,取得了居民和社区的信任,在社区产生了强烈的影响,这不能不说是一个奇迹。

(四)对症施治、遏制源头

营造反对家庭暴力的良好社会氛围,从思想上改变陈腐观念是源头上遏制家庭暴力的端点,因此各级政府部门要加强对反家庭暴力法律法规的执行力度的落实检查,要把横向联动部门的在反对家庭暴力中的工作实际成绩纳入各行政工作目标考核范围、文明创建与评比范围。另外,因为家庭暴力发生的原因是多方面的,作为基层网底的"社区初级家庭暴力干预站"则要把准脉、出好招,有效地、针对性地抵制住家庭暴力的发生。所以,在项目实施过程当中,要求基层社区要做好细分——对于严重问题要重点抓,萌芽问题及时抓;是人的个性、精神问题要从科学的、人性化的角度给予理解的同时,进行心理干预或指导求医;是组合家庭的矛盾、教育子女的矛盾、赡养老人的矛盾、观念的差异等,则要从政治思想的角度、道义的角度、法律的角度去帮助"问题家庭";如果是家庭经济来源缺陷生活困难的,除了给予一定的经济支持外,更多的是要提供职业技能培训,指导创业就业。尤其是对没有经济收入的家庭妇女,创业就业可以解决其在家庭地位低下而长期遭受家庭暴力的局面。

(五)培训队伍、实施干预

家庭暴力的科学干预需要构建一支训练有素的队伍,这支队伍不仅仅有专业的医疗、法律、心理咨询工作者,还应该有业余的社会工作者队伍相结合(除了社区工作人员、社区居民、还有其他自愿者构成),方能有效达到治疗(或干预)的目的。因此,构建相应的干预系统,培训能具体实施干预的队伍也是"防治结合、重点干预"的必要保障。

1. 干预系统大致包括以下几部分:

(1)咨询指导委员会:该委员会由民政、公安、司法、妇联、社区卫生服务中心等组织的工作人员及律师、医务工作者(包括精神病学家、心理学家和其他医务工作者等)共同组成。其任务是协调各个相关部门共同防治家庭暴力，提供相应的业务指导，并负责向政府提出有关的建议或报告。

(2)互助协会：每一个街道或社区(或村庄)都建立这种群众性的互助协会。由该社区的乡亲近邻组成。定期活动，相互交流解决家庭冲突的经验、相互提供社会支持，也可以在这里得到专业人员的帮助。

(3)社区初级干预站：在每一个社区建立一个初级家庭暴力干预站(可以设立在社区卫生服务中心)，站内必须要有办公场地和一部24小时开通的专线电话。社区初级干预站的主要职责是宣传教育，更重要的是监测和排查。要尽早发现家庭暴力，尽快赶到现场制止暴力、保护受虐者，并给予心理疏导和支持。如果情况紧急，除了联动各相关部门和人员控制局面、强制有关人员，制止家庭暴力升级，还应立即将受虐者转到干预中心。

(4)医学干预与培训中心：在相关的专业机构建立一个省级干预与培训中心，包括一个专科门诊、一条咨询热线、一个病房。工作人员有精神科、临床心理科、急诊科、法医科的医生和护士。其主要任务一是咨询、诊断和治疗受虐者(或施暴者)，二是负责全省相关人员的培训指导工作。

2. 培训内容及相关受训者　如何防治家庭暴力是一个棘手的国际性难题，所以，不仅仅是专业人员要参加进展性培训，业余社会工作者、甚至是所有民众都要参与培训才能更直接、更可及、更有效地防治家庭暴力。

(1)共有知识与全员培训：所有人员都应该参与培训的知识(包括法官、警察、干预网络成员、医生、陪审员和居委会及妇女干部等；普法讲座和社会性别理论培训应当是面向整个社区的全员培训)。

培训内容主要是：家庭暴力产生的心理因素和文化根源；如何评估家庭暴力；家庭暴力的一般干预策略；危机干预；面谈技术；与家庭暴力有关的法律常识；社会性别理论的培训；社会工作专业理论和方法的培训；新婚夫妇必修课——请专家为新婚夫妇讲课，讲如何尊重妇女、如何化解家庭矛盾等内容，这也是从源头上制止家庭暴力的有力补充。

(2)专业知识与专业人员培训：除了法律、公安及有关的行政管理人员要对自己岗位的职责、专业知识、沟通技巧方面进行培训外，更多的重点要放在医疗专业队伍的培训上——对精神科、急诊科、临床心理科等科室的医务人员培训。他们应该有系统的干预家庭暴力的专业知识与能力。诸如：对受虐者的医疗鉴定、救治和心理支持；对家庭的心理咨询和有效的危机干预策略，以及对施暴者的某些医学鉴定(精神疾病？人格问题？)与治疗等。这是面对家庭暴力实行人道主义的有效手段之一。

3. 家庭暴力的干预　目前对于家庭暴力的防治主要是通过建立社会救助机制、加强社会立法和对施暴者进行严厉惩处等方法加以解决，而本章更多的是强调医学、心理学的救治，所以主要的干预手段有：面向全体社区居民的防止家庭暴力的健康教育，这些知识将由受过培训的专业人员在当地的互助协会向群众讲授；或以团体心理咨询的方式进行社区人群防止家庭暴力的干预，让民众学会维权、寻求社会支持和自我成长。

(1)初级干预：如果发生了家庭暴力，初级干预站的工作人员将在第一时间赶到现场，并及时通知各横向联动部门，确保出警、诊治、救助、处理、教育同步进行，及时制止暴力或防止暴力升级。①制止暴力行为和个案维权。②保护受虐者并给以心理支持。③了解分析暴力发生的原因，并予以解决。④如果有必要，把受虐者(或/和施暴者)转送到干预中心。

（2）医学干预与培训中心：①首先，给受虐者安排一个诉苦的机会，让他（或她）疏泄自己的愤怒、伤心、惊恐等负性情绪。②如果有外伤，给予及时治疗。③对受虐者（或是施暴者）进行精神状况测评。如果有必要，按照中国的 CCMD-3 和美国的 DSM-Ⅳ 给予诊断，同时安排一个药物治疗和心理治疗的计划，并付诸实行。

（3）有些案例还将提供法律的鉴定或法律咨询。

（4）每个家庭暴力案例，初级干预中心和专业人员都要有计划地定期走访，对这些家庭的成员还要经常地被邀请到社区互助协会参加有关活动，以防复发。

（六）评估反馈、落实效果

评估是对防治家庭暴力效果的了解和敦促落实，也是为进一步防治家庭暴力总结经验。因此，无论是每一次宣传教育活动或是团体心理咨询，还是一次对家庭暴力的干预过程，都需请参与者填写评估表，对过程作出评价并提出改进的建议。"社区初级家庭暴力干预站"的工作人员还要动态掌握社区资源利用的情况，以便不断地评价工作，确定社区防治家庭暴力的工作目标，指导社区防治家庭暴力工作的建设与发展，提高服务质量。

五、针对家庭暴力的异质性团体心理咨询

团体心理咨询是一种在团体情境下提供心理帮助与指导的咨询形式。团体成员通过互动，共同商讨、训练、引导，在相互交流、相互作用、相互影响下解决成员共同的发展或共有的心理问题。因为团体心理咨询以真实的社会生活情境为背景，拉近了咨询与生活的距离，增强了实践作用，也使得咨询成果明显、较易迁移到日常生活中而得到巩固。团体心理咨询多方位的互动和多元文化交流的效果已经显示出其人性化的独特魅力。它既是一种有效的心理治疗，也是一种有效的教育活动。以往大多数社会学工作者和心理工作者在进行家庭暴力干预时，在"同路人"的理念下进行设计与开展团体心理咨询活动，往往选择的是同质性团体，对单一的受虐者进行心理危机干预。但面对家庭暴力这种特殊的咨询团体，本项目组选择了异质性封闭式团体咨询活动。

异质性团体是在模拟社会场景下进行干预，即该团体活动中由非家庭暴力家庭成员和有家庭暴力的家庭成员一起构成。在社会关怀下——成员的互动和主持者的及时启发，人群能习得其他人的行为、经验，改变认知水平，从而有效地预防和制止家庭暴力发生。受虐者和施暴者以及没有家庭暴力成员的共同参与下，由于不同个体人格、职业及文化程度不一，其认知水平和对家庭暴力发生的状况、暴发、制止皆不相同。非家庭暴力家庭成员在团队中充当了榜样的作用，提供了心理支持和行为矫正的模拟对象，有良好的效果。异质性团体心理咨询不仅仅救助和帮助了受虐者，还对施暴者进行了认知、行为等方面的矫正，能有效地对暴力家庭和社区民众实施大面积干预。

具体活动的实施如下：

（一）团体构成

每个团体可以由 10 个左右的家庭（至少是两个人）构成，其中"问题家庭"要求施暴者与受虐者同时参加，而"幸福家庭"必须有两家以上参与，团体中配指导者 3 人（有心理学背景的教师和医生）、义工 3 人（经过培训的大学实习生最好）和居委会干部 1~2 人。

（二）活动安排

一般要有六到八次团体活动，每周一次。每次活动都有一个比较明确的主题。力求每次活动都使成员有一些情绪、理念和行为、甚至是人格方面的变化。促进成员"认知改变-情

绪体验-行为控制"环节的步步渐进。

（三）干预内容

重点在健康知识与策略的讲座，一般心理支持，认知疗法，行为疗法（如理性情绪疗法、人际沟通技巧、放松术等）以及对施暴者施暴前的行为控制训练，受虐者如何防止激化矛盾、回避矛盾，有效地减少暴力的发生等，以建立良好的家庭人际关系，与家人和社会共同阻遏家庭暴力的发生为目标开展活动。如"人生旅途"活动（增加对夫妻、他人的信任感）；"心有千千结"游戏（角色转换技巧——体会人生旅途的困境和难题，学习借家庭的智慧和力量渡过人生的坎坷）；"优点轰炸"策略（学习人际交往技巧）；"脑力激荡"讨论（在调查归总的基础上，提出2～3个最容易导致家庭暴力发生的原因，并就其展开讨论——暴力对我及家人的伤害是什么？回忆、倾诉伤害的情景和感受，如何理解所受到的伤害？如何避免与控制家庭暴力的发生？发挥集体的力量，探索并交流成员的知识与经验，寻求最有效的解决办法和途径，如怎样防止教育小孩时动粗？或当工作中有不顺心和人际矛盾时，应当如何对待？回家后自己应当怎样及时转换心情？家人应当怎样识别家庭成员的不快、关心家庭成员，以便提高认知水平及家庭生活质量？另外，家有精神病人时，保证其人身安全的同时，如何对待和救治他们?）；生活情节剧（通过角色扮演——整天打麻将输钱的男人回家后还殴打妻子的情节，再现生活中的实际。团体成员就打麻将、赌博的负面问题展开讨论，并提出建议）；专家讲座——健康、幸福家庭的模式、认知理论等，并以讨论、家庭作业（三栏笔记使成员学会了辨析自动思维，用良性自我对话提高了认知和对事物的辩证思想）等形式深化；请"幸福家庭"代表演讲"幸福家庭"、团员谈收获、在咨询员的总结和祝福中"笑迎未来"。

（四）体会

在应用异质性团体心理咨询进行家庭暴力干预时获得的心得颇多——在情感支持、治疗以及发展性教育诸方面有着特殊的效果：

1. 指导者个人智慧的局限性被团体动力产生的集体智慧所替代；

2. 团体成员间的互动、彼此接纳给予了更多的信心；

3. 成员间资讯的交流和分享拓展了个人生活的视野；

4. 团体成员的身体情绪、观念、行为方面有较大改进，绝大多数能够主动、积极地面对自己的困境（如对受虐者的心理支持——宣泄、认知重建和回避性行为训练使受虐者的痛苦情绪明显减轻，社会支持感和利用度增加，积极应对方式增强，能面对现实并勇敢地开始新生活；而施暴者在共情中，认知与行为也得到了一定的修炼）；

5. 成员之间达成了共识——成功的团体和幸福的家庭中，每位成员不仅要承担自己的义务，还要准备随时承担更大的领导责任，才有生命力，才能繁衍生息下去。

活动中不管是非家庭暴力家庭成员还是有家庭暴力的家庭成员，无论是施暴者还是受虐者，关爱自己、关爱他人、相互交流经验、相互感情支持……成员间相互支持的网络有了雏形，和谐、文明的幸福之家在团体的互动中潜移默化。

异质性团体心理咨询增添了社区新功能。本项目组在活动中发现，大多数人已接受"家庭暴力不是私事"的观念，团体的有效干预也使得成员懂得：发生家庭暴力时需要某种力量去介入和干预，而且大多趋向请亲友、社区干部这种与他们生活有某种关系的人，以及懂得心理干预策略的人去完成。因此，从咨询活动以及前期的研究结果中均获悉家庭暴力需要强有力的社会支持，而社区支持是社会支持系统的最重要组成部分。

第四节 社区防治之展望

十多年来,我国的防治家庭暴力工作,在政府的直接支持下,通过项目的推动已经取得了较大的成果,也促进了社区精神文明的建设。但社区家庭暴力防治是一项复杂的社会系统工程。在"零家庭暴力社区"建设中,如何巩固成绩,把反对家庭暴力进行到底,我们认为还有诸多事情要做,要强化社区组织建设、环境设施和人文建设,健全社区"防止家庭暴力"的管理和服务体制,大力推进文明社区、生态社区、和谐社区建设,使社区更好地承接和落实社会管理职责,促进社会稳定。

1. 进一步强化政府行为,不断细化、完善反家庭暴力工作量化指标,在机构健全程度、制度完善性、信访渠道是否畅通、家庭暴力案件干预率、宣传力度、群众知晓率等方面均作出明确规定,增强其可操作性和有效性。

2. 进一步加强规范管理,更加充分发挥各横向联动部门的优势,同时在医疗干预、公安介入机制、有效庇护等方面探索出适合社区实际情况的有效模式。

3. 进一步加大宣传教育力度,包括开辟新的宣传途径和方法,以使全社会意识到家庭暴力并非"私事",而是关系到家庭乃至全社会稳定的大事。加大对重点家庭的法制宣传教育,发现有家庭暴力苗头性问题的要提前介入,适时做好教育疏导工作,以提高全社会对家庭暴力危害性的认识。

4. 进一步加大培训的广度和深度,特别要注意"从孩子抓起",让封建落后的思想没有生根的基石;对农村死角的扫盲以及男性培训活动参与率的提高也是今后一段时间要特别注重的;另外,人员的专业化理论与技巧培训也是值得关注的。

5. 进一步帮助社区反家庭暴力志愿者组织,解决发展中遇到的问题,协助他们加强能力建设,使他们真正成为社区防治家庭暴力工作的宣传工作者、信息工作者、干预工作者。

6. 进一步在理论研究和干预策略上下工夫。一是要加强交流与借鉴:采取走出去、请进来的方法,争取更多的国际项目支持和国际友人的帮助,并且注意寻求和研究与我们的国情相容的方式,创立更多符合"中国特色"的新方法、新手段,如怎样利用网络来提高干预的面与效果就有很多研究可做;二是要注意在引进国外先进的理念、经验或教材的基础上,结合我国国情和专业实践的经验编写和出版具有中国特色的防治家庭暴力的培训教材,以推动和落实家庭暴力的防治工作。三是在处理家庭暴力案件所追求的效果及疑难案件的解决方面,还有许多问题需要做深入的探讨和研究,如家庭暴力案件取证问题、受虐者"零忍耐"与司法调解、与离婚的复杂关系问题等;四是要不断研究家庭暴力发生的新情况、新问题,使"零家庭暴力社区"工程能真正落实、全面推广,把一个文明健康的中国展示给世界。

(郭果毅)

参 考 文 献

1. 曹玉萍,张亚林,孙圣琦,等. 湖南省家庭暴力的流行病学调查总体报告. 中华流行病学杂志,2006,27(3):9-12.

2. 曹玉萍,张亚林,王国强,等. 家庭暴力的家庭危险因素分析. 中国行为医学杂志,2008,17(1):34-36.

3. 曹玉萍,张亚林,王国强,等. 家庭暴力施暴者的心理学特征以及罹患精神障碍的研究. 中华精神科杂志,2008,41(1):37-40.

4. 曹玉萍,张亚林,杨世昌,等.家庭暴力受虐者的求助方式研究.中国行为医学与脑科学杂志,2011,20(3):264-266.

5. 曹玉萍.湖南家庭暴力研究.中国优秀博硕士学位论文全文数据库,2006(01).

6. 樊富珉.团体咨询的理论与实践.北京:清华大学出版社,1996.

7. 郭果毅,谭进,等.团体咨询在学生心理素质培育中的应用.中国校医,2007,21(3):346-349.

8. 郭果毅,杨世昌.浅谈学校团体心理咨询的技巧.中国医药指南,2006,4(5):734-736.

9. 郭果毅,张亚林,等.团体咨询预先应对退休后心理问题的研究.中国临床心理学杂志,2005,13(2):237-239.

10. 黄国平,张亚林,曹玉萍,等.家庭暴力施暴行为与生活事件、社会支持和施暴态度的关系.中国心理卫生杂志,2007,21(12):845-848.

11. 汪洁.城市家庭问题社区干预的思考——天津市河北区家庭问题社区干预调查分析.社会科学研究,2003,(4):26-27.

12. 杨世昌,张亚林,曹玉萍,等.家庭暴力中对儿童施暴者心理卫生及生活事件状况初探.中国临床心理学杂志,2006,14(2):178-179.

13. 杨世昌,张亚林,黄国平,等.湘潭某工厂子弟中学学生受虐待的多因素分析.中国学校卫生,2005,26(04):296-297.

14. 曾文星,徐静.心理治疗:原则与方法.北京:北京医科大学出版社,2000.

15. 张亚林.家庭暴力.精神病学.北京:人民教育出版社,2005.

16. 张勇,张亚林,邹韶红,等.孕期家庭暴力社会心理危险因素及不良影响.中国心理卫生杂志,2007,12.

17. 赵幸福,张亚林,付文青,等.家庭暴力男性躯体施暴者的人格研究.中国临床心理学杂志,2007,15(5):543-544.

18. 赵幸福,张亚林,付文青,等.家庭暴力循环影响因素分析.中国公共卫生,2008,24(5):631-632.

19. 赵幸福,张亚林,李龙飞,等.家庭暴力施暴者的心理健康状况.中国健康心理学杂志,2007,15(11):4301-5301.

20. 邹韶红,张亚林,等.夫妻暴力及其危险因素.中国临床心理学杂志,2007,15(3):300-303.

21. 邹韶红,张亚林,等.湖南省郴州市夫妻暴力的社会心理学特征.中国心理卫生杂志,2007,21(5):338-342.

22. 邹韶红,张亚林,等.抑郁症患者的家庭暴力及因素分析.中国心理卫生杂志,2005,19(10):702-705.